Scrittori italiani e stranieri

Carlo D'Amicis

Il gioco

ROMANZO

MONDADORI

Questo romanzo è frutto dell'immaginazione. Gli eventi di cronaca e i personaggi realmente esistenti o esistiti sono trasfigurati dallo sguardo del narratore. Per il resto, ogni riferimento a persone e fatti reali è da ritenersi casuale.

librimondadori.it
anobii.com

Il gioco
di Carlo D'Amicis
Collezione Scrittori italiani e stranieri

ISBN 978-88-04-68735-1

I edizione marzo 2018

Il gioco

I

INTERVISTA CON IL BULL

(per prima cosa si lamenta della luce, che definisce impudica. Mentre l'intervistatore la spegne e va a prendere un'abat-jour, l'intervistato spiega di odiare i lampadari che hanno la pretesa di illuminare una stanza intera.

Non parliamo di quei terribili neon, dice immerso nella penombra.

Sembra un accenno di conversazione, subito abortito.

Quando rientra con l'abat-jour, l'intervistatore lo trova seduto con le braccia conserte, leggermente ingobbito, che studia in silenzio il vecchio registratore a cassette.

La lampadina disegna sul tavolo un piccolo cono di luce. Al suo centro l'intervistato depone gli occhiali da sole.

Cominciamo?, dice strofinandosi l'abbronzatura livida, probabilmente artificiale. Non è chiaro se sia impaziente di cominciare o di finire. In ogni caso – con quel rumore macchinoso ma rassicurante dei vecchi deck – l'intervistatore spinge PLAY e fa partire la registrazione)

Chi è un bull?

(ci pensa) La curiosità ambisce sempre a essere scandalizzata. Perciò, come un'erezione messa in mano alla sweet un attimo dopo le presentazioni, risponderò al suo bisogno d'indecenza offrendole subito la risposta che si aspetta di

sentire: il bull è un maschio dominante che sottomette cornuti consenzienti scopandosi le loro femmine.

Detto questo, spero che lei, per scrivere il suo libro, non voglia ispirarsi a certe zoccole posizionate all'ingresso dei privé, per le quali un cazzo duro non è altro che un cazzo da ammosciare il prima possibile: se così fosse non ci sarebbe molto da aggiungere.

Confido che non siamo qui solo per una pugnetta. Prendiamocelo pure in mano, se crede, ma con la consapevolezza che la trasgressione è al centro di un gioco lungo e complesso.

Giocare, del resto, è l'ecumenico verbo sotto al quale noi vecchi maiali facciamo rientrare l'intero catalogo dei nostri vizi: gioco se pubblico su internet un'inserzione con la foto del mio membro, se vago in una dark room alla ricerca di un culo da tastare, se mostro le corna a un cuckold mentre vengo sul viso di sua moglie.

Definire il sesso un gioco aiuta a sentirlo frivolo, lieve, a suo modo innocente. Ma non c'è gioco senza rischi, e quello che corre un libertino ogni volta che, pensando di calarsi semplicemente le mutande, mette a nudo la propria anima, è un rischio infido. Per competere nei feedback, un bull deve possedere senso del dovere, risolutezza, generosità, fermezza d'animo, magnanimità, umanità.

Le ricordano qualcosa? *(non dà all'intervistatore il tempo di pensarci)*

Glielo dico io: sono le virtù elencate nell'antico codice dei samurai. E confesso che non mi dispiacerebbe se alla fine di questa conversazione lei e i suoi lettori riconosceste in me un valoroso, seppur stanco, guerriero. *(sospira, come se fosse effettivamente affaticato, o come se l'ambizione appena dichiarata gli sembrasse all'improvviso esagerata)*

Cos'è un feedback?

Tecnicamente, la valutazione che una coppia attribuisce alla prestazione del bull.

Consideri che per un bull la reputazione è fondamentale:

le sue referenze valgono quanto quelle della servitù nell'Inghilterra vittoriana. Commentare una foto, scrivere una mail, stabilire un contatto Skype, ottenere un appuntamento – tutta le tappe, insomma, che precedono un incontro (per non parlare dell'incontro stesso) non sono altro che una lunga preparazione al momento in cui il cuckold e sua moglie, con gli ormoni finalmente pacificati, apriranno il loro computer portatile sulle lenzuola ancora umide di sperma e pubblicheranno sul sito una dettagliata recensione al mio operato. In genere questo responso viene emesso entro le ventiquattro, al massimo le trentasei ore successive all'amplesso.

Io ho sempre aspettato i miei feedback nel tepore delle coperte o di un bagno alla lavanda, accompagnandone la lettura con una lenta masturbazione che sprigiona tutto il piacere di esserci ancora (nonostante il bagno, l'odore della sweet resta addosso almeno fino al giorno successivo) e già non esserci più. Un piacere magico e irripetibile, collocato tra la carne viva dell'emozione e il suo callo osseo: per me, senza dubbio, il momento migliore del gioco.

In questo gioco lei è conosciuto con il nickname di Mister Wolf. Perché lo ha scelto?

Perché, come Mister Wolf, anch'io risolvo problemi! *(ride)*

Ha presente il personaggio di *Pulp Fiction* interpretato da Harvey Keitel? Arriva in smoking e olio di macassar a sbrogliare il pasticcio combinato da una coppia di mezze tacche che non sanno più che pesci prendere. Ecco, io intervengo nella vita sessuale delle coppie con la stessa tempestiva precisione (e, se mi consente, con la stessa classe) a suggerirgli che il pesce da prendere è per l'appunto il mio.

Nel film si trattava di disfarsi di un corpo e nel mio caso di farselo, ma l'obiettivo resta più o meno sempre quello: offrire i miei servigi per rimettere le cose al loro posto (del resto, questo vuol dire samurai: colui che serve).

Alla fine, quando mi congedo da una sweet e dal cornuto che ci ha appena guardato fornicare, le strette di mano con cui si congratulano per la mia efficienza mi fa godere molto di più degli orgasmi che l'hanno preceduta.

... Signor Wolf *(imita un dialogo del film)*, volevo solo dirle che è stato un vero piacere vederla al lavoro...

... Sì, è così, grazie infinite Mister Wolf...

I livelli di serotonina dei cuck e delle loro donne sono i veri indicatori del mio successo.

Quanto poi al lupo inteso come animale, mi è sempre piaciuto quel suo modo di girare intorno all'uomo che Jack London ha descritto così potentemente all'inizio di *Zanna Bianca*. Sono io quell'uomo destinato – nonostante tutta la sua presunta e presuntuosa evoluzione – a essere divorato, ma sono io anche quel lupo dominato dagli istinti e dalla fame.

I lupi, però, sono monogami.

Buona osservazione, ma non del tutto esatta. Quelli che non riescono a stabilirsi su un territorio e a trovarsi una compagna, vagano tutta la vita alla ricerca di una tana che li ospiti (si abitui ai doppi sensi, il linguaggio del gioco ne è pieno).

Gli etologi lo chiamano Lupo Casanova, eteronimo che talvolta utilizzavo ai beati tempi del fermoposta. Ho smesso di farlo quando mi sono accorto che i miei colleghi bull lo consideravano un soprannome presuntuoso e le coppie un cliché al quale dovevo a tutti i costi attenermi. Nessuno capiva che del vecchio Giacomo io amavo soprattutto lo sguardo nomade, annoiato e solitario, con cui racconta le sue memorie.

In ogni caso, al netto dei duecentotrentanove feedback (mica spiccioli), è sempre meglio essere associato a un seduttore come Casanova che a quel collezionista compulsivo di Don Giovanni, preoccupato solo di aggiungere un'altra bella al suo catalogo.

E poi, chi le dice che non sia monogamo anch'io?... Una delle cose più interessanti del gioco è che si può essere incalliti libertini e nello stesso tempo fedeli alla propria compagna.

Come fa a dirlo? Lei ha una compagna?

Certo che ce l'ho...

(nonostante l'abbronzatura, l'intervistato arrossisce. Per liberarsi del proprio imbarazzo, lo attribuisce all'intervistatore)

Cosa c'è, l'ho spiazzata? Si stupisce che un bull possa avere un rapporto di coppia? Sarà ancora più stupito nel sapere che la mia relazione con Eva (si chiama così la mia – mmm – compagna) è la naturale conseguenza di un patto stipulato con suo marito Giorgio.

Un patto?

In effetti patto è troppo poco: si tratta di un vero e proprio contratto.

Eva e io lo firmammo pochi mesi dopo esserci conosciuti. Con quell'accordo suo marito ci obbligava a passare per conto nostro almeno un paio di notti a settimana, durante le quali lui ci inondava di chiamate e di sms. Noi non potevamo rispondere se non con pesanti insulti o con frasi tipo: Smettila di disturbarci, cornuto.

Quella del contratto è una fissazione per molti cuckold: godono nel vedere protocollato il tradimento della propria compagna.

Alla vigilia dei weekend che ancora oggi trascorro con Eva, Giorgio l'aiuta a riempire il trolley di corsetti e reggicalze destinati alla mia eccitazione.

Piaceranno al tuo fidanzato?, le chiede ogni volta.

(Dopo quasi vent'anni, a Giorgio piace ancora chiamarci così: fidanzati.)

Quando Eva si siede sul bidet a oliare gli orifizi, lui s'inginocchia ai suoi piedi come un suddito davanti al trono di una regina e glieli bacia con devozione, raccomandandole di non tornare incinta.

(Raccomandazione ridicola, vista la nostra età.)

Venirle dentro è un'altra delle clausole previste dal nostro contratto. Giorgio l'aveva pretesa con tutte le forze e alla fine avevo dovuto dargliela vinta. Solo più tardi, quando – non so neanch'io se per lealtà nei suoi confronti o per quello che iniziavo a provare per sua moglie – cominciai effettivamente a lasciarmi andare nel suo utero, Eva mi confessò che a essere sterile non era Giorgio (come il cornuto mi aveva fatto credere per indebolire ulteriormente il suo profilo di maschio), ma lei stessa.

Mi spieghi meglio le caratteristiche di questo contratto.

(annoiato) Dovremmo stare qui per delle ore: solo la versione standard dell'accordo, per altro disponibile sulla maggior parte dei siti specializzati, è lunga una dozzina di pagine.

Di fatto il contratto tra cuck, sweet e bull è l'ennesimo paradosso del nostro gioco: tre individui irregolari si sottomettono al fascino perverso esercitato dalle regole...

Giorgio vi aveva apportato delle modifiche a cui teneva particolarmente, come il comma che l'obbligava a lavare a mano le mutandine di Eva o a servirci la colazione a letto quando pernottavo nella loro camera nuziale (in quei casi Giorgio dormiva rannicchiato sul divano).

Smaniava per ottemperare a quelle imposizioni, e se mancava di osservarle era solo perché le conseguenze della violazione (ovvero i castighi che gli infliggevamo) erano più umilianti delle imposizioni stesse.

Un intero capitolo del contratto è dedicato alle sanzioni da applicare ai cuckold che non stanno alle regole: si tratta di punizioni che vanno dallo sputtanamento (volendo, avremmo potuto tatuare i nostri nomi sull'avambraccio di Giorgio) a pesanti pene corporali – in genere frustate.

Anche le modalità di quest'ultime sono stabilite con cura: devono essere somministrate a culo nudo, in serie di cinque o sei, con il cornuto voltato verso il muro. Le rare volte in cui Eva, esasperata dalle richieste del marito, decideva di ricorrere allo staffile, io mi vedevo costretto a legargli un bavero sulla bocca affinché le sue urla, una poltiglia sonora nella quale era impossibile distinguere il piacere dal dolore, non svegliassero tutto il vicinato.

Più in generale avrà capito che, in un contratto del genere, è lo stesso confine tra la regola e la sua trasgressione a risultare indistinguibile. Eva, ad esempio, ha l'obbligo di indossare una cavigliera alla gamba destra, simbolo della sua infedeltà. Ma se a esigere l'adulterio è il marito stesso, stiamo parlando di fedeltà o di infedeltà? Di regola o di trasgressione?

Il vostro contratto è tutt'ora in essere?

In teoria sì. Ma in pratica la giurisprudenza che regola l'accordo è molto in ritardo rispetto all'evoluzione del nostro triangolo. Il contratto che a suo tempo stipulammo con il cuckold contemplava mille eventualità, ma non quella che bull e sweet potessero dedicare il fine settimana – anziché a una torrida e ininterrotta scopata – a visitare una mostra d'arte, a passeggiare al parco con i cani o anche soltanto ad acciambellarsi sul divano a guardare la televisione. Non sa quante volte abbiamo dovuto nasconderglielo, o fingere che stavamo ansimando di piacere mentre in realtà facevamo soltanto jogging lungo il fiume.

Basta questo, penso, per farle capire come nel gioco il tradimento non esista e sia nello stesso tempo immanente. Per Giorgio sarebbe un tradimento anche stare qui a parlare di lui con la pietà che si riserva a un essere umano, laddove il nostro contratto prevede esplicitamente che il bull possa parlare in pubblico del cornuto solo per sputtanarlo, per insultarlo, per pulircisi sopra i piedi come uno zerbino.

Questa arroganza è un requisito fondamentale del bull?

Unicamente nei confronti del cuckold. Dentro di sé il bull deve mantenersi umile, modesto, conscio del ruolo che ricopre.

Capisco che per lei sarebbe più facile immaginarlo come un gallo cedrone che al centro del pollaio sbandiera l'onnipotenza del suo fallo, ma le assicuro che la prima cosa che interiorizza un vero bull sono gli esatti confini della propria giurisdizione.

Noi non contiamo un cazzo (o solo per il cazzo, se preferisce): a partire da questa consapevolezza si dipana la nostra etica (e, se possibile, la nostra epica).

Siamo limitati, sostituibili, provvisori. Ma sarà proprio questa relatività, se coltivata con rettitudine, a indicarci la via per diventare dei buoni samurai, dei misterwolf in grado di risolvere il problema che di volta in volta ci si pone davanti.

Del resto, se non avessi avuto questa umiltà nell'assecondare le esigenze di una Fragolina, di una Perlaperporci o di qualunque altra zoccola sia salita a bordo del mio cazzo senza nemmeno guardarmi in faccia, solo per il gusto di dare del cornuto a suo marito, non sarei mai arrivato a primeggiare nel mio campo, e non sarei nemmeno qui a parlare con lei.

A proposito: perché ha risposto al mio annuncio, Mister Wolf?

(prontissimo) Perché non volevo che prima di me lo facessero Cazzarmato, Tatanka69, BigOne o un altro dei tori imbottiti di Sildenafil Citrato che mi tallonano nella classifica dei feedback su moglieofferta.com. Tutti bravi figli, per carità, ma così poco consapevoli di ciò che veramente sono, di ciò che più profondamente significa essere un bull, che non avrebbero reso un buon servizio alla mia categoria né al libro che si appresta a scrivere su di noi.

Quanto tempo della sua vita ha dedicato al gioco?

È una domanda difficile: un vero bull non cessa mai di esserlo e nello stesso tempo non lo è mai davvero. Certo, sommando i feedback accumulati sui siti internet (ovvero nelle terre emerse del nostro continente) alle troie senza nome scopate nei privé, nei parcheggi, nelle saune, a Cap d'Adge o in altre spiagge naturiste, potrei anche azzardare un calcolo approssimativo delle sweet che mi sono scopato.

Settecento? Ottocento? Mille?

Ma la pretesa di far coincidere un bull con la sua opera è assurda, poiché egli si riconosce soprattutto nel desiderio, nell'ansia, nel lavorìo incessante che precede l'atto sessuale e nello svuotamento – quasi un collasso – che ne segue.

Dopo quello con il samurai, accetterebbe un paragone tra il bull e l'artista?

L'esattezza del suo gesto, dal primo momento in cui s'infila nello spazio tra sweet e cuckold fino a quello in cui lo libera (lasciando – questo il vero obiettivo del bull – la sensazione che senza di lui sarà molto più vuoto di com'era stato prima del suo arrivo) è un'esattezza che non controlla, che nemmeno percepisce: di ogni incontro, la scopata che lo accredita come bull è ciò che meno lo rappresenta (una parentesi: decisiva, ma pur sempre una parentesi).

Tornato nella propria cameretta, finalmente da solo nel suo letto a una piazza, la soddisfazione che il bull prova nell'essersi guadagnato un nuovo feedback assomiglia sempre a un sospiro di sollievo.

(si sporge in avanti, abbassa la voce, passa a un tono più confidenziale) Lo sa che cosa mi dicevo dopo ore e ore di chiavate, tirandomi la coperta sulla testa e facendomi il segno della croce? *(fa una pausa di stampo teatrale)*

Sono a casa, dicevo! Ce l'ho fatta!

Capisce? Come se fossi ritornato da un lungo e pericoloso viaggio fuori di me (o così all'interno da perdermi nelle mie stesse tenebre – non fa molta differenza).

(si raddrizza di scatto) Posso chiederle, signor scrittore, quanta vita tiene per sé? Voglio dire: quanto c'è in lei di indicibile, di segreto? Quanta materia oscura fa da contrappeso a ciò che gli altri sanno, vedono, si aspettano da lei?

(non prosegue finché non strappa all'intervistatore una risposta) Davvero?

(sembra sinceramente stupito) Non so se invidiarla o com-

patirla: come si vive senza contrappeso? Come può mettersi in luce senza avere un'ombra?

(abbassa gli occhi, deglutisce. Pare dolente) Sono cinquant'anni che mi sporco per potermi ripulire e mi ripulisco per potermi sporcare, e non ho ancora capito se questo pendolo mi ha salvato o mi ha distrutto. È una fatica immane non coincidersi mai perfettamente, ma è anche l'unica forma di sopravvivenza che conosca.

Com'è iniziata la sua carriera di bull?

La prima volta che profanai una donna d'altri, se è questo che vuole sapere, andavano di moda acconciature cotonate e pantaloni con le pinces, e io mi ero appena laureato con una tesi sulla letteratura inglese nel diciottesimo secolo.

Erano gli anni Ottanta – gli anni dell'Aids e di "Colpo Grosso".

Tempo di rimediare mezza supplenza in una scuola media di altrettanto media borghesia e il tema della mia trattazione universitaria si ripropose attraverso la madre di una mia studentessa: come il romanzo gotico anglosassone, anche la nostra relazione, nata dallo sforzo di rivelarle con più tatto possibile l'avversione di sua figlia Guya per il genitivo sassone, si rivelò presto un misto di terrore e romanticismo.

A unirci sembrava soprattutto una potente capacità d'idealizzare: a me bastarono la sua gonna al ginocchio e un tocco di rossetto per proiettare sulla madre di Proietti Guya un archetipo MILF, a lei bastarono la mia laurea in letteratura inglese e una giacca di tweed per vedere in quel professorino al primo ricevimento la quintessenza dell'intellettuale.

Diventammo amanti dall'aria inutilmente maledetta, dediti all'uso reciproco e all'abuso di parole che con noi c'entravano ben poco: destino, passione, infinito... Le sfilavamo con destrezza dalle canzoni, dai film, dalla raccolta di poesie di Pablo Neruda che la signora Proietti mi aveva regalato per dimostrarmi d'essere all'altezza del mio excursus accademico.

E forse questo alla fine ci piaceva: essere dei ladri.

Rubavamo del tempo ai miei consigli di classe, la fiducia di suo marito, i nostri baci da un fuoco già spento al terzo incontro.

Dal quarto, per noia, cominciammo a rubare autoreggenti dai negozi di biancheria intima dove la mia amante mi spingeva nelle ore buche. Quei furti erano l'unica forma di complicità che riuscivamo a condividere. Anziché godere assieme dello schiocco che la fascia in silicone avrebbe fatto sulla sua coscia nuda o del fraseggio delle dita tra la balza in pizzo e la sua pelle, le calze scomparivano immediatamente nella borsetta della signora Proietti, e con esse scompariva l'accenno di erotismo che ci aveva accomunato in quella parentesi incuneata tra un simple past e un consiglio di classe.

Vani, nevrotici, ipertensivi, i tentativi d'infilarle una mano tra le cosce nel breve tragitto che separava le nostre bravate dal cancello del Convitto Nazionale s'infrangevano contro il tassello rinforzato dei suoi collant.

Quando mi lanciavo fuori dalla macchina, preoccupato del ritardo non meno che delle mie aritmie, quell'unico isolato percorso a perdifiato con il registro sotto il braccio bastava a realizzare che, anche senza ricorrere a fruste e mascherine in lattice, il sadomasochismo era tra noi e regnava sovrano sull'incerta evoluzione della nostra specie.

A mezzogiorno e mezza sedevo in cattedra per l'ultima ora. Era una condizione che, tra me e me, amavo drammatizzare (l'ultima ora!), al fine di legittimare – in quanto momento estremo, in cui tutto era già dato – le libertà che la mia immaginazione si prendeva mentre i miei studenti venivano costretti a tradurre un frammento dell'*Amleto*.

... We know what we are, but know not what we may be...

Guardandoli dalla cattedra pensavo, in effetti, a cosa mai sarebbero diventati (e io con loro). Poi pensavo a Marina Frajese, la diva del porno, della quale progettavo di scrivere una rispettosa biografia. Infine alla mia amante che, acceso il fornello sotto una pentola destinata alla fame di suo marito, in quello stesso momento stava forse provando, allo specchio di una camera da letto dove mai avrei messo piede, le autoreggenti che poco prima, per pura noia, avevamo sottratto a una commessa altrettanto annoiata.

Ma soprattutto in quell'ultima ora pensavo a Proietti Guya, la quale, china sul suo vocabolario, se ne stava assorta al terzo banco mangiucchiando il cappuccio di una biro mollemente impugnata con la mano sinistra. Niente di così strano (era sempre affamata, nonché mancina), ma anche il dettaglio più banale, nella sua commovente inettitudine, m'inteneriva: Guya era l'esatto opposto di sua madre ed era destinata a diventare esattamente come lei.

Proietti, tutto bene?, le chiedevo raccogliendo i compiti.

Senza guardarmi, Guya annuiva poco convinta (Mmm-mmm) e offriva le sue labbra imbronciate alla mia fantasticheria finale – quella che, negli ultimissimi minuti dell'ultimissima ora, tramutava la tenerezza di cui sopra in oscena perversione.

Guya, immaginavo di bisbigliarle sporgendomi dalla cattedra, wouldn't you want to take my penis in your mouth?

Mmm-mmm. *(rifà il verso alla ragazzina, ammiccando lubricamente)*

Al suono della campanella dovevo attendere che l'aula si svuotasse, prima di alzarmi e sgusciare dalla cattedra nascondendo l'erezione sotto il trench. Quindi sgattaiolavo nel bagno dei professori e in due minuti venivo nella tazza.

A infoiarmi, sia chiaro, non era la frusta storiella del professore che adesca la più ingenua delle sue studentesse, ma l'assai più inclassificabile gamma di reazioni (sdegno, rabbia, umiliazione?) che attribuivo alla madre di Guya nel momento in cui, nella mia testa, sorprendeva la figlia adolescente a sbocchinare il supplente d'inglese nel cesso della scuola.

Nella fantasia erotica che mi portava all'orgasmo la mia amante spalancava la porta per sbaglio, secondo uno schema narrativo tuttora molto in voga nei video di www.milf&daughter.com, e rimaneva lì, tra il lavandino e il water, con una mano sulla bocca e l'altra a stringere sul petto la busta ancora sigillata delle autoreggenti. Il tempo di immaginare i suoi occhi sbarrati e schizzavo nella boccuccia di Guya, mentre lei e i suoi compagni di classe, là fuori, percorrevano ignari il corridoio in direzione della luce.

È attratto dalle minorenni, Mister Wolf?

Sono attratto da tutto e non mi piace niente: soprattutto, m'interessa sempre poco quello che già ho. Il vero bull attraversa il possesso come un incidente di percorso e sguazza nel desiderio come un maiale nella pozza.

(riflette) Visto che mi ha fatto questa domanda, signor scrittore, prima di continuare voglio dirle una cosa: forse, nel decidere di scrivere questo libro, lei è stato fuorviato dall'apparente organizzazione del nostro gioco. Ha fiutato i ruoli, le regole, le strategie, e pensa di potersela cavare con un manuale illustrativo. Ma ogni ordine è creato per arginare (più spesso nascondere) un caos. Se lei gratterà sulla parola bull, come sta appunto cercando di fare, non ne uscirà un PIN con cui accedere ai miei dati, ma una specie di calcio in culo che la spingerà fuori da ogni logica.

(alza gli occhi dal registratore)

Chi glielo fa fare? È davvero sicuro di voler entrare in quel bagnetto del Convitto Nazionale – dove un giovane insegnante d'inglese è intento a masturbarsi sulla figlia tredicenne di un'amante cleptomane – armato soltanto di etichette come Onanismo, Perversione o (non neghi, glielo sto leggendo in faccia) Pedofilia? Ha davvero così fiducia che il suo vocabolario possa contenere le contraddizioni, il disordine, l'eccezionalità di un bull da duecentotrentanove feedback?

(l'intervistato fissa l'intervistatore con un'espressione complice e insieme di sfida) Rifletta, prima di proseguire. Siamo qui per metterci in gioco o per compiacere tutti i voyeuristi a patta chiusa che pretendono di ridurre l'osceno a una casistica, magari a una patologia?

(si prende la libertà di spegnere il registratore)

Ci pensi bene, signor scrittore, è ancora in tempo. Preferisce che mi faccia da parte e lasci il mio posto a un Cazzarmato, la cui semplicità si presterebbe certo meglio delle mie elucubrazioni a farci passare per degli appestati?

(l'intervistatore si scopre tentato dal dirgli di sì. Gli basta raccogliere l'invito a riflettere per rendersi conto che la provocazione di Mister Wolf coglie nel segno. Dopo pochi minuti di intervista, il rischio di ritrovarsi con una matassa inestricabile di metafore, provocazioni e paradossi gli appare incombente.

Ma, dietro a quello di aver sbagliato interlocutore, l'intervistatore sente montare altri timori già pronti a farsi angosce – aver sbagliato tema, aver sbagliato libro, aver sbagliato mestiere – che di fatto lo costringono ad aggrapparsi all'individuo che ha di fronte come all'unica via possibile per dimostrare a se stesso e agli altri che non è così – non del tutto, almeno.

Con un movimento, lento, cauto, distensivo, l'intervistatore fa ripartire la registrazione)

Lei mi interessa molto, Mister Wolf. Del resto sono qui per ascoltarla, non per giudicare.

Lo so, purtroppo: l'abolizione del giudizio è un altro dei mali del nostro tempo...

Io invece ci terrei molto a essere giudicato: in special modo da lei, signor scrittore, che è chiaramente una persona all'altezza di farlo. *(non si capisce bene se sfotta o se dica sul serio)*

Fosse davvero disposto a concedermi il suo feedback, lotterei volentieri con tutte le mie forze affinché il suo giudizio diventi più umano, più pietoso, o forse solamente diverso dal pregiudizio con cui mi ha accolto a questo tavolo.

Le ripeto che voglio solo ascoltare la sua storia.

(riflette) La mia storia...

Come fa a essere così sicuro che questo povero bull possa averne una?

(tutto a un tratto l'intervistato sembra angosciato dall'idea di deludere l'intervistatore)

Devo confessarle una cosa... Quando ho deciso di rispondere al suo invito... Non è stato solo per bruciare sul tempo Cazzarmato o Porcoseduto e per mostrarmi più interessante di loro... Le contraddizioni, il disordine, l'eccezionalità: sì, insomma, non creda che io ne vada così orgoglioso... L'animo di un bull è colmo di fierezza, ma ristagna anche in un profondo senso di vergogna per l'inquietudine che vi regna... Alla fine, chi non vorrebbe trasformare l'inquietudine della propria esistenza in una storia?...

... Una storia, capisce?...

... È come dare una coerenza...

... non necessariamente logica, s'intende...

... ma alla fine pur sempre sensata...

... Chi non vorrebbe darlo, un senso alla propria vita?...

... Uno scrittore – uno scrittore come lei, disposto a lottare con i suoi pregiudizi...

... forse saprebbe...

... forse potrebbe...

(alza di nuovo lo sguardo sull'intervistatore. Uno sguardo trepidante, quasi supplichevole)

Tutti hanno una storia, Mister Wolf.

Ma non tutti hanno avuto un padre che le odiava.

Poche storie, poche storie – ricordo che non ripeteva altro...

Per lui il silenzio non è stato solo uno strumento per eliminare le parole inutili, ma anche per disprezzare profondamente quelle superflue.

Un'educazione del genere non si dimentica facilmente, glielo assicuro.

Ogni volta che provo a mettere le parole al servizio di quello che sono, a sistemarle in fila per riepilogarmi e darmi un capo e una coda, mi torna in mente il Prometeo di Eschilo quando risponde alla Corifea che lo invita a rivelarsi.

Il racconto è dolore, ma anche il silenzio è dolore...

Ancora oggi, il sospetto che mio padre avesse ragione,

che l'atto del tacere sia intrinsecamente superiore a quello del parlare mi tortura come il becco di un'aquila.

È per questo, per questo *(ripete teatralmente)* che vorrei tanto lo facesse lei...

Mi parli dunque di suo padre, Mister Wolf.

Compito molto difficile, dal momento che lui non parlava mai di sé.

Mio padre era un ufficiale dei carabinieri che dell'ufficialità aveva fatto uno stile di vita. Sulla sua persona manteneva sempre uno strettissimo riserbo. Se a tavola provavo a fargli una domanda personale, mi faceva subito notare che la minestra si freddava.

Zitto e mangia, tuonava freddando anche me.

Educarmi, per lui, equivaleva a tenermi all'oscuro di tutto, specialmente dell'esistenza del male. Forse per questo, armato di lampadina tascabile, di notte mi piaceva leggere i Gialli Mondadori sotto le coperte.

A volte, dopo cena, mio padre si piazzava in poltrona davanti al televisore. Ufficialmente per condannare con sguardi accigliati la frivolezza dei programmi, in realtà nella segreta speranza di intercettare Heather Parisi. La passione che coltivava per lei era l'unico sintomo di una vita interiore, e come tale avrebbe forse dovuto intenerirmi. In realtà, scoprire che mio padre poteva emozionarsi per le moine della soubrette italo-americana servì soltanto a disprezzarlo per i suoi gusti in materia di showgirl.

Il suo modello politico era invece Giorgio Almirante. Mio padre ce l'aveva con tutti quelli che non lo votavano, ma ce l'aveva anche con quelli che lo votavano perché parlava bene. Se fosse stato muto, lui Almirante l'avrebbe votato ancora più volentieri.

Ovviamente, quando mio padre fu ammazzato (in un vile agguato terroristico, dissero al TG) al funerale venne suonato il silenzio militare.

Pensavo che l'assolo di tromba avrebbe chiuso il discorso per sempre e invece quel silenzio continuò a risuonarmi giorno e notte nelle orecchie.

Per non sentirlo cominciai a riempirmi la testa di parole, scelte con cura tra i libri che leggevo oppure colte a caso (mio padre avversava allo stesso modo la letteratura e il disordine). Le gettavo contro il muro che ci divideva, perché di gettarle contro di lui, da vivo o da morto, non avrei mai avuto il coraggio.

Non è ancora riuscito ad abbatterlo, quel muro?

(allarga le braccia) È di gomma, purtroppo!

Le parole vi rimbalzano e ritornano indietro, rischiando di colpirmi. Molte di esse – devo ammettere – dicono ancora meno del silenzio di mio padre e possono fare altrettanto male.

Rifiuta il silenzio e teme le parole: cosa resta, Mister Wolf?

Il sesso: tutti quei gemiti, i versi e i mugolii, mi sembrano un accettabile compromesso tra il tacere e il dire. Di sicuro scopare rappresenta l'antidoto migliore all'uno e all'altro. Una fuga, una divagazione...

Così poco, Mister Wolf?

Lo dice lei che è poco!

Molte esistenze non sono altro che una lunga fuga. Quanto alla divagazione, è una delle armi più potenti in mano al bull. Forse l'unica che può sostenerlo nelle sue titaniche imprese.

In che senso?

Nel senso che ogni bull che si rispetti è un dissociato. Nemmeno uno stallone primitivo come Cazzarmato potrebbe scopare per ore la stessa sweet se non ricorresse a continui slittamenti mentali che mantengano viva la sua eccitazione.

La divagazione è l'unica arma che può sostenere il nostro testosterone.

A ripensarci, l'irrompere della signora Proietti nel bagno dei professori non fu altro che il primo sparo di quest'arma: le erezioni che dedicavo a Guya dipendevano unicamente dal pensiero di sua madre, quelle che dedicavo a sua madre dipendevano unicamente dal pensiero di Guya.

Una divagazione binaria, ancora molto elementare, che si manifestava nell'andirivieni tra il bagno dei professori e la Jeep Cherokee parcheggiata sul retro del Convitto.

Rintanati là dentro, io e la mia amannte consumavamo tutta l'aria disponibile e il nostro menage. Ogni tanto, per ravvivarlo, proponevo di consumare anche un rapporto, o almeno di farci spiare da qualche guardone di passaggio mentre ci scambiavamo le nostre meccaniche effusioni.

In realtà, alla signora Proietti ormai interessava soltanto passare inosservata mentre nascondeva la confezione delle autoreggenti nella borsetta. Non facevo nemmeno in tempo a salire sulla Jeep e lei già era partita in quarta verso la corsetteria.

Andiamo a rubare?, esordiva lasciando cadere la cicca dal finestrino e gli enormi occhiali scuri dalla fronte al naso.

Io sospiravo. Prendevo tempo dal poco tempo che avevamo.

Poi, a volte, azzardavo: Un po' di sesso mai?

Allora la mia amante inarcava le sopracciglia ad ali di gabbiano e mi guardava risentita. C'era solo una cosa a cui dava più valore della sua fica, ed era il non darla. Tra questi due beni (dare e non dare) molte donne si muovono scaltre, strategiche. Ma la signora Proietti, più che una stratega, era una sadica: dopo un paio di sveltine, con le quali riteneva d'avermi soggiogato, s'era definitivamente ritirata dietro il freno a mano. Da lì mi faceva vedere una tetta, due tette, mezza coscia. Al massimo si allungava dalla mia parte a piluccare un grappolo di baci. Alla liberazione dei suoi istinti preferiva la prigionia di un partner innamorato, sottomesso, fedele (oltre che di una decina d'anni più giovane di lei).

In realtà, non era vero niente: non ero innamorato, non ero sottomesso, non ero fedele (Proietti Guya a parte, la notte avevo cominciato a caricare puttane di strada sulla macchina di mio padre morto).

Non ero neanche di dieci anni più giovane, dato che la signora Proietti barava spudoratamente sulla sua data di nascita (scoprii che erano almeno quindici, gli anni di differenza). Ma va detto che quel continuo parlare d'amore senza amore, quel praticare sesso senza sesso, mi faceva sentire ogni giorno più triste e privo di speranze: in altre parole, ancora più vecchio di lei.

Le mie richieste, che evidentemente (e non a torto) le suonavano più come un atto di ribellione che come la manifestazione di un vero desiderio, la esasperavano. E quando proprio non ne poteva più, la mia amante cambiava bruscamente direzione e si dirigeva, grattando le marce, nel parcheggio sotterraneo del supermercato di corso Francia. Nascosti dietro a una colonna, tra un carrello abbandonato e un estintore, apriva in fretta la mia patta e cominciava a masturbarmi.

Lo faceva così svogliatamente che dopo un paio di minuti mi sentivo in dovere di rilevare il testimone. Lei, sollevata, si ritirava allora sul sedile e si sbottonava la camicetta, offrendosi alla mia ispirazione in una posa che avrebbe voluto essere sensuale, ma che di fatto era priva di vita. Forse era questo che la signora Proietti ambiva a essere per me: una natura morta. O tutt'al più un calendario appeso al muro della mia cameretta, un paginone centrale di "Playboy". Di sicuro, ai suoi occhi, io non potevo essere niente di meglio che una statua immobile e silente, eretta al centro di un parcheggio desolato come desolata era la nostra relazione.

A riprova di ciò, la mia amante cominciò a regalarmi dei piccoli soprammobili: un torso di Ercole, una miniatura dell'*Hermes* di Prassitele, una coppia di faunetti pompeiani. La sua intenzione, suppongo, era di identificarmi con una bellezza classica, ideale, fuori dal tempo (il cui scorrere, infatti, la terrorizzava). Ma sono convinto che ad affascinare la mia amante, a spingerla ad aggiungere altro gesso ai gessetti dimenticati in tasca dopo le lezioni, fossero soprattutto le loro mutilazioni. Né Ercole, né Hermes, né i faunetti disponevano più di braccia e gambe: non avrebbero mai potuto allontanarsi, raggiungere altre mete, prendere in mano qualcosa (tantomeno se stessi).

Del resto, la signora Proietti non scendeva mai dalla macchina. In tutto l'anno scolastico, non credo di averla vista una sola volta camminare sulle proprie gambe. Avessi ricambiato con una statuina della *Venere* di Milo, sarebbe stata felice di poterla posizionare accanto alle altre.

Un presepe di tronchi umani, ecco come interpretava la nostra relazione...

Tra faunetti pompeiani e furti di destrezza ci trascinammo fino a Pasqua, quando proposi alla classe di Proietti Guya di mettere in scena una riduzione di *Peter Pan*.

Allestire il saggio di fine anno veniva unanimemente considerato una rogna e, benché non fossi altro che un giovane supplente d'inglese, preside e colleghi furono lieti di lasciarmi fare. Si scomposero solo quando seppero che avrei affidato a Proietti Guya il ruolo di Wendy. Secondo loro avrebbe potuto al massimo interpretare una delle tante bambine smarrite che assistono passive all'evolversi della loro sorte (la stessa particina che Guya interpretava nella vita, insomma).

(l'intervistato si sofferma a spiegare come, nel romanzo in questione, i bambini smarriti vivano in una casa sotto gli alberi, e trovino in Wendy, una ragazza bene di Bloomsbury che segue Peter Pan nell'Isolachenoncé, la loro mammina adottiva)

Proietti Guya sarà una Wendy perfetta, mi accaloravo.

Un calore che tornò utile durante le prove, per sciogliere il gelo causato dalle sue continue amnesie.

Ripetemmo le battute di Wendy fino allo sfinimento. E quando alla fine Guya riuscì a dire: Ebbene, mio piccolo uomo, cucirò io l'ombra che hai perduto!, usai quell'ombra per celare la mia commozione.

Il giorno della recita il teatrino del Convitto ribolliva. Al di qua del sipario, i miei ragazzi ascoltavano il brusìo dei loro genitori come da dentro la pancia di una balena.

Mi affiancai a Guya, che stava correndo in camerino a posare il suo apparecchio per i denti, e le chiesi se la sua mamma fosse venuta a vederla.

Mmm-mmm, disse lei.

Pronta a stupirla?

Mmm-mmm.

Da lì a qualche giorno il consiglio dei professori avrebbe votato compatto per la sua bocciatura, e Guya si sarebbe rassegnata a quel verdetto senza battere ciglio, convinta che il fallimento fosse l'unica alternativa all'angoscia di doversi misurare con la vita. In quel momento, però, Guya non era altro che un'attrice sul punto di entrare in scena, e a buon diritto chiedeva di essere lasciata in pace a concentrarsi.

Le andai dietro lo stesso.

Guya, devo dirti una cosa.

Adesso, prof?

Sapevo che per una ragazzina di tredici anni non avrebbe significato niente, ma mi sembrò necessario, prima che salisse sul palco e dimostrasse a tutti quale meravigliosa Wendy poteva essere, che Guya sapesse cosa sarebbe accaduto alla giovinezza del suo personaggio quando ne fosse uscita.

Questa storia, Guya, non si conclude così.

Non proprio così, dissi.

Cioè, prof?

Senza apparecchio la sua pronuncia tornava infantile (più adatta a Wendy, l'avevo convinta).

Cioè che noi – io (mi corressi) mi sono preso la libertà di farla finire diversamente. O comunque prima.

Prima di cosa, prof?

Sotto la camicia da notte aveva voluto indossare una Fruit of the Loom. Malgrado le mie rassicurazioni, era terrorizzata che le si vedesse in trasparenza il reggiseno.

Tu non resti bambina per sempre, le confessai tutto d'un fiato. Nel finale del libro (un finale che lo stesso autore intitolò An Afterthought, Un ripensamento) cresci, ti sposi e hai una figlia, alla quale leggerai la storia dell'Isolachenoncè.

Al posto della solita espressione attonita, Proietti Guya sfoggiò l'amabile sorriso con cui le avevo chiesto di connotare Wendy.

Guardi, prof, che io sono e sarò sempre una somara, disse arricciando il naso come per scusarsi.

I libri non li leggo. E se li leggo, al finale non ci arrivo.

Sgambettando a piedi nudi sulle assi, cercò rifugio nel palcoscenico. Ricordo che ero preoccupato per i suoi calcagni non meno che per la riuscita della recita.

Ma nessuna scheggia ferì i talloni di Guya e la sua interpretazione, nello stupore generale, si rivelò superba.

Sul volo di Peter Pan che assiste dietro ai vetri della finestra al ritorno a casa di Wendy e dei suoi fratellini (la sola gioia, scrive l'autore, dalla quale il ragazzo che non voleva crescere sarebbe stato escluso per sempre), la tenda si chiuse tra fragorosi applausi e io mi precipitai fuori dalle quinte per abbracciare i miei giovani attori (ma soprattutto la mia giovane attrice).

Le ovazioni non accennavano a diminuire e gli spettatori reclamavano a gran voce la compagnia. Quando il sipario si riaprì io stavo ancora coprendo Guya di baci: chi più chi meno, tutti si accorsero di quanto fossero vicini alle sue labbra.

Ma ormai l'applauso era lanciato e inglobava nello stesso entusiasmo la recitazione, le scene, i costumi e la mezza tastata di culo a cui sottoponevo Guya mentre ci inchinavamo a sua madre e alla mia amante. Sovrapposte l'una all'altra, quelle due identità sembrarono improvvisamente schiacciare la signora Proietti. Per sostenerle irrigidì la schiena e i muscoli facciali: con quale patetica espressione si ritrovò suo malgrado ad acclamare l'intimità tra me e la sua bambina!

In coda alla recita di fine anno, di fatto stavo offrendo alla platea un saggio di bondage: schiaffeggiavo i lombi di Guya (perfino lei, nella sua bovina mansuetudine, si rendeva conto che il prof d'inglese stava esagerando) e la signora Proietti, inchiodata a una poltroncina di seconda fila, non poteva fare altro che assistere alla scena e batterci le mani.

Mentre mi allacciavo a Guya, guardavo sua madre (che

mi guardasse allacciato a sua figlia). Ma, mentre guar sua madre, slacciavo la benda che i pirati avevano anno to sugli occhi di Guya (che guardasse come guardavo su madre: quanto la guardavo, perché la guardavo).

Godevo di quel gioco di specchi, come in seguito, entrando nei club privé, avrei goduto di tutte quelle pareti riflettenti, moltiplicatrici di sguardi, di desideri, di orgasmi.

E godevo – anche questa un'anticipazione di piaceri futuri – della spettacolarizzazione del tradimento, della sua trasformazione in gioco di ruolo.

Nulla poteva più sottrarmi al bisogno di sviluppare la pulsione erotica in un plot: del resto odiavo i film porno privi di trama e tutte le volte che noleggiavo un VHS non facevo altro che scorrere velocemente le scene di sesso per andare a vedere cosa succedeva prima e dopo.

Sempre di più, in opposizione a mio padre, adoravo le storie. E quelle di sesso ancora più del sesso.

L'istinto naturale, per me, non era seguire la scia di un ormone ma il filo di un racconto – un filo che, per l'occasione, s'innestò su quello di perle che cingeva il collo della mia amante.

Là nei pressi, appoggiato all'omero della consorte, il braccio sinistro del signor Proietti ostentava il controllo di una situazione che forse nemmeno coglieva; apparentemente, infatti, non sembrava rendersi conto del gioco di mani tra me e sua figlia e di quello di occhi tra me e sua moglie.

Perché non interveniva a liberare la prima dai miei artigli e la seconda dal mio sguardo? Avrebbe liberato anche il pubblico in sala dall'imbarazzo di applaudire, assieme ai propri pargoli, il satiro che se ne stava oscenamente in mezzo a loro (avevo dei jeans attillati, la mia erezione si vedeva benissimo). E forse avrebbe liberato pure me dalla necessità, che sempre mi avrebbe accompagnato, di vivere ogni esperienza sessuale come uno spettacolo e ogni spettacolo come un'esperienza sessuale.

Ma il signor Proietti non si mosse. Anzi, con una flemma quasi aristocratica, staccò il braccio dalla spalla di sua moglie e si unì all'applauso. Forse intendeva applaudire Wendy, gari la morale della favola: ma per me era se soltanto il giovane cazzo che, al netto Guya e del tassello rinforzato di un col- sua proprietà privata.

ge tra le dita l'apice del naso, come a cer- ntrazione o lenire un mal di testa) Badi bene, ttore, la mia non era soltanto una banale perver- ne. Né gusto della provocazione, o esibizionismo. No: l'erezione che puntavo verso quella platea, e in particolare sulle poltroncine da dove i coniugi Proietti sottostavano al mio gioco, esprimeva piuttosto un profondo bisogno di non sentirmi solo, una richiesta di aiuto, o magari di complicità.

Complicità? Con il marito della sua amante? Con il padre della studentessa che si divertiva a palpeggiare davanti a tutti?

Non guardi all'accezione annacquata e zuccherosa che ha assunto oggi questo concetto. Pensi piuttosto alla complicità tra i grandi destini, ad Achab e a Moby Dick, a Dottor Jekyll e a Mister Hyde, o se preferisce a Giuda, alla maestosa aura di fango che accompagna i traditori quando, in ossequio al compimento della storia, sentono di avere fatto ciò che c'era da fare.

I veri complici non stanno mai affiancati, ma uno di fronte all'altro. E le loro azioni non sono mai reciproche, bensì complementari.

Cosa sono due linee che si uniscono? Solo una linea un po' più lunga.

Incastrare le rispettive ossessioni, invece, può svelare nuove figure geometriche, mai pensate prima.

In realtà la figura che univa me, la mia amante e suo marito rischiava di non essere altro che un triangolo ottuso, poiché ottusa sarebbe stata una disputa mirata a stabilire se la signora Proietti appartenesse al coniuge che ogni notte le dormiva accanto come un fratello (parole sue, quando mirava a farmi capire che nemmeno loro scopavano più) o all'amante che ogni giorno la caricava in macchina come una puttana (parole mie, quando cercavo di scuoterla con un po' di turpiloquio).

Bastò incrociare lo sguardo del cornuto per rendermi conto che, anche per lui, quella disputa non aveva alcun senso. Era uno sguardo presbite, incapace di riconoscere cosa accadeva sotto i suoi occhi, ma non così miope da farsi sfuggire una visione d'assieme del suo matrimonio e dei rapporti umani in generale.

Ogni volta che un italiano medio entra nella vita di una donna pensa di trovarla come Cristoforo Colombo pensava di aver trovato l'America: deserta e pronta a farsi trafiggere dall'asta della propria bandiera. Neppure contempla che quella vita possa contenere altre presenze, altri orizzonti, altre aspettative.

Diversamente da questo tipo di uomo, l'avvocato Proietti dava invece la sensazione di considerare anche le ipotesi fuori dal suo controllo, compresa quella che sua moglie fosse agitata da demoni così potenti da farla scoppiare in lacrime all'improvviso, senza un motivo apparente. Impassibile, le porse un fazzoletto, il braccio e un sorriso di circostanza, con il quale, suppongo, intendeva comunicarle di aver capito che c'era qualcosa che non capiva, e che per lui andava benissimo così.

Cosa accadde dopo la recita scolastica?

Prima di tutto lottai come un leone per evitare a Guya di ripetere l'anno. Non era nemmeno calato il sipario sul *Peter Pan* e il collegio docenti aveva già deciso di sollevarmi dall'incarico. Ma almeno, prima di essere messo alla porta, riuscii a barattare la mia testa con un po' di buoncuore nei confronti di Proietti Guya: la salvarono dandole quattro materie.

A me invece diedero l'ordine di starle lontano se non volevo beccarmi, oltre all'allontanamento dalla scuola, una denuncia per molestie sessuali e atti osceni.

Ovviamente anche la mia amante mi diede il benservito.

Dai e dai, ero riuscito a scardinare la nostra routine e con essa il fondamento della nostra relazione, ovvero la mia presunta somiglianza con il protagonista dell'*Attimo Fuggente*.

Secondo la signora Proietti, infatti, io ero identico a Robin Williams. Avevo la sua faccia, nonché la nobiltà d'animo e la statura morale del suo personaggio. Non passava giorno senza che la signora Proietti mi chiedesse se mi ero messo in piedi sulla cattedra, come si vedeva nei manifesti del film.

Aver minato quell'identificazione era il più grande torto che potessi farle.

Robbi, mi rampognò storpiando il nome dell'attore, non mi avrebbe mai fatto vergognare così davanti a tutti.

Come una ladra!, aggiunse rivelando che la sua ossessione per il furto era tutt'altro che superata.

Per la decima volta ripetei che era stato tutto un gioco, una provocazione mirata a scuoterci dal torpore. Come nelle precedenti nove, la signora Proietti fece finta di non sentire.

E soprattutto, continuò, Robbi non si sarebbe mai fatto espellere da una scuola prestigiosa come il Convitto Nazionale! Non avrebbe mai perso un posto di lavoro così vantaggioso!

(La mia retrocessione da sosia di Robin Williams a disoccupato la infastidiva più di quella da amante fedele a molestatore di sua figlia.)

Ne sei proprio sicura?

La signora Proietti si accartocciò sul sedile e cercò la cintura di sicurezza.

Guarda, l'avvertii, che anche il tuo Robbi viene espulso dalla scuola.

Lei si bloccò con la cintura a mezz'aria.

Non ci credo. E poi come fai a saperlo?

Erano mesi che le chiedevo di andare a vedere insieme quel benedetto film. Ma non c'era mai stato verso, rubare calze richiedeva il suo tempo e ogni sera lei doveva rientrare a casa a preparare la cena.

Secondo te?

Non dirmi che l'hai visto!, sgranò gli occhi la signora Proietti.

Pretese subito di sapere con chi: fu come lanciare in aria un piattello.

Con tua figlia Guya, sparai a bruciapelo.

Ovviamente non era vero. *L'Attimo Fuggente* l'avevo visto da solo, all'ultimo spettacolo, in un cinema vuoto e privo di riscaldamento. Ma bastò immaginarmi con Guya nel buio della sala perché mi spuntasse una mezza erezione.

L'altra mezza la ricavai dall'espressione sbigottita della signora Proietti.

Sei un mostro, rabbrividì.

E non hai ancora sentito tutto: lasciami dire che il film è sopravvalutato e che Robin Williams non mi piace per niente.

Professore per professore, continuai, mi sento molto più vicino all'Humbert Humbert della *Lolita* di Kubrick. Peraltro, tu saresti una perfetta Charlotte Haze.

La madre di Proietti Guya mi fissò senza trovare il coraggio di domandare chi fosse Charlotte Haze. Ma quello di darmi del pazzo sì, lo trovò.

Quando ero pazzo di te ti andava bene, le feci notare.

In effetti, avevamo gettato in noi un seme di follia ogni volta che eravamo saliti su quella Jeep Cherokee. La signora Proietti versò una lacrima. Era una donna depressa, molto depressa.

Non sei contenta, dissi sganciandole la cintura di sicurezza, che siamo riusciti a salvare l'anno scolastico di Guya?

L'uso del plurale maiestatis chiamava chiaramente in causa il mio amichetto. Mentre armeggiavo per tirarlo fuori, la signora Proietti cercò di aprire lo sportello e di scappare. Ma quell'anno mi aveva reso più forte, sotto tutti i punti di vista: non solo riuscii a trattenerla ma le strappai anche il tassello rinforzato dei collant.

A quel punto, dopo avermela negata per mesi allo scopo di tenermi con sé, mi concesse ciò che volevo affinché me ne andassi il prima possibile, e chiarendo bene che si trattava di un addio si lasciò finalmente scopare sotto i lividi neon del parcheggio sotterraneo del supermercato.

Nonostante tutto, quindi, la signora Proietti l'attraeva ancora.

Non dimentichi che nel frattempo avevo visto in faccia suo marito: una faccia che mi ispirò per buona parte dell'amplesso. Montavo la signora Proietti e intanto immaginavo il volto del cornuto che faceva capolino dal finestrino della Jeep. Solo alla fine, in prossimità dell'orgasmo, provai a visualizzare al suo posto la piccola Guya, ma subito mi resi conto che alla mia libido ormai era molto più gradita la presenza di suo padre.

Dovetti riconoscere di essere morbosamente attratto da quell'uomo e cominciai a seguirlo ovunque. All'inizio tenendomi a debita distanza sia dallo scooter con cui l'avvocato Proietti si recava in ufficio che dai motivi che mi spingevano a pedinarlo. Poi cominciando ad accostarmi temerariamente all'uno e agli altri.

In coda al semaforo osservavo il suo casco e mi chiedevo come potesse isolarlo dalle invettive che, chiuso nella macchina di mio padre morto, gli scaraventavo addosso.

(batte il pugno su un immaginario volante) Cornuto! Cornuto! Cornuto!

Con il verde scattava una tregua, durante la quale mi concentravo sulle serpentine della sua moto, ma allo stop successivo ero di nuovo pronto a bombardarlo d'insulti.

(riprende a picchiare ritmicamente il pugno sul bordo del tavolo) Cornuto! Cornuto! Cornuto!

Martellavo sempre sul medesimo punto perché speravo che in quel punto si aprisse una breccia, si sfondasse il diaframma tra il nero del mio umore e la luce del giorno, sotto la quale sarebbe apparso chiaro che io (prospetto di maschio alfa) stavo sopra e lui (becco conclamato) stava sotto. Ma si trattava di un diaframma così resistente che il tassello rinforzato dei collant di sua moglie, in confronto, non era altro che un fragile imene.

In realtà, non era tanto questione di sopra e sotto, ma di dentro e fuori.

Dentro e fuori, per un bull, non è solo il movimento a stantuffo che regola il coito.

Dentro o fuori è il concetto cardine, il nodo, la posta in palio: in ciascuno di noi cacciatori di fica si nasconde un Oliver Twist che la notte di Natale osserva dalla strada le finestre accese e si domanda se una porta si aprirà per accoglierlo.

(l'intervistatore prende un appunto sul suo taccuino) Immagino cosa sta scrivendo, ma non si faccia trascinare troppo delle sue spolverature freudiane: la porta di cui parlo simboleggia l'organo sessuale femminile, è chiaro, ma nella vita di un bull si susseguono porte di ogni genere. Entrarvi è la sua ossessione, uscirne la sua salvezza, secondo uno schema che si riproponeva puntuale quando, parcheggiata la macchina di mio padre morto di fronte all'ufficio del cornuto, prima non resistevo al bisogno di seguirlo al terzo piano e poi, davanti alla targa di ottone che annunciava il suo studio legale, mi sentivo soffocare e smaniavo di ripercorrere le scale a perdifiato per guadagnare la prima panchina a cielo aperto.

Sarei rimasto là, senza niente da fare, per buona parte della giornata.

La nuova stagione si preannunciava come un mesto vagabondaggio tra le retrovie delle graduatorie ministeriali e i giardinetti di piazza Cavour, da dove – lo sentivo – sarei uscito solo dopo aver patteggiato con quell'avvocato.

Nell'attesa di vederlo ricomparire nel bar sotto l'ufficio, il fenomeno di attrazione e repulsione che provavo per lui si arricchiva di nuove implicazioni.

Per esempio, mi accorsi che avergli scopato la moglie generava, tra l'avvocato Proietti intento a masticar bresaola e me che lo spiavo, un collegamento di natura politica – diciamo pure classista. Il marito della mia (ex) amante era infatti un libero professionista da tre milioni di lire al mese, laddove la mia abilitazione all'insegnamento, dopo il licenziamento dal Convitto, mi rendeva libero solo di girarmi i pollici. E tuttavia, utilizzando come paniere la fica di sua moglie, il Prodotto Interno Lordo della mia autostima riusciva a competere con la sua abbronzatura, con la sua borsa di pelle, e soprattutto con l'impressione altamente performativa che comunicava ogni volta che i suoi clienti, incrociandolo sotto l'ufficio, lo salutavano.

Per quanto si faccia nudi, il sesso è sempre stato un abito sociale. E io, scrutando il cornuto dai giardinetti, mi divertivo a indossarlo. Ma appena subodoravo che dietro la mia personale lotta di classe si annidasse l'invidia, e che tutto rischiava di appiattirsi nell'ambizione di prendere il suo posto, rifuggivo inorridito da quella ipotesi e ritornavo a esprimere tra i denti la distanza che ci separava: Cornuto, cornuto, cornuto!

In realtà, ciò che davvero mi affascinava in quell'uomo era la sua innocenza. O meglio: l'innocenza conferitagli dall'essere, suo malgrado, una vittima.

Incorniciato dall'adulterio della moglie, ogni suo gesto – dal mettere in moto lo scooter al ritirare la posta – s'ammantava di puro candore, ai miei occhi tanto più commovente quanto più me ne sentivo la causa.

Le incrostazioni della mia sborra sul cruscotto della Jeep Cherokee e la stiratura della sua camicia immacolata facevano insomma parte di un'unico quadro, del quale occupare la parte in ombra diventava in fondo secondario.

Eravamo io e lui, dentro una cosa eccitante e spaventosa chiamata tradimento.

Ogni mercoledì sera il cornuto andava a giocare a calcetto e il senso d'intimità che provavo nei suoi confronti si rafforzava ulteriormente. Già altre volte lo avevo affiancato alla cassa del bar o all'edicola dove era solito acquistare riviste di orologi (senza peraltro mai indovinare il tempo giusto per girarsi e riconoscere in me l'ex insegnante d'inglese di sua figlia).

Ma il mercoledì, vedendolo sbucare dal portone di casa con il borsone a tracolla, a stento mi trattenevo dall'andargli incontro e abbracciarlo, tanto mi entusiasmava la disinvoltura con cui, a quarant'anni e passa, l'avvocato Proietti usciva allo scoperto e saliva sulla Jeep in calzoncini corti e maglietta acetata.

E se per strada avesse incontrato un collega, un giudice, o uno dei suoi facoltosi clienti? Se prima di raggiungere il campo fosse incorso in un tamponamento? Non c'era dubbio che sarebbe sceso dalla macchina e avrebbe affrontato il CID a testa alta, senza alcun complesso d'inferiorità per i suoi polpacci ipotrofici (nonostante il calcetto) e completamente privi di peluria.

Un professionista che si avventura in mutande per le vie del mondo, pensavo, è un uomo che non ha niente da nascondere, né da temere.

(domanda all'intervistatore con quale frequenza si cambi le mutande) Io due volte al giorno. Non tanto per igiene quanto per la paura di essere trasportato al pronto soccorso in caso d'incidente con degli slip poco presentabili. Il cornuto, invece, non sembrava minimamente preoccupato dell'eventualità di avere un malore con addosso dei calzoncini acetati a mezza coscia, e tantomeno di trovarsi di fronte un maschio alfa che, nel notificargli a bruciapelo di essersi scopato sua moglie, lo costringesse a vergognarsi, oltre che delle corna, anche di quel ridicolo abbigliamento.

Sul punto di rivelarmi decidevo che non se la meritava, tutta quella vergogna.

Ma un istante dopo, guardandolo allontanarsi a bordo della Jeep Cherokee, mi veniva il sospetto che l'avvocato Proietti non meritasse l'aura di cui l'ammantavo. I capelli biondi tagliati all'Antica Barberia Peppino, le prime rughe trattate con creme esfolianti, la lordosi nascosta dal taglio sartoriale: in fondo, senza la funzione redentrice del mio crimine, non sarebbe stato altro che uno dei tanti parvenu di Roma Nord che vivono di cene al circolo e fatture da scaricare. Un uomo insipido, banale: ecco cosa sarebbe stato. Se la sua tranquilla crociera in questo mondo poteva elevarsi ad avventura era la mia tempesta che doveva ringraziare.

Ringraziami, cornuto!, gli ringhiavo dietro col bavero alzato mentre prendeva la strada dei campi sportivi.

O almeno, quella che io credevo fosse la strada per i campi sportivi. Perché il giorno in cui, sotto una fredda pioggerellina, mi decisi a seguirlo, vidi subito che l'avvocato Proietti non puntava verso i riflettori che illuminavano gli impianti di calcetto, ma alle tenebre che si allargavano alle loro spalle.

Imboccammo la tangenziale e poi a tavoletta sul Raccordo Anulare, macchina di mio padre morto dietro a Jeep Grand Cherokee. Alla diciassettesima uscita l'avvocato Proietti mise la freccia e s'inoltrò per Tor Bella Monaca. Poco dopo il fosso, alla periferia della periferia, il cornuto si fermò ai margini di un'area mercatale che di giorno – presumo – si riempiva di bancarelle, e la notte (di quello ero certo, perché ce l'avevo davanti) di cupa desolazione.

Spensi i fari e accesi la radio.

L'avvocato Proietti era sceso dalla macchina, saggiando con gli scarpini da calcetto la melma di una pozzanghera. Dopo essersi guardato intorno si sfilò K-Way, maglietta e calzoncini e li gettò nel fango. Sotto indossava una canotta della salute: raccolti gli indumenti, rientrò nell'abitacolo e si levò anche quella.

Quando, dopo circa un quarto d'ora di preparazione, lo vidi scendere di nuovo dalla Jeep, mi sembrò che avesse un mancamento: ma era solo un normale assestamento sui suoi vertiginosi tacchi a spillo.

Nel raggiungere il marciapiede, la camminata era già diventata più spedita. Ancheggiava nella minigonna e dondolava a tempo la parrucca.

Due fari lo illuminarono dal lato opposto del piazzale. L'avvocato Proietti reagì d'istinto spingendo indietro il culo. Applicata al travestitismo, la lordosi gli giovava.

Si lasciò abbordare con disinvoltura. Dopo un rapido conciliabolo, salì in macchina e si appartò con il cliente per la prima marchetta della serata.

Evidentemente Rica (così l'avvocato Proietti si faceva chiamare) doveva essere una professionista rinomata: al suo ritorno, altri clienti l'aspettavano con il motore acceso.

La trattativa con il primo non andò a buon fine. Il secondo lo caricò senza negoziare. Il terzo, che ero io, si prenotò per il giro successivo.

Nell'attesa ascoltavo un concerto di Bayreuth su Radio 3 e pensavo a sua moglie, che la mattina seguente avrebbe estratto dal borsone la divisa infangata e l'avrebbe messa in lavatrice.

Al posto della pioggia era calata una foschia che i fari della macchina di mio padre morto faticavano a fendere. L'avvocato ne attraversò il fascio all'improvviso, come un animale che spunta dal bosco. Ondeggiando sui tacchi venne a picchiettare le dita sul finestrino. Nell'aprirlo, un'ondata di profumo invase l'abitacolo: era lo stesso, forte e dolciastro, che usava sua moglie.

Venti di bocca e cinquanta di culo, esordì senza convenevoli.

Non potevo esserne certo, ma anche il tubino che indossava apparteneva al guardaroba della signora Proietti.

Vorrei solo parlare un po', gli dissi.

Ma Rica m'avvisò che ascoltare costava più del culo.

Guardai nel portafoglio: avevo soltanto due banconote da diecimila lire.

Allora per forza bocca, concluse Rica mettendo fine alla musica di Wagner.

Mi ordinò di bloccare le sicure e di inclinare il sedile. Mentre si chinava per infilarmi il preservativo, nelle calze che indossava riconobbi con ragionevole certezza un paio delle autoreggenti che avevo rubato insieme alla mia amante.

La cosa mi eccitò moltissimo. Mi concentrai sulla trama, sul ricamo della balza, sui suoi trenta denari.

Peraltro, nei panni di Rica, l'avvocato Proietti non era affatto da disprezzare: la parrucca a carré, il rossetto fucsia, il fard sugli zigomi valorizzavano i suoi tratti femminei.

E con la bocca, lo ammetto, ci sapeva fare (di sicuro più della sua signora).

Qualche istante prima di venire, disinibito dall'orgasmo incipiente, glielo dissi.

Brava, mi sfuggì, niente a che vedere con i pompini di tua moglie.

Nonostante ci fossimo accordati per l'ingoio, Rica si staccò e drizzò le ciglia finte: Cosa hai detto?

Disarcionato in vista del traguardo, io non potevo più fermarmi e come un cavallo scosso arrivai fino in fondo per conto mio.

Rica arretrò sul sedile, in una posa guardinga che non poteva non ricordare la mia amante, e aspettò che ritornassi a respirare normalmente.

Poi ripeté: Cosa hai detto?

Mi sfilai il profilattico colmo di sperma. La voglia di parlare mi era completamente passata. Dall'altro lato del piazzale nuovi fari lampeggiavano con la stessa impazienza che avevo io di abbottonarmi i pantaloni e salutare.

Ma l'avvocato Proietti non aveva nessuna intenzione di lasciarmi andare: Ripeti subito quello che hai detto!

La ritrattazione mi sembrò un obiettivo irraggiungibile, così mi gettai di slancio verso l'altra sponda.

Va bene, lo ammetto – confessai ridacchiando, come se fosse una cosa da niente – hai appena sbocchinato l'ex amante di tua moglie.

Rica strinse i manici della borsetta e deglutì.

Per farmi sentire complice e non rivale (per fargli sentire, in realtà, che era la stessa cosa) gli appoggiai una mano sul ginocchio. Lo ammetto, volevo godere fino all'ultimo il contatto con quel nylon.

Dài, ammiccai ancora, siamo uomini di mondo.

Alla terza strizzata d'occhio, finalmente, l'avvocato Proietti si sbloccò.

Tu non sei un uomo di mondo, disse, sei un uomo di merda.

Di solito gli orgasmi rilassano. Quello appena avuto, invece, mi aveva innervosito. Non presi bene il suo insulto così gratuito.

Allora sappi che ho anche appoggiato una mano a cucchiaietta sul culo di tua figlia, rincarai la dose.

Guardami bene in faccia. Ti dice niente Peter Pan? L'isolachenoncè? Wendy?

In realtà non avevo nessuna voglia di stare là a rimestare il passato. Tutto quello che volevo fare era invitare l'avvocato Proietti a stare dietro alla sua bambina – cazzo, cazzo, cazzo (*si strofina improvvisamente i pugni sulle tempie*), pensa a stare dietro a quell'angelo, frocio di una puttana, invece di andartene in giro a sbocchinare la gente nei parcheggi!

Portala a vedere *La tempesta* di Shakespeare!

Leggile *Gita al faro* prima di dormire!

Soffiale dolcemente nell'orecchio quella poesia di Emily Dickinson che dice: Doom is the House without the Door – 'Tis entered from the Sun – And then the Ladder' thrown away, Because Escape – is done...

Ci fu un mezzo tentativo di colluttazione. Una cosa da checca, a mano moscia. Mentre mi schiaffeggiava, piagnucolò di non avere moglie, di non avere figli, di non avere altro che schifo per me.

Nel rinnegare i suoi affetti più cari l'avvocato Proietti ostentava fasulle cadenze sudamericane: un patetico tentativo di accreditarsi come viado, che lo allontanava ulteriormente dalla mano tesa con cui cercavo, nello stesso tempo, di ripararmi dai suoi schiaffi e di indicargli la via della sincerità.

Basta, tentavo di farlo ragionare, perché ti comporti da fariseo quando è chiaro che siamo entrambi peccatori?

Sapevo che anche l'avvocato Proietti era cresciuto in un collegio di preti e speravo che la citazione di una parabola del Vangelo potesse toccarlo.

Invece zero, continuò a darmi del hijo de puta finché non gli si spezzarono, quasi in contemporanea, un'unghia e la voce. Successe allora una cosa in apparenza strana – perché un uomo che di notte si traveste e va a battere a Tor Bella Monaca dovrebbe avere teoricamente i nervi saldi. E invece l'avvocato Proietti crollò di schianto e scoppiò a piangere.

Mi insultò per l'ultima volta, aprì lo sportello e si lasciò cadere fuori dalla macchina.

Si rialzò, barcollò per un paio di passi e poi si fermò, altissimo, in mezzo alla nebbia. Con quei tacchi da drag queen sfiorava i due metri.

Allargò le braccia, tintinnando per via dei bracciali di sua moglie, e mi ricordò un immenso uccello preistorico. Come un uccello preistorico, nel silenzio della notte, sollevò il becco adunco verso il cielo e lanciò un sibilo assordante.

Lei *(domanda all'intervistatore)* s'intende di uccelli? *(non attende la risposta)*

In ogni caso non ha importanza, perché nemmeno gli ornitologi più esperti hanno mai capito il significato di certi versi.

Quella, forse, era una richiesta di aiuto, ma di sicuro ottenne l'effetto contrario: le ultime serrande del palazzo di fronte si abbassarono, i clienti appostati in attesa dei suoi servizi si dileguarono, e il piazzale piombò nel buio più totale. Solo il grido di un animale straziato lo incideva, tagliente come una lama, e ogni taglio apriva una nuova ferita.

La macchina di mio padre morto soffriva l'umidità e faticò a riaccendersi. Ma poi schizzò via, sospinta dai timpani del terzo atto del *Tannhäuser*.

Casa, casa, non pensavo ad altro che alla mia casa, ma appena fuori dal piazzale mi resi conto che ignoravo dov'era, e anche dove mi trovavo io.

Vagando per strade sconosciute, nel labirinto oscuro di Tor Bella, ogni tanto aprivo il finestrino e tendevo l'orecchio per carpire se il verso dell'uccello ferito si sentisse ancora. Mi sembrava di sì, e allora – procedendo a tentoni tra vie senza uscita e sensi vietati – tutto quello che potevo opporgli erano i versi di Emily Dickinson che salivano anch'essi verso il cielo.

... Entro la nera zolla, per essere iniziato, passa il giglio...

Lei è bisex, Mister Wolf?

(per un bull da duecentotrentanove feedback la domanda, posta oltretutto a bruciapelo, non è per niente comoda: lo si capisce da come raddrizza la schiena, quasi stesse cercando di farsela scivolare addosso)

Non potrei esserlo neanche volendo: se l'immagina, dopo aver mostrato al cuckold l'enorme divario tra la propria virilità e la sua ridicola impotenza, che un bull si metta ad amoreggiare con lui sotto gli occhi della sweet?

Ma è vero che, nell'esercizio delle proprie funzioni, il bull deve essere capace di accettare il fiato corto del cornuto sulle proprie natiche, il suo corpo nudo e sudato che gravita intorno all'amplesso, o perfino una carezza sui testicoli pronti a eiaculare.

Per il cornuto ogni bull è un semidio e fatica a resistere alla tentazione di toccarlo.

Insomma, se l'omosessualità è impraticabile l'omofobia va bandita.

Un bull esperto sa benissimo che nella doppia penetrazione – pratica che spesso lo pone a contatto con maschi sconosciuti – ciò che fa eiaculare non sono gli orifizi della femmina, ma lo sfregamento delle due cappelle attraverso la sottile membrana che divide la fica dal culo.

Sebbene io non ami le gang bang, devo ammettere che le cosiddette batterie sono un ottimo esercizio per allenare l'attitudine agonistica di un bull. Ancora oggi guardo con tenerezza a certi giovanotti che si accingono alla doppia con ingenuo entusiasmo, eccitati dalla novità, e che una volta là sotto, già dentro la sweet, nel sentire il membro del collega farsi strada nel secondo canale improvvisamente si rendono conto di essere incappati in una trappola.

Sono floridi, sicuri di sé: ma appena realizzano che l'innesco del proprio orgasmo non dipenderà dalle iniziative di una sweet ormai inchiodata davanti e di dietro, bensì dal dinamismo di un partner maschile di cui nemmeno hanno visto la faccia, diventano dei bambini impauriti sopra una giostra per loro troppo spericolata.

L'istintiva reazione diventa allora quella di muoversi il meno possibile. Si aggrappano ai fianchi della sweet cercando di resistere. Ma è tutto inutile. Le sporadiche spinte pelviche che si sentono in dovere di dare non sono altro che colpi alla cieca per uscire dall'angolo in cui si sono cacciati.

La scelta del varco più largo, dove si erano illusi di potersela godere con comodo, si è rivelata un errore madornale, e più si dibattono più la trappola si stringe intorno al loro condotto spermatico.

Prego, prego, li incoraggio a mettersi comodi quando si tratta di scegliere chi sta davanti e chi sta dietro. *(lascia intendere che lui sta sempre dietro)* Da là posso imporre il ritmo che preferisco e soprattutto, quando l'attrito ha riscaldato i pistoni, posso usare l'orgasmo della sweet come un'onda anomala deputata a portarsi via le residue difese del mio socio.

In genere avviene così: spingo il motore al massimo, finchè là sotto non sento le pareti tremare. Allora mi sollevo sui calcagni, sollecito gli adduttori e mi schiaccio con tutto il peso del corpo sui lombi della sweet, attivando una serie di reazioni a catena: il mio cazzo affonda, la sua fica si contrae, l'altro maschio annaspa.

Puntellato sulle braccia, in perfetta sospensione isometrica, a questo punto mi limito a gonfiare la cappella nelle viscere della partner: in bilico sul precipizio del suo orgasmo, lei si sbilancia sotto la spinta leggera ma decisiva di quel gonfiore e cade in avanti trascinando con sé la prima cosa a cui si può aggrappare, ovvero la resistenza di quel poveraccio incastrato sotto di noi. Al ritmo di un lamento sordo e passivo – generalmente ohhh-ohhh-ohhh – a questo punto egli non può far altro che venirle dentro.

Resto padrone della scena.

Sebbene il mio avversario (ex socio) sia al tappeto, e agogni solo di sfilarsi insieme al suo preservativo dalle macerie che lo sommergono, lo tengo là sotto riprendendo a pompare in un andante con brio per lui preoccupante, perché la sensazione è che, a quel ritmo, la cosa potrebbe durare ancora parecchio.

La sweet si rianima. L'altro, invece, depauperato del suo seme, è un corpo senza vita, un relitto battuto dai flutti. Prima gira la testa a destra e a sinistra, cercando di riguadagnare un contatto con la realtà circostante attraverso la visione dei suoi pantaloni ai piedi del letto o del cornuto che ci osserva masturbandosi. Poi, appoggiando le mani sui fianchi della sweet, finge di partecipare a un'azione che, evidentemente, non lo prevede più, se non come base d'appoggio per la nostra inculata.

È stanco e si comincia ad annoiare. Andrebbe volentieri a bere qualcosa. E invece gli tocca aspettare i comodi di Mister Wolf e di quella troia che continua a ululare sgocciolandogli il suo sudore sulla faccia. Qualche minuto fa poteva ancora eccitarlo, l'ennesimo scambio di liquidi, ma ora tutta quella situazione lo infastidisce.

L'organo del mio rivale si è ormai ritratto dalla vagina della femmina e dorme cullato dagli echi delle mie stantuffate. Senza più alcuna aderenza il preservativo lascia fuoriuscire un rivolo di sperma che gli cola sulle palle inumidendo anche quelle del maschio dominante.

Ora che il divario tra le nostre qualità è emerso in tutta la sua chiarezza, ora che volo in groppa alla sweet come Bellerofonte in groppa a Pegaso, ammetto che il contatto fisico con l'altro bull, di cui sento le caviglie sudate sfiorarmi la pianta dei piedi, non mi dispiace affatto, e mi allungo oltre la spalla della donna per averne uno anche visivo.

Mentre lecco l'orecchio a lei, cerco lo sguardo di lui e lo trovo spento, vinto e rassegnato ai comodi del mio ferro: solo allora accetta di sciogliersi in quella fornace che è diventato il culo della troia.

Sentendola parlare in questo modo, Mister Wolf, stento a credere che lei sia davvero cresciuto in una scuola cattolica.

Vuole scherzare? Gli istituti religiosi sono da sempre la più prolifica fucina di bull, cuckold e sweet che il gioco possa vantare. Non ha idea della quantità di zoccole che sono andate a scuola dalle suore!

È vietando la mela che la si rende saporita. E io sono profondamente grato alla Santa Romana Chiesa per aver fatto dell'erotismo un'esperienza così morbosa. Pensi a quanto sarebbe triste e noioso scopare senza alcun senso del proibito... E a quanto sarebbe arido il mio animo se non avesse dovuto fare i conti col peccato...

Dalla mia prima masturbazione fino all'ultimo dei miei duecentotrentanove feedback, avvertire un nesso tra sesso e religione ha fatto sì che Dio non si assentasse mai dalla mia vita. All'inizio era una presenza ingombrante, che pretendeva di infilarsi nel cesso di servizio dove mi facevo le seghe sull'ombelico della Carrà, ma con il tempo ha imparato ad aspettare fuori dalla porta e a mostrarsi discretamente negli specchi dove contemplo le mie occhiaie.

A volte, ancora oggi, tengo a mente le parole del Pretegrosso, che mi invitava a pregare non dopo il peccato ma prima di commetterlo, per ringraziare il Signore di averlo creato.

Chi era questo Pretegrosso?

Come dice il nome, era un prete grosso, molto grosso!

Di sicuro il più grosso tra i preti del Sacro Cuore, un tetro collegio nel quale fui rinchiuso dopo che i miei genitori scoprirono quante volte avevo marinato la scuola assieme al mio amico Lucio Triglia. In quelle mattine avevamo vagato alla scoperta di Roma Nord, dal bar dello Zodiaco al campo centrale del Foro Italico, dove riuscimmo a giocare un intero set prima di essere beccati dal custode.

La rete di recinzione del centrale, allora, non era affatto invalicabile. Mio padre capì che doveva rinchiudermi in un posto dove ci fosse un recinto più alto.

Mi separò quindi da Lucio Triglia, mi tolse dalla scuola che frequentavo (o meglio, che non frequentavo) e m'iscrisse al Sacro Cuore.

Lì trovai un clero mortalmente noioso, che nemmeno la creatività dei soprannomi riusciva a ravvivare: il professore di latino, ad esempio, lo chiamavamo Pretequattro, perché era il voto che metteva con più soddisfazione. Poi c'erano il Pretebrutto, il Pretelesso, il Pretefisso...

Ai miei occhi, l'unico degno d'interesse era il religioso che si occupava della biblioteca, in uno sperduto seminterrato al quale solo chi – come me – frequentava il collegio a tempo pieno poteva arrivare durante le vaghe ed errabonde ore postprandiali. Il Pretegrosso era sempre lì, immerso nello studio comparato del Vangelo e del *Capitale* di Karl Marx.

In realtà, la concezione con cui il Pretegrosso amministrava la biblioteca era fortemente capitalistica: i libri appartenevano a lui e solo a lui, e se uno degli studenti, per curiosità o per noia, si avventurava oltre quella soglia, di fatto violava una proprietà privata.

Più che occuparsi della biblioteca, il Pretegrosso occupava la biblioteca.

Ma a me dei suoi libri fregava poco o niente. Quello che m'interessava era il tavolo da ping pong accantonato – chissà perché, chissà da chi – nella sala lettura. Il Pretegrosso usava quella stanza per ammucchiare i volumi che non trovavano posto sulla sua scrivania, dove i trattati teologici, incastrandosi con le opere di Feuerbach, Hegel e Proudhon, innalzavano una massiccia muraglia protettiva. Quando arrivavo a passi corti al suo cospetto per domandargli se era possibile fare una partita, la sua voce mi arrivava cavernosa da dietro la trincea.

Il tavolo è occupato, rispondeva.

Le prime volte mi bastava quel colpo sparato in aria per desistere. Ma piano piano presi coraggio e cominciai ad attardarmi al di qua del muro picchiettando la racchetta sul bordo della scrivania, giusto per infastidirlo con la mia presenza.

Ero nel pieno della crescita, misurabile dai centimetri di visuale che guadagnavo. Un giorno, sollevandomi in punta di piedi, riuscii a vedere oltre la pila di libri la cima del Pretegrosso: un capoccione enorme coperto da una zazzera che mi fece orrore e nello stesso tempo invidia, perché, se fosse stata mia, sarei stato immediatamente obbligato a tagliarla.

Ma i capelli erano l'unico aspetto della crescita che i miei genitori potevano riuscire a contenere. Per il resto mi sviluppavo in altezza, in massa magra e soprattutto in temperamento, tanto che un giorno, di fronte all'ennesimo secco rifiuto del Pretegrosso, trovai la forza di controbattere.

Scusi, ma occupato da chi?

Dall'altra parte dello scrittoio arrivò uno scricchiolìo – forse la schiena del Pretegrosso che si raddrizzava – e tra i libri si aprì uno spioncino nel quale apparve ceruleo l'occhio dell'orco. Mi scrutò attentamente. Poi appoggiò entrambe le mani sul tavolo, spinse indietro la sedia e svettò sopra di me.

Era gigantesco, ancora più grosso di quanto potessi immaginare.

Istintivamente, mi feci scudo con la racchetta da ping pong.

Vieni con me, disse il Pretegrosso appoggiando il sigaro sul posacenere.

Mi portò nella sala lettura e indicò uno dei volumi accatastati sul tavolo che tanto agognavo di conquistare.

Che cosa leggi su quella copertina?

Era un raccolta di saggi di Tolstoj contro la pena di morte.

E tu vorresti rimuovere un simile gigante, mi domandò, per fare posto a una stupida partita di ping pong?

Non dissi niente, ma me la legai al dito: io adoravo il ping pong (non meno di quanto, in seguito, avrei adorato Tolstoj).

Me ne andai trascinando i piedi e per una settimana non mi feci vedere. Poi, un pomeriggio, mi lasciai alle spalle le aule, scesi le tre rampe di scale che conducevano in biblioteca e mi piazzai a gambe larghe di fronte alla sua scrivania.

L'avevo provata per giorni, quella frase, ma uscì comunque troppo flebile.

Il Pretegrosso mi chiese di ripetere.

Ho detto basta. Basta con questa incompatibilità tra Tolstoj e tennistavolo!

Era ottobre e le giornate erano ancora passabilmente lunghe. Ma la biblioteca era così interrata che a qualsiasi ora di qualunque mese bisognava tenere la luce accesa. Il Pretegrosso orientò l'abat-jour verso di me.

Sollevai il braccio sopra le nostre teste e gli mostrai cosa avevo portato con me.

E quello cosa sarebbe?, domandò il Pretegrosso.

Un romanzo che le hanno dedicato, dissi lanciando il libro dalla sua parte.

Il Pretegrosso controllò la catalogazione sulla costola e lo stato del volume, e alla fine si decise a scandirne il titolo: L'IDIOTA...

Me l'hai rubato sotto al naso, riconobbe il Pretegrosso senza tonalità particolari. Bravo.

Bravo anche quel Dostoevskij, riconobbi.

Lo sentii vibrare incuriosito. Cominciò a sfogliare le pagine alla ricerca di una traccia del mio passaggio.

Idiota sì, disse alla fine richiudendo il libro. Ma non al punto di credere che tu l'abbia letto davvero.

Riaprì improvvisamente lo spioncino e mi esaminò. L'azzurro del suo occhio, questa volta, sembrava meno vitreo. Io me l'aspettavo, ero pronto...

La scoperta del principe Myskin, la rivelazione della sua umanità, mi avevano infuso un coraggio inaspettato. Citai d'un fiato la frase che più di tutte mi era rimasta nel cuore.

... La pietà è la cosa più importante, forse l'unica legge dell'esistenza umana...

L'occhio del Pretegrosso sbatté tre o quattro volte. Poi, senza dire niente, si alzò, andò nell'altra stanza, afferrò il libro di Tolstoj sulla pena di morte e lo rimosse dal tavolo.

Il piccolo rettangolo verde apparso sul campo mi abbagliò e moltiplicò le mie forze: avevo guadagnato uno spicchio di campo, potevo prenderlo tutto...

Due giorni dopo ero di nuovo di fronte alla scrivania del Pretegrosso, con una copia delle *Metamorfosi* in mano.

La forza di un piccolo scarafaggio può spostare Montaigne, dissi per fargli capire che in un colpo solo miravo a liberare il piano da tutti i suoi saggi.

Nel giro di un paio di mesi, lettura dopo lettura, riuscii a guadagnarmi la prima metà del campo e il rispetto del Pretegrosso. Per ogni libro che leggevo, lui ne toglieva tre dal tavolo.

Ora, purché non fiatassi, mi permetteva di rimanere per tutto il pomeriggio in biblioteca – in una mano un libro, nell'altra la racchetta.

Il risultato era che di notte sognavo il Grande Gatsby giocare a ping pong con il Giovane Holden.

Del resto, non che di giorno l'atmosfera di quel sotterraneo fosse meno onirica: le storie, il silenzio, il fumo dell'avana...

Ricordo che un pomeriggio, mentre stavo per finire *La linea d'ombra* di Conrad, il Pretegrosso si affacciò nella sala lettura tamburellando le nocche sullo stipite della porta.

Come ti senti, marinaio?, mi domandò senza levarsi il sigaro dalla bocca.

Restai a bocca aperta: quelle che il Pretegrosso aveva appena pronunciato erano esattamente le parole che avevo sotto gli occhi!

Rapito da quella perfetta coincidenza, abbassai lo sguardo sulla pagina e lessi ad alta voce la risposta del marinaio: Non sto male... Ma ho paura di quel che può succedere... Ho una tremenda paura per il mio cuore, capitano...

Allora il Pretegrosso fece una cosa che trasformò la coincidenza in una magia, perché si comportò né più né meno come il protagonista del romanzo: si avvicinò a me con la mano tesa e gli occhi assorti.

... Un uomo in ascolto, che attende un segnale d'allarme...

... Non vuoi darmi la mano, Ransome?, mi chiese gentilmente...

Avrei potuto rispondergli che non mi chiamavo Ransome, e chiuderla lì. Invece mi lasciai scappare un'esclamazione di sorpresa e arrossii – proprio come il marinaio Ransome faceva nel libro.

Cazzo. Quel diavolo di frate mi portava dentro i libri prima ancora che i libri entrassero in me...

Alla fine del secondo trimestre non ricordavo nemmeno più come si chiamassero i miei compagni di classe. In compenso avevo instaurato uno stretto rapporto con Don Chisciotte, Madame Bovary, il capitano Achab, Oblomov, Gulliver e con quei tre mattacchioni di Harris, Jerome e George (per non parlar del cane).

Grazie a loro, il tavolo da ping pong splendeva ora sotto i miei occhi di un verde immacolato che chiedeva solo di essere violato dai rimbalzi di una pallina.

Diedi l'ultima passata di Pronto, tirai il filo della rete e spensi la luce.

Domani porto un amico a giocare, buttai là passando davanti alla scrivania del Pretegrosso.

Lui aspettò che salissi la prima rampa di scale e mi gelò: Tu non hai amici.

A parte forse il Grande Meaulnes o l'Amico Ritrovato di Fred Uhlman, aggiunse per non sembrare troppo spietato.

Senza alzarsi dalla scrivania, mi chiamò un'altra volta Ransome e bofonchiò una frase poco chiara. Era di sicuro un'altra delle sue citazioni.

Feci finta di niente e salii anche la seconda rampa.

Non serve un patto di sangue per giocare una partita a ping pong, gli gridai dietro. Amico o meno, qualcuno troverò!...

Non avevo mai visto il Pretegrosso uscire dalla biblioteca. Ne oltrepassò la soglia come se alle sue spalle fosse scoppiato un incendio.

Non azzardarti a portare qui dentro un cretino qualunque, mi minacciò dal fondo delle scale.

Il nostro collegio pullulava di cretini qualunque. Trovare uno che non lo fosse sarebbe stata un'impresa ancora più ardua di quanto era stato impadronirsi del tavolo.

Allora porterò un cretino speciale, dissi senza farmi intimidire.

Per quello ci sei già tu, rilanciò il Pretegrosso.

Avevamo lo stesso senso dell'umorismo e lo usavamo a turno, come se ci stessimo dividendo una sigaretta. Ne aspirammo un'altra boccata a testa, ma senza gusto, per finirla.

Seriamente, dissi scendendo una rampa. Io voglio giocare.

Piantato nella tonaca, il Pretegrosso mi fissò. Anche troppo seriamente.

Vuoi giocare? Davvero?

Sì.

E allora torna domani: ci penso io a farti divertire...

Lo scetticismo era d'obbligo. Quale compagno di gioco avrebbe potuto trovare un orso solitario come lui? Ma la sua offerta mi faceva comodo (era vero, non avevo amici) e quindi la presi per buona senza approfondire ulteriormente.

Si assicuri, gli dissi soltanto, che l'avversario sia all'altezza del mio top spin.

(l'intervistato mima dei colpi da ping pong e si vanta della sua impugnatura a penna. Come i grandi campioni cinesi, dice)

Il giorno dopo in refettorio mangiai poco e niente, per paura di appesantire il mio gioco. Feci una ventina di flessioni in palestra e alle tre in punto varcai l'ingresso della biblioteca con la mia Butterfly Sriver rosso fuoco sotto il braccio.

Allora, me l'ha trovato?

Chi?

Qualcuno con cui giocare.

L'indice del Pretegrosso spuntò dietro al muro di libri e indicò la porta della sala lettura. Dunque non mentiva: il mio avversario era là, pronto a dare battaglia...

Sicuro che... non la disturbiamo?

Il Pretegrosso rispose con un anello di fumo che si andò a infrangere contro lo scaffale della poesia italiana. Tra le opere di Foscolo e quelle di Carducci si apriva un buco che non mi ero mai spiegato.

Ora, però, l'unico mistero che m'appassionava era il silenzio che trapelava dalla sala lettura. Possibile che il mio avversario m'attendesse così inerte, senza nemmeno provare qualche servizio di riscaldamento? Voltai le spalle alla scrivania del Pretegrosso e andai a controllare.

Ciao, disse la persona che c'era dentro.

Ah – mmm – ciao, risposi incredulo.

Ti va se giochiamo un po'?

Eh?... Ah – mmm – certo... Dammi solo un momento, dissi.

Tornai indietro inveendo contro il Pretegrosso.

Ma che le salta in mente?, protestai soffocando la rabbia.

Perché?

Come perché?! È una FEMMINA!

Visto che non mi dava soddisfazione, bussai un paio di volte con la Butterfly sulla barricata che ci divideva. Per la prima volta pensai di aggirare la scrivania, ma mi accorsi che il Pretegrosso s'era coperto anche sui fianchi. Un vero e proprio bunker di carta...

Allora basta, lo mandai a quel paese e gli voltai le spalle, deciso ad andarmene, quando il rumore di una pallina m'inchiodò.

Toc. Toc. Toc.

La ragazzina la faceva rimbalzare sul tavolo a intervalli regolari (a differenza del mio cuore, che già allora, senza che io lo sapessi, soffriva di extrasistole).

Soggiogato dall'irresistibile fascino del ping pong, tornai sui miei passi e mi affacciai di nuovo sulla soglia della sala lettura.

Dài, entra, m'invitò la ragazzina.

Aveva dei lunghi capelli biondi e una spruzzata di lentiggini sul naso.

Ti va se palleggiamo?, mi domandò leggermente piagnucolosa.

Io odiavo palleggiare. Ero andato là per battermi – battermi fino alla morte, come i duellanti di Conrad. Ma alla ragazzina bastò svirgolare un sorriso nella mia metà campo per mettere a segno il primo punto.

Ok palleggio.

Cominciai senza effetti, né top spin né niente, dritto per dritto. Ma per quanto mi sforzassi di spedirle traiettorie amiche, lei trovava sempre il modo di litigarci.

Ah-aaa, commentava i suoi lisci, e poi si metteva a redarguire la pallina: Cattiva, ti sposti sempre!

Ogni volta che si piegava a raccoglierla, i suoi jeans sembravano più aderenti.

Dopo qualche minuto cominciò a lamentarsi per il caldo e mi chiese il permesso di togliersi il maglione. A giudicare dallo sviluppo delle sue tette doveva avere almeno un paio d'anni più di me, ma si divertiva a rivolgersi al sottoscritto come se lei fosse stata una bambina e io suo fratello maggiore.

Sono tutta sudata, pigolò. Che dici, non è che mi prende un colpo?

In realtà si capiva benissimo che il colpo voleva farlo venire a me.

Mentre si sfilava il pullover, dalla sua schiena arcuata partì un dardo che atterrò nella mia area di risposta come una schiacciata di Zhuang Zedong, il campione dagli occhi a mandorla che veneravo come un dio.

Sotto, la ragazza indossava una canottiera – una canottiera e basta, voglio dire.

Con la scusa di rimediare un sorso d'acqua, le chiesi un time out e andai di nuovo a bussare alla fortezza del Pretegrosso.

Non ne prende una, mi lamentai.

Il Pretegrosso sospirò da dietro i suoi libri.

Prova a cambiare gioco, mi suggerì.

Le assicuro che sto facendo un gioco elementare.

Mi sembrò che il Pretegrosso fosse sul punto di spazientirsi.

Sei scemo o cosa? Torna subito da Orsetta, tagliò corto.

Quel nome mi apparve ridicolo, ma nello stesso tempo rafforzò la mia eccitazione: Orsetta, una via di mezzo tra un pelouche e il Grande Nord...

Tornai nella sala lettura.

Orsetta mi aspettava completamente nuda, strofinandosi il clitoride con il manico della mia Butterfly.

Con una voce improvvisamente adulta, m'invitò a sdraiarmi accanto a lei e a slacciarmi i pantaloni.

Siamo sicuri che regge?, domandai preoccupato dalla resistenza del tavolo. Sai, ho fatto tanto per averlo...

Orsetta non rispose e me lo tirò fuori.

Le piaceva stringerlo alla base e contemplare la cappella che si gonfiava.

Piaceva anche a me, ma non nel senso in cui di solito piacciono le cose. Era piuttosto un gioco di specchi, il piacere di provare piacere e poi ancora il piacere di provare piacere nel provare piacere, cosicché il piacere era ovunque e mai davvero raggiungibile.

Mentre Orsetta leccava, mi ricordai di avere letto sull'"Espresso" una recensione di Moravia a *Gola profonda*, nella quale si paragonava la tecnica orale di Linda Lovelace al crescendo ritmico del *Bolero*. L'accostamento, che allora mi era parso artificioso, si ripropose in quel frangente in tutta la sua potenza. Cominciai a canticchiare il brano di Ravel.

Tutto bene?, mi domandò Orsetta.

Alla grande, la rassicurai.

Orsetta si levò un pelo dalle labbra.

Vuoi che lo faccia venire?

Mi sembrava presto, ma ero un ragazzino ancora molto timido: non mi sarei mai permesso di dire alla mia partner quello che doveva o non doveva fare.

Come vuoi, la lasciai libera.

Orsetta mi sorrise.

Sicuro che non ti dà fastidio?

Perché dovrebbe?, la rassicurai. Fallo venire e poi ricominciamo.

Tutta contenta, Orsetta si picchiettò ripetutamente il mio cazzo sulle guance e poi si voltò verso l'ingresso.

Con un solo, grave, si bemolle, invitò il Pretegrosso a entrare. Era già dietro la porta con la sua Polaroid Zip Land...

Ci girò intorno, studiò l'inquadratura e scattò la prima foto.

Non dimenticherò mai il rumore della lastra che veniva espulsa dalla macchina fotografica. Ma soprattutto ricorderò per sempre il silenzio che accompagnò il lento comporsi dell'immagine.

Con il fiato sospeso, Orsetta tendeva il collo sul rettangolo di cellulosa che il Pretegrosso stringeva tra le dita, ansiosa di vedere la prodigiosa apparizione di Sua Maestà l'Osceno. Da sotto le natiche che Orsetta nel frattempo mi aveva piazzato sulla faccia, anch'io cercavo di distinguere qualcosa oltre la mia incredulità. Il Pretegrosso, invece, era già proiettato verso una lucida analisi della nostra esibizione.

Cercate di essere un po' più naturali, ragazzi...

Orsetta non disse niente, ma si capiva che ci teneva a distinguere le sue responsabilità dalle mie.

E per quegli occhi rossi?, domandò al Pretegrosso. Non si può fare niente?

Il Pretegrosso smise di soffiare sulla foto e allargò le braccia. Sembrava un problema annoso, più volte affrontato e mai veramente risolto.

Lo sai, disse, è questo benedetto flash.

Orsetta propose allora una posa a occhi chiusi, un po' sognante.

Ottima idea, concordò il fotografo, ma in questo caso dovresti succhiarlo: non so spiegarti bene la ragione, ma è molto più naturale se chiudi gli occhi mentre lo succhi, anziché mentre lo lecchi.

Fecero alcune prove girando intorno al mio cazzo. Che si trattasse di spingerlo più profondamente nella gola di Orsetta o di appoggiarlo tra le sue chiappe sode, il Pretegrosso si rivolgeva direttamente a lui, con una sineddoche che non aveva niente di retorico.

(l'intervistato chiede all'intervistatore se sa cos'è una sineddoche)

Giusto: una parte per il tutto. Ma anche il tutto per una parte, che era esattamente ciò che provavo in quel momento vedendomi rappresentato in toto dal mio cazzo.

Duro, solido, resistente – tutto quello che non ero, potevo diventarlo grazie al sesso.

Va bene così?, chiese Orsetta.

Smaniava affinché il Pretegrosso scattasse altre foto, ma lui stava attento a non sprecarle.

Ne ho soltanto otto, annunciò controllando il rullino.

Consapevole del mio ruolo, tradussi quel soltanto in ancora – ancora otto scatti (anzi sette, perché intuivo che l'ultimo sarebbe stato dedicato allo schizzo finale) e avrei potuto lasciarmi andare.

Non prima!, mi dissi. A mio modo ero già un piccolo, coscienzioso samurai...

Per la terza istantanea Orsetta si dilatò le natiche e, come una Cenerentola riveduta e corretta, calzò il mio membro nel suo orifizio anale. Oltre alla Polaroid, il Pretegrosso si era portato dietro un tubetto di vasellina, ma non ci fu bisogno di adoperarlo.

Per essere una ragazzina di sedici anni la mia partner aveva un culo di burro, e perfino io, nella mia inesperienza, cominciai a farmi qualche domanda sull'uso che abitualmente ne faceva.

In altre parole, mi venne il dubbio di essere stato sverginato da una professionista. A questo pensiero cominciai a provare una vaga delusione, forse perfino un sordo risentimento verso il Pretegrosso. Il sospetto che, per retribuirla, avesse attinto alle casse del Sacro Cuore (come dire, insomma, che l'aveva pagata con la retta di mio padre) non mi piaceva per niente.

Nei giorni successivi mi feci un sacco di seghe mentali. Le alternavo a quelle manuali, che per fortuna producevano fantasticherie più stimolanti. In particolare, mi stuzzicava l'eventualità che Orsetta si fosse intrufolata nella nostra biblioteca dall'attiguo collegio delle Orsoline.

È vero, un muro altissimo separava i due istituti e le studentesse erano controllatissime (all'uscita dalle lezioni passavano direttamente dal mantello nero delle suore alle berline ancora più nere dei propri genitori), ma forse esisteva un passaggio segreto che Orsetta nottetempo percorreva come Milady nei *Tre moschettieri*, con il volto celato da un cappuccio.

L'immagine mi piaceva moltissimo. A poco a poco le seghe lasciarono il posto a una lunga serie di sospiri e a tormentate veglie notturne, durante le quali confrontavo gli occhi di Orsetta con le più luminose costellazioni.

Orsoline... Orsetta... Orsa Maggiore...

Tutto mi sembrava un segno del destino: in fondo, dopo quel pomeriggio, anch'io stavo diventando sempre più orso...

Il Pretegrosso se ne accorse e mi raggiunse nella sala lettura.

Ti sei ingoiato la lingua?, mi domandò.

Non sembrava minimamente imbarazzato da quello che era successo. Sembrava anzi che non fosse successo proprio niente.

Che stai leggendo?

Gli mostrai la copertina. Era un romanzo di Goethe.

Inaspettatamente, il Pretegrosso si mise a fare il verso a Werther.

... Ah, questo vuoto! Questo tremendo vuoto che sento qui nel petto!...

Era la prima volta che lo sentivo prendersi gioco della letteratura. Non sapevo cosa dire, e tantomeno cosa pensare di un pornografo in abito talare che fumava il sigaro e citava i classici a memoria.

E infatti non pensavo niente. Confidavo nei suoi, di pensieri...

Spingerebbe un ragazzo di quattordici anni su delle strade così tortuose, mi dicevo, se non avesse su di me un progetto chiaro?

Eppure, a sentirlo prendersi gioco di Werther in quel modo, mi assalì la paura che quel progetto non esistesse, che fosse privo di senso (di *Weltanschauung*, per dirla alla maniera del Pretegrosso), e che di fatto vagassi da solo, senza una vera guida, in balia delle sue erudite perversioni.

Trascorse così la primavera. La paura di non rivedere Orsetta cresceva, ma mai abbastanza per darmi il coraggio di parlarne al Pretegrosso. Finché un giorno non lo trovai ad aspettarmi sulla porta della biblioteca con la Polaroid in mano.

Secondo set?, disse strizzando l'occhio ceruleo.

Mi precipitai in sala lettura. Questa volta Orsetta era già nuda. Teneva i gomiti appoggiati sul tavolo da ping pong e il culo a pizzo, in fremente attesa. Dalla meticolosità dei dettagli (l'angolo di divaricazione, il fremito del sòleo, i capelli sparsi sul campo come un vaso di miele rovesciato) non c'erano dubbi che la posa fosse stata studiata in mia assenza assieme al Pretegrosso. Mi bastò immaginare la sua mano villosa posarsi su quella schiena per determinarne l'inclinazione, e un crampo di gelosia mi raggrinzì lo stomaco.

Senza aspettare il via, mi calai i pantaloni e m'inerpicai sulle reni della femmina: non tanto per ingropparla, quanto per cercare disperatamente di raggiungere le sue labbra. Non m'importava se era una sgualdrina: anzi, l'avrei amata di più per questo.

Orsetta mi restituì il bacio senza convinzione – lo subì, a dirla tutta – cercando lo sguardo del Pretegrosso. Lui lo distolse imbarazzato, come di fronte a uno spettacolo impudico.

Appena cominciai a pomparla, il Pretegrosso si mise al lavoro e l'atmosfera si rilassò. Ma bastava che tentassi nuovamente di baciarla, o che dalla mia bava colasse una parola sdolcinata, perché fotografo e modella s'irrigidissero con un sincronismo che inaspriva il mio rovello.

Sfilati quei pantaloni dalle caviglie, disse il Pretegrosso facendomi sentire ridicolo.

Non avrei mai osato disattendere i suoi ordini. Ma tra uno scatto e l'altro, quando per qualche secondo tornavo libero di posizionarmi come volevo, miravo sempre a intrecciare le braccia intorno alla mia partner, per stringerla teneramente a me.

Quella notte sognai di essere al cinema con Orsetta: guardavamo *Love Story* bevendo da due cannucce la stessa Coca-Cola. All'uscita, dopo una romantica corsa sotto la pioggia, ci riparavamo grondanti sotto il portone di casa e ci guardavamo negli occhi in silenzio. Le nostre labbra stavano ormai per sfiorarsi, quando ecco sbucare all'improvviso la figura minuta e nello stesso tempo gigantesca di mia madre.

Ehm, mamma, ti presento Orsetta.

Dentro quello stesso portone, da lì a poco, avrebbero ammazzato mio padre. Ma adesso, nel sogno, non sembrava un posto adatto a morire, bensì a far nascere qualcosa.

Vi siete fidanzati?, domandò mia madre nel sogno.

Io protestai, ma sotto sotto ero contento che me lo domandasse e spiavo il sorriso di Orsetta. Stava per dire qualcosa, forse un sì, ma prima che potesse pronunciarlo mi svegliai e mi resi conto che mi stavo innamorando nell'unico modo in cui un uomo sa innamorarsi di una troia: pensando di redimerla.

Così come indovinava le frasi dei romanzi, il Pretegrosso indovinò, ancora prima che riuscissi a leggerlo io, il sentimento che stava maturando nel mio cuore. Mi studiò per un paio di giorni, poi mi pregò di avvicinarmi alla scrivania e mi chiese se volevo parlare.

Di cosa?

Del gioco che abbiamo fatto.

Il Pretegrosso aveva aperto un varco tra i libri della scrivania, perché potessimo guardarci in faccia: un'opportunità che non avevo intenzione di sfruttare.

Non è un gioco, mi scappò.

Il Pretegrosso girò intorno alla scrivania e venne a darmi un colpetto sotto il mento.

Ti vuoi confessare?, mi domandò. Vuoi chiedere perdono a Dio del piacere che hai provato?

La tonaca del Pretegrosso odorava di tabacco, di muschio, di amido.

Pensa che sia il caso?, strabuzzai gli occhi.

Non lo so, rispose il Pretegrosso. Dio è sempre pronto ad assolverti dai peccati che hai commesso, ma da quelli che non hai commesso puoi assolverti solo tu.

Quelle parole contenevano tutto ciò che il Pretegrosso voleva insegnarmi: l'onestà, l'umiltà, il coraggio. Ma allora pensai che il loro unico obiettivo fosse di lasciarmi da solo davanti a cose più grandi di me.

Pensa che andrò all'inferno?, gli domandai impaurito.

Il Pretegrosso scoppiò a ridere: Per due scopate?

Poi tornò serio e per la prima volta mi chiamò per nome.

Leonardo, ascoltami bene: tu andrai all'inferno solo se porterai una ragazza a vedere film come *Love Story*. Se le darai da bere orrende bevande gassate. Se la farai camminare sotto la pioggia senza proteggerla con un ombrello.

Soprattutto, concluse, andrai all'inferno se al primo sospetto di esserti innamorato di lei, correrai a presentarla a tua madre.

Per un attimo mi pentii di avergli raccontato il mio sogno. Ma fu giusto un attimo.

Il Pretegrosso s'infilò una mano sotto la tonaca, all'altezza del petto, come se fosse arrivato il momento di aprire uno sportellino e lasciarmi guardare tutto il dolore che vi aveva nascosto dentro.

Il sesso è un gioco, disse. Ma l'amore è una cosa pericolosa, che può salvare o uccidere. E che a volte fa entrambe le cose...

Devi farci molta attenzione, disse ancora.

Andammo a sederci accanto ai classici dell'infanzia, e per un po' ce ne restammo in religioso silenzio all'ombra di Pippi Calzelunghe e di Tom Sawyer.

Poi il Pretegrosso si batté le mani sulle cosce e disse: Allora, vogliamo giocare sì o no?

Sobbalzai sulla panca. Sfigurata dall'eventualità che Orsetta potesse attenderci in sala lettura, la mia faccia fece sorridere il Pretegrosso.

Orsetta non verrà più, mi annunciò senza pietà.

E allora con chi dovrei giocare?

Con me!, sorrise ancora.

Anziché la solita Polaroid, dal cassetto spuntò una racchetta. La esaminai: Stiga con gomma preassemblata, telaio grezzo e manico svasato. Nel complesso un attrezzo dignitoso.

Ma il modo in cui il Pretegrosso sapeva usarla non era dignitoso: era superbo...

Nel primo set mi lasciò a cinque. Nel secondo esagerò con lo spin e mi regalò un paio di punti in battuta, consentendomi di arrivare fino a sette. Al terzo mi ritirai per una vescica al pollice.

Un buon cerotto e domani potrai giocare di nuovo, m'incoraggiò il Pretegrosso.

Era chiaro che avremmo passato tutti i pomeriggi a darcele di santa ragione. In realtà, fu sempre lui a darle a me: non appena accarezzavo l'idea non dico di poter vincere un set, ma almeno di renderlo equilibrato, il Pretegrosso alzava il livello del suo gioco e tornava a battermi con punteggi umilianti.

Ciononostante io non mi perdevo d'animo. L'unica cosa che perdevo, giorno dopo giorno, era il bisogno di pensare a Orsetta.

Alla fine dell'anno scolastico lo score più dignitoso risultò un ventuno a sedici ottenuto con una tattica basata sul chop-block. Decisi quindi che avrei passato l'estate a perfezionare questo colpo.

Da giugno a settembre mi allenai per ore. E quando non mi allenavo cercavo sempre di rinforzare il polso: anche farmi le seghe o tenere in mano libri da settecento pagine come *La montagna incantata* diventò parte della preparazione.

Finite le vacanze provai la netta sensazione di aver completato un giro, e che questo giro voleva dire essere diventato più grande. Sfortunatamente, lo era diventato anche il mio cuore.

Poco prima di ritornare in collegio, dopo una settimana di dolori sternali, il cardiologo mi diagnosticò una valvulopatia con conseguente ingrossamento del miocardio.

La mia nuova Cornilleau finì nel cassetto e la scuola cominciò senza di me. Ma io non pensavo alla scuola, bensì alla frase pronunciata dal dottor Krokowski nel sanatorio di Devos (ogni sintomo morboso sarebbe attività amorosa camuffata) e mi chiedevo se quel po' d'amore provato per Orsetta fosse davvero bastato a farmi ammalare.

Di sicuro la malattia mi separava definitivamente dal prossimo. La distanza che i miei compagni di scuola mettevano tra le loro sedie e il mio capezzale, quando venivano a farmi visita, esprimeva solo in parte l'abisso che ci divideva.

A sospingerli verso il mio letto erano giovani mamme, spesso molto carine, che si fermavano regolarmente sulla soglia della cameretta. Anche da lì, bastava un'occhiata perché cadessero nella botola del mio immaginario erotico.

I loro figli m'inondavano di caramelle Rossana e di acri

effluvi di sudore, nei quali erano mescolati ormoni della crescita, lo sforzo di pronunciare frasi di senso compiuto e una precaria igiene.

Seduti intorno al letto, con le mani sulle ginocchia, domandavano a pappagallo quando sarei tornato a scuola e poi restavano perplessi a guardare la pila di romanzi sul mio comodino. Credendo se stesso un fico (e me un nerd, o addirittura un frocio) qualcuno mi allungò una copia dell'"Intrepido", ammiccando a Billy Bis ché baciava sventole in bikini.

I suoi compagni non sapevano che lei aveva già avuto dei rapporti sessuali?

Per carità... Il gusto che provavo nel nasconderlo mi serviva a rendere tollerabile una diversità che la malattia aveva violentemente accentuato. Già da allora sapevo che essere come gli altri sarebbe stata una battaglia persa, e soprattutto una battaglia che mai avrei voluto vincere.

Diventò quindi, semplicemente, una battaglia che non m'interessava.

Quando tornò al Sacro Cuore?

Subito dopo i morti. Pallido, dimagrito e con il divieto assoluto di sudare. Avevo con me un paio di libri della biblioteca, il cui prestito era scaduto a settembre. Da allora erano scaduti anche i livelli del mio testosterone e del mio tennis tavolo.

Contavo di rimettermi in carreggiata, certo, ma intanto mi ritrovai a sperare che il Pretegrosso non mi proponesse di giocare (qualunque fosse stato il gioco).

Sentirmi inadeguato era il primo sintomo di quella malattia.

Può chiamarmi Hans, Hans Castorp, avrei scherzato restituendo al Pretegrosso la copia della *Montagna incantata*.

Ma, varcata la soglia della biblioteca, la voglia di scherzare mi passò.

Un'altra montagna, quella dei libri che perimetravano la scrivania del Pretegrosso, era sparita – e con lei ovviamente era sparito anche il Pretegrosso.

Al suo posto sedeva un pretino con degli occhiali tondi. Se li levò e mi disse che il ritardo era quantificabile in due mesi.

Per un attimo pensai che Orsetta fosse rimasta incinta durante i nostri amplessi.

Il ritardo?, dissi tenendomi lontano dal suo odore di naftalina.

La scrivania del Pretegrosso sembrava molto più piccola di come la ricordavo. Di sicuro sottovalutavo il fatto di essere cresciuto di almeno dieci centimetri.

Giovanotto, disse il pretino, il libro doveva rientrare ai primi di settembre. Dovrei farti un richiamo, o una multa, o magari una diffida...

Non sapeva nemmeno lui come maneggiare un regolamento che la biblioteca non aveva mai avuto.

Mentre compilava il modulo di rientro, sgattaiolai nella sala lettura. L'avevo già messo in conto, ma vederla così vuota mi procurò un'extrasistole particolarmente dolorosa.

Che fine ha fatto il tavolo da ping pong?

Rimettendosi le lunette, il pretino mi chiese con aria scocciata se una biblioteca, secondo me, poteva essere un posto adatto a giocare.

Oh sì, avrei voluto rispondergli. Oh sì, grandissimo Pretestronzo, non sai quanto!

Invece assecondai la prudenza che un cuore malandato m'imponeva, e domandai educatamente: Potrebbe dirmi quando ritorna il Pretegrosso?

Chi?

Mi resi conto che non avevo mai conosciuto il suo vero nome.

Il bibliotecario capellone che c'era prima.

Il Pretestronzo distolse lo sguardo – non faceva altro, per la verità – e mi consegnò un foglietto con i nuovi orari di apertura: un'ora il martedì pomeriggio e due ore il sabato mattina (tutto qua).

Poi mi accompagnò all'uscita facendo tintinnare le chiavi, per farmi capire che stava chiudendo: che non mi saltasse in mente di fermarmi a leggere...

Ho capito chi sei, mi disse sulla porta.

Davvero?

Devi metterti sotto per recuperare il tempo perduto.

Per associazione, mi tornò in mente quando il Pretegrosso m'invitava a mettermi sotto Orsetta, per glorificare Lo Smorzacandela.

Non dubiti, padre, lo rassicurai.

Mi avevano raccomandato di salire le scale lentamente e così feci, per dare il tempo a lui, da basso, di compatire un cardiopatico, e a me di maledire uno dei tanti bastardi che si divertono a tenere lontano i ragazzi dalla letteratura, dal sesso, dal ping pong.

Ma che fine aveva fatto il Pretegrosso?

Non l'ho mai saputo. La versione che girava al Sacro Cuore era che avesse perso la fede all'improvviso, che si fosse spretato o addirittura unito alle Brigate Rosse.

Ma erano tutte chiacchiere prive di fondamento. Anche se non potevo sapere di cosa esattamente si trattasse, il cuore mi diceva che il Pretegrosso se n'era andato dietro qualcosa di bello, poiché tutto ciò che aveva nutrito la nostra amicizia, dalla passione per i libri al back-spin del suo rovescio, fino alla meticolosità con cui, prima di premere il pulsante della Polaroid, metteva in posa me e Orsetta, era stato una continua ricerca di bellezza.

Il cuore, me lo diceva... E non mi riferisco al cuore in senso sentimentale, ma proprio all'organo motore dell'apparato circolatorio.

In poche settimane la cardiopatia era diventata, prima ancora che una malattia, un modo di sentire, una postura che di fronte alle aggressioni della vita mi predisponeva sempre in guardia alta.

Devi stare attento, si raccomandava mia madre sollevandomi il bavero o alleggerendo lo zaino.

Ma io lo sapevo: più che dagli sforzi o dalle correnti d'aria, era dal blu – anzi dal Blue, il colore che usciva dalla tromba di Miles Davis quando la sera mettevo *So What* sul giradischi – che dovevo proteggermi.

Era quello lo zaino che dovevo alleggerire...

Da lì in avanti avrei sempre adottato le soluzioni più vantaggiose per il mio povero cuore: l'allegria invece della tristezza, la mitezza invece della rabbia, la fede invece della disperazione. E non erano scelte facili, perché ogni mattino mi svegliavo triste, rabbioso e disperato...

Questo improvviso miglioramento del mio carattere fu accolto con entusiasmo al Sacro Cuore: nel giro di un trimestre fui eletto compagno ideale e raggiunsi agilmente la media dell'otto. Studiavo ed ero diventato amabile con il prossimo. Esprimendo il pensiero di tutta la scuola, il Pretestronzo venne a dirmi che dovevo ringraziare il mio male, perché la sofferenza mi aveva reso un soggetto migliore.

In realtà per me non si trattava di essere migliore o peggiore, bensì di sopravvivere o morire. Ero fragile, ecco il punto... E dovevo stare attento a tutto ciò che, di netto o attraverso l'allargarsi di una crepa, avrebbe potuto spezzarmi in due.

Niente più angoscia, mi dicevo ogni mattina. Niente più tormenti. E poi ovviamente niente più biblioteca: non ci misi mai più piede...

I medici raccomandavano una blanda attività motoria, e così ogni pomeriggio uscivo di casa e mi aggiravo lento pede attorno a sexy shop, cinema a luci rosse e locali di spogliarello.

Nei pressi della stazione Termini c'era un'edicola che metteva a disposizione dei clienti un comodo separé: bastava scostare la tenda e da uno degli incroci più caotici di Roma ti ritrovavi nell'ovattata intimità di un bugigattolo tappezzato di "Le Ore", "Caballero" e "Supersex".

Serviva un attimo, per infilarsi dentro, ma quell'attimo andava colto con cura e generalmente coincideva con il giallo del semaforo, quando pedoni e automobilisti si concentravano sulle proprie mosse e non badavano a quel ragazzino che cincischiava nei pressi dell'edicola.

Poteva volerci un'ora prima che mi decidessi a entrare nel separé. Un'ora intera della mia vita dedicata a un'azione che oggi, con internet, si sbriga comodamente a casa in tre secondi.

Rintanato dietro lo schermo del computer, oggi nessuno potrà guardarmi come mi guardavano i passanti quando, scelte le riviste da portarmi a casa, riaprivo di scatto la tenda (a quel punto si trattava solo di tentare la fortuna, niente e nessuno mi avrebbe informato se il semaforo era giallo) e per tre indimenticabili secondi, prima di confondermi di nuovo nella folla, mi stagliavo sullo skyline della città come il Giovane Depravato, il Traviato, il Porco.

Dell'edicolante ricordo i guanti tagliati sulle dita. Della sua bocca lo spiraglio che mi notificava l'ammontare della spesa. Dopodiché, c'era una lunga strada per arrivare a casa. E se d'inverno occultare un "Tris Pocket" sotto il cappotto non costituiva un grande problema, d'estate non avevo altra scelta che infilarlo nella cintola dei jeans, sperando che la maglietta lo coprisse abbastanza.

Dal cellophane appiccicato alla pelle scendeva nelle mutande un filo di sudore, mentre camminavo il più possibile eretto: un portamento che era insieme tentativo di darmi un contegno e timore di perdermi i giornaletti lungo la strada. Quando arrivavo nella mia cameretta erano trascorse non meno di tre ore dall'inizio di tutta l'operazione: un vero e proprio viaggio...

Rimpiange quei momenti, Mister Wolf?

Stranamente rimpiango proprio gli sguardi che cercavo di evitare. Col tempo mi sono reso conto che la vergogna di cui certa gente copriva quell'adolescente già dedito alla pornografia, anziché uno stigma che avrebbe dovuto spingermi a gettare il "Tris Pocket" dentro un cassonetto e a riconsegnarmi purificato alla buona e giusta società, era un potente afrodisiaco.

Tra le quattro mura della mia tana mi scoprivo più eccitato ma anche più leggero, e capivo che quella vergogna non era un tentativo di rendermi più buono ma solo meno libero.

Che uso ha fatto di quella libertà?

... Che uso ne ho fatto... Buona domanda...

(l'intervistato si strofina lentamente le guance. Guarda dentro la tazzina vuota)

Una volta seppellito mio padre, tutte le sue imposizioni (a cominciare da quella del silenzio) giacevano ai piedi della tomba come un cane senza più padrone, che non sapevo se sopprimere, nutrire o abbandonare sul ciglio della strada.

Mia madre, come detto, si limitava ad alzarmi il bavero del cappotto e a raccomandarmi con un leggero accento napoletano di non prendere freddo.

Quando mollava il bavero e mi lasciava andare, quella per me era la libertà...

Oltre che per vagare in compagnia di un cuore troppo grosso, la utilizzavo per sgattaiolare nei cinema a luci rosse: pidocchietti malfamati, frequentati soprattutto da vecchi e da militari in libera uscita disposti a spompinarli per due lire.

Preoccupato di essere scambiato per uno di loro, mi ero fatto crescere capelli e basette. Ma la preoccupazione maggiore era che la vasodilatazione sulle gote, causata dallo scompenso cardiaco, si accendesse come una spia rossa sulla mia minore età.

Nella custodia plastificata dei miei documenti avevo infilato una grossa banconota per corrompere il bigliettaio. E prima di entrare nascondevo la piastrina con l'indicazione del gruppo sanguigno che la mamma mi aveva appeso al collo: non sarebbe stato utile denunciare, insieme a una faccia da minorenne, il rischio che all'apparire della prima fica ci rimanessi secco.

In realtà, alla cassa, la mia faccia nemmeno la guardavano.

Di fronte al fruscio delle mille lire la maschera si comportava puntualmente da maschera. Imperturbabile, senza mutare espressione, staccava un biglietto sul quale leggevo: Posto Unico.

A me piaceva l'unicità. Avevo un quaderno dove annotare con cura il titolo del film, i nomi delle attrici, la sequenza delle scene: ogni palata di carne, per me, meritava di essere salvata dall'oblio.

Agli altri spettatori (una volta abituati gli occhi all'oscurità ci volle poco per capirlo) piaceva invece essere tramortiti da quegli enormi cazzi. Alcune teste ciondolavano di qua e di là, altre erano immobili, reclinate sul petto, altre ancora si reggevano sul collo grazie unicamente al puntello del braccio. Solo ogni tanto, a intervalli irregolari scanditi da un imperscrutabile legame tra quanto avveniva sullo schermo e l'immaginario erotico di ciascuno spettatore, la mano abbandonava la tempia e si lanciava sul bitorzolo affacciato alla cerniera, strattonandolo con foga (una reminescenza improvvisa, suppongo, del motivo che li aveva condotti fin lì).

Sul retro degli schienali di legno, non appena sullo schermo appariva un corpo abbastanza latteo da rischiarare la sala, vedevo baluginare arabeschi di schizzi rappresi.

Un errore da non fare, entrando in quei cinema, era cercare posto prima di avere preso confidenza con la penombra: certi vecchi bavosi, stravaccati sulle poltroncine, sembravano godere a farti inciampare sui loro stinchi, e inciampando non sapevi mai su cosa potevi cadere. Imparai presto a non avere fretta, a stazionare in piedi sul fondo della sala per il tempo necessario a valutare la platea.

In galleria, verso la quale risalivano più acri il fumo delle Muratti e le esalazioni di sperma, non ebbi mai il coraggio di salire...

Gli spettatori erano tutti solitari: non singoli, perché probabilmente qualcuno a casa li aspettava, e non soli, perché là dentro, in fondo, costituivamo una piccola comunità.

... Solitari... Questo ci rendeva in qualche modo cavallereschi, epici...

(l'intervistato ha una esitazione)

Mi dispiacerebbe essere considerato da lei un vecchio nostalgico, ma il confronto tra quella platea e gli attuali avventori di strip bar è impietoso: ora si muovono in branchi, senza nessun pudore, senza nessun conflitto, schiamazzando e ridendo sguaiatamente tra di loro.

Ridono davanti alla fica, capisce? *(sembra sinceramente indignato)*

È vero che nei cinema di allora, cullati dagli ansiti dei doppiatori, molti spettatori finivano con l'addormentarsi. Ma il loro era il sonno dei vinti, presupponeva una battaglia.

Dopo un intero pomeriggio davanti allo schermo cedevano a una potenza – il sesso – che non erano più in grado di fronteggiare con una erezione minimamente decente. Crollavano, e nel crollare spesso sbadigliavano in faccia a fiche maestose (mancanza di rispetto anch'essa, ma più perdonabile, poiché la noia che li assaliva dopo aver assistito per ore a una serie di amplessi era lo stesso sentimento che il giorno dopo li avrebbe spinti a tornare).

Di fatto nessuno di quei relitti umani si sarebbe mai sognato di voltare le spalle al tabernacolo della femminilità, come oggi vedo fare abitualmente nei locali di lap dance, per versarsi una birra o controllare i messaggi sul telefonino.

La sciatteria applicata al sesso è uno dei sintomi più deprimenti del nostro degrado culturale: c'è una donna completamente nuda a due metri di distanza e loro parlano, passeggiano, si scambiano lazzi goliardici!...

Quello che un tempo era un rito, un ponte gettato tra la poesia e il bukkake, ora non è altro che uno dei tanti passatempi per sbarcare un sabato sera con gli amici.

D'altra parte, se i cinema porno non esistono più ci sarà un motivo...

Abituati alla carne, al contatto fisico con la spogliarellista che viene a sedersi sulle tue ginocchia e si lascia palpare il culo, nessuno si ecciterebbe più con un amplesso in celluloide.

Dalla società dell'immagine siamo passati alla società del tattile: tutto si tocca...

E tutto serve a surrogare la Toccata Originale, quella che da ragazzini ci permise di scoprire l'esistenza del piacere sessuale: cos'è in fondo la spinta compulsiva a maneggiare tutti questi telefonini, a titillarne la tastiera, se non una gigantesca masturbazione collettiva?

Nell'oscurità del pidocchietto, io mi masturbavo sotto un cappotto militare ereditato da mio padre, ucciso alla vigilia di Natale per mano di due terroristi mascherati da fattorini.

Un regalo per suo figlio, avevano detto sul portone, e poi gli avevano sparato.

Ricordo che alla Befana, assunta la mia dose di angiotensina, smontai il presepe, lo riposi nello sgabuzzino e da là dentro dissi a me stesso: Va bene, adesso puoi piangere un poco.

Avevo sempre paura per il mio povero cuore.

Sul bavero del cappotto di mio padre c'era l'odore del suo dopobarba. Pensavo che, una volta di fronte a John Holmes e a Vanessa Del Rio, quell'odore mi avrebbe disturbato. Invece no, mi piaceva, e lo tenevo alzato.

Mi piaceva anche che quel cappotto fosse così largo. O meglio, mi tornava parecchio utile quando, affondando le mani nelle tasche, attraverso la fodera bucata arrivavo comodamente a toccarmi il cazzo.

Imbozzolato nell'abbraccio che mio padre non mi aveva mai dato, trattavo il mio cuore come un figlio, e intanto mi masturbavo con una lenta oscillazione del polso.

Era tutto molto lisergico, a cominciare dai dialoghi dei film.

Lei: Hai un bel cazzo.

Lui: Sì.

Lei: Ti piace quando dico bel cazzo?

Lui: Sì.

Lei: Vuoi che te lo prenda in bocca?

Lui: Sì, certo, sì.

I film che preferivo erano italiani e francesi, qualche volta americani, raramente tedeschi. I film scandinavi facevano schifo, con doppiaggi fuori sincrono e attori baffuti che scopavano tenendosi una mano sui lombi. Ma io catalogavo con cura anche quelli, almeno finché la visione di *Marina miele selvaggio* non marcò una netta separazione tra la filmografia dell'attrice italo-svedese che lo interpretava e il resto della produzione cinematografica mondiale.

Dell'esistenza di Marina Frajese avevo appreso per la

prima volta nella sala d'aspetto del mio cardiologo grazie a un rotocalco semiscandalistico abbandonato nel portariviste. In realtà, io che mi vanto di essere sempre stato – anche a quindici anni – un vecchio porco, su Marina ero rimasto indietro: quasi tutti, al Sacro Cuore, ne apprezzavano già le doti artistiche.

Certo che la conosco, bisbigliò il mio compagno di banco durante una lezione di matematica. È quella che fa i pompini ai cavalli...

Non potevo crederci.

Ma che dici? Se il marito conduce il TG1?!

Il mio compagno di banco si strinse nelle spalle e continuò a fissare la lavagna. Il postmoderno non gli faceva nessun effetto.

A me invece quell'incrocio tra perbenismo e indecenza, tra il doppio petto di Paolo Frajese e le triple penetrazioni di sua moglie (sì, confermò il mio informatore durante la ricreazione, ne prende tranquillamente tre alla volta), mi mandava al manicomio.

L'articolo che avevo letto dal cardiologo era un trafiletto senza firma, nel quale si accennava alla battaglia legale tra l'attrice e il noto mezzobusto che l'aveva sposata (e che ovviamente, dopo che lei era passata all'hard, si stava affrettando a ripudiarla).

Secondo il trafiletto, nonostante il divorzio non fosse stato ancora perfezionato, a Marina era stato vietato di usare pubblicamente il cognome del marito. Da allora in avanti avrebbe potuto comparire solo con quello da nubile, Hedman, o con il nome d'arte di Marina Lotar.

In realtà, nel suo settore, era una tale celebrità che sulle locandine bastava scrivere: Marina.

Ma tu l'hai mai vista 'sta Marina?, chiesi ancora al mio compagno di banco. Sai dirmi com'è fatta?

Lui ci pensò sopra e poi la definì con un aggettivo destinato a stamparsi indelebile in cima alla mia personalissima classifica dei vocaboli erogeni: Formosa...

Non credo che il mio compagno di banco sapesse davvero il significato di quella parola. Oggi, nei siti di incontri erotici, formosa è l'eufemismo con cui i cuckold presentano le mogli che superano abbondantemente i cento chili. Ma anche allora non poteva che significare quantomeno rotondetta...

Marina Hedman era invece una donna longilinea, con una seconda di seno che, solo se il regista indovinava l'inquadratura, poteva apparire una terza. Da quel giorno, tuttavia, non c'è stata una sola volta in cui, avvistando l'isola che Marina Hedman Frajese in arte Lotar per me rappresentava in mezzo al mare magnum della pornografia, dentro di me non abbia levato il vecchio grido: Formosa!

In lei c'erano almeno tre cose che mi facevano impazzire: 1) Marina non approdava al porno dai bassifondi della nostra società, ma da una luminosa reputazione di madre di famiglia sposata con un vaticanista della Rai. Rinunciare ai benefici della sua condizione per diventare *Marina la dottoressa delle ninfomani* mi sembrava un gesto rivoluzionario, un fulgido esempio di eroismo antiborghese.

2) Marina era l'unico personaggio pubblico italiano diventato celebre senza l'ausilio dei mass media. Tutti (anche quelli che facevano finta di no) sapevano benissimo chi fosse, ma nessuno l'aveva vista mezza volta in televisione: questa immanenza la rendeva metafisica nella sua esposta carnalità. Un corto circuito che mi appassionava moltissimo.

Ma la cosa che più mi conquistò in Marina fu la verità insita nel suo scopare.

Nell'hard-core (come nel gioco) gli attori si dividono in tre categorie: quelli che fingono di fare quello che fanno (sono la maggior parte, più o meno bravi professionisti), quelli che fanno quello che fanno (penso alle esibizioni amatoriali, coinvolte ma quasi mai coinvolgenti) e quelli che fanno (davvero) quello che fingono di fare (la finzione, in questo caso, come esaltazione della capacità attoriale).

Marina apparteneva a quest'ultima, ristrettissima, categoria. La sua autenticità non le impediva di generare uno spettacolo, di soggiogare lo spettatore, di schiacciarlo verso una condizione perennemente stuporale – in poche parole di essere una diva.

Il mio interesse per Marina Hedman diventò definitivamente un'ossessione quando mi venne in mente di cercarla sull'elenco telefonico di Roma. Non solo scoprii che c'era (con il suo cognome da ragazza la diva del porno se ne stava tranquillamente là, confusa tra gli abbonati), ma anche che abitava a Monteverde, a non più di dieci minuti di macchina da casa mia.

La macchina che avevo ereditato da mio padre non potevo ancora guidarla. Con l'autobus i tempi si allungavano, ma non per questo mi tirai indietro: ogni pomeriggio mi recavo sotto casa di Marina e passavo dalle due alle tre ore davanti al suo portone, nella speranza di vederla comparire.

Non comparve mai.

Né con il sole né con la pioggia, che quell'anno fu particolarmente insistente.

Mani in tasca e calosce (il cardiologo si era raccomandato di non prendere freddo alle estremità), passavo il tempo ripensando alle capacità attoriali di Marina.

Proprio di quelle, se infine si fosse palesata, avrei voluto discutere con lei: come poteva affidarsi a delle produzioni così mediocri, che la mortificavano con storielline insulse e riprese da filmino Super 8?

Marina, tu meriti molto di più!

Una convinzione destinata a rafforzarsi ogni volta che tornavo al pidocchietto per assistere alla sua ennesima performance. In quel periodo la mia musa girava almeno una pellicola al mese.

(Sì, ma quando, dove – mi domandavo – se da casa non usciva mai?)

Appena l'affluenza in sala accennava a calare, il cinema riaccendeva l'entusiasmo annunciando l'arrivo del nuovo film di Marina.

Anche agli spettatori più ignavi saltava all'occhio il cambio di passo tra le sue interpretazioni e quelle delle altre attrici. Ma nessuno, che io sappia, condivideva la mia indignazione per la sciatteria con la quale i vari Hard Sacc e Lucky Faar Delly, due dei registi che godevano del privilegio di dirigerla, sprecavano sistematicamente tutto quel talento.

Plot privi di erotismo, battute insipide, riprese scolastiche.

Se il Pretegrosso avesse visto tanto scempio – lui che ci faceva stare interi quarti d'ora in equilibrio sul tavolo da ping pong, pur di indovinare l'inquadratura giusta – avrebbe scosso la testa come di fronte a un atto vandalico.

Marina, tu meriti molto di più, mi ripetevo sotto l'ombrello, mentre gli abitanti di via del Casaletto, passandomi accanto, si chiedevano chi fosse quello strano giovanotto che ogni santo giorno, dalle 17 alle 19.30, fissava un portone avvolto in un cappotto di due taglie più largo.

In realtà, ero strano ma sempre concentrato.

Ragionavo. Meditavo.

E all'improvviso mi venne l'illuminazione: l'avrei scritto io, il film perfetto per Marina...

All'epoca nutrivo una passione per il cinema francese – Godard, Truffaut, ma soprattutto Louis Malle, che qualche anno prima aveva diretto *Soffio al cuore* – e cercai di coniugarla con le scarne ma rigide regole grammaticali della cinematografia hard-core: sette scene di sesso, l'ultima delle quali orgiastica, e un cast di almeno quattro attrici.

La sceneggiatura del mio film cominciava con un funerale e più in particolare con le esequie dell'anziano coniuge della protagonista: mi piaceva moltissimo l'idea di partire mostrando Marina al cimitero in tailleur e calze nere, magari sotto un cappello a larghe falde.

Il tempo di un giochetto di parole sul tema delle pompe e Marina ne elargisce una al necroforo, facendoci intuire che il caro estinto sia morto in un cesto di corna.

Del resto, se le meritava.

Sigillata la lapide, Marina scopre infatti che il marito teneva nascosta in Svizzera una cospicua somma di denaro: chiaro l'intento di instillare nello spettatore il dubbio se, in un matrimonio, sia più deprecabile occultare un tradimento o un conto in banca.

Il personaggio di Marina l'avevo concepito come una donna positiva, ironica, allegra e generosa (un po' come Eva, si lascia sfuggire l'intervistato).

E infatti decide di spartire il malloppo fra le tre figlie che il defunto aveva avuto dal precedente matrimonio.

Nel tentativo di accaparrarsi una quota maggiore, la prima di esse, Gonaderilla, spinge il marito tra le braccia della matrigna. Con la scusa di ripararle il rubinetto del lavello, il genero le ispeziona l'intero sistema tubario.

Essendo una giovane vedova, la seconda, Fregàna, non può imitare la mossa della sorella. Ma ha un figlio di diciassette anni che zoppica in latino e greco.

Tra le altre doti, Marina conosce benissimo le lingue morte. Durante una delle ripetizioni che gli impartisce, il ragazzo prende coraggio e le chiede: Nonna Marina, ma se passassimo alle lingue vive?...

Come già aveva fatto lo zio, al momento di sodomizzarla il ragazzo s'intrattiene sul bordo del suo sfintere, sussurrandole all'orecchio: Se te lo spingo dentro, mia madre avrà più soldi delle sue sorelle?

Ormai sappiamo che Marina è una zoccola invereconda, perciò, travolta dalla foia, non può che promettere genericamente: Oh sì, sì, sì.

Resta la terza sorella, Cordòglia. Lei è un'anima candida, non nutre alcuna mira sul patrimonio paterno. Ciò che nutre, semmai, è un delicato affetto per Marina, che sfocia ben presto in vero amore. La scena saffica tra Cordòglia e la matrigna, nelle mie intenzioni, avrebbe dovuto essere girata a Venezia, in pieno inverno, sulla sabbia di un Lido sferzato dal vento.

A questo punto, accortesi del particolare legame che comincia a unire Cordòglia a Marina, le due sorelle maggiori decidono di calunniarla, accusandola delle peggiori nefandezze.

Attraverso la falsa testimonianza di un nobilastro decaduto, che ovviamente ricompensano in natura, Gonaderilla e Fregàna arrivano perfino a imputarle un fallito tentativo di sbarazzarsi del padre.

Anni addietro – rivelano a Marina – Cordòglia avrebbe tentato di buttarlo giù dalle scogliere di Dover durante una tempesta...

(Il legame tra la mia storia e il *Re Lear*, a questo punto, è dichiarato.)

Sobillata dalle perfide figliastre, Marina rompe con Cordòglia e promette di intestare tutti i beni a Gonaderilla e Fregàna. Convinte di avere ormai ottenuto ciò che volevano, le due sorelle infieriscono sulla matrigna, ricattandola con delle foto che la ritraggono al termine del funerale mentre si scopa il becchino (chiavata numero sei, che rivediamo in flash-back).

Nell'ultima scena Gonaderilla e Fregàna sono sedute davanti alla scrivania in noce di un notaio. Sfoderano ghigni soddisfatti e scollature assassine. Ma, al momento di intascare l'eredità, una rivelazione le raggela: nella banca svizzera non c'è un solo franco.

Com'è possibile?, esplode Gonaderilla.

Quella troia della nostra matrigna!, inveisce Fregàna. Ci ha imbrogliate!

Chiamata in causa, Marina irrompe quindi nello studio notarile e pronuncia la celebre battuta shakespeariana: Pazzo è chi crede alla docilità di un lupo, alla salute di un cavallo, alla passione di un adolescente, alla fedeltà di una puttana.

Ho inventato l'esistenza del conto svizzero, prosegue Marina, per misurare la purezza dei vostri cuori.

E ho capito quanto essi siano marci, dice tendendo la mano a Cordòglia, che nel frattempo ha fatto il suo ingresso nello studio (le due donne si baciano in bocca).

Gonaderilla e Fregàna (insieme): Puttane!

Sì, puttane, prende la parola Cordòglia. Ma a differenza di voi felici di darla. E di dare... Sappiate che, fin dall'inizio, nostro padre aveva lasciato tutto a me, perché gli facevo i pompini sotto il tavolo. Ma Marina (la guarda con dolcezza) mi ha insegnato cos'è il vero amore: amiamoci, perciò, senza più invidie né calunnie né sopraffazioni, e ogni nostro bene verrà condiviso.

Marina e Cordòglia sono le prime a spogliarsi, subito seguite dal notaio. Le due sorelle esitano, si scambiano occhiate dubbiose. Poi – che sia per la solita cupidigia o perché davvero rinnovate nello spirito – si gettano anche loro nella mischia, gridando: Ma sì, condividiamo!

Condividete 'sto cazzo, risponde il notaio imboccando il

loro cavo orale – con quella che, un po' ad effetto, sarebbe stata l'ultima battuta del film.

(silenzio)

Che ne dice?

(altro silenzio)

Interessante, anche se il finale mi pare frettoloso. Un po' confuso.

Ha perfettamente ragione. Ma tenga conto che, all'epoca, un film porno doveva chiudersi obbligatoriamente con un'orgia. E poi era la prima cosa che scrivevo...

La buttai giù di getto, saltando in continuazione dalla tastiera al cazzo (parentesi masturbatorie che da un lato rallentavano l'opera, dall'altro raddoppiavano il piacere della sua creazione).

Non so quanti artisti abbiano mai goduto del loro lavoro con l'immediatezza con cui io godevo di quella sceneggiatura.

Si girò mai, il suo film con Marina Frajese?

Per cominciare, ricopiai tre volte la sceneggiatura sulla mia Olivetti 22.

I margini bene allineati. I dialoghi incolonnati al centro. Le scene di sesso descritte con accurata eleganza.

Con la busta formato A4 sotto il braccio ritornai quindi a Monteverde, davanti all'abitazione dell'attrice.

Capii subito che non potevo più aspettare: i fogli mi bruciavano nelle mani, le mani mi bruciavano nelle tasche. Così mi diedi una pettinata e decisi di varcare il suo portone.

Sotto il solito cappotto indossavo la cravatta e un completo color sabbia che la mamma, scucendo le mostrine, aveva trasformato da divisa dei carabinieri in abito civile.

Eccomi là: a diciassette anni, con addosso gli indumenti troppo larghi di un padre morto ammazzato, mi accingevo a premere il campanello di una stella del porno...

Con la lentezza che il peso del mio cuore m'imponeva, raggiunsi il terzo piano di quel palazzetto senza ascensore.

La mia preoccupazione, adesso, era come suonarlo, quel campanello...

Non troppo deciso, ma nemmeno timido: dosa la forza, campione, usa tutta la sensibilità del tuo polso di esperto ping-pongista per entrare come si deve nella vita della signora Hedman!

Mi aspettavo un morbido dlin-dlon. E invece risuonò un secco cicalino che già sapeva di importuno. Da dietro la porta un cane cominciò ad abbaiare. Dal rumore che faceva doveva essere di grossa taglia, forse un dobermann.

Poi, insieme al latrato del cane se ne sentì uno umano: Chi è?

Interrogativo legittimo, perfino banale, che mi colse però del tutto impreparato: Chi ero, in effetti?...

Non percependo risposta, la persona dietro la porta intimò inutilmente al cane di tacere.

Poi disse: Mario?

(In realtà non lo disse, lo gridò. Perché il cane continuava a fare un chiasso infernale.)

Un vecchiaccio in pantofole e vestaglia si affacciò del pianerottolo di sopra, incrociò il mio sguardo e, indignato da tutta quella caciara, rientrò nella sua abitazione.

Mario, sei tu?, insistette l'uomo dall'interno di casa Hedman.

Sentivo le unghie del cane raspare contro la porta.

Cercai di riflettere rapidamente: Chi cazzo poteva essere quel Mario?...

Alla difficoltà di trovare una risposta (dire semplicemente no, non sono Mario, non mi venne proprio in mente) si aggiunse la consapevolezza che, per farmi sentire, avrei dovuto alzare la voce ben oltre l'asticella che ero in grado di saltare.

La necessità di urlare, insomma, mi riduceva al silenzio.

(la tonalità dell'intervistato, in effetti, è molto bassa. In certi passaggi si direbbe calda, suadente, in altri quasi afona)

Lasciai quindi il plico sullo zerbino e me ne andai con la mia divisa demilitarizzata.

Si arrese così presto?

Un vero bull non insiste mai. Riprova, però.

Così, nei giorni successivi, ricominciai a passeggiare davanti al portone di casa Hedman. Visto che di Marina continuava a non esserci traccia, allargai il mio orizzonte d'attesa al dobermann, all'uomo che chiedeva di Mario, a Mario stesso.

Ma il gioco di poterli immaginare in ogni condomino che entrava o usciva dal portone di via del Casaletto mi annoiò dopo un paio di pomeriggi.

La noia è una strana bestia. Sembra così improduttiva, poi ti accorgi che la maggior parte delle cose accadono a causa sua.

Prenda il sesso.

Perché si fa? Per noia. Perché si smette di farlo? Sempre per noia.

Se la noia non esistesse saremmo tutti molto più inoperosi, e io starei ancora a contemplare la facciata di casa Hedman.

Invece a un tratto dissi: Basta, me ne vado.

Il tedio aveva generato una determinazione di cui ancora non vedevo lo scopo, ma che intanto mi stava riportando a casa con passo deciso.

Dall'obliterazione del biglietto sull'autobus al tocco della puntina sul disco di Miles Davis, tutto si susseguì con gesti sciolti e precisi. Sotto la doccia, mi bastò una mossa per indovinare la perfetta miscelazione di acqua calda e fredda.

Capii che ero pronto.

A piedi scalzi, in accappatoio, raggiunsi il telefono a muro in fondo al corridoio, aprii l'elenco e composi il numero che avevo cerchiato.

Marina: Sì?

Ehm. Pronto?

Marina: Sì?

La disturbo, signora Hedman?

Marina: Chi parla?

Ehm... Non ci conosciamo... Non ancora, almeno (risatina un po' nervosa).

Mi chiamo Leonardo e sono – ehm – uno sceneggiatore. Più precisamente, l'autore della sceneggiatura che ho consegnato lunedì scorso al suo indirizzo.

Il silenzio che riempiva le sue pause era piuttosto molle. Quasi bagnato. Ipotizzai che scaturisse dalla sua fica: forse, prima di rispondere alla mia telefonata (ma anche ora?) Marina si stava toccando...

La disturbo?, ripetei.

Marina mi chiese quanti anni avessi. Era tutto incredibilmente sensuale.

Non so niente di tua sceneggiatura, confessò Marina.

Più che la Svezia, il suo accento ricordava Hansi Müller, il centrocampista tedesco che l'Inter aveva appena comprato dallo Stoccarda. D'altra parte, non avevo la minima idea di come suonasse un accento svedese.

Ne è sicura? L'ho recapitata di persona.

Marina non rispose. La pregai di controllare.

Può fare questo per me?, aggiunsi vellutatamente, come se fossimo già complici.

Mentre Marina esitava, sentii mia madre trascinare le sue pantofole dalla camera da letto al bagno.

Signora Hedman, insistetti più energico, può fare questo per me?

Marina si guardò alle spalle (non mi chieda come lo capii, ma sono certo che lo fece) e poi bisbigliò frettolosa nella cornetta: Va bene, io cerco.

Per il momento mi bastava.

Quando posso richiamarla?

Silenzio.

Posso richiamarla?

Va bene, va bene, ripeté lei.

Parlava tutto d'un fiato e poi faceva interminabili pause: un'asimmetria che mi conquistò immediatamente. Riattaccò senza salutare ma, in qualche modo, con educazione.

Pur non avendone mai avuta una, quella brusca interruzione mi evocò il brivido di una relazione clandestina.

In piedi, ancora con la cornetta in mano, valutai l'ipotesi che un Mario qualunque, invece di consegnarla nelle mani di Marina, avesse gettato via la mia sceneggiatura. Avrebbe voluto dire che *Vedova viziosa* (titolo provvisorio) era perduta per sempre. Ma l'erezione maturata nel corso della telefonata mi fece sentire un leone, pronto a riscriverla ancora meglio. Approfittando che la mamma era ancora in bagno, mi masturbai e schizzai in libertà lungo il corridoio.

Poi asciugai il pavimento con l'accappatoio e lo lasciai cadere nel cesto delle robe sporche.

Appena mi sentii di nuovo pulito, tornai a chiamare la signora Hedman.

Marina rispose al primo squillo, come se fosse seduta accanto all'apparecchio. Forse per aspettare la mia telefonata?, m'illusi.

In realtà Marina non ricordava nemmeno chi fossi.

La chiamo per la sceneggiatura, provai a imbeccarla.

Lei brancolava nel buio. In effetti era così che me l'immaginavo: seduta nel buio del suo salotto, a masturbarsi di tanto in tanto.

Forse la disturbo, signora Hedman?

Mi sembrò di sentire una goccia cadere sulla cornetta. All'improvviso realizzai che Marina Hedman non stava masturbandosi, ma piangendo. E che, come il Corsaro Nero nell'ultima pagina del romanzo di Salgari, non stava piangendo per qualcosa che le avevano fatto (in questo caso avrebbe immediatamente reagito, con fermezza e coraggio) ma per qualcosa che aveva fatto lei (che lei aveva DOVUTO fare) e alla quale nessuno (nessuno, tantomeno se stessa) avrebbe mai potuto porre rimedio.

Non sa quanto le sono vicino, signora Hedman.

Non sa cosa darei per vederla contenta.

Quando alla fine proposi di sentirci in un altro momento, mi accorsi che Marina non c'era più.

Signora Hedman?

Mi sembrò di cogliere dei passi che tornavano verso l'apparecchio. Erano passi felpati. Quindi Marina (almeno dentro casa) non portava i tacchi: la delusione durò il tempo di apprendere che Busta Era Stata Trovata.

La mia busta?, sussultai incredulo.

Marina l'aprì con uno strappo non troppo energico. Poi, ancora più stancamente, staccando sillaba da sillaba, cominciò a leggere.

A-ve-te-un-bello-or-ga-no-in-que-sta-chie-sa-pa-dre-Mi-che-le.

Può-dir-lo-for-te-si-gno-ra-si-ve-de-che-lei-di or-ga-ni-se-ne-in-ten-de.

Il mio copione sembrava un corso di lingua per stranieri. All'improvviso mi accorsi di provare un profondo imbarazzo.

Lo studi con calma, signora Hedman, si prenda tutto il tempo. Preferisce che ci sentiamo domani?

Avevo orchestrato così tante volte la musicalità di quelle frasi che non resistevo a sentirle suonate sulla pianola del suo italiano.

Cosa è questa? Testimonianza di Geova?

Non esattamente, signora Hedman. Si tratta della sceneggiatura di un film.

Un film?

Il film che avrei scritto per lei.

Marina si schiarì la voce, per poi non dire niente. Ci congedammo a colpi di tosse. Quanto al mio invito a studiare il copione con calma, Marina lo prese alla lettera: il giorno dopo non era arrivata nemmeno alla terza pagina.

Mi arrischiai a chiederle una prima impressione. Lei fu sincera.

Non capire molto, disse. Un po'... come si dice?... cupo.

Ah, certo, le spiegai, perché ci troviamo a un funerale. Ma si tratta soltanto dell'inizio. Uno sfondo che ci permetterà di far risaltare la vitalità del suo personaggio. Un gioco di contrasti, capisce?

Dopo un lungo (intendo dire più lungo) silenzio, Marina mi stupì: Gioco di contrasti: come in sonata numero tre per violino e pianoforte di Debussy?...

Io, di Debussy, ignoravo tutto, ma già mi faceva sognare l'armonia di quella pronuncia: De-biù-ssì.

Lei conosce il francese, signora Hedman?

Scoprire che la mia attrice preferita era poliglotta aumentò la mia indignazione per i registi che si ostinavano a farla doppiare da sciacquette incapaci perfino di ansimare.

Conclusa la telefonata, mi recai in un negozio di dischi dove acquistai un LP che conteneva tutte e tre le *Sonates pour divers instruments*, composte da Claude Debussy.

Dalle note di copertina appresi che Debussy compose la sonata numero 3 fra l'estate del 1915 e l'inverno del 1917, quando il male che gli stava divorando il retto e il cancro della guerra, ormai infilato anch'esso nel culo dell'Europa, si stavano coalizzando per sopprimere definitivamente lui e la Belle Epoque.

L'erotismo che impregnava *Marina vedova viziosa* si faceva sempre più funereo...

Nella conversazione successiva proposi alla mia musa di utilizzare le sonate di Debussy per sonorizzare il film. In alternativa, lei suggerì Stravinskij e Mahler: un po' alla volta si stava compenetrando nel progetto...

Mi aiuti a migliorarlo, le chiedevo. La sua parte, ecco, la sua parte – la sente sua?

Giunti faticosamente alla settima scena, ritenevo che Marina ne sapesse abbastanza per poter esprimere un'opinione più compiuta.

Oh sì, sì, piace molto tuo film.

Prontamente, io la correggevo: NOSTRO film!

Ogni tanto Marina emetteva un gemito, come se le mancasse improvvisamente il respiro o stesse contenendo un risolino. In ogni caso, pur continuando a fare delle pause estenuanti, era diventata molto più comunicativa.

La convince l'ironia del suo personaggio?, la incalzavo. O lo vorrebbe più crepuscolare?

Marina: Oh sì, sì, piace molto ironia. Più crepuscolare.

Ironia o più crepuscolare?

Marina: Oh sì, sì, piace molto tuo film.

Davvero?

Marina: Oh sì, sì.

Vogliamo provare qualche battuta, signora Hedman?

Prendemmo l'abitudine, ogni pomeriggio, di recitare al telefono uno stralcio del copione. Marina si applicava, ma dimostrò subito di non avere una grande tenuta nervosa.

Queste battute che tu scrivi!, si spazientiva. Perché così complicate?

La invitavo a non demoralizzarsi. A credere in se stessa.

Coraggio, dicevo, le do io l'imbeccata.

Non riuscivamo a superare la scena in cui l'impresario di pompe funebri dispone i crisantemi intorno al feretro.

Marina cominciò a sbuffare sonoramente.

Non s'innervosisca, signora Hedman, riproveremo domani.

Alla fine Marina non resse più lo stress e crollò. Basta! Basta! Non ce la faccio! È troppo stupidaggine, tuo film!

Marina era un diva ed era giusto accettare qualche capriccio. Ma un giudizio del genere no, non lo potevo accettare. Il mio film una stupidaggine?

Me ne tornai in camera mia. Per vendicarmi tolsi Debussy dal piatto e lo sostituii con il vecchio *Kind of Blue*. Poi telefonai al negozio per avvertire che i dischi di Stravinskij e Mahler non li prendevo più.

A Marina, invece, non telefonai per almeno cinque o sei giorni. Quando la richiamai aveva dimenticato anche le poche battute memorizzate fino a quel momento. Ricordava però di avermi offeso, e mi chiese scusa.

Non è tuo film stupidaggine. Io stupida.

Non lo dica nemmeno per scherzo, signora Hedman. Lei ha un grande talento e questo film lo dimostrerà.

Siccome sembrava ancora poco convinta, le rivelai che la trama era ispirata a Shakespeare.

Marina ne fu incantata.

Davvero? Shakespeare!, ripeté tra sé.

Ricominciammo a lavorare con più lena, ma già la sera dopo, nell'affrontare la scena del genero che le stura i tubi in cucina, si ripresentò una nuova crisi.

Basta, basta.

Cominciò a piangere, e per diversi minuti non ci fu verso di tirarle fuori altro che lacrime.

Ricordo che, proprio quel giorno, mia madre aveva deciso di variare il menu a base di latte e biscotti con cui eravamo sopravvissuti dopo la morte di mio padre (del resto lei non faceva che prendere sonniferi e dormire, cosicché ogni pasto era di fatto una prima colazione), e un profumo di risotto ai funghi si spargeva per la casa. Ancora pochi minuti e si sarebbe scotto.

Non faccia così, signora Hedman.

Tra le lacrime Marina ripeteva parole inafferrabili.

Con pazienza, come se avessi in mano un paio di pinzette, riuscii a estrapolarne un paio dai suoi singhiozzi.

Pessima attrice, io pessima attrice, gemeva Marina.

Non si capiva se stesse confessando un crimine o se ne stesse discolpando.

La mamma si affacciò in corridoio per avvertirmi che era pronto. Le benzodiazepine le avevano allentato la coordinazione, ma tentò lo stesso di strizzarmi l'occhio, convinta che stessi chiedendo la mano di qualche brava ragazza.

In realtà, mirando a una reazione d'orgoglio, in quel momento stavo chiedendo a Marina se davvero voleva essere ricordata come quella che fa i pompini ai cavalli.

Io le sto offrendo una nuova opportunità, signora Hedman.

Lei tirò su col naso. Sembrò quasi avvertire l'aroma del risotto.

Tu vuoi scopare con me, non è vero?, sussurrò con un certo languore.

All'improvviso mi accorsi che, nonostante tutto, avevo ragione: quella donna possedeva un talento sorprendente e poteva schienarti con una battuta.

Sceneggiatore non sa cosa dire, constatò.

Imbastii un breve discorso sull'onestà delle mie intenzioni. Ma, per quanto breve, desistetti prima di concluderlo.

Certo che volevo scoparla.

Però. Ecco. Insomma.

Mi pone un interrogativo difficile, signora Hedman...

Marina rise del mio imbarazzo, che giustificò con la mia giovane età.

Tu sei un ragazzo e io ormai una vecchia, disse.

Non dica così, signora Hedman. Lei è nel pieno della sua maturità.

Marina si soffiò il naso, un lungo squillo di tromba per annunciare che non voleva più piangere.

Adesso basta con signora Hedman, disse. Tu chiama me Marisa.

... Marisa?...

... In che senso Marisa?...
... Perché Marisa?...
Mi sentii avvampare le tempie.
E basta anche con questo telefono, continuò la signora Hedman.
Mi diede appuntamento per l'indomani mattina a Villa Pamphili, mentre io riaprivo freneticamente l'elenco telefonico e scoprivo che desiderio e passione possono creare allucinazioni, o quantomeno sviste clamorose, poiché senz'altro clamoroso era stato l'errore di leggere Marina laddove stava scritto (ora – solo ora! – lo leggevo chiaramente) MARISA Hedman.
Non credevo ai miei occhi. Come potevo essermi sbagliato?
E soprattutto, chi cazzo era adesso Marisa Hedman?
In cucina mia madre aveva acceso il televisore e l'ennesima sigaretta. La trovai che sfogliava il calendario dei carabinieri: chissà perché, visto che i giorni per lei erano diventati tutti uguali...
Aspettò che sedessi a tavola e poi scoprì il risotto.
È carina?, disse.
Il vapore che uscì dalla pentola mi appannò gli occhiali.
Chi?
Mia madre spense la sigaretta nel lavello.
La tua ragazza. Quella con cui parli tutte le sere.
Mentre mi serviva, mi accorsi che il riso rimaneva attaccato al mestolo. Si era scotto davvero.
Sparsi il formaggio e dissi: Non saprei.
Era la verità, e per qualche oscura ragione a mia madre piacque. Non disse più niente. Soffiammo a tempo sui rispettivi piatti e cominciammo a mangiare in silenzio davanti all'"Almanacco del giorno dopo". Quando arrivò, annunciato da un'alba livida, io ero ancora in cucina con il televisore acceso.
Le TV private, in quegli anni, avevano preso l'abitudine di trasmettere televendite di pietre preziose. Azzerato il volume, avevo fissato per tutta la notte quelle dita inanellate che in primo piano parevano culi, azzerando anch'io tutte le mie aspettative su *Vedova viziosa*, su Marina, sul mio sogno di co-

niugare sodalizio artistico e vita sentimentale come a loro tempo avevano fatto Roberto Rossellini e Ingrid Bergman.

La mia prima idea era stata di disertare l'appuntamento con Marisa Hedman e di sparire nel nulla. Ma a poco a poco, inoltrandomi nella notte, quella ritirata mi sembrò una bassezza.

Il cuore m'imponeva di essere prudente, è vero, ma non un vigliacco.

E col tempo sarei diventato un buon samurai, pronto a combattere per il mio daimyo, un padrone di cui ancora non vedevo il volto, ma del quale percepivo la grande ombra sopra di me.

(l'intervistato spiega che nell'antico Giappone il daimyo era un'alta carica militare a cui ogni samurai giurava fedeltà)

Feci una lunga doccia e un'accurata igiene orale, poi controllai i vestiti.

In fondo di questo si trattava: essere ordinati, puliti, e confessare onestamente alla signora Hedman che eravamo incappati in un equivoco.

Per tutta la notte aveva piovuto: intrisa d'acqua, la città sembrava essersi gonfiata, e con essa il suo traffico mostruoso. Quando entrai a villa Doria Pamphili la trovai silenziosa, bellissima nel suo sgocciolare.

Decisi di spendere l'ora che mi separava dall'appuntamento facendo un giro nella zona cani. Era ancora deserta. Il primo ad arrivare fu proprio quello della signora Hedman.

Come le ho detto mi aspettavo un dobermann, e invece era solo un pinscher...

E la signora Hedman?

Anche lei di piccola taglia e con un cappottino impermeabile in tartan. Vestiva in maniera anonima, con varie tonalità di grigio, ma sulla tempia destra si era colorata di fucsia una lunga ciocca di capelli.

Marisa?

Ci stringemmo la mano facendo vacillare i rispettivi ombrelli. Avevo talmente messo in conto l'imbarazzo che restare in piedi sotto la pioggia, senza molto da dirsi, mi sembrò meno peggio del previsto: percepivo una ridicola malinconia che, in fondo, non mi dispiaceva.

Marisa mi invitò nuovamente a darle del tu. Il tono questa volta era compassionevole, sembrava quasi fosse a conoscenza delle tragedie che recentemente mi avevano colpito. Era così lontana dal sospettare di essere una di queste, che mi fece tenerezza.

Mi faceva anche ridere, Marisa Hedman, con quel tic che le spingeva continuamente il mento in avanti, e per non darlo a vedere mi concentravo spesso sul pinscher o sulle foglie fradicie dei lecci.

Chissà perché, il fatto che non avesse niente – ma proprio niente – della sua quasi omonima Marina mi tranquillizzava moltissimo.

Ci spostammo verso la limonaia. Marisa moriva dalla curiosità di sapere dove l'avessi vista recitare: in Italia o in Germania?

In Germania no di sicuro, risposi.

Per forza, si diede della stupida Marisa. Io ho lasciato Berlino nel 1970, tu eri un bambino di dieci anni.

Mi parve giusto precisare che, nel '70, di anni potevo averne sei o sette.

Dunque ora ne hai diciotto, calcolò Marisa.

Non era forte con i conti, oppure non sapeva in che anno fossimo, ma stavolta rinunciai a correggerla.

Passeggiando sotto quella pioggerellina, Marisa si sforzava di creare un clima d'intimità, congeniale alle confidenze.

A tua età speravo ancora diventare grande attrice, disse.

Come tu, caro, speri diventare regista, aggiunse strizzandomi l'occhio.

Il paragone non mi piacque per niente. Sottintendeva che mi dovessi mettere l'anima in pace.

Notai che tutto quello che Marisa evocava, dalla patria lontana ai sogni perduti, esprimeva un rimpianto. Nonostante la camicetta rosa, la signora Hedman poteva definirsi una donna in lutto e mi venne da ridere pensando che il film che avevo scritto per lei si chiamava *Vedova viziosa*.

Ci sedemmo al chiosco della limonaia e ordinò un maraschino che la rese ancora più loquace. A me, dopo la notte insonne, stava venendo un sonno micidiale, perciò arrischiai a prendere un caffè.

Alla limonaia eravamo gli unici avventori, e Marisa ne approfittò per togliersi le scarpe. Sospettai che fosse un modo per comunicarmi che con me si sentiva a suo agio. Ordinò anche un secondo maraschino.

Allora, si può sapere dove tu hai visto me recitare?, tornò alla carica.

Elencò tutti i registi con i quali aveva lavorato sulla scena off berlinese: non ne conoscevo mezzo.

Ma allora dove tu hai visto me? Dimmi, dài, dimmi!

Disinibita dall'alcol, prese a ridacchiare per qualunque cosa. Io, finché potevo, tacevo e mi accodavo al suo risolino isterico, chiedendomi come avrei giustificato tutte le volte che al telefono le avevo detto: Signora Hedman, lei è una grande attrice!

Non vuoi dirmelo, eh? Ma io so lo stesso.

Smisi di picchiettare il cucchiaino contro la tazzina del mio caffè.

Ah sì?

Se non mi vergogno io di avere fatto, non devi vergognarti tu di avere visto.

Giusto, ammisi.

Anche a te fa schifo televisione?

Ja, dissi. Ovvio.

Cominciai a sospettare che avesse recitato in qualche sceneggiato. O magari in una pubblicità. Con un po' di maieutica venne fuori che si manteneva come figurante a "Domenica In".

Ma tu non hai visto "Domenica In", ammiccò Marisa.

Dimmi verità, tu mi hai visto a Fiori d'Arancio...

Fiori d'Arancio era l'agenzia matrimoniale di "Portobello", la trasmissione di Enzo Tortora. Mio padre la vedeva tutti i giovedì, tanto da farmi temere che, dopo Heather Parisi, si fosse invaghito anche di Renée Longarini.

Cazzo, signora Hedman, mi ha sgamato, annuii sornione.

Quella disinvoltura verbale la fece arrossire. Ma le tornò utile per convincersi che ormai eravamo in grande intimità. Cercò i miei occhi, trovò le mie mani.

Stringendole disse: E così, Leonardo, ti sei innamorato di me...

Con la coda dell'occhio controllai se il barista avesse sentito. Poi mi schiarii la voce.

Signora Hedman, io devo parlarle... chiederle scusa...

Aveva delle dita tozze e si mangiava le unghie. Ma non abbastanza da impedirle di conficcarle nei miei polpastrelli.

No, Leonardo, sono io che devo chiedere scusa a te.

Era così corta che i suoi piedi non arrivavano a terra. La sua ciocca fucsia ricadeva in mezzo a noi, intonata ai ciclamini che il barista aveva messo sul tavolo.

Una donna di oltre quarant'anni, disse senza approfondire l'entità dell'oltre, non deve accettare corte di ragazzo. Soprattutto di ragazzo come te...

Evitai di chiederle cosa intendesse.

Che ci faccio qui?, disse ancora. Io ho figlio più grande di te, lo sai?

Si riferiva probabilmente al tipo dietro la porta che domandava di Mario, o magari a Mario stesso. Immaginai che l'avesse avuto da qualche collega tedesco in calzamaglia nera. Un figlio generato dietro le quinte di un teatrino d'avanguardia, tra il primo e il secondo atto di un'*Opera da tre soldi*: al sonno si aggiunse un senso di profonda tristezza.

Con un lungo giro di parole – durante il quale ammise di essere stata una stupida a cercare marito a Portobello – la signora Hedman disse che le costava molto rinunciare a me.

Tu mi hai fatto sentire di nuovo attrice, disse.

E cosa che più conta, aggiunse, un'altra volta donna.

Tirò fuori dalla borsa il copione e me lo restituì.

Tu capisci cosa vuol dire questo?

Scossi la testa.

Che noi non ci dobbiamo più vedere né sentire.

Davvero?

Le chiesi se avessi offeso la sua sensibilità, con tutte quelle scene di sesso.

Marisa sorrise e mi spiazzò.

Negli ultimi vent'anni, disse, nessuno mi ha mai chiesto una volta di scopare. Dovrei offendermi proprio con te, che volevi farmelo fare sette volte di fila?

Non sapevo quanto fosse educato sghignazzare sulla sua astinenza sessuale ma, visto che lei lo stava facendo, le andai dietro con piacere.

Ridere di se stessa le riusciva molto meglio che piangersi addosso.

Quanto a me, il proposito annunciato da Marisa mi aveva messo un improvviso buonumore.

Davvero, signora Hedman, vuole troncare ogni rapporto? Mai più appuntamenti? Mai più telefonate?

Volevo essere sicuro di aver capito bene.

Marisa si morse il labbro come se cercasse di procurarsi un dolore fisico. Forse era una vecchia tecnica attoriale per entrare meglio nelle parti drammatiche.

Non insistere, disse, è giusto così. E in bocca al lupo per tuo film.

Senza più voltarsi Marisa si alzò, pagò (anche il mio caffè) e si allontanò con il pinscher al guinzaglio. Io la seguii con lo sguardo attraverso la vetrata della limonaia, riprendendo a picchiettare il cucchiaino sul bordo della tazza.

Vista di spalle non sembrava così male. Aveva quasi un bel culo.

Uscii anch'io e mi fermai per qualche secondo sotto la pensilina a valutare la situazione.

Ero libero, cazzo...

Il mio animo era così sollevato!

... Non ci dobbiamo più vedere né sentire..., ripetei incredulo tra me.

Non mi sembrava vero. Ero pieno di gratitudine per quella donna.

Cominciai a correre lungo il vialetto, tra le pozzanghere, quasi incurante della mia valvulopatia. Quando raggiunsi la signora Hedman avevo un leggero affanno che lasciai passare guardandola negli occhi. Mi accorsi che erano verdi.

Marisa, le chiesi, posso baciarti?

Non avevo in mente niente di lascivo, giusto due baci riconoscenti sulle guance, ma quando le nostre labbra si sfiorarono lei percepì la consistenza del mio cazzo e spinse avanti il pube. Istintivamente tirai fuori la lingua. Ci avvinghiammo.

Mentre ci baciavamo, sentendola appassita tra le braccia, ebbi paura che appassisse anche la mia eccitazione. Ma era una paura fuori luogo. Bastò avere la conferma che quello era davvero un bacio d'addio e la mia erezione tornò marmorea. Allora la spinsi sotto un albero, lo tirai fuori dai pantaloni e glielo piazzai in mano.

Dovevo ammettere che niente – forse nemmeno Orsetta o *Marina miele selvaggio* – mi aveva mai infoiato come la prospettiva di non vedere più la donna che stavo baciando.

A eccitarmi non era tanto la mancanza di una conoscenza preliminare, quanto la certezza che non ce ne sarebbe stata una successiva.

Le appoggiai le mani sulle spalline imbottite dell'impermeabile e pregai Marisa di inginocchiarsi.

Cominciò a pompare con foga, quasi dovesse incidere un messaggio.

Più che per il mio effimero orgasmo, la bocca della signora Hedman lavorava per la sua imperitura memoria, e quella sottile distinzione diventò una lezione che mi sarei portato dietro per tutta la carriera: un vero samurai non fa sesso per godere ma per farsi ricordare...

Anche la signora Hedman, a suo modo, era una piccola samurai.

Sotto le fronde di un leccio, mentre il suo pinscher attendeva paziente che finissimo, Marisa mi rivelava una verità che sarebbe diventata la chiave del mio successo: scopare ogni donna come se io non dovessi incontrarla mai più e come se lei dovesse ricordarmi per sempre.

Cosa le lasciò l'incontro con la signora Hedman?

(ci pensa) Una bolletta telefonica salata e l'agrodolce convinzione di essere un depravato.

Desiderare soltanto donne che non conoscevo, e che mai avrei conosciuto, si accompagnava infatti a un'altra perversione: innamorarmi esclusivamente di donne già accoppiate.

Intorno ai vent'anni spasimavo infatti per tutte le fidanzate dei miei amici.

Le cose andavano così, non potevo farci niente...

Loro si mettevano insieme a una ragazza, e io puntualmente m'innamoravo di lei. La lasciavano, e a me passava tutto.

Era come se non accettassi che potessero esistere le coppie, o almeno la loro simmetria: amavo solo i numeri dispari, dai quali potevo sempre ricavare un'unità a sé stante (o forse, sarebbe meglio dire, a ME stante).

Questa bizzarria, che successivamente sarebbe diventata l'autostrada su cui avrebbe corso la mia carriera di bull, mi appariva allora come un vicolo cieco: infilarmici dentro stava diventando un'abitudine talmente cronica che mi decisi a chiedere aiuto a uno psicologo.

L'USL me ne consigliò uno a buon mercato dalle parti di Prati Fiscali. Mi accolse nel suo appartamento con l'aria intirizzita e una sciarpa di lana intorno al collo. Poteva avere al massimo quarant'anni.

Dottor Serio, si presentò stringendo senza nerbo la mia mano.

Prima ancora di sapere quale fosse il problema, il dottor Serio si mostrò fiducioso di risolverlo. Minori speranze riponeva nel riscaldamento, per il quale, disse, si sarebbe dovuto cambiare tutto l'impianto.

Forse l'anno prossimo, si lasciò scappare, facendomi intendere che c'erano grosse beghe condominiali.

Ci accordammo per vederci una volta a settimana. Davanti a una stufetta elettrica a basso consumo, il terapeuta che mi aveva preso in cura tentava ogni mercoledì di fare luce sulla mia nevrosi.

Si trattava di una luce molto fioca, che non bastava a farmi intravedere vie d'uscita.

Il meglio di quelle sedute lo ricavavo al momento dei saluti, quando il dottor Serio mi accompagnava al pianerottolo e attendeva con me l'ascensore.

Cosa fa stasera?, mi chiedeva disinvolto, quasi gioviale.

Era così spontaneo, quel tono, da darmi l'impressione che fino ad allora avessimo recitato, che niente di quanto detto nell'ultima ora fosse reale.

Vado al cinema, rispondevo di solito.

Ah, bravo, si svaghi!

Sapere che andavo a vedere un film lo entusiasmava al punto da farmi domandare perché non parlassimo per tutta l'ora di Truffaut o di Fellini.

Poi, un giorno, mentre eravamo lì ad aspettarlo, l'ascensore si aprì e sbucò una giovane donna molto carina, dal sorriso timido.

Le presento Lisa, disse il mio psicoanalista.

Scoprire che era la sua donna e invaghirmene selvaggiamente fu un tutt'uno.

Per un paio di sedute provai a tenerglielo nascosto, ma poi mi resi conto che non aveva senso: sarebbe stato come andarsi a confessare e tacere il peccato più grave.

Come si sente oggi?

Innamorato, dottor Serio.

Ah. E di chi?

Mmm. Be'. Ecco. Della sua compagna, dottore...

Era dicembre inoltrato, nonostante la stufetta in quella stanza si gelava e noi avevamo ormai preso l'abitudine di addentrarci nell'inconscio con il cappotto addosso.

Lo psicoanalista si strinse nel suo e per diversi minuti non disse niente.

I silenzi, mi aveva detto fin dall'inizio, fanno parte integrante della terapia.

Poi si schiarì la voce.

Un bel problema, disse. Un'anomalia che rischia di pregiudicare tutti i progressi che abbiamo compiuto...

Pur non avendo ravvisato alcun progresso, gli diedi subito ragione.

Il dottor Serio stette in silenzio per altri cinque minuti a spese mie e alla fine fu costretto a riconoscere che sarebbe stato meglio prendersi una pausa di riflessione.

Approfittando delle vacanze di Natale sospendemmo le sedute, e il mercoledì successivo, anziché a Prati Fiscali, me ne andai di nuovo al pidocchietto, dove i film di Marina erano stati nel frattempo sostituiti da proiezioni di All-Sex in VHS che non riportavano nemmeno i nomi delle attrici nei titoli di testa.

In quell'ambiente a me congeniale arrivai alla conclusione che desiderare donne già impegnate era una malattia incurabile, e che tanto valeva affrontarla come mia madre stava affrontando il tumore che le era stato diagnosticato al polmone sinistro, ovvero facendo finta di niente e continuando a fumare le sue sigarette.

Incurabile in realtà non era il tumore, ma la depressione che le era venuta dopo la morte di mio padre: una depressione che, secondo me, spaventò anche la malattia e la ricacciò indietro.

La mamma si operò all'inizio del nuovo anno senza ridere e senza piangere.

Quando si risvegliò dall'anestesia, e i medici le dissero che tutto era andato bene, si voltò verso di me e disse, con il suo leggero accento napoletano: Sei contento?

Tornò a casa e cominciò ad accumulare sul comodino riviste di enigmistica.

Sul mio cresceva la solita pila di libri. A volte, quando tornavo dai miei vagabondaggi, ci rimettevo gli occhi sopra e mi sembravano diversi, come se i pensieri che avevo fatto girovagando per Roma li avessero cambiati (o meglio, come se i miei pensieri, nel frattempo, avessero cambiato me).

Accadde lo stesso con un racconto di Thomas Pynchon intitolato *Entropia.*

Alla prima lettura non mi aveva lasciato una grande impressione. Il racconto parlava di una giovane coppia ossessionata dal funzionamento della propria aria condizionata. Mentre nell'appartamento del piano di sotto si consuma un festino a base di alcol, droga e jazz, la giovane coppia tenta di soccorrere un uccellino finito sul suo davanzale, col risultato di stecchirlo definitivamente: una storia amara che, ripeto, avevo accolto come altro da me.

Ma una notte, svegliandomi di soprassalto, sentii l'urgenza di riaprire il libro e rileggerlo daccapo. Scalzo, a breve distanza dai farmaci antiblastici di mia madre, mi resi conto che quel racconto conteneva fondamentali istruzioni sulla mia sopravvivenza.

Né più né meno come per l'uccellino di Pynchon, realizzai che per me sarebbe stato molto meglio accettare il vento, la fame, la fatica di volare di ramo in ramo, piuttosto che dannarmi l'anima per entrare in una casa dove qualsiasi sconosciuto, con la pretesa di riscaldarmi, avrebbe potuto stringermi tra le sue mani e ammazzarmi.

In altre parole, dovevo rispettare la mia natura.

Da dove nasceva quel bisogno di innamorarsi di donne già impegnate?

Dalla paura di essere ricambiato.

A volte, durante i miei studi universitari, preparavo gli esami a casa di un compagno di corso che aveva una fidanzata diplomata alla scuola alberghiera. Quando entrava a servirci il tè, lei si metteva in un angolo e mi lanciava occhiate bollenti. Al cospetto del suo fidanzato giocavamo a riconoscere l'essenza del bergamotto o dello zenzero, ma quando infine tè e sguardi si raffreddavano, guardavo nella tazza e ci vedevo soltanto un po' di brodaglia tiepida.

Davvero, mi domandavo, sei interessato a questa malinconica dispersione di calore?

A poco a poco realizzai che innamorarmi di tutte quelle ragazze non voleva dire desiderare di starci insieme.

Anzi: sceglierle già fidanzate serviva proprio a scongiurare quell'eventualità.

Il velo di tristezza che fino a quel momento aveva accompagnato la mia esclusione dal Grande Circo dell'Amore venne spazzato via da una nuova consapevolezza: nessuna scocciatrice mi sarebbe stata tra i piedi se di notte avessi avuto voglia di accendere la luce per ascoltare la tromba di Miles Davis...

Desiderare la donna d'altri diventò il peccato che dovevo commettere per evitare il rischio di possederne una mia.

Davvero a poco più di vent'anni non le sarebbe piaciuto avere una ragazza?

Meglio così, mi creda...

Se avessi avuto una ragazza avrei continuamente lottato con il rimpianto di non poter avere tutte le altre, o con il rimorso di averla tradita (perché prima o poi sarebbe successo).

Al rimorso e al rimpianto io preferivo la rinuncia: era molto più formativa...

Del resto una delle doti migliori del vero bull è proprio questa: essere ossessionato dalle donne ma riuscire in qualunque momento a farne a meno.

D'accordo, ma come ci riusciva? Come curava la sua solitudine?

Camminando, camminando moltissimo... *(non si capisce se e quanto sia ironico)*

Ogni giorno battevo in lungo e in largo le strade di Roma raccogliendo le conchiglie che il grande mare della femminilità deponeva sul mio cammino: scollature, caviglie, unghie smaltate, se andava bene qualche incrocio di sguardi che poi ritagliavo e incollavo nel mio album di memorabilia.

Diciamolo pure: ero un segaiolo...

Non tanto per il tempo dedicato alle pugnette quanto per la morbosa tecnica masturbatoria con cui manipolavo i minimi dettagli del mio immaginario: li giravo e li rigiravo, fino a farli diventare vera e propria creta narrativa.

Le donne mi piaceva seguirle. Pedinarle ipnotizzato dal dondolio dei loro fianchi, cullato dal ticchettio di quei tacchi che scandivano un tempo dilatato. Mentre scivolavo nel loro solco (a volte, se indossavano una gonna stretta, il solco era quello che indovinavo tra le loro natiche) fantasticavo di abbordarle, di invitarle a bere un caffè, di sfilare dalle strettoie dei loro sorrisi un numero di telefono.

Poi però all'improvviso quelle stesse donne sparivano dentro qualche portone, o si perdevano nella folla. Io ci rimanevo male, ma nemmeno troppo: l'arrivo di una nuova profumiera non si sarebbe fatto attendere a lungo...

(Dicesi profumiera colei che si diverte a fartela annusare.)

A volte capitava di avvistare più profumiere nello stesso momento. Costretto a una scelta, un po' mi rodevo e un po' mi beavo di tutta quella fragranza nell'aria.

Alla fine mi piaceva seguirle ma anche lasciarle andare.

Attraverso lo studio del decadentismo francese avevo da poco scoperto che Baudelaire s'era inventato una parola per nobilitare il suo ozioso vagabondaggio metropolitano. Dentro la mia testa, la ripetevo con pronuncia estenuata ed esasperato rotacismo: Flânerie...

Nei suoi scritti, Baudelaire circoscriveva l'attività del flâneur all'osservazione dei palazzi, delle carrozze, dei bistrot di Parigi. Ma il fatto che la mia flânerie si rivolgesse principalmente alle profumiere romane non m'impediva di considerare il mio voyeuristico esercizio quotidiano un'esperienza letteraria.

Quelle interminabili passeggiate per Roma mi procuravano delle vere e proprie estasi: poteva accadere che mi perdessi dietro a un culo alle tre del pomeriggio e mi risvegliassi ore dopo nel punto opposto della città, senza avere alcun ricordo di come c'ero arrivato.

Può quindi immaginare che sobbalzo feci un sabato pomeriggio, mentre camminavo verso piazza di Spagna con gli occhi fissi su un tubino rosso, sentendomi toccare sulla spalla.

Mi voltai come un gatto sorpreso a farsi le unghie sul divano e restai imbambolato a guardarla.

Non mi riconosce?

Certo che la riconoscevo. Ma da lì ad ammetterlo ce ne correva.

Sono Lisa, la fidanzata del suo psicoanalista.

Ah, ecco.

È un po' che la sto seguendo, confessò senza la minima ombra di pentimento.

Davvero?, trasecolai.

Sembrava in ottima forma. Rispetto a quando l'avevo incrociata sul pianerottolo il suo sorriso era diventato meno timido. Stretto in un paio di jeans, il suo culo sembrava addirittura sfrontato. Non c'è dubbio che, se l'avessi notato nella calca, mi ci sarei accodato all'istante.

E invece – inaudito – era stata lei a seguire me...

Dove sta andando?, mi chiese dondolando il suo carré.

Io non ne avevo la minima idea. E non potevo certo dirle: Vado dove mi portano le profumiere...

Quindi m'inventai che andavo a San Pietro, a sentire l'Angelus.

San Pietro? Non è dalla parte opposta?

Dovetti darle ragione. Inoltre erano quasi le quattro, l'Angelus era finito da un pezzo.

Allora potremmo fare due passi insieme, propose Lisa.

Mi guardai attorno. L'apparizione di Lisa aveva avuto l'effetto di materializzare la folla.

Avrei un po' di fretta, balbettai.

Lisa sorrise e osservò che non sembrava. Ma a torto: avevo in realtà una fretta indiavolata di scoprire perché, dopo essermi a lungo aggirato per Prati Fiscali nella speranza di pizzicarla da sola, ora tergiversassi di fronte all'opportunità di accompagnarmi alla donna del mio psicoanalista.

Lo capii troppo tardi, quando già Lisa mi aveva preso sottobraccio e mi aveva trascinato con sé nel valzer delle coppie che andavano e venivano da via del Corso.

Semplicemente, mi vergognavo di sembrare una di loro...

Tremavo all'idea che la gente potesse immaginarci fidanzati (Lisa era più grande di me, ma si notava appena) e, chissà, magari anche felici.

Ecco, sì, io che ero entrato e uscito mille volte dai cinema a luci rosse, che avevo scritto sceneggiature per dive dell'hard-core, che mi ero fatto fotografare in tutte le posizioni da un prete pornografo, in quel sabato di struscio mi vergognavo di sembrare un ragazzo felice.

Ricordo perfettamente che, mentre Lisa parlava, tenevo gli occhi bassi e pensavo alla pendola della cucina, che andava indietro di sessanta minuti a causa dell'ora legale. Da quando era scattata, né io né la mamma ci eravamo presi la briga di rimetterla a posto.

Tanto tra qualche mese torna l'ora solare, sbadigliavamo seduti in cucina a bere Nescafé...

Ecco, a quella pendola io pensavo nella calca di un sabato pomeriggio in via del Corso, a braccetto con Lisa. Il motivo avrei potuto chiederlo a lei, visto che anche la fidanzata del mio psicoanalista era una psicoanalista.

In realtà, disse, io sono junghiana e lui è freudiano.

Capperi, commentai io. Derby in famiglia!

Lisa ridacchiava di ogni mia stupidaggine.

Ci sedemmo al tavolino di un bar e là mi spiegò che, rispetto a quella del dottor Serio, nella sua dottrina c'era molto più spazio per archetipi come l'anima o l'ombra, intesa come lato oscuro della natura umana. Per dimostrarmi che Jung ammetteva tutta una serie di licenze che Freud non consentiva, si spinse ogni tanto a sfiorarmi la mano.

Introversione. Estroversione. Funzione trascendente.

Girava intorno a un fulcro che non potevo stabilire con certezza (come il fatto che, sotto il golfino, Lisa non portasse il reggiseno) ma che era stimolante stare lì a immaginare. Anche le comitive di turisti giapponesi che entravano e uscivano dal bar cominciavano a darmi meno fastidio.

Lei mi chiese se la stessi ascoltando.

Certo, la rassicurai smettendo di giocare con le bustine di zucchero.

Indossava una lunga collana che, passandole in mezzo alle tette, andava a ricadere sul marmo del tavolino.

Il mio fidanzato, venne improvvisamente al punto, è molto dispiaciuto per la sua decisione di sospendere la terapia.

Sembrava mirare a farmi sentire in colpa: cosa un po' bieca, per una psicoanalista.

Guardi, dottoressa, che abbiamo preso una decisione di comune accordo.

Lei fece una smorfia e tirò dritto con il suo discorso.

Anch'io, proseguì, mi sento piuttosto depressa al pensiero di essere stata la causa di questa interruzione.

La causa in che senso?, feci il vago.

Mi ha capito benissimo.

A occhi bassi, le osservai le unghie. Quelle di una donna depressa io le conoscevo: le sue erano perfettamente sane, curate, di certo non spezzate o mangiucchiate come le unghie di mia madre.

Inoltre, tanta mestizia per la fine di una terapia mi pareva francamente un po' eccessiva. Così com'era eccessivo parlare di terapia: in fondo si era trattato soltanto di qualche colloquio esplorativo.

Non prenderla così alla leggera, mi rimproverò Lisa passando al tu. Vorresti concupire la fidanzata del tuo psicoanalista: è un disturbo piuttosto preoccupante...

Assunse un tono minaccioso.

Devi tornare subito in analisi. Nonostante il coinvolgimento personale, il dottor Serio è pronto a riprenderti in cura. È un professionista solido, saprà come aiutarti.

Si accorse di essere stata brusca e si scusò.

Non mi piace salire in cattedra, disse, ma spronare i soggetti in difficoltà è un mio preciso dovere deontologico.

Non sono così in difficoltà, provai a sdrammatizzare.

Per tutta risposta la moglie del mio psicoanalista si alzò e fece il giro intorno al tavolino per venire junghianamente ad abbracciarmi. Preso alla sprovvista io feci un falso movimento che ebbe l'effetto di rimuovere le riviste porno che tenevo nascoste sotto il mio maglione. Le sentii sfilarsi dalla cintola e poi cadere ai nostri piedi. Erano un "Supersex", un "Caballero" e un fumetto di Sukia. Sulla copertina di quest'ultimo la celebre vampira era immortalata nell'atto di spompinare un grosso cazzo.

I turisti giapponesi si voltarono dalla nostra parte e scoppiarono a ridere. Mentre mi lanciavo sul pavimento per raccogliere i giornaletti, qualcuno prese in mano la Nikon e mi fotografò.

Mi scusi, balbettai verso Lisa, devo consegnarle a un amico.

La donna del mio psicoanalista sembrava molto divertita. Aspettò che rimettessi i giornaletti sotto al maglione e poi completò l'abbraccio.

Comportati bene, mi sussurrò all'orecchio. E riferisci al tuo amico che io so fare molto meglio di Sukia.

Bum.

Nascondere l'eccitazione scaturita da quelle parole fu molto più arduo che occultare di nuovo i giornaletti. L'erezione mi tirò fino a casa come un cane al guinzaglio. Poi, chiuso in bagno, la lasciai libera di correre dietro a quella troia.

Il giovedì successivo Lisa mi telefonò a casa, rivendicando una serie di impegni che, a suo dire, non avevo mantenuto.

Che impegni?

Eravamo d'accordo che avresti ripreso il trattamento, mi ricordò Lisa, e ieri non ti sei fatto vedere.

Provai debolmente a protestare: Non mi sembrava di aver promesso...

La fidanzata del mio psicoanalista sbuffò nella cornetta.

Smettila con tutte queste seghe, disse con un'espressione ad ampio spettro.

Il mercoledì successivo ero di nuovo sdraiato sul divanetto del dottor Serio.

Difficile dire che sentimenti provassi: ero contrariato, ma anche incuriosito da ciò che sarebbe potuto accadere.

Non accadde niente, invece, per almeno un paio di sedute.

Il dottor Serio si mostrò disinteressato alle ragioni che mi avevano spinto a tornare (sapeva dell'incontro tra me e Lisa? Non riuscivo a capirlo) e riattaccò come se niente fosse con la morte violenta di mio padre e il cancro di mia madre.

In realtà si trattava di una fase interlocutoria, che terminò quando il mio psicoanalista mi domandò se avessi dei sogni da raccontare. Per non deluderlo ne inventai uno là per là. O meglio, falsificai il sogno del Conte Thun, che avevo letto la settimana prima sul *Die Trumdeutung* di Freud.

Il dottor Serio lo commentò in fretta, scolasticamente, e poi mi chiese: Sogni erotici, nessuno?

A differenza di lui, che non era stato in grado di riconoscere la provenienza del mio racconto, la provenienza di quella domanda io la riconobbi subito: scaturiva dalla stanza accanto, dove il mio psicoanalista e la sua donna, a fine giornata, parlottavano tra loro di questo paziente così particolare...

La volta dopo mi feci trovare più preparato.

Non mi chiede dei sogni?, lo punzecchiai.

Se ne ha uno...

Come no, dissi quasi fosse un uovo di giornata, l'ho fatto fresco fresco.

Tirai fuori un foglietto accartocciato, su cui avevo preso una serie di appunti.

Dunque. Sto camminando da solo lungo una strada affollata e rumorosa. Diciamo via del Corso. All'improvviso sento un irrefrenabile bisogno di urinare. Entro in un primo bar, ma il bagno è occupato da un'orda di turisti giapponesi. Lo stesso nel secondo e anche nel terzo. Tutti i servizi di via del Corso sono inagibili e la mia vescica è sul punto di scoppiare. Quando ormai temo di farmela addosso, sento una mano toccarmi la spalla. Una giovane donna con un taglio di capelli corto e sofisticato, diciamo un carré, mi prende sottobraccio e mi spinge dentro un portone.

Il chiasso di via del Corso lascia posto a una quiete domestica, nella quale mi sembra perfino di sentire il ticchettio di una pendola.

Ecco il bagno che stavi cercando, mi dice la giovane donna indicandomi la porta dell'ascensore. La mia vescica è troppo gonfia per sottilizzare: mi precipito nella cabina e mi calo i pantaloni. Ma con grande sorpresa, appena ce l'ho in mano, mi accorgo che non mi scappa più. Nemmeno il tempo di chiedermi come sia possibile, e l'ascensore comincia a salire. Qualche piano, e la porta si riapre. Sul pianerottolo appare di nuovo la giovane donna. Ma questa volta, invece dei jeans e della camicetta, indossa un camice da dottoressa.

Ti aiuto io, mi dice entrando nell'ascensore.

Nel momento in cui varca la soglia ed entra sinuosa nell'angusta cabina, viene svelata la perfetta coincidenza tra il ticchettio della pendola e quello dei suoi tacchi. Lei si ferma giusto il tempo di farmi ammirare la perfetta stiratura del suo camice (a stirarlo è lei, con le sue forme). Poi s'incastona tra le mie spalle e la parete: uno spazio stretto, che le sue tette rendono ancora più angusto. Le preme contro la mia schiena e intanto allunga il braccio per impugnare il mio uccello: un gesto premuroso, materno, che sembra mirare solamente a favorire la minzione.

Da questo momento in poi tutto il sogno si svolge nella beata epoca della velocità senza fretta, così – in un calmo batter d'occhio – nella mano della dottoressa l'uccello prende il volo.

La minzione diventa una sega. La morbidezza delle sue tette, da corpo estraneo, si trasforma in cuscino anatomico. Sento la stoffa del suo camice accarezzare il mio dorso. È una stoffa da mezza stagione, forse un cotone interlock che la accalda quanto basta a giustificare la gocciolina di sudore che dalla nuca le scende nel camice, percorre tutto l'arco della schiena (sotto è chiaramente nuda) e s'infila nel solco delle sue natiche.

Mentre muove su e giù la mano mi cedono le ginocchia e per non cadere in avanti mi lascio andare all'indietro. La mia testa è reclinata sulla sua spalla sinistra, il suo mento si sporge sulla mia spalla destra. Guancia a guancia, balliamo nell'ascensore una specie di tango. I suoi tacchi cercano l'assetto migliore sul pavimento. Quando lo trovano, e le sue ginocchia aderiscono al mio cavo popliteo, ho l'impressione di sdoppiarmi: quella mano stretta intorno al cazzo mi trattiene a terra e nello stesso tempo mi fa levitare (del resto siamo in un ascensore).

Accelera.

Mi dice: Così, bravo, ragazzo (o forse bravo bambino, non lo ricordo bene).

Di sicuro mi dice: Falla tutta, tesoro (e io la faccio).

Staccai per un attimo gli occhi dai miei appunti e mi voltai leggermente verso la sedia dello psicoanalista.

Lei m'insegna, dottore, che imparare a non schizzare la tavoletta del water è una delle tappe fondamentali nel percorso verso l'adultità (ancora oggi, piuttosto che piegarmici, preferisco pisciare seduto come una femmina).

Nel mio sogno, invece, spruzzo dove capita, cioè ovunque.

La tavoletta, il muro, lo sciacquone, ovviamente le dita s'imbrattano del mio candido e copioso sperma senza che la dottoressa abbia niente da ridire.

Ride contenta, anzi. E il crepitìo della sua risata è come una piuma di struzzo che mi solletica il lobo dell'orecchio e mi risveglia, ovviamente immerso in una polluzione.

Ripiegai il foglio in quattro e lo rimisi nella tasca dei pantaloni.

Che ne dice, dottore?

Dal limitato angolo di visuale che mi concedeva non riuscivo a decifrare se e fino a che punto fosse turbato.

Dalla sua bocca impastata capii che lo era moltissimo.

Secondo lei si trattava di una donna... impegnata?, m'interrogò. Intendo dire...

Su questa domanda, la sveglia che ci avvisava del termine della seduta cominciò a suonare. Prima di andarmene, volevo chiudere con un finale a effetto, che rimanesse a ristagnare in quella casa fino al mercoledì successivo.

Intende dire, dottore, se era la sua fidanzata?

Mi voltai dalla sua parte (la seduta era conclusa, mi sentivo autorizzato a farlo) e lo guardai dritto in faccia. In un attimo fu chiaro cosa voleva sentirsi dire.

Certo che lo era, dottore. Era proprio quella zoccola di Lisa...

Gli strinsi la mano e infilai la porta, mentre lui mi salutava con un tramestìo di saliva.

La volta dopo parlammo soprattutto di capelli. Un breve accenno al taglio che mia madre portava da giovane (così, tanto per dire che stavamo esplorando il mio corredo edipico) e poi ci dedicammo interamente al potenziale erotico del caschetto.

Da dove nasce questa sua passione?, mi domandò il dottor Serio.

... Louise Brooks... Raffaella Carrà... Marilyn Jess...

Divagai in lungo e in largo, ben sapendo che il punto d'arrivo sarebbe stato quello: la nostra cara dottoressa junghiana...

Modelli più recenti, attinti alla vita quotidiana?, incalzò lo psicoanalista, tradendo la sua impazienza.

Be', certo, colpii con forza, ci sarebbe il caschetto di Lisa.

Il dottor Serio deglutì.

L'ha sognata ancora?

La sogno in continuazione, dissi senza dargli il tempo di rifiatare.

... Davvero?... Anche così, a occhi aperti?...

Non solo gli occhi, dottore: io alla sua fidanzata sogno di aprirle un po' tutto...

Il mio psicoanalista si agitò sulla sedia ed emise un fischio che pareva un ultrasuono. Per un attimo sperai che fosse un segnale concordato, affinché dalla stanza accanto (dove la immaginavo a origliare) Lisa entrasse completamente nuda e si stendesse accanto a me sul lettino.

Ma Lisa non entrò.

Al termine della seduta, guardandolo meglio, mi accorsi che il dottor Serio non si era fatto la barba. Il mercoledì successivo l'aveva ancora più lunga e mi sembrò che avesse dormito poco: dettagli che accrescevano il mio piacere di scandalizzarlo, di spingerlo dentro quel bagno sadomaso che, per il momento, il mio psicoanalista si limitava a saggiare con il piede, come un mare troppo mosso.

Oggi le propongo di cambiare prospettiva, esordì un giorno. Lasciamo perdere per un momento le donne impegnate che tanto scatenano la sua libido, e concentriamoci sul genere maschile.

Mmm, commentai incrociando le dita sullo stomaco.

Mi dica, lei come li immagina, questi uomini di cui brama tanto le donne?

Pescando nella letteratura, da Re Artù a mister Chatterley, sarei potuto uscirne in grande stile. Ma cosa se ne faceva il mio psicoanalista dello stile?

Lo sentivo alle mie spalle cosparso di benzina, in fremente attesa del fiammifero che gli avrei lanciato addosso.

Li immagino come dei poveri cornuti, lo accontentai.

Il dottor Serio bruciò per qualche secondo in silenzio. Scarabocchiò qualcosa sul taccuino che teneva sulle ginocchia. Un tempo, quando i nostri argomenti erano Io, Es e Super-Io, stendeva solo qualche sporadica nota, ma ora dava l'impressione di chiosare le nostre conversazioni punto per punto, premendo sul foglio con molta più forza del necessario.

Mi esortò a scavare più a fondo, a descrivere con più accuratezza questi (pausa) cornuti.

La mia cronica raucedine assunse una grana sporca, opaca.

Mica facile, dissi. Il cornuto è una figura sfuggente... È come se stazionasse sempre alle mie spalle, al massimo di tre quarti... Però sento intorno a me le sue vibrazioni... Sento il morbo della paura, sento la pulsione a utilizzare il tradimento della donna come conferma alla propria inadeguatezza di maschio, come resa liberatoria di fronte al compito troppo gravoso di amarla...

Il mio psicoanalista emise uno strano gemito.

È questo che pensa di me?, domandò facendosi sfuggire la penna sul tappeto.

Io non risposi, lui non la raccolse. Passammo così vari minuti.

È bella la mia Lisa, non è vero?..., disse infine con una semplicità che mi commosse.

Poi prese dal tavolino una scatola di praline e me ne offrì una.

I tempi della stufetta erano ormai lontani, in quella stanza adesso si sudava e i cioccolatini erano quasi liquefatti.

Il mio psicoanalista accavallò le gambe e si schiarì la voce.

Dobbiamo parlare, disse scartando il suo cioccolatino.

Siamo qui per questo, gli feci notare.

Sì, ma stavolta parliamo di Lisa.

Parliamo sempre di Lisa...

Lui sospirò, come se non mi avesse sentito, e s'infilò in bocca la pralina.

Ha mai pensato che il nome della mia futura moglie vuol dire consumata, sdrucita?, mi domandò masticando.

No, non ci avevo mai pensato. Per qualche secondo, nella penombra di quella stanza, entrambi visualizzammo la sua fica lisa, slabbrata, sottoposta a usi e abusi di ogni genere.

Vede, ricominciò il dottor Serio, Lisa e io abbiamo fantasticato a lungo su di lei... Non credevo che immaginarla tra le braccia di un paziente ci avrebbe eccitato fino a questo punto... È stata una rivelazione sconvolgente, che ha portato alla luce pulsioni sepolte e rinnovato la nostra intesa...

Sono contento per voi, dottore.

Devo ringraziarla molto. Veramente molto, ripeté il dottor Serio accartocciando la stagnola. La nostra collaborazione ha dato dei risultati incredibili...

Io non sapevo dove pulirmi le dita.

Sì, dissi. Bene.

Sa, la sessualità tra due psicoanalisti non è una cosa facile.

Immagino.

Ma la sua passione per Lisa ci ha dato una grossa mano.

Il dottor Serio confessò che mi trovava molto interessante quando la chiamavo zoccola.

Tuttavia, proseguì, io sono un terapeuta e devo pensare alla salute dei miei pazienti.

Transfert e controtrasfert, il dottor Serio fece un lungo panegirico e alla fine disse: Sarebbe meglio se il nostro rapporto si concludesse qui.

E quello con Lisa?, tentai sospeso tra delusione e speranza.

Il dottor Serio fece un secondo giro di cioccolatini.

Lisa le chiede un favore personale, disse.

Ah, ecco.

Vorrebbe tanto che si masturbasse pensando a lei.

Spinsi di lato il cioccolatino per liberare la lingua e dire qualcosa.

Sì, lo so, mi anticipò il dottor Serio, suppongo che si masturbi già abbondantemente per conto suo... Ma vede, Lisa le chiede un segno più tangibile della sua devozione per lei...

Un segno più... tangibile?

Mi spiegò che lui e Lisa avrebbero gradito molto fare l'amore su quel lettino imbrattato del mio sperma.

Non ero sicuro di avere capito bene.

Fare l'amore... voi due soltanto?

Certo, confermò il dottor Serio, ma sopra il suo seme.

È una richiesta eccessiva?, esitò in un rigurgito di lucidità.

Sta scritto nel *Libro segreto dei samurai*: Servire il proprio daimyo significa sostenerlo, lasciando stabilire a lui che cosa sia bene e che cosa sia male, e rinunciando all'interesse personale.

Non avevo ancora conosciuto il mio daimyo, ma lui conosceva già me.

Così, dopo averci riflettuto un paio di minuti, mi abbassai la cerniera lampo e me lo tirai fuori. Con mia stessa sorpresa, era già duro.

Il dottor Serio tirò su con il naso, si alzò dalla sedia e andò a tirare le tende.

Lei è un ragazzo d'oro, mi disse passando davanti al divano.

Sono un ragazzo d'oro ma come vede ce l'ho di marmo, precisai.

Lui si fermò al centro della stanza e s'infilò gli occhiali. Mi sembrò che emettesse un altro dei suoi fischi a ultrasuoni. Il mio cazzo spiccava come un totem tra le maschere africane che adornavano le pareti dello studio.

Piacere per piacere, gli dissi, potrebbe farmene uno anche lei?

Sdraiato con una mano dietro la nuca, avevo cominciato a masturbarmi usando come lubrificante il cioccolato sciolto sulle dita.

Potrebbe dire a Lisa che ce l'ho grosso? Solo questo, gli dissi.

Il dottor Serio sorrise e annuì con dolcezza.

La luce va bene? Vuole della musica?

Prima di uscire dallo studio si raccomandò di spargere sul lettino più seme possibile, preferibilmente a raggiera.

Faccia con comodo, disse. E quando ha finito si tiri pure dietro la porta.

Alzai il pollice in segno d'intesa. Non ci saremmo visti mai più.

Ma perché si sottopose a quella richiesta? Non si sentiva strumentalizzato, messo da parte?

Certo, ma non mi dispiaceva...

La consapevolezza di essere stato utile a una coppia è la migliore ricompensa per un bull.

E poi cosa c'è di male nel sentirsi usato? Sarebbe preferibile restare inutilizzati? O magari inutilizzabili?

Del resto, un uomo che serve il suo daimyo solo quando è trattato con generosità non è un samurai. Colui che lo serve anche quando il daimyo è duro e capriccioso, ecco, quello è un vero guerriero.

È mai più tornato sul lettino di uno psicoanalista?

Raramente torno in un letto, figuriamoci su quel lettino.

Però, alcuni mesi dopo l'ultima seduta, mentre pedinavo l'ennesima profumiera, riconobbi sul marciapiede opposto la donna del mio psicoanalista. La riconobbi, sebbene fosse irriconoscibile: le scarpe basse, le gambe gonfie, il culo sformato...

Lisa studiava la vetrina di un negozio premaman e intanto si accarezzava il pancione. Sì, sette otto mesi: il tempo doveva essere quello...

Lasciai perdere la profumiera ed entrai a brindare nel bar più vicino alla salute della famiglia Serio.

Un prosecco, un'oliva, era il minimo per accompagnare quell'emozione che tante altre volte, in seguito, nel venire a sapere che la donna di un cuckold era rimasta incinta, mi avrebbe fatto pensare: È anche un po' mio...

Immagino che lei non abbia figli, Mister Wolf.

Io invece, a volte, immagino di averne...

Immagino che possano presentarsi alla mia porta e chiedermi le ragioni che mi spinsero a sparire dopo avere ingravidato le rispettive madri.

(l'intervistato simula un dialogo tra sé e la propria discendenza) Vedete, figlioli, non per giustificarmi ma... la sparizione di un bull che ha appena prestato la sua opera rientra nelle regole del gioco... diciamo pure nel suo galateo...

Sì, vabbè, ma non facevi prima a metterti un preservativo?

Ah, ecco, mmm...

Sei un cazzo di irresponsabile, papà, ecco cosa sei!

(sbatte le palpebre e la scenetta che sta recitando scompare)

Come farei a spiegare di quale fuoco bruciavano gli occhi dei loro (presunti) padri quando m'imploravano di svuotarmi dentro le relative mogli? Sarebbe impossibile.

Primo perché quegli occhi, così diversi e così uguali, dopo duecentotrentanove feedback io ormai li confondo tutti. Secondo perché il brivido che attraversa un cornuto al pensiero della sua donna pregna di un altro uomo (brivido che rivivrà tutti i giorni della sua vita sentendosi chiamare papà) rappresenta un mistero inaccessibile e pauroso.

Sì, quando il cuckold si piegava sul letto e m'implorava di venire dentro la sua donna, credo che fosse proprio paura quella che mi spingeva a dire: Ok, va bene, prometto che te la metto incinta...

Per fortuna è raro che una sweet si presti a questo gioco sconsiderato. Ma non è escluso che alcune di loro – per distrazione, per compiacere il marito o per un desiderio di maternità che nel talamo nuziale non avrebbero mai potuto soddisfare – si siano offerte al bull senza particolari precauzioni.

Quello che è venuto fuori io non lo so...

Ma so che, se il mio intervento è servito a realizzare una famiglia, io sono felice.

Del resto siamo pronti a sottoscrivere l'affitto di un utero e ci scandalizziamo per un po' di seme donato qua e là? Non è forse più generoso donare che affittare?

Perché non considera l'ipotesi di essere il destinatario dei suoi doni? In altre parole, Mister Wolf, perché non pensa di fare un figlio per sé?

(con una vocina sottile, leggermente piagnucolosa)

... Perché un bull è questo: un outsider, un escluso, un servitore...

... Il mio posto è il margine, il confine del cerchio...

... Tu pensoso in disparte tutto miri, mi diceva sempre Giacomo...

(l'intervistato chiede all'intervistatore se conosce questo verso)

Dovrei?

Dovrebbe, sì, ma se non lo conosce la colpa non è sua, bensì di un'epoca priva di ispirazione che disprezza i propri talenti.

Nonostante siano passati vent'anni dalla morte di Giacomo, tuttavia, non dispero nel riconoscimento dei posteri e conservo gelosamente tutte le sue carte.

Giacomo era un poeta?

Era un genio, capace di dare senso a tutto.

Nelle pagine dei suoi diari dissertò di filosofia e di morale, di scienza e di psicologia, ma soprattutto perlustrò appassionatamente ogni anfratto dell'esistenza umana. Pensi che l'ultimo degli argomenti che trattò prima di morire, nell'estate del 1998, fu lo scandalo Lewinsky. Ovviamente, laddove nel resto del mondo fiorivano solo battute salaci intorno alla Relazione Impropria tra il presidente Clinton e la stagista, Giacomo vedeva lotte titaniche tra natura e ragione, pessimismo cosmico e poesia.

Ecco, sì, Giacomo era anche un poeta, capace di tenere insieme i settenari che dedicava a fanciulle prematuramente scomparse con i versi gutturali che – bestie allupate – emettevamo nello spacchettare i servizi fotografici spediti dai fornitori esteri alla International Press, l'editore che pubblicava "Le Ore".

"Le Ore" era una storica rivista fotografica fondata nel secondo dopoguerra. All'inizio degli anni Settanta intraprese una parabola in apparenza discendente, ma in realtà soltanto diversamente gloriosa, nelle quale iniziò a pubblicare immagini hard-core. Da Ilona Staller a Moana Pozzi, verso la fine del decennio successivo il giornale ottenne un considerevole successo imponendo il fenomeno del pornodivismo.

A me questo fenomeno piaceva e non piaceva: vedere Cicciolina su manifesti pubblicitari 3x6 da un lato ingigantiva il suo fascino magiaro, dall'altro ridimensionava il mio vizio, lo omologava alla negligente cupidigia dell'italiano medio, di fatto lo volgarizzava.

Fortunatamente durò poco. Come già accaduto per il punk, Marina Abramović, il free cinema, e per tutte le sottoculture che di punto in bianco diventarono di moda, la curiosità popolare intorno a "Le Ore" si rivelò una breve parentesi incastonata tra la clandestinità e l'oblio.

Mentre la futura signora Koons imperversava in parlamento e le edicole si riempivano delle sue videocassette incellophanate, "Le Ore" tornava a pubblicare anonimi servizi provenienti dalla Germania o dalla penisola scandinava.

Era il 1990, caduto il muro di Berlino non si capiva se il mondo era finito o appena cominciato...

Nel dubbio, io ammucchiavo le copie di "Le Ore" sotto i sedili della macchina di mio padre morto e giravo nostalgico intorno al Convitto Nazionale: la nostalgia non era certo rivolta al corpo docenti, che mi aveva impallinato con ferocia venatoria, e nemmeno al corpo della signora Proietti, che a distanza di un anno sembrava già parecchio appesantito. No – la nostalgia era tutta rivolta all'innocenza di Guya, che giorno dopo giorno si consumava assieme alla speranza che suo padre le leggesse le poesie di Emily Dickinson.

Quell'innocenza era l'unico bene che un tempo avevo avuto, l'unico che volevo riavere.

Per la verità, anche avere di nuovo uno stipendio non mi sarebbe dispiaciuto.

Ma la memoria di mio padre, in ossequio alla quale le alte sfere dell'Arma mi avevano raccomandato ai dirigenti scolastici del Convitto, era ormai relegata alla corona di fiori che appassiva accanto al portone di casa.

In quanto parenti di vittima del terrorismo, mia madre e io godevamo di una pensione, è vero, ma la chemioterapia e le riviste di enigmistica, tra cui la mamma ripartiva equamente le sue residue energie, ne succhiavano una discreta fetta.

In quel periodo succhiavano parecchio anche le puttane che rimorchiavo sulla Cristoforo Colombo. A ripensarci adesso, completamente immerso nella gratuità del gioco, mi sembra inconcepibile avere speso tanto denaro per una cosa come il sesso, che non può avere un valore commerciale.

Perché no?

Perché è un bene inestimabile, in senso letterale.

Chi può dire quanto vale una scopata? Tutto e niente...

Davvero nel gioco non circola denaro?

È uno dei motivi che mi spingono a rispettare la nostra comunità: al suo interno i mercenari sono messi all'indice né più né meno come noi giocatori siamo messi all'indice nel mondo esterno.

È la nostra risposta, diciamo pure la nostra rivincita...

Ovviamente esistono delle eccezioni: molte sweet, ad esempio, godono a sentirsi puttane nel senso più merceologico del termine, e simulano volentieri di prostituirsi.

Può quindi capitare che, per rendere più veritiera la simulazione, il cuckold vesta i panni del pappone e chieda al bull un regalino per la sua puttana.

Un bull che si rispetti, in realtà, prevede sempre un regalo alla sweet. Un paio di scarpe, un capo di lingerie, un profumo, ci tiene a non presentarsi a mani vuote. Ma si tratta di regali, appunto.

Il regalino è invece una cifra in denaro che il cuckold stabilisce e pretende a priori per la cessione della propria compagna.

A volte lo scopo è puramente simbolico – poche banconote che, dopo essere state strofinate tra le tette della sweet o giocosamente infilate nelle sue mutandine, restano abbandonate tra le lenzuola.

Altre volte è più difficile capire dove finisce lo scopo simbolico e dove comincia quello di lucro: difficile o forse facilissimo...

Ricordo ad esempio Coppiabirikkina, una coppia dei Castelli romani che mi aveva attirato nel suo pied-à-terre promettendo brividi – neanche a dirlo – particolari.

Ecco il nostro cliente, esordì il cuckold chiarendo subito di che brividi si trattasse. È qui per una marchetta, signore? Sappia che trattiamo solo puttane d'alto bordo!

Dentro di me m'interrogai su quanto sarebbe stato alto questo bordo, ma non per questo pensai di sottrarmi al dovere di scavalcarlo: ero o non ero un samurai?...

Entrai nella stanza e lasciai che il cuckold chiudesse la porta alle mie spalle. Indossava un vestito di shantung di seta, effettivamente perfetto per un pappone.

Posso vedere la merce?, stetti al gioco.

Il cornuto non aspettava altro: fece un fischio e sua moglie venne fuori dal bagno con addosso soltanto dei guanti di seta e un boa di piume di struzzo.

Fiato alle trombe, amici spettatori, se ne uscì il pappone imitando la voce di Mike Bongiorno.

Erano entrambi parecchio su di giri. I capelli del pappone sembravano tinti con lucido di scarpe, ma almeno avevano un colore uniforme. Quelli della signora, invece, esibivano una ricrescita di almeno un paio di dita.

Mi strofinò il boa sul naso e mi chiese se avevo da accendere.

Avvolto in una nube, nella quale si mescolarono il fumo della sigaretta e odori di cucina, sentii il cuckold chiedermi, dritto per dritto, duecento rose.

Lo sa a quanto stanno le rose?, si sincerò.

Impossibile non saperlo: le città si stavano riempiendo di bengalesi che le vendevano a mille lire l'una...

Guardai meglio sua moglie e valutai che tra lei e i sessant'anni c'era la stessa distanza che separava il suo guanto dal mio cazzo: un niente...

A quel rapporto qualità-prezzo mi ero concesso soltanto

una professionista di via Veneto che però, almeno, aveva conosciuto Federico Fellini e raccontava una caterva di aneddoti.

La vecchia cominciò a cantare girandomi intorno come fossi un lampione.

... *Wie einst Lili Marlene... Wie einst Lili Marlene...*

Mi vidi intrappolato in un sottoscala di Genzano, ma rimasi concentrato sulla mia missione come un'aquila in cima a una rupe.

Ok, dissi lasciandomi cadere tra le lenzuola assieme a due biglietti da cento.

Scopammo come in un conto alla rovescia scandito dai muggiti del cornuto. E quando mi sembrò che per la cifra pattuita avessimo prodotto abbastanza mi alzai e cominciai a rivestirmi.

Ci rivediamo presto?, propose il pappone rotolandosi sul materasso.

Gettato in un angolo il vestito di shantung, per tutto il tempo non aveva fatto altro che tentare di leccarmi le palle.

Mi rifugiai nel bagno perché non mi leggessero sulla faccia la risposta.

Ma Coppiabirikkina leggeva soltanto "Chi" e "Novella 2000", come si evinceva dalla pila di riviste accanto al water.

Tornato di là, li trovai addormentati nel lettone.

Per un attimo si assopì anche il samurai dentro di me, e mi lasciai tentare dall'idea di riprendermi le duecentomila. Ma fu giusto un attimo.

Uscii sull'Appia con l'unico pensiero di trovare una gelateria ancora aperta.

Da quando avevo conosciuto Giacomo, il mio freezer era sempre colmo di vaschette delle peggiori marche, che spazzolavo preferibilmente a notte fonda, immerso nelle mie letture.

Io dormivo poco, ma lui mai...

Io leggevo molto, ma lui sempre...

Come ha conosciuto Giacomo?

Bussando alla porta del suo ufficio. Giacomo stava disteso su un divanetto mezzo sfondato. Il divanetto era piccolo, ma Giacomo era ancora più piccolo. Tolti i suoi libri e l'archivio fotografico, nella stanza restava appena spazio per una modesta scrivania e per la sua scontrosità, che in effetti era ingombrante.

Mi scusi, sto cercando l'International Press, esordii in piedi sulla soglia.

Mmm, disse Giacomo senza staccare gli occhi dal suo libro.

La redazione del settimanale "Le Ore", specificai meglio.

Giacomo mi rivolse un'occhiata di traverso e ripeté la consonante di prima.

La reticenza, evidentemente, era una caratteristica della casa editrice: anche la persona che il giorno prima aveva risposto al telefono si era espressa a monosillabi, prima di ammettere di essere il direttore responsabile in persona.

Ho quindi l'onore di parlare con il signor A. Peroni?, avevo domandato emozionato.

Se per te è un onore...

Era bello che il numero uno della International Press rispondesse direttamente alle chiamate, senza nemmeno il filtro di una segretaria. Mi dava l'idea di un'azienda agile, in linea con la spregiudicatezza dei contenuti che promuoveva.

Anche la facilità con cui la mia domanda di lavoro era stata accolta mi piacque molto. Non me l'aspettavo e sulle prime credetti di aver capito male.

Mi sta assumendo così, signor Peroni? Per telefono?

Cos'hai contro il telefono?, aveva detto lui.

Non aveva ancora del tutto abbandonato il tono diffidente.

Ma non dovremmo vederci almeno una volta? Firmare un contratto?

Noi siamo un'azienda agile, mi aveva confermato. Ci tieni tanto ad avere un contratto? Alle tasse? Ai contributi per una pensione che non prenderai mai?

Stava molto attento a formulare le sue idee sotto forma di domande, nel caso la Finanza lo stesse registrando.

E poi io vivo all'estero, aveva aggiunto A. Peroni sfidando ogni logica (il prefisso telefonico della International Press rimandava alla provincia di Latina).

Come dire che, per qualunque controversia, lui sarebbe stato irreperibile.

Prima di confermarmi l'incarico, aveva esplicitato quello che ormai sospettavo: A. Peroni esisteva solo nella sfera celeste. Per le cose terrene – mansioni, retribuzione, orari di lavoro – avrei potuto chiedere al caporedattore.

E dove lo trovo?

Sdraiato sul divano, aveva ghignato il direttore riattaccando.

La mattina dopo, alle sette e mezza, ero già sul treno per Latina. Volevo presentarmi puntuale (che ci fosse una puntualità da rispettare lo davo per scontato) al trentesimo chilometro della via Pontina, dove sorgeva la sede legale della International Press.

In realtà, al trentesimo chilometro della Pontina, non sorge niente: tutto era vecchio e fatiscente, a cominciare dalla costruzione a due piani che ospitava gli uffici della casa editrice.

Provai a suonare, ma il campanello sembrava rotto. Siccome era rotta anche la serratura del portone, entrai e cominciai a guardarmi intorno. Al piano terra c'era un magazzino pieno di polverose enciclopedie (una copertura, seppi in seguito, in caso d'irruzione della Buoncostume) e al primo un reparto contabile dove falsi bilanci venivano lasciati in bella vista a beneficio di una eventuale visita della Finanza. Non si vedeva anima viva e tutto pareva abbandonato. Mi abbandonai anch'io sui gradini e da lì notai una seconda rampa di scale. Mentre salivo verso la soffitta, mi venne incontro un'ariaccia viziata: di carta, di sperma e di croccantini. Sulla porta era appiccicata una figurina di Maradona. Ci battei sopra le nocche.

Il redattore capo – come aveva previsto A. Peroni – stava sdraiato sul divano con una gatta nera sulla pancia e degli strani stivaletti demodé.

Se permette mi presento, sono Leonardo, il suo nuovo giornalista.

Il mio nuovo che?, reagì finalmente Giacomo.

Qui noi sperimentiamo forme creative, precisò, il giornalismo ci ripugna.

Mi chiese se fossi stato assunto da Attila Peroni.

Attila?

Giacomo si strinse nelle spalle.

Quanto tempo pensi di resistere all'International Press?, mi chiese.

Se non apriamo la finestra, meno di cinque minuti.

Giacomò si lasciò scappare un risolino.

Non è che andresti a preparare un tè?, mi domandò dopo avermi dato una rapida ma intensa squadrata.

Finire il suo libro pareva una questione di vita e di morte. Mi spostai in cucina e trafficai alla ricerca di tazze e bustine. I libri erano dappertutto: trattati di storia, di logica, di teologia, ma anche romanzetti e qualche albo a fumetti.

Nel girarmi e rigirarmi diedi anche un paio di testate al soffitto: il tetto spiovente della mansarda faceva pensare a una tenda da campeggio, accrescendo così il senso di avventura.

Quando tornai in ufficio la finestra era ancora chiusa, ma le pagine che mancavano alla fine del libro s'erano assottigliate: il mio caporedattore era un lettore vorace.

Cosa sta leggendo?, gli chiesi posando il vassoio sulla scrivania.

Un occhio alla zuccheriera e l'altro alla pagina, Giacomo ruotò la copertina in mio favore.

Signorina Cuorinfranti..., lessi il titolo. Mai sentito, è un romanzo erotico?

Senza considerare che adesso lo ero anch'io, mi ero fatto l'idea che un redattore di "Le Ore" pensasse tutto il tempo al sesso.

Giacomo fu molto divertito dalla mia domanda.

Perché no?, rispose enigmatico.

Sentendolo respirare con un leggero affanno sospettai che anche lui soffrisse di qualche cardiopatia. O forse era solo l'emozione procurata dalle ultime righe del romanzo, che declamò solennemente ad alta voce.

... La pistola nascosta nel giornale esplose e Miss Lonelyhearts cadde, trascinando lo storpio con sé. Rotolarono entrambi fin quasi in fondo alle scale...

Chiuse il libro e si raddrizzò sul divano (si raddrizzò per modo di dire, perché Giacomo aveva una fortissima scoliosi).

Un piccolo grande capolavoro, commentò passandomi il volume. Lo vuoi leggere?

Fino a quel momento non avevo mai sentito parlare di Nathanael West, scrittore amAricano (Giacomo lo definiva così, per l'amarezza del suo americanismo), nonché fraterno amico di Francis Scott Fitzgerald. I due furono legati nella vita e nella morte: nemmeno ventiquattr'ore dopo la scomparsa dell'autore del *Grande Gatsby*, infatti, Nathanael West ebbe un incidente d'auto e morì sul colpo.

Anni dopo, guardando Giacomo accartocciarsi e spegnersi come una delle Gauloises che tanto amava (in realtà amava soprattutto lo slogan scritto sul pacchetto: Liberté Toujours), mi sarei convinto che avremmo avuto la stessa sorte: non sarei sopravvissuto alla fine della nostra amicizia.

Del resto, avevamo preso da tempo l'abitudine di chiamarci come loro: Scottie... Nath...

(l'intervistato si lecca la punta delle dita e finge di stirarsi all'indietro i capelli, secondo la moda degli anni Trenta)

Signorina Cuorinfranti lo divorai la sera stessa.

E la mattina seguente, seduto sul divano con una Olivetti 22 sulle ginocchia, mi sarei fatto ispirare dal suo titolo per scrivere il mio primo racconto su "Le Ore".

Signorina Culoinfranto, approvò Giacomo sbirciando dai miei fogli. Non male.

Il lavoro nella redazione di "Le Ore" all'incirca si svolgeva così: ogni due o tre giorni ritiravamo all'ufficio postale dei pieghi di libri provenienti dalla Francia, dalla Svezia o dalla Danimarca. Nascosti sotto copertine cartonate di manuali di giardinaggio o di judo, trovavamo dei servizi fotografici hard-core. A volte erano buoni, altre mediocri, altre ancora da buttare (capitava spesso che ci spedissero stampe di stampe o servizi che avevamo già pubblicato). In ogni caso, trasportato il plico in redazione con un'aria circospetta da film di spionaggio, in base a quelle foto ci toccava inventare un racconto che variasse dalle cinque alle dieci cartelle.

Quello che non variava era il contributo, prossimo allo

zero, che quelle istantanee offrivano alla nostra fantasia: era tutto un anonimo e sciatto scopare.

Guarda qua, diceva Giacomo, un altro che va a letto con i calzini...

Disponevamo le foto sulla scrivania e restavamo in piedi a studiarle, io di solito a braccia conserte e Giacomo con le mani dietro la schiena, molleggiando sui talloni. Era lui, di solito, a scattare per primo verso la macchina per scrivere.

Ispirazione!, esclamava schioccando le dita.

Un concetto che gli artisti contemporanei si vergognano di rivendicare, ma a cui Giacomo ricorreva con naturalezza. Era continuamente ispirato – frenesia, chiamava spesso quel sentimento che lo spingeva a scrivere di getto versi sublimi.

Stendere uno dei racconti di "Le Ore", per Giacomo, era un processo creativo meno immediato rispetto al concepimento di una poesia, ma in ogni caso più veloce del mio. Prima di licenziare un racconto setacciavo in lungo e in largo il vocabolario dei sinonimi e contrari, alla ricerca di un corto circuito tra linguaggio alto e turpiloquio, tra ipotassi e sexual arousal.

Alla fine ci scambiavamo i rispettivi testi e li leggevamo in silenzio – un occhio alla pagina, l'altro a spiare le reazioni del collega.

A volte uno dei due si alzava di scatto e correva a masturbarsi nel cesso: era il modo migliore per dirci che il racconto dell'altro aveva colto nel segno.

La sera, al termine di quelle lunghissime giornate, andavo a prendere il trenino e Giacomo mi accompagnava per un tratto di strada. Camminando tra i rovi, di fianco alla Pontina, contemplavamo il sole che calava dietro un orizzonte di capannoni, silos e scheletri di edifici mai finiti.

Ci pensi?, urlava Giacomo per sovrastare il rumore delle macchine. Tutti quei cazzi che diventano duri grazie a noi...

Non ci facevamo troppe illusioni sui lettori di "Le Ore": sapevamo che la maggior parte si limitava a guardare le figure. Ma quella massa di erezioni ci faceva comunque una certa impressione. Nel constatare che, in qualche modo, dipendevano da noi, due sorrisi compiaciuti si affacciavano sui nostri volti di disperatissimi matti (scherzavamo spesso su questa definizione, che secondo me ci calzava a pennello).

Siamo proprio due puttane!, commentavamo, e i sorrisi sfociavano in un mare di risate.

L'allegria non ci mancava. E nemmeno la tristezza, nella quale Giacomo si rannicchiava come dentro un guscio. Quello che ci mancava, semmai, era un po' di grana in tasca. Non sapevamo mai quando Attila Peroni ci avrebbe retribuito. Sapevamo solo che ci sarebbe toccato un po' meno della volta precedente.

Dagli abiti logori, e soprattutto dal fatto che abitasse in redazione, mi ero convinto che Giacomo fosse povero in canna, tanto da non potersi permettere nemmeno l'affitto di un monolocale a Pomezia.

In realtà, mi confidò, vivo benissimo nella nostra cara tenda: non la lascerei nemmeno per trasferirmi in una villa patrizia a tre piani...

Pensavo dicesse così per dire.

Ma un giorno s'infilò la giacca e m'indicò le chiavi della macchina (ovviamente la mia, perché lui non aveva nemmeno la patente).

Voglio farti una sorpresa, mi disse.

C'incanalammo nel traffico del raccordo anulare. Non era la prima volta che fuggivamo dalla desolazione agropontina, ma di solito ci dirigevamo nella direzione opposta: Torvaianica, Anzio, Foce Verde... Soprattutto nelle giornate di vento e tempesta ci piaceva parcheggiare sulla litoranea deserta, arrotolare i pantaloni alla caviglia e con le scarpe in mano camminare nella sabbia fino al mare voltando ostentatamente le spalle alla terra, come se la terra fosse un affare che aveva smesso di riguardarci.

Era stato lì, guardando le onde, che Giacomo mi aveva confessato di essere nobile (decaduto, ci tenne a sottolineare – la decadenza c'incantava tutte le volte che la incrociavamo) e di essere cresciuto dando del lei a suo padre.

Non volle dirmi altro, ma cominciò a correre sulla battigia come un bambino felice, o forse infelice, o forse entrambe le cose.

In prossimità dell'oblio la sua andatura diventava più sciolta, libera, ben diversa da quella a passo d'uomo con cui ora procedevamo sulla corsia interna del G.R.A., preoccupati di non saltare lo svincolo della Cassia Veientana. Era previsto che, da quel punto in poi, i ricordi di Giacomo si sarebbero fatti nebulosi, ma lui sembrava riporre illimitata fiducia nella sua memoria visiva.

Mi basterà dare un'occhiata in giro, aveva detto, e tutto riaffiorerà alla mente.

Prendemmo l'uscita 5 e c'inoltrammo nella campagna. Ogni tanto un ponticello, un viottolo, un gregge di pecore.

Gli chiesi cosa stessimo cercando.

Un villa d'epoca, rispose Giacomo. A più livelli, terrazzata, con una grande fontana in giardino.

Vuoi svaligiarla?

Giacomo mi prese sul serio.

Non credo che dentro ci sia rimasto molto, disse. Prima di regalarmela, mia nonna Virginia ha venduto tutti i mobili.

Mi fermai in mezzo alla carreggiata, con il motore acceso, e mi girai a guardarlo.

Tua nonna ti ha lasciato una villa d'epoca a più livelli? Terrazzata?

Con una grande fontana in giardino, confermò Giacomo.

Ero allibito.

E da quanto tempo non ci vieni, in questa villa?

Boh.

Intorno a noi il vento pettinava l'erba e si sentivano i grilli frinire.

Sei sicuro di quello che dici?

Giacomo si guardò intorno.

Abbastanza, disse con un filo di voce.

Perlustrammo in lungo e in largo tutta la zona compresa tra la Cassia Veientana e la via Flaminia senza venirne a capo.

Giacomo era mortificatissimo, mi chiese scusa mille volte.

Per farsi perdonare, tornando indietro, volle a tutti i costi fermarsi a Ponte Milvio per offrirmi un gelato.

Mentre studiava i gusti, vedendolo più calmo, tornai sull'argomento.

Giacomo, tua nonna ti lascia in eredità una villa che risale al regno pontificio e tu non sai nemmeno dove si trova?

Giacomo arrossì e si strinse nelle spalle.

Cioccolato... Pistacchio... Stracciatella... Anzi no, zabaione. E molta panna!

Ci andammo a sedere a un tavolino. Il mio caporedattore leccava sotto ipnosi, non sembrava nemmeno accorgersi di come si stava imbrattando il muso.

Sapevo che non mi avrebbe dato più retta fino a che non avesse addentato la cialda, perciò mi alzai e andai a prendergli dei tovagliolini. Osservandolo dal bancone mi accorsi che, insieme al gelato, Giacomo si stava mangiando con gli occhi la cassiera.

Non fissarla così, lo pregai riprendendo posto al tavolino. Sembri uno che scrive racconti pornografici...

Ci pensi che quella gode?, disse continuando a guardarla.

Erano almeno un paio di minuti che Giacomo non sbatteva più le palpebre. Un rivolo di gelato gli colò sulla mano senza che se ne accorgesse.

Abbassa la voce, Giacomo.

Non si accorse nemmeno che gli stavo parlando. Le sue gambe dondolavano dalla sedia senza toccare terra: viveva così, in perpetua sospensione...

Quella va a casa e gode, insistette Giacomo.

Per non contrariarlo guardai anch'io la cassiera. Leggermente strabica, fissava il listino prezzi come Lorna fissa il fiore in *Woman With A Tulip*, lo straziante quadro di Lucien Freud (io adoro Lucien Freud: la sua vita bohémien, la sua arte indisponente, quella capacità di trasportare i suoi soggetti sul bordo di un baratro).

Era appunto là che poggiava lo sgabello della cassiera: sul bordo di un baratro che, oltre a Lucien, solo un poeta come Giacomo sapeva vedere.

Tutto questo mi commuove profondamente, disse.

Gli appoggiai cautamente una mano sul braccio: tutta quella agitazione poteva trasformarsi in crisi nervosa come niente.

Scottie, vogliamo andare?

Finalmente si voltò dalla mia parte. Aveva gli occhi umidi (non esagerava, dunque: si stava commuovendo veramente).

Mi disse di non riuscire a sostenere emotivamente il pensiero di una donna che, dopo aver battuto per tutto il giorno decine e decine di scontrini senza l'ombra di un sorriso, con la stessa serietà, venendo il buio, sarebbe salita sull'autobus sforzandosi di ricordare se nel suo cuore c'era ancora una ragione per andare avanti e/o nel frigo qualcosa per la cena, e accontentandosi di quanto trovato nell'uno e nell'altro, a tarda sera, si sarebbe rannicchiata davanti alla TV e subito accorta che no, non si accontentava, e che, da sola o con uno straccio di marito (secondo te ce l'ha un marito?, mi chiese Giacomo, troppo miope per distinguere fino alla cassa una eventuale fede al dito), aveva un assoluto, irrimediabile bisogno di un orgasmo.

È una cosa troppo bella, si emozionò. Troppo straziante.

Questa volta fu lui ad arpionarmi il braccio e a chiamarmi Nath.

Fratello mio, farfugliò stringendosi a me, questa è l'estrema frontiera del sesso: la verità, Nath, nient'altro che la verità in tutto il suo osceno splendore!

Mi accorsi che Giacomo bruciava: non c'era da stupirsi se il suo cono si scioglieva così velocemente.

Il sesso è qui, ovunque, intorno a noi, continuò muovendo la testa a scatti come un cieco. Lo sento!

Sentivo anch'io che, al netto dell'enfasi, Giacomo aveva ragione.

Riprendemmo insieme a guardare la cassiera, e poi il gelataio, una coppia di clienti, la gente che passava lungo il marciapiede: tutti, indistintamente, nascevano dal sesso e al sesso, in un modo o nell'altro, tornavano ogni giorno per sentirsi ancora vivi (in realtà per non sentirsi già morti, ma era meglio non esagerare con la verità).

Perché non possiamo raccontare tutto questo?, palpitò Giacomo.

Gli passai un tovagliolino per asciugarsi le lacrime. Era miope, come ho detto, e quando mangiava troppi zuccheri diventava quasi cieco. Ma vedeva a occhi chiusi, nel buio – anzi, Giacomo vedeva IL buio, la camera oscura che tutti (anche lei, signor scrittore) nascondono sul retro delle loro facciate.

La Camera Oscura fu il primo titolo a cui pensammo per

la nuova rubrica su "Le Ore". Immaginavamo che i lettori disposti ad aderire avrebbero sviluppato in proprio i negativi, e perciò ci suonava evocativo ma anche concreto. Ad Attila Peroni però non piacque. Nemmeno l'idea della rubrica, a dirla tutta, lo entusiasmò.

Uno spazio dove pubblicare foto pornografiche di gente comune? Mi sembra una boiata, sentenziò al telefono. Ricordatevi che l'italiano medio scopa al buio. E poi a chi interessa la moglie racchia e sovrappeso del vicino quando ci si può gustare la perfezione patinata di una Moana Pozzi?

A parte che Moana non posava per "Le Ore" da oltre due anni, considerare la perfezione un dispositivo eccitatorio era un errore che solo un analfabeta dell'erotismo poteva commettere.

Ci avesse ascoltato, Attila avrebbe ancora potuto salvare il destino del giornale o almeno sopravvivere per qualche tempo alla tempesta di videocassette che avevano invaso il mercato. Invece ci consentì di utilizzare al massimo una pagina in fondo alla rivista.

Sotto sua dettatura la titolammo *Tocca A Voi*: un titolo squallido che faceva pensare a un concorso per dilettanti allo sbaraglio.

Alla Posta, adesso, io e Giacomo ci andavamo tutti i giorni, anche due volte al giorno. Aspettandolo in doppia fila con il motore acceso, mi accorsi che il suo modo di avvicinarsi allo sportello non aveva più niente di circospetto, ma tendeva a confondersi con quello dei tossici che barcollavano sul piazzale chiedendo l'elemosina.

Noi, l'elemosina, la chiedevamo ai nostri lettori.

Vostra moglie è un'esibizionista? Vi piace mostrarla?, avevamo scritto sul primo lancio.

Ma poi, visto che in redazione non arrivava neanche una foto, avevamo abbandonato l'approccio maieutico a favore di uno stile più diretto che tradiva la nostra impazienza: La tua donna è una puttana! Fallo vedere a tutti!

La verità, la verità, invocava Giacomo...

Ma noi stessi finimmo con il tradirla.

Una sera, snervato dal silenzio dei nostri lettori, caricai in macchina Dorota e Beata, due polacche che battevano sulla strada per Pratica di Mare, e le portai in redazione. Giacomo ci aspettava con la Polaroid a tracolla. Appena si accorsero delle nostre intenzioni, le puttane cambiarono umore e passarono rapidamente dai loro nomi aggraziati alle più rozze invettive.

Cazzo fate, stronzi? Foto no! Foto no!, continuavano a ripetere.

Ci affannammo a spiegare che non avremmo inquadrato i loro volti, a noi bastava fotografare tette e culi.

Chi potrebbe mai riconoscervi dal culo?, cercò di farle ragionare Giacomo.

Dorota (la più esagitata) si risentì.

Culo mio speciale, protestò battendosi una mano sulla minigonna in pelle. Ci vengono da Roma.

Beata indossava un paio di jeans e una maschera più ragionevole. Aveva preso in braccio Fanny, la gattina nera di Giacomo, e l'accarezzava seduta mollemente sul divano. Accavallò le gambe e, intanto che i nostri rispettivi colleghi portavano avanti la trattativa, mi chiamò vicino a sé.

Volete scattare foto per poi farvi pippe tra di voi, non è vero?, mormorò nel mio orecchio.

Era così e non era così: come spiegarglielo?

La verità era complicata. O meglio, la verità è sempre semplice, ma tortuosa è la strada per arrivarci. Tentai di raddrizzare quella strada alla meno peggio.

Stiamo realizzando un progetto, le dissi. Un nuovo linguaggio. Un esperimento.

La ragazza (era una ragazza, dopotutto) aveva un incisivo scheggiato che contribuiva a rendere sprezzante la sua espressione.

Esperimento?, ironizzò. Con nostri culi?

Poi ritornò seria: una serietà pedagogica, mirata a riportarci sulla retta vita.

Perché non vi comportate come la gente normale?, mi rimproverò.

La domanda era pertinente: più studiavamo i costumi degli italiani, come li definiva Giacomo, e meno ci sentivamo di farne parte.

Ci sottovalutavamo e ci sopravvalutavamo in continuazione, ma alla fine essere migliori o peggiori degli altri era un dilemma che non ci appassionava: distinguerci, quello sì importava...

Noi non siamo come tutti gli altri clienti, le spiegai. Noi siamo diversi.

Poco più in là del dente spezzato, Beata ne aveva uno d'oro. Nel sentirla ridere, Fanny si spaventò e le saltò giù dalle ginocchia.

L'avevo capito, ammiccò Beata in falsetto, tra mille mossettine.

La nostra diversità la divertiva e la faceva sentire autorizzata a sbeffeggiarci.

Dall'altra parte della mansarda, accanto alla finestra, Dorota stava maltrattando Giacomo sempre più aspramente. Gli andai vicino, lo presi per il braccio e lo trascinai nel bagno.

Ci hanno scambiato per due froci, gli dissi.

E allora?

Non ci rispettano. Non ci prendono sul serio.

Giacomo si grattò il mento.

Dici che è un problema?

Certo che lo è: non sentendosi desiderate ci negano la loro complicità.

Giacomo sgranò gli occhi.

Ma che stai dicendo? Sono due mignotte!

La sua obiezione mi ricordò che le polacche andavano a tempo: se entro mezz'ora non le riportavo all'incrocio con la Via del Mare ci sarebbe toccato rinegoziare la loro parcella.

E allora che pensi di fare? Continuare a sedurle con la tua teoria dell'Arido Vero?

Per la prima volta mancavo di rispetto a Giacomo. Me ne pentii immediatamente, ma non c'era tempo di profondersi in scuse.

Torniamo di là e facciamogli vedere chi siamo!

Mentre lo dicevo, mi accorsi che ero curioso anch'io di vederlo: da molto tempo non toccavo una donna...

Intendi dire che dovremmo..., trasecolò Giacomo.

Avevamo due puttane dentro casa e non c'era nemmeno passato per la testa di scoparle: c'era di che preoccuparsi.

Forza Scottie, lo incoraggiai massaggiandomi il pacco.

Lui provò a trattenermi e poi mi venne dietro deglutendo.

Mi lasci indovinare: per Giacomo era la prima volta.

(l'intervistato annuisce e alza il pollice) Centro, signor scrittore.

Una prima volta che inglobò la seconda, perché, dopo Dorota, Giacomo volle farsi anche Beata. Infastidito da un accenno di tachicardia, io mi ero limitato a timbrare il cartellino. Dopodiché avevo preso Fanny sulle ginocchia e mi ero messo in disparte a osservare, curioso di capire se la famigerata legge della L poteva essere applicabile al mio amico.

Al suo metro e mezzo, in effetti, corrispondeva un notevole attrezzo, sproporzionato alla statura fisica di Giacomo ma anche a quella morale delle due prostitute, che prima ne godettero e poi pretesero tariffa maggiorata.

Sovrapprezzo per portatori di handicap, si giustificarono.

Invece di rivendicare che non aveva alcun handicap, Giacomo si lamentò dell'esistenza di un listino differenziato, definendolo indegno di un paese civile.

In compenso, alla fine, Dorota e Beata non chiesero nulla per le foto. Pacificate dall'orgasmo, posarono languide sul divano, circondate dai volumi dei lirici greci.

Alceo, Anacreonte, Pindaro – le due professioniste polacche non ne avevano sentito nominare neanche mezzo, e io e Giacomo ci facemmo beffe della loro ignoranza.

Perché, s'impermalirono, voi forse conoscete nostra grande poetessa Wisława Szymborska?

Chi?!

Scoppiammo a ridere, convinti che quel nome impronunciabile se lo fossero inventato. Poi mi passò del tutto dalla mente fino a che, parecchio tempo dopo, non lo sentii improvvisamente risuonare al telegiornale: Wisława Szymborska, intellettuale dissidente polacca, aveva vinto il Premio Nobel per la letteratura...

Le edizioni italiane delle sue poesie nemmeno si trovavano in commercio, così andai a fotocopiarne un paio alla biblioteca nazionale.

La macchina di mio padre morto, nel frattempo, era passata anch'essa a miglior vita (in una pozza d'olio, anziché di sangue). Così dovetti montare sul pullman per Latina e scendere all'incrocio con la Via del Mare, sforzandomi di ricordare a che altezza, una notte d'estate di tre anni prima, avessi rimorchiato Dorota e Beata.

Nella mia testa ero convinto di rivederle lì, appena più attempate.

Ma al posto dei loro fuocherelli trovai solo una gelida tramontana che spazzava foglie morte da un lato all'altro della carreggiata.

Mi sedetti sul guardrail, tirai fuori le fotocopie e cominciai a leggere.

... Sono entrambi convinti / che un sentimento improvviso li unì. / È bella una tale certezza / ma l'incertezza è più bella...

Declamando nel vento i suoi versi, chiesi scusa a Dorota, a Beata e soprattutto a Wisława Szymborska.

In realtà, era anche un modo d'intimare al mondo (là rappresentato dagli sporadici automobilisti che procedevano nel nulla in direzione Torvaianica) di scusarsi con il povero Giacomo: non si ride dei poeti – mai, mai, mai.

Ma cosa speravate di ottenere, con le foto delle due prostitute?

Un esempio, meglio ancora un incoraggiamento: eravamo convinti che migliaia e migliaia di italiani, per uscire allo scoperto, aspettassero soltanto di non sentirsi dei reietti.

Ecco, vedete, cercavamo di suggerire attraverso le pose di Dorota e Beata, potete tranquillamente mostrarvi, se questo vi aiuta a stare meglio. Potete esibirvi a cosce aperte o con l'arnese in tiro e Dio non vi fulminerà, né lo faranno con lo sguardo i vostri amici, i vostri parenti, i vostri datori di lavoro.

Primo perché (vedete?) il vostro sguardo noi lo cancelliamo con una barra nera che vi renderà irriconoscibili, e secondo perché anche loro (i vostri amici, i vostri parenti, i vostri datori di lavoro), trovato il coraggio che avete avuto voi, manderanno alla redazione di "Le Ore" le proprie foto in busta chiusa, confessando lo stesso irrefrenabile bisogno di denudarsi, di lasciarsi andare, di farsi toccare – in una parola, di verità.

Sul numero seguente pubblicammo due immagini di Dorota e Beata spacciandole per scatti amatoriali.

Dorota diventò un'infermiera di Pordenone.

A Beata associammo una didascalia che recitava: Fiscalista Inquieta Ansiosa Di Vedere Che Effetto Vi Faccio (abbondavamo con le maiuscole, per evocare un'aura di sacralità).

Da un giorno all'altro, una moltitudine di uomini si chiuse in bagno con una macchina fotografica, s'immortalò le parti intime e ci recapitò l'oscena visione. Messi in fila sulla nostra scrivania, i loro cazzi sembravano formare una lunga catena di ceri votivi.

Infermiera di Pordenone conquistò buona parte dell'utenza senile, affascinata dall'idea di coniugare perversione e cura delle prostata.

Ma fu soprattutto Fiscalista Inquieta a imporsi prepotentemente come icona.

Molti lettori le associavano il sogno di una doppia evasione, erotica e fiscale, e (lontani dal sospettare che bastassero trentamila lire e un giretto sulla Pontina per togliersi lo sfizio) si dichiararono pronti a tutto pur di diventare suoi clienti.

A corredo delle foto, c'inventammo delle didascalie che fecero saltare il banco.

... Sola In Ufficio: Chi Viene A Farmi il Sette e Quaranta?...

... Oggi Piove: Sarà Per Questo Che Sono Bagnata?...

Bastava accennare alla denuncia dei redditi per trasportare Fiscalista Inquieta, dalla dimensione inattendibile in cui la pornografia aveva sempre stazionato fino a quel momento, in un mondo reale dove tutto, anche l'eventualità di incrociare Fiscalista nel CAF del proprio quartiere, diventava possibile.

Si trattò di un salto vertiginoso che qualunque erotomane, senza saperlo, aspettava ansiosamente di realizzare.

Certi di fare presa sui nostri lettori, pubblicammo un appello di Fiscalista Inquieta che invitava i propri fans a scriverle presso il suo recapito fermoposta. Era ovviamente un recapito fasullo, corrispondente alla nostra casella postale, ma niente di ciò che i lettori le scrivevano era contraffatto.

Confessavano a Fiscalista i loro abissi come se fossero già pronti a caderci dentro.

Devo assolutamente conoscerti, scrivevano. Chi sei? Cosa fai? Come vivi?

Tutte domande che, senza saperlo, rivolgevano a se stessi...

Al crocevia di quei fitti dialoghi interiori noi smistavamo stupefatti chili di corrispondenza e, né più né meno come la Signorina Cuorinfranti (che in realtà era un povero cristo di sesso maschile simile a noi), a chi ci forniva un proprio recapito rispondevamo con la firma luccicante di Fiscalista Inquieta, dispensando consigli, ringraziamenti, benedizioni, e a poco a poco lasciandoci travolgere dall'enormità di una tale vicenda umana.

Certo, all'origine di tutto c'era un fake (si direbbe oggi)...

Ma scorrendo quelle lettere (a volte, bisogna dirlo, sciocche, arroganti e sgrammaticate) Giacomo e io preferivamo concentrarci sulla valanga di sincerità che s'ammucchiava a valle piuttosto che sul piccolo inganno perpetrato a monte.

Che fosse piccolo, in realtà, ce lo raccontavamo...

Da quell'inganno scaturiva un senso di colpa che s'ingigantiva giorno dopo giorno, spingendoci a rimandare a oltranza il momento in cui, per mantenere in vita Fiscalista Inquieta e Infermiera di Pordenone, saremmo dovuti ritornare sulla Via del Mare in cerca di Dorota e Beata.

Forse dovremmo liberarcene, mi decisi a dire un giorno.

Giacomo si spaventò: Delle polacche?!

Mi credeva veramente capace di farle fuori.

Ma no, che hai capito? Sto parlando di... sì, insomma, di Fiscalista e di Infermiera.

Il nostro pubblico se la prenderà a morte, osservò Giacomo.

Sì, lo so, ma i due rullini da dodici che abbiamo scattato sono quasi finiti, tra poco non avremo più niente da pubblicare.

L'ufficio rigurgitava di lettere inevase. Da che c'eravamo messi in testa di archiviarle dalla prima all'ultima, adesso le rovesciavamo dove capitava direttamente dal sacco della posta. Quando arrivava il momento di chiudere il giornale, ne sfilavamo a caso quattro o cinque dal mucchio e stampavamo, senza nemmeno guardarle, le foto dei primi cazzi che trovavamo.

Sebbene ancora lontano dal cogliere la portata della rivoluzione in atto, il nostro direttore ci aveva concesso di allargare la rubrica a tre pagine. Ma più cresceva sulla rivista il peso dell'amatoriale, più l'amatoriale pesava sulle nostre coscienze.

Verità, verità – ecco la parola che ci assillava...

Ma la verità era che da lì a poco non avremmo avuto più un fuoco intorno al quale radunare il nostro gregge e che, una volta esaurite le fotografie di Dorota e Beata, tutto l'amore gratuito e spontaneo che quelle pecorelle riversavano su Infermiera e Fiscalista sarebbe tornato a disperdersi nel porno-business, al servizio di logiche post-fordiste pronte a trasformarlo in mero profitto.

Spalancai la finestra dell'ufficio. Mi mancava l'aria.

Forse avremmo bisogno di storie nuove, dissi osservando le nubi all'orizzonte. Altre narrazioni. Altri personaggi.

Altre prostitute?, insinuò Giacomo.

Ragionavamo spesso sulla bellezza dell'essere troie senza esserlo, e nel ragionamento tiravamo in ballo la società dei consumi, il femminismo, la morale cattolica – tutti argomenti che in quel momento ero troppo stanco per affrontare.

Sloggiai Fanny dal divano e ci sprofondai dentro.

Scottie, gli chiesi dritto per dritto, perché la cassiera della gelateria di Ponte Milvio non ci ha ancora mandato le sue foto?

Giacomo sospirò.

La domanda che gli avevo posto era un'altra, ma lui rispose convinto: Sì, hai ragione, sarebbe stato un magnifico soggetto...

Curvo sulla scrivania, batté un dito sulle ultime due Polaroid di Dorota e Beata e annunciò, con quel fatalismo che spesso ci fiaccava: Di fatto, ancora queste e addio.

Sentii qualcosa sotto il sedere: altre lettere. Ce n'erano dappertutto.

Amico mio, cosa penserebbe di noi questa gente se scoprisse che Infermiera e Fiscalista sono due puttane originarie di Cracovia?

Giacomo venne a sedersi accanto a me e aprì una busta a caso: dentro trovammo l'autoscatto di un malato di cancro (terminale, a giudicare dal torace scarnificato) che si masturbava sulla pagina di Infermiera e la supplicava di andarlo a trovare prima della fine.

Lo sai?, disse Giacomo. Anche Albertine non era altri che l'autista di Proust. Forse non dovremmo colpevolizzarci tanto, in fondo la letteratura è proprio questo: verità che nascono da menzogne.

Ne sei così sicuro?, gli domandai. Le bugie hanno questo potere? Si può davvero arrivare al cuore delle cose attraverso la finzione?

Non lo so, ammise Giacomo distogliendo lo sguardo.

Un'altra delle cose che mi piaceva di lui era il suo relativismo: non era mai certo di niente.

Domandò se mi fossi ricordato di comprare il gelato. Che ce ne fosse sempre una vaschetta nel frigo, almeno di questo doveva essere certo.

Andiamo a prenderlo fuori, proposi battendogli una mano sul ginocchio.

Giacomo capì che me n'ero dimenticato ma si sforzò di contenere il panico. Si alzò in piedi, indossò la giacca e afferrò l'ombrello.

Potresti solo andare un po' veloce?, mi pregò lungo le scale.

Fuori aveva cominciato a piovere e la macchina di mio padre morto sbandava paurosamente sul bagnato.

Ma noi ormai eravamo amici, più che amici...

Come risolveste il problema delle foto di Infermiera e Fiscalista?

Si risolse da solo quella sera stessa.

Tornati da Latina con due vaschette da mezzo chilo, rientrammo alla International Press e subito sentimmo odore di bruciato.

Hai dimenticato il latte sul fuoco?, domandai a Giacomo.

E tu hai dimenticato di chiudere?, disse lui affacciandosi sull'ultima rampa.

La porta dell'ufficio era socchiusa, dall'interno filtrava una lama di luce.

Feci cenno a Giacomo di stare indietro e affrontai gli ultimi gradini in punta di piedi, brandendo l'ombrello come una mazza da baseball.

Fanny ci attendeva a pelo dritto sullo zerbino: chiunque si fosse introdotto nella nostra redazione, a lei non garbava.

Dai un calcio alla porta e io mi butto dentro, sussurrai a Giacomo.

Non ho mai dato un calcio in vita mia, protestò.

Dài, insistetti, con tutta la forza!

Non l'avessi mai detto. Rivelando una inaspettata attitudine al kung fu, Giacomo sferrò uno zhen deng tui che trapassò da parte a parte il leggero tamburato della porta.

Annunciato dallo stivaletto numero trentasei del mio caporedattore, con un urlo sovrumano saltai nella mansarda pronto a colpire.

Dall'altra parte, al centro della stanza, un cristone sulla cinquantina, butterato e rasato a zero, ci fissava allibito stringendo tra le dita un manciata di foto accartocciate.

Nell'ufficio c'erano almeno trentacinque gradi e per difendersi dal caldo l'uomo si era messo in canottiera e mutande elastiche.

Attila!, esclamò Giacomo cercando di liberare il piede dalla porta.

Attila?, balbettai io. Attila Peroni?

Il nostro direttore gettò nella stufa le fotografie che aveva in mano. A giudicare dalla scrivania mezza sgombra, doveva averne bruciate già diversi mucchi.

Per cosa vi pago, io?

Riconobbi immediatamente quella voce, l'accento masticato, la propensione per le domande retoriche (che poi, la domanda appena posta tanto retorica non era, visto che Giacomo e io non percepivamo lo stipendio da tre mesi).

Cazzi, cazzi, cazzi – andò in crescendo. Non fate altro che accumulare immagini di cazzi. Avete scoperto la vostra vera passione, brutte checche che non siete altro?

I bagliori della fiamma gli crepitavano sul viso. Le cicatrici dell'acne disegnavano sulle sue guance la carta geografica dell'inferno.

Attila raccolse un'altra bracciata di Polaroid e la lasciò cadere dentro la stufa.

Per stare più comodo si era tolto anche i calzini. I piedi sudati, sguazzando nei mocassini, producevano un suono acquitrinoso.

Si spostò verso la scrivania e afferrò l'ultimo numero della rivista.

La giovane gelataia, cominciò a leggere aprendo a caso, tornò a casa chiedendosi cosa avrebbe voluto dalla vita: prima di tutto amore, pensò versando il latte nella ciotola del gatto. Ma poi si ricordò del vibratore che teneva nel cassetto.

Attila si avvicinò e ci sventolò il giornale sotto il naso.

Vi sembra un racconto erotico, questo?, ringhiò battendo il dorso della mano sulla pagina. Secondo voi un maschio seduto sulla tazza del cesso, che ha cinque minuti per masturbarsi prima che sua moglie venga a bussare, può eccitarsi con una gelataia che dà da mangiare al gatto?

Ricordo benissimo quel pezzo: era crepuscolare come tutti i testi che scrivevamo in quel periodo.

Che cazzo è successo alla vostra fantasia?, c'incalzò Peroni.

Giacomo osservò le foto della modella di colore che avevamo abbinato al testo.

Be', provai a giustificarmi, l'accostamento tra mestiere di gelataia e donna africana a noi pareva fantasioso...

Non è fantasioso, tagliò corto Attila, è demenziale. La verità è che avete perso la testa con questa storia dell'amatoriale.

Guardate qua che schifo, s'indignò frugando tra le istantanee dei nostri lettori.

Ne prese in mano un altro mucchietto e le accostò alla fiamma. Sembrava proprio che bruciare cazzi gli procurasse un gusto particolare.

Signor Peroni, provai a farlo ragionare, questa dell'esibizionismo è una vera e propria rivoluzione.

Lui si girò dalla mia parte scoprendo i canini e mi domandò che mestiere facesse mio padre.

Carabiniere. Carabiniere morto, specificai.

E tu, figlio di carabiniere morto, non ti vergogni a parlare di rivoluzione? Il sesso è sempre stato reazionario, disse.

Avrei potuto obiettare che dipendeva dai punti di vista: il nostro era quello di due poeti, il suo apparteneva a un ex missino che arrotondava le entrate della International Press vendendo busti del duce al mercatino di Sabaudia. A dissuadermi non fu tanto l'aquila romana tatuata sul suo avambraccio, quanto la furia iconoclasta con cui Attila tornò ad alimentare il fuoco.

Cazzi! Cazzi! Cazzi! Avete profanato il regno della fica con un esercito di cazzi!

La nostra tenda da campeggio era ormai una fornace in mano a un esaltato dal cranio traslucido, che urlava in mutande e canottiera.

Da oggi in poi, annunciò Peroni, la rubrica amatoriale è abolita.

Fu qui che Giacomo, dopo essere stato per tutto il tempo in disparte a massaggiarsi la caviglia, avanzò zoppicando verso Attila.

Gli rendeva almeno quaranta centimetri.

Ma il suo sguardo s'arrampicò coraggiosamente fino a quello del nostro direttore e ci sputò dentro il proprio disprezzo.

Allora abolisca anche noi, disse.

Nel realizzare che ci stavamo licenziando, Attila Peroni sembrò leggermente disorientato.

Come? Ve ne andate?, corrugò la fronte.

Aveva una paura fottuta che reclamassimo gli arretrati,

ma quando capì che noi volevamo indietro solo la nostra dignità provò a toglierci anche quella.

E la porta?, reclamò. Chi me la ripaga?

Noi avevamo già cominciato a trasportare in macchina i libri, e nemmeno gli rispondemmo.

Scrivetemi almeno i pezzi del prossimo numero, ci gridò dalla finestra.

Con due colpi di sportello ci chiudemmo alle spalle tre anni della nostra vita.

E adesso?, mormorò Giacomo con la trasportina di Fanny sulle ginocchia. Dove andiamo?

Il luogo migliore sarebbe stato l'ospedale, poiché il senso di vertigine a cui rispondevo aggrappandomi al volante non era più il sintomo della mia emotività giovanile ma, come poi mi fu diagnosticato, quello di un'ischemia silente che altrettanto silentemente mi trascinai fino a casa.

Là presentai Giacomo alla mamma, gli aprii il divano letto, lo dotai di un pigiama di mio padre e infine svenni.

Quando ripresi conoscenza, notai subito che a Giacomo il pigiama calzava a pennello (strano, perché di mio padre ricordavo una figura imponente).

... Leonardo...

... Leonardo...

... Come ti senti?...

La mamma e Giacomo mi richiamavano al mondo dei vivi.

Fallo bere, gli raccomandò mia madre, io vado a telefonare al dottore.

Allungai la mano per trattenerla. Lei me la strinse per qualche secondo, e poi mi disse di stare tranquillo.

Torno subito, mi assicurò.

Uscì dalla camera sul tappeto rosso che lo sguardo di Giacomo le srotolava sotto i piedi.

Gran donna tua madre, disse una volta soli. Quanti anni ha?

Io non me lo ricordavo, ero ancora mezzo incosciente: con quella di Giacomo faceva un'incoscienza intera...

Si guardò intorno alla ricerca di qualcosa da sventolarmi sotto il naso.

Posso usare questa?, mi disse raccogliendo una busta dal pavimento.

Era una busta sigillata, sulla quale le impronte delle pantofole di mia madre si sovrapponevano allo stemma della Nunziatella.

Tra la daga d'argento e l'indirizzo di casa, si leggeva il nostro cognome preceduto dalla formula: Gentile Famiglia.

Riflettei.

Dunque eravamo gentili... Dunque eravamo una famiglia...

Avremmo dovuto tenerlo più a mente, mi dissi, pensando a quanto poco, ultimamente, avevo visto mia madre, e a quanto niente bastava per sentirne il bisogno.

Il ricordo della Nunziatella, la scuola militare di Napoli dove mio padre aveva studiato, era una di quelle cose che la mamma aveva seppellito in un armadio assieme ai suoi berretti e ai suoi tubolari ricamati.

Alla Nunziatella mio padre l'aveva corteggiata per la prima volta durante il ballo di fine corso: là era diventato carabiniere, là aveva imparato a contaminare il suo accento lombardo con espressioni tipo Mannaggia Bubbà o Aumm Aumm.

Da quando mio padre era stato ammazzato sotto il portone di casa, alla guida della Nunziatella si erano succeduti tre comandanti. E ciascuno di loro, a Pasqua e a Natale, ci aveva puntualmente mandato un biglietto d'auguri senza che né a me né a mia madre passasse una volta per la testa di rispondere.

Eppure continuavano a chiamarci Gentile Famiglia...

Mamma, le chiesi lottando con il peso che avevo sullo sterno, perché non apri mai la posta?

Era una domanda retorica: da quando al citofono aveva scambiato l'assassino di mio padre per un fattorino, spianandogli la via dell'androne, apriva a malapena il televisore.

Prima o poi ci staccheranno le utenze, le dicevo ogni volta che trovavo una bolletta abbandonata sopra il frigo.

Vediamo se hanno il coraggio, ribatteva lei impavida.

Tutto il dolore della sua vita lo sublimava in un sordo rancore verso Enel e Italgas.

Questo nervo scoperto, come definì il cupio dissolvi che vedovanza e malattia avevano sprigionato nel cuore di mia madre, a Giacomo piacque subito moltissimo: l'associò alle nature morte che la mamma s'era messa a dipingere e ne dedusse che era un'artista.

Perché non me l'hai detto?, protestò.

Cosa?

Che hai una madre così.

L'ischemia silente lasciò un senso di profonda spossatezza, che andò a coincidere con il riposo assoluto prescritto dal cardiologo.

Mentre Giacomo girava per casa con le mani dietro la schiena, osservando i quadretti di mia madre appesi al muro e chiedendole lumi sulla sua tecnica, io aprii la busta della Nunziatella e cominciai a leggere.

L'attuale comandante in capo, nonché preside dell'istituto, si chiamava Ajmone Gizzardi. Il suo non era solo un biglietto di auguri, ma una vera e propria lettera nella quale ricordava commosso l'amicizia con mio padre.

Uno dei migliori allievi di questa scuola, lo definiva inserendolo in una lista che comprendeva Carlo Pisacane, Amedeo d'Aosta e il nonno di Bud Spencer.

In calce alla lettera il colonnello riportava (per qualsiasi vostra necessità, aveva scritto) il numero diretto del suo comando.

Guardai la sveglia sul comodino. Tardi per telefonare, anzi tardissimo: la lettera risaliva a marzo e noi stavamo a settembre inoltrato...

Quella notte sognai mio padre che mangiava spade di fuoco in un circo di nani. Era bravo, ma a un certo punto esagerava e si trasformava in una torcia umana davanti ai miei occhi inorriditi.

Mi svegliai urlando in un bagno di sudore e decisi che il giorno dopo avrei chiamato la Nunziatella.

Il colonnello Ajmone fu estremamente gentile e mi fissò un appuntamento di lì a poco. Era la prima volta che uscivo di casa dopo l'attacco di ischemia silente e il treno per Napoli mi fece l'effetto di un caravanserraglio.

Varcai il portone della Reale Accademia Militare convinto che vedere tante divise tutte insieme avrebbe disturbato il mio spirito ribelle. Invece mi piacque, così come mi piacque, sotto il grande orologio della scuola, trovare inscritta una citazione dal *Purgatorio* di Dante che diceva: Il perder tempo a chi più sa più spiace.

A trent'anni avevo già perso un padre, due lavori e una volta conoscenza.

Non avrei perso anche il tempo che restava...

Intuivo che, per passare dalla redazione di "Le Ore" a uno dei più antichi istituti di formazione militare del mondo, avevo bisogno di un processo di purificazione: così mi presentai al cospetto del colonnello Ajmone umile e cosparso di cenere. Per farla meglio risaltare, mi ero anche rasato il capo...

Il colonnello Ajmone attaccò subito a parlare di mio padre e fu molto colpito dall'apprendere che quella che indossavo era una sua giacca. In realtà non aveva fatto in tempo a metterla, poiché la mamma gliel'aveva regalata pochi giorni prima che venisse ucciso. Ma, a dispetto del rigoroso contesto in cui si svolgeva, tutta la nostra conversazione era costellata di approssimazioni...

Il colonnello Ajmone, ad esempio, si ricordava che mio nonno possedeva un'armeria in provincia di Brescia, mentre era solo stato operaio alla Beretta. Da parte mia, visto che il colonnello non sembrava volermi chiedere nessuna documentazione, inventai di essere stato in servizio al Convitto Nazionale per tre anni e altri due in una non meglio precisata scuola di Pomezia.

E ora vorrebbe insegnare qui, mi anticipò Ajmone.

Affermativo, signor colonello. Mio padre ne sarebbe fierissimo...

Gomiti saldamente appoggiati alla scrivania, Gizzardi picchiettò tra loro i polpastrelli e mi ricordò che il regolamento della Nunziatella obbligava ad assumere i docenti unicamente per concorso.

Lo sa, vero?, disse squadrandomi.

Avevo l'impressione (un'impressione che avrei messo a fuoco meglio in seguito, attraverso il gioco) che in certi ambienti le regole servissero soprattutto a misurare la forza di chi ha il potere di violarle.

Lo so..., risposi apparecchiandogli tre solidi puntini di sospensione.

Da dietro la scrivania, il colonnello Ajmone sorrise – virilmente, ma sorrise.

Mi era grato che non domandassi nulla, in modo che nulla potesse essergli rimproverato di avermi dato.

Possiamo provare a fare una prova..., mormorò.

Proviamo, dissi io.

Il mese dopo mi fu assegnata una sostituzione temporanea al Classico B, il cui motto era Hic Sunt Leones. Per rimanere in tema di animali, affittai un bilocale nei pressi dello zoo, a Fuorigrotta.

Il centro di Napoli, all'inizio, mi spaventava, quando mi capitava di attraversarlo tenevo la borsa bene aperta per far vedere che all'interno c'erano solo grammatiche d'inglese.

Durante l'Università ero stato due volte a Londra per migliorare la mia pronuncia, e poi ancora a Berlino, a Barcellona, ad Amsterdam. Ma in nessuna città mi ero sentito straniero come mi accadeva vagando per i Quartieri Spagnoli o a Montecalvario: ovunque dominavano codici linguistici e di comportamento che rivelavano la mia estraneità.

All'inizio ne ero spaventato. Dai lazzari che giravano in tre su una vespetta al barocco di San Gregorio Armeno, tutto mi pareva minaccioso, incombente. Ma poi realizzai che proprio di quello avevo bisogno, un mondo che ribadisse ogni giorno ciò che profondamente sentivo di essere: un clandestino a bordo del pianeta Terra.

Napoli era esotica. Era perturbante. Era la Pelle di Malaparte, ma era soprattutto carne – carne viva.

Sotto il cuore incandescente del suo vulcano percepivo chiaramente l'esattezza della nostra intuizione: esisteva la realtà e poi, nei vicarielli, negli anfratti, nelle mutande della gente, esisteva la verità.

Una verità nascosta che pulsava incessantemente.

Almeno una volta a settimana visitavo affascinato la Napoli sotterranea. Poi uscivo in superficie e mi mescolavo alla folla di via Toledo. Quando le contraddizioni della specie umana si facevano intollerabili, scartavo in direzione dello zoo.

Spesso, prima di rincasare, sostavo davanti alla gabbia del rinoceronte nero fissando i suoi corni, gli occhi liquidi, la stazza enorme, e di nascosto piangevo la sua prossima estinzione.

Cosa rappresentava per lei quell'animale?

(l'intervistato fa la faccia da rinoceronte)

Me stesso. *(lo dice molto seriamente)*

Ma anche la natura in cui siamo imprigionati e la prigione in cui abbiamo rinchiuso la natura.

E poi, ovviamente, rappresentava Giacomo.

Ogni weekend veniva a trovarmi, entusiasta di rivedere me non meno che di visitare Napoli. Alla parola verità, ora, accompagnava spesso quella di avventura.

Avventuriamoci, diceva appena sceso dal treno.

E subito si ficcava nei vicoli, godendo del mio stesso senso di spaesamento.

Della zona dove abitavo, Giacomo apprezzò molto il degrado delle Terme di Agnano e dell'ex Sferisterio. Ma nello stesso tempo mi spingeva a traslocare nel centro storico: ufficialmente per avvicinarmi al posto di lavoro, in realtà per sprofondare ancora più all'interno del turbamento che ci procurava quella città.

Lo accontentai e affittai un appartamento di due stanze in via San Mattia, al secondo piano di Palazzo Berio.

Giacomo ne fu così entusiasta che, sulle prime, pensò di trasferirsi da me. Ma presto si rese conto che la turbolenza di quella città, al terzo giorno di permanenza, si trasformava in una prova insostenibile, in una vertigine che lo costringeva ad aggrapparsi ai pali della luce e, di fatto, a rifugiarsi precipitosamente a Roma, laddove Roma non era certo la metropoli sterminata che si vedeva dal Gianicolo, ma la quiete della nostra dimora (dove Giacomo, in mia assenza, si era sistemato), e più precisamente della cucinetta in cui la sera, sorseggiando latte caldo, aiutava mia madre a risolvere rebus a incastro.

Quando Giacomo lasciava Palazzo Berio, il mio esilio napoletano si faceva più solitario e nello stesso tempo più tollerabile: accompagnandolo per i bassi, tra esalazioni coleriche e femminielli che osservavano incuriositi la sua deformità, mi accorgevo che tutto quel disordine cominciava a soffocarmi. Giorno dopo giorno, cresceva il bisogno di adeguarmi alla ferrea disciplina che sosteneva, come una base di travertino, la vita del Rosso Maniero.

Il Rosso Maniero (ovvero la Nunziatella di Napoli) fu una palestra fondamentale per la mia formazione di bull.

L'autocontrollo, il senso del dovere, l'intero sistema di regole che papà mi aveva messo tra i piedi per intralciare il mio bisogno di libertà, ora di quel bisogno mi sembravano presupposti necessari.

Se volevo ribellarmi alla legge degli altri, dovevo inventarne una mia. E imparare a rispettarla, molto più di quanto gli altri rispettassero la loro.

Cominciai a frequentare assiduamente una palestra, i cui benefici integravo con una rigorosa alimentazione a base di choy sum e riso al vapore. Avevo scoperto la meditazione zazen e ogni mattina, all'alba, mi sedevo a gambe incrociate sul tappeto e mi aprivo al non sapere.

Mi disponevo insomma a una missione ancora misteriosa, ma il cui senso – ne ero certo – mi sarebbe stato svelato al momento opportuno.

Non avrai mica intenzione di diventare un culturista? O un parà?, m'interrogava Giacomo preoccupato dalla quantità di bilancieri che vedeva nell'appartamento di via San Mattia.

La differenza tra i nostri fisici diventò sempre più marcata. E la contrapposizione tra le mie forme armoniche e la sua mostruosità cominciò ad assumere quel connotato specifico che, seppure per una breve stagione, ci avrebbe reso una coppia di bull inconfondibile e molto richiesta.

Macché parà, gli rispondevo mimando allo specchio mosse di kendo.

Io sono un samurai.

Alla Nunziatella sembravano molto contenti di me. A Natale mi ero già meritato lo spadino da parte dei colleghi più anziani. Telefonai alla mamma per invitarla alla cerimonia di consegna, ma lei si mostrò subito refrattaria a tornare nei luoghi dove era cresciuta.

È passato troppo tempo, disse. E poi Napoli è così lontana...

Mamma, da Roma non sono nemmeno duecento chilometri.

In realtà, per lei, era già troppo lontana la porta di casa: da quando Giacomo si occupava di fare la spesa e buttare la spazzatura, mia madre non sentiva più alcun bisogno di varcarla.

E poi, disse su imbeccata di Giacomo, non si torna nei posti dove si è stati felici.

Era la prima volta che sentivo mia madre ammettere di essere stata, seppure in un giorno ormai remoto, una persona felice: forse la vicinanza del mio amico le giovava...

Chiedigli se, secondo lui, è meglio restare nei posti dove si è infelici.

Non ti capisco, figlio mio.

Negò che Giacomo fosse dietro di lei a suggerirle le battute.

Va bene, va bene, tagliai corto. Vengo io a trovarvi appena posso.

Dopo la Befana fui inghiottito da un vortice di lezioni, corsi d'aggiornamento e consigli d'istituto. Nei weekend mi dedicavo assiduamente alla palestra. Due volte a settimana andavo al cinema, una a teatro e un'altra al Bourbon Street ad ascoltare il jazz.

Quest'ultimo era rimasto l'unico ambito della mia vita nel quale ammettere una dose di improvvisazione: tutto il resto veniva pianificato e portato a termine con precisione, senza anticipi né ritardi.

Solo le telefonate di Giacomo non avevano orari, e perciò spesso restavano in giacenza nella segreteria per giorni e giorni.

... Tutto bene?... Che fai?... Quando torni?...

Tra un messaggio e l'altro, i sincopati tu-tu-tu del telefono sintetizzavano l'unica risposta che mi sarei sentito di dare.

... In effetti, Giacomo, sono molto... occupato.

Per circa tre mesi Giacomo non si fece vedere a Napoli e io non mi feci vedere a Roma. Poi arrivò Pasqua e decisi che era arrivato il momento di ritornare a casa.

Comprai un vassoio di sfogliatelle e salii sul primo treno, affollato di pellegrini che andavano a seguire la Via Crucis. Al mio arrivo, sulla banchina di Termini, vidi fluttuare un'onda umana nella quale non fu difficile riconoscere la sagoma di Giacomo: era l'unico che non si muoveva.

Scottie!, lo chiamai.

Mi sembrò sciupato, un fuscello più esile del solito. Giacomo ricambiò l'occhiata e osservò che ero io ad aver messo su una montagna di muscoli.

È per stritolarti meglio, dissi abbracciandolo stretto stretto.

Nel mettergli in mano il pacchetto delle sfogliatelle, realizzai di non aver preso un pensiero per la mamma.

Vieni, accompagnami da un fioraio.

Giacomo s'irrigidì immediatamente.

Perché?

Perché non vedo mia madre da tre mesi e mi piacerebbe comparle delle rose.

Giacomo deglutì e si bloccò all'altezza del terzo binario. Era decisamente nervoso.

Che hai, Scottie, scherzai battendogli una mano sulla gobba, sei preoccupato che rivoglia indietro la mia cameretta?

Giacomo non rispose e allungò il passo verso l'uscita di via Marsala.

Lo trattenni per il braccio e lo costrinsi a levarsi gli occhiali da sole.

Cazzo fai, piangi?

La giornata era tersa e ventilata, nell'aria volteggiavano piumini di polline.

Allergia, mentì Giacomo dirigendosi al parcheggio dei motorini.

Il garzone di Picchiotto, il bar sotto casa dove Giacomo faceva colazione ogni mattina, gli aveva ceduto un Malaguti Fifty di seconda mano che perdeva colpi e gommapiuma dal sellino. In precario equilibrio vi ci stringemmo sopra con tutta la valigia e partimmo alla volta di casa.

La vista non era mai stata il suo forte, e mi sembrò che anche l'udito fosse peggiorato: quantomeno, Giacomo dava l'impressione di non dare troppo peso al rumore infernale della marmitta, e nemmeno ai clacson delle macchine che lo invitavano a tenere la destra.

Mi strinsi al trolley e tenni gli occhi chiusi per un po'. Quando li riaprii mi accorsi che eravamo sulla Tiburtina.

Scottie, stiamo sbagliando strada, gli urlai da casco a casco.

Lui tirò dritto e andò a fermarsi di fronte all'ingresso principale del Verano.

Guarda qua quanti fiorai, disse.

Vero, era pieno. E le rose stavano pure a buon mercato.

Presi il mazzo più grande che potessimo trasportare sul motorino. Giacomo mi osservava con il casco sottobraccio e l'aria strana.

Andiamo, Scott?

Giacomo schioccò la lingua, sospirò e disse che prima dovevamo entrare un momento al cimitero.

Sospirai anch'io.

Giacomo, abbi pazienza: è da Natale che manco da casa e vorrei arrivarci per l'ora di pranzo. A omaggiare la tomba del vecchio (lo chiamavo così, sebbene mio padre fosse morto all'età che io ho oggi) torneremo un altro giorno.

Non che al Verano andassi spesso, in effetti. In tutti quegli anni, tre o quattro volte il due novembre con la mamma e poi più niente. Giacomo ne era dispiaciuto, aveva anche scritto un'ode alla patria pensando all'eroismo di mio padre.

... La vostra tomba è un'ara, e qua mostrando verran le madri ai parvoli le belle orme del vostro sangue...

Siamo già qui, provò a convincermi. Che cosa ti costa?

Non aveva tutti i torti. Ma la giornata era così bella, traboccava di vita e mi sembrava uno spreco passarne anche solo mezz'ora dentro un cimitero.

Dài, Giacomo, mio padre non si offenderà. Ti prometto che torniamo presto, e con i fiori giusti.

Giacomo guardò le rose senza fiatare. Cercai di sfilargli le chiavi del motorino ma lui, più svelto, se le mise in tasca.

... Vecchio mulo testardo... Si può sapere perché ci tieni tanto a farmi entrare qua dentro?

Ci guardammo negli occhiali da sole. Poi sollevai i miei sulla fronte e improvvisamente tutto fu chiaro – così chiaro da accecarmi, da trasformare piazzale del Verano in una lastra opalescente dove il rosso delle rose spiccava come una macchia di sangue sul selciato.

Di tutto il rumore prodotto dalla via Tiburtina restò solo il crepitio di una fontanella. Un suo rigagnolo mi sfiorò la punta delle scarpe. Lasciai là il trolley e cominciai a correre verso il cimitero.

Non è semplice, al Verano, accaparrarsi un loculo. Ma Giacomo era riuscito chissà come a tumulare mia madre accanto a mio padre.

C'erano fiori freschi e una fotografia della mamma che non avevo mai visto, leggermente sfocata.

Com'è successo?, mormorai sentendolo arrivare alle mie spalle.

Giacomo aveva raccolto il trolley e, tenendo le sfogliatelle nell'altra mano, mi aveva raggiunto davanti alla tomba.

Mi diede la risposta che si desidera avere in questi casi: Nel sonno...

Davvero? Senza soffrire?

Temevo che sparasse balle per consolarmi.

Davvero, davvero. Anche se da tre o quattro giorni non aveva nemmeno più la forza di tenere in mano il pennello.

Mi ricordai che avrei dovuto essere arrabbiato, prendermela un po' con lui...

Scottie, perché non mi hai avvertito?

Ai piedi della tomba, Giacomo aveva appoggiato uno dei suoi ultimi quadretti. Era un ritratto di Fanny datato 5 febbraio 1994. Mia madre, a quanto scritto sulla lapide, se n'era andata una settimana dopo.

Dovevi avvertirmi, Scottie, piagnucolai.

Lui mi appoggiò una mano sulla spalla. Per un po' alitammo insieme, in silenzio, sul gelido marmo.

Poi Giacomo disse: Me n'ero innamorato, lo sai? Un colpo di fulmine...

A modo suo, senza tanti imbarazzi verso mio padre che ci fissava dal loculo accanto, Giacomo mi confessò i sentimenti che nutriva per mia madre.

Credimi, Nath, conoscere questa donna è stato un dono. Un onore. Una grazia.

Mi venne un brutto pensiero e glielo esternai dritto per dritto.

Ma no, che dici!, alzò le mani Giacomo. L'ho sempre rispettata profondamente.

Anche da morta, vero Scottie?

Sapevo che la sua innocenza lo rendeva capace di tutto. Rischiando di rovesciare le sfogliatelle, si affannò a offrirmi le più ampie rassicurazioni.

Diamine, Nath, sono una persona per bene. E per di più il tuo migliore amico.

Era anche un ragazzo sincero e alla fine confessò che non aveva resistito – un bacio sulle labbra, a mo' di commiato, gliel'aveva dato.

Amavo la sensualità del suo sgomento, Nath, quegli occhi da lupa nel bosco, il suo taglio di capelli alla Juliette Greco.

Era una parrucca, lo sai?

Giacomo rimase di sale. Si sedette sul marciapiede, spalle alle tombe.

Dici davvero?

Effetti della chemio, gli spiegai.

Andai alla fontanella, sciacquai un vaso, vi sistemai le rose e infine raggiunsi il mio amico sul marciapiede, annuendo a non so cosa e guardando nel suo stesso niente.

Oh mamma, gemetti, mia dolcissima mamma.

Poco più in là si ergeva monumentale la cappella della famiglia Rossellini.

Roberto?, ci chiedemmo.

Tirando su con il naso andammo a curiosare.

Lo sai che anche Fellini è sepolto al Verano?

C'impegnammo a cercare la sua tomba, ma senza trovarla.

In compenso c'imbattemmo nelle spoglie di Togliatti, Rodari e Rino Gaetano.

Come molti quartieri della città, ampie zone del cimitero erano coperte di guano: gli storni defecavano sui romani e sui loro defunti con la stessa indifferenza.

Nel sarcofago di Trilussa, sulla rampa Caracciolo, scoprimmo l'accampamento di un clochard. Senza intenzioni particolarmente polemiche, gli chiedemmo se sapeva chi fosse Trilussa, ma lui ci urlò dietro in una lingua dalla cadenza ostile. Alla fine ci ritrovammo di nuovo su una panchina del Pincetto, circondati da un trionfo di liberty e neoclassico. Senza accorgercene, tra un piantarello e qualche sommessa risatina, avevamo trascorso al Verano l'intera giornata.

Ti piace la cucina etnica?, se ne uscì improvvisamente Giacomo sotto la statua del Silenzio. Per cena avrei pensato al bulgur alla siriana...

Sebbene ignorasse cosa fosse, il mio stomaco reagì gorgogliando.

Scott, gli ricordai, tu non sai cucinare nemmeno un uovo al tegamino.

Una volta, mi corresse lui.

La cucina era solo una delle tante cose che, a suo dire, aveva imparato da mia madre in pochi mesi. Io non sapevo se essere geloso o intenerito. Mi chiesi se non dovessi avercela con lui, o almeno con me, che in una vita non ero stato capace di imparare da mia madre come farla sorridere.

Ma figuriamoci – non riuscivo ad avercela nemmeno con il cielo...

Dopo tanto azzurro, ora era diventato un telo plumbeo, pesante, pronto a rovesciarci sulla testa un'acquazzone.

Hai portato un ombrello?, chiese Giacomo mettendo mano al mio trolley.

Lo lasciai fare, anch'io avevo in serbo una sorpresa ed era arrivato il momento di mostrargliela.

Tra mutande e calzini, Giacomo si ritrovò la rivista tra le mani. Era l'ultimo numero, avvolto ancora nel cellophane.

"Fermoposta", lesse Giacomo senza tradire alcuna emozione.

La testata campeggiava in copertina sopra una mela rossa, accanto a una donna completamente nuda che ci dava le spalle.

Giacomo sollevò la rivista con entrambe le mani cercando il fuoco giusto.

Volevo dirtelo, Giacomo, ma non ho avuto il tempo.

Falso: era il coraggio che non avevo avuto. Più o meno lo stesso coraggio che era mancato a lui nel mettermi al corrente della morte di mia madre.

Mi sono sempre chiesto come l'avresti presa...

Continuavo a chiedermelo anche in quel momento, in effetti non era molto chiaro: sebbene avesse capito benissimo di cosa si trattava (un rotocalco pieno zeppo di annunci amatoriali, con tanto di foto dall'aspetto genuino) Giacomo se lo rigirava tra le mani come un oggetto misterioso.

Alla fine strappò il cellophane e cominciò a sfogliarlo.

International Press, lesse sul retro della copertina.

Già.

E da quant'è che è in edicola?, domandò passando il palmo della mano sulla carta patinata.

Dall'inizio di gennaio, più o meno.

Il che significava che Attila Peroni aveva progettato la nuova testata subito dopo il nostro licenziamento. O forse anche da prima.

Quel bastardo, scoppiò a ridere Giacomo.

"Fermoposta" era esattamente la rivista che avevamo sognato: decine e decine di inserzioni corredate da immagini di casalinghe, impiegate, commesse che si esibivano completamente nude, senza alcun pudore.

Quanto ai maschi – quell'esercito di falli solitari che un tempo aveva invaso la nostra scrivania – Attila era riuscito chissà come, dopo averli arsi in un rito che a quel punto era giusto definire purificatorio, a respingerli oltre il bordo delle pagine, relegandoli al ruolo di invisibili consumatori che nei suoi piani dovevano avere.

"Fermoposta", mi confidò un edicolante del Vomero, andava a ruba (a differenza di "Le Ore", le cui vendite s'erano inabissate) e nessuno meglio di noi poteva capire il perché.

La verità contenuta in quelle pagine era una scarica d'adrenalina. Un boato nel buio. Una fine del mondo a cadenza bisettimanale.

Dalle sue pagine si aprivano miriadi di buchi della serratura, bastava chinarsi e potevi guardare l'inguardabile.

Esattamente come l'avevamo pensata noi, osservò Giacomo stirando le gambe.

Non riuscivo ancora a capire fino a che punto fosse turbato.

A vederlo così, con le ciglia che sbattevano lente e la fronte appena corrugata, la sua rabbia sembrava molto più contenuta di quella che avevo provato io nello scoprire che quel farabutto di Attila, dopo averla tanto denigrata, ci aveva rubato l'idea.

Per un paio di settimane avevo covato il proposito di bruciargli la macchina, o magari di denunciarlo. Ma poi, piano piano, ero giunto alla stessa conclusione verso la quale la sua nobiltà d'animo stava rapidamente indirizzando Giacomo.

Nath, m'interrogò, secondo te qual è stata la più grande ricompensa ricevuta da Alexander Fleming per avere inventato la penicillina?

Il Premio Nobel?

Scosse la testa. E nemmeno la fama, o la ricchezza.

La sua più grande ricompensa, disse, è stata quella di aver salvato milioni di vite umane.

Il paragone, naturalmente, era eccessivo. Ma chi poteva dire quanto bene avrebbe fatto la nostra piccola grande rivoluzione? In fondo, le vittime dell'ipocrisia e di tutte le altre miserie che volevamo combattere con le gioie del sesso non erano certo meno numerose di quelle dello stafilococco.

Sospinti verso l'uscita dalla sirena che annunciava la chiusura, lasciammo il cimitero mentre piovigginava: poche gocce che si trasformarono ben presto in acquazzone. Ce lo prendemmo tutto fino a casa – che quella pioggia ci lavasse ben bene...

Quanto silenzio avrei trovato?, mi domandavo sul motorino. Quanto vuoto?

Trovai invece la nostra casa piena di acquarelli (incredibile quanti mia madre ne avesse dipinti in pochi mesi) di libri di Giacomo, di giocherelli di Fanny. Mi sembrò più viva di quando erano vivi i miei genitori.

Quando alla fine, stremati, ci sedemmo a tavola, erano quasi le dieci di sera. La pendola, adesso, spaccava il minuto.

Avevamo preso secchiate d'acqua e altre ne gettai sull'entusiasmo di Giacomo che, girando il bulgur, già parlava di "Fermoposta" come di un sistema perfetto.

Non è perfetto manco per niente, dissi.

Tanto per cominciare, nessuno garantisce sulla veridicità degli annunci (dopo avere espiato il fake di Dorota e Beata, ero diventato inflessibile sull'argomento). E poi è come se fosse sempre un numero zero, non resta mai traccia dei contatti che nascono tra gli inserzionisti, dei loro eventuali incontri.

Forse non se ne fanno, ipotizzò Giacomo.

Se ne fanno, se ne fanno...

Giacomo si bloccò con il mestolo in mano mentre Fanny saltava sulla cucina per dare un'occhiata dentro la pentola.

E tu come lo sai?

La mia faccia era una risposta abbastanza esplicita.

Mi stai dicendo che hai timbrato una di quelle?!, sgranò gli occhi Giacomo dando un colpo di mento verso la rivista squadernata sul tavolo.

In realtà, in un paio di mesi, ne avevo già scopate tre: un'avvocata del frusinate, il cui marito era il preparatore atletico della nazionale italiana di volley, la moglie di un ex poliziotto e una singola che lavorava alla sede regionale della Rai di Napoli.

Giacomo era fuori di sé. Non poteva crederci. Si sedette al posto della mamma e cominciò a tempestarmi di domande.

Allora avevamo ragione!, disse battendo il dito sulla tovaglia. La gente non si accontenta più di guardare o di essere guardata (sull'attitudine voyeuristica degli italiani, popolaccio più pavido di qualunque altro popolaccio, non avevamo mai avuto dubbi) ma finalmente vuole fare – fare e farsi fare!

Queste tue esperienze, sintetizzò Giacomo, testimoniano che ormai quella gente non vede l'ora di buttarsi a letto con il primo che passa!

Be', non sono proprio il primo che passa, eccepii.

Tre tacche sulla saccoccia e già mi si era alzata la cresta.

Ma dimmi, incalzò Giacomo senza troppo badare al mio ego, queste persone... come sono?

Ecco la vera stranezza: avevamo maturato a poco a poco la convinzione che qualunque essere umano, nessuno escluso, contenesse un vulcano chiamato sesso. Ma se arrivavamo ad arrampicarci sul suo cratere e vi guardavamo dentro, restavamo a bocca aperta come se l'esistenza di quel magma, che pure avevamo messo in conto con scientifico rigore, ritornasse a essere un evento soprannaturale, un prodigio degno di infantile stupore.

Una ricerca condotta dalla Ohio State University ha calcolato che l'uomo comune pensa al sesso in media diciotto volte al giorno e la donna dieci. Nonostante ciò, quando conosco una persona che dichiara di scopare (fosse anche soltanto con il marito o con la moglie) ancora non ci credo...

Come vuoi che siano?, provai a darmi un tono. Persone normali.

Giacomo era perplesso.

Normali?

Ma sì, normali. E nello stesso tempo particolari, riconobbi.

PARTICOLARE è un aggettivo molto in voga, nel gioco. Diciamo pure la parola chiave.

Preceduta sempre da una leggera esitazione, corrispondente a un vano tentativo di definire più precisamente la questione, tutto è... particolare.

Mia moglie ha dei gusti... particolari.

Sai, io sono un tipo... particolare.

Pensavo a un incontro... particolare.

Giacomo stesso mi dedicò un'occhiata... particolare.

Ero l'amico del cuore, con cui aveva condiviso un anno di lavoro e innumerevoli vaschette di gelato, ma adesso ero anche Il Bull (sebbene di bull, all'epoca, non si parlasse ancora), ero nell'Avventura, nella Verità, nel Grande Mondo Del Sesso, e questo mi dotava di un'aura così luminosa che Giacomo non riusciva a guardarmi senza stringere le palpebre.

Mi hai lasciato da solo, piagnucolò alla fine.

Ma che dici, Scottie? Sono solo andato in avanscoperta.

Be', si stizzì, nel frattempo che andavi potevi anche tenere informata la trincea!

Non riuscivo a credere che potesse lamentarsi della mia lealtà dopo quello che aveva combinato.

Scottie, hai visto morire mia madre, le hai organizzato il funerale, l'hai seppellita e dopo due mesi io non ne sapevo ancora niente!

Il pesto di erbe e melanzane cominciò a sfrigolare: era ora di toglierlo dal fuoco, ma Giacomo non se ne curò. Afferrò il tovagliolo e lo sbatté sul tavolo.

Che c'entra? Io l'ho fatto per non disturbarti. Per proteggerti, cazzo! Sapevo bene che avresti mollato il tuo lavoro e ti saresti precipitato qua senza nemmeno avvertire il comando generale.

Nath, continuò tremando, sono militari quelli, mica si scherza!

Solo in quel momento mi resi conto di quanto Giacomo fosse peggiorato.

Le sue punte d'isteria erano diventate più affilate, si tagliava lui stesso nel maneggiarle. Cominciò a piangere a dirotto. Dovetti promettergli che la prossima volta l'avrei portato con me. O che almeno, ecco, c'avrei provato.

Non è così facile, Giacomo... Le coppie sono molto selettive... Prima di concedersi ti contano anche i peli sul sedere...

Ma tu lo sai che so scopare, Nath!

Aveva la voce rotta, piena di schegge: Non è vero che lo sai?

Sì, certo... certo che lo so. Ma adesso stai tranquillo.

Io so scopare, Nath! Portami con te!

Era una crisi bella e buona.

Imponendomi di non guardare il letto andai a cercare dei sedativi nella stanza di mia madre. Ma Scott li aveva trasferiti tutti nella mia (o meglio nella nostra, visto che si era sentito in diritto di staccare i vecchi poster per fare posto ai quadri della mamma).

Quando tornai in cucina, si stava misurando l'uccello con un metro da sarto.

Leggi qua, disse premendo l'unghia sulla fettuccia. Ti pare poco?

In realtà non sapeva nemmeno lui quale misura stesse indicando: i centimetri erano scritti troppo in piccolo per la sua vista.

Gli tolsi il metro dalle mani, lo obbligai a ricomporsi e gli ficcai in bocca una pasticca.

Sei adulto, Scottie, lo rimproverai come se in realtà fosse l'esatto opposto: un insopportabile bambino capriccioso.

Per effetto del mio atteggiamento autoritario o per quello delle benzodiazepine, si calmò rapidamente. Mangiammo ciò che restava del bulgur, c'infilammo il pigiama e poi ci sdraiammo sul letto matrimoniale dei miei genitori riprendendo a sfogliare, questa volta con metodo, dall'inizio alla fine, l'ultimo numero di "Fermoposta".

Da fuori non veniva un rumore. Era come se avessimo messo a letto tutta Roma. E adesso, con calma, ci godevamo il piacere adulto di rimanere svegli.

Guardavamo. Commentavamo. Congetturavamo.

Cosa farà questa nella vita?, mi chiese Giacomo accarezzando il seno prosperoso di una rossa che sembrava volesse strabordare dalla pagina.

Niente, mi lasciai sfuggire. Aiuta il marito in una ditta di laterizi.

Giacomo si raddrizzò sul cuscino: Come lo sai? Ti sei fatto anche lei?

Mmm, non esattamente.

Piantato sul gomito destro, Giacomo mi puntò in faccia i suoi fari, alitandomi addosso un misto di condimento persiano e impazienza.

Quindi?

Mi morsi le labbra, maledicendo la mia imprudenza.

Nel permettermi di accedere ai dati dell'archivio dei carabinieri, il maresciallo Riccio mi aveva fatto giurare il massimo riserbo. E ogni giuramento, da quando studiavo da samurai, aveva assunto il valore di un kishomon, l'antico e indissolubile patto tra guerriero e daimyo.

Quindi?, mi braccò inesorabile Giacomo.

Quindi, mi arresi, è un segreto che non dovrai mai raccontare a nessuno, ma c'è un ufficiale della Nunziatella che, in cambio di un occhio di riguardo per il figlio, mi consente ogni tanto di curiosare nel casellario dell'Arma. Basta inserire l'identificativo di un documento e ti compaiono vita, morte e miracoli del suo intestatario.

Mi stai dicendo che questa gente è schedata?

Ti sto dicendo che siamo tutti schedati, Scottie.

La rivelazione lo eccitò moltissimo. Voleva a tutti i costi sapere cosa le forze dell'ordine scrivessero di noi.

Non dirmi che non hai avuto la tentazione di andare a leggere le nostre schede!

L'avevo avuta, in effetti, ma avevo anche preferito resisterle: un conto è spiare gli altri, un conto è spiare se stessi...

Visto che ormai il segreto era svelato, andai a prendere il quaderno dove avevo trascritto le schede più interessanti. Ogni volta che al numero di patente di un'inserzionista potevamo associare un nome, un indirizzo, uno stato civile, Giacomo rabbrividiva sotto le lenzuola.

Non che identificare quelle sweet, sapere se erano sposate, se avevano studiato o che modello di macchina guidavano, le rendesse più avvicinabili, e nemmeno più attraenti. Ma così il gioco diventava infinitamente più eccitante...

Se prima osservavamo le donne per strada, sull'autobus o al mercato, e immediatamente ce le immaginavamo svestite, adesso che le vedevamo svestite ce le immaginavamo per strada, sull'autobus o al mercato, e scoprivamo che il processo inverso ci emozionava molto ma molto di più.

Cazzo, disse Giacomo, darei un braccio per guardare in faccia questa dea.

... I volti, i volti...

Era questa la nuova ossessione, l'ultima frontiera dell'intimità.

Tutte le volte che c'eravamo imbattuti in un soggetto di sesso femminile avevamo grattato con le unghie sui suoi abiti, schiavi del piacere d'immaginare cosa ci fosse sotto. Adesso, sfogliando "Fermoposta", guardando quei corpi nudi, le nostre unghie le consumavamo intorno al tratto d'inchiostro che copriva le bocche, i nasi, e soprattutto gli occhi. Di che colore li avrà, questa dea?, si chiese Giacomo dopo un lungo silenzio.

Il silenzio era appena servito a riprenderci dall'apparizione di una giovane signora della provincia di Grosseto, che illuminava a giorno la stanza stagliandosi in quadrupedia tra pagina 32 e pagina 33.

Come le avremmo scritto in seguito, in lettere scagliate al bersaglio del suo fermoposta con la stessa concentrazione di un arciere, i piedi della giovane signora sembravano sculture poggiate sul piedistallo dei suoi sandali tacco 12.

Non erano piedi fatti per camminare, quelli, o comunque mai avremmo osato pensare che potessero dirigersi verso di noi, poveri mortali.

La dea di Grosseto si rifletteva in uno specchio (l'unica maniera, le scrivemmo, per duplicare la sua unicità) e costringeva chi la guardava a riflettere sulla vita e sulla morte, perché a questo – alla struggente meraviglia del creato e alla nostra finitezza di fronte a essa – rimandava tanta bellezza.

Finimmo di sfogliare la rivista nella quiete sospesa del venerdì santo. Poi, arrivati in fondo, tornammo a pagina 32 e leggemmo con più attenzione l'annuncio della Dea di Grosseto.

Scoprimmo così che si era già scelto un soprannome non meno altisonante: The First Lady.

Sarà mica la moglie di Scalfaro?, ghignò Giacomo.

L'ilarità non smontò di una virgola le nostre erezioni.

Ci sedemmo sulla sponda del letto e cominciammo a masturbarci sulla sua statuaria bellezza. Ci piaceva spargere seme in libertà, seguirne la traiettoria prima che atterrasse nel vaso del ficus: non per oltraggio alla terra, ma per ricongiungerci in qualche modo ad essa.

La mattina seguente ci mettemmo subito al lavoro.

Il lavoro consisteva principalmente in tre fasi: 1) selezione delle inserzioniste che ci sarebbe piaciuto conoscere, 2) verifica dati mediante SDI (Sistema D'Indagine dei carabinieri), 3) stesura e invio delle lettere con cui ci candidavamo a un incontro.

Della seconda fase mi occupavo io da Napoli, alla terza pensava Giacomo con la sua penna ispirata, e la prima l'affrontavamo insieme nei fine settimana.

Poi cominciammo a pubblicare anche noi delle inserzioni.

Macho con Freak: così presentavamo il nostro team...

Abbinata alla mia muscolatura, la deformità di Giacomo smise di essere ripugnante e diventò un optional originale. Il resto lo faceva la sua prosa immaginifica: nelle lettere di presentazione io ero Bull Maiuscolo e lui Virgola d'uomo accartocciato sul punto esclamativo del proprio cazzo...

Dai e dai, diverse donne e/o coppie con cornuto cominciarono a considerarci un binomio stuzzicante e accettarono di incontrarci. Grazie a un rapido passaparola, portarsi a letto Macho con Freak diventò à la page, tanto che su "Fermoposta", in quegli anni, apparvero diverse inserzioni ispirate al nostro modello: Macho e Mandingo, Macho con Nonno, perfino un Macho + Nano.

Giacomo osservava quegli annunci con una smorfia di superiorità: ormai si riteneva un provetto scopatore.

E a modo suo lo era, senza dubbio...

Le sweet passavano dalle mie vergate alle braccia di Giacomo come una bambina passa dalla sculacciata all'orsacchiotto, e si lasciavano consolare dalla sua sensibilità di peluche.

Quando scopavamo insieme, eravamo puro jazz: Nathanael dava il ritmo, Scott dominava nelle improvvisazioni.

Osservandolo in azione, da Giacomo imparai moltissimo. Lo guidava un istinto selvaggio che gli faceva capire, ancora prima del diretto interessato, fino a che punto umiliare il cuckold di turno, se bastava dargli del cornuto o se era il caso di completare la sessione irrorandolo delle nostre minzioni.

Certo, i suoi nervi erano sempre tirati allo spasimo. Al termine di ogni partouze dovevo accelerare le operazioni di commiato perché Giacomo veniva puntualmente sovrastato da una malinconia che imbarazzava i nostri partner (usciti da quelle case, o gli strappavo subito una risata liberatoria o scoppiava a piangere).

Ma, al netto di questi squilibri, Giacomo era un ottimo

bull. E come tale desiderava conoscersi meglio, esplorare i propri limiti.

Nath, mi chiedeva sempre più spesso tornando dalle nostre imprese, secondo te io saprei andare in bicicletta senza rotelle?

Non c'era bisogno di specificare che le rotelle di cui parlava ero io.

Tu vai alla grande, Scottie!

Anche senza rotelle?, diventava ossessivo.

Del resto, capivo perfettamente il suo bisogno di mettersi alla prova. Pur temendo per la sua incolumità, lo incoraggiai a pedalare senza il mio appoggio.

Spaventato dalle possibili conseguenze, all'inizio lo spingevo a tenersi lontano da obiettivi troppo ambiziosi. Ma presto mi resi conto che Giacomo poteva maneggiare la sconfitta con maestria: quanto più il rifiuto che incassava era violento, tanto più riusciva a trasformarlo in una forza poetica che accresceva il suo fascino, ovvero in un bonus magnetico da spendere nell'occasione successiva.

Attingendo al sottobosco di over cinquanta, trans e casalinghe obese, Giacomo cominciò a organizzarsi un giro tutto suo.

Ovviamente, nel contempo, anche la mia agenda si riempiva di appuntamenti con coppie ansiose di conoscere Macho senza Freak (o Lupo Casanova, come avevo cominciato a presentarmi).

Il gioco era in pieno fermento e i fermoposta di mezza Italia ribollivano nel fuoco incrociato di lettere che sparavano (in aria, a salve o dritte al bersaglio) bordate di sesso. Solo la First Lady, alla quale avevamo già scritto una mezza dozzina di lettere, non ci diceva né sì né no, opponendoci un silenzio che ingigantiva la sua aura soprannaturale.

Di lei, e solo di lei, Giacomo e io parlavamo quando ci trovavamo insieme.

Di tutto il resto, ovvero di quel mondo che a lungo avevamo vagheggiato e che ora esploravamo con un aplomb da agenti segretissimi, viaggiando di notte sopra treni su cui mai avremmo pensato di salire, per lo più tacevamo.

La Veritààà, La Veritààà, continuava a essere il nostro grido di battaglia.

Ma era come se avessimo scoperto che quella verità era indicibile, e che poteva essere avvicinata solo nel segreto delle nostre coscienze.

Sì, nel gioco si annidava qualcosa di indicibile che doveva essere tenuto nascosto perfino al nostro migliore amico.

Una volta a casa, brindavamo al ritorno e a tutte le troie del mondo, senza fare parola dei nostri successi e soprattutto dei nostri insuccessi.

... Tutto bene?...

... Tutto bene...

Giorno dopo giorno imparavamo che la carriera di un bull è costellata di delusioni, lunghe attese, viaggi a vuoto. Ma noi facevamo tintinnare i nostri bicchieri e brindavamo, consapevoli che il mistero di cui ammantavamo le nostre (dis)avventure le avrebbe in qualche modo nobilitate.

Patetici, tragicomici, immorali eroi del nostro tempo, ci mettevamo a letto sapendo di essere andati e tornati in ventiquattr'ore da Rovigo per un rapporto orale di meno di un minuto, o magari ancora più lontano solo per sentirsi dire: No, grazie, non siamo interessati...

Eppure, il lunedì mattina, prima di fare ritorno al Rosso Maniero, ero di nuovo all'ufficio postale a controllare il mio recapito fermoposta.

Maneggiare le lettere che arrivavano, soppesarle, annusarle, scrutare il timbro postale ritardando il momento di aprirle: era quello il piacere più grande, dopo averlo provato ero disposto a recarmi ovunque, da chiunque, senza nulla a pretendere.

... Genova. Bari. Ravenna...

... Brescia. Trieste. Pescara...

... E poi finalmente, un giorno... Grosseto!

Sentii il cuore balzarmi in gola e, come sempre in presenza di aritmie, cercai un posto dove sedermi. Con le mani sulle ginocchia, a occhi chiusi, regolai il respiro su quelle tre sillabe.

... Gros-se-to, Gros-se-to, Gros-se-to...

Devo avvertire Giacomo, mi dissi senza molta convinzione.

Alla First Lady avevamo scritto sempre in coppia e in coppia c'eravamo promessi di leggere la sua eventuale risposta. Ma c'era qualcosa, nel modo in cui stringevo la busta tra le dita, che sembrava mettere in conflitto la forza e la lealtà.

Tenendomi inchiodato alla panchina davanti alle Poste, quel conflitto rischiava di farmi perdere il treno per Napoli, dove trenta cadetti mi aspettavano per ripassare i verbi irregolari. Solo nella lingua inglese, pensai, ce ne sono oltre centosessanta: non sempre, dunque, le regole corrispondono alla soluzione più corretta...

Fregandomene di Giacomo, aprii la busta e lessi la lettera tutto d'un fiato. Poi, con quello che mi restava, mi alzai e corsi alla stazione.

Cosa ci avrei guadagnato a coinvolgere Giacomo in quella scalata? La First Lady era una vetta impervia anche per me, saremmo caduti insieme e dalla caduta avremmo imparato soltanto a scegliere obiettivi alla portata: una lezione misera, banale, che non valeva il danno.

Quella che tenni in classe, invece, fu una lezione fin troppo originale: i verbi irregolari, spiegai ai cadetti che mi chiedevano come impararli, vanno studiati a uno a uno, caso per caso, perché essi, in realtà, non sono tanto irregolari quanto unici.

Impeccabili nelle loro divise immacolate, i cadetti della Nunziatella annuivano dai banchi con scarsa convinzione, chiedendosi perché mi appassionassi tanto al fascino delle eccezioni.

Ci volle la campanella, per farmi smettere.

Eravamo entrati in classe che era primavera e quando ne uscimmo, ad aspettarci, trovammo l'estate. Il sole splendeva su Napoli, i suoi raggi odoravano di mare, viole e spazzatura. Sotto la testa di leone che sormontava il portone, i miei studenti mi parvero esattamente a metà strada del loro cammino, non più bambini e non ancora soldati.

Io, da qualche tempo, possedevo un telefonino. Rendersi immediatamente reperibile stava diventando requisito importante per un bull. Appena fuori dalla scuola lo riaccesi e un istante dopo cominciò a squillare.

Era un Nokia 9000 a tastiera estesa più simile a un cordless che all'idea odierna di cellulare. Ma per l'epoca era una primizia, non c'era allievo alla Nunziatella che non me l'invidiasse.

'O professore s'ha accattato 'o telefonino, mi dicevano dietro. Si vede che tiene l'amante...

Senza sapere niente, avevano già capito tutto...

Mi allontanai dalla confusione coprendo il ricevitore con la mano.

Giacomo?

Quasi non lo riconoscevo.

Cos'hai?, gli chiesi.

Niente. Un po' di febbre. Raffreddore.

Sembrava in una delle sue fasi dark. Tossì e tirò su col naso.

Senti, Nath, devo chiederti una cosa.

Dimmi.

Secondo te, io chi sono?, pigolò con una voce che il Nokia rese ancora più esile.

La linea era piena di fruscii.

Per essere lunedì mattina, mi lamentai, è una domanda troppo impegnativa.

Prova a dire, m'incoraggiò.

Be', io credo che tu sia innanzitutto un poeta...

Giacomo scoppiò a ridere. Non era facile distinguere la risata dai fruscii del cellulare: la sua mente, la linea, tutto sembrava disturbato.

Ma va', disse Giacomo, la mia poesia non interessa a nessuno.

Nell'antica chiesa della Nunziatella, dove mi ero rifugiato a cercare un po' di pace, c'era un dipinto di San Francesco Saverio che predica ai selvaggi.

Mentre lo guardavo, mi venne in mente lo spazio che si apriva nella biblioteca del Sacro Cuore tra il Foscolo e il Carducci, e per un attimo sognai che il Pretegrosso l'avesse lasciato libero per Giacomo.

Amico mio, gli dissi, la verità è che questo mondo è misero, stolto e vile. Non si rendono conto del posto che ti spetta.

Sarebbe?

Accanto a me, avrei potuto cavarmela.

Invece saltai direttamente alla casella successiva e dissi: Giacomo, questa mattina ha scritto la First Lady.

Silenzio. I fruscii del telefono suonarono come stormire di fronde, dietro le quali Giacomo si nascondeva impaurito.

A me?

A entrambi, si capisce.

Si lasciò andare a un respiro di sollievo.

E cosa dice?

Lo tenni qualche minuto sulla corda, mentre, seduto all'ultimo banco della chiesa, tra marmi policromi e altari rococò, riaprivo la lettera e la stiravo con il palmo della mano.

Allora, cosa dice?

Di tenerti libero per sabato, sintetizzai.

Lui aveva già dimenticato tutti gli affanni, e di essere o meno un poeta non sembrava più importargli granché.

Lo sai, disse, io sono nato libero (non era vero, ma gli piaceva dirlo).

Perfetto, conclusi facendomi il segno della croce.

Cosa l'aveva spinta a ritornare sulla decisione di escludere Giacomo?

Avevo appena preso la decisione di chiamarmi Mister Wolf: se volevo risolvere problemi dovevo affrontarli, non evitarli...

Uscito da quella chiesa, ebbi la precisa sensazione che fosse finito un lungo apprendistato, e che l'arrivo della lettera della First Lady equivalesse al ritrovamento della mappa del tesoro nel baule del pirata Billy Bones: iniziava una straordinaria avventura, dopo la quale niente sarebbe più stato come prima.

Di fronte al mare aperto, come potevo lasciare a terra il mio migliore amico?...

In realtà a Orbetello, dove la First Lady ci aveva convocato, non c'è proprio il mare, ma una laguna divisa in due da un ponte artificiale. La gente si distribuisce tutta sui cosiddetti tomboli, la Giannella e la Feniglia. Al centro, in corrispondenza del paese vero e proprio, si estende una lunga banchina di cemento sulla quale, appena arrivati, avvistammo soltanto qualche cane randagio, un gruppo di ciclisti di passaggio e un vecchio pescatore intento ad armare la lenza.

Sei sicuro che è qua?, chiese Giacomo stirandosi nervosamente le pieghe dei pantaloni. Erano nuovi e antichi nello stesso tempo.

Circospetti, scendemmo dalla macchina e ci guardammo intorno. In effetti non sembrava un posto dove una bella fica venisse a passeggiare. Anche se eravamo appena all'inizio di giugno il sole picchiava come se avesse voluto punirci di qualcosa. Un trattamento ingiusto, perché noi avevamo fatto tutto quello che c'era da fare: una doccia accurata, i fiori, pulire la macchina.

Abbiamo tempo per una granita?, chiese Giacomo guardandosi intorno alla ricerca di un bar.

Io, come al solito, avevo lo stomaco più chiuso di un'ostrica. A volte, prima di un incontro, digiunavo anche per ventiquattr'ore.

Giacomo, gli ricordai, la granita ti fa venire il cagotto. Vuoi presentarti al cospetto della First Lady con il cagotto?

Lui si fece vento con il mazzo di gerbere.

Però mi rilassa, obiettò.

Gli intimai di stare zitto e di non rovinare i fiori. In effetti avrei dovuto rilassarmi anch'io.

Vieni, gli dissi, togliamoci da questo forno.

L'unica panchina in ombra era presidiata da una muta di cani randagi. Se la contendevano attratti dal fresco del marmo. Sembravano mansueti e per farli sloggiare bastò battere le mani. Ma nel sederci ci venne il timore che la panchina fosse infestata di pulci.

Non preoccupatevi delle pulci, sentimmo dire alle nostre spalle, preoccupatevi delle zanzare.

Cani a parte, ci voltammo verso l'unico essere vivente nel raggio di un chilometro quadrato. Anche se continuava a fissare il mare, era evidente che il vecchio pescatore ce l'avesse con noi.

Il Comune prova a disinfestare ogni anno, continuò flettendo la canna. Ma figuriamoci se le zanzare ubbidiscono a una giunta di sinistra...

Frugò nella borsa e ci porse una confezione di Autan.

Avanti, prendete questo.

Finalmente il vecchio pescatore aveva distolto lo sguardo dalla laguna e si era girato dalla nostra parte. Sotto le falde del cappello a cloche nascondeva gli occhi più chiari che avessi mai visto. Ricordava Giorgio Albertazzi quando in televisione faceva Mister Hyde, e non era poi così vecchio.

Sono tigri, insistette. Vi mangeranno vivi.

L'aedes albopictus, volgarmente detta zanzare tigre, era appena sbarcata in Italia e noi non ne avevamo ancora sentito parlare. Pensammo perciò che il pescatore avesse un lessico immaginifico: ci piacque, ma non gli concedemmo troppa confidenza.

Grazie, come se avessimo accettato.

Peggio per voi, disse l'altro voltandoci le spalle. Tornò a manovrare la canna con una legnosità che prima non aveva, e a Giacomo venne il dubbio che si fosse offeso.

Siamo stati scortesi?, mi domandò all'orecchio.

Senza attendere la mia risposta si avvicinò al pescatore e si schiarì la voce.

Non ci fraintenda, disse, ci fermeremmo volentieri a chiacchierare con lei. Ma vede (colpo di tosse), noi siamo qui per un incontro (altro colpo di tosse)... particolare.

L'agitazione lo rendeva aulico e verboso. Lo presi per un braccio, ma prima che riuscissi a trascinarlo via il pescatore sollevò di scatto la testa e piantò addosso a Giacomo i suoi occhi di ghiaccio.

Che profumo è?

Prego?

Il profumo che vi siete messi addosso, disse dilatando le narici. Di che marca è?

Per i nostri incontri erotici, ne alternavamo tre o quattro. Quel giorno, vista l'afa, avevamo scelto la fragranza estiva, leggermente fruttata, di Allure Homme.

Una scelta valida, commentò il pescatore. Ma se posso

darvi un consiglio, ragazzi, la prossima volta presentatevi con Kouros o con qualcosa di Calvin Klein.

Guardammo il pescatore senza sapere che pesci prendere.

Come mai s'intende di profumi?, gli domandai.

Il pescatore lasciò andare la lenza e la calata maremmana.

Io m'intendo solo di Omero, di setter e di neoplasie, disse. Ma sapete com'è: un bravo cuckold ha il dovere di conoscere i gusti della su' moglie.

Ammutolimmo di colpo: io perché avevo capito tutto, Giacomo perché non aveva capito niente.

Mi chinai sull'orecchio del mio amico.

Cazzo, Giacomo, il presidente!, gli sussurrai.

Il presidente?

Gli strinsi il braccio per fargli aprire gli occhi.

Sveglia, Scottie: questo tipo è il marito della First Lady!...

Giacomo strabuzzò gli occhi.

... Il presidente...

Lui ci sentì e si lasciò sfuggire un sorriso.

In realtà, precisò, di cariche presidenziali ne detengo altre due: del circolo venatorio e naturalistico di Albinia e dell'Ordine dei Medici della provincia di Grosseto.

E voi, giovanotti, di cosa vi occupate?

Gliel'abbiamo scritto più volte nelle lettere di presentazione: io faccio l'insegnante di inglese e lui il poeta.

Il presidente non se lo ricordava.

Ne arrivano un fottìo, si giustificò.

Giacomo si mostrò curioso di sapere come mai, in quel fottìo di lettere, la First Lady avesse scelto proprio le nostre. Voleva sentirsi gratificato, e invece il presidente lo gelò dicendo che la First Lady, le candidature dei bull, nemmeno le leggeva.

Scottie si guardò intorno disorientato.

Come è possibile? L'invito che abbiamo ricevuto, protestò debolmente, è firmato personalmente dalla First.

Il presidente si strinse nelle spalle come a dire che, se volevamo prendere tutto per oro colato, era un problema nostro.

Io e mia moglie siamo una cosa sola, liquidò in due parole la faccenda.

Poi ci spiegò che quella convocazione corrispondeva soltanto a un primo step: quattro chiacchiere per guardarci in faccia.

A queste parole, le nostre s'erano notevolmente rabbuiate.

Dunque niente First Lady?

Oggi no di sicuro. Domani si vedrà.

Eravamo così avviliti che il presidente s'impietosì e volle offrirci una speranza.

A occhio e croce mi sembrate dei bravi ragazzi. E ho molto apprezzato che siate venuti fin qui con questo caldo disumano.

Siamo venuti dove e quando la First Lady ce l'ha chiesto, dissi per rimarcare che noi eravamo persone attendibili.

E per rimarcare che lui lo era molto meno, aggiunsi: O quella che credevamo fosse la First Lady...

Il presidente raccolse la scatolina delle esche ma non la mia vis polemica.

Nonostante gli stivali di gomma e la camicia a maniche lunghe, non stillava una goccia di sudore. Per farci capire l'importanza decisiva del suo ruolo disse che la First Lady si fidava ciecamente dei suoi gusti.

Fate conto che davanti a voi adesso ci sia lei.

Un bello sforzo d'immaginazione, commentò acido Giacomo.

Il presidente lo squadrò.

Stiamo parlando di portarsi a letto la numero uno, gli fece notare. Non credi, piccoletto, che un po' di sforzo sia necessario?

Cominciò una tirata contro la tracotanza dei bull.

Noi non siamo così!, mi affrettai a metterci una toppa.

Meglio così, disse il presidente. Sono stanco di fanfaroni che si dicono pronti a tutto e poi si arrendono al primo ostacolo.

Ce ne sono molti?, c'incuriosimmo.

Il presidente roteò la mano.

È pieno, disse. Pensate che il candidato prima di voi, convocato per stamattina alle dieci, ha preferito andarsene al mare con gli amici.

Scuotemmo entrambi la testa, un po' per guadagnarci la sua complicità, un po' per scacciare il pensiero che c'era un candidato prima di noi (e che di sicuro ce ne sarebbe stato un altro subito dopo).

Comunque, ci osservò meglio il presidente, un po' di sole farebbe bene anche a voi. Siete pallidi come due cenci, disse studiando Giacomo con particolare intenzione.

La paura che in cuor suo ci avesse già scartati ci fece impallidire ancora di più.

Insomma, andai al dunque, ce la farà conoscere o no?

Il presidente guardò l'acqua nera e stagnante.

Vedrò che posso fare per le vostre aspettative.

Se ce la fa conoscere, rilanciai, vedrà soprattutto cosa possiamo fare noi per le sue corna.

Dal tramestio di saliva capii che la mia insolenza non gli dispiaceva. Ma per il momento gli piaceva di più tenerci là a friggere (tra sadismo e masochismo, con i cuckold, è sempre un meccanismo sottile).

Finalmente qualcosa ha abboccato, cambiò improvvisamente argomento.

Tirò su una donzella insignificante.

Vi interessa la pesca?, ci chiese.

Valutò la donzella, la staccò dall'amo e poi la rigettò nella laguna.

È un piacevole passatempo, si rispose da solo il presidente, ma io preferisco mille volte la caccia. Vuoi mettere l'adrenalina? I fucili? Le armi?

Guardate questa, disse estraendo dalla tasca una pistola.

Giacomo e io facemmo istintivamente un passo indietro. Era una Beretta 98FS calibro 9. Il presidente se la mise in grembo e la sua voce sembrò diventare più metallica.

Soddisfare la mia donna non è uno scherzo, disse.

Quella invece lo è?, risposi indicando la pistola.

Il presidente scosse la testa e disse che lui, gli scherzi, li aveva sempre odiati. Almeno quanto amava il gioco.

Tornò a graffiarci con la lama del suo sguardo.

La capite, la differenza?

Annuimmo, completamente soggiogati.
... Il bianco degli occhi, il nero della pistola...
Tu, poeta!, puntò il dito su Giacomo.
Scottie fece un passo avanti e uno indietro. Non era abituato ai comandi militari e rispondeva come gli veniva.
Sul serio vuoi trombare mia moglie?
Be', sì, mi piacerebbe...
Giacomo era davvero molto pallido. Sembrava sul punto di svenire.
E secondo te, infierì il presidente, io offro mia moglie a uno a cui PIACEREBBE trombarla?
Andai in soccorso del mio amico.
Giacomo vuole dire che..., m'intromisi senza riuscire ad andare molto lontano.
Lo so che vuole dire, tagliò corto il presidente.
Allargò il braccio e mi escluse dalla conversazione: voleva Giacomo e solo Giacomo.
Allora, piccoletto, vorresti trombarla o VUOI trombarla?
Voglio.
Con tutte le tue forze?
Sì.
Il presidente approvò soddisfatto. Poi gli fece segno di avvicinarsi.
E adesso sentiamo: per trombarla cosa sei disposto a fare?
Questa volta Giacomo si prese il suo tempo. Non voleva sbagliare.
Qualunque cosa, disse.
Qualunque cosa?
Il modo in cui il presidente lo fissava metteva i brividi. Ma anche lo sguardo di Giacomo era uno sguardo che non lasciava per niente tranquilli.
Cercai di tirarlo via.
Scottie, gli dissi, è tutto inutile, andiamocene.
Il presidente mi fulminò (sentii la scossa, veramente). Poi ritornò su Giacomo.
Davvero, qualunque cosa?
Lo sventurato rispose. In modo quasi inudibile, ma rispose.
Sì...

Allora prendi questa pistola e ammazza un cane.
Cosa?
Uno qualunque, gli concesse, decidi tu quale. Ma se vuoi trombarti mia moglie devi prendere questa pistola e sparare a uno di quei bastardi.
La pistola Giacomo l'aveva presa realmente. Dopo una lunga esitazione, come se ubbidisse a un potere sovrannaturale, ma alla fine l'aveva presa, e ora l'arma ciondolava priva di sicura dalla sua mano destra. Pensai di levargliela di forza, ma non mi fidavo.
Ridagliela, Scottie, non facciamo scemenze.
Il presidente sogghignò. Questa volta tenne conto delle mie parole.
Il tuo amico ha ragione, disse tendendo la mano verso Giacomo. Ridammela, non mi sembri ancora pronto.
La sua voce era appiccicosa come una folata di scirocco.
Ci voltammo tutti e tre verso la muta dei randagi. Avevano ripreso possesso della panchina. Uno era così malmesso che non ce la faceva a salirci sopra. Si accucciò sbadigliando sull'asfalto dopo averlo grattato con la zampa.
Inutile perdere tempo, chiosò il presidente a margine degli indugi di Giacomo. Mi sembra chiaro che non sei all'altezza di un obiettivo come la First Lady.
Forse era vero, dovevamo chiuderla là.
Giacomo attese qualche secondo, guardò i cani, guardò me, guardò la pistola. Poi, dopo aver sbattuto tre volte le ciglia, si decise a restituirla.
Ma il presidente non si accontentò di riceverla – non si accontentò nemmeno della nostra umiliazione, e volle aggiungere una frase di troppo.
... Tutte chiacchiere, voi poeti...
Mancava poco, quasi niente, a un sospiro di sollievo. Ma dopo quelle parole la distanza si allargò e diventò improvvisamente incolmabile. Scottie s'irrigidì, ritirò il braccio, piegò le dita intorno alla pistola, la strinse, la fece diventare una prosecuzione del suo braccio. Mi spinse di lato – spinse di lato, anzi, tutti i complessi, gli smarrimenti e le paure che la sua sensibilità aveva prodotto, come me-

tastasi, intorno all'osso duro della sua esistenza – e mosse tre passi (i passi più lunghi e decisi che avesse mai fatto) verso i cani.

Li osservò a uno a uno, raddrizzò il gomito, deglutì, mirò (aveva scelto il più debole, quasi volesse colpire se stesso). Prima di premere il grilletto ebbe un'ulteriore esitazione, ma nemmeno quella bastò: l'intera sequenza delle sue azioni, che io rivedo al rallentatore, si svolse evidentemente in un'altra dimensione temporale, perché il guizzo fulmineo con cui il presidente gettò via la canna, si strappò dal seggiolino e si lanciò su Giacomo non fu sufficiente per impedirgli di sparare (durò tutto un istante, durante il quale feci giusto in tempo a spalancare la bocca).

Dove finì quel colpo, non si è mai saputo. Giacomo e il presidente, invece, fecero un volteggio intorno alla cassetta delle esche e finirono in mare.

Maremma parabolica, imprecò il presidente riemergendo dall'acqua.

Poco più in là, Giacomo annaspava senza nemmeno il coraggio di chiedere aiuto.

Estrassi la canna dal picchetto e gli ordinai di afferrare l'altra estremità. Lui mancò la presa un paio di volte. Allora, prima che mi decidessi a tuffarmi in suo soccorso, il presidente virò su Giacomo, lo schiaffeggiò e gli passò un braccio intorno al collo, trascinandolo verso la riva. Aveva il doppio dei nostri anni ma rimontò sulla banchina da solo. Poi mi aiutò a issare anche Giacomo.

Quando si mosse per recuperare da terra la pistola, notai che zoppicava. Nel tuffo aveva perso uno stivale.

Maremma impestata, disse ancora il presidente.

I cani, nonostante il trambusto, non avevano abbandonato la postazione sotto il pino e continuavano a guardarci annoiati. Quello su cui Giacomo aveva puntato la pistola sbadigliò e si leccò il fianco. A occhio e croce, se il presidente non ne avesse deviato la traiettoria, il proiettile si sarebbe conficcato in quel punto.

Con lo stivale che gli rimaneva, il presidente calciò rabbiosamente una pigna.

Mai trovato un matto così!, smadonnò scavalcando Giacomo come un foglio di giornale accartocciato.

È lei che l'ha istigato, provai a difenderlo.

E lui mi viene dietro?, sgranò gli occhi il presidente.

Estrasse dalla pistola il caricatore e andò ad accasciarsi sulla panchina, gettando rabbiosamente per terra il mazzo di gerbere. Solo a quel punto Giacomo accennò a rialzarsi. Grondava acqua e mortificazione.

Ti sei alzato a buco storto?, gli inveì contro il presidente. Cosa accidenti volevi dimostrare?

Giacomo non tentò nemmeno di protestare. Si strizzò debolmente i vestiti tirando su col naso.

Venite qua tutti e due, disse il presidente.

I cani ci fecero posto, mentre lui continuava a prendersela con la Maremma cinghiala. Si sfilò anche l'altro stivale. Poi i calzini, la camicia e i pantaloni. La cura con cui stese tutto al sole riuscì piano piano a calmarlo.

Siete dei bravi ragazzi, disse alla fine, e capisco che impazziate per la fica. Ma questo mondo è pieno di pazzi più pazzi di voi.

Era sottinteso che lui era uno di quelli.

Diffidate dai cuckold: faranno di tutto per sottrarvi la ragione.

Mai, ci ammonì, mai andargli troppo dietro!

Ci mostrò dei lividi sulle braccia. Uno particolarmente largo e scuro gli risaliva dalle mutande lungo il lato sinistro dell'addome. Voleva farci capire che il gioco può essere molto pericoloso.

Beninteso, non è tutta colpa nostra, si giustificò il cornuto. Noi cuckold siamo danneggiati... depressi... malati. Il calo degli ormoni steroidei danneggia l'attività dei neurotrasmettitori, con conseguente perdita di interesse verso qualunque cosa che non sia riconducibile all'origine del nostro male. È un gorgo, nel quale cerchiamo di trascinare chiunque si avvicini: offriamo al bull le nostre donne e in cambio vogliamo che si perda insieme a noi.

Riassumeva in sé medico e paziente.

Se pure vi sembrerà di averci ridotto a una pozzanghera

di fango, disse, state in guardia. Perché quella pozzanghera può inghiottirvi come una sabbia mobile!

Giacomo e io aspettammo qualche secondo per essere certi che il sermone fosse finito. Ci alzammo dalla panchina e i cani tornarono a sdraiarsi al posto nostro. Solo allora, da come gli ubbidivano, mi resi conto che appartenevano al presidente.

Alla mi' moglie, per essere precisi.

Giacomo deglutì. Forse si stava chiedendo come fosse stato possibile passare così rapidamente dalla prospettiva di scopare la First Lady all'ammazzarle uno dei suoi cani.

Tutto bene, Scott?, gli chiesi.

Era ridotto a uno straccio, ma ormai quasi asciutto.

Tutto bene, sì, rispose con un filo di voce.

Raccogliemmo le nostre cose per andarcene.

Il presidente trotterellò scalzo fino alla sua borsa. A parte qualche pelo bianco sul torace, era completamente glabro.

Aspettate un momento, disse mettendo mano al portafoglio.

Siete venuti fin qua per niente, disse. Lasciate almeno che vi paghi la benzina.

Per la prima volta riuscii a sostenere la sfida del suo sguardo.

È un cuckold, mi dissi. Nient'altro che un povero cuckold.

Presi la banconota che mi porgeva, l'accartocciai e gliela infilai nelle mutande.

Faremo tutto un conto quando torneremo a scoparti la moglie, gli dissi.

Il presidente restò per un istante a bocca aperta. Poi la richiuse e vi disegnò sopra un sorriso da jocker.

Affrettatevi, disse indicando le nubi all'orizzonte, tra poco si scatena l'inferno.

Noi, l'inferno, ce lo sentivamo addosso già da qualche minuto. Il tempo di arrivare alla macchina e ci scoprimmo cosparsi di bolle. Chini sullo specchietto, grattandoci come due scimmie, Giacomo e io le contemplammo stupefatti di come quelle silenziose, minuscole zanzare avevano potuto ridurci.

Era vero. Erano tigri.

(è notte fonda, e anche il nastro del registratore, al terzo cambio di C90, sembra girare a fatica. Al contrario, le parole dell'intervistato adesso girano fluide e anche il suo viso appare più riposato: è vero, il racconto gli giova.

L'intervistatore chiede all'intervistato se non voglia andare a dormire.

All'improvviso l'intervistato è molto preoccupato che il registratore abbia effettivamente inciso la sua storia. Pretende di fare una prova. Alla prima sillaba l'intervistato prega l'intervistatore di bloccare il nastro.

Che voce orribile, dice. Non posso sentirmi.

L'intervistato chiede se anche all'intervistatore faccia lo stesso effetto e lui lo rassicura.

È sottile, leggermente afona, ma molto piacevole.

Quindi posso continuare un altro po'?, domanda l'intervistato)

Già mezz'ora dopo, intrappolati nel traffico dell'Aurelia, Giacomo cominciò a battere i denti. Quando arrivammo a casa aveva la febbre a quaranta.

Poche ore dopo sarei dovuto ripartire per Napoli. Alla Nunziatella mi aspettavano per gli esami. Ero convinto che mi avrebbe spinto ad andare, e invece, quando gli annunciai che mi sarei fatto sostituire, Giacomo approvò con un sorriso grato.

Sai, disse con gli occhi lucidi, la solitudine è come una lente d'ingrandimento: se sei solo e stai bene stai benissimo, ma se sei solo e stai male stai malissimo.

Andai in cucina a preparargli un tè caldo. Avevo lasciato sul tavolo il mio Nokia e mi accorsi di avere perso una telefonata da un numero che cominciava per 0564. Accostai la porta (Giacomo, di là, ascoltava *La donna del lago* di Rossini) e richiamai.

Dottor Giorgio Spina, rispose una voce energica al primo squillo.

Siccome un dottore, la sera prima, l'avevo cercato veramente, per un attimo pensai che fosse la guardia medica.

Grazie di avermi contattato, dissi, ma temo ci sia un disguido: lei mi chiama da non so che distretto, mentre io avrei bisogno di un vostro intervento al centro di Roma.

Il dottor Spina volle sapere l'indirizzo esatto. Poi rispose che sì, sarebbe venuto a visitare il paziente, ma non prima di giovedì.

Nel frattempo, ordinò, gli faccia fare subito le analisi: emocromo completo, VES, transaminasi, azotemia. E poi ovviamente il test per l'HIV.

Ma di che parla, scusi? E lei chi è?

Gliel'ho detto: Giorgio Spina.

Il presidente!, specificò, visto che tardavo a collegare.

Restai con la bustina del tè in mano.

Che c'è? È sorpreso?

Un po' sì, riconobbi.

Lui disse che, così come l'attività di bull non aveva impedito a Giacomo di essere un poeta, nascere cuckold non gli aveva precluso la professione medica.

Ma come faceva a sapere che Giacomo sta male?

Il dottor Spina soffiò nella cornetta.

Non ha notato quelle eruzioni cutanee sulle braccia? E il gonfiore delle ghiandole linfatiche?

Volle sapere se di notte Giacomo sudava.

Suda, sì, copiosamente.

Mmm, commentò dall'altra parte il presidente.

Si raccomandò di non usare gli stessi asciugamani e di stare attenti a non scambiarci lo spazzolino.

Prevede che sarà una cosa lunga?, lo interrogai. Martedì, mercoledì al massimo, dovrei tornare a scuola.

Il dottor Spina ammise di non saperlo. Poteva essere una cosa lunga ma anche molto breve, disse enigmaticamente.

Mentre ci riflettevo, mi domandò che edizione fosse.

Edizione?

Sì, *La donna del lago* che sento in sottofondo – che incisione sarà? La più bella, secondo me, resta quella del 1970 con la Caballé. Ce l'ha presente?

Spiegai che non ero un grande intenditore d'opera.

Conosco meglio il jazz, mi scappò.

Ah, esclamò entusiasta il presidente, allora andrà d'accordo con Eva.

Eva?

Ma sì, Eva... The First Lady... La prima donna!

Si spazientì leggermente dei miei riflessi, ma gli passò subito.

Lo sa che Eva vorrebbe prendere lezioni di batteria?

Mi chiesi se fosse un doppio senso (la batteria, nel gioco, equivale a una doppia penetrazione). Ma soprattutto mi chiesi se tutta quella storia non fosse soltanto una gigantesca presa in giro. Per quanto ne sapevo, First Lady, Eva e Primadonna potevano benissimo essere un fake, né più né meno come Fiscalista Inquieta e Infermiera di Pordenone.

E poi, quel dottor Spina: chi mi assicurava che fosse davvero un medico?...

Decisi che non avrei sottoposto Giacomo a nessuna analisi: avanti con vitamina C e Tachipirina. Ma già alle otto di lunedì, Giorgio richiamò per sapere quando sarebbero stati pronti i risultati.

Ehm, non lo so, balbettai. Stamattina aveva ancora la febbre troppo alta per portarlo al laboratorio.

Giorgio disse che avrebbe provveduto nel giro di un'ora a mandarci a casa un operatore sanitario.

Tenga Giacomo a digiuno, mi ordinò prima di chiudere.

Prima della diagnosi definitiva, il prelievo venne ripetuto tre volte (è la regola, quando risulta una sieropositività). Pregai di ripeterlo una quarta, ma Giorgio mi spiegò che era inutile infierire sulle vene del paziente.

Giacomo aveva l'Aids, dovevo accettarlo.

Fu ricoverato allo Spallanzani per un paio di settimane. Poi preferirono liberare il suo letto per qualcuno che desse ancora qualche speranza.

Giorgio veniva a trovarci da Grosseto una sera sì e una no. Si presentava a casa nostra con un vestito intero, a volte a tinta unita a volte Principe di Galles, e somministrava a Giacomo la HAART, terapia antiretrovirale utilizzata per il trattamento dell'infezione da HIV.

La sua presenza ci dava un grande conforto: non solo per l'autorevolezza in campo clinico (il dottor Spina era primario di oncologia alla Misericordia di Grosseto) ma anche per il calore umano che portava nella nostra casa. Tra andata e ritorno si sobbarcava ogni volta quattro ore di macchina, eppure non tradiva mai un segno di stanchezza. Anzi, dal modo in cui si sedeva in poltrona, stendendo le gambe verso il letto, dava l'impressione che quello passato a casa nostra fosse il momento più rilassante della sua giornata.

Con Giacomo discutevano di Rossini, Donizetti, Puccini. Poi, dall'opera lirica, il discorso scivolava sulla musica in generale (convenivano entrambi che, per esprimere l'amore, il dolore e gli altri grandi sentimenti della vita, il suo linguaggio era molto più efficace di quello verbale) e alla fine restavano per diversi minuti in silenzio tamburellando le dita (Giacomo sul lenzuolo, Giorgio sul velluto liso della poltrona) come se anche il silenzio fosse musica – come se fosse, anzi, la musica più bella.

Si parlava, a volte, anche di sesso. Di come internet avrebbe cambiato il nostro gioco.

Sarà una vera rivoluzione, profetizzava Giorgio.

Un'altra?, sgranavo gli occhi.

Ero un po' stanco di quella parola.

A noi piacciono soltanto le rivoluzioni alle quali si è liberi di non aderire, mi spalleggiava Giacomo.

Giorgio, a quel punto, rideva di noi.

Ragazzi, le vere rivoluzioni si fanno a cannonate, non per alzata di mano!

Quando si decideva a tornare a Grosseto, spesso era già mezzanotte. Giorgio dormiva pochissimo (ogni mattina, all'alba, faceva un lungo giro con i cani nella campagna maremmana), e quel pochissimo gli bastava per essere lucido, attento, professionale.

Chiusi nella nostra stanza, Giacomo e io confondevamo invece il giorno con la notte, il sonno con la veglia, l'oggi con lo ieri. Il domani no, restava un'entità nitida e a sé stante, l'unico obiettivo che ci concedevamo...

Un giorno Giacomo mi chiamò accanto al letto e mi spinse in mano una busta.

Portala da un notaio, disse con un filo di voce.

Io finsi di non capire.

Ti lascio quello che possiedo, Nath.

Ma che dici?, lo presi in giro. Tu non possiedi niente, Scottie.

Faceva fatica a parlare, ma si adeguò allo scherzo: E il mio talento?

L'hai messo tutto qua dentro?, gli chiesi tastando la busta.

Hai visto?, sorrise lui. Non era poi così grande...

Abbandonai la busta sullo scaffale più alto della libreria, come faceva mia madre con le bollette.

Giacomo si raccomandò di non dimenticarla e prese dal comodino il suo quaderno.

Nonostante l'impaccio della flebo non rinunciava a scrivere ogni giorno il suo diario. Ma era una fatica improba: dopo poche righe si arrendeva e mi pregava di accendere il televisore. Giorgio ne aveva portato uno nuovo, a 32 pollici, per fargli seguire come si deve le partite del Mondiale.

Sfogliando l'album delle figurine ci accorgemmo che il motto di France '98 era Il est beau un monde qui joue: È bello un mondo che gioca...

E siccome, di fronte alla bellezza, Giacomo non si tirava mai indietro, a poco a poco si appassionò anche al gioco del pallone.

Andresti a comprare "La Gazzetta dello Sport"?, mi chiese il giorno di Italia-Francia. Ero sorpreso e contento, mostrare interesse per il dualismo tra Baggio e Del Piero mi sembrava un segno di vitalità. E invece, al mio ritorno, lo trovai in preda a una tosse convulsa e a violenti spasmi addominali.

Terrorizzato, telefonai a Giorgio sul cellulare di servizio.

Perdonami, ansimai, ma Giacomo è piegato in due dai dolori.

Quanta febbre ha?

Giacomo si contorceva nel letto: impossibile misurargliela. Ma anche solo sfiorandogli la fronte si capiva che era alta.

Vedi se riesce a bere, disse Giorgio.

Provai a dargli dell'acqua, ma la candidosi esofagea gli impediva di deglutire.

Tieni duro, concluse Giorgio. Due ore e sono là.

Due ore?

Gli feci notare che forse sarebbe stato il caso di chiamare

un'ambulanza, ma Giorgio mi disse che l'ambulanza non serviva.

Accendi la TV, piuttosto. Tra mezz'ora comincia la partita.

Quando suonò al citofono di casa, i tempi regolamentari stavano per concludersi sullo zero a zero. Giacomo era scivolato in uno stato comatoso, dal quale periodicamente si svegliava con delle urla lancinanti che andavano a confondersi con quelle dei tifosi.

Siamo in partita?, esordì Giorgio.

Sì... credo di sì..., balbettai inebetito.

Giorgio si pulì i piedi sullo zerbino e mi pregò di lasciare accostata la porta.

Sta salendo mia moglie, annunciò imboccando il corridoio.

Restai là con la maniglia in mano: Tua moglie?...

Faticavo a mettere a fuoco. Da tempo, dopo essersi conficcata nella mia testa con una tecnica trampling che scorticava i pensieri, la First Lady si era sfilata i tacchi a spillo ed era uscita in punta di piedi dalla stanza delle mie ossessioni. Così rapidamente da farmi dubitare che ci fosse mai entrata.

Il dottor Spina s'era fermato per qualche secondo, in piedi, davanti alla TV. Poi, tenendo sempre un occhio allo schermo, s'era dedicato a Giacomo: respirava a fatica, con le gengive scoperte e le dita strette alle lenzuola. Giorgio gli abbassò la palpebra inferiore e lo accarezzò sulla testa. Poi aprì la valigetta e preparò un'iniezione.

Che cos'è?, gli chiesi.

Ma prima che Giorgio potesse rispondere, trillò di nuovo il campanello.

Ti avevo detto di lasciare aperto..., disse sollevando in alto la siringa.

La vena basilica di Giacomo soffriva di un inizio di flebite, ma l'ago la centrò senza incertezze.

Pensavo scherzassi, dissi a Giorgio.

Te l'ho già detto, odio gli scherzi.

Tornai nell'ingresso. Un profumo di iris filtrava attraverso la porta. Quando la aprii avvolse tutto, come una nuvola. Ma le nuvole portano pioggia, invece Eva era il sole.

Disturbo?, disse piegando la testa di lato.

Indossava un vestito a fiori e dei sandali col tacco, senza i quali mi avrebbe comunque sovrastato di una spanna. Rispetto alle foto pubblicate su "Fermoposta" mi sembrò appena più matura, ma la differenza d'età con il marito si aggirava comunque intorno ai vent'anni.

Disturbo?, ripeté senza smettere di sorridere.

Si era anche tagliata leggermente i capelli. Chissà se Giorgio le aveva mai parlato della mia passione per il carré...

Eva schioccò le dita con l'intento, credo, di svegliarmi dall'ipnosi.

Oh, no, certo, sobbalzai facendomi da parte.

Entrò e si fermò educatamente accanto all'attaccapanni, stringendo con entrambe le mani i manici della borsetta.

Come sta Giacomo?, mi chiese abbassando la voce.

Scossi la testa. Storsi la bocca. Non ero ancora riuscito ad articolare una sillaba.

Eva aprì la borsetta e tirò fuori un pacchetto regalo.

Mio marito mi ha detto che amate il genere.

Per me?, sbalordii.

Per tutti quelli che in questa casa amano il jazz, mi corresse lei.

Era una raccolta di Gershwin, nella quale erano inclusi tutti i pezzi più importanti, da *I Got Rythm* a *Rhapsody in Blue*.

Perché si è disturbata?

La First Lady oscillò sui tacchi, dandomi l'impressione che potesse crollarmi addosso da un momento all'altro (era un'impressione esaltante e paurosa al tempo stesso, come quando stai sotto al Monte Bianco o ai grattacieli di Manhattan).

La vita sa essere così brutta, disse lei.

Dobbiamo sforzarci di rallegrarla, si spiegò meglio.

Era una filosofia semplice e geniale. Dentro di me, continuando a rigirarmi il disco tra le mani, mi chiesi come mai, in trentacinque anni, non ci fossi ancora arrivato.

È vero che ama il jazz?, le domandai.

Eva si strinse nelle spalle. Le aveva larghe, da nuotatrice.

Così come amo io, Mat. Un po' alla rinfusa.

Mat?

Giorgio mi ha detto che il suo amico la chiama così.

Nath, la corressi. Lui Scott e io Nath.

Congiunse le mani per scusarsi.

Nath, Nath, Nath, ripeté. Certo, Nath.

Si picchiettò più volte l'unghia sulla fronte, a significare che se lo sarebbe ficcato bene in mente.

Posso vedere Scott?, disse alla fine.

Le feci strada verso la camera da letto. Riposti i ferri del mestiere, Giorgio s'era accomodato nella solita poltrona, un occhio al paziente e l'altro alla partita.

Guarda qua, Giacomo!, dissi mettendogli il disco sotto al naso.

Ma Giacomo non era in grado di apprezzarlo. Sedato dall'iniezione del dottor Spina, non fu in grado di apprezzare nemmeno l'ingresso della First Lady nella stanza.

Giacomo... Giacomo..., lo chiamò lei china sul suo capezzale.

Quando appoggiò al materasso le sue terga (quelle terga che noi avevamo stabilito leggenda), Giacomo socchiuse finalmente gli occhi e cercò di identificarla al largo del suo dormiveglia.

Scottie, gli sussurrai all'orecchio, è venuta a trovarti la First Lady.

Lottò per qualche secondo con la pesantezza delle sue palpebre.

Ma dài, sospirò alla fine lasciandole ricadere. Non ci credo...

Guardala meglio, è proprio lei!, insistetti.

Giacomo (povero Giacomo) ci provò con tutte le sue forze. Ma c'era qualcosa (la morte) che lo afferrava per le caviglie e lo trascinava in basso ogni volta che la sua coscienza provava ad arrampicarsi verso di lei.

Eva cominciò ad accarezzare il dorso di Fanny. Poi, quando la gatta si stufò, passò ad accarezzare il ginocchio di Giacomo.

Erano cominciati i tempi supplementari. La nostra squadra resisteva faticosamente agli assalti della Francia. Tamburellando le dita sul bracciolo, Giorgio soffriva in silenzio.

Tanto perdiamo ai rigori, predisse Eva.

Suo marito le intimò di non portare sfiga.

Vedrai, tagliò corto lei.

Poi si tolse le scarpe, si acciambellò accanto a Giacomo e cominciò a massaggiarlo attraverso la stoffa del pigiama. Improvvisamente, la partita passò in secondo piano. Giorgio si umettò le labbra e sollevò con il pollice una palpebra di Giacomo.

Dovremmo far presto, disse metà satiro metà lucido diagnosta.

La First Lady estrasse dalla borsetta un preservativo e tentò d'infilarlo sul pene di Scottie: impresa ardua, perché del suo corpo morto il pene sembrava la cosa più morta di tutte. Eppure, con pazienza, alternando colpi di lingua sulla base del glande a suzioni sui testicoli, Eva riuscì a rianimarlo quel poco che bastava per srotolargli intorno il profilattico.

Cominciò a pompare. Per godersi meglio il suono del risucchio, il presidente azzerò il volume della telecronaca.

Mat, sussurrò Eva a bocca piena, mettiamo su il vecchio George?

Il CD, specificò lei vedendomi esitare.

Soffici, carezzevoli, partirono le note di *Embraceable You* nella versione di Sarah Vaughan.

L'estate filtrava dalle persiane posandosi come polvere d'oro sulle gambe di Eva. M'inginocchiai ai piedi del letto e presi a leccarle le caviglie, mentre sull'altra sponda Giorgio si apriva la cerniera e cominciava a masturbarsi.

Scottie, Scottie, pensai, quanto l'abbiamo sognato...

Risalendo con la destra tra le cosce di Eva, posai la mano sinistra sul costato del mio amico.

Sì, respirava ancora...

Tra il suo respiro e la fellatio, anzi, s'era instaurata una certa consonanza, come se il soffio che lo teneva in vita fosse insufflato direttamente dalla bocca di Eva.

A un certo punto aprì gli occhi e mi cercò.

Che succede, Nath?

Niente, Scott, lo rassicurai. Va tutto bene.

Lo invitai a rilassarsi. Sorprendentemente l'impresa gli riuscì. Ne beneficiò anche il lavoro di Eva, che ora poteva applicarsi a un'erezione quasi degna di questo nome.

Le infilai con cura indice e medio nella fica. Eva mugolò. Suo marito si lasciò scappare una serie di gemiti.

Sento cantare, disse Giacomo.

Tranquillo, risposi, è Billie Holiday.

Dopo *Embraceable You* era infatti partita *Summertime.*

Rialzando gli occhi sulla First Lady notai che aveva un fiore tra i capelli. Non era una gardenia (com'era solita portare Lady Day) ma non c'era alcun dubbio che fossimo nelle mani di due signore.

La canzone, una ninna nanna che Billie eseguiva con la voce dell'anima, recitava più o meno così: Estate, e la vita è facile. / I pesci saltano e il cotone cresce alto. / Il tuo papà è ricco e la tua mamma è bella. / Perciò fai il buono, bambino, non piangere. / Una di queste mattine ti sveglierai cantando. / Spiegherai le tue piccole ali e raggiungerai il cielo. / Ma fino a quel mattino non ci sarà niente che ti farà del male.

... So, ush, little baby don't you cry...

... So, ush, little baby don't you cry...

... So, ush, little baby don't you cry...

Rapita dal ritornello, Eva sospese per un attimo il suo ricamo per ascoltarlo. Giacomo disapprovò con un mugugno, mentre anche Giorgio la rimproverava.

Dài, disse, non ci distraiamo.

Allora Eva fece un lungo respiro e si calò sul cazzo di Giacomo fino al cavo orofaringeo. Una contrazione, lunga e concisa nello stesso tempo (la malattia sembrava averlo ulteriormente accorciato), attraversò Giacomo da capo a piedi.

Un attimo dopo Giacomo venne. La petit mort, la chiamano i francesi.

Ma che ne sanno i francesi (che ne sanno tutti) di quanto è grande la morte di una creatura come Giacomo?

Giorgio si raddrizzò sulla poltrona, accompagnando con lo sguardo, fin dove poteva, la partenza del mio amico. Poi si alzò e gli palpò la giugulare.

Seguì un lungo silenzio.

Era davvero un poeta?, mi domandò Eva raccogliendo nel profilattico le sue ultime gocce di sperma.

Giorgio glielo tolse di mano. Dopo essersi assicurato del nodo, lo fece cadere in un sacchetto ermetico.

Stiamo attenti, disse, questa roba uccide.

Solo allora, con calma, ripose l'uccello nel gabardine dei suoi calzoni e si girò verso il televisore.

Maremma maiala, sibilò.

L'Italia aveva appena perso ai rigori. Vidi i nostri calciatori piangere in mezzo al campo, mentre intorno tutto lo stadio festeggiava.

Francesi di merda, disse Giorgio passando a cercare il numero dell'agenzia funebre.

Intanto che prendeva accordi (ci tenne a fare tutto lui) Eva e io ci spostammo in cucina a preparare la moka.

Uno normale non c'è?, mi chiese dolcemente.

Impiegai qualche istante a capire che parlava del tipo di caffè.

Le spiegai perché lo prendevamo deca: io soffrivo di cuore, Giacomo soffriva di tutto.

Non c'era alito di vita che non lo increspasse, dissi.

Eva si era rimessa le scarpe. Dondolò per qualche secondo intorno al tavolo della cucina. Poi si sedette al posto della mamma e accavallò le lunghissime gambe.

Mi dispiace molto, disse.

Fu come il segnale che potevo lasciarmi andare. Scoppiai a piangere, chino sulla caffettiera.

Sentivo l'aroma riempirmi le narici. Sulle dita l'odore della sua fica. Di là, il corpo di Giacomo avrebbe presto iniziato a puzzare.

Senza sprecare una sillaba, sospirando appena, Eva si alzò e venne ad abbracciarmi alle spalle.

Nell'attesa dei necrofori, Giorgio aveva fatto ripartire il disco.

La sconfitta dell'Italia aveva steso su Roma un silenzio irreale.

So, ush, little baby, cantò in quel silenzio la voce della Holiday.

(l'intervistato socchiude le palpebre e canta con lei)

... So, ush, little baby, don't you cry...

II

INTERVISTA CON LA SWEET

(l'intervistata entra con un cane al guinzaglio e un ritardo di venti minuti, giustificando il secondo con un capriccio del primo.

Il capriccio di un animale potrebbe sembrare una scusa inverosimile, perfino ridicola, ma diventa plausibile quando l'intervistatore si accorge che la padrona tratta il cane (che del resto si chiama Kid) come un bambino.

In realtà Kid è decrepito, trascina le zampe posteriori ed è completamente cieco. L'intervistata gli attribuisce un'età inverosimile, che lei definisce SOPRANNATURALE.

Dopo aver convinto Kid a sdraiarsi sul tappeto, l'intervistata si siede e rivolge all'intervistatore un sorriso cordiale ma leggermente standardizzato. Si direbbe una donna abituata a trattare col pubblico.

Che dice, propone come se fosse un'allettante offerta commerciale, apriamo le finestre?

Solo allora l'intervistatore si rende conto che la stanza è ancora immersa nella penombra che Mister Wolf aveva voluto il giorno prima. Diversamente da lui, l'intervistata dichiara di amare la luce e l'aria aperta. Sulla tuta da ginnastica che indossa, e anche tra i capelli, sono visibili alcuni fili d'erba e l'intervistatore ne deduce che, poco prima di presentarsi al loro appuntamento, l'intervistata si sia rotolata su un prato.

Nonostante l'età, l'intervistata si lascia guardare senza timori.

È bella. E tuttavia, come se fosse consapevole che la bellezza è un dono ma anche una conquista, il suo lasciarsi guardare contiene una sfida: diventare attraverso gli occhi di chi la guarda ancora più bella)

Chi è una sweet?

(si gratta il naso, poi si piega a grattare quello del cane)

... Oddio... È così che chiamano le donne come me, non è vero?...

... Una sweet, vediamo, una sweet... Cosa le posso dire?...

... Sono gli uomini ad avere questa ansia di definire il mondo, le persone...

... Noi non ce ne preoccupiamo troppo.

E di cosa vi preoccupate?

Di assomigliare il più possibile alle loro definizioni. Per farli contenti, capisce?...

Fare contenti gli uomini è una prerogativa delle sweet?

Be', sì, naturalmente, ma...

(capisce di essere partita troppo deconcentrata)

Detto così sembra che la sweet sia una geisha. Una donna sottomessa. Invece no, è l'esatto contrario: anche quando ha un'aria dolce (sweet, appunto) è lei che domina l'intera situazione.

Un doppio gioco, insomma...

Oh, no, dire così sarebbe profondamente ingiusto!

(dall'indignazione dell'intervistata traspare una sfumatura ironica, forse perfino canzonatoria)

Io odio la falsità, l'ipocrisia...

Ma fino a che punto una donna può permettersi di essere sincera?

Assecondare lo sguardo maschile senza caderci dentro è il massimo obiettivo che un mondo a uso e consumo degli uomini concede a una moglie onesta.

Lei si ritiene una moglie onesta?

Perché no? In fondo, ogni volta che ho tradito mio marito, è stato lui a chiedermi di farlo...

Di sicuro non rubo i mariti alle altre donne, perché alle quattro chiudo l'Infinito e li rimando a casa!

Cos'è l'Infinito?

È il club privé che gestisco da quasi vent'anni con il mio bull Leonardo, detto Mister Wolf, e con mio marito Giorgio, detto il Presidente.

L'abbiamo inaugurato il 31 dicembre del 1999, sulla soglia del giudizio universale: mentre il resto del pianeta trepidava per la fine del mondo, noi scopavamo.

(si corregge)

No, non è vero: in realtà trepidavamo anche noi...

La paura che non venisse nessuno, che a mezzanotte ci ritrovassimo con un barman, una guardarobiera e un posteggiatore indiano tra la nebbia e l'umidità dell'agro romano, mi spingeva ad affacciarmi ogni cinque minuti in giardino per cercare nelle tenebre un tenue chiarore che annunciasse l'arrivo di una macchina.

Fino alle dieci non vedemmo anima viva. Poi, in lontananza, sentimmo avvicinarsi una moto. Ne scese una giovane coppia dall'aria fuggiasca, lui con un giubbotto di jeans e lei con dei Dr. Martens rosso porpora.

Vorremmo appartarci per un'oretta, esordirono slacciandosi i caschi.

Benvenuti all'Infinito Club Privé, mi tenni sul vago.

Chiesero subito una camera con bagno. A fatica riuscii a registrarli e parcheggiarli al bancone del bar. Quindi corsi dai miei soci, che ci stavano spiando da dietro la finestrella a specchio della direzione.

Non ce li voglio qua dentro, dissi con le mani nei capelli.

Mio marito, il Presidente, fece finta di non capire.

Perché? Sono tanto carini...

Gli ricordai che il nostro regolamento, sul dress code, parlava chiaro.

E poi – citai a memoria il comma cinque – l'uso delle camere è severamente vietato alle coppie già formate e viene consentito in esclusiva a un numero di giocatori non inferiore a tre.

Non sarei così fiscale, protestò debolmente Giorgio con il naso appiccicato allo specchio spia. Del resto, si tratta chiaramente di una coppia clandestina...

Li osservai meglio: appollaiati davanti al buffet, alle tartine preferivano le proprie unghie. Nel mordicchiarle si guardavano intorno spazientiti. Probabilmente erano riusciti a ritagliarsi un'ora d'aria prima di correre a festeggiare il capodanno con le rispettive famiglie.

Clandestina o no, restava sempre una coppia.

Tu che dici?, interpellai Leonardo.

Avvolto nel suo ricercatissimo paltò, Mister Wolf non aveva ancora aperto bocca. Dei tre soci era stato il più deciso nel prescrivere giacca e cravatta per i signori e scarpe con il tacco per le sweet. Ma adesso, di fronte alla prospettiva di mettere alla porta i nostri primi clienti, tamburellava nervosamente le dita sul tavolo della direzione.

Il nostro club dev'essere principalmente un luogo di formazione, borbottò. Se li mandiamo via ora li perderemo per sempre...

Ma io non voglio diventare un'affittacamere!, sbottai. Questo non è un albergo a ore!

Leonardo chinò la testa e tacque. Aveva giurato sulla tomba di Giacomo che l'Infinito avrebbe rinverdito i fasti del Grande Gatsby e ora, dinanzi alle mie parole, non poteva che stringersi nelle spalle.

Hai ragione, si rassegnò alla fine, vado a dirgli di andarsene.

Giorgio si alzò di scatto e gli sbarrò il passo.

Nemmeno per sogno, strinse i pugni. Prima... Prima...

Voleva solo guadagnare tempo, ma quel tempo gli bastò per mettere a fuoco ciò che veramente, in cuor suo, chiedeva a quella serata e forse alla nostra stessa ragione sociale.

... Prima devi andare di là e trombarti quella troia.

Mister Wolf, all'epoca, era un bull di prim'ordine. Ma non poté fare a meno di alzare gli occhi al cielo.

Giorgio, ma che ti viene in mente? Quella non è venuta qui per...

Allora tu!, corresse subito il tiro mio marito rivolgendosi alla sottoscritta. Fammi vedere come seduci il ganzo col giubbotto.

Con un repentino voltafaccia Leonardo lo assecondò.

In effetti, disse, una cosetta tra voi tre potrebbe servire a sciogliere questo impasse...

All'epoca io e Leonardo non eravamo ancora ufficialmente fidanzati, ma galleggiavamo comunque in una tensione erotica tutta nostra. Sentirlo spingermi tra le braccia del primo babbeo mi amareggiò.

Io qua dentro sarei Daisy Fay, mi rivoltai, non una zoccola pronta all'uso!

Giorgiò trasecolò. Non avevamo ancora stabilito quale comportamento, in qualità di padrona di casa, avrei dovuto tenere all'interno del privé, ma dal sobbalzo capii che mio marito dava per scontato che avrei scopato a comando a destra e a manca.

Oh, Giorgio!, sospirai.

Si guardò la punta delle scarpe.

Diglielo tu, mi rivolsi a Leonardo. Fallo ragionare!

Da lì a poco, di sicuro, avremmo litigato e io sarei uscita (per andare dove non so, l'Infinito sorgeva in piena campagna, a più di quindici chilometri da Roma) sbattendo la porta della direzione. Su quella stessa porta sentimmo bussare.

Signora Eva?

Sì?

Era Amal, il nostro posteggiatore. Teneva rispettosamente il cappello in mano e voleva sapere se poteva far entrare i clienti.

Clienti? Quali clienti?

Ci precipitammo alla finestra a guardare. Il parcheggio si stava riempiendo di macchine. Veneri in pelliccia e gentiluomini in smoking (esagero, certo, ma in quel momento noi li vedemmo così) facevano la fila all'ingresso spiando le altre coppie, un po' per accertarsi che non si conoscessero e un po' per avviare un progetto di partouze.

Giorgio corse ad abbassare le luci, Leonardo galoppò ad alzare la musica, io volai alla reception.

Allora, questa camera?, m'intercettò la coppia di amanti scendendo dagli sgabelli del bar.

Si erano presentati timidi e misteriosi. Adesso, buttato giù un Martini, la timidezza era scomparsa svelando dietro al mistero solo un po' di arroganza.

Li feci salire al primo piano, nella sala della voliera, e li invitai a levarsi il più rapidamente possibile i vestiti.

Sapete com'è, dissi attenta a non offenderli, qui il casual non sarebbe consentito...

Guardarono perplessi la gabbia sospesa a un metro e mezzo da terra.

Ma... dobbiamo farlo là dentro?, si lagnò lei.

Perché no?, le sorrisi. È un nido d'amore...

Fissata alla volta con un gancio d'acciaio, la voliera era uno degli originali elementi d'arredamento che avevamo messo a disposizione della nostra clientela. Li spinsi dentro e scesi ad accogliere gli altri ospiti.

Avevamo previsto che ogni coppia, all'atto dell'iscrizione, dovesse essere ricevuta in un salottino e messa a suo agio con quattro chiacchiere e un calice di prosecco. Ma dopo un paio di tesseramenti mi resi conto che, con quella procedura, allo scoccare della mezzanotte metà dei nostri clienti sarebbe stata ancora sotto le stelle a battere i piedi per il freddo. Aprimmo le porte e li accogliemmo come un unico gruppo di amici.

Del resto, questo sarebbero diventati in breve tempo: amici tra loro e soprattutto nostri.

Agata e Bruno, detto il Conte, notai di Roma Nord.

La rossa Piera, infermiera al San Camillo, con il primario Ignazio.

Il macellaio Gino, detto Abbacchietto, che si accompagnava ogni volta a una pollastrella diversa.

Arla, l'olandese volante, e il suo maestro di kamasutra Pierre Hugues.

Linda e Romeo, che tutti i fine settimana venivano da Perugia.

Ne stabilimmo di complicità, in quegli anni... Un comune senso di appartenenza avrebbe azzerato ogni distanza sociale, culturale, anagrafica. Ma quella sera eravamo ancora sconosciuti gli uni agli altri, e quando ci ritrovammo tutti insieme nel salone principale della villa, attraversati da un fascio luminoso che proiettava polvere di stelle, un brivido si staccò dai nostri corpi e diede forma all'Infinito.

Quel brivido restò là a vibrare negli anni, chiunque varcasse la soglia della villa lo sentiva: lo Spirito dell'Animale Passato lo chiamava Leonardo, che è un appassionato di Dickens e di istinti naturali. Per me quel brivido era il Fantasma della Libertà, un fantasma buono che proteggeva noi disposti a osare.

Per la notte del nuovo millennio (la prima e l'ultima che affrontammo sprovvisti di DJ), Mister Wolf aveva preparato una colonna sonora a base di Glenn Miller e altre orchestre in voga ai tempi di Fitzgerald.

Ovviamente, con quella musica, nessuno ballò. Immersa in una fluorescenza azzurra, la pista della discoteca diventò un acquario che le coppie attraversavano a turno, a volte come squali a volte come pesciolini d'acqua dolce, mostrandosi (per ciò che erano e per ciò che avrebbero voluto essere) agli altri ospiti seduti sui divani.

Quando cominciammo a distribuire stelle filanti e flûte, qualcuno aveva già fatto amicizia.

Ma un disco di questo secolo non ce l'abbiamo?, chiesi incrociando Leonardo sulla porta della cucina.

Si era allentato il nodo della cravatta e teneva in bilico un vassoio colmo di bicchieri.

Guarda che questa è *Moonlight Cocktail*, si difese. Roba del 1942, mica dell'Ottocento...

Appunto!

Gli stampai un bacio appassionato sulle labbra.

Benvenuto nel ventunesimo secolo, Mister Wolf!

Raggiunsi la consolle, smorzai la musica e picchiettai due dita sul microfono. Tutti gli ospiti si girarono verso il palco. Riflessa in cento specchi, vidi le paillettes del mio vestito da sera luccicare sulle loro teste.

... Ladies and gentlemen, cominciai, è con profonda emozione che vi rivolgo il mio saluto a nome dell'Infinito Club Privé...

... Se siamo qui stasera non è per caso, né per una fugace curiosità, ma perché qualcosa ci unisce...

... Qualcosa, io credo, di molto elevato...

Mi sporsi dal palco e mi lasciai guardare da sotto in sopra. Sapevo che, per essere convincente, io stessa sarei dovuta apparire così – molto elevata sulle loro teste.

Tanti anni lontani da un cubo non mi avevano fatto perdere dimestichezza con l'arte di apparire, di luccicare espansa nello spazio come una visione soprannaturale.

Ma non mi accontentai dell'elevazione e dell'effetto del lamé.

Qualcosa di speciale. Di magico, aggiunsi.

Con una mossa audace e tempestiva, che non avevamo concordato, Leonardo spostò l'occhio di bue sulla platea. In un baleno li attraversò il sospetto che la magia di cui parlavo non era esclusivo appannaggio del mio fascino dazzling, ma poteva riguardare anche loro stessi.

Non lo avvertite nell'aria?, chiesi conferma.

Restarono tutti in silenzio a sentirsi respirare, come se avessero realizzato solo in quel momento di essere vivi. La rivelazione generò emozione ma anche un diffuso senso di instabilità, ribadita dal cigolìo che proveniva dal piano superiore.

Tendemmo le orecchie. Al cigolìo si mischiò un gorgheggio da soprano.

Qualche sguardo cominciò a scollarsi dalla mia luccicanza, tentando d'individuare la provenienza di quei suoni. Una coppia dietro l'altra, i nostri ospiti abbandonarono la pista e convogliarono silenziosamente verso la scala di marmo che portava al primo livello.

Lassù le luci erano ancora più soffuse. In breve, sulla soglia della sala della voliera si creò un assembramento. Al centro della stanza la gabbia ondeggiava paurosamente sotto il peso dell'amore clandestino.

Rese audaci dal loro stesso stupore, le prime coppie si fecero avanti e si accostarono alle sbarre.

Nemmeno io, all'epoca, ero così abituata ad assistere dal vivo a un atto sessuale. Ma bastò uno sguardo d'assieme per accorgermi che il vero spettacolo non stava negli amanti, intenti a scopare con una foga che poteva essere attribuita tanto alla passione quanto alla fretta di tornare alle rispettive case, ma in chi li guardava.

Rapiti, sospesi, alcuni massaggiandosi lascivamente le parti intime, altri pietrificati dall'improvvisa materializzazione del sesso, tutti gli spettatori sentivano che in nessuno zoo avrebbero potuto osservare un animale così strano – l'animale uomo intento ad accoppiarsi – e che niente, nemmeno in Amazzonia o nell'Africa più nera, gli sarebbe mai apparso altrettanto esotico.

Scandito dai lombi dei due motociclisti, il tempo diventò umido, scivoloso, e ci sfuggì di mano.

Per la miseria, è quasi mezzanotte!, urlò improvvisamente Mister Wolf.

La mezzanotte del Duemila!

Ci precipitammo sulle bottiglie di champagne. Tutto il mondo stava già brindando al nuovo millennio e noi eravamo ancora là a svitare le gabbiette. Ma cos'erano pochi minuti di ritardo rispetto all'anticipo che sentivamo di avere sulla razza umana?

All the best, First Lady, we are cooler, sussurrò Leonardo facendo tintinnare il suo calice col mio.

Accanto a noi un signore già brillo captò l'augurio a modo suo e lo girò alla coppia dentro la gabbia.

Sì, nel culo!, li incitò.

Saremmo sempre stati sull'orlo del fraintendimento, della volgarità, dell'equivoco, ma danzare sul baratro ci avrebbe reso degli acrobati, forse degli angeli, sicuramente delle persone più spiritose. Scoppiammo a ridere, infatti, accennando a un passo di tango. Intorno a noi saltavano i tappi di champagne.

Come eravate arrivati ad aprire un locale per scambisti?

... Leonardo non gliel'ha raccontato?...

(l'intervistatore le comunica che l'intervista a Mister Wolf si è interrotta prima, al punto del loro incontro al capezzale di Giacomo. L'intervistata si mostra curiosa di sapere come Mister Wolf l'abbia riportato. Quando l'intervistatore accenna al rapporto orale che avrebbe avuto con Giacomo, l'intervistata resta a bocca aperta)

... Davvero?... Io non me lo ricordo proprio!...

(sembra sincera)

Mi sono seduta sulla sponda del suo letto e gli ho tenuto la mano – questo è vero – ma non mi pare proprio di avergli fatto un servizio mentre moriva...

... Me lo ricorderei, non le pare?...

(l'intervistata non sembra troppo convinta. Produce un ulteriore sforzo di memoria, che tuttavia si rivela vano)

Non me lo ricordo proprio. *(ripete alzando le mani)*

... Poi, per carità, tutto può essere... In fondo sono trascorsi vent'anni, alla media di una fellatio al giorno fanno circa settemila pompini.

... Ma un moribondo, diamine, me lo ricorderei...

(ci ripensa ancora, non si capacita. Poi si arrende e riprende a raccontare)

Di sicuro, a casa di Leonardo, quel giorno c'era un'atmosfera particolare. Assistere al trapasso di un uomo non è come bere un caffè. Eppure ricordo che facemmo anche quello – ricordo la cura di Mister Wolf nel prepararlo e le sue lacrime che cadevano nella tazzina.

Un bull che piange, pensai.

Giorgio mi aveva preparato alla sua eccentricità. Da giorni non parlava d'altro: non nel modo monocorde e ossessivo con cui si fissava sui bull più prestanti, ma con una passione che a poco a poco contagiò anche me.

Perché strana?, gli chiesi quando nominò per la prima volta la coppia Macho con Freak.

Perché sono due pazzi, disse mettendo a posto il suo equipaggiamento da pesca.

Mi raccontò di averli appena testati alla laguna di Orbetello.

Pazzi veri, precisò.

Detto da lui, c'era da crederci. Ho sempre pensato che la vera vocazione di mio marito fosse la psichiatria. E che, se alla fine scelse di specializzarsi in clinica oncologica, fu solo perché vide nell'impazzimento delle cellule un fenomeno più neutro, e perciò più sopportabile, della follia mentale.

Pensa che il Freak stava per sparare a Kid, disse raggiungendomi sul divano.

Alzai lo sguardo dalla pagina dello sport. Si avvicinavano i Mondiali di Francia.

Che stai dicendo, Giorgio?

È vero, confermò lui tranquillamente. Mi ha preso la pistola e gliel'ha puntata contro.

Diedi un'occhiata ai cani: in effetti, erano tornati a casa molto nervosi. E Kid, il mio preferito, sembrava il più nervoso di tutti.

(l'intervistata si china a fare una carezza a Kid, e solo allora l'intervistatore realizza trattarsi dello stesso cane che Giacomo aveva rischiato di ammazzare ad Orbetello)

Non devi frequentare gente così, gli dissi spaventata.

Giorgio sgranò gli occhi. Ogni volta che lo faceva diventavano più bianchi.

Stai scherzando?, disse. Mi sono piaciuti un sacco, e non avrò pace finchè non te li sarai scopati tutti e due...

Era disposto a mandarla a letto con un malato di Aids?

Al momento la malattia non era stata ancora diagnosticata. Ma Giorgio aveva già intuito che qualcosa, in quel povero ragazzo, non andava.

La notte seguente mi svegliai e lo trovai seduto sulla sponda del letto con la cornetta in mano.

Che succede, Giorgio?

Devo assolutamente chiamare Macho con Freak... Sto ripensando alla cera del piccoletto... Non mi è piaciuta per niente...

Ma... a quest'ora?

Giorgio guardò la sveglia.

Dici che è presto?

Specialmente d'estate, alle quattro del mattino mio marito era già in piena attività. Lo convinsi ad aspettare almeno un paio d'ore, ma Giorgio era troppo agitato per rimettersi a letto.

Vado a portare fuori i cani, disse infilandosi i pantaloni.

In quel periodo, di cani, ne avevamo sette. Tre trovatelli, tra i quali il cucciolo Kid, e due coppie di setter da caccia che mio marito curava in modo maniacale. A Giorgio piaceva sparare e spesso l'accompagnavo tra i boschi del Monte Amiata, a volte perfino in Croazia e in Bulgaria, per partecipare a delle battute di gruppo.

Centrare una beccaccia, in realtà, era solo un pretesto per stare insieme agli altri cacciatori e fare il punto sulle rispettive mogli: mai visti tanti cornuti tutti insieme come in quei raduni venatori!

Perché? Che relazione c'è tra la caccia e il cuckoldismo?

Non l'ho mai capito, ma le garantisco che è strettissima: due cacciatori su tre sono cuckold e il terzo li osserva affascinato...

Indifferenti alla nostra muta presenza all'estremità del barbecue, condivano ogni meet (il momento conviviale che chiudeva le partite) con foglie di alloro e pepate confidenze sulle imprese delle rispettive mogli.

Si vantavano di noi come delle quaglie che avevano appena impallinato. Masticando la loro carne, trattavano quella delle sweet come se fosse stata un'unica selvaggina. Più di una volta ho visto donne apparentemente forti, in pelliccia di breitschwanz e stivali Stelio Malori, allontanarsi dal fuoco e andare a piangere in silenzio ai margini del bosco.

Spalle ai mariti, nascondevano le lacrime con la stessa cura con cui, alla prima occasione, avrebbero esibito orgasmi plateali per compiacere il loro voyeurismo.

... Eravamo così libere e così schiave...

E forse per questo c'identificavamo con i setter che si aggiravano intorno al barbecue: di certo più vicini allo stato brado di quanto non sarebbe mai stato un cane alla catena, erano vincolati a una missione (individuare la preda, addentarla e riportarla indietro) che non ammetteva deroghe.

I setter erano l'orgoglio di mio marito. Li nutriva, li pettinava, comprava loro le migliori brandine così come al nostro letto procurava lenzuola di seta, affinché le imbrattassi del seme dei miei amanti.

Io a quel tempo li volevo giovanissimi e palestrati, oppure vecchi con la bava alla bocca.

Al sorgere del sole, mentre cani e padrone macinavano chilometri tra Principina Terra e Principina a Mare, io sorseggiavo la mia tisana allo zenzero, ascoltavo in pace un po' di musica e poi mi spostavo nello studio di Giorgio, a rovistare tra le lettere spedite alla First Lady dai suoi ammiratori. Mettevo in cima alla pila quelle che mi piacevano di più, nella speranza che il Presidente, trovandole a portata di mano, le scegliesse. Spesso mi masturbavo sulle foto dei bull, non perché li trovassi particolarmente attraenti ma per godere di un momento tutto mio.

Alla fine rimettevo ogni cosa al suo posto e tornavo a infilarmi nel letto. Non erano ancora le otto e la mia giornata era già finita. Da lì a poco, al rientro di Giorgio, ne sarebbe cominciata un'altra molto meno mia, o comunque da spartire con i suoi demoni.

Come la convinse a incontrare Leonardo e Giacomo?

Non c'era nessuna necessità di convincermi: facevo tutto quello che mi diceva mio marito...

A dire il vero, ogni tanto, Giorgio mi faceva capire che avrebbe gradito un po' di ritrosia, una tenue resistenza che facesse meglio risaltare la successiva resa: ma dirgli sempre di sì, qualunque cosa mi chiedesse – era quella la mia resistenza, la mia via di salvezza.

Nella sottomissione trovavo un'arma che mi rendeva forte, invincibile. Sopra la superficie dell'accondiscendenza, ogni angolo si appianava. Sotto, io coltivavo alberi al contrario, una foresta libera di crescere all'interno del mio mondo.

Ha mai pensato di separarsi da suo marito?

(l'intervistata sembra stupita dalla domanda)

E perché mai? Mi ha sempre trattato come una regina...

È vero, Giorgio è lontano anni luce dalla mia interiorità: ma se questa lontananza, alla fine, fosse una forma di saggezza? O magari di rispetto?...

Inoltre non dimentichi che io ho una grande fortuna: posso scopare liberamente, tutte le volte che voglio.

(tornando ad accarezzare la testa di Kid, l'intervistata riflette su ciò che ha appena detto)

Il mio volere, il suo volere... Potere, dovere... È sempre stato tutto così intrecciato!

Giorgio mi lasciava libera di improvvisare (di fronte alle mie iniziative personali, anzi, si esaltava), ma nello stesso tempo pianificava la mia agenda con zelo maniacale.

Proprio dall'insolita trasandatezza con cui trascurò di aggiornarla, realizzai fino a che punto l'incontro con Leonardo e Giacomo l'avesse turbato.

Inutile chiedergli di approfondirne i motivi: Giorgio avrebbe continuato a ripetere che aveva conosciuto due pazzi, comprimendo in quella sbrigativa definizione un vero e proprio innamoramento.

Di che tipo di innamoramento parla? Suo marito è gay?

Tutti i cuckold, in maniera più o meno latente, lo sono.

Il maschio, per loro, rappresenta un vero e proprio modello. Ma questo modello è così inarrivabile che solo attraverso la mediazione di una femmina possono pensare di entrare in rapporto con esso.

Per questo ci adorano. Per questo siamo, nello stesso momento, un bene inestimabile e merce di scambio.

Nell'amicizia di Macho con Freak, forse perché rasentava anch'essa l'omosessualità, mio marito intravide subito una nuova, originale possibilità d'accesso alla sfera della virilità.

Apprezzava moltissimo il retrogusto leggero, ironico e autoironico, contenuto nell'insolenza di Leonardo. Dopo averlo chiamato per tutta la telefonata Dottor Spina, era capace di congedarsi dicendo: E comunque ti ricordo che sei un gran cornuto.

Quanto a Giacomo, di lui Giorgio continuava a ripetere: È pazzo, è pazzo, è veramente pazzo...

In realtà, se avesse voluto dire che era un genio, avrebbe usato più o meno lo stesso tono.

Non lo scriva, ma secondo me Giorgio era contento che la malattia rendesse necessarie le sue cure e non del tutto scontento che l'AIDS fosse incurabile. Così, anziché su una banale guarigione, poteva concentrarsi sull'essenza più profonda del poeta, quella da cui, in Giacomo, tutto pareva nascere e morire: il dolore.

Anche se a me lo teneva nascosto, sapevo che si riforniva al mercato nero di Bedrocan e di altri analgesici a base di cannabis. Per alleviare le pene di Giacomo, in quel periodo, rischiò la reputazione e spese oltre dieci milioni di lire. Ma ne avrebbe spesi il doppio per andarsi a sedere a quel capezzale a conversare di epica classica, di opera lirica e ovviamente di fica.

Quando tornava da Roma, alle due di notte, spesso mi svegliava per raccontarmi com'era andata la serata.

Giorgio, per piacere, lasciami dormire, protestavo tra

il sonno e la veglia, cosa vuoi che m'importi delle vostre chiacchiere?...

In realtà m'importava moltissimo. Dopo avermi avvisato che non si sarebbe dato pace finché non fossi andata a letto con loro, Giorgio non aveva più accennato all'idea di presentarmi Macho con Freak. Tanto che, per la prima volta, fui io a manifestare uno specifico interesse per dei bull.

Se sono così simpatici perché non me li fai conoscere?

Lui si trincerò dietro al quadro clinico.

Uno ha l'Aids e l'altro è cardiopatico, rispose.

E allora? Hanno inventato sia i preservativi che la coramina.

Non potevo credere che mi tenesse al riparo da due maschi. In un batter d'occhio la curiosità diventò gelosia e mi ritrovai ad annusare la sua biancheria nel dubbio che in quelle sere, a Roma, il cuckold tradisse la sweet con una coppia di bull.

Ma di me non ti chiedono più?, lo interrogai a bruciapelo.

Era rarissimo vederlo arrossire.

A volte, mentì.

A quel punto ero io che lo aspettavo sveglia per attingere alla sua eccitazione e tentare di trasformarla in potenza sessuale. Ovviamente non ci riuscii (Giorgio non mi ha praticamente mai scopata), ma dalla rapidità dei suoi orgasmi, quando finalmente si sdraiava sul letto e mi permetteva di succhiarlo, misuravo l'elettricità che, nonostante i duecento chilometri di Aurelia e la lunghissima giornata, gli era rimasta addosso.

Di quella elettricità cominciò a vergognarsi, o comunque a tenerla il più possibile per sé. Finché un pomeriggio non entrò in salotto e di punto in bianco mi ordinò di prepararmi.

Giacomo è allo stremo, disse annodandosi la cravatta.

Acciambellata sul divano, io ero in attesa che cominciasse Italia-Francia più o meno nello stesso assetto in cui mi vede ora: tuta da ginnastica e viso acqua e sapone.

Per non rischiare che ci ripensasse e mi dicesse di rimanere a Grosseto, mi alzai immediatamente, senza fare una piega. Nel riempire la sacca della palestra di cosmetici e scarpe (le avrei scelte in macchina, con calma), mi accorsi di avere un leggero batticuore.

Ci fermiamo a prendere dei pasticcini?, chiesi salendo sulla Jaguar.

Ma quali pasticcini?, bofonchiò scorbutico mio marito. Quello non riesce nemmeno a deglutire.

Allora dei fiori?

Giorgio chiuse il discorso dicendo che ai fiori ci avrebbe pensato l'agenzia di pompe funebri. Mentre imboccava la variante a centoventi all'ora, mi accontentai del disco di Gershwin che da giorni tenevo pronto nella borsetta.

Cosa ricorda di quel viaggio verso Roma?

L'assenza di traffico, per cominciare (le poche macchine sfrecciavano tutte in direzione di un televisore dove vedere la partita).

E poi il mio nervosismo.

Lungo il tragitto Giorgio lo attenuò spiegandomi che, se fossimo arrivati in tempo, non avremmo assistito al trapasso di un uomo ma lo avremmo accompagnato dolcemente (così disse) nell'aldilà.

Sapevo da tempo che, nei casi disperati, mio marito praticava l'eutanasia. La gratitudine dei parenti che ne avevano beneficiato era più discreta ma non meno sincera della gratitudine di coloro che riusciva a rimettere in piedi. Anche se sorrideva con parsimonia, aveva la fama di essere un medico pietoso.

Una volta a casa di Leonardo, mi colpì subito la disinvoltura con cui Giorgio si muoveva. Conosceva l'esatta ubicazione degli interruttori, i tasti del telecomando, i difetti dei rubinetti del bagno. Era davvero strano per un uomo che viveva nella sua (nostra) abitazione come in una camera d'albergo, affidando la manutenzione di ogni cosa, dai filtri della piscina alle lampadine, al personale di servizio.

Perfino la vena sul braccio di Giacomo – la trovò come un oggetto domestico, di uso comune.

Prima ancora di suonare il campanello, osservando il campo di calcio disegnato sullo zerbino, provai invidia per quella bolla di autosufficienza maschile, dove i doppioni delle figurine giacevano accanto ai pezzi di ricambio di un vecchio Malaguti, e mi ricordai che c'era stato un tempo, prima che gli uomini mi costringessero a pensare in funzione del desiderio di penetrarmi, in cui ero stata io, spontaneamente, a desiderare di entrare a far parte della loro intimità.

Con una certa vergogna mi ritrovai a sperare che la scomparsa di Giacomo liberasse un posto.

Posso rendermi utile?, chiesi a Leonardo per calmare la mia agitazione e i suoi singhiozzi.

Ma il bull si dimenticò di avvertirmi che il manico della moka traballava e mi rovesciai addosso mezza caffettiera.

Oddio, ti sei ustionata?, si preoccupò.

Non era quello, il problema. Giorgio odiava le macchie. Da quando eravamo sposati non aveva mai speso un commento per il mio abbigliamento, ma se notava una piccola gora era capace di fare una scenata, di darmi della sciattona davanti a tutti.

Dovrei avere un Viavà, disse Leonardo lasciandomi da sola in cucina.

Quando tornò, invece dello smacchiatore, aveva tra le mani una camicetta di seta che dal colore (solo dal colore) ricordava la mia.

Era della mamma, disse.

A me diverte indossare indumenti di una taglia più piccoli. In quel caso le taglie erano due e per farvi accomodare il seno dovetti lasciare aperti i primi tre bottoni: cosa che, ovviamente, non mi dispiaceva.

Specchiandomi nella vetrinetta della credenza mi accorsi che non dispiaceva nemmeno a Leonardo. Provai allora l'impulso di baciarlo, di saggiare con la punta della lingua la sua capacità di reagire alla morte.

Gli uomini erano così banali, così prevedibili. Eccone uno che sorprende anche se stesso, pensai.

Come previsto, mio marito non si accorse nemmeno che portavo una camicetta diversa. Forse si accorse che Leonardo era eccitato, questo sì (era il genere di cose che non gli sfuggiva), ma non fece particolari commenti.

Giorgio aveva vestito Freak con una giacca del padre di Macho che gli stava tre volte. Leggermente in disparte, assistetti all'abbraccio tra cuckold e bull strizzata in un capo crêpe de chine appartenuto alla vedova di un carabiniere.

In quel traffico d'indumenti c'era qualcosa di folle, o forse di poetico, che solo Giacomo avrebbe saputo cogliere.

Ma Giacomo non c'era più, come si stavano appunto dicendo i due uomini.

Ci ha lasciati, constatò Mister Wolf.

Lapidario come solo lui sapeva essere, il Presidente confermò: Sì.

Sulla strada del ritorno ci fermammo a mangiare a Capalbio e finalmente, davanti a un'acquapazza, Giorgio depose la maschera, piantò i gomiti sulla tavola e si prese il volto tra le mani.

Sono stanco, disse.

Le spigole profumavano nei piatti.

Per forza, osservai. Dormi due ore a notte.

Giacomo scosse la testa. Non era per quello.

E per che cosa, allora?

Per questa vita. E ancora di più per tutte queste morti.

Il più delicatamente possibile gli feci notare che si trattava del suo lavoro.

Stavo pensando, m'interruppe lui senza ascoltare (era l'incipit che usava più spesso per invitarmi a tacere) – stavo pensando che forse è arrivato il momento di cambiare.

Cambiare in che senso?...

Non lo so. Fare qualcosa insieme.

Insieme?

Dopo la penombra funebre di Roma, l'estate a Capalbio risplendeva accecante. I nostri occhiali da sole ci proteggevano il minimo indispensabile.

Giorgio, tremai, io sono un'insegnante di aerobica e tu un primario di oncologia.

Avrei voluto aggiungere che, insieme, non facevamo più

nemmeno la spesa, una sortita a teatro, o l'amore (scopare sì, ma io da una parte e lui dall'altra a guardare).

Mi trattenni per pura vigliaccheria. Non era la prima volta che spingevo il pensiero al domani. Ma, che io sapessi, era la prima volta che lo faceva lui. E mi terrorizzò.

Ho preso informazioni sulla Costarica, disse. Ci si vive magnificamente ed è piena di splendidi mulatti.

Giorgio conosceva la mia passione per i meticci. Spesso ne invitava uno nella nostra camera da letto e, mentre quello mi scopava, ci girava intorno aprendo parentesi sulle leggi razziali, che considerava l'unico vero passo falso del regime fascista.

Per mandare giù il nervosismo mi aiutai con un sorso di Vermentino.

La Costarica, finsi di ragionarci. Accidenti, è lontana...

Se stai pensando ai cani, mi rassicurò pronto Giorgio, possiamo tranquillamente portarli con noi.

I cani, certo. Dopo il gioco e le sue traduzioni dei classici greci, erano sempre stati in cima ai nostri pensieri.

(come se avesse capito che si sta parlando della sua specie, Kid appoggia il muso sul ginocchio della padrona)

E il lavoro?, chiesi.

Intendevo il mio e il suo, ma Giorgio si limitò a tracciare un quadro della propria situazione ospedaliera.

È già un po' che sento parlare di scivoli, di pensioni anticipate. E poi c'è sempre la libera professione.

In Costarica?

Cominciò a giocherellare con uno stuzzicadenti.

Perché no?, disse. Qualche tumore si trova dappertutto.

Aveva ragione, se n'era trovato uno bello grosso anche nei polmoni del mio patrigno. Mia madre l'aveva sepolto e poi era tornata a seppellire se stessa.

Insomma, mi provocò lui, non sei entusiasta. Qualcosa ti trattiene.

Ma no, perché?, recitai come meglio potevo. La Costarica!...

Non sapevo nemmeno dove si trovava.

E per un attimo (il tempo di concentrarmi sul pesce, sul vino, sull'uomo che dal tavolo accanto non mi staccava gli occhi di dosso) non seppi nemmeno dove mi trovassi io.

Non ho capito bene se sua madre è ancora viva...

Ancora viva o quasi morta, ormai la differenza si nota poco...

La maggior parte delle donne teme la vecchiaia, fa di tutto per spostarla un po' più in là.

(indica se stessa, per dire che lei non fa eccezione)

Mia madre, invece, già a cinquant'anni non vedeva l'ora di entrarci dentro con tutte le scarpe. Dopo una vita passata a fuggire, a sentirsi allo scoperto, aveva capito che la vecchiaia era l'unico rifugio dove sarebbe stata al sicuro.

Da cosa fuggiva?

Dalla povertà, dalla depressione, dalla solitudine. E poi ovviamente dalla mafia.

Dalla mafia?

Non ha notato le mie vocali leggermente aperte? La sovrapposizione di certe consonanti, come la T e la R?

(l'intervistata pronuncia alcuni esempi)

Strada. Treno. Tradimento.

È siciliana?

Mia madre lo era. Nonostante abbia ereditato questa leggera inflessione dialettale, io non ci ho mai messo piede. E mi guardo bene dal farlo.

Perché?

Perché laggiù, a Piana degli Albanesi, qualcuno si era messo in testa di farmi fuori ancora prima che nascessi.

Era appena scoppiata la prima guerra di mafia – automobili imbottite di esplosivo, cadaveri seppelliti nel cemento, sparatorie dentro le pescherie – e agli uomini d'onore, impegnati ad ammazzarsi tra di loro, una carusa di vent'anni che rimane incinta doveva sembrare, ancora prima che una vergogna, una seccatura.

Dicci chi è il padre, insistettero per un po'.

La chiusero in casa, la schiaffeggiarono. Poi, visto che la ragazza non apriva bocca, rinunciarono a eliminare il padre e si accontentarono di eliminare il feto. Decisero di portarla da una mammana dell'entroterra. Ma sulla strada provinciale, tra Corleone e Prizzi, mia madre aprì lo sportello, si lanciò fuori dalla macchina e si diede per due giorni alla macchia.

La riportarono a casa dentro un sacco e cominciarono a imbottirla di segale, un'erba che favorisce l'interruzione della gravidanza. Ma quando mia madre realizzò che la stavano avvelenando (che CI stavano avvelenando) scappò di nuovo e andò a bussare alla porta della questura.

I carabinieri nemmeno la fecero parlare. Sapendo di chi era figlia, si chiusero le orecchie e la rispedirono al mittente. Gli occhi erano più difficili da chiudere, perché mia madre rubava gli sguardi della gente: stando così le cose, presto tutti avrebbero notato l'arrotondamento della pancia.

Questa volta, la mammana la fecero venire a casa.

In gran segreto, la spinsero dentro dalla porta sul retro e le ordinarono di porre fine a quella gravidanza. Non appena la levatrice vide mia madre, capì che raschiare sarebbe stato troppo rischioso e che avrebbe dovuto indurre un travaglio artificiale: mi avrebbe eliminata da viva, di tre mesi.

Ci voli 'na candeletta, disse la mammana.

Si riferiva alla candeletta di prostaglandine che aveva nella borsa, ma i miei zii non capirono e le fecero portare un cero votivo. La mammana scoppiò a ridere e la gestante ne approfittò per saltare giù, prima dal letto e poi dalla finestra. Mia madre è sempre stata convinta che la congenita sublussazione all'anca, dalla quale deriva il caratteristico ondeggiamento dei miei fianchi, io l'abbia riportata proprio in quella caduta.

Nemmeno lei si ricorda come fece ad arrivare a Palermo. Stavolta andò a bussare direttamente alla procura. E invece di riferire del tentativo di aborto, disse che era lì per denunciare i crimini di mafia commessi dalla sua famiglia.

La tennero per una settimana in isolamento.

Mia madre era contenta. Ogni giorno che passava era un giorno di meno alla mia nascita.

Alla fine arrivò il vicequestore a chiederle se ci aveva ripensato e, dietro di lui, tre signori, forse magistrati, che venivano da Roma.

Signorina, le dissero, lei è contenta di chiamarsi Cavataio Rosa? Di vivere in Sicilia?

Così così, rispose mia madre, perché?

Perché, se adesso parla, lei dovrà cambiare identità, e la Sicilia non potrà più vederla nemmeno in cartolina.

Mentre mia madre rivelava nomi e cognomi di alcuni tra i più spietati assassini di Palermo, nell'ufficio accanto cancellavano per sempre i nostri, e decidevano che lei, da quel momento, si sarebbe chiamata Luisa Pozzo. Quanto a me, erano pronti due documenti: uno a nome Adamo, se fossi nata maschio, e l'altro a nome Eva.

Adamo? Eva?, ci scherzò sopra mia madre. Ma dove avete intenzione di mandarci, nel paradiso terrestre?

Tra il paradiso terrestre e l'inferno dove volevano spedirla i suoi parenti, mia madre si ritrovò invece in purgatorio, come le suore degli Spedali Riuniti di Livorno amavano definire l'ottavo padiglione. Dalla pulizia dei pappagalli alla visione teologica della sofferenza, là dentro rientrava tutto sotto il loro controllo – figuriamoci una ragazza madre al quarto mese.

L'accolsero come una Madonna, come una figlia, come una serva: mia madre provò a dire che non era niente di tutto ciò, ma dovette presto rendersi conto che essere diventata una collaboratrice di giustizia l'aveva definitivamente allontanata non soltanto dalla Sicilia ma anche dalla facoltà di dire: Sono / Non sono.

Durante i colloqui con gli inquirenti era venuto fuori che

sapeva fare le iniezioni. Bastò questo per stabilire che, nella sua nuova vita, sarebbe stata un'infermiera.

Dal 1838 la scuola per infermiere professionali tenuta a Livorno dalle suore del Cottolengo era un'istituzione. La iscrissero inventandole un padre morto a Marcinelle e una madre operaia del tessile costretta a lavorare in Svizzera.

Per non tradirsi, i magistrati la invitarono a parlare il meno possibile e a uscire dall'ospedale solo se necessario.

Mia madre si attenne scrupolosamente alle istruzioni. Anche quando si trattò di mettermi al mondo, tutto si limitò a un veloce spostamento dall'ottavo padiglione al reparto di ostetricia.

Solo nella primavera del 1964, percependo nell'aria un profumo di salmastro, Luisa Pozzo si rese conto che a Livorno c'era il mare. Per ottenere il permesso di andarlo a vedere intavolò una dura trattativa con le suore. Da quando ero venuta al mondo, non aveva ancora messo il naso fuori dall'ospedale, e più precisamente dal triangolo formato dalla scuola infermieristica, l'ottavo padiglione e la stanzetta del dormitorio che le monache ci avevano assegnato.

Va bene, puoi andare, concesse alla fine suor Ernesta, la madre superiora. Ma la bambina resta qua.

La mamma, da me, si staccava il meno possibile e sempre con angoscia. Alla paura dei parenti aveva aggiunto quella di un colpo di mano delle suore. Temeva, in altre parole, che mi strappassero da lei.

Non se ne parla proprio, disse stringendomi al seno.

Le suore provenivano da tutta Italia. A unirle c'era un senso di maternità irrealizzata che sfogavano attraverso una sottile invidia nei confronti di mia madre, oppure in una tenerezza che le rendeva improvvisamente dolcissime con lei e con me.

Fu una delle più anziane ad accorgersi che avevo un principio di ittero. Niente di grave, ma per visitarmi venne chiamato d'urgenza dal padiglione accanto il primario di pediatria.

Professore, ci dica, che si può fare?, domandarono in coro, rosse in viso.

Per cominciare un po' di silenzio, le zittì il pediatra.

Poi mollò delicatamente la mia sclera, si guardò intorno e chiese dove si fosse cacciata la madre.

La madre superiora?

No, la madre madre.

Il silenzio, allora, si trasformò in apnea. Lentamente, come un sipario arrugginito, le monache si aprirono e Luisa spuntò dietro le loro mantelle nere, in un camice da infermiera che lei stessa si era cucito.

Faccia respirare alla bambina un po' di iodio, le ordinò il medico.

Mia madre capì benissimo cosa volesse dire, ma si finse più ignorante di quello che era perché non ci fossero equivoci.

Cioè?

Al mare, deve portarla al mare, chiarì il primario.

Solo a quel punto, le sorelle dell'ottavo padiglione chinarono la testa rassegnate.

Dal cancello dell'ospedale fino al porto non è che una tranquilla passeggiata, ma ci salutarono come se Livorno fosse stata una giungla. Finché fu a tiro delle loro raccomandazioni, mia madre nemmeno si voltò. Ma all'altezza del Fosso Reale ci vide forse per quello che eravamo – una madre e una figlia nel mirino della criminalità organizzata – e cominciò a guardare sempre meno avanti e sempre più indietro, intorno, sopra, sotto.

Assorbendo la sua ansia, o forse solo disturbata dal viavai di gabbiani e biciclette, iniziai a piangere disperatamente, e mia madre fu costretta a rifugiarsi in un portone.

Si scoprì il seno e cominciò ad allattarmi. A poco a poco riuscì a calmarmi. Ma proprio mentre si stava ricomponendo, una lama di luce tagliò in due il piccolo atrio. Sulla soglia del portone apparve un uomo con una sigaretta spenta tra le dita e il borsalino calato sulla fronte.

Tutto bene, signora?, le chiese senza sollevarne la tesa.

Mia madre si convinse che in quella voce si celasse un'inflessione siciliana. Spinse di lato l'uomo e si lanciò sul marciapiede.

A Livorno spira spesso un forte vento. Mia madre se lo mise alle spalle e si lasciò sospingere da paura e grecale fino al mare. Quando lo vide si sentì, se non al sicuro, almeno protetta quanto bastava per sedersi su una panchina a rifiatare. Poi lo studiò meglio e si accorse che era diverso dal mare che conosceva, dove la spiaggia era una linea retta tracciata per distinguere due cose ben diverse come la terra e l'acqua. Il mare di Livorno dialogava con la città, in certi tratti si nascondeva dietro ai palazzi e in altri sembrava volesse invadere la litoranea.

Ricominciò a camminare, tra le palme e i chioschi di acciughe, finché non giungemmo alla Terrazza Mascagni. Qui il dialogo tra acqua e terraferma diventava finalmente lineare. Il mare offriva senza più reticenze il suo orizzonte, la terra rispondeva con migliaia di eleganti colonnine e con una pavimentazione a scacchiera sulla quale, imponendo a se stessa di non calpestare il bordo delle piastrelle, mia madre si riscoprì bambina un po' superstiziosa.

Solo quando toccò la balaustra, rialzò lo sguardo. Prima sul mare, poi sull'uomo che ci fissava all'altezza del gazebo. Lo riconobbe subito, era lo stesso che ci aveva avvicinato poco prima nel portone.

Senza più badare al bianco e al nero delle mattonelle, mia madre si tolse le scarpe e spinse di corsa la carrozzina fino all'ingresso dei Bagni Pancaldi, dove un paio di operai stavano pitturando il cancello in vista della prossima apertura. Mia madre li superò senza preoccuparsi di chiedere permesso né di lasciare sul fianco della carrozzina una striscia di vernice.

Un telefono, un telefono, ansimava.

Vedendola in quello stato, gli operai la portarono dentro, le offrirono un bicchiere d'acqua e finalmente le indicarono un apparecchio a muro. Nella penombra dello stabilimento ancora deserto, mia madre poté sbottonarsi la camicetta e leggere dalla targhetta che si era cucita all'interno della canottiera il numero che le avevano fornito per le emergenze.

Pronto, sussurrò stringendosi alla cornetta, sono... sono...

Era incerta perfino su quello. All'altro capo del telefono la persona che aveva risposto sembrava saperne più di lei.

Sì, lo so chi è... Vada avanti, che succede?

C'è un uomo che mi segue. La piccina è spaventata, disse per scaricare su di me un po' del terrore che l'attanagliava.

Vorrei tornare a casa, confessò candidamente.

La voce dall'altra parte sospirò, o forse rise di quella patetica richiesta.

Mi descriva quell'uomo, piuttosto.

Nella retina di mia madre si era impressa più che altro un'impronta, una strisciata, come quella di vernice sulla carrozzina. Ma si concentrò e a poco a poco mise a fuoco un cipiglio simile a quello dei picciotti che vedeva girare a Palermo.

È di sicuro siciliano, disse. Con i baffetti e il naso un po' schiacciato.

Rosso di capelli?, chiese la voce.

L'uomo portava in testa il borsalino, e sul momento mia madre non seppe cosa rispondere. Ma, sporgendosi sulla strada, lo vide di nuovo sul marciapiede opposto, questa volta a capo scoperto. Sì, aveva i capelli rossi.

Come... come fa a saperlo?, balbettò confusa Luisa Pozzo.

È semplice, gli altri due non portano i baffi.

Gli altri due?

Gli altri due incaricati di pedinarvi.

Approfittando dello stupore della mamma, l'uomo le chiese se avesse finito il corso d'infermiera, del baccalà alla livornese, di come stava la bambina.

Rispondendo a monosillabi, mia madre allungò il collo sulla carrozzina per controllare se dormivo.

Bene, bene, ma...

Lasci da parte i ma, signora Pozzo, le conviene. Stia tranquilla e abbia fiducia nella nostra protezione.

E l'uomo che mi segue?, insistette mia madre.

Gli diremo di non starvi tanto addosso.

La voce tacque a lungo, il tempo che ci volle a mia madre per convincersi che l'individuo intento a sorvegliarci era un poliziotto.

Ma l'ho sentito parlare siciliano!

E allora? Tutti quelli che vengono dalla Sicilia devono per forza essere mafiosi?

In parte, mia madre era convinta che fosse così. Ma le sembrò brutto dirlo.

Un'ultima cosa, signora Pozzo.

Comandi.

Stia molto attenta a chi si mette accanto. Ormai la bambina è nata, e difficilmente le faranno del male. Ma cercheranno di colpirvi negli affetti – amici, parenti, fidanzati, le cosiddette vendette trasversali... Lei sa di cosa parlo...

Mia madre annuì e si riabbottonò la camicetta.

Ora metta giù, concluse l'altro, e torni all'ospedale. Le monache saranno in pensiero.

È stata sua madre a raccontarle questo episodio?

Ovviamente sì: era sola al mondo, già nella culla parlare con me e con se stessa faceva parte di un unico monologo, con il quale provava a farsi un po' di coraggio.

Ma fu intorno ai tre anni, credo, che Luisa Pozzo scese all'altezza dei miei occhi e fissandoli disse: Eva, devi sapere che ci sono dei signori che ci guardano. Giorno e notte, ovunque, sono sempre con noi per proteggerci.

A quei tempi ero già una bambina vanitosa, a cui piaceva fare bella figura.

Sì, lo so, mamma, risposi tutta sussiegosa.

Lo sai?

Le suore me ne avevano già parlato.

Sono gli angeli, dissi.

Mia madre non amava che, mentre lei sgobbava su e giù per la corsia, le monache mi tenessero sulle ginocchia e mi riempissero la testa di santi e di madonne. Ma quella volta prese la palla al balzo e disse: Angeli, sì, ecco. Angeli custodi.

Da quel giorno mi sono sempre sentita osservata. Anche se non li vedevo, gli angeli esaminavano ogni mio minimo gesto. E più mi ritraevo, magari nell'intimità del bagno o sotto le coperte, più il loro controllo diventava penetrante, indiscreto.

Mi sentivo costantemente in passerella, soddisfare i loro sguardi era il mio primo e unico dovere.

Passò del tempo. La vita all'ottavo padiglione, per la bambina che ero, scorreva tutto sommato piacevole. Attaccata alle sottane delle suore mi sentivo bene, al sicuro, e quando mi davano il permesso di gironzolare in corsia al senso di sicurezza potevo aggiungere un pizzico di avventura.

Giovani o anziani, silenziosi o loquaci, i pazienti ricoverati nel purgatorio dell'ottavo padiglione mi sembravano tutti divertenti. A volte facevano cose violente, come strapparsi il pigiama di dosso o picchiarsi l'uno con l'altro, e allora a sembrarmi divertenti non erano tanto loro quanto il modo in cui le suore accorrevano in massa, tirando ceffoni a destra e a sinistra per ristabilire la calma. Con il pollice in bocca, mi gustavo la scena finché una monaca, o mia madre stessa, non mi spingeva fuori e mi chiudeva in qualche sgabuzzino. Perfino là dentro mi sforzavo di mantenere un certo contegno: stavo buona, non protestavo, perché gli angeli erano anche là, al buio, e mi giudicavano.

Alla mamma, di piacere agli angeli, non sembrava importare granché. Ma da un giorno all'altro cominciò a truccarsi e a bazzicare il mercato americano alla ricerca di qualche capo meno austero di quelli che si era portata dietro da Palermo.

Suor Ernesta se ne accorse immediatamente e la convocò in parlatorio.

Che ti succede, Luisa?, esordì lisciando la copertina nera del messale. Hai qualche scombussolamento? Vuoi che faccia venire d'urgenza il confessore?

Mia madre si tirò la gonna sulle ginocchia e tentò inutilmente di nascondere le mani.

L'ho visto, sai, che ti sei messa lo smalto.

Era uno smalto trasparente, come il suo animo. Ma sotto, l'unghia era forte, nonostante i lavori manuali a cui veniva sottoposta raramente si spezzava.

Suor Ernesta le chiese per due volte cosa c'era. Alla terza, mia madre si fece coraggio e le disse che stava pensando di andarsene.

La bambina cresce, si sforzò di mostrarsi razionale, non può vivere sempre rinchiusa qua dentro.

Suor Ernesta si rigirò il messale tra le dita.

E dove la vorresti portare?

Mia madre si strinse nelle spalle.

Non lo so, mentì. E comunque non oltre il Cisternone, perché la mattina dovrei accompagnarla a scuola e arrivare in ospedale entro le otto.

Ah, la gelò la priora. E chi ti dice che avresti ancora il turno delle otto?

Altri turni, al nostro padiglione, non ce n'erano. Mia madre attaccava a quell'ora, sbrigando il primo giro delle medicine, e poi andava avanti fino a mezzanotte, quando tutto si acquietava. In altre parole, suor Ernesta stava minacciando di licenziarla.

Pensaci, Luisa, le disse prima di congedarla.

Mia madre s'inchinò alla superiora e per qualche giorno non rialzò la testa. Per sottomissione, certo, ma soprattutto per nascondere il filo di rimmel che si stendeva prima di entrare in corsia.

Avevo solo cinque anni, ma bastavano a capire che mia madre voleva piacere a un angelo. Tra i degenti ricoverati all'ottavo padiglione, ce n'era solo uno che poteva aspirare a tanto. Occupava uno degli ultimi posti in fondo alla corsia e raramente si mischiava con gli altri. Leggeva, fumava, dormiva, ma sempre con un occhio aperto per vedere se spuntava mia madre.

Cominciai a tenerli d'occhio finché una mattina, mentre mia madre rimboccava le lenzuola, non lo vidi chinarsi su di lei e chiederle all'orecchio: Luisa, gliel'hai detto?

Mia madre alzò quel suo sguardo braccato, implorando di abbassare la voce.

Allora glielo dico io, smaniò l'uomo.

Indossava un pigiama azzurro che gli lasciava scoperti i polsi e le caviglie. Ma a guardarlo meglio si capiva che non era il pigiama a essere troppo corto, bensì lui decisamente troppo grande.

Battezzato con il nome di Pietro, già da bambino tutti

lo chiamavano Pietrone. Nella fase di sviluppo, la sua costituzione quadrata si era elevata all'ennesima potenza. A vent'anni aveva raggiunto il metro e novanta e cento chili e per tutti, ormai, Pietrone era diventato Macigno. Ora che aveva superato la trentina il macigno assomigliava a un blocco di marmo, sempre imponente ma già leggermente rigato.

Ti porto con me, Luisa.

Mia madre scosse la testa.

Tu sei pazzo, si lasciò scappare assieme a un mezzo sorriso.

Macigno lo raccolse al volo e lo trasformò in un sorriso intero.

Ah, sarei io il pazzo, disse indicando il resto della camerata.

C'era chi fissava il vuoto, chi lo rincorreva come se dentro volasse una farfalla, chi se ne lasciava riempire gonfiandosi ogni giorno di più.

All'improvviso mi si accese la lampadina. Corsi fuori a osservare l'insegna sopra l'ingresso del padiglione. Avevo appena imparato a leggere. C'era scritto: PSICHIATRIA.

Secondo quanto poi disse mia madre, rinchiudere là dentro Macigno era stato un abbaglio: non basta fare una cosa da matto per essere un matto...

Ma Macigno, a dire il vero, di cose da matto ne aveva fatte due o tre di seguito. Prima aveva aggredito il caporeparto alla Solvay, che da troppo tempo vessava lui e i suoi compagni con continui rimproveri, multe e sanzioni. Poi era andato a gettarsi in mare, verso Calafuria, mentre imperversava una violenta libecciata. Anche se Macigno aveva più volte ripetuto che gli serviva soltanto per togliersi di dosso la puzza di quel merdoso servo dei padroni, il tuffo era stato interpretato come un tentativo di suicidio. Ancora umido lo avevano riportato indietro e obbligato a scusarsi con il caporeparto davanti allo stato maggiore della fabbrica e a tutti i suoi colleghi. Era stato a quel punto che Macigno aveva dato veramente in escandescenze, prendendo a calci il servizio d'ordine della Solvay, una fila di barattoli di soda e i poliziotti che erano accorsi.

Non sono pazzo, si era dimenato.

E ora in parte si contraddiceva inclinandosi dal suo metro e novanta su mia madre e sussurrandole all'orecchio: Sono pazzo, sì, ma di te.

La pazzia è contagiosa. Da che si preoccupava soltanto di tenere la testa sulle spalle, mia madre si svegliò una mattina e si accorse che il corteggiamento di Macigno gliel'aveva fatta perdere completamente.

Oh, che testa, che testa, ridacchiava di fronte all'ennesima distrazione.

Ma le suore ridacchiavano molto meno. Presero a rimproverarla sempre più aspramente per le sue mancanze. Arrivarono perfino a vietarle il Carrarmato che le veniva concesso a merenda, senza però mai riuscire del tutto a disarmarla: le endorfine, adesso, Luisa le attingeva direttamente dalla vita, o meglio dal tempo che riusciva a passare accanto al letto di Macigno.

Poi un giorno, mentre stavo giocando in cortile, la vidi uscire con gli occhi inondati di lacrime. Apriva e chiudeva i pugni di continuo, come se volesse afferrare qualcosa che le era già sfuggito di mano. Corse sotto gli alberi e si piantò in mezzo a loro, salice piangente tra i salici piangenti.

Singhiozzava così forte che nemmeno si accorse della mia presenza.

Mamma, avrei voluto dirle, non fare così: ci guardano...

Più del suo dolore mi preoccupava la reazione degli angeli che ci stavano osservando, come al solito invisibili, muti, ma sempre molto attenti. Cosa avrebbero pensato di mia madre? Che era un'isterica, alla meno peggio una donna fragile e insicura...

In altre parole, stavo lì a vergognarmi di lei.

Finalmente mia madre si voltò e tra le lacrime si accorse della mia presenza. Si accorse, soprattutto, della necessità di darsi un contegno.

Non preoccuparti, disse tirando su col naso, ti porto via da qua, bambina mia.

In mezzo alla camerata qualcuno aveva fatto la pipì per terra. Ma noi entrammo così spedite che non ce ne accorgemmo, e ci ficcammo entrambe i piedi dentro. Poco più avanti uno dei matti si era denudato e si stava masturbando. Quello del letto di fronte intonava a squarciagola canzonacce da osteria, infarcite di rime scurrili.

Il posto di Macigno nemmeno lo guardai, non ne avevo bisogno per sapere che era vuoto.

Superata la corsia, mia madre virò verso il dormitorio, entrò nella nostra camera, spalancò l'armadio e cominciò a gettare alla rinfusa i pochi vestiti che avevamo dentro la valigia.

Devi ancora finire il giro delle terapie, le ricordò suor Ernesta occupando per intero il vano della porta. E passare lo straccio per terra.

Luisa tirò giù un'altra stampella e mezza imprecazione.

Cos'hai detto?

Ho detto che non è possibile, sbottò mia madre. Non se ne sarebbe mai andato così, senza dirmi niente, senza un biglietto.

La madre superiora mantenne (appunto) un atteggiamento di superiorità.

Ti ho già spiegato che Pietro Terreno è stato dimesso, disse. Non l'hai detto anche tu, che lui qua dentro non c'entrava niente?

Mi sedetti sul letto, un po' in disparte, per mettere in chiaro con gli angeli che io ero una brava bambina, e che con la litigiosità degli adulti non c'entravo niente.

Per l'ennesima volta mia madre si spostò dalla fronte una ciocca di capelli.

Dimesso? Con la forza, forse... In quanti ci si sono messi per portarlo via? Spero solo che non gli abbiate fatto troppo male.

Il male lo stai facendo a te stessa, sospirò suor Ernesta. E anche a noi, aggiunse per farla sentire in colpa.

Ci riuscì, ma non abbastanza per fermare mia madre. Aveva già chiuso la valigia e ora, dopo avermi fatto scendere dal letto, ne stava spianando con le mani le coperte. Non ci avremmo mai più dormito, ma ci teneva a lasciarlo perfettamente rifatto.

Salutatemi voi le altre sorelle, disse alla fine.

Fuori aveva cominciato a piovere. Mia madre teneva per mano la sua unica figlia e io tenevo per mano la mia unica bambola. Lungo viale Alfieri la nostra unicità spiccava tra le macchine e gli ombrelli.

Cercavamo riparo e qualcuno che ci aiutasse. Credemmo di poter trovare entrambe le cose in una cabina telefonica. Senza stare troppo a pensare che gli angeli le avrebbero intravisto l'attaccatura del seno, mia madre si sfilò mezzo maglioncino e consultò la targhetta all'interno della canottiera.

Compose il numero e aspettò. La cabina era stretta e, nonostante i nostri contorsionismi, metà della valigia era rimasta fuori, sotto la pioggia. Ora cadeva a scrosci, si abbatteva con cattiveria sul vetro della cabina.

Mamma, ho paura, mi lasciai scappare.

Ma lei nemmeno mi sentì. Era tutta concentrata a cogliere un segno di vita dentro la cornetta.

Forse ho fatto male il numero, disse controllando la targhetta.

I lavaggi l'avevano sbiadita. Mia madre era incerta sull'ultima cifra (poteva essere un cinque ma anche un nove, o forse un tre). Nessuna delle possibili combinazioni si rivelò efficace. Dopo averle provate tutte, cominciò a nutrire dei dubbi anche sugli altri numeri.

Mamma, ho paura, ripetei.

Questa volta mi sentì, anche perché era la stessa paura che provava lei.

Fuori dalla cabina l'aria si era fatta cupa, alle nove di mattina sembrava già notte. Mia madre provò a tirare dentro la valigia. Non riuscendoci, si sfogò con la mia bambola.

Deve starci sempre tra i piedi?, sbottò.

Era una Furga Petronilla che mi era stata regalata dalle suore. Mia madre me la strappò e la gettò sul marciapiede. Poi si coprì gli occhi con una mano e scoppiò di nuovo a piangere. Aveva il maglioncino infilato a metà, una manica sì e l'altra no. Il rimmel che si era messa quella mattina per Macigno si stava sciogliendo tra la pioggia e le lacrime.

Alitai sopra il vetro e guardai fuori. Petronilla giaceva pancia all'aria dentro una pozzanghera. Le sue braccine si tendevano senza rancore verso quel cielo scuro che continuava a rovesciarle addosso secchiate d'acqua gelida.

In realtà si tendevano verso Macigno, che la raccolse da terra e venne a bussare alla porta della cabina.

Disturbo?, domandò allegramente.

Dalla sua testa ai piedi c'era una distanza enorme, che mia madre, dopo essersi tolta la mano dalla faccia, coprì incredula in senso inverso. Quando, dalle scarpe sformate, fu risalita fino agli occhi (sformati anch'essi, ma dall'amore), Luisa lanciò una specie di grido strozzato e si lanciò tra le braccia di Macigno.

Oh, Pietro, Pietrone mio..., continuava a ripetere.

Macigno la teneva sollevata come una piuma, lei gli aveva preso il viso tra le mani e lo ricopriva di baci.

Andiamo?, disse Macigno dopo un po'.

Era bello che includesse nel suo invito anche me e Petronilla. Mia madre, invece, sembrava essersi già dimenticata di sua figlia, della pioggia, di tutti i vecchi affanni.

Dove?, tintinnò senza staccare gli occhi dagli occhi di Macigno.

Come dove? Ma nella mia carrozza, principesse!

Anni dopo, nei loro commenti su www.thecuckold.it, molti bull mi avrebbero spesso dato della regina (regina delle troie, soprattutto). Ma fino ad allora nessuno mi aveva mai gratificato di un titolo regale.

Anche se non era altro che un'Ape Piaggio, nel cui abitacolo stavamo più stretti che dentro la cabina, mi accomodai nella carrozza cercando nel nostro principe qualcosa di azzurro. Alla fine lo trovai: era il colletto del suo vecchio pigiama, che spuntava sotto un maglione pieno di buchi.

Si parte!, esultò Macigno.

L'Ape sbandò alzando muri d'acqua, mentre Macigno l'incitava come un cavallo. Non avevamo niente al di fuori della sua allegria, ma ci bastò per arrivare a Rosignano.

Come a tutti i dipendenti della fabbrica, anche a Pietro Terreno era stato assegnato un appartamento al Villaggio Solvay. Si trattava di un appartamento tipo 9, quello destinato agli operai di ultimo livello, composto da una stanza, un soggiorno e un angolo cottura. Quaranta metri quadri che, abituati alla cameretta del dormitorio, mia madre e io avremmo abitato come una reggia, se solo il nostro principe fosse riuscito a farci entrare.

Eppure la chiave è proprio questa, ripeteva.

Mentre Macigno armeggiava intorno alla serratura, dalla finestra del primo piano si affacciò un operaio. Aveva una cinquantina d'anni e l'aria di aver fatto il turno di notte. Caustico come la soda che trattava, domandò a Pietro se era passato dalla parte dei ladri.

A rubare in casa mia non farei un grande affare, gli rimbalzò la battuta Macigno. L'uomo si chiamava Dante e sembrava anche lui reduce da qualche inferno. Confermò quello che già sospettavamo: incaricati della fabbrica erano venuti a cambiare la serratura pochi giorni prima.

Appoggiato con i gomiti al davanzale, Dante ci guardava biascicando tra i denti una castagna mosciarella.

Ti hanno rilasciato?, gli domandò dopo un lungo silenzio.

Dal tono traspariva un sentimento ambiguo nei confronti del suo ingombrante vicino di casa: forse lo rispettava perché aveva avuto il coraggio di ribellarsi agli stessi soprusi che da anni piegavano la sua schiena, o forse lo odiava per questo.

Diciamo così, rispose Pietro.

Dante spostò il suo sguardo su di noi e ci studiò con curiosità.

Le ho prese tutte e due all'ottavo padiglione, disse Macigno giocando d'anticipo. Madre e figlia. Facevano delle offerte speciali.

Dante annuì senza staccarci gli occhi di dosso. Li aveva gonfi e arrossati come uno che dorme troppo poco. L'ironia di Macigno non gli faceva nemmeno il solletico, ma l'avvertì comunque passargli sotto il naso e reagì con una contrazione del labbro: più che un sorriso ne venne fuori una smorfia lasciva rivolta al seno di mia madre.

Volete appoggiarvi da me?, ci offrì alla fine. Un letto per la signora lo si trova...

Tra noi, Pietro e l'uomo affacciato alla finestra vidi serpeggiare un'ombra. Era quella che, anni dopo, per segnalare il passaggio di una tensione erotica, Giorgio mi avrebbe abituato a chiamare la biscia.

Macigno batté due volte i piedi sull'erba fradicia del giardinetto, come a volerla mettere in fuga. Poi si ricacciò la chiave in tasca, ringraziò Dante per l'offerta e tornò verso l'Ape annunciandoci che saremmo andati a stare nella sua villa in collina.

Hai una villa in collina?, si stupì mia madre.

Macigno scoppiò in una risata che fece tremare il motocarro.

Vedrai che lusso, disse. C'è pure la piscina!

Scherzava, ma fino a un certo punto. Nell'abbeveratoio delle vacche, infatti, una bambina della mia taglia ci poteva fare tranquillamente il bagno. Nel pollaio razzolavano tre galline, infastidite dai numerosi gatti che si aggiravano intorno al recinto. Un pastore maremmano disteso davanti alla porta di lamiera faceva finta di montare la guardia.

Tutta la baracca, in verità, era di lamiera. Ma nel giro di pochi giorni Macigno rinforzò prima il tetto e poi le pareti, costruendo delle spallette in muratura. In cambio di un cespo di lattuga e qualche mela selvatica (dietro la casa c'erano un orto e un paio di alberi da frutta) Macigno si portò via da un ferravecchio sull'Aurelia un paio di reti e un materasso matrimoniale sfondato. Separata da una tendina scorrevole, io avevo un angoletto tutto per me dove nascondevo i tesori che trovavo in giro: foglie secche, pannocchie di corbezzoli, pigne affusolate.

La nostra nuova casa sorgeva in mezzo alle colline, circondata dalla macchia mediterranea. Se mi giravo verso ovest, bastava allungare una mano per toccare il mare.

Che fine avevano fatto gli uomini che dovevano proteggervi? Vi seguirono anche là?

Fu la prima cosa che chiesi a mia madre.

Mamma, hai avvertito gli angeli che ci siamo trasferiti?

La sua occhiataccia mi fece capire che, degli angeli, Macigno non sapeva niente.

Senza dire né sì né no, mi domandò sottovoce io che preferissi.

Adesso che c'è Pietro, forse potremmo farne a meno. Tu che dici?

Una domanda difficile. A volte la presenza degli angeli era opprimente, la facilità con cui il loro sguardo diventava giudizio mi sconvolgeva e a nulla serviva rifugiarmi nei pensieri più reconditi, perché gli angeli conoscevano la strada per raggiungermi anche in quelli. In altri momenti, però, mi piaceva che gli angeli ci fossero. Non tanto per la protezione che ci offrivano (del rischio che correvamo non avevo capito granché), quanto per il piacere di esibirmi ai loro occhi.

Che la loro presenza fosse invisibile e silenziosa non mi disturbava. Anzi, eccitava ancora di più il mio esibizionismo. Dal momento che ignoravo da dove mi stessero guardando, mi sentivo su un palcoscenico aperto in ogni direzione, dal quale la mia vanità, il mio perfezionismo, il mio incipiente divismo si irradiavano a 360 gradi.

In un certo senso era come se fossi bendata – bendata e nuda come negli anni a venire spesso mi sarebbe accaduto di essere, circondata da maschi di cui ignoravo il numero, la faccia, le dimensioni del pene. Potenzialmente ero alla loro mercé, di fatto ero io a dominarli. Sapevo che se mi fossi alzata dal letto e (barcollando, alla cieca) mi fossi spostata verso l'altro lato della stanza, essi mi avrebbero seguito barcollando con me. Potevo eccitarli aprendo le cosce, soddisfarli diligentemente a uno a uno o lasciarli a metà con un capriccio.

Dal mio buio io vedevo tutto ciò che c'era da vedere, mentre loro vedevano soltanto ciò che io decidevo di mostrargli.

Senza ancora decifrare tutto questo, senza tantomeno immaginare il filo che si sarebbe dipanato tra un programma di protezione antimafia e il più sfrenato gioco erotico, dissi a mia madre che sì, tutto sommato ero contenta se nella nostra vita ci fossero stati ancora degli angeli.

E allora vuol dire che rimarranno con noi, tagliò corto mia madre trattandomi per la bambina che ero. Ma anche senza accorgersi che non lo ero più.

Alla fine dell'estate del '70, con un anno di ritardo, m'iscrisse alla scuola elementare di Rosignano Marittimo. Vennero fuori in quella occasione i problemi che successivamente avrebbero impedito a mia madre e a Macigno di sposarsi: il programma di protezione per i testimoni di giustizia ci aveva fornito soltanto una carta d'identità e un foglio dell'anagrafe che ci costituiva come nucleo familiare. Niente certificati di nascita e di residenza, niente assistenza sanitaria. Alla scuola di Rosignano fecero un sacco di problemi prima di accettare la mia iscrizione, tanto più che fino ad allora non avevo mai frequentato nemmeno un asilo.

Quando finalmente mi aprirono le porte era novembre e gli altri bambini mi guardarono come un oggetto misterioso. Preoccupate che quegli sguardi potessero procurarmi un trauma infantile, le maestre si affrettarono a dotarmi dello stesso candido grembiule che avevano tutti.

Non potevano sapere che negli sguardi ci sguazzavo e che la distanza tra me e quei coetanei, per come io la percepivo, non era separazione ma solo spazio scenico.

Dalle bambine cercavo invidia, dai bambini ammirazione. Entrambi gli obiettivi alimentavano una consapevolezza che giorno dopo giorno si consolidava: ero bella, bellissima, stupenda.

Per i primi tempi quella consapevolezza fu abbastanza. Mi piazzavo al primo banco e mi facevo guardare lasciando che la bellezza dispiegasse la sua energia come un elemento naturale privo di controllo, soffiando alla rinfusa e travolgendo tutto ciò che capitava a tiro. Sentivo alle mie spalle infuriare la battaglia (disordine, panico, pulsioni di vita e di morte) e mai una volta che mi girassi verso il resto della classe a contare i feriti, a prestare soccorso o a mettere fine con un colpo di grazia alle più straziate agonie.

Poi, da un giorno all'altro, avvertii accanto a me una presenza. Era la compagna di banco che mi avrebbe seguito per tutta la vita, l'amica che ancora adesso mi scorta, mi guida, mi affligge: era la noia.

All'improvviso, guardandomi allo specchio, mi scoprii a sbadigliare.

Non avevo ancora sette anni ed essere bella già rischiava di annoiarmi.

E se un giorno si annoiassero anche gli altri?, pensai con terrore.

Era un rischio che non potevo correre. Io non volevo essere contemplata come una Madonna sul comodino: volevo turbare, sbalordire, devastare.

Cominciai a pavoneggiarmi di meno e a studiare di più. Da che sapevo solo le preghiere imparate dalle suore, mandai a memoria il sussidiario fino a diventare la prima della classe. E tutti, puntualmente, si trovarono costretti a riconoscere che la bambina Eva non era solo bella, ma anche brava.

Distogliere l'attenzione dai miei occhi mediorientali, dal mio armonico ovale, dal mio battito di ciglia proditoriamente malinconico, si rivelò una trappola perfetta. Messe a confronto, nella stessa cesta, bravura e bellezza mostrarono la loro vera entità: la prima era una banale nota di merito, la seconda una forza bruta e selvaggia che spazzava via tutto.

Ero la più studiosa, la più educata, la più diligente.

Ero (bum!) la più bella.

Travolte da quella esplosione, alcune bambine cominciarono a spettegolare su mia madre e Macigno: lui era un violento, lei una ragazza madre, insieme una coppia scandalosa che viveva di espedienti dentro una baracca ai margini del bosco.

Per qualche tempo riuscirono a farmi vergognare. Poi le loro maldicenze mi aiutarono a individuare il tassello che ancora mancava al mio fascino per diventare inarrivabile: l'eccentricità, l'anticonformismo, magari un briciolo di follia.

M'inventai che mia madre era un agente segreto del KGB. E che si era messa con Macigno perché tra comunisti se la intendevano.

Balle, si opponeva a un certo punto la più viperetta. La tu' mamma fa la serva.

Tutto vero. Per mettere insieme due lire, mia madre si era messa a pulire le camere in un alberghetto di Castiglioncello.

Si chiama copertura, ribattevo con prontezza.

Confidai loro che l'intera costa labronica era piena di spie, e che, come a tutti gli agenti segreti, anche a mia madre toccava agire in incognito.

E allora perché lo vai a raccontare in giro?

Io non aspettavo altro.

Perché so che voi siete mie amiche, bamboleggiavo. E che non mi tradireste mai.

In due mosse ribaltavo i loro tentativi di farmi vergognare. Toccava a quelle sgallinate, adesso, arrossire di tanto veleno, smaltire un livore che la mia bontà d'animo proprio non si meritava.

In realtà, io avrei fatto volentieri a meno d'inventare tante balle. Mia madre faceva le pulizie: e allora? Lucidare, lavare, stirare mi sembrava il mestiere più bello del mondo, depositario di un ordine che la vita non aveva.

Inoltre lavorava a Castiglioncello, e Castiglioncello era piena di attori.

Un giorno, mentre mi trovavo nella baracca con Macigno (io studiavo le tabelline, lui le offerte di lavoro sul "Tirreno") la sentimmo urlare a squarciagola dai piedi dell'ultima salita: Ho visto Mastroianni! Ho visto Mastroianni!

Uscimmo di corsa e le andammo incontro. La mamma saliva in bicicletta verso casa agitando la mano arrossata dai detersivi.

Hai visto Mastroianni o la Madonna?, la canzonò Macigno.

Mia madre era troppo agitata per apprezzare il suo sarcasmo.

Era lui, ti dico: Mastroianni! Marcello Mastroianni!

Macigno ci caricò sull'Ape e ci portò sulla piazzetta di Castiglioncello. Sotto i pini del bar, tra turisti americani e vecchi pensionati, un uomo dall'aria elegante e malinconica stava giocando a carte con una coppia di amici.

La mamma si aggrappò alla manica di Macigno e cominciò a tirarla, saltellando sulle punte dei piedi.

Che ti dicevo?, gli sussurrò all'orecchio, tutta elettrizzata. Guarda quant'è bello!

Era bella anche la donna seduta alla destra di Mastroianni. Con mia grande sorpresa scoprii che si trattava di un'attrice comica. Avevo sempre pensato alla bellezza come a un fatto molto serio, spesso il portamento che accompagnava la mia era anzi tragico, e guardai con sospetto alle smorfie con cui quella signora in prendisole bianco si faceva gioco del marito.

Quest'ultimo bello non era di certo, ma mi sembrò subito il più simpatico.

Per ostentare indifferenza verso i lustrini e le paillettes, ma soprattutto per lasciare a mia madre il piacere di pronunciare i loro nomi, Macigno fece finta di non conoscere la coppia.

Non conosci Paolo Panelli e Bice Valori?, si scandalizzò mia madre.

Seminascosta dietro il cassone dell'Ape, non staccava gli occhi dal terzetto picchiettandosi l'unghia sugli incisivi.

Ti prego, ti prego, ti prego, strattonò nuovamente Macigno. Vai a chiedergli l'autografo. Almeno di Mastroianni...

Macigno si divertiva un mondo a recitare la parte del burbero.

Io ho la tessera, sbuffava ironizzando su se stesso e sul PCI. Un vero compagno deve scoraggiare queste forme di fanatismo antieugualitario...

In realtà gli dava gusto dissacrare il suo partito, e ancora di più fare contenta mia madre. Cercò nella tasca carta e penna, controllò che la biro scrivesse e poi strizzò l'occhio alla sua bella.

Cosa non farebbe un uomo innamorato!, rise di sé Macigno.

Ci chiudemmo nell'Ape e lo accompagnammo con la nostra trepidazione. Ai piedi delle tre celebrità vedevamo dipanarsi una scalinata di luce. Macigno la salì senza sforzo, leggero nel suo quintale abbondante.

Sentendosi arrivare addosso l'ombra di un gigante, Mastroianni si strinse istintivamente nelle spalle e la Valori restò per un momento con le carte a mezz'aria. Panelli invece si leccò serafico il polpastrello e continuò a sfogliare il giornale come se niente fosse. Solo quando arrivò il suo momento di firmare, sollevò lo sguardo su Macigno e lo studiò con attenzione.

Gli domandò qualcosa. Macigno rispose con un largo

sorriso. Poi Mastroianni fece una battuta e gli premette un dito sul bicipite.

Ma cosa fa, lo tocca?, bofonchiò mia madre allungando il collo in avanti.

Tra Macigno e i tre attori era nata una piacevole conversazione. Con una gestualità calorosa gli offrirono di sedersi, ma Macigno declinò l'invito.

Le mie donne mi stanno aspettando, disse indicando l'Ape.

Marcello Mastroianni, Paolo Panelli e Bice Valori ci salutarono da lontano e noi timidamente ricambiammo. Mia madre si coprì la faccia per nascondere il rossore. Alla fine Panelli prese un suo biglietto da visita e lo porse a Macigno. Solo dopo essersi stretti la mano si ricordarono dell'autografo.

A Luisa con simpatia, scrisse l'attore.

Macigno tornò sorridente al motocarro, strizzandoci l'occhio e facendo il segno della vittoria.

Si può sapere cosa vi siete detti?, lo assalì subito la mamma.

Segreti di noi vip, sghignazzò Macigno.

Per qualche minuto si divertì a tenerla sulle spine. Poi la prese sottobraccio e la portò in rosticceria. Io li seguivo buona buona con Petronilla in braccio.

Panelli è appassionato di falegnameria, si decise finalmente a spiegare Macigno. Si è ficcato in testa di costruirsi una barca e ha bisogno di qualcuno che lo aiuti.

E tu cosa c'entri?, si accigliò mia madre.

Quando c'è da faticare io c'entro sempre, rispose Macigno gonfiando i muscoli. E poi per una barca serve il legno buono: pensa quanto potrei trovarne su nel bosco.

Mia madre in effetti ci pensò. Così a lungo che la farinata di ceci si raffreddò nel piatto.

Tu devi lavorare, disse alla fine, non giocare a fare le barchette.

Macigno ci rimase male. Da un paio d'anni non faceva altro che seminare in giro domande di lavoro, ma la turbolenta uscita dalla Solvay gli aveva anteposto una fama di sovversivo: da Viareggio a Piombino non era riuscito a collezionare altro che una sfilza di Le Faremo Sapere.

Ma questo È un lavoro, obiettò Macigno.

Figuriamoci, lo zittì mia madre.

Mentre Macigno, di fronte a lei, allineava palline di pane, Luisa gli rimproverò la sua faciloneria.

Ora ti vai perfino a fidare della gente della televisione! Ti sfrutteranno senza darti una lira!

Macigno subì pazientemente senza perdere il sorriso, ma poi non resse più.

Ce l'hai con me perché non te li ho presentati, sbottò.

Smascherata, mia madre si passò sugli occhi il tovagliolino un po' unto della rosticceria, fingendo che l'insinuazione di Macigno la facesse ridere fino alle lacrime.

Ah, ah, ah, questa è buona. Se pure me li avessi presentati sarei morta di vergogna.

E perché mai?

Per essermi messa con uno scioperato buono a nulla come te...

Avesse afferrato il coltello e glielo avesse piantato nel palmo della mano, gli avrebbe fatto meno male. Ma stranamente, invece di essere Macigno a lamentarsi, fu mia madre a chinare la testa e a mettersi a piangere davanti a tutti.

Luisa, provò a chiamarla Macigno dall'angolo in cui lei l'aveva relegato. Luisa, non fare così.

Il tentativo di prenderle la mano si rivelò fallimentare.

Non mi toccare!, strillò mia madre facendo voltare quei pochi avventori che ancora non ci avevano notato.

Parla piano, la implorò Macigno.

Ma mia madre, a quel punto, di parlare non aveva più voglia. Si chiuse in un lungo e pesantissimo silenzio, a cui Macigno pose fine con le uniche tre parole in grado di spezzarlo: Io ti amo.

La mamma chinò il capo sul tavolo di formica e vi rovesciò sopra un'ultima lacrima. Finalmente, all'orizzonte dei suoi occhi, s'intravide una schiarita.

Ho avuto paura che fossi tu a vergognarti di me, confessò con una semplicità che faceva quasi rabbia.

E per tirare fuori 'sta bischerata ci voleva tanto?, la rimproverò Macigno baciandola dolcemente sulla fronte.

Quella sera, nella baracca, li avrei sentiti fare a lungo l'amore e io mi sarei masturbata per la prima volta.

In realtà, da tempo lo facevo senza rendermene conto. Già l'anno prima, in seconda, la mamma era stata convocata a scuola per dei comportamenti che la mia maestra, con una fortuita anticipazione del linguaggio scambista, aveva definito "particolari".

La bambina è attentissima, educata e studiosa (oltre che ovviamente molto bella). Ma da qualche tempo fa una cosa – ehm, sì, come dire – particolare...

La maestra aveva appena promosso una raccolta di firme per il sequestro di *Ultimo tango a Parigi*, e fece una fatica maledetta a spiegare a mia madre dove mettessi la matita durante le lezioni.

Ci si siede sopra, mi capisce?... La infila per lungo, tra la seggiola e la gonnellina (o forse sotto la gonnellina) e poi ci si comincia lentamente a massaggiare... Un movimento quasi impercettibile (sembra che nemmeno la bambina se ne accorga) ma incessante: una bella distrazione anche per me, che devo stare in cattedra con questa scena imbarazzante sotto gli occhi! Mi capisce?...

In effetti andavo avanti così per tutta la mattina o almeno fino al momento di cominciare a disegnare, quando mi estraevo la matita dalla fica e prendendola in mano la sentivo appicicosa.

La mamma e la maestra si promisero a vicenda di vigilare (e reprimere) il mio precoce disordine. Ma di cosa avrebbero potuto rimproverarmi? Strofinare il clitoride sul dorso di una matita non sottraeva una virgola alle mie capacità di apprendimento, né mi toglieva lucidità e prontezza quando si trattava di alzare la mano e fornire alla maestra la risposta esatta.

Stavo evidentemente coltivando una dote che sarebbe sbocciata anni dopo, quando nel pieno di una gang bang, sormontata da cinque o sei cazzi, con la coda dell'occhio riuscivo a decifrare i messaggi in codice che il personale mi lanciava dalla soglia della dark room per avvertirmi che il guardaroba era pieno o che stavano terminando le pizzette.

Il sesso, per lei, è una coazione a ripetere?

(l'intervistata getta indietro la testa e ride)

Ho il sospetto che mi stia chiedendo se sono una ninfomane...

Ma giuro che non lo so nemmeno io: a volte penso che il sesso faccia talmente parte della mia vita da non potermene mai più liberare, a volte me ne dimentico per giorni (settimane o mesi, se non ci fosse mio marito a ricordarmelo).

Il sesso è tutto o niente, si manifesta a seconda dei casi come una necessità assoluta o un accessorio senza senso.

Di certo, da quando mi strofinavo compulsivamente sulla mia matita a punta larga, non ho fatto altro che assecondarlo, controllarlo, esibirlo, spremerlo, riempirlo, svuotarlo, studiarlo, amarlo, odiarlo, sopportarlo, sfruttarlo...

Se pure adesso, dopo cinquant'anni, ci lasciassimo reciprocamente un poco in pace...

Parla del sesso come altro da sé.

Non è questo il paradosso? È la cosa più intima che abbiamo e nello stesso tempo un despota che pretende di venire a governare a casa nostra.

Masturbarmi, da pratica irresponsabile, cominciò a diventare una lente bifocale che potevo puntare con la stessa efficacia sul punto più segreto di me stessa e sull'intero genere umano. Quella lente dilatava, deformava, mi rimandava indietro immagini grandiose.

Da quando Macigno mi aveva raccontato la storia del genio di Aladino, era così che pensavo alla mia fica: come a una lampada capace di generare meraviglie, se solo l'avessi strofinata nel modo giusto.

Seduta alla scrivania della mia cameretta (la tenda, nel frattempo, era stata sostituita da un tramezzo), mi masturbavo in continuazione alternando studio e ditalini ma più spesso incastrandoli in un'unica bolla.

Macigno aveva iniziato a costruire la barca di Panelli e

mia madre continuava a pulire le camere della pensione Signorini: così, il pomeriggio, restavo spesso in compagnia della mia amica Noia, immaginando gang di bracconieri e prendendo ispirazione dai membri violacei dei cani che si aggiravano intorno alla casa.

Mi sentivo schiava e sovrana delle mie pulsioni, e piano piano cominciai a capire che lo stesso ambiguo rapporto tra sottomissione e potere avrei saputo intrattenerlo con le pulsioni altrui.

Certi sguardi maschili, intenzionali o meno che fossero, si conficcavano sulla mia leggerezza di farfalla come spilli. In cambio, però, io potevo rovesciarli con un battito di ciglia.

Mi piaceva sdraiarmi nell'erba, guardando gli aerei che sorvolavano la collina. Mi piaceva pensare che, da lassù, qualcuno mi potesse vedere a gambe larghe. Un orgasmo dopo l'altro, rotolavo a valle.

Pensando a tutte le persone che vivevano sotto quel cielo, mi chiedevo se anche loro avessero l'abitudine di masturbarsi, e se quindi, specchiandosi nei miei occhi, potessero intuire che cosa mi passava per la testa. Nel dubbio, con la circospezione di una ladra e l'abilità di una contorsionista, ogni sera mi sottraevo allo sguardo di mia madre.

Ad accorgersi della mia trasformazione, però, non fu lei ma mio padre.

Suo padre?

Ormai Macigno lo chiamavo così. E anche questa novità va collocata nell'area di confine tra i miei istinti e l'uso che ne imparavo a fare.

Il primo PAPÀ mi scappò nel laboratorio di falegnameria che Paolo Panelli aveva allestito nel garage della sua villa, a metà strada tra la Torre e il mare. Dopo averli accuratamente scelti, tagliati, asciugati e trasportati giù con l'Ape, Macigno vi aveva accatastato i tronchi che sarebbero serviti per lo scafo. L'odore di bosco, che in collina ristagnava tristemente, nell'atelier di villa Panelli diventava frizzante, vivace come uno chardonnay appena stappato. Macigno mi consentiva di respirarlo ma non di avvicinarmi al banco sega.

Posso almeno guardare?

Solo da lontano.

Ma io mi annoio. Voglio aiutarti!

Sei matta? Non se ne parla proprio.

Ti prego... papà!

Macigno alzò la testa di scatto, rischiando di affettarsi un dito. Ricordava Mastro Geppetto nello sceneggiato tratto da Pinocchio, che la TV appena appena trasmesso.

La situazione, in effetti, non era molto diversa: un uomo di mezza età, intento a lavorare il legno, scopre, direttamente dalla sua creatura, di essere diventato padre. Proprio come Nino Manfredi, l'attore che recitava la parte del falegname, Macigno credette di aver sognato e inforcò gli occhiali per guardarmi meglio.

Pietro Terreno però non recitava.

Fino a quel momento aveva sempre considerato me e mia madre un blocco unico: eravamo come un suo braccio, una sua gamba. Ora, di punto in bianco, a Macigno toccava vedermi come una cosa a sé, in grado di avere una relazione autonoma con lui.

La nuova prospettiva lo paralizzò. Né io sapevo cos'altro dire.

Scoprirci padre e figlia (anche per me era stata una sorpresa, quella parola mi era sfuggita di bocca senza premeditazione) non bastava a fare un passo avanti ma ci impediva di farne uno indietro.

Restammo lì, a studiare la nostra nuova condizione.

Dopo qualche secondo Macigno riprese a lavorare.

A me piaceva osservare le sue enormi mani che scartavetravano il legno, che a poco a poco ne levigavano i nodi. Quel movimento ipnotico, vagamente copulatorio, infondeva un senso di pace, forse anche di fiducia nelle reali possibilità dell'uomo di fronte alle asperità della natura.

Oltre a Panelli, dai piani nobili della villa scendevano spesso a beneficiarne sua moglie Bice, l'amica Flora, il divino Mastroianni e tutti gli illustri ospiti in transito per Castiglioncello. Da ciascuno ricevevo un complimento e molti mi scattavano delle fotografie, come se fossi stata un fiore raro o una farfalla posatasi tra la sega e il toupie.

Da quando si era chiusa la scuola passavo nella falegnameria buona parte delle mie giornate. Per ingannare il tempo, Macigno mi aveva permesso di conficcare dei chiodi negli scarti di lavorazione del legno. Non potendomi masturbare, quel continuo martellare mi provocava ripetuti e soddisfacenti climax.

A otto anni ero già pluriorgasmica, capacissima di surfare per ore sull'onda lunga del mio piacere. Strofinando il sedere sulle zeppe di faggio, osservavo Macigno lavorare in silenzio e respiravo il profumo del mare.

Terminato il turno alla pensione, mia madre passava a prenderci e da una piccola scalinata in pietra scendevamo a fare il bagno in una caletta esclusiva popolata dal jet-set dove Pietro e Luisa, anziché da operaio e serva quali erano, venivano accolti come gli amici di Paolo e di Bice.

Quest'ultima passava interminabili giornate al sole, distesa come un ramarro o a organizzare giochi di società con i vicini d'ombrellone. Per tuffarsi aspettava sempre e solo mia madre perché, a suo dire, era l'unica che sapesse tenerle testa nella bracciata: intorno alle cinque o alle sei del pomeriggio, indossavano delle variopinte cuffie a fiori e si lanciavano in acqua imitando Esther Williams.

Io parlavo poco e guardavo tutto. I miei occhi erano come la parete divisoria che anni dopo avremmo piazzato tra la direzione dell'Infinito e il resto del locale: da un lato vetro e dall'altro specchio, dove si rifletteva l'ammirazione della gente per quelle due gocce di verde smeraldo.

Subito dopo ferragosto, Macigno cominciò a diventare nervoso. Mancavano pochi giorni al varo del gozzo e solo allora sembrò ricordarsi di non avere mai messo in acqua una barca. Anche Panelli, che di solito non si teneva un cecio, si fece più silenzioso e si lasciò crescere dei baffi che gli davano un'aria pensierosa. Cosa se ne facesse di un natante, lui che al mare si faceva vedere solo per giocare a carte sotto l'ombrellone, era una domanda che non aveva risposta e che mai l'avrebbe avuta.

Alla vigilia dell'inaugurazione, prevista per il quarto sabato d'agosto, Macigno e Panelli diedero l'ultimo ritocco di vernice e il primo castigato giudizio sulla loro opera: Però, non male...

L'intero perimetro attorno allo scafo non superava una dozzina di metri, ma per percorrerlo, con lo sguardo assorto e le mani dietro la schiena, impiegarono tutto il pomeriggio.

Finalmente ci ritrovammo al circolo nautico per il varo: c'era mezza Castiglioncello e l'altra mezza premeva per entrare. I divi dello spettacolo esibivano camicie azzurre che mettevano in risalto le abbronzature. Tutti gli altri, al meglio delle loro possibilità, cercavano almeno di non sfigurare.

Macigno, Luisa e io ci presentammo tenendoci per mano, come la famiglia che nel frattempo eravamo diventati. Indossavamo tre vestiti nuovi che ci rendevano leggermente inamidati. Ricordo che, all'ingresso del circolo, un turista chiese a mia madre in quale film avesse lavorato.

In questo, rispose lei smagliante.

Entrammo sotto i flash dei fotografi. *Usodimare*, come Panelli aveva voluto battezzare la barca, risplendeva al centro della festa con la chiglia già inclinata verso l'acqua. Gli invitati sfilavano accanto al suo scafo e si fermavano a stringergli la mano.

Spettacolare! Meravigliosa! Ricorda un po' il *Titanic*!, si complimentavano.

Panelli stava allo scherzo rispondendo spesso per le rime. Ma a pochi minuti dal varo prese sottobraccio Macigno e se lo portò in fondo al molo.

Tu che dici, gli chiese con fare cospiratorio, quella bagnarola galleggerà?

Macigno era un uomo sincero, e avrebbe voluto rispondere: Non lo so.

Ma quell'estate trascorsa gomito a gomito con tanta gente dello spettacolo aveva insegnato perfino a lui un po' di senso scenico.

Certo che galleggerà, rispose convinto.

Sicuro?, lo incalzò Panelli. Nessuna falla? Nessuna fenditura?

Macigno scosse l'enorme capoccione. Panelli gli strinse più forte l'avambraccio e si accostò al suo orecchio.

Secondo te siamo ancora in tempo ad aprirne una?

L'altoparlante del circolo diffondeva a tutto volume canzoni di Bongusto e Macigno pensò di non aver sentito bene. Poi, quando Panelli propose, in alternativa, di caricare dei piombi sullo scafo, si convinse che gli era tornata la voglia di scherzare.

Ah, ah, ah, si sforzò di ridere. Lei è sempre il solito burlone!

Panelli lo guardò storto e sospirò.

Ecco, lo vedi? Anche tu mi prendi sul serio solo se faccio il buffone.

Era tutta l'estate che Panelli lo invitava a dargli del tu e a chiamarlo per nome. Macigno pensò che era arrivato il momento.

Cosa vuoi dire, Paolo?

Voglio dire che nessuno si aspetta veramente che la mia barca stia a galla. Pensa se andasse subito a picco, invece! Tutti si divertirebbero un mondo...

Si voltò verso la piccola folla radunata sotto gli ombrelloni.

Osservali bene. Cos'è il nostro misero lavoro di falegnami in confronto alle risate che si farebbero? A volte bisogna sacrificare il proprio orgoglio, o se necessario la propria dignità, in nome dello spettacolo.

Io avevo assistito a tutto il dialogo dietro la gamba sinistra di Macigno, pizzicandogli la piega dello stiro. Ma a queste parole non potei fare a meno di tirare fuori la testa e fissare Panelli sbalordita.

Ecco perché, anni dopo, tanti uomini nudi ed eccitati, schierati in attesa del proprio turno intorno all'unica donna presente all'interno della sala grande del privé, avrebbero avuto la netta sensazione di vedere quella donna sorridere: perché mentre ero là, usata, divelta, spanata, bambola meccanica di fatto scagliata ben oltre il confine della decenza, puntualmente mi tornava in mente quella regola – bisogna sapersi sacrificare in nome dello spettacolo – e con essa il viso puntiglioso, tenerissimo, di Paolo Panelli.

Che ce ne importa?, lo tentò ancora. Noi ci siamo divertiti a costruirla, adesso affondiamola e facciamo divertire pure loro...

Incrociò le braccia e aspettò di vedere le conseguenze del sisma che scuoteva quella montagna d'uomo.

Davanti a noi si offriva un mare bellissimo, e alle nostre spalle un'umanità diversamente scintillante ma ugualmente bella. Macigno, però, guardò altrove: alla sua coscienza operaia, al nastro trasportatore della Solvay, o forse al ricordo di un padre che, nell'aiutarlo a sistemare la catena della bicicletta, in un tempo che rischiava di essere troppo lontano gli aveva insegnato la bellezza di un lavoro ben fatto.

Quel ricordo lo aiutò a resistere.

Ci abbiamo faticato tanto, Paolo... Non puoi chiedermi questo, si oppose alla fine.

Non chiedermelo, implorò.

Panelli era un grande attore. Conosceva i tempi, le espressioni. Ma soprattutto conosceva gli uomini.

Attese ancora qualche secondo e poi cavò dal baffetto un sorriso sottile sottile, dove però era riuscito a ficcare tenerezza, complicità, allegria e molte altre cose. Tra queste, spiccò la profonda considerazione che nutriva per mio padre.

Sei una brava persona, Pietro, gli disse tendendogli la mano.

La mano conteneva una busta, la busta un assegno, l'assegno una cifra così stupefacente che Macigno, per essere sicuro, dovette rileggerla tre volte. In realtà, non fu sorpreso solo dalla cifra, ma dal fatto stesso di ricevere una paga.

Io non sono un vero falegname, si strinse confuso nelle spalle.

Pazienza, tagliò corto Panelli. Lo diventerai.

Poi afferrò l'assegno che mio padre voleva a tutti i costi restituirgli, lo piegò in due e glielo infilò di forza nella tasca della giacca.

Che razza di proletario sei?, lo rimproverò. Vuoi lavorare gratis per l'infame padrone?

Quando era emozionato Macigno balbettava. Cominciò a farlo in modo pietoso, sembrava un disco rotto. Per sbloccarlo, Panelli gli rifilò una pacca sulla spalla.

Basta così, compagno!

Malgrado ciò, Macigno avrebbe continuato se un cameriere non fosse arrivato di corsa dall'altra parte del molo.

Sa se c'è un medico, dottor Panelli?, domandò trafelato. È appena svenuta una ragazza.

Una ragazza?

Il cameriere la descrisse: Mora, con i capelli corti e un tailleur giallo.

Macigno impallidì di colpo. Mi afferrò la mano e si precipitò all'interno del circolo nautico, dove mia madre era stata adagiata sul divano e isolata dalla folla, secondo le istruzioni di un elegantissimo signore che aveva preso in mano la situazione.

Professor Ranieri Spina, si presentò a Macigno. E questo, disse indicando il ragazzo che gli stava accanto, è mio figlio Giorgio.

Anche lui dottore in medicina, aggiunse dopo una beve pausa.

Paragonarlo a se stesso fu un vero atto di perfidia, che metteva in risalto tutto il divario di personalità, di esperienza, di carattere tra padre e figlio.

Il professor Spina era il più noto ginecologo di Firenze. Da un paio d'anni affittava a Castiglioncello una prestigiosa villa liberty, le cui finestre restavano chiuse per buona parte dell'estate. Solo la moglie del professore, una tedesca solida e compatta come una Mercedes, ogni tanto scendeva in piazzetta accompagnata da un bassotto e da un domestico filippino. Era stato per farla contenta, presumo, che quella sera il professor Ranieri si era degnato di presentarsi al circolo nautico. Ma adesso che si prendeva la scena, anche lui sembrava avere la sua soddisfazione.

Acqua e zucchero, ordinò per cominciare. Poi si piegò su mia madre e le tastò il polso. Il figlio Giorgio si posizionò subito dietro di loro.

Cinquantadue battiti, stimò il professore. Che ne pensi, Giorgio?

Il ragazzo scattò sull'attenti.

Polso bradicardico, disse con un filo di voce.

E la sclera?, domandò ancora il primario.

Il giovane si chinò a ispezionarla e diede il suo parere.

Non ti ho sentito, figliolo!

Vascolarizzata nella norma, ripeté quello ai limiti del falsetto.

Poteva avere ventiquattro o venticinque anni. Ma di fronte a quelli del padre i suoi anni non contavano niente, erano solo l'ammontare di un ritardo che non avrebbe mai potuto recuperare.

Prime misure di pronto soccorso?

Allentare gli indumenti stretti e sollevare gli arti inferiori.

Il professore annuì. Bastò un suo schiocco di dita e subito accorse un cameriere con un paio di grossi cuscini. Furono sistemati sotto i talloni di mia madre, che reagì riprendendo colore.

Mi sento meglio, provò a rassicurarci.

Il primario la fulminò con un'occhiata: Lasci decidere a noi, signora...

Nel frattempo, era saltato fuori un apparecchio per misurare la pressione. Fu prontamente consegnato al medico anziano, che a sua volta lo girò nelle mani del ragazzo. Tremavano un po', ma in qualche modo riuscirono ad arrotolare il manicotto intorno al braccio della mamma.

Al primo colpo di pompetta, il mento di Giorgio cominciò a tremare. Gonfiava, sgonfiava, rigonfiava. Alla fine fece un lungo sospiro e si buttò: Centodieci su cinquanta.

Riponi il fonendoscopio, gli ordinò suo padre senza nemmeno dargli il tempo di tamponarsi il sudore, ed elencami le possibili cause del mancamento.

L'esame non accennava a finire.

A testa bassa, a voce più bassa ancora, il ragazzo cominciò a snocciolare: Ipotensione ortostatica... Ipoglicemia... Patologie cardiache...

Era preparato, poveraccio. Ma nello stesso tempo trasmetteva uno sforzo così penoso che perfino mia madre, la prima a doverne essere preoccupata, trepidò per la stitichezza di quella diagnosi.

Il professore non era ancora soddisfatto.

Stai dimenticando la spiegazione più plausibile, figliolo...

Poi si girò di scatto verso la folla che rumoreggiava sulla soglia del circolo.

Signori, li rimproverò, ma che siamo al mercato?

Fece uscire tutti tranne Macigno. Io continuavo a usare la sua gamba come la quinta di un teatro.

È lei il padre del bambino?, gli chiese il professor Ranieri.

Macigno mi spinse fuori, perché il medico notasse il mio cerchietto e il vestitino a fiori.

Veramente, come vede, è una bambina, lo corresse.

Il ginecologo non mi degnò d'uno sguardo.

Lei dice?, rispose imperturbabile. Dalla forma che sta assumendo il ventre di sua moglie direi più un maschio.

Luisa e Macigno si guardarono a bocca aperta.

Dietro la porta del circolo sentimmo un gran vociare e poi la Bice battere le mani.

Evviva! Lo dicevo io che era incinta!

Un'imbeccata perfetta per il professore che si voltò verso suo figlio e disse: Hai sentito, asino? L'avevano capito tutti tranne te!

Macigno e Luisa uscirono a braccetto, tra gli applausi. Lo spumante tenuto in fresco per il varo fu stappato in loro onore. E *Usodimare* restò all'asciutto, in fondo al molo, a farsi dimenticare.

Lei era contenta di avere un fratellino?

Io ero contenta di avere qualsiasi cosa. Dalle pigne sotto al letto ero passata a collezionare tappi di bottiglia, fermagli, nastri colorati: raccattavo tutto e non buttavo niente.

Mariuccia arrivò così, come una possibilità in più. Non l'avrei mai desiderata, perché desiderare era un rischio che difficilmente mi concedevo, ma nel momento in cui si materializzò nella culla andai a scrivere il suo nome sul quaderno delle cose in mio possesso, in fondo a un elenco che conteneva zampe di rane, matite colorate e un paio di Barbie.

Fare inventari mi è sempre piaciuto moltissimo, forse in un'altra vita ero un'archivista. Quando i beni materiali erano esauriti, passavo a dare ordine alla mia vita interiore.

Possiedo: 1) disciplina 2) prudenza 3) fantasia.

Non possiedo: 1) generosità 2) coraggio 3) umorismo.

Scrivevo in continuazione liste di questo genere e spesso, aggiornandole, mi accorgevo che alcune delle caratteristiche che credevo di non avere erano passate tra quelle che credevo di avere, o viceversa. In realtà non m'importava se fossi più tenace o più volubile, contava solo che tutto fosse al proprio posto.

L'ordine, quello sì era una fissazione che possedevo...

Anche se agli angeli non pensavo più come prima, continuavo a sentirmi sotto la loro sorveglianza. Nella mia testa si era evoluta in una serie di controlli a campione, ispezioni senza preavviso che potevano cogliermi in qualunque momento.

Di notte sognavo uomini in abito scuro che venivano nel letto a controllarmi le mutande. Ma mentre prima si limitavano ad annusarle, adesso le facevano sparire. Proprio così: una notte su tre mi svegliavo e non le avevo più...

Che fine gli hai fatto fare?, mi chiedeva la mamma la mattina.

Di solito le trovavamo appallottolate sotto al letto, ma a volte capitava che non saltassero più fuori.

Una sera sentii che ne parlava a Macigno.

Sono preoccupata.

Perché?

La bambina è molto sensuale.

Macigno se n'era accorto da tempo, ma da quando l'avevo chiamato papà lo scudo della sua ironia s'era fatto più spesso.

Tutta sua madre, disse per sviare il discorso, provando a infilarle una mano sotto la gonna.

Cercava uno schiaffo e se lo beccò, per sua esplicita ammissione andava matto per la ritrosia della mamma e per l'accento siciliano con cui gli intimava di non fare lo scemo.

In realtà, Macigno faceva lo scemo ma non era uno scemo.

Con l'assegno di Panelli aveva comprato un piccolo laboratorio sull'Aurelia e aveva dato lavoro a due apprendisti. Insieme si misero a costruire mobiletti su misura: oltre alle tecniche di falegnameria, Macigno imparò a conoscere i gusti dei villeggianti che si fermavano alla ricerca di un pezzo originale per arredare la propria casa al mare.

La nostra, nel giro di un paio d'anni, l'aveva completamente trasformata. Muro dopo muro, tramezzo su tramezzo, le lamiere erano sparite, e da baraccati ci eravamo ritrovati proprietari di una vera e propria villetta indipendente.

Più che del tetto a due falde o del portico in legno lamellare, era proprio dell'indipendenza che Macigno andava fiero. Quando un geometra del catasto salì in collina per controllare se i permessi fossero in regola, Macigno gli mandò incontro i maremmani più grossi che avevamo.

Dica pure a loro, gridò da lontano.

Asserragliato nell'abitacolo della sua macchina, l'impiegato si batté un dito sull'orecchio, come a dire che l'abbaiare dei cani gli impediva di sentirlo. Poi capimmo che in realtà, quel dito, se lo batteva sulla tempia per comunicare a Macigno che era matto.

Sì, me l'hanno detto, ridacchiò mio padre mettendosi comodo.

Aveva ridipinto un vecchio dondolo arrugginito e l'aveva sistemato sotto al patio per godersi la vista del mare o di scene come quella. Senza scendere dalla macchina il geometra scattò una serie di fotografie. Ma al comune di Rosignano, all'epoca, probabilmente non esisteva nemmeno un fascicolo dove archiviarle. La collina era un posto per cinghiali e per gente come noi, che nemmeno risultava all'anagrafe.

Dopo mezz'ora il geometra si arrese. Per arrivare lassù aveva rischiato di rompere la coppa dell'olio, un prezzo fin troppo alto per una casa abusiva. Se ne andò gridando che quando ci sarebbe servita la presenza delle istituzioni ce ne saremmo accorti.

In realtà delle istituzioni facevamo comodamente a meno, né sentimmo mai il bisogno di un contratto per l'acqua, per la luce o per il gas. Riempivamo il cassone, accendevamo il gruppo elettrogeno o allacciavamo la bombola: in cambio nessuna bolletta, nessuna tassa, nessuna scocciatura. Vivere ai margini della società, all'epoca, era di una facilità sorprendente. A poco a poco Macigno si convinse che essere anarchico era meglio che comunista e smise anche di domandarsi se davvero, nella falegnameria, fosse il caso di mettere un registratore di cassa.

Quanto costano?, gli chiedevano i clienti ammirando i suoi armadietti.

Niente, ve li regalo, rispondeva Macigno. Se proprio volete, fatemi un regalo anche voi.

Rimanevano tutti allibiti. Ma per uno che se ne approfittava ce n'erano altri dieci che gli mettevano in mano molto più denaro di quanto Macigno avrebbe mai avuto il coraggio di chiedere.

I mobiletti in effetti, erano bellissimi. E l'unica volta che venne un finanziere, dopo essersi arreso al fatto che tutto era basato sul dono, se ne portò via un paio (ovviamente senza lasciare niente in cambio).

Lo Stato!, scuoteva la testa Macigno ogni sera, sedendosi a tavola. Voi ne sentite il bisogno?

Era una domanda retorica, ma per essere sicura di non doversi esprimere mia madre sgattaiolava in cucina.

Cosa avrebbe risposto? Dovevamo ringraziare quello Stato, se eravamo ancora sulla faccia della Terra. Ma dov'era, adesso? Ci proteggeva ancora? Ci aveva abbandonato?

Ogni tanto, mia madre tornava a infilarsi in una cabina del telefono. Benché ormai del tutto sbiadita, cercava ancora di decifrare il numero sulla targhetta della canottiera.

Pronto? Sono Luisa Pozzo.

La voce le tremava. Sorreggeva la cornetta con entrambe le mani.

Con enorme sforzo, quando dall'altra parte dicevano di non conoscerla, ammetteva il proprio errore.

Mi scusi, devo avere sbagliato numero.

Prima di arrendersi, sprecava così tre o quattro gettoni.
A maggio del 1974 nacque Maria.
Nacque agli Spedali Riuniti sotto la tutela di suor Ernesta, con la quale nel frattempo mia madre aveva ricucito i rapporti. Si era trattato di una ricucitura vera e propria, frutto del lavoro sartoriale a cui Luisa, abbandonato il servizio alla pensione Signorini, si era dedicata durante la gravidanza. Sopra una Necchi arrugginita rimessa a nuovo da Macigno, aveva tessuto una dozzina di scialli e poi li aveva recapitati all'ottavo padiglione con un biglietto che diceva: Alle mie care sorelle, perché il ricordo possa riscaldarle.
Dopo anni di manicomio le suore erano diventate matte, ma ancora di più sentimentali. Così come la fuga di mia madre le aveva mortalmente offese, il suo dono le riconciliò.
Suor Ernesta organizzò, nella stessa settimana, il battesimo di Maria e la mia prima comunione. Nonostante ripetesse spesso che la religione era l'oppio dei popoli, Macigno si presentò in chiesa con un sorriso smagliante (da come muoveva le labbra, mi accorsi anzi che conosceva a memoria tutte le preghiere), ma quando suor Ernesta propose di completare il quadro delle celebrazioni con le nozze tra lui e Luisa, si chiuse a riccio sostenendo che il matrimonio era soltanto una borghese messinscena.
Quanto a me, fui contenta di ricevere il corpo di Cristo – ero contenta di ricevere qualsiasi cosa, e quella sera aggiornai sul quadernetto la lista delle cose in mio possesso scrivendo: Gesù.
Nello stesso tempo, però, dovetti riconoscere con me stessa che Gesù arrivava in pesante ritardo rispetto alle dinamiche ormai consolidate che avevano regolato per tutti quegli anni il mio rapporto con gli angeli.
Prima della comunione, suor Ernesta mi portò da un prete a confessarmi.
La sua lunga disquisizione intorno al peccato mi deluse parecchio. In buona sostanza, se rigavo dritto Gesù mi proteggeva. Se disobbedivo, mi puniva.
Ok – Gesù era giusto, lineare, non gli sfuggiva niente e giudicava chiunque sulla base dello stesso metro. Ma la re-

lazione con gli angeli continuava a sembrarmi molto più stimolante: volubili, tutti da interpretare, c'erano e non c'erano e si lasciavano corrompere di buon grado dagli stessi peccati che avrebbero dovuto castigare. Perfino la loro intrinseca ragion d'essere (controllavano me o io controllavo gli angeli?) poteva essere messa in discussione.

Prendiamo ad esempio Lorenzo e Marcello, la coppia di apprendisti che Macigno aveva assunto nella falegnameria. In assenza del padrone (Macigno si divertiva un mondo a usare questa parola), erano loro due incaricati di darmi un'occhiata.

Quell'occhiata doveva ribadire il controllo del maschio adulto su di me, ma bastava che sollevassi inavvertitamente la gonnellina perché il rapporto di potere si rovesciasse: in quel momento, capivo che avrei potuto tranquillamente aggiungere i nomi di Lorenzo e Marcello alla lista delle cose in mio possesso, e che i lavoranti di mio padre stavano alla figlia del padrone come la gomma da masticare stava al mio palato.

Me li giravo e rigiravo, Lorenzo e Marcello, come volevo.

Giovani e belli, Lorenzo e Marcello erano fidanzati con due gemelle di Vada. Anch'esse giovani e belle, Ada e Gabriella stavano un pezzo avanti rispetto ai loro ganzi: a diciott'anni avevano già la patente, un posto da titolari nella squadra locale di pallavolo e probabilmente due amanti di svariati anni più anziani che le coprivano di profumi, orecchini e altri monili di cui Lorenzo e Marcello nemmeno si accorgevano (ma io sì).

Spesso, il sabato mattina mi caricavano sulla 126 e mi portavano in spiaggia con loro.

Stretta sul sedile di dietro, misuravo la crescita delle mie gambe su quelle di Ada e Gabriella, che erano già molto lunghe, innervate da muscoli d'atleta, e guardando fuori con l'aria svagata le dischiudevo leggermente perché Lorenzo o Marcello ci sbirciassero in mezzo dallo specchietto retrovisore.

Ada e Gabriella, naturalmente, si accorgevano di tutto e mi lasciavano fare, scambiandosi strizzate d'occhio sopra la mia testa.

Tra il desiderio dei maschi e la complicità delle femmine in quella macchina io stavo come una regina, così come sto tutte le volte in cui la donna del maschio che mi sta scopando viene a sedersi sul bordo del letto per intrecciare sensualmente le sue dita affusolate con le mie (oro di fede contro oro di fede), sollevando con dolcezza la mia testa, posandosela in grembo e accarezzandomi i capelli.

A volte, in quella situazione, ci mettiamo a parlare sottovoce dei nostri uomini (il suo, che mi sta prendendo, il mio, che ci sta guardando), ma più volentieri del nostro essere donne, o di cose frivole come creme e profumi.

Niente ci lega di più del condividere gli stessi maschi, dello scambiarceli – appunto – come creme e profumi.

Tornando a Ada e Gabriella, prendere atto che i rispettivi fidanzati s'interessassero a una ninfetta di dieci anni tornava molto utile a giustificare le corna di cui li riempivano. Grazie a me, loro non tradivano, bensì si vendicavano.

In realtà Lorenzo e Marcello non mi avevano mai toccato con un dito. Talvolta, nei passaggi più stretti della falegnameria, mi sfioravano con le patte. Ma bisogna dire che io non facevo niente per spostarmi, senza battere ciglio persistevo a giocherellare con il truciolato e intanto spingevo il culo all'indietro.

Il culo, in quel periodo, era la mia arma di seduzione prediletta. Che avessi degli occhi da gatta ormai lo davo per acquisito, mentre per il seno c'era ancora da aspettare. Il culo invece già sporgeva assassino, con il tipico pregio di potere essere guardato, ammirato, soppesato tranquillamente alle mie spalle: così almeno credevano Lorenzo e Marcello quando si stendevano sui loro asciugamani e si nascondevano dietro gli occhiali da sole, mentre noi tre sulla battigia giocavamo a pallavolo.

I loro Ray-Ban erano finti, il resto tutto vero: giocavamo come dee, schiacciando e respingendo in bagher, e alla fine, lucide di sudore e dorate dalla sabbia, entravamo a rinfrescarci nelle acque di Vada, perfettamente consapevoli che la loro caraibica fosforescenza dipendesse dalla soda scaricata in quel tratto di mare dalla vicina fabbrica.

Non tutti i bagnanti ne erano informati. Quando li vedevamo rimanere a bocca aperta di fronte a quella natura che natura non era, ci chiedevamo cosa fosse giusto fare.

Andiamo a dirgli come stanno le cose, proponeva Lorenzo.

Dei quattro era quello più onesto, o almeno il più convinto dell'utilità del vero.

Gabriella, la sua fidanzata, tendeva a dargli ragione e si dichiarava disponibile a spalleggiarlo.

Però dopo che fanno il bagno, sibilava con un ghigno diabolico. Che si rosolino bene bene nell'illusione di essere sbarcati ai Tropici.

Gabriella era una sadica, le piaceva che le persone venissero a conoscenza della discarica di soda solo dopo averci sguazzato dentro per ore. Aspettava di vederle uscire dall'acqua, poi si alzava e gli andava incontro spazzolandosi con le mani il culo da pallavolista.

Permettete una parola?

Senza nemmeno il tempo di asciugarsi, ancora grondanti dell'entusiasmo per aver scoperto quel paradiso esotico, quei poveracci venivano brutalmente informati del rischio che stavano correndo. O meglio, che ormai avevano corso.

La sabbia è sbiancata dal carbonato di calcio. E il colore smeraldo dell'acqua non è altro che fango industriale. Tutto altamente inquinante, deliberava.

Oddio, signorina, ma sta dicendo sul serio?

Di solito, a quel punto, Lorenzo s'incaricava di mettere a tacere le ultime sacche d'incredulità.

La radioattività non vi sembra un argomento serio?

Tornavano al nostro ombrellone con un'aria da sceriffi che subito abbandonavano lasciandosi cadere sopra i teli. Dopo averli fissati criticamente per un paio di minuti, Ada e Marcello rompevano il silenzio e gli chiedevano quando avrebbero imparato a farsi i fatti propri.

Vogliono credere alle favole: chi siete voi per disilluderli?

Dal loro punto di vista, andava rispettata l'ingenuità di chi credeva che il colore di quel mare potesse essere naturale.

Ingenuità? Sono dei mentecatti, degli idioti.

E anche se fosse?, obiettava Marcello. Lasciali morire felici.

Lorenzo e Gabriella restavano della loro idea, ma al termine di quelle schermaglie non avevano più tanta voglia di alzarsi, di spingersi fino alla battigia a rivelare ai nuovi arrivati il segreto della spiaggia di Vada. Appoggiati sui gomiti, masticando in silenzio panini al prosciutto, tutti e cinque rimanevamo quindi a guardare l'umanità immergersi ignara nelle proprie illusioni, e ci addormentavamo con quell'immagine nella retina.

In realtà, loro si addormentavano. Io, sulla spiaggia o comunque in luogo pubblico, non dormivo mai. Avevo troppa paura di assumere pose scomposte o che, in un attacco di sonnambulismo, mi sfilassi gli slip davanti a tutti. Preferivo restare vigile a osservare intorno a me i corpi seminudi, senza preclusioni estetiche, anagrafiche o di genere, immaginare il potenziale erotico di ciascuno di essi. Dopo la pallavolo e l'immersione nella soda, le mie fantasie sessuali sopraggiungevano leggere, assumevano il ritmo ipnotico della risacca postprandiale e mi cullavano dolcemente, un po' copula e un po' ninna nanna.

Anche a casa, del resto, l'andatura era più o meno la stessa: lente masturbazioni s'intersecavano alle nenie con cui Mariuccia si abbandonava al sonno o alla poppata. Il latte di mia madre era dolce e abbondante. Solo una volta inacidì, specularmente al tenore di una discussione che nacque a tavola una sera.

Oggi è venuto a trovarmi un vecchio compagno di fabbrica...

Da come era partito, si capì subito che Macigno voleva prenderla alla larga. Ma mia madre sollevò bruscamente la testa e gli tagliò la strada.

Chi? Dante?

Macigno aveva forse sperato che, del fugace incontro con il suo ex vicino di casa, a Luisa fosse rimasto poco – magari neppure il suo nome. Ma realizzò subito che era una speranza ingenua.

Ah, te lo ricordi, quindi... Quel compagno della Solvay che abitava sopra di me al villaggio degli operai...

Mia madre ficcò il ciuccio nella bocca di Mariuccia e guardò Macigno negli occhi.

Risparmia il fiato, lo interruppe di nuovo. Me lo ricordo benissimo il tuo Dante.

Macigno sospirò e si tolse le scarpe. Portava il 46, per trovare il suo numero doveva sempre rovistare a lungo sulle bancarelle del mercatino americano. Capì che anche qui si sarebbe trattato di avere pazienza, di cercare nel mucchio le parole giuste.

Non mi chiedi perché è venuto a trovarmi?

Per portare rogne, profetizzò mia madre.

Dante non le era piaciuto per niente, lo dichiarò apertamente.

Come puoi dire una cosa del genere?, protestò Macigno. L'hai intravisto di sfuggita tanto tempo fa...

Mia madre fece una smorfia eloquente per dire che le era bastato.

Sei ingiusta. Quel poveraccio è rimasto vedovo a trentasei anni, con a carico un bimbo di tre. Per mantenerlo in un istituto si è sottoposto a dei turni di lavoro massacranti.

Voleva essere un encomio al suo spirito di sacrificio, ma mia madre lo trasformò in un atto d'accusa nei confronti di Dante.

Insomma, disse, ha abbandonato suo figlio in un orfanotrofio.

Macigno restò a bocca aperta.

Ma si può sapere perché sei così aggressiva? Non l'ha affatto abbandonato, l'ha solo messo in un...

La parola era quella, ma non gli andava di ripeterla.

Cos'altro poteva fare?, guaì.

Mia madre nemmeno gli rispose. Sentendoli litigare, Mariuccia era scoppiata a piangere. Ci fu quindi una lunga pausa per calmarla, che servì solo in parte a calmare anche i due contendenti.

Io lo so perché è venuto a cercarti, riprese mia madre.

Macigno aveva approfittato della tregua per togliersi la tuta da lavoro. In casa indossava sempre una felpa del Livorno. Non gli importava che languisse in serie C, anzi diceva che, se mai un giorno il Livorno fosse diventato una squadra seria, lui avrebbe smesso di indossarla. Era fatto così, un gigante a cui piaceva stare dalla parte dei deboli...

L'hanno messo in cassa integrazione, disse. E pare abbia anche un nodulo alle corde vocali.

Mia madre non si lasciò troppo impietosire.

E perché deve venire a chiedere lavoro proprio a te?

Macigno si guardò la punta dei piedi.

Tra compagni ci si aiuta, rispose senza troppa convinzione.

La poppata di Maria procedeva a fatica, il latte era poco e pareva inasprito.

Mia madre schioccò la lingua per il disappunto e disse: Pietro, l'ho letto nel suo sguardo. Quell'uomo ti odia.

Bum, esagerata, minimizzò Macigno.

Subito Luisa si corresse: Va bene, forse ti invidia solamente. O teme la tua...

Esitò alcuni secondi prima di dire: forza. Io ebbi la netta impressione che stesse per sfuggirle un'altra parola (follia?).

In ogni caso Macigno scosse la testa e la bloccò.

Non è vero.

Sì che è vero.

E l'avresti capito con due occhiate?

Me n'è bastata una.

Se è vero, concesse Macigno, è un problema suo.

Fu il turno di mia madre a scuotere la testa.

Diventa nostro, se dai retta a un individuo del genere.

Luisa, quel poveraccio sta in mezzo a una strada.

Mia madre non aspettava altro.

Anche noi quel giorno eravamo in mezzo a una strada. E pioveva pure a dirotto!

Per qualche istante Macigno non seppe cosa dire. Poi si ricordò vagamente che Dante ci aveva offerto riparo a casa sua.

Luisa se lo ricordava molto meglio di lui.

Ecco, bravo, disse. E secondo te perché ce l'offrì?

Dimmelo tu.

No, dimmelo tu.

No, tu.

Alla fine mia madre si decise: afferrò la biscia per la coda e la scagliò tra di loro.

Perché voleva vedermi le minne da vicino.
Ma no, disse Macigno.
Ma sì, l'azzittì mia madre.
Nella concitazione, il suo accento siciliano suonava molto più marcato.
Bastava guardarlo in faccia, disse. Dante è un porco, un depravato.
Poi vedi tu, concluse, se preferisci dare lavoro a un compagno o tenere alla larga chi vorrebbe insidiare la tua donna.
C'era sempre un momento, quando mia madre faceva le bizze, in cui Macigno si scioglieva e si spingeva in avanti per abbracciarla. Era quello, il momento, ma chissà perché Macigno lo ritardò. Un ritardo minimo, ma decisivo.
Sono fatto così, tenne il punto.
Allora mia madre, con tutto che aveva Mariuccia in braccio, caricò il destro e schiaffeggiò Macigno sulla guancia. Cosa l'avesse sconvolta, in quell'essere fatto così, non saltò mai fuori.
Mariuccia riprese a strillare disperatamente e io mi armai di chiodi e martello. Conficcare chiodi nel legno era diventata un'ossessione che ormai sfogavo anche dentro casa.
Vado a farmi una passeggiata, annunciò Macigno afferrando il suo basco.
Se lo calcò sulla testa come un coperchio, per contenerne il bollore. Tra le urla di Mariuccia e le mie martellate, Luisa non si accorse nemmeno che usciva.
Dieci minuti dopo venne a cercarlo nella mia cameretta.
Dov'è tuo padre?
Non sopportavo che lo chiamasse così. Ero io, solo io, a poter decidere quando e come essere sua figlia.
Potresti almeno girarti quando ti parlo, perse la pazienza. E basta con quei chiodi!
Alcuni dritti, altri meno, ne avevo già piantati una dozzina. L'ultimo lo conficcai sulla porta, per appenderci un cartello dove scrissi: NON DISTURBARE.

Che significato aveva, per lei, piantare chiodi?

... Simboli fallici? Rabbia repressa? Faccia lei...

Ma tenga conto che molti di quei chiodi, dopo averli battuti con tutta la forza, con una forza opposta e contraria, girando il mazzuolo sulla penna, li sradicavo dal legno e li riponevo in un cassetto.

Mi piaceva poi stuccare il buco, metterci una toppa. E questo è quanto.

(l'intervistata si alza per sgranchirsi le zampe. Dopo due ore di conversazione sembra più alta.

Si avvicina alla finestra e guarda fuori. Dice qualcosa che il registratore è troppo distante per incidere, ma che a memoria l'intervistatore potrebbe riassumere nelle parole seguenti)

Mi affascina guardare dalle finestre, così come mi affascina guardare NELLE finestre. In generale, mi affascinano tutti gli stacchi tra il dentro e il fuori.

Anche Mister Wolf descriveva qualcosa del genere. Sul rapporto tra interno ed esterno, intendo...

(l'intervistata ritorna al proprio posto)

In effetti, quando immaginiamo una casa tutta nostra, ci ritroviamo spesso a parlare delle finestre. Enormi vetrate al posto dei muri o minuscoli abbaini su cui arrampicarsi per conquistare uno spicchio di cielo: ogni soluzione ci appare interessante, purché estrema.

Lei e Mister Wolf vorreste vivere insieme?

(l'intervistata scrolla le spalle)

Come faremmo con mio marito?...

Si piazzerebbe ai piedi del nostro letto e ci costringerebbe a scopare tutte le sere. Almeno così, ogni tanto, possiamo sfuggire al suo controllo e scappare al cinema, al teatro o a sentire un concerto.

Lei teme suo marito?

(ci riflette)

... Chi non teme non ama...

Macigno, ad esempio, temeva molto mia madre. Ma quella volta decise che si sarebbe ribellato, che non gliel'avrebbe data vinta.

Il giorno dopo la loro discussione, nel piazzale antistante la falegnameria notai una macchina che non avevo mai visto. Dante era già dentro, con una pialla in mano. Anche lui, nel vedermi, restò a bocca aperta: accidenti se ero cresciuta...

Lorenzo e Marcello si staccarono dalla fresatrice e, ignorando che ci fossimo già incontrati una volta, vennero a fare le presentazioni.

Questo è Dante, il nostro nuovo apprendista.

Chiamalo nuovo, scherzò Marcello.

Dante stette al gioco e rise con loro.

Masticando la schifezza che aveva in bocca (ebbi l'impressione che non avesse mai smesso, che fosse cioè la stessa castagna mosciarella di cinque anni prima) il vecchio operaio mi porse la mano. Era piena di calli, e se ne scusò.

Non come la tua, disse. Così liscia liscia...

Proprio in quel momento nella falegnameria entrò Macigno. Trascinava un carrello con dei fogli di compensato.

Dante ritrasse la mano. Rapido, silenzioso, proprio come una biscia.

Quando arriva un bastardo padrone dovete scattare sull'attenti, biascicò Macigno.

Si sentiva in colpa perché le cose gli andavano bene e non perdeva occasione per deridersi.

Lorenzo e Marcello si precipitarono ad aiutarlo. Dopo un istante di esitazione, Dante fece altrettanto. Convinta che quella sera stessa, a casa, ci sarebbe stato un nuovo litigio a causa sua, mi rifugiai nel solito angolo, alle spalle del banco, dove passavo il tempo piantando chiodi e sbrigando i compiti che la maestra ci aveva assegnato.

Per l'una e per l'altra operazione usavo lo stesso metodo, picchiando forte finché i chiodi non si facevano largo nell'anima del legno e le nozioni scolastiche nella mia testa. Anche nella masturbazione, in questa fase, sperimentavo tecniche riconducibili allo spanking: schiaffeggiare il clitoride o percuoterlo con la paletta ammazza mosche mi piaceva sempre di più...

Passai il pomeriggio a immaginare furibondi diverbi tra Macigno e la mamma. Intimidazioni, insulti, spintoni: sapevo benissimo che non sarebbero mai arrivati a tanto, ma il pensiero che un ometto scialbo e insignificante come Dante potesse scatenare simili tensioni eccitava la mia fantasia. Di più, mi eccitava sessualmente...

Intorno alle cinque, con largo anticipo rispetto alle nostre abitudini, Macigno decise che era ora di andare. Una volta a casa, sgattaiolai subito in bagno, convinta che le loro urla avrebbero coperto i miei mugolii: scelsi una molletta dal cesto della biancheria, la chiusi intorno al clitoride e mi tenni forte alla tavoletta del water.

Niente. Nessuna tempesta. Dalla cucina arrivava solo un tenue stormire, come se Macigno e mia madre fossero diventati lo stesso albero. Li immaginai intrecciati in un abbraccio e tirai un sospiro di sollievo. Ma poi, riaperti gli occhi, mi accorsi che quel sollievo produceva uno strano (stranissimo) effetto: non riuscivo a venire...

Di più, quel sollievo smontava la mia eccitazione, trasformava la tenaglia della molletta sul clitoride in un dolore inutile. La riposi nel cesto, mi tirai su le mutandine e uscii dal bagno.

In cucina mia madre stava friggendo le melanzane. Nello stesso tempo cuoceva Macigno a fuoco lento, impartendogli una lezione di economia aziendale.

Tu hai bisogno di collaboratori giovani, svelti, lo indottrinava. Non è colpa tua se Dante ha quasi sessant'anni. E poi che ne sa, lui, di falegnameria?

Non ne sapevo molto neanch'io, osservò Macigno.

Comunque siamo d'accordo, tagliò corto Luisa. Tu gli offri una mano, lui si impegna ad andarsene appena sospendono la cassa integrazione.

E in ogni caso non oltre tre mesi, giusto?, chiese Macigno come un bambino.

Giusto, approvò Luisa.

Macigno allungò una mano sulla cesta, prese una mela e l'addentò con aria assente. Più che di un comune accordo, la tregua che avevano raggiunto sembrava frutto di una resa incondizionata. Un frutto amaro che Macigno masticò in silenzio, contemplando le melanzane che si doravano nella padella.

Aggiunsero alla tavola un coperto e mi avvisarono che avremmo avuto un ospite.

Dante Tribolati, nato a Capannoli il primo maggio 1918, si presentò alle otto e mezza in punto, con una spilla della bocciofila sul bavero e in mano un mazzo di margherite di campo. Un omaggio superfluo, poiché lo spiazzo davanti alla casa era invaso da fiori di ogni genere, ma nessuno se l'aspettava e segnò un punto a suo favore.

Mentre mia madre sistemava le margherite in un vaso, Dante si guardò intorno e lanciò un fischio.

Però. Ne hai fatti di lavori.

Non era altro che una frase di circostanza, buttata lì per sciogliere il ghiaccio, ma vidi Macigno annaspare come se Brežnev in persona lo stesse accusando di essersi imborghesito.

Ho soltanto alzato quattro muri, si giustificò.

Dopo aver fatto un po' di feste a Maria (le smorfie di Dante le piacquero in maniera sorprendente), ci sedemmo a tavola e cominciammo a cenare. Era un momento che aspettavo con una certa curiosità, per vedere se almeno allora Dante si sarebbe liberato della castagna mosciarella che teneva in bocca. All'inizio, mentre mangiavamo la pasta alla norma, pensai che l'avesse ingoiata, ma poi mi accorsi che era stata soltanto parcheggiata in un anfratto del suo cavo orale.

È tutto buonissimo, signora, blandì più volte mia madre.

Lei sorrideva. Di controvoglia, ma sorrideva. Dal divorzio al femminismo, scoprì di essere d'accordo con Dante su tutti gli argomenti trattati, e alla fine della cena guardò per la prima volta il nostro ospite come un essere umano.

E questa bella bambina?, chiese Dante infilandosi in bocca uno stuzzicadente.

Non chiamarla bambina perché s'innervosisce, disse Macigno come se il mio nervosismo non fosse altro che un capriccio infantile (un capriccio che, appunto, mi confermava bambina).

Ti chiami Eva, giusto?

Non risposi né sì né no.

E che classe fai, tesoro?

La quinta elementare, rispose Macigno per me.

Sapeva che difficilmente avrei aperto bocca, o che l'avrei fatto soltanto dopo mille insistenze, con un filo di voce. Dante riprovò con una terza domanda.

Quindi cos'hai? Dieci anni?

Stavolta Macigno non fece nemmeno finta di attendere un tempo di reazione.

Undici, mi anticipò. Quasi dodici.

Essere fuori tempo (lui stesso, in fondo, era un vecchio satiro in ritardo sulle proprie pulsioni) conteneva qualcosa di torbido che eccitava il povero Dante.

Ripetente?, vibrò.

Lontanissimo dal decifrare i codici della sua libido, Macigno gli spiegò che, al contrario, ero sempre stata la prima della classe.

Ha solo perso un anno di scuola nel trasferimento dalla Sicilia a qui.

Mia madre tornò dalla cucina proprio in quel momento. Nel sentire nominare la Sicilia s'irrigidì.

Di che parlate?, indagò circospetta.

Niente, della scuola di Eva, rispose distrattamente Macigno.

Fino a quel momento la serata era andata liscia, al di là di ogni rosea aspettativa. Ma se Macigno si era illuso per questo di potersi risparmiare il suo mandato, aveva fatto male i conti. Insieme al piatto sporco, mia madre gli sfilò da sotto il naso ogni speranza.

Parliamo del tuo lavoro, invece.

Già, già... il mio lavoro..., partì in folle Macigno.

Dall'altro lato della tavola mia madre lo fissava con le stoviglie in mano. Spostò gli occhi sulla bottiglia per controllare quanto avesse bevuto.

Be', continuò Macigno, chiamarlo lavoro sarebbe esagerato. Diciamo che è un lavoretto, un hobby, ecco...

Non era quello l'inizio del discorso preparato in cucina. Bastava guardare mia madre per capire che non gli assomigliava neanche un po'.

Ripose sul tavolo la pila di piatti e disse gelida: Pietro, perché te ne esci così?

Lui la guardò con l'aria disorientata. Era difficile capire se si trattasse di amnesia o di una ribellione verso le parole che Luisa avrebbe voluto mettergli in bocca.

... Perché... Perché..., cominciò a balbettare.

Saltò a piè pari tutte le eccezioni studiate da mia madre e disse: Sai, Dante, posso tenerti solo tre mesi, perché non avrei i soldi per pagarti.

Il nostro ospite soffocò un rutto. Non sembrava particolarmente turbato dalla notizia, comunque molto meno di quanto non fosse Macigno nel dargliela.

Si rivolse a mia madre chiedendo la sua approvazione: È giusto, Luisa?

Insomma.

Che vuol dire insomma?

Che le cose non stanno proprio così.

Così come?

L'alleanza tra lei e Macigno era definitivamente saltata. O forse si era arricchita di quel fattore scenico che a un certo punto spinge le coppie a trasformare i propri litigi in uno spettacolo pubblico (Dante, difatti, aveva stiracchiato le gambe e guardava l'uno e l'altra come se fosse stato a teatro).

Pietro, disse mia madre, non raccontare storie al tuo amico. Se non puoi prenderlo alla falegnameria non è certo perché ti mancano i soldi per pagarlo.

Dante fece il finto tonto.

Ah, no?

Cosa crede?, si vantò Luisa. Il mio Pietro ora guadagna bene.

Se l'avesse accusato di rubare sarebbe stato meglio. Macigno si sfregò nervosamente il mento. Dalle labbra gli uscì una specie di rantolo.

... Non è vero...
Si voltò verso Dante come se fosse stato il suo giudice.
Credimi, Dante!, provò a discolparsi. Quanto mai potrò guadagnare? È soltanto una modesta falegnameria...
Ciascuno nella sua prospettiva, provammo un'improvvisa pena per quell'uomo. Sulla guancia gli era spuntato un eczema.
Lo sai, lo sapete tutti, disse ancora, io sono un compagno onesto!
Quella difesa avvilì mia madre. Anche Dante, col suo stecchino in bocca, pareva amareggiato.
Un compagno?... Pietro, non dirmi che sei ancora comunista!
Macigno si attendeva da Dante un'assoluzione o una condanna. Di sicuro, quindici anni prima della caduta del muro, non si aspettava che Dante l'avesse già picconato e fatto a pezzi.
Con un gesto della mano, nemmeno fosse stata una mosca molesta, Dante scacciò l'ultimo fantasma di Marx.
Io a certe stronzate non ci credo più, disse perentorio. E non dovresti crederci nemmeno tu, visto che adesso sei passato dall'altra parte.
Colpo di scena, mia madre sorrise al nostro ospite. Macigno se ne accorse e fu preso dal panico. Scoppiò in una risata isterica.
Ma quale altra parte? Se giro ancora con l'Ape!
Mia madre sollevò la pila di piatti e gli voltò sdegnosamente le spalle.
Se ne vanta pure!, disse prima di scomparire in cucina.
Macigno sbatté il tovagliolo sulla tavola e le urlò dietro.
Certo che me ne vanto! E tu invece cosa fai, te ne vergogni?
Ti ricordo che..., le disse ancora.
Ma poi rinunciò a rivangare i tempi in cui l'Ape era stata una carrozza reale.
Dante scosse la testa e si grattò la fronte.
Così fate piangere la bambina, fece notare.
Era vero. Due grosse lacrime mi stavano scendendo lungo le guance.

Ecco, lo vedi?, disse mia madre rientrando dalla cucina. Se ne vergogna anche lei.

Con la stessa incredula espressione, Macigno guardò prima mia madre e poi me.

Davvero, mi chiese, ti vergogni... dell'Ape?

Io continuavo a piangere in silenzio e stavo molto attenta a non dire né sì né no.

Cosa pensavi?, intervenne mia madre. Che si fa lasciare a cento metri della scuola per fare un po' di moto?

A Dante sembrò una battuta divertente e si mise a ridacchiare. Ma non era una battuta: ogni mattina, quando Macigno mi accompagnava alla Carducci, m'inventavo mille scuse per scendere dall'Ape prima che i compagni potessero vedermi.

Ti vergogni di me, crollò Macigno prendendosi la testa tra le mani.

Dante gli allungò una mano sulla spalla.

Non di te, provò a consolarlo, dell'Ape.

Ma per Macigno era la stessa cosa. Chinò la testa sul bicchiere di vino e ne bevve un altro sorso. Kropotkin e Bakunin, i due maremmani che giravano per casa, si alzarono da sotto la tavola e si spostarono un po' più in là.

Macigno si raddrizzò di scatto.

Tu che macchina hai?, chiese con una voce grave, da bassotuba.

Per alcuni secondi Dante diede l'impressione di non ricordarselo.

Una Kadett, disse alla fine.

Hai sentito? Una Kadett, ripeté Macigno indicando col pollice il nostro ospite.

Rigida come la copertina di un libro, mia madre lo guardò preoccupata della piega che avrebbe preso quella storia.

E allora, continuò Macigno salendo di un'ottava, visto che facciamo tanto i signori ti prendo come autista.

Come autista?

Macigno posò il bicchiere, allargò le braccia e annuì.

Niente falegnameria. Lì ho bisogno di gente giovane e dinamica, disse rivelando che il discorso di mia madre non gli era del tutto passato di mente. A quanto pare, invece, un bello chaffeur ci farebbe proprio comodo.

Dante si strofinò gli occhi.

Dici sul serio?

Sul serio, sul serio, confermò Macigno.

Il nostro ospite prese coraggio.

Stiamo parlando di... accompagnare a scuola la bambina?, domandò per essere sicuro di aver capito bene.

La lingua gli saettò tra le labbra. Una lingua che sembrava la coda di una biscia.

La bambina, la bambina, come no?...

Solo Dante, in quella stanza, sembrava vedermi per il progetto di femmina che ero: tanto bastava per schierarmi istintivamente dalla sua parte.

Verrai a prenderla tutte le mattine (con la KADETT, scandì bene Macigno), così nessuno dovrà più vergognarsi di me e della mia Ape.

Rivolgendosi a Dante, Macigno fissava Luisa con un'aria che metteva paura. Ma era pur sempre aria: mia madre la inalò, se ne riempì i polmoni e poi la risputò fuori aggiungendo veleno a veleno.

Mi sembra un'ottima idea, disse pari a pari con lo sguardo del suo uomo.

Era una donna di ferro. Ma basta poco, si sa, e il ferro si trasforma in ruggine...

(l'intervistata fa una pausa. Chiede all'intervistatore una matita. Dopo averla tenuta per qualche secondo tra i denti, si raccoglie i capelli e ve l'infila dentro con estrema precisione)

La Kadett di Dante era una Opel modello Caravan coperta di bozzi. I sedili divelti, il cruscotto incrostato, i tappetini fatti a pezzi, sembrava che una tigre fosse rimasta chiusa per tre giorni dentro l'abitacolo. Nonostante l'Arbre Magique che Dante teneva appeso allo specchietto, un odore raggelato di nicotina e sudore mi attendeva ogni volta che aprivo lo sportello.

Con la coda dell'occhio, nel salirci sopra per la prima volta, notai una coperta militare stesa nel vano bagaglio. Me lo sarei chiesto ogni giorno, che cosa celasse. Prima curiosa di scoprirlo, poi soggiogata dal piacere di immaginarlo: collezioni di fumetti porno, carcasse di animali, vanghe e badili con cui sotterrare corpi umani...

In realtà, una volta che m'infilavo in quella macchina, niente aveva il potere di offuscare la mia concentrazione. Fin dal primo giorno sapevo perfettamente ciò che avrei dovuto fare, un navigatore interno mi guidava con una sicurezza che il volante di Dante certo non aveva.

Sapeva guidare, sia chiaro. Ma bastava che mi grattassi un ginocchio perché lo scarto tra autista e passeggera si traducesse in un leggero sbandamento della Kadett.

Ah sì, all'improvviso conoscevo a memoria la mia parte, la recitavo con tale naturalezza che Dante a confronto sembrava un cane, sempre fuori tempo o con l'ugola stirata.

Non che parlassimo molto, in verità: Buongiorno. Ciao. A domani...

E guardare, ci guardavamo ancora meno.

Per le prime due o tre settimane mi comportai come se Dante fosse invisibile. Poi, da un giorno all'altro, introdussi l'abitudine di congedarmi da lui con un'occhiata di fuoco. Scendevo dalla macchina, caricandomi la cartella sulla schiena, e nel ruotare la testa verso l'ingresso della Carducci simulavo un'esitazione, come se per un attimo non riconoscessi la mia scuola o stessi meditando di fuggire nella direzione opposta.

Allora mi piegavo sul finestrino e con un solo letale battito di ciglia fissandolo negli occhi gli dicevo: Grazie, signor Dante.

Lui avrebbe voluto rispondere che non era esattamente un signore, e magari farci sopra dello spirito, ma già le fiamme del mio sguardo lo divoravano.

Dai suoni gutturali che riusciva a emettere prima che chiudessi lo sportello e lo lasciassi a bruciare vivo nella Kadett, capivo solamente quello che già sapevo: Dante era un animale, un incrocio contronaturale tra razza subumana e specie selvatiche di bosco.

La sua pellaccia, o guscio o corazza che fosse, resisteva al fuoco.

La mattina, alle otto in punto, lo ritrovavo intatto davanti a casa con il motore acceso.

Durante il tragitto iniziò a deglutire sempre più spesso: il turbamento causato dai miei sguardi e il nodulo alle corde vocali producevano effetti simili, nella fattispecie una raucedine che dava un che di lascivo ai suoi tentativi di attaccare discorso.

... Ti piace andare a scuola?...

... Bella gonnellina, oggi...

... Lo vuoi un po' del mio succhino?...

(Nemmeno sotto tortura, visto che si era già attaccato alla cannuccia.)

A tutto rispondevo come una sordomuta, fissando le sue labbra ed emettendo niente più di qualche monosillabo.

Poi un giorno Dante accostò, tirò il freno a mano e si girò dalla mia parte.

Si può sapere perché non mi parli?, domandò. Ti faccio proprio così schifo?

Nel corso della mia vita scolastica era già successo altre volte che dovessi sostenere quell'accusa: molti bambini, snervati dalla mia inaccessibilità, venivano a lamentarsi con me perché li facevo sentire delle cacche.

Dante non era un bambino, ma non per questo cambiai strategia e fissai anche lui per un istante, niente più che un istante, come se lo sguardo mi fosse inavvertitamente scivolato sulla sua faccia e proprio per questo mi affrettassi a ritrarlo disgustata.

Di solito, in tal modo, l'identificazione tra i miei compagni di scuola e i riccioli di merda che i cani lasciavano sul marciapiede diventava completa, assoluta, ed essi si ritiravano in silenzio convinti di non poter ambire ad altro che a essere calpestati da me.

Per il mio autista però avevo un progetto più articolato.

Dopo essere precipitosamente fuggiti dal luogo dello scontro, i miei fanali tornarono indietro e lo illuminarono con gli abbaglianti.

Io parlo con gli occhi, lo inchiodai.

Da quel momento Dante fu condannato al tentativo di capire, quegli occhi, cosa mai volessero dirgli. Impresa disperata, prima di tutto per l'inadeguatezza del suo vocabolario e poi per i miei continui depistaggi: dondolii di palpebra e sguardi in tralice, occhiatacce torve e rapide sbirciate, mescolavo tutto alla rinfusa con l'unico obiettivo di confonderlo.

Alla fine, stanco di starmi dietro, Dante decise per conto suo che quel lungo e contorto discorso visuale potesse riassumersi in un solo concetto: la figliastra di Macigno era una puttanella e intendeva sedurlo.

Una conclusione troppo vera perché potesse piacermi...

Una mattina, vedendomi salire le scale della scuola, mi richiamò alla macchina con un colpo di clacson e si permise di dirmi: Eva...

Sì?

Non fare tanto l'oca.

Io mi sentivo più un cigno, una sirena.

Ma anche essere oca, alla fine, non mi dispiaceva, mi ricordava il gioco in cui due contendenti s'inseguivano a colpi di dadi.

Decisi così di saltare alla casella successiva.

Una mattina mi accomodai sul sedile, tirai giù il finestrino e guardando fuori pronunciai una frase sorprendentemente lunga.

Comincia a fare caldo, signor Dante, sarebbe bello andare agli scoglioni.

Lui, per poco, non ingoiò la castagna mosciarella.

Come sarebbe?, s'ingolfò. E la scuola?...

Mi grattai la punta del naso.

Per una volta non potrebbe farmela lei?, dissi.

Era gratificante vederlo annaspare.

Che cosa?

La scuola.

Avevo appena ricevuto in regalo i miei primi occhiali da sole. Li sollevai sulla fronte.

Non ha niente da insegnarmi, signor Dante?

Lui avvampò sotto le rughe. Il quarto d'ora che impiegavamo per arrivare a scuola non gli bastò per trovare una risposta.

Ma il giorno dopo, al bivio di Nibbiaia, Dante girò senza fiatare in direzione Aurelia e puntò deciso verso il mare.

Impassibile come una sfinge, aspettai che superassimo Quercianella e poi gli dissi: Dove mi sta portando, signor Dante?

Il mio autista, quella mattina, aveva messo una maglietta a righe orizzontali bianche e blu, da marinaretto. Un'iniziativa patetica, che mi riempiva di rabbia e tenerezza (ma più di rabbia).

Senza smettere di controllare lo specchietto, visibilmente preoccupato di vedervi comparire l'Ape di Macigno, Dante rispose: Dove mi hai chiesto tu, signorina.

Signorina mi piaceva. Soprattutto con quella pronuncia vernacolare che, assieme alla vocale, sembrava aspirare voluttuosamente il mio profumo – un misto di borotalco, ormoni e Charlie della Revlon, di cui avevo rubato un campioncino nella profumeria di Rosignano.

Io devo andare a scuola, gli ricordai.

Girò un paio di volte la testa nella mia direzione per capire se stessi scherzando. Eventualità remota, perché io non scherzavo mai.

Ma come? E gli scoglioni?, cominciò a vacillare.

Questi scoglioni (rocce piatte a picco sul mare, adatte a prendere il sole quanto a infrattarsi) costituivano il punto più equivoco della costa, dove si concentravano amanti clandestini, omosessuali in cerca d'avventure e cultori della tintarella integrale.

Quali scoglioni? Io devo andare a scuola, ripetei.

Dante scalò la marcia e mi fissò per l'ennesima volta. Ne approfittai per sommare le cifre della targa davanti. Cinque più tre più sette più quattro più cinque, calcolai mentalmente mentre Dante tirava giù un paio di santi.

Che giochi mi fai, signorina?

Per tutta risposta mi sporsi dal finestrino e cominciai a urlare.

Aiuto, aiuto, quest'uomo mi ha rapita!

O bischera, piantala! Ma che dici?

Moltiplicai la forza dei miei strilli: Aiuto, salvatemi!

Allora i finestrini si chiudevano ancora a manovella. Per arrivare alla mia, Dante si allungò dalla parte del passeggero. Ma io gli afferrai il polso, lo torsi, e provai a piantargli un chiodo sul palmo della mano.

Dante lanciò un urlo, mentre la macchina sbandava paurosamente a pochi metri dal guard-rail. Per liberare la mano e riprendere il controllo del volante dovette rifilarmi un manrovescio.

Dio belva, bestemmiò, sei diventata matta?

Accostò la Kadett sul ciglio della strada, tirò rabbiosamente il freno a mano e si passò una mano sulla fronte madida di sudore.

Solo allora, guardando il dirupo, realizzai il rischio che avevamo corso.

Signor Dante, mi perdoni. Non so cosa mi ha preso.

Restammo lì in attesa che i nostri cuori riprendessero a battere regolarmente (ce ne volle). Nella macchina si sentiva puzza di bruciato. Le scariche d'adrenalina, imparai, rilasciano un odore.

Ti porto a scuola, disse Dante alla fine.

Nel fare inversione sulla rotonda di Calafuria, sentii che tremava ancora. Ritornare sulla solita strada ci aiutò a sentirci meglio. Del resto, eravamo entrambi inclini a considerare il vizio un'abitudine.

Io crescevo e lui stava là a guardarmi crescere: inutile andarsi a cercare altre emozioni. A meno di dodici anni ero già alta un metro e sessanta, entro la fine dell'anno lo avrei superato.

In realtà fu sufficiente arrivare all'estate: Dante si stava incurvando a vista d'occhio. In pochi mesi aveva perso quasi tutti i capelli e quel poco di vivacità che resisteva in fondo alle pupille.

Dunque, era composta più o meno così la nostra coppia: dalla prima della classe e dall'ultimo degli ultimi. Ma dopo la prima settimana di vacanza già mi mancava. Dalla locandina del "Vernacoliere" avevo imparato diverse parolacce, boia deh, budiùlo, budello de tu' ma', e con esse esprimevo tra me e me la nostalgia per il mio autista.

Ai primi di agosto non resistetti più. Inforcai la bicicletta e raggiunsi il villaggio Solvay. Vi arrivai tutta sudata, l'afa rendeva l'aria irrespirabile ma era comunque aria di festa. I dipendenti della fabbrica aspettavano ferragosto allineando le sdraio nei cortiletti e annaffiando le aiuole con il tubo di gomma.

Ritrovai facilmente la palazzina a due piani. Quanti anni erano passati? Sei o sette, almeno. Ma ricordavo perfettamente la scena: Dante con i gomiti appoggiati al davanzale che spogliava con gli occhi mia madre e Macigno ad armeggiare inutilmente intorno alla serratura del piano terra.

A giudicare dai giocattoli sparsi nel cortile, nel suo appartamento ora ci abitava una famiglia con un bambino piccolo.

Appoggiai la bicicletta al cancello e mi sollevai sulla punta dei piedi per sbirciare oltre il muretto.

La tapparella di Dante era mezza aperta. O meglio semichiusa: prevaleva infatti la sensazione di un ripiegamento.

Mi sembrò di sentire una radio accesa.

Signor Dante?

Entrai nel cortile e salii al primo piano. La porta dell'appartamento era accostata. Più mezza aperta che semichiusa, stavolta: una visita, lasciava intendere quello spiraglio, non sarebbe stata sgradita.

Signor Dante?, chiesi ancora varcando la soglia.

Feci mezzo passo nella penombra del corridoio. Sì, la radio era accesa e trasmetteva un programma religioso: padre Rotondi commentava il Vangelo del giorno. Chi mangia la mia carne e beve il mio sangue, sentii che diceva. Sulla parete, accanto al contatore, stavano appesi un crocefisso e il calendario dell'anno prima.

Signor Dante?

Avanzai piano piano nel corridoio. Sulla destra una cucina: più pulita di quanto m'aspettassi. Sulla sinistra la camera da letto. Un letto grande, matrimoniale, ma metà del materasso era occupata da copie incartapecorite del "Tirreno". Al mio chaffeur piaceva leggere giornali vecchi.

Nella terza e ultima stanza la penombra s'infittiva. Dante vi era immerso con la stessa espressione che aveva alle otto di mattina, quando aprivo la porta di casa e lo trovavo là con il motore acceso.

Prego, signorina, accomodati.

Mi aspettava, signor Dante?

Ti aspetto ogni giorno, rispose lui.

Poteva essere una frase romantica, ma Dante la pronunciò con la neutralità di un militare addestrato all'obbedienza.

Mi sedetti di fronte alla sua poltrona e lo guardai meglio. Sì, l'espressione era sempre quella, ma stinta da un pallore che mi ricordò la carta ammuffita del "Tirreno".

Perché conserva tutti quei giornali, signor Dante?

Per leggerli con calma l'anno dopo.

L'anno dopo?

Mi calma i nervi, spiegò. Sapere che tutte quelle cose sono già successe... che il mondo è andato avanti lo stesso...

È rassicurante, disse.

Gli chiesi cosa stesse facendo lì seduto, perché non facesse entrare un po' di luce.

La luce... la luce... Sei tu la luce, mi lusingò.

Realizzai che non stava tanto bene. Malgrado il caldo, indossava un pigiama di flanella e si teneva un plaid sulle ginocchia. Dalla canottiera, tra i peli bianchi, gli usciva un tubicino che si andava a innestare in una specie di catetere.

Provò a farmi ugualmente un mezzo sorriso.

Le sanguinano le gengive, signor Dante.

Lui annuì e disse che lo sapeva.

È il tumore, disse. O la chemioterapia – a un certo punto non distingui più il male dalla cura.

Mi dispiace, signor Dante.

Anche a me, disse lui, ma poi fece un gesto come a dire che non era importante.

Ce l'ha in bocca, vero?, gli chiesi dopo una breve pausa.

Ovviamente mi riferivo al tumore, ma Dante pensò che parlassi della castagna mosciarella che tanto mi ossessionava.

Non ho più nemmeno la forza di masticarla, disse Dante.

Faceva fatica anche a deglutire. In certi momenti, mi sembrò, perfino a respirare.

Ma ti prometto che a settembre starò meglio, disse ancora. Pronto per il primo giorno di scuola.

Mi piacque venire a sapere che quel quarto d'ora passato con me dentro la Kadett era alla base della sua volontà di guarigione. Era tempo che la mia avvenenza, anziché distruzione o voluttà di morte (sei bella da morire, mi scrivevano i maschi sui bigliettini che poi ritrovavo nella cartella), diventasse incentivo alla vita.

Mi spieghi com'è fatto.

Che cosa?

Il cancro, signor Dante.

Vergognandomi a chiedergli cosa pensasse di me, lo spingevo a parlare di neoplasie avanzate, in modo da arrivare alla mia bellezza per contrasto.

Il cancro, rispose, è... una cosa infame.

E poi?, insistetti.

Lui si strinse nelle spalle. Non lo sapeva, non aveva gli strumenti per descriverlo.

È difficile parlare di una cosa così brutta, vero signor Dante?

Accavallai le gambe e abbozzai un accenno di dangling.

(l'intervistata spiega cos'è il dangling: tecnica di seduzione femminile basata sul dondolamento della scarpa. Per attuarla, la scarpa va sfilata sul tallone e tenuta in bilico con le dita del piede)

Indossavo delle infradito da spiaggia, non certo le calzature più adatte, ma ottenni lo stesso il mio scopo. Dante chiuse gli occhi e reclinò la nuca, incapace di sostenere l'ipnotica visione di quel dondolio.

È difficile parlare anche delle cose troppo belle, mormorò.

Restò a lungo in quella posizione, aspirando in silenzio l'aroma della mia presenza. Per gioco, e per essere sicuro che avesse davvero gli occhi chiusi, arrotondai le labbra e feci finta di mandargli un bacio. Sì, forse si era perfino assopito.

Dopo qualche minuto cominciai ad annoiarmi.

Forse è meglio che ora vada, signor Dante.

Lui si risvegliò di soprassalto.

No, no, rimani, protestò con tutte le sue forze.

Anche così non venne fuori più di un rantolo.

Raddrizzò il collo e tornò a guardarmi. Forse si rese conto che, per trattenere in casa una lolita in canottierina e shorts di jeans, un uomo nelle sue condizioni doveva almeno sforzarsi di intavolare una conversazione.

Raccontami qualcosa, disse.

Cosa vuole che le racconti?

Lui si strinse nelle spalle per dire che il tema era libero.

Qualcosa di te, disse lottando con la tosse.

Tolti i chiodi e i ditalini, mi domandai se rimanesse qualcosa di me che si poteva dire.

Ah sì, schioccai le dita. Ho imparato a ballare.

Dante ebbe un fremito. Il plaid gli scivolò dalle ginocchia.

A ballare? E chi te l'ha insegnato?

Prima di rispondere raccolsi la coperta e gliela sistemai di nuovo sulle gambe.

Nessuno, lo rassicurai. Ho imparato da sola, signor Dante, guardandomi allo specchio.

Allo specchio?, sgranò gli occhi.

Quel raddoppio di prospettiva lo turbò. Immaginò di guardarmi nello stesso momento davanti e di dietro e si aggrappò ai braccioli.

C'è uno specchio anche qua, disse.

Era vero. Uno specchio opaco, come stanco di riflettere, ma abbastanza lungo da inquadrarmi a figura intera.

Dante e io ci guardammo per capire chi avrebbe parlato per primo.

... Ballo per lei, signor Dante?... Balli per me, signorina?...

Quelle due frasi erano porte che si aprivano sulla stessa stanza, ma erano anche un bivio decisivo. Aspettare strategicamente la richiesta di Dante mi avrebbe indirizzata a un destino da puttana nel senso più miserevole del termine, offrirmi volontariamente al suo piacere sarebbe stato il primo passo per diventare una sweet (femmina in generosa offerta, poco incline ai giochi di potere, felice di donare se stessa).

... Un dono, ecco, sì, un dono...

Ballo per lei, signor Dante, dissi sfilandomi le infradito e salendo a piedi nudi sul tavolo.

Avrei danzato anche senza musica, o sulle tonalità frugali della sigla di "Ascolta si fa sera", ma Dante, con un movimento che sembrava beneficiare dell'energia che avevo appena liberato, allungò la mano sulla radio e cambiò canale.

C'erano i Dischi Caldi, sul secondo. E a caldo si aggiunse altro caldo con le note infuocate di *Disco Inferno*.

Che avessi imparato a ballare era vero e non era vero: mi muovevo in effetti da danzatrice consumata, con dei sofisticati passi di vogueing, ma niente e nessuno mi aveva istruita, godevo di una sapienza naturale come quella di un lupo nella neve, di un'aquila nel cielo, e come loro non contemplavo errore, aderivo senza sforzo ai miei istinti.

... Burn baby burn... Discoooo infernoooo...

Dante batteva il ritmo con la pantofola. Patetico e perciò meraviglioso.

Ballai altri tre pezzi, ma quando scesi dal tavolo quello stanco sembrò Dante. Non aveva nemmeno la forza di applaudire o dirmi brava. Perciò fu lui, stavolta, a parlare con gli occhi: un messaggio chiaro, diretto, che quasi mi costrinse ad abbassare i miei.

Posso fare qualcos'altro per lei, signor Dante?

Non disse né sì né no. Sollevò soltanto la mano destra come a dire che avevo fatto abbastanza, che un altro dono l'avrebbe ammazzato.

Mi asciugai il sudore con il bordo della maglietta, sollevandola quindi sull'addome piatto e abbronzato, poi recuperai sotto la sedia le infradito.

Restava la curiosità di vedere se l'avessi eccitato. Io lo ero moltissimo. Mi sentivo bagnata come non mai, tanto che non resistetti e appoggiai furtivamente un dito dalle parti del perineo.

Il tessuto dei jeans era zuppo, dal denim risaliva un odore strano. Sentii un rivolo prendere la strada del mio interno coscia e fermarsi soltanto all'altezza del ginocchio. Lo raccolsi sul dito. Era sangue. Era la mia prima mestruazione.

Cosa provò in quel momento?

Terrore. E poi senso di colpa.

Credevo che il ballo mi avesse procurato un'emorragia interna, che si trattasse di una punizione divina, che sarei morta prima di arrivare alla mia bicicletta. Non lo so cosa credevo...

Trascinando la gamba sporca di sangue, senza nemmeno salutare Dante, mi lanciai per le scale a cosce strette. Come avevo supposto, al piano terra abitava un bambino poco più grande di Mariuccia. Me lo ritrovai davanti e inciampai in rapida sequenza nell'ultimo gradino, nei suoi giochi, nella vergogna.

Perdonami, dissi rubandogli il bavaglino che teneva annodato sul collo.

Per fortuna, poco più avanti c'era una fontanella. Usai il bavaglino per ripulirmi il sangue sulla coscia, poi lo ripiegai nelle mutande a mo' di tampone. Prima di arrivare a casa lo nascosi nel bosco. Ricordo di aver scavato una buca profondissima, ero terrorizzata al pensiero che ritrovassero il bavaglino insanguinato e Dante morto nel suo appartamento: avrebbero fatto due più due e sarebbero risaliti dritti fino a me.

Ma il bavaglino non fu mai ritrovato, Dante non morì e anch'io sopravvissi alle mie prime mestruzioni. Scampato il pericolo, ebbi piuttosto la sensazione che quelle perdite mi avrebbero fatto guadagnare qualcosa. In femminilità, prima di tutto, perché il mio corpo ne uscì sbocciato definitivamente. E poi nel carattere, che per miracolo diventò più aperto, quasi fosse saltato un tappo tra me e il resto del mondo.

A metà settembre, quando il ciclo ritornò, ero pronta ad accoglierlo: in esso già vedevo una redenzione a basso costo, una passata di spugna sul mio interno coscia che, in cambio di una leggera emicrania, mi avrebbe purificata e restituita intatta alle mie voglie.

Subito dopo le mestruazioni la voglia di sesso diventava smisurata, un patrimonio immenso che non annotavo più taccagnamente sul taccuino (possiedo: una topa vorace) ma sognavo di elargire (a me stessa, agli altri, al mondo) e forse perfino di dissipare.

In questo stato mi ritrovò Dante il primo ottobre.

Cominciava la scuola media e si annunciavano diverse novità: gli insegnanti, i compagni di classe, il loro impatto con le mie tette nuove di pacca. Perfino il mio autista si presentò con un taglio inedito.

Buongiorno, signor Dante. Sta bene così rasato.

La chemio gli aveva fatto perdere i capelli, e con essi molto della sensazione untuosa che la sua figura trasmetteva. Per il primo giorno di servizio aveva comprato una camicia bianca e fatto lavare l'esterno della Kadett.

Ecco, sì, in generale Dante appariva più pulito...

È guarito?, gli chiesi cercando di ritrovare sul sedile la mia vecchia forma.

La sintassi di Dante era sempre stata piuttosto elementare. Ma quella volta s'inoltrò in una selva di subordinate, con le quali cercò di farmi capire che il tumore alla gola non era la sua unica malattia.

Se era di me che stava parlando, Dante lo fece con la solita penosa raucedine ma anche con una leggerezza nuova, che sulle prime non riuscii a decifrare.

Solo alla fine realizzai di cosa si trattasse: Dante si era liberato una volta per tutte della castagna mosciarella.

Ci liberammo tutti, quell'anno, di molte cose.

Innanzitutto Macigno delle sue fisime classiste. Una volta messe da parte, scoprì che arricchirsi gli piaceva moltissimo. Poco prima di Natale, mentre tutto il mondo pensava ai regali, pose fine alla sua politica del dono e, approfittando della massiccia domanda, portò alle stelle i prezzi dei suoi mobiletti.

Parte del ricavato servì a rifinire la nostra casa in collina. Macigno costruì un garage, una sala hobby, una stanza degli ospiti (che non avemmo mai).

E naturalmente si liberò dell'Apecar.

Più difficile, per lui, fu liberarsi del sospetto che mia madre avesse una tresca con Dante. Sempre più spesso Luisa gli chiedeva di curare il giardino, di accompagnarla a fare la spesa, perfino di badare a Mariuccia (che s'era liberata del pannolino ed era diventata una peste).

Mordendolo un giorno all'improvviso, quel sospetto aveva impresso sulla sua faccia un segno che Macigno tentava inutilmente di nascondere con pose assurde, innaturali. Invece di parlarne con la sua donna, Macigno le fabbricò un armadio dove riporre i vestiti che si era messa compulsivamente ad acquistare.

Di quelli vecchi, che risalivano ai tempi della Sicilia, mia madre si liberò in un colpo solo, facendoli buttare da Dante.

Oltre alla castagna mosciarella, quest'ultimo aveva gettato via i resti di un orgoglio altrettanto ciancicato, e senza opporre resistenza si faceva usare da tutta la famiglia per ridefinire il senso della parola compagno. Per mia madre significava lacché, per Macigno il fantasma del passato, per me un socio di minoranza che partecipava alla gestione della mia crescita senza mai accedere agli utili.

Quando Dante guidava, a me piaceva passare a tanto così dalla malizia, puntare la sua libido e poi frenare all'ultimo momento.

C'è più stato, signor Dante, agli scoglioni?

Per nascondere l'alopecia Dante indossava spesso un berretto US Navy, e quando non sapeva cosa dire aveva preso l'abitudine di toccarsi la visiera.

C'è più stato o no?

Mi è bastata la gita dell'anno scorso, signorina...

Io avevo scoperto l'arma del sorriso e vi facevo ricorso in continuazione.

Ma l'anno scorso ero una bambina, signor Dante!

Cos'ero, invece, adesso?

Ogni volta che mi guardava, Dante sembrava chiederselo.

Immaginare le sue risposte era diventato il mio passatempo preferito.

La eccitava pensare a Dante?

Sì e no. La funzione di Dante nelle mie fantasie erotiche anticipava ruoli che solo in seguito avrei imparato a distinguere – cuckold, voyeur, vecchio porco – ma già ne riassumeva le caratteristiche principali: impotenza e onnipresenza.

Non sognavo mai di fornicare con Dante, ma in ogni fantasia lui era là, immobile come una lucertola sul muro, a contemplarmi, talvolta a insultarmi, più spesso a dirmi brava per come soddisfavo i miei giovani amanti.

Chi popolava, allora, i suoi sogni erotici?

Lorenzo e Marcello erano sempre i più gettonati – perché mi piacevano, e perché mi piaceva la gelosia di Dante nei loro confronti.

I due calabroni, li chiamava, perché secondo lui non facevano altro che ronzarmi attorno.

In realtà, io ero piena di calabroni. Ai miei compagni di classe si univano quelli più grandi, di seconda e di terza, e soprattutto i ragazzacci dell'istituto tecnico che all'uscita di scuola venivano a vedere cosa offrisse il vivaio del Carducci.

De', bellina, mi disse uno più sfacciato degli altri, me lo faresti un regalino?

Era il chicchirichì di un gallo, niente di più, ma io posai la mano sul manubrio del suo Ciao e gli stampai un bacio sulle labbra.

Dante vide tutto, credo, perché la Kadett era già ad attendermi al solito posto. Quando vi salii sopra, lo trovai che si toccava a ripetizione la visiera del berretto. In ogni caso la scena non gli sfuggì certo il giorno dopo e in quelli a seguire.

Tra i maschi si era sparsa la voce e la formula era diventata rituale.

... Eva, me lo faresti un regalino?...

Con un sorriso che non distingueva tra belli e brutti (che con i brutti, anzi, diventava più lucente), mi avvicinavo e li baciavo, a volte con la lingua.

Le femmine, all'inizio, dissero che ero matta. Poi cominciarono a invidiarmi. Alla fine una loro delegazione venne a processarmi e io spiegai con calma che, secondo me, non c'era niente di male nel baciarsi, e che se anzi fossero riuscite a vedere quei baci per quello che erano (qui le mettevo scaltramente di fronte al dubbio di essere miopi, piene di sciocchi pregiudizi) ne avrebbero riconosciuto l'innocenza.

La maggior parte restò convinta che fossi una puttana. Ma molte compagne, piano piano, vennero dalla mia parte e mi proposero di diventare amiche. Apprezzavano che non avessi secondi fini, che non facessi niente di nascosto, che volassi libera sopra l'odio e soprattutto sopra quell'amore che già tanto complicava le loro esistenze.

Quel modo di avere tutti i ragazzi senza averne nessuno diventò uno stile seducente. Al punto che, seppure di nascosto, diverse ragazzine vennero a chiedermi se potevo baciare anche loro.

Tutta quella promiscuità non sfuggì a Dante, che forse si chiese se doveva parlarne a mia madre o a Macigno. Ma alla fine si limitò a toccarsi la punta del berretto e a procurarsi una foto della mia classe, che teneva nascosta sul parasole della Kadett per chissà quali scopi.

Andammo avanti così per molto tempo – un tempo rettilineo lungo il quale fu sufficiente tenere dritto il volante e il piede sull'acceleratore. Quando arrivai in terza media dovetti tirare indietro il sedile, perché ormai ero alta quasi un metro e settanta e le gambe non c'entravano più.

Anche da Dante, ora, mi facevo lasciare a un paio di isolati di distanza dalla scuola: non perché mi vergognassi della Kadett ma perché ero sempre più fiera della mia andatura.

Ero fiera in tutti i suoi significati: esposizione di beni, orgogliosa di me stessa e belva felina...

In quello stato, ancheggiando sinuosa verso scuola, una mattina di febbraio mi si affiancò una moto di grossa cilindrata guidata da un pilota altrettanto massiccio. Dietro di lui, e dietro ai Ray-Ban a specchio, un piccoletto con i baffi e il casco sotto al braccio. Indossavano entrambi giubbotti di pelle.

Sei Eva?
Secondo te chi altri potrei essere?
Era una risposta che mi piaceva molto, l'usavo ogni volta che si presentava l'occasione.
Il motore della Kawasaki scoppiettava in continuazione.
Il piccoletto mi squadrò dalla testa ai piedi e bisbigliò all'orecchio del massiccio che qualcosa non quadrava.
Non dovrebbe avere quattordici anni? Questa sembra averne almeno diciotto!...
Le spalle enormi del massiccio si strinsero per quanto potevano.
Guardala bene in faccia, disse da dentro il casco integrale. Tale e quale a sua madre.
Per togliersi ogni dubbio si sollevò la visiera e mi chiese, con un accento che mi suonò familiare: Sei la figlia di Rosa Cavataio, sì o no?
Frenai di colpo, e la moto fece altrettanto. Il piccoletto sbatté la testa sul casco del massiccio.
Risposta affermativa, commentò rimettendosi sul naso gli occhiali a specchio.
Non sembravano reduci da chissà quale viaggio, ma il nome che avevano pronunciato veniva da lontano. Una lontananza alla quale contribuii facendo un passo indietro.
Come sarebbe?, si finsero offesi. Dovresti venire ad abbracciarci e invece scappi?
Sì, non mi sbagliavo, quello era un accento siciliano.
Alzai una mano tra me e i due centauri, come a spostare un velo che mi offuscava la vista.
Siete voi?, domandai incredula. Siete... gli angeli?
Da quanto tempo non pensavo a loro? Ne avevo quasi dimenticato l'esistenza e ora eccoli di nuovo là, a due metri di distanza.
Certo, gli angeli, ridacchiarono.
Non vi siete più fatti vedere.
Ma noi c'eravamo sempre.
Lo so, lo so...
Il piccoletto con i baffi si sfilò i Ray-Ban e fece segno di avvicinarmi.

Per essere una che non doveva neanche nascere, disse, sei cresciuta parecchio.

Fece una battuta divertente sulla gonna troppo corta e sulle gambe troppe lunghe, ma subito dopo ritornò serissimo.

Vuoi sempre bene alla tua mamma? Le ubbidisci?

Gli angeli sapevano tutto di me – era una delle poche cose che io sapevo di loro – e perciò non me la sentii di mentire più di tanto.

Di solito sì, risposi a mezza bocca.

Ubbidiscile sempre, si raccomandarono. Tua madre è carne della nostra carne e sangue del nostro sangue.

Queste parole mi ricordarono le prediche di padre Lombardi. Forse anche gli angeli, come Dante, seguivano alla radio "Ascolta si fa sera".

Ci fu almeno un minuto di silenzio. Il motore continuava a scoppiettare. Poi si sentì il suono della campanella e girandomi verso la scuola vidi i miei compagni entrare in classe.

Anch'io devo andare, feci presente agli angeli.

Il massiccio mi trattenne per il gomito. La visiera del suo casco era allentata, gli ricadeva in continuazione sulla faccia.

Aspetta, disse rialzandola per l'ennesima volta. Dicci un'ultima cosa: quel vecchio con la Kadett che ti ha accompagnata, chi sarebbe? Tuo... padre?

L'ipotesi mi lasciò senza parole. Ma subito dopo riaffiorò la risposta che mi aveva dato mia madre diversi anni prima, quando ancora non esisteva Macigno, e tantomeno Dante.

(Mamma, chi è il mio papà?

Il tuo papà è... l'uomo che ti accompagnerà a scuola.)

All'improvviso la domanda degli angeli mi sembrò meno strampalata, a suo modo plausibile.

È mio padre, certo, risposi.

Gli angeli si scambiarono un'occhiata.

Grazie dell'informazione, piccirì.

Le mie sicurezze cominciarono a vacillare. Cazzo, pensai, ma allora non è vero che gli angeli sanno tutto...

Smisero di calcolarmi. Il massiccio girò la moto e diede una sgassata, mentre il piccoletto s'infilava il casco. All'improvviso sembravano di fretta.

Partirono a razzo, ma dopo alcuni metri quello coi baffi si voltò a guardarmi e alzò il braccio per salutarmi. Nella mano stringeva una pistola.

Erano mafiosi?

Della specie Cavataio – la peggiore.

Per trovarci avevano impiegato quindici anni, ma una volta lì se la sbrigarono in pochi minuti.

Dante, infatti, lo beccarono poco dopo nel parcheggio della Standa. Si avvicinarono al finestrino della Kadett e lo crivellarono di colpi. Stringeva in mano la lista della spesa compilata da mia madre.

Quel giorno, al termine delle lezioni, aspettai il mio autista per l'ultima volta. Era un'attesa per modo di dire, più passavano i minuti e più capivo che Dante non sarebbe mai arrivato.

Alle due una volante della polizia si fermò davanti alla scuola deserta. Il connubio tra lampeggiante acceso e sirena spenta raccontava di una tragedia ormai consumata. Mi portarono a casa senza fare domande, né io cercai da loro risposte che già immaginavo.

Gli angeli non esistevano più. Chissà da quanto se n'erano andati, lasciandoci in balia di una vendetta che, deviata dal tempo, si era abbattuta sulla persona sbagliata.

In effetti non fu la vendetta a distruggerci, ma l'errore. Ce ne sentimmo subito tutti responsabili. Mia madre per non aver tenuto Dante fuori dalle nostre faccende, io per averlo consegnato agli assassini, Macigno per non essere morto al posto suo. In più, Pietro Terreno dovette sostenere il peso di una rivelazione che gli piombava addosso dopo dieci anni, durante i quali si era rivolto alla sua donna chiamandola sempre con il nome sbagliato.

Dunque Luisa non è il tuo vero nome?

No, mi chiamo Rosa. Rosa Cavataio.

E non sei emigrata da Catania?

No, sono scappata da Piana degli Albanesi.

E quel marito deceduto nel terremoto del '63?

Non è mai esistito. Eva l'ho messa al mondo con un picciotto della famiglia Conigliaro.

Poco abituato alle bugie, assumerle tutte insieme fece a Macigno l'effetto di una sbornia. Ci mise sopra del mandarinetto e, tenendosi la testa tra le mani, provò in ogni modo a sentirsi anche lui una vittima.

Oh, povero me... povero me...

Dopo una settimana di quella lagna, mia madre propose a Macigno di separarsi.

Non voglio averti più sulla coscienza, disse. Oltretutto, se capiscono che Dante era l'uomo sbagliato, quelli sono capaci di tornare e fare fuori anche te.

Macigno si passò il dorso della mano sulle labbra.

Ah, adesso ti preoccupi per me...

Buttò giù un altro sorso e insinuò: E se non avessero sbagliato uomo?

Cosa vorresti dire?

Non riusciva a togliersi dalla testa che mia madre si fosse fatta una storia con Dante. Avrebbe potuto chiederglielo, a quel punto, ma Macigno non sapeva nemmeno più come chiamarla, se Luisa o Rosa.

Niente, niente, provò a ritrattare.

Mia madre gli levò il bicchiere dalle mani e cercò il suo sguardo.

Ora mi spieghi, disse.

Macigno digrignò i denti. Si fissò i piedi enormi.

Il cornuto è sempre l'ultimo a sapere, si lasciò scappare.

Invece di schiaffeggiarlo, come pure avrebbe voluto, mia madre andò in camera e si sdraiò sul letto.

Spero che tornino, disse quando lui entrò. Così ti togli ogni dubbio.

I Cavataio si fecero più vivi?

No, mai.

(si corregge) O meglio sì, circa trent'anni dopo, all'Infinito...

Stavo tranquillamente tesserando un nuovo socio quando mi cadde l'occhio su quel nome: Cavataio Ruggero...

Per poco non mi cedettero i tacchi.

Il giovanotto che avevo davanti, un cicciobello nella terra di mezzo tra vergine e puttaniere, se ne accorse e mi guardò preoccupato.

Che c'è? Qualche problema?

Feci un bel respiro e gli restituii il documento.

No, no, nessun problema, mi sforzai di sorridere.

Non potevo impedirgli l'ingresso al club ma nemmeno lasciarlo andare via così.

Ho visto che è nato a Palermo.

Cicciobello non disse né sì né no.

Rione Acquasanta, giusto?

Sulla sua carta d'identità c'era scritto che Ruggero Cavataio era uno studente universitario. Forse sarebbe diventato un onesto avvocato, senza più alcun legame con la mafia, ma di sicuro non si sarebbe mai tolto dalla faccia l'impronta di famiglia.

Alla lontana, gli annunciai, ma è probabile che io e lei siamo parenti.

In un club privé non c'è mai molta luce e la sua espressione contribuì a rabbuiare la reception.

Ah, questo significa che...

Pregai che non mi chiedesse di cancellare l'iscrizione: ci avevano appena bruciato il locale e non navigavamo certo in buone acque, le quote dei single ci servivano come il pane.

Insomma, proseguì Cicciobello, pensa che, nonostante la parentela, sarà possibile fare un po' di sesso insieme?

Vediamo, risposi tirando un sospiro di sollievo, nella nostra dark room non si sa mai quello che può succedere.

I brufoli di Ruggero ripresero colore. Abbassò ulteriormente la voce.

Sa, ho letto di lei su internet.

Bene.

Ci sono un sacco di recensioni positive.

Troppo buoni.

Dicono che lei è una dea del sesso.

Addirittura.

La prego, signora Eva, scopi con me.

Le strobosfere cominciarono a girare sopra le nostre teste.

Un club privé è un luogo di libertà, gli spiegai. Prendere impegni non corrisponde al nostro stile.

Gli misi in mano la sua tessera e lo pregai gentilmente di lasciare spazio ai clienti successivi.

Lui annuì e si fece da parte. Prima di inoltrarsi nelle viscere dell'Infinito si voltò a fissarmi con due occhi imploranti.

Non pensò di cogliere l'occasione per vendicarsi?

... Perché mai?...

Mia madre aveva passato la vita a difendermi dal suo peccato originale, come avrei potuto far pagare a Cicciobello le colpe dei suoi padri?

(l'intervistata carezza la testa di Kid, poi s'impone di essere sincera)

E comunque sì, ammetto che pensai di fargliela pagare...

Mi chiusi nella voliera con una gang di stalloni e lo tenni là fuori a sbavare per tutta la serata. M'inondarono a turno, ma le uniche due goccioline che quella sera mi stavano a cuore erano quelle che cercavo di spremere dalle ghiandole lacrimali del giovane Cavataio.

Sì, volevo farlo piangere...

E quando alla fine ci riuscii, nella cappa distopica che incombe sui club privé alle quattro di mattina, spalancai la porta della voliera con un calcio e lo feci salire su quel tatami seminato a sperma, perché nessuno, nemmeno Ruggero Cavataio, potesse mai dire di essere uscito dall'Infinito insoddisfatto, e in quattro e quattr'otto lo feci venire con una pugnetta da stagista, mentre lui mi sussurrava nell'orecchio: Signora Eva...

Dica.

... Temo di essermi innamorato di lei...

Torniamo un momento indietro: chi l'accompagnò a scuola dopo la morte di Dante?

Nessuno. Per il semplice motivo che a scuola smisi praticamente di andare.

Pensavo che, dopo qualche giorno chiusa là dentro, qualcuno avrebbe bussato alla porta della mia cameretta e mi avrebbe costretto a fare la cartella. Ma non venne nessuno.

Macigno prese l'abitudine di dormire fuori di casa, mia madre perse quella di svegliarsi alle sei per preparare la colazione a tutta la famiglia.

Spesso si facevano le dieci, le undici, e nessuno aveva ancora aperto le persiane. Nella desolazione della campagna si sentiva solo Maria che piangeva per la fame e i cani che si univano a lei con strazianti ululati.

Non era chiaro se Macigno vivesse ancora con noi. Si faceva vedere ogni tanto, a orari imprecisati, e sempre più impreciso era il rapporto che aveva con mia madre. Non sapendo più come chiamarla (Luisa era anacronistico, Rosa stonato, amore o tesoro fuori discussione), tutte le sue frasi risentivano di una iniziale omissione che le faceva suonare smozzicate, ancora più brusche di quello che già erano.

Dopo alcune settimane di questa vita, la collina di Rosignano mi sembrò un enorme iceberg alla deriva. La casa, la famiglia, la scuola, tutto stava naufragando.

Con enorme sforzo, io che non sono mai stata un grillo, m'imposi di tirarmi fuori dal letto ai primi strilli di Mariuccia e di riscaldarle il latte. Poi iniziai a vestirla e a portarla al nido comunale. A quel punto, forse, sarei potuta entrare in classe per la seconda ora: a volte lo facevo, più spesso no. Mi scoraggiava l'idea di presentarmi a scuola con i capelli sporchi e la tuta da ginnastica in cui avevo dormito.

Mi lavavo poco e non mi truccavo più.

Giacché ero in tuta, cominciai a correre sul lungomare. Prima pochi chilometri, poi lunghi tragitti che a volte mi portavano oltre Castagneto. Scoprii che la fatica era un anestetico potente, quando tornavo all'Ape mi spingeva sulle tempie impedendo al dolore di uscire.

Sì, ha capito bene, l'Ape Piaggio...

Lo tirai fuori a spinta dal garage, poi gli cambiai la batteria e ripulii il carburatore. Andava ancora decentemente.

Con la bella stagione, alla corsa affiancai il nuoto. Mi tuffavo dagli scoglioni e nuotavo in mare aperto finché non ce la facevo più. A volte, dal porto ero capace di arrivare alla Meloria: sette chilometri all'andata e sette al ritorno.

Mi stancavo così tanto che spesso mi addormentavo dentro l'Ape. Quando mi svegliavo non sapevo mai se era presto o se era tardi perché, a parte quelli dell'asilo di Mariuccia e dello stomaco dei cani, non avevo orari da osservare.

Osservavo poco anche me stessa, ormai, ma non per questo smettevo di crescere. La consapevolezza del mio corpo era un cane che aveva rotto la catena, correva per conto suo.

La mia unica preoccupazione erano diventati i soldi. Ogni volta che passava per casa, Macigno ce ne lasciava un po' sotto la pendola, e con l'occasione la ricaricava. Ma ormai la pendola era quasi sempre ferma.

Decisi perciò di cercarmi un lavoro, con il quale pagarmi le scarpe da running (ne consumavo un paio al mese) e la palestra dove mi ero iscritta.

Provai in un bar. Ma non riuscivo a stare ferma, le mie gambe avevano bisogno di sprigionare un'energia che servire il caffè ai tavoli non bastava certo a esaurire. Né andò meglio come dog sitter: abituata a Kropotkin e Bakunin, digerivo poco i cappottini con cui le signore dell'Ardenza vestivano i loro barboncini.

Alla fine mi ritrovai sotto l'insegna verticale del Ciucheba. Era la discoteca più in voga della Costa Etrusca, ogni weekend all'ingresso si formava una fila che arrivava fino all'Aurelia. Il fotografo di un giornale locale la percorreva avanti e indietro chiedendo a tutti di esprimere il proprio entusiasmo. La maggior parte non trovava di meglio che fare le boccacce o il segno della vittoria con le dita.

Per un po' restai in disparte a studiare la situazione. Poi feci il giro dalla pineta. Sul retro del locale si apriva una porticina. Mi venne ad aprire un giovanotto tozzo, sovrappeso, con la fronte larga e sudata.

Di qua non si passa, disse di default.
Dava l'impressione di essere stato interrotto durante una rapina.
Chi è?, gridò qualcuno dall'interno.
Il tozzo mi lanciò un'occhiata e deglutì.
Nessuno, rispose poco convinto.
Quella cazzo di porta, disse ancora la voce. Dovremmo metterci un cane da guardia.
Sì, un dobermann, concordò il tozzo senza staccarmi gli occhi di dosso.
Lui sembrava piuttosto un mastino napoletano. Mi sembrò che di Napoli avesse anche l'accento.
Fai la fila, mi abbaiò. Come tutti gli altri.
Si rese subito conto di aver detto una cazzata: scultura neoclassica in tuta old-school, non si poteva certo dire che la ragazza che aveva di fronte fosse come tutti gli altri.
Restò là sulla porta a immaginare il suo stato d'animo dopo averla richiusa.
Non posso fare favoritismi, disse più a se stesso che a me.
Non si tratta di favoritismi, replicai. Io sono una fila a parte.
Che fila?
La fila di quelli che offrono lavoro.
Il tozzo sbatté gli occhi poco convinto.
Vorrai dire che lo cercano, mi corresse.
Lo fissai nelle palle degli occhi e ribadii che la mia era proprio un'offerta – un'offerta unica.
Per questo, dissi, in questa fila ci sto solo io.
Dall'interno del Ciucheba proveniva una scarica di bassi, sembrava il cuore di una balena impazzita. Un cameriere passò alle spalle del tozzo, reggendo in precario equilibrio due vassoi colmi di bicchieri.
Sai fare drink? Cocktail? Shaking?, mi chiese il tozzo modulando la voce.
So fare anche di meglio, risposi.
Avevo un tono a metà tra una troia e Vito Corleone.
Il tozzo tirò su con il naso e si strofinò energicamente le narici. Sotto l'ascella si allargava una chiazza di sudore. Aveva già deciso, ma gli sembrò doveroso fare finta di pensarci.

Ok, disse alla fine, bussa domattina e ne parliamo.
Me ne tornai soddisfatta verso l'Ape. Davanti all'ingresso del locale la calca era diventata indescrivibile: urla, spintoni, lazzi al buttafuori che parevano strilli del "Vernacoliere". Io procedevo in senso inverso, fendendo il muro di Charlie, Ralph Lauren e Brut Fabergé.
Volevo regnare. E quello, pensai, sarebbe stato il mio popolo.

Che genere di lavoro pensava di offrire?

È quello che, prima ancora di dirmi buongiorno, mi chiese il tozzo la mattina seguente. Alla luce del giorno il Ciucheba era un casermone privo di bellezza, e certo non gliene poteva conferire il tozzo dopo una notte in bianco. Si era fatto portare una ricca colazione e a bocca piena tentava di combattere il senso di inferiorità che gli dava il mio metro e ottantacinque.
Di sera in scarpe da ginnastica e la mattina con i tacchi, osservò.
Mi piace essere una tipa originale.
Flessuosa di anca e aguzza di lingua, il tozzo mi guardò ruminando in silenzio.
Le banconote che durante la notte gli avevano riempito le tasche sembravano averlo zavorrato, della baldanza con cui la sera prima mi aveva aperto la porta sul retro restava solo un tremore che gli faceva ballare la gamba sinistra.
Pregò i suoi tirapiedi di uscire dall'ufficio. Dopo un attimo ci ripensò e gli ordinò di andarsene proprio fuori dal locale.
Via dalle palle, chiarì meglio per essere sicuro che ci avrebbero lasciati soli.
Poi si girò di nuovo verso di me e disse: Allora, che lavoretto vorresti fare?
Accavallai le gambe, aggiugendo la mia malizia alla sua.
Mi offro per ballare.
Per alcuni secondi al suo tic principale si accompagnò un

movimento dell'occhio. La palpebra superiore batté fuori controllo una dozzina di volte.

Poi il tozzo disse: Guagliò, sei una persichella ma non mi devi prendere in giro.

Per ricevermi si era cambiato la camicia: questa era stretta, sotto la fantasia floreale spingevano anelli di adipe e un rigonfiamento che poteva essere anche una pistola.

Non mi permetterei mai, dissi.

E allora che vai dicendo? Qua dentro tutti ballano. E per farlo pagano, non si sognano certo di essere pagati.

Lo so, lo so, concordai. Ma ha mai pensato cosa fanno i suoi clienti mentre ballano?

Il tozzo mandò giù un sorso di caffè. Se n'era fatto portare un bricco intero.

E che ne so?, disse. Si divertono... parlano tra loro...

Con quel volume? Difficile.

E allora penseranno ai fatti propri.

Feci una faccia scettica.

Ma se vengono qua apposta per non pensare!...

Sfoggiavo prontezza, arguzia, perfino un briciolo d'insolenza. Sfoggiai anche un altro po' di coscia, scavallando e accavallando le gambe in senso inverso. Le pupille del tozzo sbatterono di qua e di là come bocce da bowling.

E allora?

Estrassi un tubetto di burro di cacao e me lo passai con calma sulle labbra.

Poi dissi: Fanno quello che sta facendo lei.

Cioè?

Guardano.

Il tozzo si premette una mano sul ginocchio per tenerlo fermo: il tic era sempre più violento.

Guardano gli altri ballare, precisai meglio. È per questo, solo per questo, che vengono nella sua discoteca.

Il tozzo rinunciò al controllo della gamba e si accarezzò il mento con due dita. Nel silenzio del Ciucheba le sentii grattare sul filo ispido della sua barba. Alla fine mi chiese, quindi, io che proponevo.

Di mettermi al centro della pista. Un po' in alto, se possibile, in modo che possano notarmi anche dai lati. Sarò quello che tutti vorrebbero essere, avrò quello che tutti vorrebbero avere: ritmo, eleganza, sensualità. A portata di mano ma irraggiungibile, la mattina dopo i suoi clienti si sveglieranno con la bocca impastata e un ronzio nel timpano, e si chiederanno chi ero io ancora prima di ricordarsi chi sono loro. Non del tutto persuasi di ciò che hanno visto, aspetteranno con ansia il sabato successivo per tornare ad ammirarmi.

Era un bel discorsetto, e il tozzo si prese il suo tempo per macinarlo.

Si versò altro caffè continuando a studiarmi dietro al bordo della tazzina.

Non è che ti stai dando troppe arie?, insinuò.

Veda lei.

Il tozzo mi domandò l'età. Me l'aspettavo, prima o poi.

Diciotto, mentii. Quasi diciannove.

Dunque fino all'anno scorso eri minorenne, osservò lui senza troppa fantasia.

Perché rivangare il passato? Quel che è stato è stato.

Il tozzo scoppiò a ridere. Era facile pronosticargli un in farto entro i cinquanta.

Brava, brava, si complimentò. Vedo che hai sempre la risposta pronta.

Non vuole vedere altro?, gli chiesi leggermente spazientita.

L'ufficio del Ciucheba era una stanzetta di tre metri per tre. Se mi fossi messa a sprigionare là dentro il mio erotismo lo avrei asfissiato. Il tozzo quindi si alzò, sollevò sul quadro la leva dell'interruttore e illuminò la pista della discoteca.

Più piccola di quanto avessi immaginato, il niente della domenica mattina la riempiva più dei trecento ragazzi imbottiti di ormoni che l'affollavano il sabato sera. Ai bordi della pista la donna delle pulizie aveva lasciato un secchio moplen. Il tozzo lo rovesciò e ci si sedette sopra a gambe larghe.

Ok, disse, adesso convincimi.

Così? Senza musica? Senza luci?

Il tozzo sembrò compiaciuto di essere finalmente riuscito a scalfire la mia sicurezza. Me ne compiacqui anch'io: gli uomini non amano le donne sicure, ma si arrapano a bestia con quelle arroganti.

Benissimo, mi ripresi al volo. Senza musica, senza luci.

Tra le colonne, di fianco alla consolle del deejay, c'erano quattro o cinque cubi di plexiglass. Ne spinsi uno al centro dell'arena. Nel mio stato di forma, avrei potuto saltarci sopra in jumping jack. Invece mi sdraiai sul pavimento, a pancia in sotto, e poi cominciai ad arrampicarmi sul cubo lentamente, spingendo soltanto col bacino.

All'inizio il tozzo non capì. Ma poi tutto diventò più chiaro: strisciavo – strisciavo come un serpente sulla superficie lucida della sua libido.

Una volta sul cubo, mi accovacciai sui talloni abbracciando strette le ginocchia, e così restai per un minuto buono. Stavo trasformandomi in farfalla.

Cosa sia successo al termine di quella metamorfosi non lo ricordo bene. Di fatto, fu come chiudere gli occhi sulla pista deserta e poi riaprirli nella bolgia del sabato notte. Prima che il secchio di plastica cedesse al suo peso, il tozzo ammise che poteva funzionare.

Sei assunta, disse senza nemmeno conoscere il mio nome.

Il mistero, del resto, diventò subito parte integrante del mio fascino.

Chi ero? Perché ballavo sopra un cubo al centro della pista?

Queste domande tenevano banco lungo il serpentone che si snodava ogni fine settimana all'esterno del Ciucheba. Ma una volta dentro diventavano insignificanti poiché io ero chiaramente forma pura, visione che non rimandava ad altro se non alla propria potenza. Ero un totem, diciamo pure una dea.

All'opposto delle divinità classiche, che dettano leggi e poi si nascondono, io mi esponevo allo sguardo di tutti e tacevo sulle regole da seguire, col risultato che ciascuno si ritrovava abbandonato a se stesso nel tentativo di indovinare il comportamento migliore per entrare in relazione con me.

C'era chi imitava pedissequamente ogni mia mossa, chi ballava come se lanciasse un SOS, chi invece non ballava affatto e mi accerchiava facendo tintinnare il ghiaccio negli shot, sciogliendosi con esso o scandendo con tanto di labiale una scala di epiteti che andavano da celestiale a troia.

Per me cambiava poco: non vedevo nessuno e non sentivo niente.

Mi aiutavano un inizio di miopia e un paio di tappi in lattice che m'infilavo nelle orecchie prima di issarmi in verticale sopra il cubo. Oltre a trasformare il Ciucheba in un acquario, con varie specie di pesci che mi giravano intorno boccheggiando, i tappi avevano il pregio di convertire in pura vibrazione la disco dance sparata dal deejay.

Il mio corpo non danzava sulle note di Sylvester o dei Bee Gees, ma veniva letteralmente accarezzato, sostenuto e sospinto verso l'alto dal four-to-the-floor dei loro pezzi. Quello che veniva fuori, sostanzialmente, era un amplesso tra la potenza del suono e l'agilità del mio Latin Hustle.

A cosa pensavo mentre ero là sopra? A niente, ed era questo il bello.

Quando, all'alba, gli ultimi relitti defluivano verso l'uscita e la mirror ball cessava di girare, io mi sentivo una finestra appena lavata, linda e trasparente. Da quella finestra mi affacciavo su via della Pineta per essere sicura che tutti se ne fossero andati e dopo mi avviavo verso l'Ape calpestando il tappeto di bigliettini che i fedeli deponevano ai miei piedi, nell'inutile speranza che accettassi i loro inviti.

Per ultimo si univa l'invito del tozzo, che mi sbarrava il passo e puntualmente mi offriva di festeggiare il successo della serata con cornetti caldi e una striscia di coca. Dribblarlo era un gioco da ragazzi, lui continuava ad appesantirsi, io ero sempre più in forma.

Non bevevo, non fumavo, non mi drogavo, e la colazione l'andavo a fare a casa con Mariuccia. Ogni giorno, alle sette meno un quarto, riponevo sotto al letto la sacca della discoteca, mettevo il pentolino sul fuoco e andavo a svegliarla con una scarica di baci.

La mamma?, mi chiedeva sempre come prima cosa.

Dorme ancora. È stanca.

Mariuccia mi studiava sorseggiando il Nesquik. Appena struccate, le mie guance profumavano di latte detergente.

Eva?
Sì?
Tu quando dormi?
Era una domanda difficile. Di solito, dopo averla lasciata a scuola, schiacciavo un pisolino dentro l'Ape, oppure andavo direttamente al mare e mi addormentavo distesa sugli scogli. Più raramente tornavo a casa e mi mettevo a letto.
Il sonno era come il carburante per l'Ape: mi serviva solo per arrivare a destinazione e rifornivo il serbatoio dello stretto indispensabile. Ero precisa, scientifica. Conoscevo l'entità dei consumi e padroneggiavo le mie riserve.
Per questo, una sera, restai di stucco quando l'Ape si ritrovò a perdere colpi sull'Aurelia. Tossì, sbandò, poi si spense sul bordo della carreggiata. Stesso il tragitto, stesso il rifornimento, non mi capacitavo che la benzina fosse finita a quattro chilometri dal Ciucheba.
Calma, mi dissi.
In realtà, a venti minuti dall'inizio del mio turno, la calma era la penultima cosa che potevo permettermi. L'ultima sarebbe stata arrivare in ritardo, avevo già visto il tozzo mettere al muro un paio di dipendenti per lo stesso motivo. Scesi dall'Ape e cominciai a correre sulla linea bianca della corsia di emergenza. Di là il dirupo, di qua i guidatori già alticci del sabato sera, mi sembrava di stare in bilico sopra una trave.
Dopo nemmeno cento metri sentii un colpo di clacson e una Jaguar grigio metallizzato si affiancò alla mia sinistra.
Al volante c'era un uomo di circa trent'anni, già piuttosto stempiato, in giacca, cravatta e guanti da driver tagliati alle dita. Azionò il finestrino con la nocca, come se avesse paura di lasciare le sue impronte digitali sull'alzacristalli, e dandomi del lei si offrì di accompagnarmi al Ciucheba.
Come fa a sapere che vado al Ciucheba?, risposi senza fermarmi.
La statale in quel punto era stretta e la Jaguar occupava buona parte della carreggiata. Alle sue spalle si formò una fila di macchine che cominciarono subito a strombazzare.
Perché ci vado anch'io, disse l'uomo senza curarsene.

Lo guardai più attentamente. Sì, quegli occhi fosforescenti, da gatto anemico, mi dicevano qualcosa. Ma era anche vero che chiunque passasse sotto il cubo si sentiva in dovere di dirmi qualcosa – Sposami! Fata! Puttana! – e la cosa in sé non voleva dire niente.

Rallentai, ma subito compresi che aveva poco senso.

O accetti il passaggio, mi dissi, o lo mandi al diavolo e ti rimetti a spingere.

Le doppie frecce della Jaguar accrescevano la mia ansia.

Va bene, mi buttai.

Aprii lo sportello della Jaguar e saltai accanto al guidatore con un'agilità dimostrativa. Con la stessa agilità, intendevo dirgli, schizzerò fuori se ti azzarderai a darmi fastidio.

In realtà il fastidio che mi davano gli uomini era solo un pretesto per giustificare il fastidio che io provavo per loro. Ma fu subito chiaro che l'uomo della Jaguar non aveva nessuna intenzione di infastidirmi, e che mi avrebbe trattata con gli stessi guanti che ora si stava sfilando per porgermi la mano.

Giorgio, piacere.

Eva, gli concessi senza stringerla.

Posso pregarla di allacciarsi la cintura?

Si rimise i guanti e ingranò la retromarcia.

Cosa le salta in mente?, protestai sferrando una manata sul cruscotto in radica. Il Ciucheba è dall'altra parte!

La Jaguar s'inchiodò in mezzo alla curva, in una posizione mortale.

Mi perdoni, ma... non deve recuperare la sua borsa?

Aggrottai la fronte.

La borsa, certo: l'avevo dimenticata sul pianale dell'Ape...

Altrimenti come fa con i vestiti?, disse ancora Giorgio.

I vestiti, certo.

Sbucando in derapata dalla curva, una macchina ci affettò con i fari facendoci pelo e contropelo.

Così però ci ammazziamo, feci presente.

Giorgio parcheggiò la Jaguar sul ciglio dell'Aurelia e si diresse a piedi verso l'Ape. Camminava in modo goffo ma determinato, come uno che non si arrende facilmente. Lo vidi sparire dietro la curva e dopo pochi minuti ritornare con il mio borsone in spalla.

Inquadrata dallo specchietto retrovisore, la sua sagoma sembrò sbucare da un vuoto di memoria.

Mi scusi, gli chiesi appena fu risalito in macchina, ma noi ci conosciamo?

Giorgio fece una faccia contrariata. Non perché la domanda lo infastidisse, ma perché nella sua scaletta era prevista un po' più avanti.

Ne parliamo al ritorno, le dispiace?, disse dando per scontato che a fine serata mi avrebbe riaccompagnata.

Mi depositò davanti al Ciucheba in perfetto orario. Tirando fuori l'abito di scena e i sandali con la zeppa, trovai nel borsone un suo biglietto che diceva: La aspetto alle cinque, davanti al Tennis Club.

La calligrafia era contorta e per essere decifrata richiese una certa fatica. Quando alla fine ne venni a capo, assieme al significato del messaggio mi si rivelò l'ambizione nascosta che quegli scarabocchi contenevano: essere cioè un codice segreto, mirato a rafforzare – attraverso lo sforzo della comprensione – il legame tra me e Giorgio.

Ritrovandoci davanti al tennis, volle infatti subito sapere se ci avessi messo tanto a capire cosa aveva scritto.

Abbastanza, ammisi.

A quell'ora il circolo era deserto e andammo a sederci sulla panchina del campo numero uno. Giorgio sembrava contento di avermi messo in difficoltà.

Ma alla fine è stata brava. C'è riuscita, constatò.

Lo guardai, curiosa di scoprire con quale espressione mi stesse aspettando da quasi sei ore. Era la stessa espressione di quando, la sera prima, mi aveva raccolto per strada, imperturbabile e giudiziosamente mesta. Mi fece venire voglia di disordinarla.

Macché, gli dissi. Mi trovo qui solo perché tutte le mattine all'alba vengo a controllare se il campo da tennis è in ordine.

Giorgio inarcò le sopracciglia e mi studiò con una concentrazione spasmodica.

Sta dicendo sul serio? Guardi, mise le mani avanti, che io gli scherzi non li capisco tanto...

Gli uccelli avevano già cominciato a cinguettare. Un'alba limpida annunciava una bella giornata di sole. Giorgio mi chiese se fossi un tipo ironico.

A giorni alterni, risposi.

Eva, s'accorò il mio accompagnatore, perché tiene gli occhi bassi? Lei è ironica a giorni alterni ma sembra sempre così... amara.

Meglio così: non lo sa che i dolci fanno ingrassare?

Certo che lo so. Sono un medico, si ringalluzzì Giorgio.

Gli osservai le mani e notai che erano lunghe e affusolate. All'anulare sinistro portava un anello con una specie di stemma di famiglia. Lo usò per indicare il bar della pineta, che stava alzando la saracinesca.

Le andrebbe di fare colazione? Il caffè si può prendere anche senza zucchero...

Per la prima volta da quando mi aveva rimorchiata accennai un mezzo sorriso.

Grazie, ma la colazione la faccio a casa con Mariuccia, la mia sorellina.

Giorgio mi guardò stupefatto.

Sorellina? Ma... stiamo parlando di quella sorellina?

Quella quale?

Una bambina all'incirca di sei anni?

Quasi sette... Che c'è di così strano?...

Giorgio guardò per terra come se gli fosse caduto qualcosa.

Possibile che mio padre si sia sbagliato?, mormorò tra sé e sé.

Ricorda, Eva? Era asso-lu-ta-mente convinto che si trattasse di un maschio...

Lo stupore di Giorgio divampò in turbamento. Si alzò in piedi barcollando. Di punto in bianco lo riconobbi.

Ora ho capito chi è lei! È il medico che visitò mia madre quando svenne al circolo nautico! Stava là con suo padre!...

Giorgio mi fece cenno di concedergli una pausa. Era lui, sì, ma adesso aveva bisogno di un minuto per riprendersi. Camminò fino al campo da tennis e si aggrappò con entrambe le mani al seggiolone dell'arbitro.

Non può essersi sbagliato... Non può essersi sbagliato..., ripeteva a bassa voce con la testa incassata tra le spalle.

Si voltò di scatto nella mia direzione.

Ma è sicura che sia davvero una femmina?, disse trattenendo a stento la rabbia.

Cresciuta in un ospedale pischiatrico, con i pazzi avevo una certa dimestichezza. Senza lasciarmi impressionare, gli dissi che appena tornata a casa avrei dato una controllata tra le gambe di Mariuccia. Lui la prese come una possibilità e si rasserenò leggermente.

Mi riaccompagna all'Ape?, dissi alzandomi anch'io dalla panchina.

Gli ricordai che dovevamo passare a prendere una tanica di benzina.

Giorgio annuì, ancora assorto.

A meno che non preferisca restituirmi la mia, aggiunsi spazzolandomi gli aghi di pino.

Già steso dalla notizia che il professor Ranieri Spina aveva fallito la previsione sul sesso del nascituro, la seconda rivelazione sembrò colpire Giorgio soltanto di striscio.

Restituirle cosa?, fece finta di non capire.

La benzina, gli dissi. So benissimo che me l'ha succhiata lei.

Per alcuni minuti Giorgio provò a negare. Poi si dedicò a legittimare il furto in chiave machiavellica.

Altrimenti non avrei saputo come agganciarla, spiegò.

Era freddo e passionale nello stesso tempo.

Solo lo slancio provato per me, sosteneva, poteva spiegare il gesto sleale che aveva compiuto. Ma, nel sentirlo parlare, né la slealtà né lo slancio sembravano poi questa gran cosa.

Come ha fatto a capire che sono stato io?, indagò senza troppa curiosità.

Gli risposi che ero un po' strega, che su certe cose non mi sbagliavo, e lui ne approfittò per ricominciare il soliloquio.

Anche mio padre... su certe cose... non si sbaglia... Non può essersi sbagliato!

Restò così, immerso nella sua angoscia, fino all'Ape. Guidava a collo dritto, come se si stesse sforzando di tenere la testa fuori dall'acqua.

La tanica si trovava nel portabagagli della Jaguar e Giorgio la riversò nel serbatoio dell'Ape con l'espressione di un benzinaio ormai prossimo alla pensione.

In realtà il giovanotto era sotto shock, o almeno così provò a giustificarsi al momento di salutarmi.

La prossima volta le faccio il pieno, promise attraverso il finestrino del motocarro.

Mi venne da ridere. Era buffo, in effetti, quel giovane vecchio imprigionato nel nodo della sua cravatta – buffo non meno che patetico mentre recitava a sangue freddo un copione scritto per ben altre temperature.

Lei è una ragazza davvero speciale...

Un perla rara...

Qualunque uomo si innamorerebbe di lei...

Con le mani sul manubrio dell'Ape acceleravo a vuoto e lo ascoltavo rapita dalla sua inattendibilità.

Grazie, gli dissi alla fine.

Di che?

Di tutto questo trasporto, risposi volutamente vaga sull'accezione del termine.

Nemmeno io, in effetti, capivo se mi stavo riferendo al trasporto sulla Jaguar o a quello che Giorgio si ostinava a dichiarare nei miei confronti.

Di sicuro, di qualunque natura fosse, il trasporto di Giorgio veniva dopo l'agitazione che gli dava il pensiero di suo padre, e questa secondarietà, chissà perché, mi seduceva, mi dava la sensazione di poter essere più libera, più sciolta.

Feci inversione per ritornare a casa.

Eva!, mi richiamò.

Giorgio trotterellò fino all'Ape, mi fece segno di aprire il finestrino e poi disse, a ugola stretta: Per piacere, lo faccia quel controllo...

Sebbene ancora lontana dal sospetto che quell'uomo sarebbe diventato mio marito, adottai la stessa strategia che in seguito avrebbe caratterizzato il nostro rapporto: né contraddirlo, né incoraggiarlo...

Quel controllo sul sesso di Mariuccia, precisò.
Allungai la mano e gli feci una carezza sulla guancia.
Vecchio pazzo, pensai.
E con la voce più suadente che potevo gli dissi di stare tranquillo.

Ci riuscì? Si tranquillizzò?

(l'intervistata scuote la testa)
Nemmeno un po'. Già dalla volta dopo cominciò a insistere perché andassimo a trovarlo a Firenze. Voleva portarmi a tutti i costi nel suo studio e farmi vedere con i miei stessi occhi gli attestati di gran cavaliere che il professor Ranieri Spina esibiva in cornici dorate: era angosciato dall'idea che potessi considerarlo un ciarlatano...
Mi creda, ripeteva ossessivamente, mio padre non ha mai avuto bisogno di amniocentesi per stabilire le caratteristiche di un feto: gli è sempre bastato dare un'occhiata alla forma della pancia...
Mi sembrò, appunto, un metodo da ciarlatano, ma ovviamente non dissi niente. Quando Giorgio parlava di suo padre, l'atmosfera si saturava e non c'era spazio per altri commenti. In rari casi mi spingevo a obiettare che non avevo motivo di conoscerlo, dal momento che io e lui non eravamo mica fidanzati, oppure mi comportavo come se lo fossimo da tempo e gli dicevo che, se fossi andata a trovare suo padre, anche lui sarebbe dovuto venire a trovare mia madre.
Ma sì, ma sì, un giorno conoscerò anche lei, tagliava corto Giorgio.
In generale non manifestava il minimo interesse per la mia famiglia, la mia storia, il mio passato. Per Giorgio nascevo sulla pista del Ciucheba, e tutto ciò che gli importava di me e della mia vita era racchiuso tra quelle mura e la baracchina bianca, dove ogni sera posteggiavo l'Ape e l'aspettavo. Là veniva a prendermi, là mi riportava indietro, offrendomi laute colazioni a base di club sandwich e succo di mirtillo.

Cosa la spingeva a frequentarlo?

Proprio questo: mi piaceva che s'interessasse a me senza interessarsene, che desse allo stesso modo per scontata la prassi di vederci e quella di non toccarci, che non sapessi mai – mentre ballavo – se lui stava mescolato nella folla o da solo nella Jaguar a sonnecchiare.

Non gli dava fastidio che si esibisse in una discoteca?

A chi? A Giorgio?...

(scoppia a ridere) La sua unica preoccupazione era dissimulare l'orgasmo che gli procurava raccogliere la bava lasciata nella mia scia da tutta quella gente.

Era bellissima stanotte, diceva ogni mattina aprendo lo sportello della Jaguar.

Ma io capivo che, a essere bellissimo, per lui era soprattutto il gorgo umano sotto di me, dove si mescolavano sudore, desiderio e stridore di denti.

Per quanto tempo ancora vi deste del lei?

Fino alla soglia del ridicolo. Quando alla fine dovemmo arrenderci, il ricorso al tu fu svogliato e reticente.

Più che una formula di riguardo, la terza persona era il rimando a un'alterità (lei, Eva) nella quale m'identificavo solo se volevo. Se non volevo, mi tiravo su il cappuccio della felpa e mi addormentavo rannicchiata sul sedile, come una barbona capitata per caso in una Jaguar.

Jaguar era diventato il nome d'arte con il quale il deejay mi annunciava al clou della serata.

Inchinatevi, prostratevi ai piedi della nostra sovrana...

È potente, rombante...

È lei: Jaguaaar...

Quel nome l'avevo adottato su richiesta del tozzo, stanco di non avere niente da rispondere ai clienti che lo tampinavano per sapere chi fosse la cubista e come si chiamava.

Se non vuoi divulgare il tuo vero nome, mi suggerì una sera, inventatene un altro. Ormai sei una star, la gente deve sapere come invocarti...

Il dobermann, da qualche tempo, se l'era comprato veramente, ma anziché incatenarlo sul retro il tozzo lo teneva libero (diciamo libero) nel suo ufficio, dove il cane si girava e rigirava in continuazione alla ricerca di uno spazio vitale.

Pensavo a Jaguar, gli dissi.

Il tozzo approvò con tutta la gravità della sua pappagorgia.

Mi piace, commentò. Elegante e slanciata. Come la XJS con cui arrivi la sera.

Mi chiese se quello che la guidava era il mio fidanzato.

Io mi tenni sul vago: Un amico.

L'amico della Jaguar.

Ridemmo insieme, innervosendo ulteriormente il dobermann.

In realtà, dell'amico, Giorgio aveva ben poco: di sicuro non la confidenza.

Giorgio non chiedeva niente di me, e di sé raccontava lo stretto indispensabile. Tutte le informazioni filtravano attraverso l'agiografia del padre: Mio padre mi ha insegnato ad andare a caccia... Mio padre e io tifiamo per la Viola... Mio padre mi ha trovato un posto all'ospedale di Grosseto...

Deve amarlo molto questo padre, gli dissi una volta.

Avevamo detto che c'impegnavamo a darci del tu.

Ah, ok, scusi – scusa, hai ragione. Devi amarlo molto questo padre, mi corressi.

Giorgio si guardò intorno, impaurito da ciò che stava per dire. Poi si chinò su di me come sulla grata di un confessionale e mi sussurrò all'orecchio: Lo odio, il vecchio bastardo.

Quell'uscita mi preoccupò moltissimo. Il fuoco che covava tra di loro mi sembrò all'improvviso un incendio fuori controllo, che avrebbe potuto propagarsi come niente. Eppure Giorgio non tornò mai più sull'argomento, lasciandomi il dubbio che avessi capito male o che quell'odio non fosse poi così infiammabile.

Nemmeno la visita a Firenze, alla quale mi sottoposi con la stessa inerzia che mi spingeva ad accettare tutte le sue offerte (dalle cene all'antica trattoria La Principessa alle mancette che Giorgio m'infilava nella borsa), riaccese l'odio verso suo padre. E sì che il professor Ranieri Spina, nell'occasione, fu davvero odioso non solo nei miei confronti, ma anche nei suoi.

Che aspettavi a farmi conoscere la tua amichetta?, esordì malmostoso.

Sprofondato in una poltrona di velluto rosso, il professore cominciò a interrogarmi sulle mie origini (vaghe), sui miei studi (scarsi), sulla mia salute (ottima!).

Ogni risposta si rivelava una preziosa occasione per rimproverare il figlio e per spiegargli in che modo avrebbe dovuto occuparsi di me.

Portala da Liverano & Liverano e falle fare un tailleur come si deve, gli ordinò.

Le donne vanno impacchettate con carta d'Amalfi, disse.

Raccontò di essere stato sposato per venticinque anni, durante i quali aveva regalato a sua moglie non meno di cinquanta pellicce.

Una collezione superba, s'inorgoglì.

Io gli chiesi timidamente se era possibile vederla.

La collezione?, si stupì il professore.

Poi realizzò che parlavo di sua moglie e mi annunciò che ci aveva lasciati.

Ops, mi dispiace. Giorgio non mi aveva detto niente.

Mi ricordai della signora tedesca che girava per Castiglioncello con un bassotto e mi chiesi cosa l'avesse uccisa.

Spero che la vostra unione sia altrettanto fortunata, ci benedì infine il professore.

Al termine del colloquio, esausti, ci andammo a sedere sotto il *David* di Michelangelo. Intorno a noi frotte di turisti scattavano foto nelle quali, ai piedi della statua, le nostre sagome dovevano apparire non meno pietrificate di essa.

Restammo così per diversi minuti, con le zanzare che ci ronzavano nelle orecchie. L'Arno scorreva lento e sporco sotto i nostri occhi.

Be', che ne pensi di mio padre?, ruppe il silenzio Giorgio.

Simpatico.

Si girò a guardarmi sospettoso. Ma la tentazione di credermi era irresistibile.

Non è vero?, si accese. E poi dice sempre delle cose molto giuste...

Nascosto dal cappuccio della felpa, il giaguaro che era in me drizzò il pelo.

Per esempio?

Be', si schiarì la voce Giorgio, tanto per cominciare sulla tua istruzione: non è accettabile, Eva, che una ragazza come te si sia fermata alla terza media. Devi riprendere gli studi, rimediare uno straccio di diploma...

E poi l'abbigliamento, mi rimproverò. Era davvero necessario metterti la tuta pure oggi?

M'imposi la pazienza. Giorgio era posseduto dal demone del suo vecchio, tentava di imitarlo gesticolando e usando le erre come una lama. Ma quando arrivò a sostenere che gli ero molto piaciuta, non resistetti più e scoppiai a ridergli in faccia.

Le mie tette, quelle sì gli sono piaciute!

Giorgio trasalì. Si guardò attorno per vedere se qualche turista mi avesse sentito. Purtroppo per lui, erano tutti giapponesi.

Dici davvero?... Ti guardava il seno?... Parla, su, dici davvero?...

Lo sforzo di capire se Giorgio invocasse una conferma o una smentita mi fece venire mal di testa. Non facevo altro che mettere e togliere il cappuccio.

Scusami, Giorgio... Questa luce bianca, malata...

Passando davanti alle vetrine di Bongi, a Piazza della Signoria, aveva promesso di comprarmi degli occhiali da sole. Ma adesso sembrava avere altro per la testa.

Sai, Eva, disse in un principio d'estasi, mio padre da giovane era un uomo (pausa) bellissimo!

Sollevò lo sguardo sul *David* e realizzai che stava elaborando un paragone.

Hai visto che natiche?, mi chiese.

Girammo intorno alla scultura per vederle meglio. Ovviamente erano marmoree.

Ti piacciono?

Io annuii come una normale turista. Dopo aver trascorso un paio di minuti in raccoglimento, Giorgio mi prese la mano e completò la circumnavigazione della statua. Ci fermammo proprio là sotto, a ore dodici con il cazzo di David.

Ci pensi?, sospirò Giorgio. Tutta questa potenza, questa epica, questa eleganza... E poi una lumachina del genere: piccola, molle, insignificante...

Stavolta fu lui, con un tocco autoritario, quasi violento, ad abbassarmi il cappuccio della felpa. Voleva vedere bene la mia reazione alle sue parole.

In realtà, non avrebbe dovuto spiare sotto al cappuccio ma dentro le mutandine: dopo mesi di completa siccità, ero tornata a bagnarmi copiosamente.

Gli occhi fissi sul marmo, intrecciammo le dita e ci scambiammo il primo bacio.

Dopo quella gita a Firenze, Giorgio cominciò a chiedermi con insistenza di sposarlo.

Almeno vieni a vivere da me, diceva.

Abitava poco fuori Grosseto, in una villa con piscina, sul cui bordo trascorreva buona parte delle sue giornate. Gli piaceva curarla personalmente, raccogliendo con un lungo retino gli aghi di pino che cadevano in acqua. Del resto della casa si occupava poco o niente, sui mobili antichi si accumulava una polvere che ci faceva tossire in continuazione. Secondo Giorgio, le donne delle pulizie erano solo delle grandi impiccione che ficcavano il naso dappertutto, e lui non le voleva tra i piedi. Tantomeno voleva che io, la sua futura moglie, prendessi in mano uno straccio per pulire.

Non che spasimassi per le faccende domestiche, ma lucidare le maniglie o spolverare il pianoforte sarebbero stati un modo come un altro per riempire i lunghi weekend che passavo là dentro, immersa in un silenzio che Giorgio chiamava pace.

Rilàssati, rilàssati, ripeteva in continuazione come se volesse ipnotizzarmi.

Alla fine cadevo in un sonno profondo, così profondo che Giorgio poteva sollevare le lenzuola e scattarmi delle foto senza che io mi accorgessi di nulla. Le scoprii tempo dopo, quelle foto, curiosando in fondo ai cassetti della sua scrivania, assieme alle istantanee di altre donne nude: probabilmente le mogli dei pervertiti con cui Giorgio era solito scambiarle.

Troie che dormono, aveva scritto sulla busta che le conteneva (un'anticipazione della mania classificatoria che sarebbe dilagata negli anni a seguire attraverso internet). Sleepers, si chiamerebbe oggi questo genere di cui Giorgio è rimasto grande appassionato, forse perché la condizione indifesa di una donna che dorme senza vestiti gli sembra bilanciare la sua impotenza, o forse perché taglia fuori dal gioco quelle componenti (la volontà, la scelta, il dubbio) che Giorgio considera del tutto incidentali.

Di fatto, io dormivo e lui scattava foto alla mia fica.

Poi andava a preparare il caffè e me lo portava a letto, sussurrandomi all'orecchio che la domenica stava per finire e che era ora di riportarmi a Rosignano (mai una volta che mi svegliassi accanto a lui di lunedì). Scoprivo così che volermi e non volermi facevano parte di un unico progetto, nel quale Giorgio non vedeva contraddizioni.

Quando passavo il fine settimana nella villa di Grosseto, Giorgio e io ci davamo appuntamento a metà strada, in una trattoriola sull'Aurelia, dove poi chiudevamo la domenica cenando assieme ai camionisti. Mentre mangiavamo, sentivo i loro sguardi premere tra le mie cosce per divaricarle. Da tempo avevo smesso di indossare tute da ginnastica, Giorgio si faceva mandare dalla Francia un nuovo tipo di calze autoreggenti e mi esortava a indossarle sotto la minigonna.

Una sera pioveva a dirotto, scendendo dalla Jaguar infilai i tacchi in una pozzanghera e una raggiera di fango si depositò sui venti denari del nylon. Giorgio ne fu contrariato (come le ho detto, detestava le patacche) ma poi si eccitò moltissimo nell'osservare i camionisti interpretare gli schizzi a modo loro.

Ola fainontai tà podia sas, disse Giorgio sedendosi a tavola.

Da lì a poco avrei dovuto sostenere gli esami da privatista. Giorgio controllava ogni giorno che studiassi e spesso metteva alla prova la mia preparazione.

Eìmai charoùmenos.

Sàs arèsei?

Giatì òchi?

I limiti del mio greco si saldavano a quelli della nostra reciproca conoscenza.

Sebbene ci frequentassimo ormai da un paio d'anni, infatti, Giorgio e io continuavamo a scoprire le rispettive carte con esasperante lentezza, chissà se per prudenza o perché ci piaceva così. Io studiavo nello stesso programma i moti rivoluzionari del 1848 e il suo cuckoldismo, Giorgio pronunciava la parola privatista con un rotacismo lascivo che faceva già pensare a un derivato di privé. Ma raramente, quasi mai, ci spingevamo oltre un'allusione.

Proprio le allusioni erano diventate il mio afrodisiaco preferito, molto più del turpiloquio o dei cazzi che gli esibizionisti sbandieravano da una roccia all'altra quando andavo a prendere il sole agli scoglioni.

A pensarci bene, quasi tutto quello che Giorgio e io ci dicevamo era allusivo, indiretto, ambiguo.

Cum in occursum nobis?, passò improvvisamente a una nuova verifica.

Diventai nervosa, il latino mi piaceva meno del greco e Giorgio usava formule fuori programma.

Ti ho chiesto quando ci rivediamo, si sforzò di mostrarsi paziente.

Quando vuoi, risposi sperando che mi lasciasse in pace almeno qualche giorno (del resto c'era stato un lungo ponte, stavamo insieme da giovedì mattina).

In latino, per piacere.

Provai a concentrarmi.

Quam... tibi... placet.

Io direi meglio ut tibi placet, mi corresse Giorgio.

All'epoca era già specializzato in oncologia medica, ma la passione per i tumori non aveva indebolito quella che nutriva per le lingue morte.

Ok, ut tibi placet.

Mangiammo in silenzio il solito coscio, unto e rosolato sulla fiamma degli sguardi che divampavano ai tavoli accanto, e poi Giorgio mi accompagnò all'Ape con il suo ombrello. La pioggia era diventata diluvio universale, i tergicristalli stridevano sul parabrezza e il faro tremolava come un fiammifero nella notte, ma nemmeno sotto quel fortunale Giorgio si offrì di accompagnarmi a casa.

Vale, mi salutò.

Ave atque vale, risposi dandogli grande soddisfazione.

Il motore della Jaguar e quello dell'Ape risuonarono per qualche istante nel parcheggio in tutta la loro differenza. Poi prendemmo le rispettive uscite.

Di solito, a quel punto della domenica, un peso alleggeriva le mie ghiandole lacrimali e io le lasciavo libere di sfogarsi. Ma quella sera non potevo permettermi di piangere, il vetro si appannava in continuazione e gli occhiali (che mettevo solo quando Giorgio se ne andava) non bastavano a individuare le buche sulla strada.

Nell'ultimo tratto della salita Macigno aveva installato una fila di lampioni: li trovai tutti spenti, preludio all'oscurità in cui era immersa la casa.

Solo una lampadina rischiarava il porticato, il volto di mia madre entrava e usciva dal suo alone al ritmo del cigolio del dondolo.

Che ci fai qua fuori?, le chiesi mettendomi al riparo.

Lei rispose con un silenzio che poteva essere scambiato per collera. Da quattro giorni non davo notizie, e ora mi presentavo a casa in pelliccetta di visone, truccata come una puttana. Per un attimo sperai quasi che fosse tornata all'esercizio delle proprie funzioni materne e mi sentii bendisposta al suo rimprovero. Invece no, tirò il plaid sopra Mariuccia, che dormiva rannicchiata sulle sue ginocchia, e mi rivolse un'occhiata distratta e occasionale, come se fossimo state due vicine che s'incrociano per caso davanti al portone.

Non si può entrare, disse.

Mi feci largo tra Kropotkin e Bakunin e mi avvicinai a controllare. Sul frontespizio della casa era stata affissa un'ordinanza del Comune che ne disponeva il sequestro, in quanto edilizia abusiva. Tutto intorno all'abitazione correva un banda segnaletica: in altre parole, la casa era stata messa sotto sequestro.

Mamma, da quanto tempo siete all'addiaccio?

Lei fu approssimativa: Un giorno, un giorno e mezzo, forse due.

Ai piedi del dondolo aveva appoggiato una bottiglia di latte, un pezzo di formaggio e qualche altra provvista tirata fuori all'ultimo momento dal frigorifero.

E Macigno?, chiesi ancora. Dov'è finito?

Mia madre scrollò le spalle, per dire che non lo sapeva. Per dire, anzi, che non se l'era nemmeno domandato.

Alzati, mamma, dobbiamo andare a cercarlo.

Lei cominciò a protestare.

Sono stanca, sbuffò.

Di cosa?

Di scappare.

Le promisi che avrei pensato a tutto io. Non mi credette ma alla fine accettò di muoversi. Ci penso io erano le uniche parole che le faceva piacere sentirsi dire.

Presi in braccio Mariuccia e ci ficcammo tutte e tre dentro l'Ape.

Quando arrivammo alla zona dei capannoni era mezzanotte e finalmente aveva smesso di piovere. L'area era semiallagata, buia e deserta, e due o tre cani da guardia ci abbaiarono contro.

Feci il giro del piazzale. Con il suo improvvido nome stampato sul culo, la Fiesta di Macigno apparve in tutte le sue ammaccature di fronte alla falegnameria.

Forse Macigno dorme nel retrobottega, dissi puntando il faro dell'Ape contro la saracinesca.

Macigno in effetti dormiva. Ma non dentro, bensì fuori dalla falegnameria.

La schiena appoggiata al muro, russava con le gambe buttate una di qua e l'altra di là, tanto lunghe e massicce da sembrare tronchi portati a valle da una frana. Era fradicio, ma tutta la pioggia che aveva preso annacquava appena l'odore di sambuca.

Scesi dall'Ape e provai a rimetterlo in piedi. Mia madre e Mariuccia osservavano dall'abitacolo quel giro di valzer tra un gigante ubriaco e una lolita in minigonna e tacchi a spillo. Tira di qua, gira di là, alla fine Macigno mi sfuggì dalle braccia e finì per terra.

L'impatto servì a svegliarlo. Macigno strabuzzò gli occhi, guardò incredulo ciò che restava della sua famiglia e si tirò a sedere sul bordo del marciapiede. Si teneva la testa tra le mani, in attesa che riuscisse di nuovo a reggersi sul collo.

Ogni tanto sulla statale passava una macchina, i fari diffondevano un chiarore lunare sul presepe vivente che avevamo allestito nell'area industriale al km 290 dell'Aurelia Nord. Poco più in là un carrozziere, un fabbro, un deposito di laterizi. L'indomani mattina tutte le saracinesche si sarebbero alzate. Quella della falegnameria no, bloccata per sempre dai sigilli della Finanza.

Nel giro di quarantott'ore ci avevano tolto casa e lavoro, sbattuti letteralmente in mezzo a una strada.

Macigno guardò mia madre e mia madre guardò Macigno. Poi quest'ultimo si frugò nella tasca e trovò le chiavi della Fiesta. Riuscì faticosamente a rialzarsi, ma subito comprese di non poter guidare in quelle condizioni. Barcollando si avvicinò al motocarro e si stese per lungo sul pianale. Io mi rimisi alla guida accanto alla mamma. Una dozzina d'anni dopo ci ritrovavamo tutti e tre sullo stesso ferrovecchio a cercare un tetto.

Se l'unico piano, allora, prevedeva di scappare dall'ottavo padiglione, adesso sembrò subito chiaro che non esistevano alternative al ritornarci. Ci scaldammo per tutta la notte gli uni con gli altri e all'alba ci presentammo al cancello delle monache.

Suor Ernesta era invecchiata, ma non più di mia madre. Non sapendo niente della famiglia Cavataio la chiamò subito Luisa, e per un attimo la mamma ebbe la sensazione di essere tornata quella di prima. La superiora ci fece accomodare nel parlatoio e ordinò di preparare il tè con i biscotti. Alla spicciolata vennero fuori le altre sorelle.

Nell'angolo meno illuminato io cercavo di non dare nell'occhio, ma minigonna, pelliccetta e rimmel resero difficile passare inosservata.

E questa... signorina?

È Eva.

... Eva? Questa è la nostra Eva?!..., arretravano incredule.

Alla fine riaprirono la nostra vecchia stanza. Era rimasta tale e quale, il letto a una piazza per Luisa e il mio lettino, che ovviamente fu assegnato a Mariuccia. Mentre le donne si sistemavano, Macigno andò a curiosare in corsia e scoprì che il suo posto accanto alla finestra era momentaneamente libero. Appoggiò le sigarette sul comodino, saggiò la morbidezza del materasso e ritrovò d'incanto l'antico buonumore.

Il giorno dopo mia madre era già inginocchiata sul pavimento a passare lo straccio e Macigno scendeva dal letto in pigiama (forse non sempre quello, ma comunque altrettanto stretto) per aiutarla a spostare il secchio arrugginito.

E lei, Eva?

Io spesi l'ultima paga del Ciucheba per fare un pieno all'Ape e all'ora di pranzo mi presentai a Grosseto.

Giorgio non amava le improvvisate, ma quando lo informai attraverso il citofono che ero venuta a dirgli sì, va bene, ti sposo, dovette sforzarsi di mostrarsi contento e aprirmi il cancello.

Questo vuol dire che sei e sarai per sempre la mia donna?, si sincerò.

Suonava come un tranello e perciò non mi feci scrupolo, a mia volta, d'ingannarlo.

Certo, gli dissi, ti sarò sempre fedele.

Lui storse la bocca e si grattò la nuca pensieroso, come uno stratega davanti alla cartina.

Quando vi sposaste?

Da lì a poco, appena ebbi compiuto diciott'anni.

Giorgio aveva ragione nel sostenere che al professor Ranieri fossi piaciuta: quando chiedemmo il suo consenso si alzò per abbracciarci e si congratulò con la nostra decisione, sostenendo che eravamo fatti l'uno per l'altra.

Andò a prendere i ferri del mestiere e disse che era arrivato il momento di darmi un'occhiata.

Giusto per sincerarsi che fosse tutto a posto.

Guardai Giorgio senza capire. Nonostante mi fossi trasferita in una villa di sette stanze con piscina, vivevo ancora come un animaletto e non avevo mai visto un divaricatore. Senza ridere e senza piangere il mio futuro marito annuì e mi fece cenno di seguire suo padre nello studio.

Lì sopra, mi ordinò il professore indicando il lettino ginecologico.

Indossavo una gonnellina facile da sollevare e un paio di stivali difficili da sfilare, che perciò tenni per tutta la durata della visita.

Brava, approvò il mio futuro suocero. Non toglierti mai le scarpe quando apri le gambe.

S'infilò i guanti di latex, sedette davanti alla mia fica e sospirò.

Sei proprio giovane, disse.

Io ho sempre preferito l'orgasmo clitorideo, semplice e sbrigativo, e nelle mie pratiche masturbatorie non avevo mai sentito il bisogno di spingere le dita in profondità. Ma quando il professor Spina introdusse il suo indice dentro di me e cominciò a palpare le pareti della vagina, avvertii subito un senso di vertigine.

Hai un organo molto elastico, si complimentò.

E non c'è nemmeno bisogno di lubrificarlo – un modo come un altro per dire che mi stavo bagnando.

Rovesciai la testa all'indietro e cominciai a pensare ai verbi irregolari, alle suore dell'ottavo padiglione, alla morte. Ma qualunque cosa opponessi tra me e l'orgasmo, veniva rimossa con un colpo di dito (anzi di due, visto che il professor Spina mi aveva infilato nella fica anche quello medio).

Che sta facendo?, avrei voluto, dovuto (ma non potuto) chiedere.

Una morsa mi serrava la gola, e nel serrarla (come tutte le volte che in seguito sarei stata mezza strangolata dalla mano potente di un bull) amplificava il mio piacere.

Il professor Spina cominciò a respirare rumorosamente con il naso. Dalle sue narici fuoriuscivano dei peli bianchi, mi sembrò quasi di sentirli vibrare. Tesi l'arco del piede e con la punta dello stivale arrivai a sfiorare il suo camice. Subito dopo un suono acquitrinoso cominciò ad allagare la stanza.

Vediamo... Vediamo..., continuava a ripetere il ginecologo, e intanto mi ruotava le dita nella fica come se vi stesse cercando una monetina.

Vediamo... Vediamo...

Dal soffitto pendeva un lampadario a quattro bracci, con le campane in vetro. Non so perché, ma il suo stile pacchiano m'ispirò (e ispirò anni dopo l'arredamento dell'Infinito, dove volli inserire a tutti i costi un tocco dannunziano).

Rinunciai a resistere e proiettai a tutto schermo la scena – minorenne violata da mano di futuro suocero sopra lettino ginecologico – nella mia mente. Mancava solo un dettaglio e lo trovai ruotando la testa verso la soglia: Giorgio era là, appoggiato allo stipite, che si teneva il labbro inferiore tra indice e pollice.

Era una vittima, era il carnefice – non si capiva bene.

Di fatto la sua presenza mi fece venire senza ritegno, o con quel poco derivato dal timore che il cameriere filippino (sopravvissuto, a quanto pare, sia alla padrona che al bassotto) mi potesse sentire dall'altra stanza.

L'imene è integro, annunciò il professor Spina sfilandosi i guanti.

Senza altri commenti padre e figlio si spostarono in salotto lasciandomi appesa su quel trespolo con un rotolo di carta sulla pancia. Li sentivo parlare di Verdi, di Puccini. Erano entrambi appassionati d'opera e prima del matrimonio dedicarono lunghe disquisizioni alla scelta delle arie che il miglior tenore del Maggio Fiorentino avrebbe dovuto cantare durante la festa nuziale: *Bella figlia dell'amore, Libiamo ne' lieti calici, Non più andrai farfallone amoroso*...

La madre tedesca di Giorgio, pare, era stata una soprano molto promettente. Chissà quante altre promesse aveva dovuto tradire per le sue cinquanta pellicce...

Senza l'appoggio del suo braccio, alle dieci e trenta del primo giugno 1983, Giorgio entrò in chiesa barcollando leggermente. Nemmeno mia madre era presente, per la semplice ragione che, nel compilare la lista degli invitati, mai una volta Giorgio contemplò la presenza di parenti dalla parte della sposa.

Del resto, solo in prossimità delle nozze io mi ero decisa a recarmi all'ottavo padiglione per comunicare loro la notizia.

Trovai Macigno che fumava in cortile e presi posto accanto a lui pestando un tappeto di mozziconi. Per superare il reciproco imbarazzo ci mettemmo a parlare di calcio, del tempo, di com'era cambiata la pazzia.

E in tutto questo – me ne uscii a un certo punto battendomi le mani sulle ginocchia – domani mi sposo.

Macigno non batté ciglio. Negli ultimi mesi era molto dimagrito, e ora lottava con tutta una serie di pruriti.

L'hai detto a tua madre e a tua sorella?, mi domandò grattandosi il naso.

Mmm – no, veramente no.

Glielo dirai?

Mi nascosi dietro al fumo della sua Marlboro.

Non so, dissi. Giorgio non è molto interessato alla nostra famiglia...

Macigno annuì e si accese un'altra sigaretta. Sembrava colpito più che altro dalla parola famiglia.

La nostra famiglia, ripeté con intonazione poco decifrabile.

Poi scosse il suo muso da cavallo.

Ma sì, disse, è una saggia decisione. Mariuccia cresce serena, Luisa la sento di nuovo fischiettare mentre stira: lasciamole tranquille...

Tu sei contenta?, aggiunse a tradimento.

Colpo basso per colpo basso, sorvolai e gli chiesi come stesse lui.

Così così, rispose. Forse ho il cancro...

Mi tirai indietro inorridita e Macigno scoppiò a ridere.

Non preoccuparti, non è contagioso! E forse l'abbiamo preso in tempo...

Però è meglio se non fumi – credo, mi permisi di suggerirgli.

Macigno si strinse nelle spalle e diede un'altra boccata.

Che importa?, disse. La vita mi ha già dato tutto quello che volevo: una donna bellissima e due figlie meravigliose.

Mariuccia l'avevo intravista giocare in corsia. L'altra figlia non potevo essere che io.

M'infilai sotto la sua ascella e cominciai a piangere in silenzio.

Silenziosi anche loro, come spettri in catene, un gruppo di pazienti in pigiama uscì dal padiglione trascinando i piedi. Sorridevano imprigionati nelle rispettive sedazioni. Aveva ragione Macigno, non c'era più la follia di una volta.

Cosa ricorda del giorno del suo matrimonio?

Che fu lungo come lo strascico del mio vestito da sposa.

Lo reggevano due damigelle che non avevo mai visto, così come il resto degli invitati. Tra di loro, m'informò Giorgio, ci battevano le mani mezza giunta comunale, il meglio dell'ordine dei medici e tutto il Rotary Club.

C'erano anche diversi calciatori della Fiorentina, pare. Giorgio avrebbe voluto rifilarmene un paio come testimoni, gli sembrava un modo divertente per legarmi a vita alla Viola. Ma l'arcivescovo di San Miniato, nel corso della cena alla Buca Lapi che sostituì il corso prematrimoniale, fece rispettosamente notare che i testimoni di una sposa sono garanti della sua libera volontà, e che quindi sarebbe stato opportuno che si conoscessero almeno un po'.

Chi non conosce Bertoni e Passarella?, scherzò (ma non troppo) mio suocero.

Alla fine, a Giorgio vennero in mente Lorenzo e Marcello.

Una volta, mentre guardavamo un episodio di *Bonanza*, li avevo paragonati ai fratelli Cartwright e da allora Giorgio non se n'era più dimenticato, li nominava ogni volta che a casa si rompeva qualcosa o bisognava fare un lavoro manuale.

Qua ci vorrebbero Lorenzo e Marcello, diceva senza sapere nemmeno che faccia avessero.

Quando me li suggerì come testimoni non risposi né sì né no.

Dopo la chiusura della falegnameria li avevo persi completamente di vista, e ancora oggi mi chiedo come abbia fatto Giorgio a ripescarli.

Di fatto il giorno del matrimonio me li ritrovai accanto in gessato grigio e stivali Frye. Erano diventati spavaldi e rozzi.

Ci sono anche Ada e Gabriella?, li accolsi (quasi) commossa.

Chi?!

Dopo di loro ce n'erano state così tante che nemmeno se le ricordavano più. Per tutto il tempo del ricevimento Lorenzo e Marcello si aggirarono tra piscina e buffet soffiandosi sui ciuffi e ciondolando intorno alle signore. Poi, intorno a mezzanotte, sparirono senza nemmeno salutare.

Era stata una bella festa, o almeno così ci dissero quelli che se l'erano goduta.

Ma la cosa più bella è la sposa!, convenivano tutti.

Io avevo un crampo allo stomaco e un altro alla mandibola, contratta da ore nello sforzo di sorridere. Distribuivo in giro bomboniere come se gettassi in mare delle zavorre.

Alla fine ci ritrovammo da soli, naufrago Giorgio e naufraga Eva, in quell'isola deserta chiamata matrimonio.

E ora? Come lo levo, questo vestito?, pensai ricordandomi che la mattina c'erano volute tre persone per infilarmelo.

Giorgio non sembrava particolarmente interessato all'idea di togliermelo.

Nunc fessus sum, disse salendo la rampa di scale. Tu quoque?

Medius, mi tenni come al solito sul vago.

L'ultimo piano del castello di Santa Maria Novella, bastione dell'anno mille affittato a peso d'oro ai barbari del Chianti, era stato interamente destinato agli sposi. Dotato di letto a baldacchino, idromassaggio e vista panoramica, Giorgio aveva voluto tenermelo nascosto fino alla fine.

Parata?, sorrise con la mano sulla maniglia.

In che senso?

Parata, Eva! È latino!

Ah, sì, certo, omnia parata sum.

Ma non era vero, non ero pronta proprio a tutto: quando Giorgio aprì la porta io feci sbigottita un passo indietro, lasciando cadere a terra il velo.

Sul letto, completamente nudi, Lorenzo e Marcello mi aspettavano con gli attrezzi in mano.

Oh cazzo, mi lasciai scappare.

Mancava meno di un mese al mio esame da privatista e Giorgio non transigeva sulle esercitazioni.

Eva, Eva, mi rimproverò. Abbiamo detto che fino a domani si parla solo in latino!

Ma per fortuna non ci fu molto altro da dire. Mi sollevai il vestito sul culo, montai a quattro zampe sul letto e me li infilai entrambi nella bocca.

Giorgio restò là a guardare?

Ovviamente sì. Di fronte al letto si ergeva una poltrona imperiale, che si diceva appartenuta a Leopoldo II Granduca di Toscana, e Giorgio vi prese posto impugnando un binocolo da teatro dell'opera.

Manifestava così, già da allora, la sua ossessione per la dilatazione, ingigantiva l'atto sessuale tra la novella sposa e i testimoni fino a riempirne interamente il proprio visus.

Al binocolo, quella notte, alternò la pila elettrica (ecco un'altra cosa che gli piace fare: spegnere la luce e poi ronzare intorno al letto con la torcia, illuminando dettagli, voragini, sezioni di sesso).

Lorenzo e Marcello sembravano tornati quelli della falegnameria: lavorarono sincronici e concentrati intorno alla mia verginità. Poi, quando i compressori andarono a regime, si lasciarono andare a un'espansività salace, alla livornese, prendendo di mira le corna di Giorgio con battute che ricordavano lanci di lazo. Quando arrivavano a segno, stringendosi intorno alla sua testa protesa in avanti, Giorgio veniva trascinato di peso verso il letto: strappato alla poltrona del Granduca si gettava a baciare i miei piedi, chiamandomi regina.

Questo era Giorgio, mio marito.

E questo, tra tovaglie di lino e servizi di piatti Villeroy & Boch, fu il regalo di nozze con cui Giorgio annunciò il senso che avrebbe avuto la parola libertà nel nostro matrimonio: un senso totale, e nello stesso tempo nullo.

Sei libera di scopare con chi vuoi e quante volte vuoi, mi concesse.

Ma va da sé che la libertà non si concede.

Nel farlo, Giorgio stabiliva che gli appartenevo – condizione necessaria a un patto scellerato che lo facesse sentire, nello stesso tempo, servo e padrone.

Devi però farmi sapere ogni volta che mi tradisci.

Devi però farmi guardare ogni volta che mi tradisci.

Devi però farmi sentire ogni volta che mi tradisci.

Che dovessi tradirlo, era un obbligo inutile anche da menzionare: nel momento in cui Giorgio mi lasciava libera di cornificarlo, libertà e necessità coincidevano come nel Dio-Natura di Spinoza.

Lo studiai, Spinoza, nel biennio successivo: dopo la licenza media Giorgio spinse perché prendessi, se non quella classica, almeno la maturità scientifica. Feci cinque anni in due e lo accontentai.

Mio marito incorniciò il diploma in doppia copia e ne regalò una a suo padre. Nel ritornare a casa, scagliati a centocinquanta sulla Firenze-Grosseto, mi girai verso Giorgio e gli comunicai le mie intenzioni.

Voglio continuare, dissi.

Giorgio aveva la radio accesa e la testa sintonizzata sul prossimo amante da infilarmi nel letto (gli piaceva moltissimo sceglierli, coltivarli, ingolosirli piano piano al mio corpo).

Gli studi, mi spiegai meglio. Vorrei continuarli.

Giravamo sempre in Jaguar, ma Giorgio aveva da poco sostituito la XJS con un nuovo modello XJ40. Per guidarla s'infilava ancora quei ridicoli guanti di pelle con le dita mozzate.

Tamburellò sul volante e disse: Ma dai!

Sebbene mi fossi diplomata con sessanta sessantesimi, riteneva che oltre la maturità scientifica non potessi andare.

Hai ventidue anni suonati, disse per scoraggiarmi. A che età ti vuoi laureare?

Quello di farmi bruciare sotto il culo il tempo che passava era uno stratagemma che già allora utilizzava a scopi meramente sessuali, affinché non mi venisse in mente di rinunciare nemmeno a una delle occasioni che, attraverso la sua intermediazione, mi si presentavano.

Ma dopo tre anni di matrimonio anch'io avevo i miei stratagemmi.

Pensa al fascino di una zoccola laureata, dissi accavallando le gambe nel comodo vano della Jaguar.

Sarei di un'originalità irresistibile!

Giorgio rallentò leggermente.

Dici che aumenterebbe la foia dei tuoi amanti?, rifletté aggrottando la fronte.

Mi piaceva, ogni tanto, infrangere la sicumera attraverso la quale Giorgio dirigeva il traffico intorno alla mia fica. E anche a lui piaceva se la bambola gonfiabile che aveva preso in moglie si animava all'improvviso, sorprendendolo con delle iniziative personali.

Io penso di sì, risposi tornando a una maggiore modestia.

Il suo pensiero lo ruminò assieme a una pastiglia Valda fino all'ingresso della nostra villa, quando riaprì cancello e discorso con un unico tocco sul telecomando.

E a quale università pensavi di iscriverti?

ISEF.

Giorgio fece finta di non capire.

Vorrei insegnare ginnastica. Magari ai bambini, specificai.

Dal suo alito al mentolo si levò un risolino di scherno.

Ma l'ISEF non è mica una vera laurea!

Ovviamente mi ero preparata all'obiezione e citai a memoria la legge del 7 febbraio 1958, che riconosceva all'Istituto Superiore di Educazione Fisica il grado universitario. Con un soggetto normativo come Giorgio, quella giuridica era una buona base per appoggiare il resto del discorso.

Marito mio, ripresi cercando serissima i suoi occhi, tu credi che sarò sempre così? Elastica, atletica, tonica?

Giorgio era fissato con la manutenzione della XJ40, faceva tagliandi su tagliandi. Miravo a fargli capire che, in quanto Jaguar, sottostavo agli stessi parametri di cura.

Perché se mi vuoi sempre arrembante, dissi, bisogna che mi mantenga in forma.

Mi girai su un fianco e lo invitai a pizzicarmi il culo: Senti qua, tre anni china sui libri mi hanno rammollita...

Il cancello elettrico si richiuse alle nostre spalle e Giorgio si lasciò andare a un sospiro con il quale ammetteva che la questione era ormai entrata dentro casa. Non era tipo, Giorgio, da gesti promiscui, e perciò, anziché la mia natica, preferì pizzicare il portachiavi, facendolo oscillare come un pendolo divinatorio. Non sapeva che pesci prendere.

I suoi setter da caccia ci vennero incontro sul vialetto e cominciarono a girare intorno alla Jaguar. Visto che non ci decidevamo a scendere, minacciarono di saltare sulla carrozzeria e di rigarla con le unghie.

Sono tre anni, passeranno in fretta, dissi per convincerlo.

Facendo leva sulle sue simpatie politiche, gli dissi anche che l'ISEF era stato fondato dal duce (in realtà non era vero, l'ISEF era nato diversi anni dopo la caduta del fascismo, sulle ceneri della Gioventù Italiana del Littorio).

Fra tre anni sarò ancora più brutto e più vecchio, borbottò Giorgio.

Ma avrai accanto una donna ancora più giovane e più bella, osservai io.

A fronte della sua passione per il Kamasutra, nella vita di tutti i giorni Giorgio riconosceva solo due posizioni: stare sopra e stare sotto.

Piano piano, lo vidi offrirmi la nuca e scivolare nell'estasi del vittimismo.

Dovrai trasferirti a Roma, cominciò a piagnucolare. Chissà quanti uomini incontrerai...

Ovviamente mi guardai bene dal negare.

Tornerò ogni fine settimana, mi limitai a dire.

Io potrò venire a trovarti?

Vediamo, gli concessi.

Prima di rilasciare il suo sì, volle farsi promettere che avremmo continuato a fare i nostri giochi.

Non era ancora, il gioco, quel sistema complesso che in seguito avremmo codificato. Ma nella sua generalità l'espressione mi piacque subito moltissimo, mi autorizzava a pensare che il matrimonio non era poi una cosa troppo seria.

Certo, amore mio, voglio giocare tanto, gli dissi mettendo insieme le partouze, il basketball e le moine con cui miravo a irretirlo.

Ti stai eccitando?, gli chiesi.

Giorgio si aprì la cerniera lampo e mi mostrò il suo pene glabro, da bambino.

Lo masturbai frettolosamente, come lui preoccupata dell'impazienza dei cani. Sull'acqua limpida della piscina galleggiava solitaria una foglia. Di sicuro l'aveva adocchiata anche Giorgio: prima di entrare in casa, con passo snervato, si sarebbe diretto al capanno degli attrezzi, avrebbe preso il suo retino e l'avrebbe rimossa.

Ovviamente, all'ISEF, non c'era solo il basket: il programma contemplava decine di giochi e io cercavo di seguirne il più possibile. Correvo, nuotavo, saltavo in lungo e largo sulla pista dello Stadio dei Marmi. Intorno a me, le statue dei discoboli o dei lottatori rappresentavano perfettamente la tipologia di maschio che Giorgio mi faceva trovare nel nostro letto il venerdì sera, quando rientravo a Grosseto.

Tornare a casa il fine settimana era il prezzo da pagare. Ma quando, dopo due giorni di ore viziose e di aria viziata, dall'alba maremmana mi spostavo di nuovo al sole della capitale, non mi sfuggiva il nesso tra la gioia che provavo in quel momento e il suo costo, così che finivo per pagarlo volentieri e forse perfino per amarlo.

A Roma ebbe molte avventure extraconiugali?

Macché. Respingevo tutte le avances, senza nemmeno guardare in faccia i miei corteggiatori.

Sono una donna sposata, era tutto ciò che mi bastava dire.

La sera uscivo con le mie compagne di corso e discutevo di quella fedeltà che loro trovavano inaccettabile, se non proprio incomprensibile.

Come puoi pensare, mi dicevano, di stare tutta la vita con lo stesso uomo?!

Erano sportive anche nel modo di gestire le loro relazioni, l'attività fisica le aiutava a sentirsi padrone del proprio corpo e la vita all'aria aperta favoriva un certo senso di libertà.

La mia libertà è dire di no, provavo a spiegare.

Era difficile, veramente difficile, illustrare le regole del mio matrimonio.

... Immaginate di potere avere tutti gli amanti che volete...

... Immaginate di non essere proprio voi, a volerli...

... Immaginate che la vostra volontà conti davvero poco, diciamo pure niente...

Di fronte a tutti quegli sforzi d'immaginazione, nuotatrici, ginnaste, pallavoliste in forma smagliante mi guardavano inebetite come diabetici subito dopo mangiato.

Sì, era veramente difficile spiegare...

Giorgio ci metteva la sua parte nel complicarmi le idee.

Il venerdì sera, come le ho detto, mi faceva trovare un bull nel letto. Poi, la mattina seguente, mi svegliava tra le lenzuola ancora umide e mi portava in campagna a sparare alle quaglie.

Pantaloni mimetici e occhiali Falcon, Giorgio scrutava l'orizzonte e mi chiedeva quante volte l'avessi tradito nella settimana appena trascorsa. L'alba, il silenzio, il fucile carico di piombo infondevano alla scena una solennità che sconfinava nel ridicolo. Seguendolo nella boscaglia io lottavo con la mancanza di sonno e il totale disinteresse per la stagione venatoria. Solo cinque ore prima stavo posando nuda, come un trofeo di caccia, tra le braccia del predatore di turno.

Allora, mi hai tradito o no?

Sì, certo, ieri sera – facevo la furba.

Giorgio storceva la bocca e si sforzava di tenere basso il tono della voce, per non allarmare le quaglie.

Che c'entra ieri sera? Sto parlando di quando sei a Roma da sola.

La verità, da tempo, mi lavorava ai fianchi. Se ti piace piacere, mi dicevo sul cubo del Ciucheba, arrenditi all'evidenza del tuo essere, abbandonati ai tuoi istinti. Cercavo la mia vera natura, ma mai come in quei sabato mattina, tra gocce di rugiada e cinguettii di uccelli, la natura si nascondeva (e faceva bene, perché rivelandosi c'era mio marito pronto a spararle addosso).

Nondimeno, provavo a essere sincera: No, confessavo, non ti ho mai tradito.

La mascella irrigidita, Giorgio si piantava tra le stoppie e si alzava gli occhiali sulla fronte.

Ti faccio paura?, mi chiedeva.

Era una domanda ricorrente, ormai avevo fatto il callo a quelle sue intimidazioni paramilitari.

No, non particolarmente.

E allora perché mi nascondi le cose?

Prendeva la mira ed esplodeva, in contemporanea, un colpo di fucile e una altrettanto secca esclamazione: Sei una troia!

Lo sparo copriva la sfumatura che divideva l'affronto dall'elogio, non si capiva se troia fosse un insulto o un complimento, così come non si capiva se, puntando il volo delle quaglie, volesse colpire me, se stesso o i miei supposti amanti.

Quanti te ne sei fatti? Sentiamo.

Due, mentivo.

Lo vedi? Troia!, ribadiva finalmente contento.

E giù altro piombo su quei poveri uccelli.

Giorgio aveva realizzato che a Roma mi confidavo con le amiche, e la scoperta lo aveva fatto impazzire.

Sparlate di me?, volle sapere con la schiuma alla bocca.

La cosa lo atterriva e lo mandava in visibilio.

Capiranno che sono un cornuto, tremava aggrappato alle mie ginocchia.

Sì, no, forse – lui si teneva la testa tra le mani e recitava: Oh, povero me, povero me...

Con lo stesso melodrammatico vibrato dei personaggi d'opera che tanto amava si prendeva la scena e mi relegava a spettatrice del nostro matrimonio. Dalla platea avevo la sensazione di vedere senza essere vista, un'esperienza completamente nuova per me che ero sempre vissuta sotto la lente d'ingrandimento di angeli e demoni.

Per la prima volta sperimentavo il voyeurismo e lo facevo su un voyeur. Ma guardare un guardone che mi guardava scopare era una triangolazione a cui mancava un lato, quello che mi avrebbe permesso di guardare me stessa.

Me ne resi conto un giorno, nel candore dello stadio dei Marmi, durante una lezione di lancio del giavellotto. Aerodinamica com'ero, eccellevo anche in quello: corse, salti, tiri, le mie misure riscuotevano ammirazione quasi quanto i 90 centimetri del mio giro-seno.

Sciogliemmo i muscoli sul tartan. Poi, in fila indiana, impugnammo i giavellotti e li scagliammo il più lontano possibile. Vederli conficcarsi nell'erba umida trasmetteva al gruppo di allieve un brivido erotico. Per tenerlo a bada, dopo ogni serie, l'istruttore ci mandava a recuperare gli attrezzi in mezzo al prato invitandoci a inspirare profondamente con il naso. Alcune ragazze erano così eccitate che si pizzicavano in continuazione i calzoncini acetati. Altre si sfogavano infilando la punta del proprio giavellotto tra le natiche delle compagne, e ridendo sguaiatamente dei loro sobbalzi.

Quasi tutte portavano nomi consoni alla borghesia romana medio-alta – Cristina, Laura, Silvia, Marta, Federica – ma la più trendy di tutte, con i suoi Moncler e le sneakers colorate, era una paninara del beneventano che si faceva chiamare Geppy.

Il programma dell'ISEF prevedeva salti di ogni genere, ma quelli che Geppy s'inventava per sentirsi all'altezza del suo diminutivo erano mortali.

Atterrita dall'eventualità di essere chiamata con il suo vero nome, Geppy faceva solo cose da Geppy, tutte cose da Geppy, nient'altro che cose da Geppy. Tra queste – oltre a sfumacchiare, andare a ballare al Much More e ricoprirsi di capi griffati – Geppy si era costruita l'ambizione di disegnare un ristretto cerchio di amicizie, all'interno del quale fare cose da Geppy sarebbe stata la regola.

Chissà perché, al centro di quella élite si era messa in testa di piazzare me.

Eva, mi presti il bagnoschiuma?

Eva, studiamo insieme anatomia?

Eva, ma tu usi la spirale o la pillola?

Tentava di invischiarmi in una complicità non meno pelosa delle sue ascelle, che richiedevano continue cerette.

Un giorno, tra un tiro e l'altro di giavellotto, Geppy mi confidò di avere intortato una coppia di olimpionici di nuoto.

Ti va di uscire tutti e quattro insieme? Da quanto ho sbirciato attraverso il costume, hanno dosi da sballo, disse come se trattassimo di droga.

Riepilogate le fasi del tiro (rincorsa ciclica e rincorsa aciclica, impulso, transizione, doppio appoggio, arco e rilascio), l'istruttore ci fece effettuare una nuova serie di prove. La tecnica e la sapienza naturale del mio corpo combaciavano alla perfezione, relegando l'errore a una eventualità remota.

Allora, ci stai o no?, m'incalzò Geppy.

Mi piacerebbe. Davvero. Ma non mi pare il caso.

Sei una ragazza un po' troppo inibita, mi punzecchiò.

Sono una ragazza un po' troppo sposata, la corressi.

Riguadagnammo la pedana in silenzio, trascinando i giavellotti.

Li lanciammo, li recuperammo, li lanciammo di nuovo.

Geppy sembrava essersi arresa, ma da come s'arrotolava intorno al dito lo chignon capii che meditava un colpo di coda.

Senti un po', sibilò di punto in bianco, ma tuo marito se la merita tutta questa fedeltà?

Intente a fare stretching poco più in là, le nostre compagne di corso allungarono le orecchie verso la pedana.

In che senso?, dissi molleggiando il giavellotto sopra la spalla destra.

Nel senso che una donna non fa mai le corna. Le restituisce...

Qualche ragazza cominciò a sghignazzare alle mie spalle, e andò avanti finché non mi girai a incenerirla con lo sguardo. A quel punto fu il mio turno di ridere.

Ah, ah, ah, questa è proprio un'uscita alla Geppy, le dissi. Giorgio le corna non me le farà mai!

Ridacchiavano tutte e ridacchiò anche Geppy.

Beata te che sei così sicura!

Beata te che sei così Geppy, la sfanculai.

Nei pressi della centina, al termine della pista, l'istruttore batté due o tre volte le mani per incitarmi a partire. Impugnai l'asta e caricai il tiro, ma prima di effettuare la rincorsa mi voltai un'ultima volta verso Geppy e le dissi: Tu non puoi capire.

Era lunga circa trenta metri, la pedana. Ma se le gambe correvano in avanti, i pensieri cominciarono a girare all'indietro, così che, invece di aumentare, la distanza che intendevo mettere tra me e Geppy si andò riducendo a ogni falcata. Quando arrivai in fondo e sprigionai la mia fiondata, realizzai che io, lei, tutte, di fronte all'imperscrutabilità di un cuckold saremmo sempre rimaste confinate alla stessa angusta mattonella, dalla quale era difficile, veramente difficile, capire cosa succedesse dentro la sua testa.

Che ne sapevo, io, della vita sessuale di mio marito?

Il suo orientamento era così estremo, così compulsivo, da spingermi a dare per scontato che non potesse esserci altro al di fuori della frenesia con cui aspettava il venerdì sera per invitare a cena un altro maschio, con cui me lo spingeva nel letto, con cui si masturbava guardandoci scopare.

Ma se non fosse stato così? Se Giorgio, lontano da me, frequentasse un'amante, uno stuolo di puttane, o si travestisse da SS per farsi sodomizzare da una banda di mulatti?

A turbarmi non erano le ipotesi in sé, ma ciò che provocavano dentro di me.

In disordine sparso, riconobbi: 1) Gelosia 2) Rabbia 3) Solitudine 4) Paura per la sua e la mia salute (AIDS) 5) Sollievo nel dividerlo con altro/a/i 6) Amarezza nel dividerlo con altro/a/i 7) Forte eccitazione sessuale 8) Orgoglio 9) Vergogna 10) Curiosità 11) Senso di inadeguatezza 12) Senso di nausea 13) Senso di stanchezza 14) Energia (nello stupore generale, scagliai il giavellotto a 37,28) 15) Tenerezza 16) Voglia di vendetta 17) Voglia di tornare subito a casa 18)

Voglia di non tornare a casa mai più 19) Desiderio di maternità 20) Amore.

Fu proprio il punto 20 a devastarmi: forse perché quella parola conteneva tutte le altre, forse perché mi coglieva veramente di sorpresa.

Quella sera accettai l'invito di Geppy e scopai con il più fortunato dei suoi due nuotatori. Il secondo, a cui era toccato in sorte di intrattenere Geppy, lo consolai il pomeriggio seguente in separata sede. Poi ovviamente ce ne furono altri e altri ancora.

Mi hai tradito?, continuava a chiedermi Giorgio il sabato mattina, dimenando la canna del suo fucile nel niente della campagna maremmana.

Mi hai tradito o no, troia?

Assidue, homunculo impotente.

Nel modo in cui gli davo soddisfazione, ora, c'era una convinzione che riusciva a solleticargli l'uccello. Gli calavo la tuta da guerriero e lo spompinavo là per là, nella massima espressione della sua virilità barzotta, mentre lui scrutava l'orizzonte per individuare non tanto il volo di una quaglia quanto l'arrivo di altri cacciatori disposti a partecipare alla battuta.

Com'erano i rapporti sessuali tra lei e Giorgio, in assenza di altri partner?

Gli altri partner, come li chiama lei, non erano mai assenti: se non in carne e ossa, c'erano nel ricordo, nell'attesa, nell'immaginazione.

Mi creda, la camera da letto è sempre la stanza più affollata. La nostra brulicava di corpi che presto diventavano ombre e di ombre che ancora più rapidamente diventavano corpi.

Mi farai scopare un'altra volta con Bruno?

Chi è Bruno?

Lo stallone che era qui ieri sera.

Il primo o il secondo?

Se è per questo io ne ricordo tre.

Giorgio era un computer privo di antivirus: archiviava ogni dettaglio, poi all'improvviso qualcosa andava in panne e sullo schermo della sua memoria si moltiplicavano i pop-up.

Ti farò scopare da Bruno insieme a Pietro, sparigliò la mano (chi fosse Pietro, io nemmeno lo immaginavo).

All'epoca non esistevano i nickname e i bull avevano ancora nomi da cristiani. Anziché su internet, il reclutamento avveniva per strada, davanti ai cinema porno, o in luoghi ancora più neutri come l'ufficio postale o i banconi dei supermercati.

Giorgio aveva un fenomenale colpo d'occhio. Registrava tutto, ma in quel tutto sapeva isolare il fremito che distingueva il gagà di passaggio da un bull degno di questo nome. Spesso, il sabato sera, andavamo a passeggiare nella piazza principale di Grosseto, che Giorgio preferiva chiamare con il nome comune di piazza delle Catene e io, per motivi miei sentimentali, piazza Dante.

Mi costringeva a camminare qualche metro avanti a lui, da sola, per godere di una visione panoramica che gli facesse cogliere chi mi guardava, quanto mi guardava, come mi guardava. In assenza di singoli si divertiva a studiare le reazioni delle coppie al mio passaggio, i contorcimenti oculari dei mariti e quelli di budella delle mogli.

Carrozzata com'ero, capitava spesso che uno sconosciuto si agganciasse alla mia targa. Nel farmi rimorchiare provavo un'agitazione che non sapevo se ricondurre al pensiero che da lì a poco avrei fatto del sesso in un portone o al terrore che, a mio marito, quello sconosciuto non andasse a genio.

Più di una volta, dopo una sveltina poco soddisfacente, Giorgio mi aveva rimproverato per la scelta inadeguata.

È colpa tua: da chi ti sei fatta abbordare? Si vedeva da lontano che non valeva niente...

Per strappare la sua approvazione, presi allora l'abitudine di cercarlo con lo sguardo ogni volta che un maschio si avvicinava: sapevo che Giorgio era lì, da qualche parte, ma la sua capacità di rendersi assente nella presenza e presente nell'assenza era mefistofelica. Mi lasciava da sola e mai del tutto sola, a trascinarmi dietro i ceppi del suo spettro.

Sì, aveva ragione mio marito, quella era proprio piazza delle Catene, e Giorgio aveva preteso che ne indossassi una d'oro giallo alla caviglia destra: simbolo della mia disponibilità sessuale, diceva lui, simbolo della mia schiavitù, pensavo io.

Il Giorgio che, silenzioso com'era sparito, ricompariva al termine di quelle avventure, non aveva però l'autorità del padrone: ricordava semmai un bambino petulante che sommerge la mamma di domande.

Era soprattutto curioso di sapere su quale punto del mio corpo si fosse posato il seme del maschio. Avevo il divieto assoluto di lavarmi dopo il rapporto, l'igiene dei miei partner doveva rientrare nei canoni sanitari ma il loro odore non poteva essere nemmeno così asettico da passare sulla mia pelle senza lasciare traccia.

A casa, in macchina, sul piazzale di un motel – ovunque ci ritrovassimo, Giorgio mi annusava come uno dei suoi cani da caccia. Se colti al volo, erano quelli gli unici momenti in cui riusciva ad avere un'erezione sufficiente a un rapporto completo, che però non si completava mai.

A parte il gioco, di cosa si nutriva il vostro matrimonio? Avevate interessi in comune? Amicizie?

(ci pensa a lungo, prima di rispondere)

... Della caccia le ho già detto, mi pare...

Poi c'era la Fiorentina, quando la domenica giocava in casa andavamo allo stadio a vederla. Non era un grande spettacolo, si cantavano cori contro la Juventus ma per il resto si godeva poco. A Giorgio bastava la presenza in squadra di Gabriel Batistuta, era pazzamente innamorato di lui e fantasticava di averlo un giorno nel nostro letto.

Se la Fiorentina giocava in trasferta, la domenica pomeriggio riuscivo talvolta a trascinare Giorgio al cinema. Non era facile farlo uscire, mio marito aveva da poco riscoperto l'epica omerica e trascorreva il suo tempo libero immerso nell'*Iliade* o nell'*Odissea*, covando il progetto di stenderne una sua personale traduzione. Se alla fine arrivavo a smuoverlo era solo grazie alla prospettiva di agganciare un militare nel buio della sala. Giorgio m'imponeva perciò film d'azione, dal gusto tipicamente maschile, che alla fine annoiavano sia me che lui.

Non creda, infatti, che il gioco riuscisse tutte le volte. Molto spesso si risolveva in estenuanti e inutili attese, circondata da quaquaraquà che mi lanciavano battute senza osare avvicinarsi, o da caroselli di macchine che mi piantavano in faccia gli abbaglianti e poi si tenevano a distanza.

Una donna come me, che con i tacchi poteva sfiorare i due metri, faceva gola ma anche molta paura. Pellicce e unghie in forma d'artiglio mi avvicinavano al contesto animale, i grandi occhiali scuri mi separavano da quello umano. Insomma, ci voleva un certo fegato per saltare nel cerchio di fuoco che la mia algida incandescenza tracciava attorno a me...

Di quegli anni ho dimenticato tutte le facce, ma conservo perfettamente il ricordo delle ore che Giorgio mi obbligava a trascorrere sulle piazzole di sosta della Grosseto Nord, o dei giri di piazza Dante che mi toccava inanellare il sabato sera prima che qualcuno si decidesse a farsi sotto.

Il graffio che mi lasciava addosso quel sesso eventuale, rapace e contorto, era niente in confronto alla monotonia che lo precedeva, spesso l'attesa era così noiosa che avrei voluto interromperla chiedendo a Giorgio se ne valeva la pena.

Ma ovviamente sarebbe stato inutile, la pena faceva parte del suo divertimento così come la noia faceva parte integrante di lui: non la riconosceva, non la soffriva, non la capiva.

Questo fine settimana ci siamo proprio divertiti, diceva all'alba di ogni lunedì.

Senza un dubbio, un punto di domanda...

Poi s'infilava i guanti mozzati, mi portava alla stazione di Grosseto e mi metteva sul treno per Roma. Malgrado l'orario antelucano eravamo sempre in notevole anticipo. Dopo un paio di minuti passati a raccomandarci cose ovvie, Giorgio mi chiedeva dalla banchina il permesso di andare e io dal finestrino lo autorizzavo mandandogli un bacio.

C'erano i cani da nutrire, gli aghi di pino nella piscina, e poi l'ospedale, i pazienti, i tumori...

Ore e ore di niente, in attesa di un colpo di sesso, e adesso quella fretta di cui seguivo gli sviluppi interessata, affinché prima della partenza del treno mi restasse un minuto per scendere a comprare "Donna Moderna", "La Settimana Enigmistica" e "Cuore Giallorosso", tutte riviste che Giorgio avrebbe disapprovato.

"Cuore Giallorosso"?

Sì, è così, all'ISEF ero diventata tifosa della magica Roma, coltivavo in segreto la mia passione per Giannini e Nela e ancora più in segreto, al Comunale, gufavo la Viola con un trasporto tale che da lì a poco la Fiorentina retrocesse in serie B.

Sul treno mi toglievo le scarpe, mi struccavo e finalmente, per due ore e mezza, potevo respirare una boccata di libertà.

In realtà l'euforia per quella sensazione durava al massimo fino a Civitavecchia, quando la tranquillità del vagone semivuoto già declinava in noia. Mi rimettevo allora le scarpe con il tacco e, abbandonato "Cuore Giallorosso" sul sedile, mi trasferivo nella seconda classe alla ricerca di un viaggiatore solitario da rimorchiare nella toilette del treno. Facevo insomma, liberamente, quello che Giorgio fino a poco prima mi aveva costretta a fare, e mi chiedevo se questo volesse dire che ero libera anche prima, troieggiando sulla piazza di Grosseto, o che non avrei potuto esserlo mai più.

Decifrare la mia volontà stava diventando sempre più difficile.

Da tempo, ad esempio, coltivavo l'intenzione di invitare la mamma, Macigno e Mariuccia alla mia laurea. Ero decisa a imporli a mio marito con la stessa autorità con cui Giorgio li aveva esclusi dalla nostra cerimonia di nozze. Ma più diminuivano gli esami, meno riuscivo a capire se quell'autorità corrispondesse a un reale desiderio o a una ripicca nei suoi confronti.

A un mese dalla tesi, per evitare lo stress di due discussioni troppo ravvicinate, mi decisi a parlargliene.

Giorgio, gli dissi, alla consegna della laurea vorrei la mia famiglia.

Certo, rispose intingendo le dita nell'acquasantiera, ci sarò.

In quel periodo Giorgio amava andare a messa in cattedrale, sottostare alle volte a crociera e recitare il credo in latino: più in generale, tutto ciò che era solenne lo attraeva.

Al termine della celebrazione uscimmo sul sagrato, mescolati ai fedeli.

Giorgio, gli andai di nuovo sotto, intendevo dire la mia vecchia famiglia.

Alcuni notabili del luogo si avvicinarono, passando senza soluzione di continuità dal segno della croce a un inchino nei confronti del dottor Spina. Non mi presentava mai a nessuno, costringeva tutta quella gente all'enorme sforzo di considerarmi invisibile. Al termine dell'interruzione il mio affondo aveva perso d'intensità.

Non vorrei fare il bis del matrimonio.

In che senso?

Nel senso che nemmeno li abbiamo invitati.

Giorgio cascò dalle nuvole, a me cascarono le braccia.

Ma ti rendi conto che devi ancora conoscere mia madre?

Giorgio non rispose. Per evitare un venditore ambulante di calzini, con cui mi aveva fatto scopare tempo addietro, mi prese per mano e s'infilò in una pasticceria. Giorgio impazzisce per le paste alla crema e insistette perché le scegliessimo insieme, mostrandoci al pasticciere come una coppia di coniugi molto affiatata. All'uscita il ragazzo africano era ancora lì, non si capiva se per i calzini o per tentare il bis, e Giorgio lo trattò a male parole.

Prima di voltargli le spalle, gli misi in mano di nascosto qualche spicciolo.

Mio marito, ovviamente, se ne accorse.

Brava, incentiva l'accattonaggio, mi rimproverò.

Credevo che avrebbe iniziato uno dei suoi tormentoni sull'Italia agli italiani, e invece, girato l'angolo, mi appoggiò le mani sulle spalle e mi guardò negli occhi.

Eva, disse, mi accusi di ignorare la tua famiglia. Ma tu da quanto tempo non vai a trovarla?

Da tanto, dovetti ammettere.

Sei mesi? Un anno?

Mi morsi le labbra per non dire una bugia: dopo il colloquio con Macigno, non ero mai più tornata agli Spedali.

Giorgio si guardò intorno per essere sicuro che nessuno ci ascoltasse. Non provava vergogna nell'offrire sua moglie al primo venuto, ma si sarebbe sentito a disagio se un estraneo ci avesse sorpreso a discutere.

Che senso ha, riprese Giorgio, fare l'elemosina a un negro se poi si trascura la propria famiglia?

Citò l'esempio del rapporto con suo padre, che, cascasse il mondo, continuavamo ad andare a trovare ogni weekend. Se il sabato mattina, a caccia, aveva preso qualcosa, Giorgio portava la preda al professore e gliela metteva ai piedi, come fanno gli animali con il proprio capobranco. In cambio, lui spesso mi regalava una delle pellicce appartenute a sua moglie.

Tuo padre non è una scelta affettiva, gli dissi, ma un vincolo morale.

Pensavo si sarebbe offeso, invece mi dette subito ragione.

È vero, riconobbe.

Si piantò sul marciapiede, come se avessimo appena toccato un punto fondamentale.

Che cosa ne deduci?, mi domandò.

Dimmi tu, risposi prudentemente.

Giorgio mi prese sottobraccio e schioccò la lingua.

Sarò breve, annunciò riprendendo a camminare – se no le paste soffrono.

(Detestava che restassero incartate troppo a lungo, secondo lui le paste alla crema avevano assoluto bisogno di respirare.)

Eva, mi disse, il libero arbitrio è un concetto sopravvalutato: nella vita le cose veramente importanti non si scelgono...

... Si fanno per istinto, per necessità...

... Le forze che ci sovrastano, quelle che noi sovrastiamo...

... Il destino, il caso, la memoria...

... La nascita e la morte...
... La giovinezza e la vecchiaia...
... E anche l'amore, in fondo...

Ritornammo alla Jaguar. Come ogni volta prima di salirci, Giorgio strofinò le suole delle scarpe e fece scattare la serratura. Ero sempre così colpita dalla qualità del silenzio che si creava in quell'abitacolo una volta richiusi gli sportelli. Un silenzio ultraterreno, dove ogni frase suonava come una rivelazione.

E comunque, chiosò Giorgio, la tua famiglia io la conosco bene.

Mi bloccai con la mano sulla leva del condizionatore.

Stai scherzando, vero?

Sai cosa penso degli scherzi.

E allora perché adesso vuoi farmene uno?

Giorgio si sollevò sulla fronte le lenti, perché vedessi meglio nei suoi occhi. Sembravano fatti di nebbia, perdersi là in mezzo era un attimo.

Oh, Giorgio, basta, non mi torturare.

Come vuoi, disse allacciando la cintura.

Io non sapevo più che fare con il condizionatore. Avevo contemporaneamente caldo e freddo.

Guardai di nuovo mio marito. Prima che girasse la chiave nel cruscotto, gli toccai il braccio.

... E sentiamo, perché li avresti conosciuti?... Quando?... Dove?...

Lui mi fornì solo le ultime due risposte, perché ne deducessi la prima.

Circa un anno e mezzo fa, in clinica oncologica.

Abbassai il finestrino, alla ricerca di aria.

... Ma è stato preso in tempo, no?... Me lo disse Macigno stesso, che era stato preso in tempo!...

Giorgio storse la bocca.

Sai, disse, un uomo relativamente giovane, con tutte quelle cellule pronte a riprodursi...

Dov'è ora?

In clinica.

Giorgio fece segno di non preoccuparmi.

Alla retta ci penso io, disse.

E mia madre? Mariuccia?

Ripeté lo stesso gesto. Pensava lui anche a loro.

I sedili della Jaguar sono ergonomici, non facilitano le acrobazie. Ma Giorgio, dopo essersi slacciato la cintura, riuscì a spingersi dalla mia parte quel tanto che bastava ad abbracciarmi.

Sai – gli confidai – una volta, tanti anni fa, lo chiamai papà.

Mi sembra giusto, commentò Giorgio allungandomi un paio di kleenex.

Mi chiese se volevo piangere.

Sì, grazie.

Gli dissi che non doveva fermarsi a quell'aria da cavallo pazzo, né alle patacche dei suoi maglioni, o al cattivo odore che ogni tanto emanava.

Macigno è una persona dolcissima, e a suo modo anche mia madre lo è. Mariuccia, poi...

Non devi vergognarti di loro, m'interruppe Giorgio stringendo il discorso.

A quel punto scoppiai a piangere sul serio.

... Lo salverai, vero?...

Giorgio fu onesto, disse che il carcinoma era a cellule squamose, diffuse e maligne, e che avrebbe fatto il possibile per portare Macigno a Natale.

Natale, ripetei tirando su col naso. Lo passeremo tutti insieme?

... Tuo padre, Macigno, mia madre, Mariuccia, noi...

Certo, bambina mia.

... Promesso?...

Promesso.

Ritornò al suo posto, s'infilò i guanti da driver e mise in moto.

Adesso pensiamo a quelle povere paste, disse.

Lo passaste effettivamente insieme, il Natale successivo?

Macigno non arrivò nemmeno all'estate.

Morì a luglio, pochi giorni prima della mia tesi (*Modelli di allenamento funzionali e prestativi nel giuoco del calcio*).

Giorgio aveva giurato che sarebbe stato presente alla discussione, ma un'emergenza in ospedale lo bloccò proprio al momento di partire per Roma. Mia madre e Mariuccia mi mandarono un formale biglietto d'auguri, sottoscritto da tutte le suore dell'ottavo padiglione.

Insomma, quando la commissione mi strinse la mano e io spostai gli occhi sulla gradinata dell'Aula Magna del Foro Italico, incrociai soltanto uno sguardo, che mi fissava con un'aria alla Geppy – e che difatti era proprio quello di Geppy.

Come sfruttò il suo titolo di studio?

Facendomi a mia volta sfruttare dalle palestre del maremmano.

Ne nascevano in continuazione, spesso gestite da imprenditori corti di braccio e di vedute, che assumevano in nero e licenziavano in tronco.

Trovare lavoro nel fitness, a metà degli anni Novanta, era facile come perderlo. I centri aprivano e chiudevano alla velocità della luce, spesso dovevo sconfinare in provincia di Siena o di Pisa per coprire i buchi che si aprivano da un giorno all'altro nella mia agenda.

Aerobica, funky, acquagym, io ero disponibile a insegnare qualunque cosa purché dalle cinque del pomeriggio in poi. Era più o meno quella, infatti, l'ora in cui mio marito rincasava dall'ospedale. Lavorare di sera mi permetteva di vivere assieme a Giorgio e nello stesso tempo di non vederlo per giorni interi: un altro dei paradossi che sostenevano il nostro matrimonio.

A volte, mentre uscivo con il borsone a tracolla, incrociavo Giorgio sul cancello, più spesso gli lasciavo dei post-it sul frigorifero in cui l'invitavo a non aspettarmi per cena.

Benché le palestre fossero in culo alla luna, mi mostravo entusiasta di andarci e sempre in leggero ritardo per non dare a Giorgio il tempo di domandarmi se valesse veramente la pena sbattersi fino a Follonica o a Orbetello per una paga che copriva a malapena la benzina.

Da quando ero tornata a vivere stabilmente a Grosseto, la mia principale preoccupazione consisteva nell'evitare che si stabilizzasse anche la sua perversione. Non sto parlando di fetish o di bondage, né della tutto sommato simpatica fissa di fotografarmi nuda, ma della perversione che stava alla base del suo cuckoldismo: imprigionarmi attraverso la libertà.

Poverini, mi sussurrava all'orecchio durante le omelie, puntando il mento sulle coppie che seguivano la messa intorno a noi. Guardali come sono repressi, schiacciati dal peso del peccato, del tradimento, dell'inganno...

La sua compassione suonava sincera, forse più sincera della loro confessione di fede. E anch'io, tutto sommato, non mentivo nello strofinare la mia fede alla sua fede, in una stretta di mano che voleva dire grazie.

Ma sì, sono una donna fortunata, mi convincevo.

Giorgio era già convinto di suo, se mi alzavo dal banco per andare a lavare i miei peccati mi tratteneva per il polso e mi fissava stupefatto.

Tu? A confessarti?

Per lui ero pura come la Madonna e scandalosa come una troia, le due cose sbandavano paurosamente intorno ai confini della blasfemia e non c'era altra scelta che chiudere gli occhi e fidarsi della guida di Giorgio, che le teneva in carreggiata con il suo aplomb da pilota di Jaguar.

A proposito di macchine, per i miei giri nelle palestre Giorgio aveva comprato una Micra con cui facevo talvolta dei piccoli incidenti. Cose da niente, che tuttavia denotavano il mio nervosismo, o forse il desiderio di condividere con mio marito un argomento che non fosse il gioco.

Certe sere, rientrando a casa, il pensiero di non avere nemmeno un fattarello da raccontargli m'innervosiva al punto che sbagliavo di proposito la mira e mandavo a cozzare il muso della Micra contro il paletto del cancello elettrico.

Almeno così avevo un motivo per bussare alla porta del suo studio (in alternativa, mi ficcavo direttamente sotto la doccia e andavo a coricarmi, o lo aspettavo, spesso addormentandomi, davanti alla TV).

Cos'è successo?, si allarmava Giorgio vedendomi là con quella faccia.

Niente.

Come niente? E quegli occhioni rossi?, domandava abbassando il volume dello stereo.

Ascoltava sempre qualche opera lirica, gli acuti dei tenori si diffondevano nella campagna maremmana e, secondo lui, tenevano lontani i ladri.

Niente, davvero.

Solo dopo molte insistenze confessavo a Giorgio che avevo di nuovo ammaccato la carrozzeria della Micra.

Ah, la Micra, sospirava sollevato. Chi se ne importa della Micra...

M'invitava ad avvicinarmi alla scrivania e m'ispezionava con più accuratezza, per essere sicuro che non mi fossi fatta male. Mi tastava gli arti, le spalle, la schiena, mi comandava di ruotare il collo sotto il tocco improvvisamente risoluto dei suoi polpastrelli. Era quello l'unico espediente per farmi palpeggiare in modo virile dal mio uomo.

Mi pare che vada tutto bene.

Quindi mi perdoni?

Per questa volta sì, sorrideva.

L'abat-jour proiettava sul muro le nostre ombre, io sembravo una gigantesca marionetta e lui il burattinaio. Alla fine apriva un cassetto e mi offriva una pastiglia Valda.

Hai cenato?

Sì, la solita barretta.

Prima del bacio della buonanotte, rubavo un'occhiata alla sua scrivania.

Un tordo impagliato...

Ulisse, Achille, Agamennone...

Il CD dell'*Otello*...

E poi le pile di "Fermoposta", mucchi di lettere di maschi che volevano a tutti i costi penetrare dentro di me...

Era quello il suo mondo notturno, le ombre, i corpi, gli spettri...

Io stessa attraversavo quel mondo come un fantasma, ne entravo e ne uscivo trascinando la catena che mi cingeva la caviglia e mi andavo a nascondere sotto le lenzuola. Là m'infilavo una mano tra le gambe e portavo a termine il lavoro che il partner di giornata non era riuscito a completare.

In quel periodo, infatti, avevo moltissimi amanti e rari orgasmi.

Le palestre rigurgitavano di culturisti che scopavano con lo stesso meccanismo pesante e ripetitivo che li portava a sollevare in serie il bilanciere. Gonfi di steroidi, vivevano l'abitacolo delle macchine dove solitamente consumavamo le nostre sveltine alla stregua di un power rack, e non di rado, mentre mi pompavano, controllavano i loro volumi muscolari nello specchietto del parasole.

Nel mostrarmi la sala pesi durante i colloqui di lavoro, i proprietari delle palestre coglievano l'agitazione che provocavo con i miei leggings attillati e mi offrivano immediate assunzioni. Per lo stesso motivo, dopo pochi giorni, mi mandavano a casa: l'agitazione si trasformava rapidamente in caos, spesso tra i body builder scoppiavano risse da pollaio e le allieve dei corsi di aerobica, depauperate di attenzioni maschili, correvano a lamentarsi di me in segreteria.

Visto che mi davano apertamente della puttana, decisi di diventarlo.

Non che avessi bisogno di denaro, sia chiaro: Giorgio non mi faceva mancare uno spillo e alla fine di ogni mese versava sul mio conto personale più di quanto io riuscissi a spendere in quello successivo. Ma nel meretricio vedevo un onesto compromesso tra intemperanza e regole: con la prima mi ribellavo al sudoku dentro al quale mio marito aveva incasellato il nostro matrimonio, con le seconde (tariffe, durate, prestazioni) dirigevo il traffico ormonale che ogni sera si scatenava intorno a me.

Giorgio sapeva che si faceva pagare?

Ovviamente no: avevo bisogno di qualcosa che sfuggisse al suo controllo.

Il problema era che prostituirsi sfuggiva anche al mio, mi portava in stanze senza finestre, dove le mie riflessioni sull'emancipazione femminile venivano sostituite da specchi opachi in cui, ogni volta che mi rivestivo, vedevo un'Eva né libera né schiava, e perciò (nonostante l'uomo che sullo sfondo si rimetteva le mutande) terribilmente sola.

Giorgio mi mancava, dovevo ammetterlo.

Mi mancava il suo fiato sul collo, la torcia con cui illuminava i miei anfratti, la devozione canina con cui raccoglieva dal mio seno il seme del bull.

Da bull a cliente, sembrava solo un piccolo gradino e invece era un abisso: tanto il primo porta con sé la grazia del dono, quanto il secondo getta sul piatto l'arroganza di chi ha sborsato e per questo si crede padrone.

Tradimento dopo tradimento, rivalutavo la sovranità del cuckold: almeno non era usurpata come quella di coloro che pretendevano di dirmi come dovevo succhiarli e poi si rifiutavano di pagare la stanza del motel.

Anonimi, sciatti, degradanti, i motel mi piacevano per come contrastavano con la mia persona, e all'uscita mi facevano piangere per quanto ci assomigliavamo.

Una sera mi diedero appuntamento in un motel che non avevo mai sentito, sulla provinciale per Punta Ala. Di quella strada ricordavo soltanto il traffico in cui eravamo rimasti imbottigliati durante una gita domenicale con Marcello e Lorenzo, molti anni prima. Ora non c'era più neanche il traffico, i cartelli erano pochi e i passanti ancora meno.

Ne interpellai un paio, nessuno aveva mai sentito parlare del Motel Querciarossa. Provai allora a scendere dalla macchina e a fermare una motocicletta che procedeva in senso inverso, ma i due giovani a bordo si limitarono a rallentare e a squadrarmi silenziosamente da capo a piedi, prima di proseguire per i fatti loro.

Volevo solo un'informazione, protestai. Mica vi mangio!

Benché isolati sotto un casco integrale, quando masticai tra me e me che erano dei gran maleducati rallentarono di nuovo come se mi avessero sentito.

Ne approfittai per gridargli dietro controvento: Motel Querciarossa!

Per qualche secondo mi sembrò che confabulassero tra loro. Poi il passeggero, che indossava un giubbotto con la bandiera tedesca sulla schiena, si voltò a lanciarmi un'altra occhiata e tirò fuori il braccio per indicare il boschetto alla sua sinistra.

Vabbè, mi dissi, almeno ora conosco la direzione...

Feci manovra e imboccai la stradina in mezzo agli alberi. Qualcuno aveva scritto con la vernice sull'asfalto VIA TRENTAMILA: diversi anni più tardi, leggendo sul giornale la notizia del ritrovamento del cadavere di una nigeriana, avrei scoperto che la via prendeva il nome dalla tariffa in vigore nel boschetto quando aveva iniziato a riempirsi di prostitute.

Via Trentamila era una strada tortuosa che i cespugli di more, sconfinando sulla carreggiata, rendevano ancora più stretta. Per evitarne i rovi procedevo al centro della corsia con il naso incollato al parabrezza. Due lampioni su tre erano rotti e il terzo non bastava a evidenziare tutti i vetri sparpagliati sull'asfalto.

Chi può essere tanto stupido da aprirci un motel?, mi chiesi senza pensare che la stupida ero io a essermi messa su una strada così. In assenza di uno slargo su cui fare inversione per tornare indietro, continuavo a spingermi in avanti. Ma avanti c'erano buche, buche e solo buche.

Quella che mi aveva dato il cliente, convocandomi in un motel così fuori mano, a un certo punto mi sembrò la buca decisiva per piantarla lì. Innestai la retromarcia, decisa a rifarmela di coda fino all'incrocio con la provinciale.

I cespugli evitati all'andata li ritrovai tutti al ritorno. Per schivare i rovi di destra prendevo quelli di sinistra e viceversa. La Micra l'avevo voluta rosa e ora mi beccavo le spine.

Una muta di cani ululò in lontananza. Quanto distava la

strada principale? Non molto, forse, ma a forza di torcerlo cominciava a farmi male il collo.

Maledissi tutte quelle curve, senza sapere cosa mi aspettava dietro la successiva.

Una motocicletta giaceva rovesciata su un fianco al centro della carreggiata. Frenai di botto per non andarle addosso. Gli stop della Micra proiettarono sul manto nero dell'asfalto una patina rosso sangue.

Un incidente? Il lunotto posteriore incorniciava una scena priva di vita, ma – per quello che vedevo – priva pure di morti o di feriti.

Aprii lo sportello, scesi dalla macchina e diedi un'occhiata in giro. Sospinta dal vento, la ruota anteriore della moto girava su se stessa. Fiutai dietro di me un senso di minaccia.

I due motociclisti incrociati sulla provinciale erano già scivolati alle mie spalle, pronti a saltarmi addosso.

Mi scaraventarono a terra. Mi rialzarono tirandomi i capelli. Mi chiusero la bocca con del nastro adesivo.

Suggestionata dalla bandiera che aveva stampata sulla schiena, l'insulto sincopato che uno dei due sparò sulla mia faccia mi suonò tedesco. L'altro, invece, non spiccicava sillaba, giusto qualche verso gutturale che mi fece pensare di avere di fronte un sordomuto.

I caschi integrali lasciavano scoperti soltanto i loro occhi. Chissà perché, traboccavano di odio nei miei confronti.

Cominciarono con lo schiaffeggiarmi (a turno, mentre l'altro mi torceva i polsi). Quando mi cedettero le ginocchia, proseguirono a calci sulla schiena. Con la patta sbottonata aspettavano che il cazzo gli si drizzasse per potermi violentare, e nell'attesa continuavano a colpirmi.

Dalla forza che ci mettevano (ma anche da quella che non ci mettevano, perché era chiaro che con un po' più di convinzione avrebbero potuto spedirmi al creatore) mi feci l'idea che frequentassero una sala pesi.

A volte gli anabolizzanti danno al cervello, e molti li mescolavano a stupefacenti.

Combinazioni improprie stridevano nell'aria, vento e nebbia, il mio profumo e i loro odori.

I cani abbaiarono di nuovo, questa volta più vicini.

Il tedesco rovesciò il contenuto della mia borsetta sull'asfalto di via Trentamila, raccolse il pacchetto di preservativi e lo lanciò al sordomuto.

Ficcatéllo!, gli ordinò.

Non ero più molto sicura che fosse tedesco...

L'altro sembrava ancora più incerto sulla possibilità di srotolare il profilattico intorno al suo cazzo moscio. Decise di mettermelo in bocca per farselo indurire.

Accuorto, lo mise in guardia il tedesco togliendomi il cerotto.

Batté i denti per suggerirgli che avrei potuto morderglielo. Per diffidarmi dall'urlare, il tedesco mi sferrò l'ennesimo calcio sulle reni. Poi il sordomuto mi artigliò la nuca e tentò di combaciare in qualche modo alle mie labbra. C'era più irruenza nei suoi schiaffi che nell'effrazione del mio cavo orale, da cui capii che il sordomuto e il tedesco avevano dentro molta più rabbia che desiderio.

Cosa avevo fatto, per meritarla?

Frugai nelle loro pupille dilatate trovandoci soltanto tracce di Brown-Brown, cocaina e polvere da sparo. Del resto, identificare o meno i miei carnefici cosa avrebbe potuto cambiare? Mentre ero là a prendere botte su botte mi chiedevo a chi mai avessi fatto del male e con tutta la buona volontà non mi veniva in mente proprio nessuno, cosicché da nessuno era facile pensare a chiunque.

Se non esisteva una ragione specifica, personale, che spiegasse la loro ferocia, doveva insomma essercene una generale, universalmente valida nella sua assurdità, e che forse consisteva proprio nel non esserci mai conosciuti, mai toccati, mai nemmeno una volta, per sbaglio, trovati faccia a faccia.

Due persone qualunque che prendevano a calci una persona qualunque, in un posto qualunque e per un motivo qualunque: cosa, più di quello, poteva rendere il male una cosa possibile (una cosa qualunque, appunto)?

Perfino la radio della Micra, rimasta accesa per tutto quel tempo, ora trasmetteva un pezzo uguale a mille altri, casua-

le come la combinazione di note che metteva insieme. Al tedesco e al sordomuto il pezzo piaceva, e alzarono il volume.
L'insignificanza era tutto ciò di cui avevano bisogno.
Bastava vedere come mi fissavano: nei loro sguardi c'era un odio che non poteva avere spiegazioni, che si sottraeva a ogni principio di umanità.
È così, è così (pensavo incassando l'ennesima raffica di calci sparata dalla frustrazione di non riuscire – non ci riuscivano, non ci riuscivano proprio – a farselo indurire), non si guarda in questo modo un essere umano...
Cosa vedessero in me sordomuto e tedesco da dietro le loro visiere non lo capivo bene. Ma capivo che, per uscirne viva, non avevo nulla di convincente da mostrargli all'infuori della mia natura umana. Che fosse chiaro: né una Troia, né una Dea, né l'Altro Sesso stavano massacrando, ma una persona che cominciava e finiva con l'essere persona.
Una persona, diciamo, come loro.
Fu, questa, un'intuizione davvero determinante, coglierla alla lettera rappresentò la mia salvezza.
Smettetela!, insorsi sputando il mio sangue. Sono Eva, porco cazzo!
Bastò questa esternazione perché il sordomuto facesse un passo indietro e il tedesco mi mollasse i polsi. Ne approfittai per strapparmi del tutto il cerotto.
Possibile che non mi riconoscete, figli di puttana?, gridai.
C'era sangue dentro la mia bocca. Le loro, di sicuro, si spalancarono dallo stupore sotto i rispettivi caschi.
Perché mai questa troia pretendeva di essere riconosciuta?
L'enigma contenuto in questa domanda sabotò definitivamente le loro erezioni. Fecero un altro passo indietro, nello sforzo di trovare la distanza giusta per mettermi a fuoco.
Sono Eva Pozzo, ripetei inesorabile.
Che la violenza fosse stata premeditata o decisa là per là (non l'avrei mai saputo), declinare il mio nome fu come insinuare che anche loro ne avessero uno.
Sa chi siamo, affermò il sordomuto.
Il tedesco si appellò alla logica: Non è possibile, disse, tenimm' 'o casco 'n cap'.

E allora perché è tanto convinta?

Convinta 'e che?

Ca sapimm' chi è!

Presero a discutere livorosamente a pochi metri dal mio corpo. Nonostante lo sforzo di accreditarmi come soggetto dotato di soffio vitale, un altro paio di calci e a quello mi avrebbero ridotto: un corpo inanimato da associare a un trafiletto di cronaca nera.

Provai a strisciare verso la macchina. Le chiavi erano ancora infilate nel cruscotto. Ma non reggeva niente: le braccia, le gambe, l'ingenuità del mio piano di fuga.

A ogni parola del tedesco, il sordomuto dava un calcio alla targa o sferrava un pugno sul tetto della Micra.

Siamo fottuti!, ripeteva. Si pensa ca 'a cunuscimm', è pecché essa canosce a nuje!

Ma perché, tu la conosci?, provava a farlo ragionare il tedesco.

Il sordomuto non diceva né sì né no, si voltava a guardarmi senza più essere sicuro di niente.

Nel dubbio, manifestò il proposito di ammazzarmi.

Se non sei riuscito nemmeno a fottertela!, sbottò il tedesco.

Il sordomuto ci rimase male.

Che c'azzecca?, balbettò.

C'azzecca, c'azzecca...

E allora... lo faccio mo'!, lo sfidò il sordomuto rimettendo mano alla cerniera.

Sotto il casco integrale il tedesco schioccò la lingua.

Ma statte bbuono, disse, tanto non ti si addrizza.

Perché, a te si è addrizzato?, si difese istericamente il sordomuto.

Ripresero a litigare con ferocia. Crollata di nuovo a pancia in sotto, io li sentivo e non li sentivo. Un ronzio mi assordava l'orecchio sinistro. Dallo stesso lato un velo mi annebbiava la vista.

Il sordomuto rilanciò l'idea di sopprimermi.

Vabbuò, si arrese il tedesco, allora vaffanculo e fai come ti pare.

Cioè?

Ammazzala.
Perché io?
Perché sì. E poi guarda, non si muove più, forse è già morta...
L'impotenza li sovrastava. Erano impotenti di fronte alla fica, alla vita, alla morte.
Alla fine decisero di derubarmi e di filarsela.
Si spostarono verso il faro anteriore della Micra, nel cui cono di luce, poco prima, avevano rovesciato il contenuto della mia borsetta. Il portafoglio era là per terra, accanto alle mie barrette energetiche e al cane randagio che, zitto zitto, le stava sgranocchiando.
'Sto figlio 'e bbona donna, sghignazzò il sordomuto.
Il tedesco si avvicinò a dargli un'occhiata. Era un cucciolo di stazza considerevole ma devastato dalla rogna e dagli stenti.
(l'intervistata si china ad accarezzare Kid, come a fargli capire che si parla nuovamente di lui)
Di sicuro, chinandosi a raccogliere il borsellino, il tedesco non si aspettava che Kid scattasse con tale prontezza.
Fece appena in tempo a ritrarre le dita.
Il sordomuto scoppiò a ridere. Una risata ruvida, che il cane scambiò per un ringhio ostile. Questa volta l'uomo non fu altrettanto rapido dell'animale: Kid azzannò la mano del sordomuto, per costringerlo a mollare la presa il tedesco dovette sferrargli un calcio sul costato.
A quel punto altri due randagi sbucarono ringhiando dall'oscurità. Tra i denti stringevano le mie Snickers Protein Bar. Le lasciarono cadere e si avventarono sul tedesco e sul sordomuto: chissà cosa vedevano (o non vedevano) in quei due giganteschi caschi neri.
I latrati, le urla, la musica della radio, tutto si aggrovigliò pestando per un minuto buono sul mio timpano lesionato.
Poi i cani capirono che le caviglie umane sono meno proteiche delle barrette e mollarono la presa. Il tedesco e il sordomuto ne approfittarono per rimettere dritta la moto e per gettarsi sgasando nel buio. Io spensi la radio.
Su via Trentamila scese un silenzio nel quale si avvertiva

soltanto il formicolìo delle mie ossa. Ci vedevo male e sentivo ancora peggio: dei miei cinque sensi restava poco, giusto qualcosa del sesto per ritrovare a naso la strada di casa.

Quando ci arrivai era mezzanotte passata, Giorgio se ne stava seduto con il retino in mano sul bordo alla piscina. Durante il viaggio i tre randagi si erano accucciati sul sedile posteriore e avevano spazzolato fino all'ultima briciola la confezione da trenta barrette che tenevo nel bagagliaio.

A pancia piena scesero dalla macchina. Tutti e tre si sottomisero senza problemi ai setter di Giorgio. Avrebbero vissuto insieme, felicemente, per il resto dei loro giorni.

E anch'io – anch'io, pensai nel vedere mio marito che mi veniva incontro con la sua faccia da primario e la borsa del pronto soccorso – avrei fatto altrettanto.

Cosa raccontò a Giorgio di quella serata?

La verità, la verità. Io dico sempre la verità...

(si massaggia per alcuni secondi le tempie tra le mani e chiude gli occhi, come se alla verità fosse collegato un principio di emicrania)

Non che all'inizio potessi molto parlare: oltre alle costole rotte, i polsi slogati, il timpano lesionato e il distacco della retina, il tedesco e il sordomuto mi avevano incrinato in due punti la mandibola.

Il matrimonio con Giorgio, al contrario, sembrava poterne uscire rinsaldato.

Eva, amore mio, non sei tenuta a darmi nessuna spiegazione, disse la sera stessa. Sono cose che possono succedere...

Ripeté quella frase ogni mattina, cambiandomi le medicazioni.

Talvolta, appena meno serafico, aggiungeva che quello che mi era capitato rientrava nei rischi del mestiere.

Di che mestiere parli?, avrei voluto domandargli.

Giorgio non me ne dava il tempo, se aprivo bocca faceva immediatamente cenno di non affaticarmi e mi assicurava che era inutile aggiungere alcunché.

Era un sollievo sentirlo così protettivo. Le sbarre alle finestre, i sofisticati congegni d'allarme, il suo atteggiamento: faceva tutto parte di un sistema che mi chiedeva solo di girare una chiave.

Lo feci ben volentieri, tanto da dimenticarmi perfino cosa stessi chiudendo dentro.

A poco a poco il mio punto di vista diventò una verità minore, confusa (perché mi ero prostituita? Boh, chi se lo ricordava più). Al contrario, nel servirmi ogni mattina la colazione a letto, Giorgio non si scordava mai di mettere un fiore sul vassoio, né di ribadire ciò che voleva essere per me: uno schiavo e un padrone.

Sempre più questa contraddizione mi sembrava sanabile, io stessa risanavo con essa e un po' alla volta riacquistavo la vista, l'udito, la voglia di vivere.

Quando non mi nutrivo di barrette, Giorgio mi portava a mangiare al Numero Nove o in qualche altro ristorante della Maremma. Mio marito aveva una fissazione per i camerieri, li osservava mentre andavano e venivano dalla cucina enfatizzandone pregi e difetti. Capacissimo di elargire mance principesche o spietate reprimende, spesso m'invitava a provocarli con le mie scollature.

Ti piacerebbe fidanzarti con Nando?, se ne uscì una sera alla Locanda de' Medici.

Nando? Chi è Nando?

M'indicò un cameriere dall'aria impettita che serviva sull'altro lato della sala.

È un bravo figlio, spiegò. Gli mancano tre mesi per laurearsi in biologia e assiste amorevolmente la mamma malata.

Nemmeno mi chiesi come lo sapesse. Altre domande s'imponevano con maggiore urgenza: cos'era quella storia del fidanzamento? E perché, anziché fantasticare sulla sua prestanza sessuale, all'improvviso Giorgio mi raccomandava la rettitudine di un cameriere?

Provai a sfilarmi con eleganza: Giorgio, io non posso fidanzarmi.

Come mai?

Ma perché sono sposata con te!

Giorgio fece il gesto di scacciare una mosca che non c'era.

Non cominciamo a drammatizzare le cose, disse come preambolo a un discorso di cui mi restò soltanto la parola gioco.

Quando questo termine affiorava nei suoi ragionamenti, lo sguardo di Giorgio s'appuntiva come se il gioco consistesse nel guardarci dentro, toccarne gli ingranaggi, smontarlo. Come se fosse quello, il gioco.

Va bene, allora giochiamo, mi dissi.

Chiamai Nando al nostro tavolo e, dopo avergli ordinato una seconda bottiglia di Bolgheri Sassicaia, gli domandai se aveva la ragazza.

È bella come me?, lo provocai.

Nando arrossì dalla testa ai piedi, Giorgio appena uno schizzo nella cornea.

Con gli occhi iniettati di sangue seguì il cameriere fino alla porta della cucina e poi si consultò con la sua sposa.

Avrà capito che sono un cornuto?

Penso di sì, risposi provocandogli un fremito.

Dalla bocca, incontenibile come un rutto, gli uscì un quanto ti amo che fece girare la coppia seduta al tavolo accanto. Anch'essi esibivano abiti firmati, due Rolex e una sfilza di carte di credito. In più, noi esibivamo indizi sparsi sulla profondità dei nostri abissi.

Ti fanno ancora male le ecchimosi?, domandò Giorgio.

Lo intrigava che le esponessi sotto l'abito da sera, dopo dieci anni avevamo scoperto che lividi e cicatrici donavano al nostro matrimonio un fascino picaresco.

(l'intervistata mi indica un segno sulla tempia sinistra)

Questa, in particolare, avrebbe richiesto due o tre punti e un trattamento laser, ma di comune accordo con Giorgio decidemmo che sarebbe stato più sexy lasciarla così.

Che dici, lo stuzzicai, me la faccio suturare?

Che cosa?

La ferita, ovvio.

Giorgio si girò a controllare chi ci stesse sentendo: sembrava ansioso di abbandonarsi ai piaceri dello sputtanamento. E invece, appena Nando riapparve con la bottiglia di vino, m'invitò a sospendere ogni provocazione.

Perché?, gli chiesi dopo che il cameriere, in un silenzio non meno corposo del Sassicaia, ebbe riempito i bicchieri e si fu allontanato (un po' deluso).

Perché così lo spaventi, disse Giorgio.

Credevo che ti piacesse spaventarli un po'.

Picchiettai gli artigli sul vetro del calice e gli ricordai che in fondo ero un felino.

Jaguar, gli rammentai.

Il vino mi riscaldava. Ero pronta a farmi sodomizzare nel ripostiglio da Nando o da chiunque altro mio marito avesse voluto. Invece mi toccò stringere lo sfintere intorno al brivido di delusione che mi causarono le sue parole.

Il tempo passa per tutti, mi fulminò. E l'inattività di queste ultime settimane ti ha piuttosto appesantita. Personalmente, il nome Jaguar ormai lo lascerei perdere...

Ah, dissi io.

Devo confessarti, continuò, che già da qualche tempo ti propongo come First Lady.

Ci voleva un altro sorso. Lo mandai giù con una fatica inversamente proporzionale alla scioltezza con cui Giorgio mi spiegava la scelta di un nickname molto più adatto alla mia fase matura (disse proprio così).

First Lady vuol dire Prima Signora: e tu sei la Numero Uno, non c'è alcun dubbio, basta vedere la quantità di lettere che mi arrivano ogni giorno al fermoposta... Inoltre ti chiami Eva, ed Eva, inutile dirlo, è stata il primo esemplare femminile del genere umano... Infine le First Lady sono chic, eleganti, sicure di sé...

Proprio come la mia adorata mogliettina, concluse accarezzandomi la mano.

Aveva tralasciato di aggiungere che le First Lady vivono all'ombra dei presidenti, e nello stesso tempo gli danno lustro: sì, proprio come me...

E a chi mi proponi, Giorgio?

Lui riconobbe di essersi espresso male.

Sarebbe più giusto dire che sono i tuoi fan, a proporsi. Se leggessi le cose che mi scrivono, se vedessi le foto che mi mandano...

Ti mandano le loro foto?

Certo, di risposta ai nostri annunci.

I nostri annunci, ripetei meccanicamente con gli occhi fissi sul calice di vino.

Vuoi che scopi con qualcuno di loro?, andai a quello che a me sembrava il punto.

Io vorrei che tu scopassi con chiunque, sospirò mio marito. Ogni giorno scorro la chilometrica lista dei tuoi pretendenti e non ce n'è uno che mi dispiaccia. Davvero, ovunque riscontro ragioni sufficienti per offrirti in dono...

Mi versai l'ennesimo goccio. Le avvisaglie di un'emicrania non mi scoraggiarono dal mandarlo giù tutto d'un fiato.

Ma mica posso offrirti a tutti, no?, mi chiese Giorgio.

No, credo di no...

Per questo sono arrivato alla conclusione che devo consegnarti a un altro uomo. Altrimenti, si giustificò, impazzirei a gestire tutto questo traffico. Mi capisci?

Certo, certo... Ma in che senso: consegnarmi a un altro uomo?

Te l'ho detto, pensavo a un fidanzato, un uomo che si prenda cura di te. Che mi aiuti a prendersi cura di te, si corresse.

Nando?

Giorgio si strinse nelle spalle.

Nando è solo una delle tante possibilità, ma ovviamente sei tu che devi scegliere. Non t'imporrei mai un fidanzato che non ti piaccia...

Intuendo il mio bisogno di stordirmi, Giorgio afferrò la bottiglia e mi riempì di nuovo il bicchiere.

Dobbiamo parlarne, disse. Valutare bene. Ma... non bevi?

Certo che bevevo... Il Sassicaia era il mio rosso preferito...

Mentre lo scolavo, Giorgio mi raccontò di aver già fatto una prima selezione in base all'età, al livello socio-culturale, al luogo di residenza.

Vedi tu, mi disse, se preferisci procedere a eliminazione diretta, tipo tabellone di un torneo di tennis, creare dei gironi o esaminare i candidati in ordine sparso...

In ordine sparso?...

Mi si stava impastando la lingua. Quella di Giorgio, invece, correva veloce, superava di slancio ogni ostacolo.

Non preoccuparti, basta essere bene organizzati: io leggo le lettere dei candidati (li incontro, ci parlo, li sottopongo a una serie di stress test), poi tu li metti alla prova ed emetti il verdetto finale.

Ma... tu sarai sempre con me, giusto?

Giorgio fece una faccia imbarazzata. Una sweet che dichiara pubblicamente la sua dipendenza mette sempre in difficoltà il proprio cuckold, che troverà impudica una tale ammissione: se pure quello è il suo scopo recondito, il cuckold ama coltivarlo nell'ombra, così che i frutti non maturino mai.

Certo che ci sarò, disse Giorgio. Ma cosa te ne fai, di un vecchio impotente come me? Una donna focosa ha bisogno di un fidanzato focoso, all'altezza delle sue esigenze.

Nando tornò al nostro tavolo per chiedere se il vino andava bene. Una scusa che Giorgio giudicò puerile, intempestiva.

Non c'è bisogno di tutte queste premure, disse facendolo immediatamente scivolare nel girone dei dannati.

Essere capriccioso gli piaceva da morire, dichiararsi un vecchio impotente e un attimo dopo atteggiarsi a Padreterno è sempre stata la sua grande passione.

Ma lo era davvero?

Il Padreterno?

No, un impotente.

(ci pensa)

Guardi, sarebbe più semplice rispondere all'ipotesi precedente...

(ci pensa ancora)

Non lo so. Il gioco resta un formidabile strumento di conoscenza, ma se la cosa più importante da sapere è che in ogni persona esiste un lato inconoscibile, a cosa porta questa conoscenza se non a dubitare di ciò che crediamo di sapere?

Il sesso che Giorgio fa con me è sempre stato accessorio a quello che io faccio con gli altri. Un avvoltoio, che ripulisce ciò che rimane della fame altrui – quindi sì, tecnicamente un impotente...

Ma che posso saperne io, povera sweet? La potenza e l'impotenza di un uomo (anche di quello che ti vive accanto) resta sempre un mistero insondabile...

Ha mai visto Giorgio penetrare altre donne?

Con i miei occhi no. Ma ricordo che anni fa (doveva essere, credo, il 2002 o il 2003) una delle nostre troie migliori si immerse accanto a me nella grande vasca idromassaggio dove i soci gold dell'Infinito si rilassano dopo aver giocato e mi sussurrò all'orecchio: Certo che tuo marito, per essere un cuckold...

A differenza della maggior parte dei privé, che alle tre espongono cornetti (ammuffiti) per suggerire che la notte non è più tanto giovane, all'Infinito si è soliti andare dritti fino all'alba con dei signori drink.

Gliene versai uno doppio e le chiesi soave: Cosa intendi dire, mia cara Giuditta?

Giuditta era una delle nostre Strike Lady, come Mister Wolf ama definire quelle sweet che, in cambio di una tessera omaggio per sé e per il proprio compagno, a fine serata s'impegnano ad abbattere gli ultimi single rimasti ancora in piedi.

Intendo dire che l'ho visto darsi un bel da fare, giù nella dark room.

L'hai visto davvero?, domandai alquanto scettica (nella dark room non si vede da qua a là).

Diciamo che l'ho sentito, ridacchiò Giuditta battendosi una mano sul culo.

Alcuni anni prima, agli albori dell'Infinito, l'avevamo scoperta a trattare una marchetta con due nerd totalmente all'oscuro delle regole del gioco. Radiata all'istante, Giuditta si era gettata ai nostri piedi con tale contrizione che non avemmo il coraggio di negarle una seconda possibilità. La riammettemmo, orgogliosi delle capacità riabilitative del club ma sotto sotto diffidando sempre un po' della sua onestà.

Mi spostai perciò sull'altro lato della vasca, dove Leonardo stava a mollo con i gomiti sul bordo e le palpebre socchiuse. Da quando aveva avuto il suo primo infarto trascorreva buona parte delle serate in questo modo, immerso nelle bollicine e nella buona musica.

Che ascolti, Mister Wolf?, mi accomodai sfilando dal suo orecchio destro l'auricolare del walkman.

Leonardo era rimasto in fissa con Miles Davis, diceva che gli ricordava l'adolescenza passata in biblioteca o a scrivere soggetti di film porno.

Un auricolare per uno, ascoltammo l'attacco di *Bitches Brew* immersi nel brodo primordiale della nostra Jacuzzi.

Hai visto Giorgio, stasera?, lo interrogai al primo squillo di tromba.

Leonardo disegnò nell'aria un gesto vago, come a dire che doveva essere in giro da qualche parte.

Un po' alla volta, lo sperimentalismo di Miles Davis aveva assunto sfumature sensuali, che associavano con più immediatezza il titolo del brano alle troie che ci sguazzavano intorno. Leonardo le vedeva e non le vedeva, lo sguardo a mezz'asta era una conseguenza della cardiopatia ma sprigionava anche qualcosa di lisergico che bene si sposava a quella musica.

Avvicinai le labbra al suo orecchio libero.

Dice Giuditta che gliel'ha messo dentro. Nella dark room.

Mister Wolf aggrottò la fronte, si tolse l'auricolare e lo appoggiò sul bordo della vasca. Io feci altrettanto con il mio.

Davvero?

Be', non so se proprio nella dark room. Da quelle parti, comunque...

Non mi fiderei di Giuditta, disse Leonardo.

E di Giorgio sì?

Mister Wolf rise. Amava la prontezza delle mie risposte,

mordaci e leggermente acide, ma di amore tra noi parlavamo sempre con cautela, lo consideravamo un argomento infido da ricondurre preferibilmente a legami più intricati, come quelli che ci univano ai nostri genitori, all'umanità dell'Infinito o appunto a Giorgio.

Insomma, insistetti, lo credi capace di scoparsi una donna?

Leonardo sollevò le spalle.

Giorgio ti ama, mi ricordò.

Nei suoi ragionamenti nominava spesso l'amore della gente (e di mio marito, in particolare), trattava quell'amore come un bene industriale, di largo consumo, forse per distinguerlo dal sentimento che ci univa, che era invece di una qualità artigianale, quasi artistica. Un amore a parte, originale e profondo, al quale non avevamo ancora trovato un nome.

Cosa vuoi dire?, lo incoraggiai.

Voglio dire, continuò Leonardo, che la fedeltà di un marito non è poi così importante. O comunque meno importante dell'amore che, nonostante tutto, Giorgio prova per te.

Scoppiai a ridere a crepapelle.

Cosa ho detto di così divertente?

Gli presi il viso tra le mani e lo baciai.

Oddio, Mister Wolf! Ma davvero abbiamo fatto tutto questo (dissi alludendo al gioco, all'Infinito, alla nostra ormai cronica trasgressività) per arrivare a una visione del matrimonio così... borghese?!

Sapevo quanto odiava quella parola e non la scelsi a caso.

Leonardo incassò senza scomporsi (non poteva scomporsi, Giorgio l'aveva avvertito che un secondo infarto sarebbe stato letale).

Il matrimonio, osservò, è sempre una faccenda borghese...

Meno sguaiata, mi feci un'altra risata.

Leonardo, ma che dici? Io sono una sweet da dieci cazzi a sera e mio marito un cornuto che gode a guardare!

A questo punto rise anche Leonardo.

E allora?, disse. Un quadretto del genere non ti sembra forse abbastanza borghese?

Siete i più tipici marito e moglie della più tipica borghesia italiana!, rincarò la dose.

Adoravo quell'uomo. Per dimostrarglielo gli spruzzai dell'acqua in faccia, mentre lui provava a bloccarmi i polsi intimandomi di non bagnare il walkman.

E allora noi due cosa saremmo?, gli chiesi quando l'euforia si fu placata.

Leonardo mi abbracciò teneramente. Ridere ci aveva allargato il cuore e pure i pori, coadiuvando l'effetto benefico dei vapori dell'idromassaggio.

Già, cosa eravamo?

Alle tre e mezza del mattino, dentro una Jacuzzi aromatizzata al gin tonic, non mi sarei aspettata niente di più che una risposta onesta (non lo so), una formula evasiva (due persone che stanno bene insieme) o la riproposizione di ciò che pigramente Giorgio ripeteva ogni volta che parlava di noi (una sweet, un bull). Invece Leonardo mi stupì con una soluzione alla quale, incredibilmente, mio marito e io non avevamo ancora mai pensato.

Siamo fidanzati, disse Mister Wolf.

Era dal 1997 (cioè da circa cinque anni) che Giorgio mi ossessionava con quella storia del fidanzamento, ma mai una volta c'era venuto in mente che il mio fidanzato potesse essere proprio Leonardo.

Ci baciammo emozionati da quella rivelazione e poi, completamente nudi, uscimmo dalla vasca e corremmo ad annunciarlo a Giorgio.

Come la prese?

All'inizio così così...

Mister Wolf, e ancora prima Macho con Freak, nascevano come una cosa sua. La possessività nei confronti di Leonardo era più discreta di quella che riservava a me, ma non meno assillante. Inoltre, dopo la morte di Giacomo, il ruolo di Mister Wolf nella nostra vita si era evoluto così rapidamente da bull a socio d'affari che non c'era stato il tempo d'immaginarlo in altra veste, meno che mai di fidanzato.

Eravamo piuttosto degli amici (trombamici, si direbbe

oggi) che tra una scopata e l'altra spesso parlavano proprio di quello, dei fidanzati che Giorgio mi voleva rifilare.

Mio marito continuava a rifiutare la presenza di una colf, ma da quando gli era presa quella fissa non si faceva scrupolo di introdurre a casa nostra tre o quattro candidati a settimana.

In realtà nessuno di loro aspirava a diventare il mio fidanzato, ma solo a fare un po' di sesso con me. Appena Giorgio cominciava a interrogarli sulle località turistiche dove avrebbero potuto portarmi nei weekend, o sui ristoranti più indicati per cenare il sabato sera con una First Lady, fioccavano le complicazioni: erano sposati, lavoravano sette giorni su sette, non erano tagliati per un rapporto stabile.

Ma vi rendete conto di quello che sto offrendo?, tuonava Giorgio. Fidanzarvi con una First Lady!

Messi all'angolo, quei poveretti non sapevano più come giustificare il fatto che volessero solo scopare e finivano per entrare in camera da letto già stremati. Quella che doveva essere una cena a tre portate diventava il mordi e fuggi di un commesso viaggiatore che non ripone più alcuna fiducia nella propria merce e che non vede l'ora di ritornare a casa (una casa che, spesso, distava centinaia e centinaia di chilometri).

Un minuto dopo la loro partenza, Giorgio si attaccava al telefono e chiamava Mister Wolf.

Sapessi che gente va in giro a profanare il sacro titolo di bull, esordiva tetrissimo.

Dal nostro letto matrimoniale, ancora distesa nella posizione in cui avevo accolto l'orgasmo dell'ospite, non potevo sentire le risposte di Leonardo, ma sapevo che tutta la conversazione sarebbe ruotata intorno al concetto di verità.

... Non capiscono il senso della loro missione, ripeteva sconsolato mio marito.

... Sì, amico mio, hai ragione: bisognerebbe aiutarli, educarli...

... Ci penso spesso anch'io, chissà cosa avrebbe detto di tanta ipocrisia (riferito sicuramente a Giacomo)...

Gli argomenti erano consumati, ma non di meno continuavano a consumare mio marito, che ci perdeva la testa, e Mister Wolf, che all'altro capo del filo ci perdeva il sonno e la salute.

A un certo punto della telefonata, infatti, accadeva che Giorgio si mettesse a implorarlo: Vieni a scoparmela, ti prego. Non chiudiamo questa giornata così amaramente...

A quel punto si era fatta circa mezzanotte, e tra Grosseto e Roma c'erano i soliti duecento chilometri. Sommessamente, Leonardo glielo faceva notare.

Te la porto io, si offriva Giorgio.

Ma Mister Wolf era troppo gentiluomo per acconsentire a una cosa del genere, sapeva quanto mi sarebbe costato vestirmi e salire sulla Jaguar a quell'ora. Così toccava a lui scollarsi dal divano, dare una sciacquata al ferro del mestiere e senza nemmeno la spinta di un caffè (per via del cuore) mettersi in macchina e puntare al nostro talamo nuziale.

È così – mi avrebbe detto a cose fatte, stropicciandosi gli occhi – è così la vita di un samurai.

A notte fonda, nel dormiveglia, lo sentivo scivolarmi dentro, io già nuda, lui appena sceso dalla macchina, e socchiudendo gli occhi vedevo mio marito mezzo e mezzo, la giacca del pigiama e sotto niente, che bianco in volto raspava sulla porta del mio sonno.

... Lo senti, amore mio?...

... È Mister Wolf, ha viaggiato di notte per te...

... Ha viaggiato sull'Aurelia, con i camion!

... Maremma maiala, questo pezzo d'uomo si schianterebbe sulla variante per te!...

Leonardo, nel frattempo, mi pompava su un fianco senza emettere un fiato. Non perché gli mancassero le parole (l'affabulazione durante il sesso rimane il suo forte) ma per rispetto al mio ciclo circadiano. Cercava insomma di fondere in un unico ritmo la sodomia richiesta dal cuckold e il proposito di non svegliarmi, cullandomi più o meno dolcemente a colpi di cazzo.

L'incullata, la chiamavamo.

Alla fine, liberati dall'alba, sentivo Mister Wolf sospirare come un guerriero che al termine della battaglia, proprio perché è sopravvissuto, finalmente può morire, e un attimo dopo lo sentivo cingermi i fianchi (in un modo simile a prima, ma diverso) e portarmi con sé dentro l'unico sonno che Giorgio ci consentiva: quello post-coitale.

Ma sì, diceva, ve lo siete meritato...

Sveglio come un grillo, portava fuori i cani e ci lasciava dormire un paio d'ore. Quando tornava, aveva sempre con sé un vassoio di cornetti caldi che ci serviva accompagnati da succo di mirtillo e una rosa appena colta nel giardino.

Fu durante una di queste colazioni che nacque l'idea dell'Infinito Club Privé.

(improvvisamente Kid comincia a dare segni di agitazione. L'intervistata gli promette che lo porterà a fare i suoi bisogni entro pochi minuti. Dopo un altro paio di giravolte su se stesso, il cane sembra capire e torna ad accucciarsi sotto il tavolo. Nel frattempo l'intervistata ha perso il filo)

L'idea dell'Infinito.

Ah sì, ecco, l'Infinito...

Si chiamava così una delle poesie più belle di Giacomo.

Anche Giorgio ne aveva imparato l'incipit a memoria e, nonostante tutti e tre sapessimo perfettamente che oltre la siepe del nostro giardino c'era soltanto un arido entroterra maremmano, aprendo le persiane della camera da letto lo recitava a mo' di buongiorno, mentre io e Mister Wolf ci stiracchiavamo tra le lenzuola.

Al termine della poesia mio marito posava il vassoio sul letto e gongolava: Guardate un po'.

Ogni volta annunciava i cornetti come una sorpresa, e noi come tale fingevamo di accoglierla battendo le mani insonnoliti. Quando però, subito dopo, riattaccava il ritornello della Costarica, anche una persona educata come Leonardo stentava a nascondere un accenno di nausea.

Mmm... Ne abbiamo già parlato, mi pare...

Di solito il discorso scivolava sull'esercito (Leonardo apprezzava che fosse stato abolito, mentre Giorgio considerava quel provvedimento una delle poche debolezze nell'amministrazione costaricana), ma quella mattina non ci si arrivò.

Hai ragione, disse Giorgio, basta Costarica.

Seduti sul letto a gambe incrociate, Leonardo e io ci bloccammo con il cornetto in bocca: quella sì che era una sorpresa.

Invece di andare in Costarica, proseguì mio marito fissando la piscina, resteremo qui e apriremo un club privé.

Un club privé?

Non che, agli sgoccioli del secondo millennio, ignorassimo cosa fosse. Da sempre, nel nostro mondo, erano esistiti ritrovi per scambisti. Ma si trattava per lo più di abitazioni private dove coppie intraprendenti ospitavano gli amici in cambio di un modesto contributo per le consumazioni (consumazioni in senso lato).

Vorrei fare qualcosa di più, di meglio, disse Giorgio voltandosi dalla nostra parte. Un'impresa che sia anche associazione culturale, dove applicare al gioco tutta una serie di regole.

Le regole erano sempre state un argomento cruciale delle loro conversazioni. Approssimando, si poteva dire che Giorgio propendeva per rigidi protocolli mentre Leonardo si lasciava incantare dal fascino ossimorico che avevano le regole per noi irregolari. Di fatto, tutto continuava a girare intorno a quella mattonella: la legge, la trasgressione, la sanzione...

Giorgio si sedette sul bordo del letto.

Bisogna che il gioco torni a essere uno stile, una filosofia di vita, disse porgendoci le salviettine.

Mister Wolf si pulì le dita e scosse la testa.

Temo che quell'epoca sia finita, amico mio cornuto.

A trentacinque anni, Mister Wolf scopava ogni volta come se fosse l'ultima, e questo infondeva al suo cazzo, ma anche a ogni parola che pronunciava, un irresistibile languore romantico, un'aura mortale e immortale al tempo stesso.

Dinosauri, esagerò. Ecco cosa siamo.

Giorgio cominciò a smaniare.

Ma che dici? Guarda questo pezzo di fica. Ti sembra un animale preistorico?

Mi pregò di spostare il lenzuolo e di mettermi un attimo

di culo, per avvalorare la suggestione di quel design avveniristico (così definì il mio profilo) che ci avrebbe assicurato (disse anche questo) una ferrea presa sul futuro.

L'esperienza ci renderà avanguardia.

Era un bello slogan, ma – pur apprezzandolo – Mister Wolf non sembrò del tutto convinto.

Li vedi anche tu, i bull di oggi: tu gli offri prolungate emozioni, loro cercano rapidi orgasmi. È per gente così, disse guardando Giorgio, che vorresti fondare il tuo club?

La conversazione mi passava sopra la testa. Ma, nello spingerla avanti, Giorgio mi teneva gli occhi addosso per essere sicuro che non facessi briciole nel letto. Le odiava quasi quanto le patacche sui vestiti.

I bull, invece, confessò di amarli tutti, dal primo all'ultimo.

Cioè, in realtà li detesto... Quando vengono qua e dimostrano di non valere niente, né come fidanzati né come stalloni, li caccerei fuori a calci...

A volte lo fai, mi permisi di fargli notare.

Già, ma poi mi pento amaramente... Vorrei richiamarli a uno a uno, abbracciarli, dirgli che, se vogliono, possono ancora farcela a diventare dei bull come si deve... Che io, da buon cornuto, con pazienza e dedizione glielo insegnerò...

Insomma, ironizzò Leonardo, vorresti aprire un locale o una scuola di vita?

Mio marito si dichiarò convintissimo di riuscire a tenere insieme le due cose.

Sai benissimo, disse mettendo in mezzo Sant'Agostino, che il vizio è l'unica strada verso una vera virtù.

Per qualche minuto smisi di ascoltarli, mi concentrai sulle palestre che mi aspettavano, sul prossimo turno di campionato, su Gabriel Batistuta (nel frattempo, incredibilmente, era passato alla Roma).

E tu?, mi risvegliò Mister Wolf. Cosa ne dici, Eva?

Giorgio non mi diede nemmeno il tempo di rivelarmi distratta.

Per Eva sarà molto meglio, esclamò. Scoperà solo con una clientela selezionata.

Mister Wolf si grattò il mento e appoggiò la schiena alla

spalliera del letto. Notai che gli giravano i testicoli e mi chiesi se è questo che accade agli uomini quando riflettono. Mi piaceva ritrovarmi ancora a porre a me stessa curiosità così ingenue.

Ma tu, disse Leonardo, quanto lo vorresti fare grande, questo club?

Ai piedi stivali di gomma, da baleniere più che da cacciatore, Giorgio socchiuse gli occhi e forse vide il suo Moby Dick.

Enorme!, rispose.

... Una dozzina di camere... Un paio di dark room... La pista per ballare... Un'enorme gabbia con intorno i divanetti per guardare... E poi la piscina per l'estate... Il cinema a luci rosse... La sala sadomaso... Il parcheggio per il car-sex...

Un posto, riassunse, dove centinaia e centinaia di persone possano scopare contemporaneamente in santa pace.

Bum, commentò Leonardo. Ma non parlavi di una clientela selezionata?

Selezione è un concetto relativo, disse ancora mio marito. Se hai tre candidati ne selezioni uno, se ne hai cento dieci. Ma se a candidarsi è l'intera umanità...

Aveva imparato la lezione di Giacomo meglio di Mister Wolf.

Il sesso è ovunque intorno a noi, disse usando testualmente le parole del poeta.

Senza farsi notare da Giorgio, Leonardo mi controllò il polso. Lo faceva spesso, per capire se ero agitata. Intuii che, un po' alla volta, stava considerando seriamente l'idea di mio marito.

E tu pensi (gli si rivolse scegliendo con cura le parole) che un'impresa del genere, dal punto di vista commerciale, potrebbe avere un senso?

Da settembre Leonardo cercava lavoro. Dai e dai, le ripetute assenze per assistere l'amico malato gli erano costate l'incarico alla Nunziatella (l'aveva detto, Giacomo: sono militari, quelli, mica scherzano). Alla sua età si era ritrovato a elemosinare lezioni private nelle bacheche delle scuole.

Non è questo il problema, disse Giorgio.

Recentemente aveva fatto il calcolo della pensione che

l'attendeva: nato ricco, sarebbe morto ricco. Da quel punto di vista gli mancava proprio la fantasia, non riusciva nemmeno a immaginare che una persona come Leonardo potesse avere difficoltà a mettere insieme il pranzo con la cena.

E allora qual è il problema?, chiese Mister Wolf.

Giorgio si sfilò il berretto da cacciatore e si passò una mano tra i capelli.

Be', non possiamo certo aprire un club del genere in un posto come questo. Voglio dire, è una signora casa, ma noi avremmo bisogno di una villa di almeno millecinquecento metri quadri.

... Noi?...

Dio buono!, sgranò gli occhi Giorgio. Non penserai mica di lasciarci da soli in un'avventura del genere!

Dava tutto per scontato: che io fossi con lui, che Leonardo fosse con noi, che Dio fosse con tutti e tre.

Ci manca solo una location come si deve, disse operativo.

Cominciò a rimuginare picchiettando tra loro i polpastrelli. Rimuginava anche Mister Wolf. Ormai lo conoscevo abbastanza per sapere che, guadagnato il suo feedback, una vena malinconica s'impossessava di lui e gli imponeva di ripiegare al più presto verso casa. Pensavo perciò che stesse studiando un modo per sfilarsi (dal nostro letto e da quel folle progetto), quando lo sentii schiarirsi la voce.

M-mmm.

Che c'è?

Stavo pensando.

Cosa?

Che forse la location io ce l'avrei.

Giorgio si bloccò in posizione di tiro, come se avesse visto una preda in giardino.

Respirando appena nella sua tuta mimetica, si voltò verso Leonardo.

Spara, sibilò tra i denti.

(l'intervistata fa un'imitazione così riuscita di suo marito che Kid dilata le narici, aspettandosi di sentirne l'odore. A quel punto si ricorda della sua vescica e spinge di nuovo, per quello che può, verso la porta.

Mi sa che stavolta devo proprio andare, allarga le braccia l'intervistata.

Dopo tre ore che la guarda, l'intervistatore deve riconoscere che ha vinto la sua sfida: effettivamente ora sembra ancora più bella.

Quando possiamo continuare?, le chiede.

L'intervistata sorride arrotolandosi il guinzaglio intorno al polso.

Domattina. Sarò puntuale, assicura senza precisare l'ora)

III

INTERVISTA CON IL CUCKOLD

(il terzo giorno l'intervistatore si sveglia all'alba.

Gli sembra improbabile che Eva Pozzo si ripresenti così presto, eppure si alza, si lava, si veste.

Alle sette meno un quarto è già davanti al registratore, predisposto a una lunga attesa.

Invece l'attesa dura pochissimo: dopo dieci minuti l'intervistatore sente suonare prima il citofono – al quale nessuno gli risponde – poi il campanello della porta.

Quando la apre compare un uomo che deve aver vissuto non meno di settant'anni, e che tuttavia appare ancora lontano dall'idea di morire. Dritto, asciutto, veste un principe di Galles di taglio sartoriale e si appoggia per vezzo a un bastone da passeggio.

Più che vecchio, sembra truccato da vecchio.

La sensazione di un camuffamento si rafforza quando il vecchio comincia a parlare. La sua voce è vigorosa, sebbene si sforzi di castrarla fino al falsetto.

È ancora qua?, chiede all'intervistatore.

Mia moglie, precisa facendosi largo nell'appartamento.

In tanta teatralità, l'interpretazione del marito geloso risulta particolarmente artificiosa. È giusto una fiammata, in verità, perché il vecchio torna subito a quell'aria afflitta, autocommiseratoria, che terrà per larghi tratti dell'intervista.

Si siede con la testa tra le mani e, dopo aver chiesto del caffè, comincia a ripetere: Povero me, povero me...

L'intervistatore ne approfitta per far partire la registrazione)

Se sta parlando della signora Eva è andata via da qui ieri sera.

(senza ascoltare)

... Quella donna... se non mi fa uscire pazzo non è contenta!

(il vecchio, d'ora in avanti l'intervistato, solleva gli occhi sull'intervistatore. Gli occhi sono molto chiari, quasi trasparenti, e però impenetrabili)

... Lo sa, vero, che mi tradisce in continuazione? Lo sa che io sono un cornuto?...

Definirla un semplice cornuto, dottor Spina, mi sembra riduttivo.

La ringrazio.

(per la prima volta il tono dell'intervistato suona sincero)

Non è facile incontrare qualcuno disposto a riconoscere la complessità della mia condizione: da Menelao in giù, tutti i cornuti della storia sono sempre stati ricondotti a un banale stereotipo.

(l'intervistato ritiene di potersi fidare dell'intervistatore. Gli confida quello che considera un segreto)

A proposito di Menelao, sa anche che sto lavorando a una nuova traduzione dell'*Iliade*?...

Sì, sua moglie mi ha informato.

(l'intervistato ha un gesto di stizza)

Quella troia! Mai che si tenga un cecio in bocca!

(si scusa della sua reazione)

Scommetto che le ha perfino detto che sono cuckold...

(l'intervistatore conferma, l'intervistato freme in silenzio)

A proposito, dottor Spina, può spiegarmi esattamente chi è un cuckold?

(l'intervistato getta indietro la testa, protende le labbra e si pizzica il pomo d'Adamo)

Le risponderò. Ma prima permetta una precisazione. Non se ne abbia a male e non mi prenda per presuntuoso. Come potrei esserlo, del resto, con una moglie che mi umilia da anni con i suoi tradimenti? Sono l'ultimo degli ultimi, non avrei nemmeno diritto di parlare.

Ma insomma. Ecco. Veda.

(si decide)

Io non sono un dottore.

Sono un primario, un professore – né più né meno come lo era mio padre, uno dei massimi esperti mondiali nel campo della ginecologia.

Più modestamente, io ho diretto per oltre vent'anni il reparto di clinica oncologica all'ospedale di Grosseto.

Certo, professore. Mi perdoni.

Ah, ci mancherebbe... ci mancherebbe...

Se non fossi incline al perdono, crede che potrei stare ancora con mia moglie?

Perdono di buon grado la sua approssimazione e anche il tradimento che avete consumato ieri in questa casa alle spalle di un povero vecchio.

(l'intervistato non dà tempo all'intervistatore di replicare. Del resto quest'ultimo è spiazzato, non saprebbe come fronteggiare la pesante insinuazione)

Mi chiedeva cos'è il cuckoldismo, se non erro.

(l'intervistato sorseggia il suo caffè, amaro)

Be', intanto mi lasci specificare che cuckoldismo è solo la traduzione inglese di candaulesimo. Il nome deriva da Candaule, re di Lidia dell'VIII secolo a.C., che mostrò la moglie nuda alla sua guardia del corpo Gige. L'episodio è narrato da Erodoto nelle sue *Storie*, ed è considerato il primo episodio di questa nobile e antica perversione che ancora oggi mi onoro di coltivare.

Secondo Erodoto, Candaule si vantò con Gige dell'incredibile bellezza di sua moglie. Stimandolo poco convinto, gli disse: Gige, mi sembra che tu non mi creda. Fa' dunque in modo di vederla nuda (gli uomini, del resto, credono più agli occhi che alle orecchie).

In un primo momento Gige rifiutò: non voleva disonorare la sua regina ma nello stesso tempo temeva la collera del re, se non avesse obbedito al suo comando. Alla fine, dietro alle insistenze di Candaule, si convinse e si lasciò introdurre nella camera da letto, dove poté spiare di nascosto la regina che si spogliava per la notte.

Fin qui, poco più di un caso di voyeurismo traslato.

Ma il giorno dopo Gige viene convocato dalla regina, perfettamente al corrente di ciò che è accaduto (chi l'ha informata? Erodoto non lo dice, ma è lecito pensare che sia stato Candaule stesso), e viene messo di fronte a un bivio letale.

Gige – gli dice – delle due vie che ti si presentano lascio a te scegliere quella che vuoi seguire: o uccidi Candaule, e ti prendi, insieme a me, il regno dei Lidi, oppure tu stesso devi morire, qui e subito, per ciò che hai osato fare.

Gige implora la regina di non imporgli quel crudele dilemma. Ma poi, messo alle strette, si decide a eliminare il suo re, accoltellandolo nel sonno. Sposa quindi la regina e diventa re di Lidia, il primo della dinastia dei Mermnadi.

Naturalmente la storia rappresenta un prototipo ancora molto grezzo dei meccanismi che possono instaurarsi tra cuckold, sweet e bull (prima di ricorrere al ricatto mortale, la regina avrebbe potuto divertirsi un po' con Gige alle spalle di Candaule, o viceversa, per non parlare della complicità che si sarebbe potuta sviluppare tra i due uomini), ma indica chiaramente chi, nel gioco a tre, è destinato a soccombere.

(si batte una mano sul petto)

Ha preso la mia domanda alla lontana. Può aiutarmi a capire come ragiona un cuckold oggi? In altre parole, professor Spina, lei chi è?

Fondamentalmente credo di essere un uomo generoso, perché concedo alla donna che amo il bene più ambito e prezioso: la libertà.

Ma non mi piace vantarmene troppo, alla fine io sono solo un vecchio cornuto...

Perché insiste a compiangersi? In fondo non...

(di slancio, interrompendo l'intervistatore)
Perché me lo merito! È giusto che sia punito dal disprezzo della gente...
(riflettendoci meglio)
Ma non creda, per questo, che mi consideri inferiore agli altri.

Intende dire che tutti, prima o poi, siamo destinati a essere traditi?

Non è soltanto questo...
Alla base del disprezzo che le persone normali riservano ai cuckold c'è la convinzione che ogni uomo abbia il diritto (o meglio, il dovere) di controllare la propria donna. Ne sono così convinti che applicano questo principio a qualunque coppia, perfino alla mia. L'unica differenza è che, dietro un'armatura di latta, quei poveri illusi credono di essere saldamente in sella, mentre io sarei stato disarcionato con ignominia.
Idea assurda.
Io sono sceso volontariamente da cavallo, loro finiranno presto a terra, se pure non vi sono già finiti.
L'ambizione di dominare una divinità (tale infatti risulta la donna nel confronto con il maschio) è un tracotante atto di hybris, e solo un cuckold, rinunciandovi a priori, può realizzarla.

Controllare, dominare: perché questa visione conflittuale dei rapporti uomo-donna? E se ogni individuo, semplicemente, appartenesse a se stesso?

(l'intervistato trova l'ipotesi piuttosto comica. Con le mani appoggiate al pomello del bastone, sogghigna)

Non dirà sul serio, spero! Noi apparteniamo soltanto a Zeus...

(si corregge)

Voglio dire a Dio, creatore onnipotente del cielo e della terra.

A lui renderemo la nostra anima – con quel poco o tanto di buono che siamo riusciti a fare per le persone intorno a noi...

Ma ha ragione quando si lamenta della conflittualità che sta inquinando i rapporti tra gli uomini e le donne!

Non sarebbe meglio tornare a collaborare? A facilitare le rispettive nature?

Io, ad esempio, da quando conosco Eva non faccio altro che aiutarla a sprigionare le sue più intime pulsioni, che altrimenti verrebbero represse.

Modestamente, penso sia un indiscutibile gesto d'amore.

Cos'è per lei l'amore, professore?

(sta per rispondere, s'interrompe)

Ci ho ripensato, non mi chiami più professore – in fondo non ho niente da insegnare.

Preferirei che mi chiamasse Presidente, con la p maiuscola. Non perché io abbia manie di grandezza, ci mancherebbe, ma perché maiuscola, anzi cubitale, è la statura della First Lady, dea delle dee a cui mi onoro di porgere il braccio.

In The First sono racchiuse la bellezza di Afrodite, la selvatichezza di Artemide, l'intelligenza strategica di Atena, l'abbondanza di Demetra, la regalità di Era, l'umiltà di Estia.

Dea delle dee, appunto – questo è Eva.

(scuote la testa, schiocca la lingua)

... Ma che stupido che sono a dirlo a lei...

... Lei conosce benissimo le sue doti, le ha toccate con mano...

(ancora una volta l'intervistatore viene preso in contropiede dall'allusione)

Non dica niente, non è tenuto a darmi nessuna spiegazione!

Capita a tutti i bull, dopo essere stati a letto con la First, di avvertire l'esigenza di sapere qualcosa di più sulla donna che hanno avuto tra le braccia (si tratta, in realtà, del bisogno di spiegarsi in qualche modo la magia consumata in quei minuti).

Allora mi cercano, m'inseguono, tornano indietro per attingere al fascicolo presidenziale, nel tentativo di comprendere che razza di esperienza mistico-carnale sia stata quella di scoparsi la First Lady.

In pochi mi chiedono di replicarla. La maggior parte coglie che l'unicità della First Lady rende quell'esperienza irripetibile.

Ma per un bull che s'accommiata, dieci si fanno avanti.

Non ha idea che fatica sia stata, in questi quarant'anni, gestire il traffico intorno al centro storico della mia signora (non sono mai stato tentato dall'umorismo, ma ammetto sia appropriato chiamare così la sua vagina).

Da questo punto di vista l'avvento di Leon Hard nella nostra vita va considerato una soluzione.

Leon Hard?

Nomen omen, non trova?

Mi è sempre piaciuto chiamare così Leonardo, lo considero un nickname molto più epico di quel lezioso e un po' pacchiano Mister Wolf (per non parlare di Macho con Freak o di Lupo Casanova).

In ogni caso...

(gli occhi dell'intervistato cercano quelli dell'intervistatore)

... lo sa che lui e la First Lady sono fidanzati, non è vero?...

Una soluzione, come le dicevo. Ma dura, umiliante, che ho potuto affrontare solo imponendo una serie di clausole che impedissero a bull e sweet di tagliarmi del tutto fuori.

Cionondimeno, alla fine, io sono felice per loro.

Perché l'amore è questo: contribuire alla felicità di chi ti sta a cuore, anche a costo di rinunciare alla propria.

Il fidanzamento tra Eva e Leonardo l'ha fatta così soffrire?

L'uomo nasce per soffrire, il cuckold... di più!

... Quindi non me ne lamento...

Ma certo non potrò dimenticare tanto facilmente il momento in cui First Lady e Mister Wolf si presentarono al mio cospetto per informarmi di essersi messi insieme. Scelsero le quattro di notte e l'Infinito, ovvero il tempo e il luogo dove il divario tra la loro esuberanza giovanile e la mia senescenza si allargava a dismisura, e si presentarono tenendosi per mano, in punta di piedi, come se quello che stavano calpestando non fosse un pavimento disseminato di preservativi usati (stanco della serata, io mi mettevo sempre a sonnecchiare in una delle camere da letto del privé) ma l'anticamera alla vita adulta.

Paparino, esordì insolente Mister Wolf, siamo venuti a darti una grande notizia.

Ricordo l'inafferrabilità dei loro corpi nudi, sembravano sculture di Fidia e nello stesso tempo pupazzetti Playmobil. Leon Hard teneva intorno al collo la cuffietta del suo walkman, Eva indossava una parrucca alla Kiki de Montparnasse e due fili di perle che le scendevano fino all'ombelico.

Mi avete svegliato, protestai debolmente.

La First Lady si sedette sulla sponda del letto e mi passò una mano tra i capelli.

Scusa, disse, è una cosa importante.

Molti corpi avevano scopato in quella stanza nelle ultime ore. Eppure, quando tutti se ne vanno, niente di ciò che è accaduto in un privé sembra successo davvero. Conoscendola bene, i miei due soci approfittavano di quella sensazione per apparirmi come in un sogno.

Allora, cosa c'è?, gli domandai.

Leon Hard non rispose. Gli era sempre piaciuto tenermi sulle spine. Mi sfilò il lenzuolo e lo trasformò nella toga di un antico romano. Poi s'incastrò la cuffietta sulla fronte: secondo lui, doveva rappresentare una corona d'alloro...

Come sto?, disse pavoneggiandosi davanti allo specchio.

Nei momenti topici godeva a fare il bischero, la mia idiosincrasia per le perdite di tempo lo istigava.
Visto che ormai ero sveglio, decisi di rivestirmi.
Quo usque tandem, Mister Wolf, abutere patientia nostra?
La citazione di Cicerone innervosì mia moglie. Il latino le ricordava i tempi in cui era stata costretta a studiarlo da privatista.
Dài, diglielo, la incitò Mister Wolf.
Poi le prese la mano e la tirò a sé.
Ci siamo fidanzati, mi annunciò con una faccia da schiaffi.
Siccome tardavo a reagire, si staccò da Eva e me ne tirò uno sulla guancia sinistra (Mister Wolf è uno di quei bull che, all'occorrenza, non disdegna la violenza).
Adesso hai capito meglio, cornuto?
Seduto sulla sponda del letto, con le mutande alle caviglie, mi massaggiai la guancia, guardai mia moglie e le chiesi se era vero. Nel silenzio dell'Infinito ronzava la pompa dell'idromassaggio. Dovetti chiederle di parlare più forte.
Cos'è, mi hai cornificato per vent'anni e adesso ti vergogni a dire ad alta voce che ti sei innamorata?
Eva si schiarì la voce.
Pensavo che saresti stato contento!, pigolò con grosso sforzo. Non dici sempre che vuoi trovarmi un fidanzato?
Mi gettai ai suoi piedi e, prima che lo facesse lei, cominciai a piangere.
Ma non un bruto del genere! Guarda che arnese, dissi indicandole il cazzo di Leon Hard, questo è un bull da duecento e passa feedback: vuoi che ti tratti per tutta la vita come una delle sue puttane?
Per tutta risposta, Mister Wolf mi diede un calcio sulla spalla destra e mi mandò bocconi.
Ah, ah, ah, scoppiò a ridere. Ti piacerebbe, non è vero?
Proprio in quel momento Giuditta, Abbacchietto e l'Olandese Volante si affacciarono sulla porta per darci la buonanotte. Erano gli ultimi clienti rimasti nella villa.
... A domani, vecchi maiali...
... A domani. E attenti alla strada, potrebbe esserci un po' di ghiaccio...

Li salutammo rapidamente e riprendemmo la conversazione senza perdere il filo.

Insomma, non voglio che mia moglie abbia un fidanzato tanto libertino...

Mister Wolf fece cenno alla First Lady di spostarsi e si chinò su di me.

Non aveva certo un grande do di petto, ma nel recitativo la sua voce sprigionava una vibrazione che metteva i brividi.

Mi strinse le guance tra pollice e indice e disse: Amico mio, nel vocabolario di un cornuto il verbo volere non esiste.

Tentai allora di ridarmi un contegno e di farli ragionare: eravamo tre soci, era davvero il caso di mescolare sentimenti e affari? Ma Mister Wolf continuò a sbeffeggiarmi e a fare il buffone davanti allo specchio, mentre mia moglie – annoiata, delusa – aveva smesso di darci retta e si era avvicinata alla lampada per controllare lo smalto sulle unghie.

Ah, questo sarebbe il vostro modo di stare insieme?, li provocai. Uno di qua a scimmiottare Marco Aurelio, l'altra di là a farsi la manicure?

Si voltarono entrambi a guardarmi. Mister Wolf mi fece notare che avevo infilato i calzini alla rovescia.

Lascia perdere i calzini, dissi. Che fidanzati siete, se nemmeno scopate?

Ora si guardavano tra loro, Leon Hard con la cuffietta del walkman di traverso e la First che si copriva il pube come la *Venere* di Tiziano.

Scopiamo quando ci pare e piace, controbatté Mister Wolf.

Domattina, con calma, impose senza troppa convinzione.

Mammeglio!, protestai. Per venirmi a dire che siete fidanzati mica avete aspettato domattina!

Eva sospirò.

Sei stanca, lo so, le concessi. Ma...

Prima che finissi la frase, Mister Wolf mi prese per un braccio e mi trascinò fuori dalla stanza.

Che diavolo ti prende?

Facciamola breve, disse il bull, tanto si sa che la vuoi sempre vinta. Ma non ti permetterò di starci addosso...

Sono il marito della signora!, insorsi. Ho diritto a rimanere in questa stanza!

Mister Wolf non volle sentire ragioni e mi sbatté la porta in faccia. Anche quella, come tutte le porte del club, aveva dei piccoli oblò: in alto per spiare le evoluzioni dei giocatori, in basso per candidarsi al glory hole.

Amatevi!, li esortai attraverso la finestrella. Fatemi vedere la passione!

Non era certo la prima volta che li guardavo scopare, ma morivo dalla curiosità di scoprire che effetto mi avrebbe fatto osservarli per la prima volta a letto da fidanzati.

Non un bell'effetto.

Il sesso di Mister Wolf era flaccido, e tale rimase dopo aver preso tra le braccia la sua fidanzata, dopo averla baciata, dopo aver percorso in lungo e in largo quel corpo alla ricerca di un punto di leva che sollevasse il suo pene. Per nascondermi come stavano le cose, Leon Hard oscurò l'abat-jour sul comodino. Ma io non ho mai avuto bisogno di tanta luce...

Di solito, quando entrava nella mia casa di Grosseto, nonostante l'ora tarda e i chilometri di Aurelia i suoi movimenti erano precisi e quasi rituali (gesti da samurai, li definirebbe lui). Dopo aver sollevato la coperta, l'occhiata che valutava la posizione di Eva era una diagnosi sufficiente a stabilire quale dovesse essere la sua. Spesso sul fianco, a cucchiaio, operava la femmina dormiente a fica aperta, senza nemmeno togliersi la giacca.

Più che a una sala operatoria, adesso, quella camera da letto faceva pensare a un pronto soccorso. Mister Wolf era riverso sul materasso, con le braccia incrociate sopra la testa, e la First Lady, china su di lui, cercava di rianimarlo. Evidente lo sforzo di entrambi di mantenere la calma.

Decisi di lasciarli da soli per qualche minuto. Andai dietro al bancone, tritai delle foglie di menta e preparai un cocktail (anche il barman aveva terminato il suo turno). Quando tornai dietro gli oblò, la situazione era pressocché immutata.

Senza più fiducia nella propria lingua, Eva pestava ammutolita sul randello del bull. Sembrava che stesse preparando un mojito anche lei.

Guardando Mister Wolf era difficile distinguere tra la concentrazione e la perdita di conoscenza. Di fatto, non si muoveva paglia. Tanto per segnalare la mia presenza dietro la porta, feci tintinnare i cubetti di ghiaccio nel bicchiere.

... Fidanzaaaati... sono tornato!...

Allora, con un grugnito che non gli avevo mai sentito, il bull ruppe gli indugi. Si sollevò di scatto, mettendo quasi paura alla sweet, le girò intorno e l'abbrancò sui fianchi per penetrarla.

In realtà voleva solo usare le terga di Eva per occultare ai miei occhi la condizione mortificante del suo membro. Si nascose dietro di lei e cominciò a simulare il coito.

... Che fatica, amico mio, che pena...

Mister Wolf teneva gli occhi chiusi, inseguendo chissà quali fantasticherie. Schiaffeggiò le natiche di Eva, che a sua volta si sforzò di ansimare. Ma io lo so bene, come ansima mia moglie quando gode.

Sei lì, cornuto?, indagò a un certo punto Mister Wolf. Stai guardando?

È troppo buio, mentii, ma vi sento.

E cosa senti?

Un terribile senso di impotenza. Smacco. Prostrazione.

Mister Wolf parve sollevato. Forse ci credette veramente. In ogni caso nemmeno gli passò per la testa che la mia risposta fosse riferita a lui.

Sussurrò qualcosa nell'orecchio della sweet e insieme decisero di mettere fine a quella messinscena. Una raffica di spinte pelviche precedettero un climax più fasullo di quello dei soft-core degli anni Ottanta.

Falsificare il piacere, faccio fatica a immaginare qualcosa di altrettanto osceno...

Eppure mi accorsi di avercelo duro.

... Si rende conto dell'assurdità? Il bull a cazzo moscio e il cuckold in erezione!...

Battei un paio di volte la mano sulla porta, come si fa nel glory hole per segnalare la propria presenza, ed Eva, servizievole come sempre, venne a inginocchiarsi davanti alla porta. Mentre mi succhiava incorniciai la mia faccia nell'oblò superiore e intavolai una breve conversazione con il bull.

E così avete trovato un modo nuovo per umiliarmi!

Già, convenne Leon Hard evitando di guardarmi.

Si era annodato il lenzuolo alla cintola e si aggirava nella stanza alla ricerca delle proprie infradito.

Sai, amico mio, ora che siete fidanzati dobbiamo ragionare attentamente intorno alle regole che dovrete seguire.

Regole? Che regole?

Mi venne da ridere. Dovevo essere buffo, con il grugno incastrato in quel buco, ma Leon Hard non rise con me.

Ci sono sempre delle regole, dissi.

Invece di darmi ragione, Leon Hard imprecò: aveva calpestato uno dei tanti preservativi.

Porca zozza, ripeté un paio di volte.

Poi si rivolse a noi rabbiosamente: Ma che fate là? Ci vuole ancora molto?

Eva sospese l'operazione e si voltò a guardarlo più sorpresa che risentita: fuori dal suo ruolo di bull Leon Hard era la persona più dolce del mondo, faceva effetto vederlo alterato.

Vuoi venire a darmi una mano?, gli rispose a brutto muso.

Infilai anche le mani negli oblò laterali e le agitai entusiasta: Sarebbe fantastico!

In realtà c'era poco da fare gli spiritosi. Le nostre parole riecheggiavano sinistre nell'Infinito deserto. L'uccello mi si era ammosciato. Eva tentò ancora con qualche schiaffetto ma poi desistette e si lasciò andare a un gemito che mi straziò il cuore.

La First Lady che fallisce due volte di seguito. Che tristezza, pensai...

L'impianto di riscaldamento aveva un timer che lo spegneva automaticamente alle quattro. All'improvviso mi accorsi del freddo che faceva, erano bastati pochi minuti e sul club era calato un gelo polare.

Andiamo a casa?, propose Eva.

Il suo nuovo fidanzato annuì.

Mi offrii di scendere in piscina a recuperare i loro vestiti. Quando tornai li trovai sul pavimento mezzi addormentati. Le camere da letto dell'Infinito erano intitolate alle quattro stagioni e solo allora, guardando la scritta sulla porta, mi accorsi che noi eravamo appena usciti dall'autunno (un inverno, dunque – ecco cosa ci attendeva).

Come stirpi di foglie, così le stirpi degli uomini, pensai scuotendoli delicatamente.

Era la prima volta, Presidente, che vedeva Mister Wolf fare cilecca?

Sì, e mi turbò così tanto da giurare che sarebbe stata anche l'ultima.

Alla vigilia di Natale fissammo un appuntamento dalle parti di Trastevere, poco distante dal suo appartamento. Nonostante la tenuta sulla Cassia fosse enorme (club a parte, io e mia moglie abitavamo in un attico di dodici stanze), Leon Hard non aveva voluto sentire ragioni ed era rimasto nel centro di Roma, nella vecchia e piccola casa dei genitori.

Io Roma la digerisco poco, a parte il Colosseo e le altre vestigia dell'Impero mi sembra una città mediorientale, con troppa pizza al taglio e scarsa educazione. Per cercare più decorose forme di vita, o anche solo per esplorare il territorio nei giorni di riposo del privé, preferivo spingermi verso la Tuscia, sulle tracce della civiltà etrusca. Ammetto che mi attraessero soprattutto le necropoli, a sessant'anni il culto per i morti sembrava riguardare sempre più la mia esistenza, ma nello stesso tempo mi richiamava al senso del dovere nei confronti di chi, più giovane e soprattutto più forte, sarebbe sopravvissuto alla mia fine – nella fattispecie il mio amico Leon Hard e la mia adorata Eva.

Non nego che il loro fidanzamento avesse rafforzato in me un sentimento paterno (provi a immaginare di avere due figli che si mettono insieme, in quale vertiginoso abisso di tenerezza e perversione può gettare quella sensazione!).

Per tenere lontano il tabù dell'incesto mi dicevo che Eva e Leon Hard, in fondo, nascevano da due diversi matrimoni: il primo con il sole, il secondo con la luna.

Di fatto mi sentivo responsabile di quell'unione, il pensiero che – una volta scomparso io – potessero lasciarsi, disperdersi nel mondo come semi senza frutto, mi gettava nel terrore, e facevo di tutto per tenerli insieme e fortificare il loro amore.

Amore. Quanti scrupoli si sono sempre fatti quei due bischeri a utilizzare questa parola...

Cos'è, dico io, avete paura che vi morda?

Leon Hard, come al solito, non perdeva occasione di ricamarci sopra.

Noi aspiriamo a un sentimento superiore, rispondeva misterioso.

Io argomentavo che sopra l'amore non c'è niente, oppure sceglievo una tattica più pragmatica e me la sbrigavo in quattro parole.

Aspira quanto ti pare – ma nel frattempo amatevi, diobbòno!

Dopo l'episodio dell'Infinito non avevano più voluto che li guardassi scopare.

... Ma scopavano, poi?...

Qualche volta ottenevo di collegarmi telefonicamente con gli alberghi dove trascorrevano i fine settimana, o mi mandavano una foto che ritraeva la loro intimità.

Sì, a prima vista sembravano amarsi, ma come potevo esserne sicuro? Stiamo parlando di due intelligenze superiori, capacissime di fare fesso un povero vecchio...

Ingabbiato sul Lungotevere, decisi quindi di intervenire senza perdere altro tempo.

Del resto ne avevo già perso abbastanza in quel traffico allucinante. Sovraccarichi di set da bagno e candele profumate, i romani esprimevano la loro impazienza attaccandosi al clacson. Se gli alterchi non degeneravano in risse era solo per l'intervento di qualche automobilista più assennato che si sforzava di pacificare gli animi: Bboni, bboni, è Natale...

Quando arrivai all'altezza di Ponte Sisto, dove mi ero dato appuntamento con Leon Hard, il mio ritardo ammontava a un'ora e mezza. E dovevo ancora trovare un parcheggio.

Forse non è stata una buona idea venire qua con la Jaguar.

Gli feci presente che io guidavo solo Jaguar.

Ok, disse lui, ma adesso dove la mettiamo?

Lo pregai, intanto, di salire. In doppia fila intralciavamo la circolazione, ammesso che quella processione di macchine si potesse definire tale. Costretti ad aggirarmi, un paio di automobilisti sfogarono il loro nervosismo su di me.

Bboni, bboni, è Natale, provai a rabbonirli.

Ma maledirono senza pietà le mie origine toscane.

Leviamoci da qua, disse Leon Hard.

Al ponte successivo tornammo indietro, lasciandoci sulla sinistra Castel Sant'Angelo. Cercai tra i miei CD la *Tosca* del '53 al Teatro La Scala e feci ascoltare al mio socio l'ultima scena.

... Com'è lunga l'attesa...

... Ancora non ti muovere...

... Mario... tu... finire così...

Era senza dubbio la più bella edizione mai registrata. Una Callas superba, tenera e ardente. La potenza della sua voce ammutoliva il traffico romano, lo schiacciava su un fondale di cartapesta (diobbòno, mette i brividi pensare a come una finzione possa produrre emozioni così vere!).

Mi dispiace per il tuo Miles Davis, dissi sottintendendo che si trattava di una lotta impari.

Fin dai tempi in cui ci ritrovavamo al capezzale di Giacomo, io e Leon Hard discutevamo spesso della supremazia tra jazz e melodramma. Una discussione inconcludente e capziosa, che ci piaceva fare proprio per il gusto di non arrivare a nulla.

Ma su una cosa eravamo d'accordo, ed era il dispiacere per la piega rockettara che avevano preso i gusti musicali di Eva.

Com'è possibile?, ci domandavamo.

Sempre più spesso la First Lady metteva sul piatto dischi di Bruce Springsteen o degli U2 e li accompagnava con degli urlacci che, secondo noi, rivelavano un intimo malessere.

Quella ragazza è un vulcano, dicevo a Leon Hard, ha bisogno di liberare il fuoco che le brucia dentro.

Mmm, ci ragionava il bull. Non è che invece le stai troppo addosso?

Confondere sollecitudine e oppressione era un intellettualismo tipico di Leon Hard, ma quando le nostre conversazioni si concentravano su Eva mi sforzavo sempre di ponderare i suoi argomenti, senza scartare nemmeno le ipotesi più inverosimili.

Le piace parlare di sua moglie con Leonardo?

(si mostra piacevolmente colpito dalla domanda)
Non immagina quanto.
(piegandosi in avanti e impastando la voce)
Lei ha toccato il punto, lo sa?

Io ci muoio per quelle chiacchierate, mi garba da morire condividere col maschio la cura di quella creatura – cura anche un po' me, lo ammetto, l'angoscia di non sentirmi all'altezza delle sue esigenze, dei suoi capricci a volte così misteriosi.

La solidarietà del bull, per il cuckold, è fondamentale. L'amicizia con Leon Hard, poi, è pura filìa, un affetto così vasto e profondo che a volte nemmeno io so cosa potrei trovarci dentro.

Cosa ci facevate in giro per Roma alla vigilia di Natale?

Inauguravamo quella che in seguito sarebbe diventata una vera e propria tradizione: comprare insieme i regali per Eva.

Leon Hard ha sempre delle ottime idee ma odia entrare nei negozi e trattare sui prezzi. Io invece mi diverto (amo mettere in difficoltà i commessi) ma non ho nessuna fantasia. Anche in quello, insieme, ci compensavamo e riuscivamo a soddisfare le aspettative della dea.

Esalata la *Tosca*, Leon Hard mi mostrò la lista di doni che aveva concepito.

Un abbonamento alla Roma, un trapano avvitatore, un cucciolo di cane...

Molto originali, gli concessi, ma di cani ne abbiamo già sette. E poi noi teniamo per la Viola!

Tu cosa proponi?

Non so... Un nuovo paio di scarpe?... Degli orecchini?...

Leon Hard storse il muso. Gli chiesi se il suo elenco contenesse qualche altra idea.

Una batteria, rispose pronto.

Sgranai le pupille.

Una batteria di pentole? Ma sei diventato matto?!

Rise a crepapelle di quella assurda ipotesi.

Una batteria nel senso di strumento musicale!, chiarì Leon Hard quando si fu ripreso.

Secondo lui, una volta, gli avrei confidato che a Eva sarebbe piaciuto imparare a suonarla. Non ricordavo niente del genere.

Ti stai inventando tutto, amico mio. E poi la batteria fa un sacco di rumore.

E allora? I vicini più vicini abitano a Viterbo!

Sfilammo a passo d'uomo, riflettendo, davanti all'Ara Pacis.

Non sono sicuro che sia una buona idea, ripresi il discorso. Ti ricordo che tre o quattro anni fa le hanno fratturato entrambi gli scafoidi.

Perfetto, replicò Leon Hard. Lo stick control le rafforzerà i muscoli del polso.

E se si mette a suonare quella terribile musica rock?

Quest'ultimo argomento lo fece vacillare. Restò in silenzio un paio di minuti.

Se ami una persona, disse alla fine, accetti anche i suoi gusti musicali...

Mi venne il dubbio che fosse una domanda, ma mi affrettai ad archiviarla come un'affermazione. Non feci ulteriori obiezioni. Appagato dal fatto che avesse usato il verbo amare, per me poteva bastare così.

Ci recammo quindi in un negozio di strumenti sulla Tiburtina e acquistammo una Yamaha Rydeen Standard Set. Non che ne capissimo molto, ma nel sentire il commesso magnificare la qualità dei tom venne anche a noi la voglia di provare. Bastava vederlo scopare per accorgersi che Mister Wolf, il ritmo, ce l'aveva nel sangue, e infatti, sebbene non avesse mai preso le bacchette in mano, si piazzò sullo sgabello e tirò fuori una rullata che fece girare la testa a tutti i clienti.

Da medico, mi accorsi subito che era bastato quel piccolo sforzo per far girare la testa anche a lui. Chiuse gli occhi e si premette una mano sulla fronte.

Tutto bene, Ringo Starr?

Tutto bene, mi rassicurò tamponandosi il sudore.

Facemmo caricare la batteria nel bagagliaio e ci accomodammo di nuovo nella Jaguar. Leon Hard era ancora molto pallido. Indossai i guanti di daino e mi dissi che era giunto il momento di parlare seriamente.

Che mi dici del tuo cuore?

Che è completamente occupato da quella zoccola di tua moglie, rispose meccanicamente.

Percorsi la rampa del garage e mi diressi verso il Raccordo Anulare. Il traffico era notevolmente diminuito.

Intendevo dire se hai fatto il controllo.

Leon Hard annuì.

Certo, disse. Come tutti i mesi.

Quella sera, all'Infinito, era in programma una festa. Mister Wolf l'avrebbe inaugurata in prima fila, brillantissimo, e avrebbe accolto gli ospiti in abito mood twenties, ma ai primi abbassamenti di luce si sarebbe dileguato in un buio ancora più fitto, per poi riemergere a giochi fatti dentro la piscina con delle occhiaie tutte da decifrare, chissà se scavate nel vizio o nella cardiomegalia.

Aveva avuto un infarto un anno prima. Si sentiva braccato.

Sai, Leon, non sono molto convinto della cura che stai seguendo.

... Ah sì?... Gira qua a destra...

Parlare col cuckold delle sue fragilità lo rendeva nervoso: c'era da capirlo, povero figlio...

Per carità, il cardiologo che ti ho suggerito ha tutta la mia fiducia. Ma noi specialisti siamo tremendi, spesso curiamo il sintomo e ci dimentichiamo della persona.

Leon Hard aveva incrociato le braccia sul petto, in una posa chiaramente difensiva, e manteneva lo sguardo fermo sulla strada. Finalmente, dopo ore e ore a passo d'uomo, si poteva correre un po'.

Che terapia stai seguendo?, gli chiesi.

Dopo molte insistenze mi confidò che assumeva Eparina, Actilyse e tre milligrammi di Warfarin al giorno associati ad acido acetilsalicilico.

Tutto giusto, approvai. Ma con questo fardello farmacologico è normale che tu ti senta astenico e poco reattivo.

Mi vedi così?, ghignò il bull.

Uno dei tamburi si assestò nel bagagliaio, annunciando ciò che stavo per dire.

Io ti consiglierei un calo nei dosaggi. Per compensare – una, due volte a settimana, oppure semplicemente alla bisogna – ti propongo di prendere questo.

Aprii il cruscotto e gli passai un blister. Leon Hard lo studiò e notò che sulle pillole non c'era scritto niente.

È un prodotto naturale, mentii. Tipo il Gelsemium o l'Arnica Montana.

Per la prima volta da quando eravamo usciti dal negozio, Leon Hard si spinse a guardare nella mia direzione.

Ti sei messo a trafficare con l'omeopatia?

Incassai la testa nel collo di astrakan.

Ti fidi di me, sì o no?

Per dimostrarmi fino a che punto, senza nemmeno aiutarsi con un sorso d'acqua, Leon Hard deglutì una compressa e accennò a mandarne giù una seconda.

Ehi, vacci piano, lo fermai.

Non hai detto che è roba naturale?

Vacci piano lo stesso.

Di cosa si trattava?

Di cosa vuole che si trattasse? All'epoca me ne facevo mandare dei campioni dalla Svizzera, oggi se ne vendono due milioni di confezioni l'anno solo in Italia.

Senza Viagra, Cialis o Levitra, il maschio contemporaneo

è destinato a soccombere: alle insicurezze, al declino, o almeno al confronto con chi ne fa uso.

Io li inserirei tra i farmaci salvavita.

Ma non sono controindicati a chi soffre di cuore?

(l'intervistato sospira)

Capisco cosa sta cercando di dirmi.

E allora le domando: a cosa serve la medicina? Ad allungare la vita o a migliorare la sua qualità?...

No, non mi prenda per il dottor Mengele! So bene che la risposta più assennata scaturisce da un ragionevole equilibrio tra le due cose. Ma le assicuro che, nel caso di un bull costretto a fare i conti con il calo del suo testosterone (e cioè con la perdita secca della sua stessa identità), non c'è proprio niente di ragionevole.

So bene che, da quando assume il tadalafil, le probabilità che Leon Hard possa incorrere in un secondo infarto sono diventate maggiori. Ma vede, in questo modo io posso monitorare costantemente i suoi livelli ormonali, vigilare sull'interazione tra fosfodiesterasi e nitroderivati, di fatto controllare l'intero quadro clinico.

Cosa avrei potuto fare, invece, per tirarlo fuori dal baratro di angoscia e solitudine in cui sarebbe precipitato se non avessi soccorso il suo impianto idraulico? Come avrei potuto sollevarlo dalla depressione se, a poco più di quarant'anni, non fosse stato padrone del suo cazzo?

Meglio l'impotenza dell'infarto. Non crede, Presidente?

(sorride)

... Chissà... Può darsi...

(l'intervistato dà ragione all'intervistatore come si fa con i pazzi – evidentemente ritiene che non abbia gli strumenti per capire)

Ma Mister Wolf era consapevole del farmaco che stava prendendo?

Me lo sono chiesto anch'io.

Sebbene col tempo abbia studiato sistemi di somministrazione sempre più raffinati (non mi vergogno a dire che sono arrivato a falsificare i blister), sospetto che a un certo punto abbia mangiato la foglia. Ma all'epoca, io credo, Leon Hard riteneva davvero di assumere un integratore omeopatico. O quantomeno erano omeopatici i suoi dubbi, che smaltiva molto più facilmente degli effetti collaterali del Cialis.

La festa di Natale, quella notte, fu bellissima, i due fidanzati aprirono le danze scorticandosi davanti a tutti come da troppo tempo non li vedevo fare, e poi, singolarmente, completarono il giro delle stanze offrendo professionalità, stile e competenza agli swingers meno preparati.

Alla fine si ritrovarono di nuovo insieme nella voliera, e da lì, congedati gli ultimi ospiti, dal club salirono direttamente a casa nostra, nel talamo nuziale, dove continuarono ad amarsi fino alle prime luci dell'alba.

Per la prima volta il bull accettava di dormire con la sweet nel letto matrimoniale, costringendo il povero cuckold a rannicchiarsi sul divano.

Ovviamente ero così emozionato che non riuscii a chiudere occhio.

Dopo un'ora mi alzai, leggiucchiai qualche verso di Omero e poi mi trasferii in garage per vedere di montare la famosa batteria.

Leon Hard mi raggiunse sbadigliando intorno a mezzogiorno, con addosso la mia vestaglia e le mie pantofole.

Mi è venuto un brutto mal di testa, si lamentò.

Non solo, gli dissi. Hai anche acidità di stomaco.

Leon Hard aggrottò la fronte.

E tu come fai a saperlo?

Sveglia, bull. Un vero cuckold sa leggere nel pensiero.

Ogni tanto mi piaceva ergermi a veggente, accarezzavo l'idea di farmi crescere la barba per assomigliare a Calcante, il profeta omerico figlio di Testore che aveva ricevuto da Apollo il dono della divinazione.

In realtà, sia chiaro, avevo semplicemente studiato le controindicazioni del Cialis (può dare emicrania, stomatite e reflusso gastroesofageo).

Pensi che ce la faremo?, domandò Leon Hard sedendosi sullo sgabello, l'unico elemento della batteria che fino a quel momento ero riuscito a montare.

In un primo momento pensai che si riferisse alla gestione della sua virilità, ai sottili equilibri del nostro triangolo o ai conti dell'Infinito. Ma poi mi resi conto che Leon Hard parlava semplicemente dei piatti e dei tamburi.

Eva fu contenta del vostro regalo?

Come una bambina! Approfittando dei due giorni di chiusura passò Natale e Santo Stefano a sbattere le bacchette sui nostri poveri timpani.

I setter, Kid e gli altri vagabondi, all'inizio, non la presero bene. Cominciarono con l'ululare e finirono con l'andarsi a nascondere sotto i letti. Ma poi tutti ci abituammo, a iniziare da me e da Leon Hard: quando la First Lady attaccava a suonare prendevamo le nostre pistole e ci trasferivamo nel boschetto a sparare ai barattoli.

A dire il vero sparavo solo io, quell'anima bella di Mister Wolf si rifiutava di prendere in mano la magnifica Smith & Wesson 5906 che gli avevo donato per il suo compleanno.

Allènati, predicavo inutilmente, il giorno che ti entreranno i ladri in casa voglio vedere come fai!

Per starmi dietro, lui si portava appresso un rudimentale arco e con quello mirava ai miei stessi barattoli magnificando lo zen.

A proposito di allenamento, disse un giorno, non credi che dovremmo ingaggiare un maestro per Eva? Così non farà mai nessun progresso!

Attutito, ma non per questo meno selvaggio, dalla villa arrivava un frastuono di charleston.

Lei si diverte così.

Ma con un maestro si divertirebbe di più.

Ah, lo presi in castagna, finalmente ti sei convinto che i leader servono a qualcosa!

Leon Hard tese l'arco, mirò e colpì la lattina che avevamo piazzato sul ceppo di un faggio.

Cosa c'entrano i leader? Sto parlando di un insegnante di batteria.

Ci mettemmo a discutere di Mussolini e di Nan-In, un monaco buddhista del diciannovesimo secolo che conosceva solo lui. Come al solito era bello confrontarsi con Leon Hard e rispettarsi nelle reciproche convinzioni.

Comunque, chiuse la diatriba, mi pare che le abbiamo fatto un regalo azzeccato.

Io gli diedi completamente ragione. Caricai la mia pistola, inquadrai il bersaglio. Poi però abbassai il braccio e tornai a rivolgermi all'amico.

In realtà, dissi, ce ne sarebbe stato uno ancora più azzeccato.

Leon Hard mi guardò incuriosito. Tanto per tenerlo sulle spine, scaricai un paio di colpi. Poi sparai il terzo, il più potente.

Avrai capito che sto parlando di un figlio.

Un figlio? E da chi?

Mi scappò da ridere.

Non certo da me!, misi le mani avanti. Come sai, sono sessualmente inabile.

Leon Hard si guardò intorno sconcertato.

... Non mi risulta che Eva stia pensando di mettere al mondo un bambino...

Ti risulta invece che un uomo possa sapere cosa cova realmente una donna nel fondo del suo cuore?, gli domandai.

Leon Hard andò a rimettere in posizione le lattine. Quando tornò disse che avremmo dovuto parlarne con lei.

Non necessariamente, eccepii. I regali più belli sono quelli a sorpresa.

Nel frattempo la mia pistola si era inceppata e non riuscivo ad aprire l'otturatore.

Lascia fare a me, disse il bull.

Amava sentirsi utile più di quanto non odiasse le armi da fuoco. Rimosse la cartuccia difettosa e ricaricò. Mentre armeggiava intorno alla pistola ci scambiammo alcune opinioni personali in merito alla paternità. Intuii che sotto sotto non gli sarebbe dispiaciuto mettere al mondo un figlio.

Comincia con il venirle dentro, suggerii.

Tu dici?

Tornando alla villa (Eva aveva smesso di suonare, era il segnale che potevamo rientrare) cercavo di nascondere la tremenda eccitazione che quel pensiero mi aveva procurato. Il centro storico di mia moglie inondato dal seme del suo fidanzato. E poi la gravidanza, il parto, l'imbarazzo della gente per la completa assenza di tratti ereditari e il bambino che, chiamandomi papà, avrebbe rigirato il coltello nella piaga.

Non stavo nella pelle, ma Leon Hard non sembrava altrettanto convinto. Per essere sicuro che si sarebbe lasciato andare nell'utero di mia moglie, avrei dovuto mettere nero su bianco e far firmare a entrambi un vero e proprio contratto.

Così feci, ma dopo tre mesi il bambino non era ancora venuto.

Decisi quindi di riportare la First Lady a Firenze e di farla ispezionare da mio padre.

Dopo la visita prematrimoniale, dalla quale erano passati circa vent'anni, Eva si era sempre rifiutata di sottoporsi a nuovi controlli da parte del professore. Nonostante avessimo in casa un fior di specialista, preferiva pagare un'anonima ginecologa di Prati che si limitava a certificare l'assenza di cisti e fibromi. Non potevo certo fidarmi di lei.

Perciò chiamai mio padre e gli feci capire che era arrivato il momento di fare un tagliando.

Da me?, si stupì il grande vecchio. Maria Antonietta non acconsentirà mai...

Dal giorno delle nozze aveva preso a chiamarla così per il suo carattere altezzoso. Avevo voglia io a spiegargli che era solo una scorza, e che sotto quel sussiego si nascondeva una donna timida e spesso fragile. A lui piaceva apostrofarla Maria Antonietta d'Asburgo Lorena e in questo modo avrebbe continuato a chiamarla negli anni a seguire.

La cosa buffa è che piaceva anche a Eva.

Durante le nostre visite del sabato, che all'inizio mia moglie eseguiva con l'entusiasmo di un capretto al macello, tra lei e il suocero si era instaurata una consorteria in punta di fioretto, basata su stoccate e colpi bassi che spesso non capivo, e che comunque mi tagliavano fuori.

... Gradisce del tè, Maria Antonietta? O è bevanda troppo plebea per il suo fine palato?...

... Se la beve lei, professore, che si fa il bidet nello champagne...

Preoccupato che potessero farsi male, a volte tentavo di intervenire per disarmarli di tanta sagacia, ma loro si giravano dalla mia parte e m'incenerivano con un sol sguardo, che in sostanza mi diffidava dall'interrompere il divertimento.

Hai sposato una bella mula, ripeteva spesso il mio povero vecchio.

Me lo disse anche quella volta, al telefono, per farmi capire che ogni tentativo di convincerla sarebbe stato fiato sprecato. E poi – aggiunse aspirando a fondo le vocali, quasi avesse bisogno di un supplemento d'ossigeno – sai bene che ho appeso il divaricatore al chiodo.

Ma saprai ancora capire se una donna è fertile o no!, gli risposi di slancio.

Un attimo dopo stavo mordendomi la lingua. Mai e poi mai avrei voluto mancare di rispetto all'autorità dell'emerito. Trattenni il respiro cercando di capire se se la fosse presa, ma il professore fece una pausa così lunga che mi mandò in dispnea.

Alla fine disse: Vieni qua, bischero, che ne parliamo a voce.

Ormai era più vicino ai novanta che agli ottanta. Una cosa buona per il tumore che l'aveva aggredito. Le cellule maligne si riproducevano lentamente, c'era la ragionevole speranza che la vecchiaia si sarebbe tolta la soddisfazione di ucciderlo per prima.

L'anno precedente gli avevo asportato parte dello stomaco. Un intervento di gastrectomia parziale come ne avevo compiuti tanti nella mia carriera. Ma a metà operazione ero stato costretto a fermarmi per una vera e propria crisi di panico e avevo dovuto pregare l'assistente di concludere l'intervento al posto mio.

Per fortuna il professore era sotto anestesia e non ne seppe mai nulla.

A distanza di quindici mesi i succhi biliari facevano ancora il loro dovere e mio padre non mancava di complimentarsi per come gli avevo collegato esofago e intestino.

Tuttavia era molto dimagrito. I chili che aveva perso sembravano i migliori, o almeno quelli che contenevano la maggior parte del suo interesse per la vita. L'unico hobby che gli rimaneva, nel bene e nel male, ero io.

... Adesso che sei in pensione (recriminava), potresti venire a trovarmi un po' più spesso...

... Grazie della crostata (annusando sospettoso), ma che razza di marmellata è?...

... E le parole crociate (ansioso), non te le sarai mica dimenticate?...

Gli lasciai sfogare le paturnie e poi dissi: Babbo, è ora che la mia signora faccia un bimbo.

Mio padre alzò gli occhi al lampadario. I cristalli erano coperti di polvere. Del resto era invecchiato anche il filippino, non aveva più l'età per arrampicarsi su una scala.

Sempre sul pezzo, il mio figliolo!

Perché? Dici che è tardi?

Sei tardo te, sei tardo.

Si girò a destra e a sinistra come se cercasse qualcosa. Il telecomando era finito sotto la poltrona. Lo trovò e abbassò il volume del televisore.

Giorgio, sono vent'anni che le vivi accanto. Non hai ancora capito che Maria Antonietta è sterile?

Era il suo modo di comunicare le notizie: a mani nude, dritto al mento.

Sterile? Eva?

Stirai le gambe. Poi presi dal divano il cuscino più grande, me lo misi sulla pancia e l'abbracciai.

Come fai a dirlo?, gli domandai dopo un po'.

Il babbo mi ricordò di averla esaminata a diciott'anni.

Lo sai da allora?

Con ragionevole certezza: per superare delle tube di Falloppio così chiuse ci sarebbe voluto il getto seminale di un cavallo.

Ah, presi nota. E perché non me l'hai detto subito?

Si allungò a piluccare una briciola di crostata. Un resecato gastrico deve mangiare poco e spesso.

Meglio così, figliolo, dammi retta. Maria Antonietta non ha nessuna vocazione per la maternità. E anche tu, lasciami dire...

Assestai un leggero pugno sul cuscino.

Perché pensi questo?, protestai. Eva è una ragazza dolcissima. E in quanto a me...

Speravo m'interrompesse, come avevo fatto io, ma il padre non disse niente e il figlio, come al solito, fece la figura del bischero.

Sai quanti anni ha la ragazza dolcissima?, mi chiese al termine di quel denso silenzio.

Io non lo ricordavo con precisione, ma sapevo che, grosso modo, era vicina ai quaranta.

Ecco, appunto, concluse il professore.

Accavallò le gambe. Diobbòno, com'erano diventate magre!

Dimmi, piuttosto, come vanno le vostre terme?

Gli avevo fatto credere che l'Infinito fosse un esclusivo centro benessere, nel quale pensionati di prima fascia e vedove abbienti si curavano con la fangobalnoterapia. Investire i miei risparmi su una Spa, all'inizio, gli era parsa un'idea bislacca, ma poi si era lasciato convincere al punto da minacciare spesso di venirci a trovare.

Non capisco perché nascondergli la verità – così Eva liquidava il pericolo.

Ma sei matta?

La First Lady scuoteva la testa per farmi intendere che mi facevo troppi problemi, che era ipocrita maneggiare mio padre alla stregua di una verginella quando si sapeva benissimo che in lui albergava l'anima di un vecchio porco.

Si trattava chiaramente di una provocazione (non meno di me, Eva si guardava bene dal confessargli cosa fosse davvero l'Infinito), alla quale, a parer mio, non era estraneo il gusto d'immaginare la reazione del suocero nel venire a sapere che suo figlio aveva sposato una troia da dieci botte a sera.

Inutile dire che quel gusto seduceva anche me.

Digli almeno che è un locale notturno, mi tentava. Vedrai, non gli dispiacerà...

Mio padre, in effetti, adorava i night club. Non quelli del Forte o di Castiglioncello, affollati di vip, ma i tabarin dall'aria torbida e semiclandestina dove le tende di velluto puzzavano di fumo e il vizio si trasformava facilmente in abitudine.

Entrare in un posto del genere rappresentava per mio padre un rito d'iniziazione attraverso il quale poter misurare la caratura di un uomo.

Animato da questo spirito critico, al compimento del mio ventunesimo anno, mi portò con sé a un convegno di medicina in programma all'Ergife di Roma, con il recondito scopo di introdurmi, la sera, in uno dei tanti locali che si affacciavano nei dintorni di via Veneto.

I marciapiedi della zona erano presidiati da sordidi buttadentro che, distorcendo la bocca, promettevano meraviglie ai turisti in cerca di suggestioni felliniane.

Il professore sapeva benissimo dove andare, ma confabulò volentieri con quei falchi notturni, strizzando l'occhio a ripetizione e riempiendosi il portafoglio di biglietti da visita.

Li hai guardati bene?, mi disse al termine del giro.

Sì.

Be', è tutta gentaccia, non ti devi fidare.

Restai molto stupito. A me era sembrato che gli fossero tutti simpatici, e che di qualcuno fosse perfino amico.

Ci lasciammo alle spalle il Cafè Doney e, prima di arrivare all'Harry's, girammo a sinistra. I nomi dei locali (o meglio dei localini, così li chiamavano i buttadentro) evocavano la spensieratezza degli anni Sessanta, come Nuit Blanche o Cica Cica Boom. Sotto un'insegna intermittente al neon, mio padre si fermò, mi rimproverò per il nodo alla cravatta e, dopo avermi costretto a rifarlo, imboccò le scale che portavano al Bella di Notte.

Le disposizioni erano chiare, e curiosamente coincidevano con quelle che avevo ricevuto alla sezione dei boy scout di Bagno a Ripoli: rispetto, generosità, educazione. E poi, naturalmente, un sano divertimento.

In cosa consistesse quel divertimento, sia nei boy scout che al Bella di Notte, all'inizio non mi fu molto chiaro. Nel primo caso ero stato costretto a lunghe marce sotto il sole, nel secondo ci sedemmo nella penombra, ordinammo da bere e lì restammo per un buon quarto d'ora a contemplare in silenzio un palco vuoto.

È il piacere dell'attesa, mi spiegò il babbo a un certo punto.

Io non sapevo cosa aspettarmi (forse per questo non apprezzavo l'attesa) e confusamente immaginavo che a un certo punto avrei dovuto scopare. Percepivo insomma un'atmosfera da esame, e a essa genericamente mi preparavo con una leggera sudorazione alle mani.

Sai a cosa serve questa abat-jour?

No.

A segnalare che gradiamo la compagnia di una ragazza. L'accendiamo?...

Come vuoi, babbo.

Dopo pochi secondi un'entraîneuse venne a sedersi al nostro tavolino. Mio padre si alzò a baciarle la mano e io lo imitai passabilmente.

Fleur, si presentò.

La ragazza non era di primo pelo, ma esibiva un frizzante accento francese e un tubino di paillettes che le procurò sinceri complimenti da parte del babbo. Meno sincero fu nel comunicarle i nostri nomi, entrambi falsi.

Noto una certa somiglianza, recitò Fleur accendendosi una sigaretta. Siete fratelli, per caso?

Mio padre scoppiò a ridere, lei sbatté incredula le ciglia finte.

La qualità della messinscena era piuttosto alta, mi venne perfino il dubbio che l'avessero provata nel pomeriggio, a mia insaputa.

Ma non è possibile, esagerò Fleur, avete quasi la stessa età!

Il professore tornò serio e tentò di dare una spiegazione: lui dimostrava dieci anni di meno, occhei, ma era soprattutto suo figlio, con quell'aria da perdente, a sembrare decisamente più vecchio.

Vero, concordò Fleur.

Io ero rapito dai suoi guanti satinati. Risalendo oltre il gomito, rendevano la parte di braccio che restava scoperta di una nudità conturbante.

Sei sempre così silenzioso?, mi chiese.

In genere sì, ammisi.

Mi sorrise e pronunciò una battuta che non sembrava scritta nel copione. Tanto che mio padre ne restò disorientato.

È un bellissimo complimento, improvvisò.

Ma lo penso davvero!, rincarò la dose Fleur. Io amo i ragazzi timidi, introversi, delicati...

Allungò il guanto satinato e mi accarezzò la guancia.

Mio padre prese subito d'acido.

Ringrazia la signorina Fleur, mi ordinò.

Non sapendo cosa dire, dissi la verità: Lo farei volentieri, se fossi meno timido...

Fleur batté le mani e gettò all'indietro la testa, estasiata.

Ah, merveilleux, aussi plein d'esprit!

Cominciò a ridere da sola. Io, di sottecchi, le lanciavo occhiate imploranti, per suggerirle di moderarsi. Quando smise era ormai troppo tardi, sul nostro separé era calata una campana di piombo che fece riecheggiare a morto lo schiocco di dita con cui mio padre richiamò il cameriere.

Pretese lo champagne più costoso e lo stappò con rabbia.

... Ah, Fleur, Fleur...

Personificare un ginecologo di fama mondiale dovette sembrargli troppo poco, e per impressionarla s'inventò di essere un ricco armatore che, volendo, avrebbe potuto offrirle il giro del mondo sulle sue navi da crociera.

Sua moglie non avrebbe da ridire?, l'interruppe Fleur.

Sapeva dosare la malizia ma non lo champagne. Solo quando ordinammo una seconda bottiglia cominciò a rallentare.

Mio padre, invece, non rallentò mai. Il suo monologo seguiva un andamento ansioso che spingeva Fleur ad arrotolarsi di continuo le punte dei capelli intorno al dito.

Pur di cancellare la mia presenza, il professore aveva spinto la sua sedia tra me e lei, sfruttava il corpo appesantito dal tempo per nascondermi la vista di Fleur e per lasciarsi alle spalle tutte le bischerate sentite in precedenza sulla timidezza, l'introversione, la delicatezza.

Solo alla fine, stremato, si girò verso di me e disse: E tu, non dici niente?

Si aspettava un'espressione istupidita e non lo delusi.

In realtà ero molto eccitato e cominciavo davvero a sperare che al termine della serata ci sarebbe stato del sesso. Tirai su il collo e con esso la cerniera che separa l'innocenza dalla goffaggine.

In questo locale si parla soltanto?, sondai.

Dopo un attimo di indecisione, Fleur riprese a ridere senza ritegno. Rispetto a prima la sua allegria aveva l'aggravante di svelare ciò che era stata per lei l'ultima ora: un tedio mortale...

Povero piccolo, le scappò, si annoia anche lui!

... Anche lui?...

Fleur sembrò non rendersi conto di ciò che aveva appena detto, e ignorare in quel modo l'espressione di mio padre non l'aiutò a capirlo. D'altra parte stava scontando in tasso alcolemico lo sforzo di spingerlo a ordinare la seconda bottiglia.

Chiaramente alticcia, urtò il suo bicchiere e lo rovesciò sul tavolino.

Bonne chance! Bonne chance!, minimizzò.

Intinse le dita nello champagne e mi bagnò sul collo.

Porta fortuna, ribadì.

Mio padre non aveva parole. Le sue guance perfettamente sbarbate si erano accese di rabbia, ma non potrei nemmeno escludere una certa dose di vergogna. Tutto quel fiume impetuoso di chiacchiere non valeva le due gocce di champagne che Fleur aveva posato dietro le mie orecchie.

Vuoi ballare, joli?

Mi venne il dubbio che la francese lo facesse apposta. Appoggiò il bocchino sul posacenere e mi prese per mano. Sulla pista un altro paio di entraîneuse si erano caricate dei vecchi sulle spalle e li facevano oscillare a un ritmo che l'orchestra si preoccupava di tenere basso. Dai loro giri armonici alle messe in piega delle ragazze, l'ondulazione era l'espressione dominante del locale, e in quella leggera perturbazione ondosa che si propaga alla superficie di un liquido quando questo sia convenientemente eccitato, mio padre faceva la figura di un sasso gettato nello stagno.

Andava a fondo, in sostanza, appesantito dalla materia grezza del suo odio/amore per me.

I musicisti strimpellarono *Una rotonda sul mare*, *La bambola* e *Nun è peccato*. Alla fine di ogni brano mi staccavo leggermente per suggerire a Fleur che, forse, poteva anche bastare così, ma subito l'orchestra riattaccava e lei tornava ad appoggiarmi la testa sulla spalla.

Io non sapevo ballare, ma ballavo.

Ogni tanto una nuova coppia entrava nella pista e un'altra ne usciva per andarsi ad appartare. Con la coda dell'occhio spiavo soprattutto quest'ultime, chiedendomi se l'ombra dalla quale venivano inghiottite aspettava anche me e Fleur.

Da quanto ero lì? Avevo perso la cognizione non solo del tempo ma anche dello spazio. Attraverso la voluminosa permanente di Fleur cercai di individuare il nostro tavolino. Quando ci riuscii, il professore non c'era più.

Nella maniera più educata che potevo mi scusai con Fleur.

Quel dommage, commentò malinconica. C'etait si bon...

Cominciai a girare per il locale alla ricerca di mio padre. Il bar, la discoteca, i separè: il Bella di Notte non era poi così grande e la ricerca si concluse in pochi minuti.

Allora ritirai dal guardaroba il paltò e uscii a cercarlo.

Lui era là, con il bavero alzato, che mi aspettava da solo in mezzo alla strada.

Babbo, scusami, non mi sono accorto che fossi andato via.

Tirò la Marlboro fino al filtro e poi la lasciò cadere in un tombino.

Potevi rimanere, disse calmo.

Senza di te? No, no...

Era rarissimo ricevere un abbraccio da mio padre e ancora più raro che nevicasse a Roma. I due fenomeni si verificarono in contemporanea, rendendo per me indimenticabile la notte dell'8 dicembre del '70.

Hai visto?, disse indicando il cielo.

I fiocchi di neve scendevano quasi fosforescenti.

Ti sei divertito con quella Fleur?, chiese ancora mio padre.

Non sembrava la solita domanda a trabocchetto, ma a scanso di equivoci mi tenni sul vago.

Così così.

Lui mi batté una mano sulla spalla.

Le piacevi, m'incoraggiò.

Preso alla sprovvista, io risposi con una vera scemenza: Anche tu le piacevi!

Mio padre aveva dei denti lunghi e forti, da cavallo. Quando li mostrava non capivi mai se stava ridendo o minacciava di morderti.

Ma figuriamoci, scosse più volte il muso. Quella voleva solo spennarmi.

Mi prese sottobraccio e c'incamminammo sui marciapiedi della dolce vita. Tutto, intorno a noi, cominciava a imbiancare. Anche i tuoi capelli, pensai di mio padre.

Tra forza e debolezza si apriva dunque una nicchia, un punto in cui scorrevano così vicine da toccarsi e mescolarsi, ed era là che noi ci trovavamo, era là – scoprivo all'improvviso tra l'ossario dei cappuccini e il cartellone pubblicitario di *Love Story* esposto dal cinema Fiamma – che avrei voluto rimanere per sempre.

Il nostro albergo era dalle parti della stazione. La neve cadeva sempre più fitta. Smettemmo di parlare per risparmiare il fiato.

All'altezza di via Venti Settembre vedemmo sopraggiungere dal Quirinale due camion carichi di militari. Pensammo che l'esercito si stesse mobilitando per la nevicata e ci compiacemmo di tanta efficienza. Solo anni dopo avremmo saputo che si trattava di un colpo di stato, miseramente fallito.

A pochi metri dall'hotel mio padre si fermò e annunciò che gli era venuta in mente una cosa importante. La condensa del suo respiro aveva una certa grandiosità, lasciava immaginare una rivelazione altrettanto imponente.

Invece disse soltanto: Non raccontare a tua madre che siamo stati in un night club.

Un istante dopo scivolò nella neve e cadde rovinosamente. Ci volle tutta l'energia dei miei vent'anni per rimetterlo in piedi. Senza guardarmi in faccia, massaggiandosi l'anca dolorante, tornò a raccomandarsi.

... Non raccontarle neanche questo, per piacere...

Sua madre era una donna molto castigata?

(l'intervistato si mette in allarme)

... In che senso?...

Nel senso morale, religioso...

(l'intervistato tira un sospiro di sollievo)

Ah, per un attimo mi ero spaventato...

Credevo che, in aggiunta alle corna e alle traduzioni di Omero, la First Lady le avesse raccontato delle punizioni che il professore infliggeva a mia madre quando i suoi comportamenti non erano all'altezza.

In realtà non si trattava propriamente di castighi...

Mio padre aveva escogitato un sistema di punteggi con cui valutava le sue mancanze: una cena scadente, un ritardo, una dimenticanza, le costavano da uno a cinque punti di penalizzazione.

A essere onesti, il sistema non prevedeva soltanto punti da sottrarre ma anche da aggiungere, se le cose andavano bene. Al termine di un periodo particolarmente virtuoso non era raro che mia madre meritasse una pelliccia nuova. Ma c'erano spesso settimane nefaste che si concludevano con una solenne bocciatura.

Mio padre, allora, le vietava di uscire e la caricava di farmaci.

Che farmaci?

Mia madre soffriva di disturbo bipolare.

Diagnosi singolare in una donna di nazionalità tedesca,

che diventa stupefacente se si pensa che la mamma era anche una cantante d'opera.

Ha mai visto una soprano depressa? Della Baviera, per di più? La casistica è praticamente nulla.

Nelle parole del babbo, che l'aveva conosciuta a Capri nei primissimi anni Cinquanta, Dorina era una ragazza leggermente in carne ma piena di energie, vittima di una educazione repressiva (prussiana, la definiva mio padre) che la faceva sentire in colpa per ogni sciocchezza.

Guarda che gli ebrei non li hai mica sterminati tu!, le rammentava.

Io la ricordo già piuttosto silenziosa, impegnata di continuo in aerosol che interrompeva soltanto per espellere grumi di catarro. Innamorata della cultura italiana, da giovane veniva spesso nel nostro paese ad ammirare i tesori d'arte e a perfezionare la tecnica canora: pare che i suoi acuti fossero prodigiosi, ma nonostante ciò, a venticinque anni, mio padre decise di sposarla.

Perché nonostante ciò?

È quello che gli chiesi anch'io quando mi raccontò del loro matrimonio.

Figliolo, si spazientì, come credi che certe donne riescano ad avere un'estensione vocale del genere? È soltanto una questione di estrogeni!

Secondo il professore, il fatto che mia madre avesse un altissimo livello ormonale la condannava biologicamente a essere una fedifraga, schiava dei propri istinti sessuali fino alle soglie della ninfomania.

È lo stesso principio del testosterone per i maschi, diceva con la sua voce bassa, cavernosa.

La serenità con cui aveva accettato a priori una vita da uomo tradito (per amore – cos'altro?) me lo rese subito un eroe. Adoravo mia madre, ma quando il babbo mi chiedeva di assecondare le sue bugie non esitavo a fornirgli tutta la complicità di cui un marito sotto botta può avere bisogno.

Dopo le nozze, Ranieri e Dorina provarono subito a concepire un bambino, che nacque morto al settimo mese.

Il senso di colpa fu tale che mia madre si rifiutò di mangiare e dimagrì in pochi mesi di quindici chili – cosa certo non buona per una soprano.

Il babbo la riportò a Capri, dove si riprese leggermente. Due settimane e fu di nuovo incinta.

Diversamente dalla prima, quando si era lasciato convincere a chiamare Ludwig il nascituro, questa volta il babbo impose a Dorina di chiamarmi Giorgio, come da tradizione nella famiglia Spina. Essendo anche il nome del protagonista della *Traviata*, la mamma non fece obiezioni.

Durante la gravidanza, però, contrasse una bronchite che le incrinò la voce. Dissero che ero stato io ad abbassarle le difese immunitarie, ma vorrei ricordare che, così come oggi non sono altro che un povero vecchio, allora ero solo un feto immerso nel brodo primordiale di madre natura. Di fatto, dopo la mia nascita, la bronchite si cronicizzò pregiudicandole definitivamente la carriera. Sempre più spesso, dopo averla sentita cantare, le compagnie rinunciavano a scritturarla.

Dorina non si arrese. Accettò parti secondarie in teatrini di provincia, da dove tornava ancora truccata da Berta o da contessa di Ceprano portandomi in dono dei souvenir di peltro a forma di cigno, e cominciò a nutrirsi quasi esclusivamente di miele e aglio, di cui ingoiava a ripetizione spicchi crudi.

All'epoca passavamo le vacanze a Viareggio, in un villino circondato da cespugli di erisimo (la cosiddetta erba dei cantanti), e una sera andammo a Torre del Lago per sentire mia madre nella *Madama Butterfly*. Era la prima volta che assistevo dal vivo a un'opera lirica, quando la vidi sul palcoscenico davanti a tutta quella gente provai un misto irragionevole di terrore e orgoglio che mi spingeva a sprofondare nella poltrona e un attimo dopo a battere freneticamente le mani.

La mamma interpretava la cugina di Butterfly. Indossava un kimono che mi ricordava la vestaglia con cui arrivava in cucina la mattina (aveva iniziato a soffrire di insonnia, e non si vedeva mai prima delle dieci).

Ripeté un paio di volte Bello non è, e fin lì tutto andò liscio.

Ma quando, incrociandosi alle voci di Pinkerton, di Sharpless e degli altri invitati al matrimonio di Butterfly, si arrampicò verso un do sovracuto per intonare Divorzierà, spero di sì, divorzierà, dalle nostre spalle partì un fischio che forse non era diretto proprio a lei, e che tuttavia la centrò in pieno.

Ricordo che mio padre si voltò verso la platea e lanciò nel buio una maledizione. Poi aspettammo in silenzio che l'opera terminasse, vivendola per quello che era: una tragedia giapponese...

Tornati al villino, mia madre restò in camera a singhiozzare per almeno tre giorni. Ogni tanto mio padre tentava di convincerla che aveva cantato benissimo, e che, se l'opera non era piaciuta, dipendeva unicamente da quelle cagne che interpretavano Suzuki e Cio Cio-san. Tuttavia non era facile starle vicino, per l'ostinazione del dolore e per quell'alito all'aglio che (lo riconosco) respingeva anche me – suo figlio.

Rientrammo in anticipo a Firenze e per qualche settimana la casa restò immersa in un silenzio tombale. Poi, una mattina di fine settembre, mia madre riprese finalmente a esercitarsi. Sentendola gorgheggiare, il professore tirò un sospiro di sollievo che arrivò come alito di vento sulle vele del mio cuore in bonaccia.

Ma qualcosa ancora non andava. Ad accorgersene fu Toni, il domestico filippino che mio padre aveva assunto formalmente a mezzo servizio (l'altro mezzo, retribuito a parte, consisteva nel sorvegliare giorno e notte la mamma).

Signora dice cazzo, professò, annunciò bussando al suo studio.

In quel periodo Toni stava studiando la nostra lingua e, come spesso capita, la prima cosa che aveva imparato erano state le parolacce. Circondato dall'opulenza delle cornici e dei cristalli di Murano che impreziosivano la scrivania del professor Ranieri, si sforzò di spiegargli cosa avesse sentito.

Mio padre non gli credette ma salì ugualmente al primo piano e si pose in ascolto dietro la porta.

Era vero. Intonata la prima strofa di *Casta Diva*, con estrema naturalezza mia madre sostituiva ai versi di Bellini una sfilza di parolacce.

... Casta Stronza...

... Queste sacre antiche merde...

... A noi volgi il cul sembiante...

Mio padre accennò a bussare alla porta, ma subito dopo ci ripensò e si ritirò nel proprio studio. Forse era uno scherzo in uso nel mondo della lirica, una goliardata che testimoniava il suo ritrovato buon umore.

Quella sera stessa, però, la mamma arrivò a tavola completamente nuda.

Violetta Valéry, si presentò come se ci vedesse per la prima volta.

In effetti si era truccata da Traviata, con un rossetto violaceo e una strisciata di mascara in netto fuorigioco. Sedette a tavola come se niente fosse e ci guardò stupita.

Be'?

Mio padre non sapeva cosa dire. Estremamente professionale, con la zuppiera in mano, Toni aspettava un cenno per versare nei piatti la minestra.

Sei nuda, constatò alla fine il professore.

La mamma scoppiò a ridere. Una risata molto lunga, che ci snervò.

Ricordo la sua pelle bianchissima, i seni pesanti sormontati da areole paonazze.

Vatti subito a rivestire, le ordinò mio padre.

Mia madre gli rivolse un sorriso che il rossetto sbaffato rese ancora più sghembo.

Prima volta che vedi donna nuda, Herr Doktor?

La seconda risata durò meno, ma fece quasi rimpiangere la prima e ci tolse ogni dubbio su ciò che stava accadendo.

Prima che suo marito riuscisse ad alzarsi e a fare il giro della tavola, Dorina appoggiò i calcagni sulla tovaglia e assunse una posizione ginecologica.

Verdammt!, imprecò. Stai sempre con patata davanti, perché la mia ti fa schifo?

Mio padre si tolse la giacca e gliela gettò addosso, come

se dovesse spegnere un principio di incendio (ma non era un principio, le fiamme divampavano già alte).

L'afferrò per la vita e la trascinò via, mentre mia madre urlava e scalciava.

Era impazzita?

Sì, ma la strada era ancora lunga...

Mio padre le fece un'iniezione di morfina i cui effetti calmanti ci illusero per diversi giorni. Come se niente fosse successo (come se, anzi, avesse finalmente recuperato l'appetito) la mamma si ripresentò a tavola vestita di tutto punto e ricominciò a cantare le sue arie.

Nascosto dietro la porta, con il catalogo operistico in mano, mio padre controllava che le parole pronunciate da mia madre corrispondessero a quelle del libretto.

Poi, una sera, la trovammo svenuta in bagno con una incisione sul polso sinistro. Per procurarsela aveva usato una limetta per le unghie, quindi si trattò di poco più di un graffio. Ma era chiaro che così non si poteva andare avanti: mio padre raccomandò a Toni di mettere sotto chiave forbici e coltelli e la portò da uno specialista di Milano, con il quale, sulle prime, si trovò in totale disaccordo.

Lo psichiatra suggeriva un cambiamento d'aria e una lunga terapia di affetti, il ginecologo propendeva per l'elettroshock e massicce dosi di barbiturici. Saltò fuori che lo psichiatra credeva in Freud e nei benefici della psicoanalisi. Mio padre, invece, diffidava delle interpretazioni, per lui la scienza era una fede e la fede un weekend a San Giovanni Rotondo (si era da poco convertito a Padre Pio).

Si affrettò a sostituire lo psichiatra con un collega più interventista.

I farmaci, effettivamente, si dimostrarono di grande aiuto. In Italia si erano da poco diffusi Valium e Librium, e mia madre fu una delle prime pazienti a beneficiarne. Manifestò il desiderio di possedere un cane e mio padre le comprò un bassotto, simbolo della Repubblica Federale Tedesca. Tenendo al guinzaglio il piccolo Otto, Dorina prese a fare lunghe e silenziose marce per le vie di Firenze e di Castiglioncello, dove adesso passavamo le vacanze, scortata a vista dal fedele Toni.

Certo, la musica era ormai bandita dalla sua vita, se si eccettuano i motivetti di Nada e di Peter Van Wood che ogni tanto, facendoci sobbalzare, si metteva a cantare a squarciagola dentro casa, e a volte anche per strada.

Di quando in quando, tornava a denudarsi e a mostrare in giro la patonza, come la chiamava lei con spiccata inflessione teutonica. Io mi ero abituato al corpo nudo di mia madre, ormai adolescente provavo per quelle carni lattescenti un sentimento disarticolato, al quale – lo ammetto – non era estraneo un torbido desiderio.

A volte, quando eravamo soli in casa, mi chiamava Ranieri (il nome di mio padre) e pretendeva che mi sedessi accanto a lei. Poi iniziava a titillarsi i capezzoli o addirittura a masturbarsi sotto i miei occhi. Pensando che quella era mia madre, mi allenavo ad associare la mia eccitazione al divieto assoluto di toccarla.

La follia della mamma rappresentava una minaccia costante, poteva esploderci tra i piedi H24 come una mina antiuomo, ma lei era una creatura indifesa, spaventata, che in fondo agli occhi umidi chiedeva soltanto di essere aiutata a non cedere al pianto.

Mio padre la trattava come una bambina, o forse come un cane: se rigava dritto la premiava, consentendole di fumare o di guardare fino a tardi quelle telenovelas di cui era diventata grande appassionata, ma se dava in escandescenze non si faceva scrupolo di schiaffeggiarla o addirittura di legarla al materasso.

Molto spesso, per altro, mia madre non aveva nemmeno la forza di scendere dal letto. Fedele all'etimologia greca, la sua malinconia era intrisa di nero: si nascondeva dietro a degli enormi occhiali scuri e quando gli occhiali non le bastavano pretendeva che venissero sprangate le finestre. Al buio entravano i fantasmi, il cosiddetto spettro bipolare evocava l'arrivo di spiriti che s'impossessavano della sua mente e trasformavano lo stagno depressivo in una burrasca.

Allora mia madre vedeva quello che non c'era. O quello che c'era e non doveva vedere, come le puttane che mio padre introduceva nel suo studio spacciandole per pazienti da visitare fuori orario. Farle passare dal salotto, anziché dall'ingresso indipendente sul retro della casa, era una scelta che riguardava me ed esclusivamente me, con la quale il professore intendeva comunicarmi di non temere – suo padre era ancora un uomo e avrebbe continuato a dimostrarsi tale.

Due o tre volte mi convocò al Caffè Gilli per presentarmi delle signore attempate ma ancora estremamente piacenti.

Lo so, ormai sei grande, disse lasciando decidere a me se lo ero abbastanza per contemplare o meno l'idea di un'altra mamma.

Notai che si era tolto la fede e capii che, senza nemmeno darsi la pena di avvertirmi, si qualificava in giro come un vedovo. Sapeva bene che non l'avrei tradito, in pubblico e in privato nominare mia madre era ormai diventato un tabù.

Attraverso la follia di Dorina mio padre si era procurato un alibi di ferro per giustificare le sue avventure con le donne. Cosa doveva fare, un poveretto nella sua condizione? A me, invece, tornava utile soprattutto per convincermi che gli uomini sono più affidabili. Avevo scoperto il fascino della forza bruta e spesso giravo l'Italia per assistere a delle gare di sollevamento pesi: strappo, slancio o distensione lenta, mi eccitava guardare quegli energumeni, perlopiù di nazionalità bulgara, slava, polacca, che sollevavano bilancieri da trecento chili inguainati in tutine ascellari. Ma mi piacevano anche la lotta, la boxe e tutte le esibizioni muscolari.

Per parafrasare una canzone di quegli anni, amavo i giganti e le bambine: l'innocenza di quest'ultime mi ossessionava (avrei ucciso con le mie stesse mani i pedofili che osavano insidiarla), sentivo l'impulso di proteggerle e nello stesso tempo mi scoprivo impotente davanti all'assalto di un mondo che di quell'innocenza avrebbe fatto il suo pasto.

Ah, la bellezza, la violenza, la ferocia – ce n'era abbastanza da impazzire, come mia madre...

A differenza di lei, io mi sforzavo di rimanere calmo. Studiavo, pregavo, quando mi mettevo alla guida della Jaguar che il babbo mi aveva regalato non trascuravo mai d'indossare i guanti di daino a due falangi, ben sapendo che poco avrei potuto contro le regole del caos ma che quel poco l'avrei fatto con coscienza.

A ventiquattro anni, allo Yacht Club di Castiglioncello, vidi Eva per la prima volta e m'innamorai perdutamente del suo futuro. Lo aspettai specializzandomi in oncologia e controllando, mediante periodici appostamenti lungo la Costa degli Etruschi, che tutto procedesse secondo i miei piani.

Nascosto dietro al monumento ai caduti, già soffrivo per tutti i ragazzi che le ronzavano attorno all'uscita di scuola. Ma cos'era quella sofferenza se non lo spoiler del nostro avvenire? La gelosia che mi addentava il fegato era la riprova che Eva sarebbe stata mia, e tanto bastava a trasfigurarla in sordido piacere.

Eva aveva allora dieci, undici, dodici, tredici anni, e io stesso ignoravo quando e come l'avrei avvicinata. Ma non avevo fretta, sapevo che sarebbe stato per sempre e m'immedesimavo in quel povero vecchio che le faceva da autista, e che aspettava con uno stecchino tra i denti i suoi comodi dentro una Kadett.

Ero già io, quel vecchio, terminato lo stupro di massa l'avrei riportata a casa nella reciproca consapevolezza che il male non ha volto ma io sì, e che con quel volto le avrei sorriso fino all'ultimo dei miei giorni.

Studiando da cuckold, davanti all'istituto Carducci ci passai molte ore.

Poi, da un giorno all'altro, Eva smise di andare a scuola e per ritrovarla dovetti dragare in lungo e in largo l'Aurelia in preda al panico. La scovai per caso, a bordo dell'Ape del suo patrigno, che dormiva sul ciglio di un dirupo.

Presi nota della targa e, romantico e razionale come spesso sono i cuck, giurai che non mi sarebbe più scappata.

Mia madre, invece, in quel periodo scappava in continuazione. Avevano voglia il babbo a stringere le funi e Toni a starle dietro. Prima o poi trovava il modo di eludere la loro sorveglianza e si lanciava per le strade di Firenze, facendo frenare le macchine di botto e denudandosi tra la folla.

Quante istantanee di mia madre mezza nuda davanti al Duomo o a Santa Maria Novella saranno sparse in giro per il mondo? I turisti la fotografavano increduli e lei dispensava sorrisi stringendo tra le braccia il suo bassotto.

Poi, un giorno, di punto in bianco, Dorina si affacciò da Ponte Vecchio, baciò Otto sul muso e lo buttò di sotto con tutto il guinzaglio. Tra tutte le sue stranezze quella rimane forse la più strana, perché mia madre adorava il suo cane. Quando lo vide annaspare nel fiume accennò a scavalcare la balaustra per raggiungerlo, ma Toni questa volta riuscì a fermarla.

Tutto il resto andò dove doveva andare, trascinato dalla corrente come il povero Otto.

Una sera tornai da Grosseto, nel cui ospedale avevo iniziato a lavorare, e trovai Toni che lavava la macchina del professore. Realizzai immediatamente che la mamma non c'era più e che non sarebbe mai tornata ad abitare in quella casa, ma mi astenni dal fare domande. Al racconto di mio padre preferii la mia immaginazione: gli infermieri che venivano a prenderla, l'ambulanza, la casa di cura a mezza collina...

Entrammo nella sala da pranzo e subito ci rendemmo conto che la nudità del suo posto ci avrebbe imbarazzato non meno di quella che la povera Dorina esibiva quando veniva a tavola senza mutande. Così il babbo diede a Toni la serata libera e mi portò a mangiare da Cesarino.

Non vuoi sapere dov'è tua madre?, mi chiese versandomi da bere.

Da quando era impazzita, io e lui bevevamo soltanto acqua liscia, come se bandire l'alcol dai nostri pasti avrebbe garantito almeno a noi di rimanere lucidi.

Dissi che mi fidavo ciecamente delle sue decisioni.

Mio padre non sembrò del tutto soddisfatto della risposta: per una volta confessò apertamente che si aspettava da me una dialettica più serrata, se non proprio una rabbiosa contestazione.

In fondo ti ho sottratto una madre, mi stuzzicò.

Ridimensionai l'accaduto: in manicomio si sarebbe trovata bene, e io sarei andato a trovarla ogni volta che volevo.

Non era proprio la contestazione che aveva invocato, ma

il babbo sottoscrisse il mio buonsenso. Accantonò il rimorso, ordinò una bottiglia di Chianti e disse che dovevamo ricominciare a vivere.

Sei d'accordo?

Certo, babbo.

E allora perché non ti trovi una ragazza?, m'interrogò a bruciapelo.

Sembrava impaziente di vedermi accoppiato. La cosa mi stupì, prima di allora non aveva mai manifestato un'aspettativa del genere.

Di riffa o di raffa, mi ricordò, hai fatto trent'anni.

Ne avevo fatti trentadue, in verità, ma lasciai correre. Anch'io, che su tante cose ero già molto preciso, non avevo una grande passione per le date.

Non c'è nessuna che ti piace?

Feci sì con la testa.

Sì che c'è o sì che non c'è?

Sì che c'è, ammisi.

Gli raccontai che lavorava in un locale notturno: del resto, di Eva non sapevo molto di più...

Un locale notturno... Non sarà mica la francese del Bella di Notte?, si allarmò mio padre.

Erano passati più di due lustri, mi colpì che si ricordasse ancora di Fleur.

Ma no, babbo, cosa ti viene in mente? Quella donna era già mezza appassita dieci anni fa...

E questa quanti ne ha?

Una ventina, barai.

La notizia lo ringalluzzì, il resto lo fece l'arrivo della fiorentina. Mio padre la gradiva al sangue, in linea con i dettami dello chef. A bocca piena, mi chiese quando pensavo di fargliela conoscere.

Appena la conosco anch'io, mi scappò.

Voglio studiarla un po' meglio, corressi il tiro.

Ero sempre stato un tipo studioso, mio padre mi rispettava per questo...

Com'erano state, prima di allora, le sue esperienze sessuali?

(l'intervistato pare imbarazzato. Non tanto dalla eventuale risposta quanto dalla domanda, che ai suoi occhi denota una mancanza di acume)

Ma di quali esperienze parla? Io ero vergine...

L'atto sessuale in quanto tale non ha mai destato in me alcun interesse: copulare è promiscuo, ripetitivo...

Adoravo eccitarmi, invece, e ancora di più mi eccitava l'idea di scoprire nuovi e più complessi sistemi per eccitarmi.

... Troppo complessi, in effetti, per poterli dividere con qualcuno...

Rivide sua madre?

Sì, diverse volte, ma lei non vedeva più me...

O meglio, di volta in volta credeva di vedere Figaro, Canio, il conte d'Almaviva...

Un giorno, mentre scendevo dalla Jaguar, mi scambiò per Scarpia e mi urlò contro: Non toccarmi, demonio! T'odio, t'odio, abbietto, vile!

Ma c'erano anche delle occasioni in cui mi prendeva per Cavaradossi e mi copriva di tenerezze.

Mio padre non era contento di quelle visite, sosteneva che agitassero lei e me, così presi a farle di nascosto, scoprendo che la segretezza arricchiva di pathos una messinscena nella quale mi sentivo sempre più a mio agio.

Cominciai ad arrivare alla villa di Nozzano avvolto in mantelli ottocenteschi che infiammavano la fantasia di mia madre. Nel giardino della clinica, attorniati dalla curiosità dei mattoidi, improvvisavamo celebri duetti – io limitandomi a darle le battute, lei ritrovando un'energia vocale che strappava applausi anche al personale sanitario.

La teatralità dell'inchino finale mi commuoveva, così come l'arrendevolezza con cui, terminata l'esecuzione, porgeva il braccio agli infermieri e si faceva riaccompagnare nella sua camera da letto. Svilendola e insieme nobilitandola, lei amava definirla camerino...

Il tempo passava e la tedesca – come affettuosamente la chiamavano là dentro – cominciava a incurvarsi sotto il peso degli anni. Così, prima che quel peso la schiacciasse del tutto, decisi che organizzare un incontro tra lei ed Eva rientrava nei miei precipui doveri.

Ero bravo, nelle organizzazioni: il piano che avevo disposto per abbordare l'altera cubista era riuscito perfettamente, così come quello per fidanzarmi con lei e portarla all'altare. Il nostro matrimonio, poi, filava dritto proprio grazie alle mie capacità di pianificazione.

Ovviamente non le rivelai che la tedesca era mia madre (a suo tempo, io e il babbo le avevamo fatto capire che era morta e sepolta). Mi bastava che si vedessero, che nella retina dell'una s'imprimesse l'immagine dell'altra.

Facendo leva sulla mia passione per la lirica, le raccontai che in una casa di cura della Lucchesia era ricoverata una vecchia cantante che coinvolgeva i presenti in irresistibili siparietti.

Sembra che sia molto divertente, m'infervorai. Tu arrivi e lei, fai conto, ti prende per Leporello!

Quam admirabile!, commentò Eva senza sollevare gli occhi dal vocabolario di latino.

Da lì a poco avrebbe dovuto sostenere gli esami da privatista, e io la spronavo a tenersi in esercizio esprimendosi nella lingua di Virgilio.

Si vis, dies solis possumus ire scire eam – la buttai là.

Eva era di una docilità impressionante. Scherzando, dicevo sempre che, tra i miei setter, lei era quella con il carattere migliore: giocherellona, affettuosa, ubbidiente...

Mandai tre bottiglie di Chivas Regal al personale della clinica, accompagnandole con un biglietto che annunciava la nostra visita domenicale e li pregava di mantenere una certa discrezione in merito alla parentela che mi legava alla tedesca. Che non si facessero scappare una parola, insomma, con la mia accompagnatrice...

Eva accettò l'invito senza aggiungere domande, come se

avesse annusato che i miei interrogativi erano già abbastanza impegnativi: come avrebbe reagito la mamma vendendomi in compagnia di una donna tanto giovane e bella? Per chi l'avrebbe scambiata? Mimì? Lucia di Lammermoor? O Carmen, in virtù del suo fascino gitano?

Lungo il viale che portava alla villa sentivo i tacchi a spillo di Eva affondare nella ghiaia (farle dismettere tute e scarpe da ginnastica era la prima battaglia che ritenevo di aver vinto) e pensavo a quanto era raro che camminassimo affiancati: di regola, o la mandavo avanti per gustarmi le reazioni della gente o, come in quel caso, lei mi veniva dietro in silenziosa scia. Eppure eravamo così uniti, nell'isolamento della villa di Nozzano il nostro legame spiccava provocatorio, quasi insolente, nei confronti di quegli individui segregati anche da se stessi.

Nonostante tutto, Eva sembrava a suo agio. Aveva lasciato nella Jaguar i Ray-Ban a specchio e affrontava il disordine mentale a occhio nudo.

Mi sembra di tornare bambina, disse guardandosi attorno.

Al suo passaggio i catatonici si risvegliavano e gli ipomaniaci smettevano di agitarsi, uniformando il paesaggio a una psicopatologia balbettante e spaesata.

Perché?, le chiesi. Da bambina eri pazza?

Mia moglie sapeva quanto poco praticassi il sarcasmo, e non dubitò nemmeno per un istante che la mia domanda fosse seria.

Diciamo che la follia era a portata di mano, rispose sincera.

Si dedicò a rivangare alcuni momenti della propria infanzia, ma io non accettavo volentieri che Eva ne avessa avuta una, il suo passato senza di me m'infastidiva.

Non era nemmeno fastidio, a pensarci bene, ma incredulità: mi suonava così strano che mia moglie fosse esistita prima di conoscermi, se alla fine riuscivo ad accettarlo era solo perché mi convincevo che fino a sedici anni la sua vita era stata una specie di prova, di numero zero, un test privo di reale significato.

Eva sospese il suo racconto per verificare se l'ascoltassi o meno.

Sinceramente no, confessai.

Invece di adontarsi, come avrebbe fatto la maggior parte delle donne che ritengono l'attenzione dei propri mariti un diritto acquisito, con molta calma lei aprì la borsetta, tirò fuori il rossetto e si diede una ripassata davanti a tutti i pazienti.

Stai pensando di farmi scopare da un soggetto psicotico?, s'informò arrotondando le labbra rosso corallo.

Era pronta a farlo, glielo assicuro...

Avrei potuto concederla a chiunque, ovunque e in qualunque momento, e quella perfetta concidenza tra possesso e dono mi svelava il senso profondo dell'amore – avere per dare.

(In questo ha ragione Leon Hard: offrire la propria carne è un gesto spirituale, offrire quella della propria moglie è un gesto mistico.)

Dopo lo smarrimento iniziale, gli ospiti della villa di Nozzano si strinsero intorno a noi. Eravamo gli unici visitatori di quella mattina e, in virtù del fascino di Eva, saremmo stati unici anche se il giardino fosse stato gremito. Io mi ero portato dietro due pacchetti di sigarette che distribuii tra i pazienti sotto gli occhi attenti del direttore sanitario.

Per correttezza, alla vigilia, l'avevo messo in guardia sulle possibili conseguenze della nostra visita.

Mia moglie è una donna impegnativa, gli avevo confidato, e in un luogo come Nozzano potrebbe riacutizzare diverse sindromi.

Ora, osservandoci dall'ingresso della clinica, si stava forse rendendo conto di aver sottovalutato il mio avvertimento.

Una squadra di infermieri si avvicinò con lo scopo di alleggerire la pressione ormonale intorno a Eva. Sembrava quasi di stare in un privé, quando una sweet s'avventura nella zona franca trascinandosi dietro uno sciame di maschi allupati (questo, ovviamente, non vuole dire che gli psicopatici di Nozzano somigliassero ai singoli che vengono a cercare sesso all'Infinito, quanto piuttosto che un singolo dentro una dark room è di fatto un folle).

Ne trascinarono via un paio che si stavano slacciando i

pantaloni. Capìta l'antifona, gli altri si aprirono al nostro passaggio e ci lasciarono proseguire verso la tedesca, che fumava assorta accanto alla fontana.

Io davanti, Eva appena dietro, ci posizionammo di fronte alla panchina.

Nemmeno ai tempi in cui il babbo l'imbottiva di litio la ricordavo tanto tranquilla. La tedesca non parlava, non posava, non scaldava la voce – non faceva insomma niente di tutte quelle operazioni che generalmente precedevano i nostri duetti.

Dopo alcuni secondi emisi un colpo di tosse per segnalare la mia presenza. Visto che neppure così si scuoteva, provai a chiamarla con i nomi delle sue eroine preferite.

... Pamina?... Aida?... Liù?...

Nessuna reazione. Peggio, un sibilo dal naso che tradiva un certo fastidio.

Cinque, dieci, venti, trenta – la stuzzicai con l'attacco delle *Nozze di Figaro*.

... Trentasei?...

... Quarantatré?...

Finalmente si degnò di guardarmi. Sul suo viso, per una volta, non c'era ombra di trucco: tutta la malinconia che quel volto esprimeva poteva dirsi autentica, naturale.

Oh, Giorgio, sospirò liberando una nuvola di fumo, sei sempre stato così stonato...

Diobbòno, da quanto tempo non mi chiamava Giorgio?

Incuriosita, mia moglie spinse il collo in avanti.

Perdonami, ma... voi due vi conoscete già?

Negai categoricamente.

Eppure questa donna sa il tuo nome, obiettò Eva.

A disporre di un tempo ragionevole, sono certo che avrei trovato una scusa plausibile. Ma la mamma non me ne concesse.

Vuole che non sappia il nome di mio figlio?, disse tutto d'un fiato.

Ci guardò come se fosse suo dovere fare le presentazioni.

Questo è Giorgio, annunciò indicandomi a mia moglie. Mentre lei, cara, come ha detto che si chiama?...

Eva, signora, mi chiamo Eva...

Quel giorno la mamma era elegante, sopra la camicia da notte a fiorellini indossava un cardigan di angora pieno di bottoni.

Senza staccarle gli occhi di dosso, Eva mi appoggiò una mano sulla schiena e si accostò al mio orecchio.

Credevo che tua madre fosse morta, mormorò.

Non si avvertiva alcun rimprovero nella sua voce, semmai una punta di cordoglio, come se adesso ci fosse il problema di farla morire una seconda volta.

Ma certo che è morta, scrollai le spalle. Stai a credere a una povera squilibrata?

Non che volessi dire proprio così, ma ecco – l'avevo detto.

La mamma sentì e ritrasse lo sguardo mortificata. Eva si grattò perplessa la punta del naso.

Ma sei proprio sicuro?, insistette.

Era un'insistenza in punta di forchetta, ma i rebbi mi si piantarono nella lingua.

Non seccarmi!, sbottai. Ti pare possibile che io abbia una madre in questo stato?!

Eva alzò le mani e promise che non mi avrebbe più contraddetto. Ma un istante dopo si stava già avvicinando alla mamma studiando attentamente la sua fisionomia.

È davvero una bella signora, osservò tra sé. E ha il tuo stesso naso...

Il ceffone mi partì dalla mano prima che potessi trattenerlo, colpendola sulla nuca e facendo saltare l'orecchino a goccia che mia moglie indossava al lobo sinistro.

Ti ho detto che...

La mamma non mi lasciò concludere la frase.

Come una vecchia leonessa consunta e deperita (ma pur sempre come una leonessa) gettò via la sigaretta e si scagliò contro suo figlio.

Giorgio!, gridò. Non fare mai più una cosa del genere!

Lo sforzo le graffiò le corde vocali.

Verdammt, maltrattare una donna! Sei sempre stato un bambino così... cattivo... cattivo..., miagolò tirandomi la borsetta.

Per schivarla pestai un piede a mia moglie. Eva era già una vera atleta, da lì a poco mi avrebbe chiesto di diplomarsi all'ISEF, ma fluttuava pur sempre sopra dei trampoli di tredici centimetri e perse l'equilibrio. Da terra, dopo essersi scostata i capelli dalla fronte, assistette allibita al nostro scontro generazionale.

In verità la mia combattività era circoscritta alla difesa, non facevo altro che riparare la nuca dalla scarica di coppini che la mamma mi stava rifilando. Ma quando mi prese la ganascia e la torse tra due dita, non ressi più.

Basta, vecchia pazza!

Pur di divincolarmi le assestai una spinta a mano aperta sulla spalla destra. La mamma ruotò su se stessa e finì anche lei con il sedere sull'erba.

Lo vedi?, disse ritrovandosi faccia a faccia con Eva. È talmente cattivo che alza le mani perfino su sua madre!

Poi il dolore raggiunse le terminazioni nervose e la tedesca lanciò un urlo che le rimase in gola.

Si era fratturata un femore.

Le sue membra da soprano si afflosciarono di lato e la suocera rovinò addosso alla nuora. Il soccorso le trovò così, la tedesca con le fauci spalancate, Eva che la teneva pietosamente tra le braccia.

Non mollò la mano di mia madre nemmeno quando la stesero sulla barella (o forse era lei che non gliela lasciava, non so dire). Io le seguivo senza muovere un dito, uniformandomi al portamento degli altri squilibrati che assistevano alla scena.

Dall'inizio alla fine tutto scivolò sopra una lamina di silenzio, rigata appena dai prammatici commenti degli infermieri.

Non si preoccupi, mi rassicurò uno di loro, l'assicurazione della clinica copre tutti gli infortuni.

Lo ringraziai con un cenno del capo, senza stringergli la mano. In quel momento preferivo evitare ogni contatto umano. Anche durante il viaggio di ritorno, tra me ed Eva, scelsi di mettere gli occhiali da sole più scuri che avevo.

Né io né lei sapevamo bene cosa dire.

Così, per alleggerire la cappa che era scesa nella Jaguar,

all'altezza di Piombino le proposi di ripassare la terza declinazione.

Mia moglie era speciale nel voltare pagina, che fosse una gang bang finita male, una giornata storta o un piccolo screzio tra noi due, riemergeva da qualunque incidente con un'espressione da pubblicità della Vichy.

Abbassò la visiera parasole, si osservò nello specchietto il lobo sinistro privo di orecchino, e cominciò correttamente a declinare.

... Mater, matris, matri...

Possibile? Non parlaste più dell'episodio?

Mia moglie e io non abbiamo mai avuto troppo bisogno di parlare: ciò che è noto non ha bisogno di essere ripetuto e ciò che è ignoto... be', non sarà ignoto per caso!

Scoprire che sua madre era viva, nonché malata di mente, non meritò nemmeno un commento da parte di Eva?

Gliel'ho detto, era concentrata sugli esami di stato: non è uno scherzo preparare la maturità a ventidue anni, dopo aver praticamente smesso di studiare in terza media...

Una volta a casa, per terminare quella giornata il prima possibile, spegnemmo la luce alle dieci. Io non riuscivo a prendere sonno, mi ero fissato che la piscina fosse sporca e lottavo con la tentazione di alzarmi, prendere il retino e rimuovere dalla superficie ogni minima sozzura.

Anche Eva si rigirava nel letto, il mio anello con lo stemma di famiglia le aveva lasciato un livido sul collo che le impediva di trovare la posizione. Quando mi sembrò che si fosse acquietata, mi alzai e uscii in giardino.

Non mi ero sbagliato. Un tappeto di foglie galleggiava sull'acqua.

(si rende conto di avere esagerato)

Siamo onesti: non era proprio un tappeto...

Le foglie erano appena cinque o sei, più una manciata di aghi di pino. Ma la luna piena stanava senza misericordia ogni impurità contenuta nella vasca, era come se puntasse il dito contro l'inefficienza del mio skimming e quell'accusa, lo ammetto, mi pesava da matti.

Io ce la mettevo tutta – ce l'avevo sempre messa tutta, diobbòno...

Presi il retino e cominciai a dragare.

C'era qualcosa di liturgico, in quell'operazione. E anche di intimo, tant'è che preferivo compierla in solitudine, o almeno in religioso silenzio. Mi emozionavano lo sciabordio dell'acqua, il fruscio della foglia nel retino, tutti rumori che potevo paragonare ai sospiri di una camera da letto ma che del sesso, in realtà, rappresentavano l'esatto rovescio.

Tanto il gioco mi piaceva torbido, limaccioso, così la piscina doveva essere impeccabilmente pulita. Ogni settimana azionavo la pompa di filtraggio, poi giravo intorno alla vasca e fissavo l'acqua con una concentrazione che mi indolenziva il nervo ottico. La sua trasparenza non mi soddisfaceva mai del tutto.

Certo, avrei potuto attenuare il problema facendo abbattere il pino marittimo e soprattutto il tiglio che, tra la primavera e l'autunno, depositava sul prato un'infiorata di petali giallognoli. Da lì bastava un soffio di vento per trasportarli nella piscina.

Ma il tiglio è il simbolo dell'amore coniugale, i greci lo consideravano sacro ad Afrodite: come avrei potuto tagliarlo, ora che ero coniugato con Eva?

Così, ogni mattina, ogni sera, ogni volta che tornavo a esaminare la piscina, sottostavo al colpo al cuore che accompagnava la visione di quei corpi estranei sulla lastra cerulea dell'acqua e a quel colpo al cuore mi affezionavo come a una verità assoluta che doveva essere ancora rivelata, ma che intanto era lì, dentro di me.

Ripensai all'entusiasmo della mia futura sposa quando entrò per la prima volta nella villa di Grosseto.

Ganzo!, esclamò. C'è pure il trampolino!

All'epoca non avevo ancora provveduto all'anello di fidanzamento e, sebbene fosse chiaro che prima o poi gliene avrei regalato uno, formalmente eravamo soltanto buoni amici.

Posso fare una nuotata?, mi chiese Eva.

Da quando mi prendevo cura di quello specchio d'acqua non mi ero ancora deciso a violarlo, rimandavo a oltranza il momento della prima immersione alla ricerca della purezza assoluta.

... Una nuotata... Perché?, presi tempo.

Come perché?... Perché è una piscina!

Mi voltai a guardarla come se l'avessero costruita quella notte, a mia insaputa.

Non credo sia una buona idea, obiettai. L'acqua è molto sporca.

Eva s'avvicinò al bordo e disse che non le dava la stessa impressione. Ma dobbiamo tenere conto dei suoi parametri, non mi vergogno a dire che a quei tempi indossava spesso felpe impataccate spacciandole per indumenti appena lavati.

Tutto sommato, meglio lasciare cadere l'argomento...

Ti faccio vedere l'interno della casa, le dissi prendendola per mano.

Lei si lasciò trascinare lungo il vialetto, ma nel retrocedere dal bordovasca, proprio nel punto di intersezione tra le piastrelle antiscivolo e l'erba del giardino, la punta delle sue scarpe da ginnastica colpì inavvertitamente un sassolino e lo fece rotolare verso il mezzo milione di litri d'acqua contenuti nella piscina.

Si richiusero sopra il sassolino come un gigantesco sepolcro.

Eva, credo, non se ne accorse nemmeno. Al massimo percepì la contrazione delle mie dita e l'attribuì al nervosismo di un uomo innamorato.

Entrammo in casa e le mostrai la ribalta e il settimino dell'antiquario Berti di Firenze, il cotto artigianale, la collezione di uccelli imbalsamati. Ero contento di averla lì, ma nello stesso tempo non vedevo l'ora che mi lasciasse solo in modo da poter assolvere il mio compito.

Prima che ciò avvenisse diventò buio, purtroppo. A quel punto i lampioni del giardino bastavano appena a vedere dove mettevo i piedi, mentre giravo impotente attorno alla vasca con le mani dietro la schiena. Per distrarmi cercavo di pensare alla selvatica dolcezza di Eva, che mi aveva salutato con un bacio sulla guancia, al suo neo della bellezza e a quel bocciolo ancora acerbo che i giovani del Ciucheba intravedevano sotto gli shorts mentre ballava felina e dominante sopra le loro teste, ma presto mi resi conto che tutte queste peculiarità della sua persona venivano spazzate via da quanto era successo, e che se proprio dovevo concentrarmi su Eva non potevo fare a meno di identificarla come la ragazza che aveva provocato la caduta di una pietra dentro la mia piscina.

Perciò, era meglio che non pensassi più a lei.

Tentai di anticipare l'arrivo dell'alba andando a dormire. Al contrario, l'insonnia ne allungò a dismisura l'attesa. Nel dormiveglia, il sassolino diventò un masso, un macigno, e poi l'intero globo terrestre, così pesante da farmi dubitare che riuscisse a ruotare sul proprio asse fino a incrociare di nuovo la luce del sole.

Finalmente spuntò il giorno.

Io ero già lì, con la mia asta telescopica in pugno a scrutare il punto in cui, secondo me, si era inabissata la pietruzza. Ma forse non ricordavo bene. Mi spostai un metro più a destra. Poi a sinistra. Il sassolino sembrava sparito.

Ciononostante avviai l'aspiratore. Chino sulla creatura (tale era diventata, per me, quella bolla acquatica – un organismo vivente che dovevo proteggere), i miei cinque sensi costituivano un unico nervo percettivo, proiettato a intercettare la presenza di quel maledetto sasso.

Che si fosse spostato? Rialzai la testa. La concentrazione spasmodica, puntiforme, sulla ristretta aerea del fondale che avevo preso in esame lasciò il posto a una visione d'assieme della piscina che mi fece venire il capogiro.

Erano già le sette e mezza. Mi alzai, rientrai in casa e telefonai in ospedale, avvertendo che avrei dovuto annullare tutte le visite.

Una volta presa questa decisione, mi sentii meglio: avevo davanti a me l'intera giornata. Ma, per quanto potesse sembrarmi lunga, tornando in giardino la piscina mi sembrò ancora più lunga e persi un po' del mio coraggio.

Erano quindici metri, in effetti. Moltiplicati per i dodici di larghezza e i tre di profondità media, facevano quasi cinquecento metri cubi d'acqua, in ciascuno dei quali poteva annidarsi il nemico.

Alle cinque del pomeriggio la mia schiena era a pezzi e quel bastardo continuava a rimanere nascosto. Mi ero dimenticato di bere, di mangiare, di pisciare, e da lì a poco il sole sarebbe tramontato. Non mi arresi.

Salii sulla Jaguar e mi diressi in un centro d'illuminotecnica alla periferia opposta di Grosseto, dove acquistai quattro lampade bar flood. Le piazzai sui lati della vasca e continuai la mia ricerca fino alle tre di notte.

Sono abbastanza sicuro dell'ora, perché di lunedì il Ciucheba aveva l'abitudine di chiudere in anticipo. Scesa dal cubo, Eva era subito salita sull'Ape e in poco meno di due ore aveva raggiunto villa Spina.

Non conoscendo ancora bene il suo odore, quando suonò il campanello i cani cominciarono ad abbaiare. Li feci tacere e le andai incontro. Solo allora mi resi conto dello stato di debolezza in cui versavo.

Che ti è successo?, chiese Eva.

Niente, perché?

Non rispondi al telefono, mi hai fatto preoccupare.

Dichiarò di avermi cercato per tutto il pomeriggio e di essere andata a ballare in un crescente stato di apprensione. Mi giustificai dicendo di averle dato il numero di casa solo due o tre giorni prima: non avrei mai pensato che potesse chiamarmi così presto.

Tu quanto tempo li conservi, i numeri, prima di utilizzarli?, mi domandò con quell'espressione sorniona che non sapevi mai.

Per non caderci dentro distolsi lo sguardo verso il suo motocarro.

Sei venuta fino a Grosseto con l'Ape, constatai.

Ci conoscevamo da poco, ma avevo già la fama di un uomo incline all'ovvio. Stavolta Eva rinunciò a ironizzare su questa mia tendenza, si avvicinò al cancello e mi chiese attraverso le sbarre se poteva entrare.

Aveva ancora indosso la minigonna e gli stivali da cubista.

Certo, le dissi, vado a prendere le chiavi per aprirti.

In realtà tutto ciò che volevo prendere era un minimo di tempo, per capire cosa provassi in quel momento per Eva.

L'amavo già, sia chiaro. Ma proprio non riuscivo a dimenticare lo sfregio che aveva fatto poche ore prima alla mia piscina. Quello che invece avevo completamente dimenticato era di mangiare. Avvertii un capogiro e caddi svenuto lungo il vialetto. Non so quanto tempo restai privo di conoscenza, ma suppongo che Eva – da persona dinamica qual è – non tergiversò a lungo prima di arrampicarsi sul cancello, scavalcarlo, e correre a soccorrermi.

Ovviamente scattò l'allarme.

Ritornai in me in un chiasso infernale, alla sirena si aggiungevano i latrati dei cani e uno strano tamburo che mi batteva sulle tempie.

Giorgio... Giorgio..., sussurrava Eva in quel frastuono, riuscendo comunque a farsi sentire.

Con il suo aiuto provai a mettermi in piedi. Ma il giardino sembrava un mare in burrasca, intorno a noi tutto ondeggiava e la posizione eretta mi era drammaticamente preclusa. Lei sedicenne incolta, io medico trentacinquenne, Eva mi ordinò di restare supino e mi sollevò gli arti inferiori.

Dove l'hai imparato?, le chiesi con le dita incrociate sulla fronte.

La domanda cadde nel vuoto. In caso di mancato spegnimento, era previsto che il volume dell'allarme crescesse progressivamente ogni trenta secondi.

Eva, bisognerebbe spegnere l'antifurto, dissi più forte.

Lei si sfilò il giubbotto di jeans, lo piegò e lo mise sotto i miei piedi. Poi si chinò sopra di me in attesa di istruzioni.

Solo allora mi resi conto che ero a uno di quei bivi dai quali non si torna indietro. Disteso sul vialetto, riflettendo a occhi chiusi in quella bolgia sotto lo sguardo trepido della cubista del Ciucheba, ebbi l'impressione che la testa mi girasse un po' di meno. M'illusi perciò di poter rinviare quella grave decisione e tentai di alzarmi per la seconda volta.

Ma niente, non ce la facevo.

Eva mi slacciò il terzo bottone della camicia e m'invitò a stare tranquillo.

Era una ragazza sveglia, mi piaceva per questo, ma non sembrava rendersi conto di ciò che poteva significare quel passaggio per il nostro avvenire, e mi domandò di nuovo cosa dovesse fare per mettere fine a tutto quel rumore.

Aprii gli occhi e la guardai: era bella, innocente, e sarebbe rimasta per sempre al mio fianco.

Così decisi che era giusto fidarmi di lei e dissi: Sette, tre, cinque, otto...

Era il codice da digitare sul pannello nascosto dietro la porta del mio studio.

Certo, un domani avrei anche potuto modificare la combinazione. Ma intanto un segreto era stato svelato. Sul piano simbolico (anche su quello pratico, perché per cambiare il codice di sicurezza bisognava attivare una procedura che richiedeva non meno di ventiquattr'ore, e se Eva fosse stata una ladra avrebbe avuto a disposizione un giorno intero per svaligiarmi comodamente la casa) un grande passo era stato compiuto.

L'allarme cessò con un verso da animale morente, al quale i cani risposero con un ultimo guaito. Nella notte maremmana restò solo il ronzio del gruppo elettrogeno al quale avevo collegato le lampade che illuminavano a giorno la piscina.

Pregai Eva di spegnere anche quelle. Mandando giù un bicchiere di acqua e zucchero, e assaporando in esso la dolcezza di quella ragazza, mi resi conto che l'improvvido calcio al sassolino era stato perdonato, sebbene nel modo irrisolto, mai del tutto pacifico, con cui in seguito l'avrei perdonata per ciascuno dei suoi innumerevoli tradimenti.

Perché irrisolto?

Perché l'amore che nutro per l'Eva addomesticata, complice più unica che rara delle mie deviazioni, si accompagna da sempre a una punta di rancore per non essersi mai ribellata a esse.

Con l'accondiscenza della sweet tramonta per il cuckold l'ultima speranza di diventare un uomo normale...

Lei accettava la mia natura, io accettavo la sua. Nell'incastro perfetto di due anime non c'è spazio per il cambiamento.

Così, ogni volta che perdono un peccato di Eva, quel peccato diventa legna per il mio fuoco (senza perdono, in altre parole, mi spegnerei).

Non venne mai più fuori, quel sassolino?

(scuote la testa sconsolato)

... Mai...

Quando accettammo la proposta di Leon Hard, trasferendoci a Roma per aprire l'Infinito, cedetti la villa di Grosseto e con esso il sogno di ritrovarlo.

Ricordo ancora la strana sensazione che provai dal notaio, firmando l'atto di compravendita: da un lato mi sentivo in colpa verso l'acquirente per avergli tenuto nascosta l'esistenza di quella imperfezione, dall'altro avevo l'impressione di svendere un mistero di inestimabile valore.

Negli anni avevo imparato a convivere con il mio fallimento di skimmer. In certi giorni mi faceva piangere, in altri sorridere. Ma se mi avvicinavo alla piscina per la pulizia ordinaria, o anche solo a contemplare la sua liquida e insieme solidissima bellezza, non potevo fare a meno di pensare alla sorte del sassolino, a come l'acqua lo stesse levigando o all'eventualità che si fosse incastrato nel gres porcellanato, diventando così di fatto parte integrante dell'opera.

In cuor mio, aspirando foglie e petali di fiori, speravo ogni volta di ritrovarmelo in mano. Pur sapendo che le cose avvengono quando meno te lo aspetti, non riuscivo del tutto a sopire quella speranza, a trasformarla definitivamente in una serena rassegnazione.

È andata così, mi dicevo. Ma senza mai rinunciare a scrutare il fondo della retina.

In questo stato d'animo mi trovò Eva la sera in cui tornammo dalla casa di cura di Nozzano. Non riuscivo a dormire, gliel'ho detto, e rimanere sveglio prolungava a dismisura una giornata che sarebbe stato opportuno concludere il prima possibile. Sentivo quindi il bisogno di farmi trasportare in un'altra dimensione, che andasse oltre il sonno e la veglia. Il sesso e la cura della piscina – loro sì che avevano questo potere, ma gli accordi con mia moglie prevedevano, tra domenica e lunedì, quarantott'ore di astinenza dal gioco (serviva a ripresentarci più affamati), e per una volta non avevo voglia di chiederle una deroga.

Restava solo la piscina, quindi.

I cani erano abituati a vedermi trafficare lì intorno a qualunque ora del giorno e della notte, e vennero ad accucciarsi a bordo vasca. Gradivo la loro quieta e muta presenza, mi sembrava di essere circondato da sculture neoclassiche, e questa sensazione facilitava l'uscita dal tempo e la momentanea sospensione di ogni rapporto con il mondo reale.

Non so dire, quindi, a che ora della notte si accese la luce sul patio. So solo che a un certo punto mi ritrovai accanto Eva in camicia da notte.

Non dormi, le dissi.

Già.

In realtà anche lei sembrava in uno stato di sonnambulismo, i suoi occhi guardavano e non guardavano. Del resto, non c'era niente di nuovo da vedere.

I soliti aghi?, mi chiese.

Già, già... E qualche piuma d'uccello...

Da qualche tempo nella piscina se ne trovavano diverse. Mi ero ripromesso di consultare un ornitologo per stabilire la specie di appartenenza. In cuor mio meditavo di individuarla e sterminarla il prima possibile.

Non torni a letto?, mi domandò Eva abbracciando se stessa.

Certo, arrivo subito, mentii.

La temperatura era scesa e l'umidità disegnava sui cristalli della Jaguar una ragnatela di minuscole goccioline. Nell'aria si sentiva odore di Maremma.

Ma adesso vai, le dissi.

Eva annuì con gli occhi chiusi (stando ferma in piedi, forse, si era riaddormentata) e ubbidì senza riaprirli. Ma poco prima di entrare in casa, a non più di cinque o sei metri dal letto, un pensiero la risvegliò. Tornò indietro e mi disse che si era ricordata perché era venuta là fuori.

Sentiamo.

Il pensiero di avere alzato le mani su di lei (era la prima volta che succedeva e sarebbe rimasta l'unica) irrigidiva la mia naturale gentilezza.

Eva tirò su con il naso.

Non è vero, pigolò, quello che ha detto tua madre.

Di cosa parli, Eva?

Tu non sei un bambino cattivo.

Sembrò che dovesse aggiungere qualcosa, ma poi rinunciò. Neanch'io avevo commenti da fare. Credesse pure che quella pazza furiosa era mia madre...

Oh, mamma, mamma, la invocai appena Eva se ne fu andata. Che cosa assurda definirmi ancora il tuo bambino...

Ma subito dopo – contraddicendo quanto appena detto – mi venne da piangere come un moccioso.

(l'intervistato reclina il capo e si tiene la fronte)

... E infatti piansi, diobbòno, mi vergogno a dirlo ma quella notte piansi...

Oh, mamma, mamma, ripetevo ancora davanti alla purezza di una massa d'acqua nella quale (lo sapevo) non sarei mai riuscito a immergermi.

Piansi e piansi. Poi di punto in bianco mi stancai. O piuttosto ebbi improvvisa consapevolezza che, nonostante la siepe, Eva poteva vedermi dalla finestra.

Basta, piantala, mi dissi. Ti ricordo che sei a capo di una clinica oncologica.

Mi levai dalla sdraio massaggiandomi la schiena.

Scuotendo il pelo si alzarono anche i cani e vennero a leccarmi le mani. Di solito evito i germi – ma pazienza, pazienza, le avrei lavate con cura...

(l'intervistatore chiede se può permettersi una domanda intima. Nei limiti, l'intervistato si dichiara disponibile)

Lei, Presidente, ha avuto due genitori impegnativi. Che ruolo ritiene abbiano svolto nella decisione di rinviare tanto a lungo l'idea di dare un figlio a Eva?

Non direi che l'abbia mai rinviata! Ho solo atteso che maturassero le giuste condizioni...

Certo, avrei potuto tentare l'inseminazione attraverso uno degli innumerevoli bull che hanno preceduto l'avvento di Leon Hard. L'ipotesi mi eccitava, l'accarezzavo non meno dei piedi di Eva, e tutte le volte che uno stallone si presentava con un test HIV, guadagnandosi quindi il diritto di scopare a pelle la mia donna, lo invitavo a non farsi troppi problemi. L'invito era sincero, ma appena messo via il preservativo mi rendevo conto che sarebbe stata comunque una fecondazione artificiale.

Troppo immaturi per sostenere un tale livello di gioco, di fronte alle proprie responsabilità di inseminatori quei bull perdevano baldanza, rivelando l'orizzonte di sterilità sul quale sta tramontando la razza caucasica. Anche laddove non si tratti di sterilità biologica è evidente la resistenza a riprodursi, a investire sul futuro. O anche semplicemente a lasciarsi andare.

... Così, in un generale clima di inadeguatezza, si consuma l'epoca della fertilità...

Scoprire che, al dunque, l'utero di mia moglie subiva una strettoia completò la sensazione di muoversi dentro uno spazio angusto. Solo l'arrivo di Mister Wolf, con le sue aperture mentali, mi diede l'impressione di poterlo allargare quel tanto che bastava per infilarci dentro il getto cavallino del suo seme.

Ma anche Mister Wolf, di fatto, era un purosangue azzoppato...

L'aspirazione a ricucirlo e rimetterlo in pista saldò le mie anime di chirurgo, amico, cuckold.

Forza vecchio mio, ce la puoi fare, mormoravo tra me tutte le volte che (da contratto) lo vedevo allontanarsi con mia moglie per un lungo weekend...

Si trovavano da due giorni a Venezia quando Leon Hard ebbe il primo infarto.

Eva mi avvisò dall'ospedale di Padova, dove l'avevano trasportato d'urgenza. Montai immediatamente sulla Jaguar e da lì cercai un contatto con il primario di cardiologia del Sant'Antonio. Leon Hard era fuori pericolo, ma secondo il mio collega aveva rischiato di brutto.

Siamo di fronte a un cuore affaticato, lo sentii dire attraverso il vivavoce.

... Lo so, lo so...

Lei è il suo medico curante?

Io dirigo la clinica oncologica a Grosseto, misi le cose in chiaro. E poi, diciamo di sì, sono il medico curante...

Con un accento veneto complicato da un forte sigmatismo, il cardiologo mi chiese se il paziente facesse uso di Tadalafil, dal momento che nel sangue se n'erano trovate tracce rilevanti.

Un uso moderato, gli concessi. Il paziente soffre di una grave disfunzione erettile.

Non va bene, disse quello.

No, non va bene, confermai io.

La linea era disturbata e rimandammo a dopo un consulto più approfondito.

Spingere la Jaguar a centottanta sull'A13 mi riportò indietro di qualche anno, quando sfrecciavo sull'Aurelia per andare ad alleviare le pene del povero Giacomo.

Quella strada sembrava un rettilineo e invece si era rivelata un labirinto pieno di svolte: il trasferimento a Roma, il pensionamento anticipato, l'Infinito...

... E ora, diobbòno, il tracollo improvviso di Mister Wolf...

Tra tutte, questa mi sembrò la questione più urgente e mi concentrai su di essa. Soccorrere la virilità di Leon Hard non era solo un gesto d'amicizia, ma anche una forma di rispetto verso una categoria che ormai esprimeva solo nerd e tronisti. Non ultimo, era un atto di egoismo, perché solo con Mister Wolf io avevo provato certe emozioni.

Ecco perché correvo tanto, volevo raggiungerle di nuovo...

Ma come non tenere conto che, in sesta marcia, la tenuta di strada della Jaguar non era più la stessa e che il principe dei bull giaceva nella corsia di un ospedale?

Stavamo invecchiando, diobbòno. Invecchiavamo tutti...

Arrivai al Sant'Antonio che era buio. Avevo dato per scontato che Leon Hard si fosse sentito male mentre era a letto con mia moglie, ma Eva mi spiegò che al momento della crisi stavano visitando la basilica di Santa Maria della Salute.

Una chiesa?, mi meravigliai. In ogni caso voglio sperare che Leon Hard sia caduto nell'esercizio delle proprie funzioni...

Eva sembrava provata. Il neon dell'ospedale opacizzava il suo charme. Mi fissò con uno sguardo che tendeva al pervinca.

Stavate scopando?, mi espressi meglio. Vi eravate chiusi in un confessionale a fornicare?

I sentimenti religiosi di mia moglie sono sempre stati un mistero. A quanto pare aveva avuto un'educazione cristiana, ma spesso disertava la messa e quando ci veniva l'unico rito che sembrava interessarla era la confessione. Di sicuro detestava mescolare sacro e profano (non sono mai riuscito a convincerla a vestirsi da suora, ad esempio) e anche quella volta s'innervosì.

Smettila, che stai dicendo?

E tu?, la rimbeccai. Cosa mi stai dicendo? Che vi pago tre giorni al Danieli per migliorare la vostra conoscenza del barocco veneziano?

Mettere in mezzo il mio portafoglio fu volgare, lo so, ma ero nervoso anch'io. Sorprendendola con delle Nike piuttosto dozzinali, anziché con i sandali glitterati che l'avevo pregata d'indossare nel weekend, non poteva essere diversamente. Mi feci dare una mascherina e mi diressi in terapia intensiva a vedere come stava Leon Hard.

Lo trovai pallido ma fin troppo cosciente. Tipico dello splenico, aveva già trasformato la consapevolezza dei propri limiti in una disfatta irreparabile.

... Perdonami, Giorgio...

E di che, amico mio?

Cercò la mia mano. L'escursione termica ricordò a entrambi quanto fredda fosse la morte – evidentemente glien'era rimasta un po' appiccicata alle dita.

Vergognandosi di se stesso, Leon Hard chiuse gli occhi.

Non ce la posso fare, ammise.

Finsi di non capire e gli assicurai che ce l'avrebbe fatta alla grande.

Non riuscirò mai a mettertela incinta, chiarì meglio.

Gli ordinai di riaprire gli occhi e di guardarmi bene.

Ci riuscirai eccome, dissi. Tu sei un toro dalle palle d'acciaio e la costringerai a un parto gemellare.

Nascosto dietro la mascherina mi sentivo abbastanza sicuro delle mie menzogne.

Ho quarantadue anni, m'informò Leonardo, e ho appena avuto un attacco di cuore...

Minimizzai.

Un infarto non è niente, dissi. E allora, tutti i malati di cancro che ho visto io? E il povero Giacomo, con tanto di AIDS?

Giacomo è morto, mi ricordò.

L'osservazione mi fece capire che i vasodilatatori dovevano essere solo una parte della cura, e che il bull aveva un urgente bisogno di essere recuperato sotto il profilo psicologico. Mi ripromisi di rimettere mano al nostro contratto, era evidente che certe dinamiche tra fidanzato e cuckold andavano rivitalizzate.

Ti mostrerò delle foto che ho scattato alla First Lady l'altro giorno, gli annunciai.

Il fatto che conoscesse Eva in ogni più recondito anfratto non abrogava il piacere di guardare insieme i portfolio in cui la ritraevo in lingerie, o meglio ancora quelli che realizzavo di nascosto mentre dormiva. Per me era un momento di condivisione fondamentale, e a Macho ricordava la poesia di certe sere passate a sbavare sulle immagini spesso sgranate di "Fermoposta", la rivista che ci aveva fatto conoscere. Scorrendo sul computer i JPG della First Lady ritrovavo nelle sue pupille il fremito allucinato, psichedelico, del bull incontinente e pregavo che quel fremito, in qualche modo, armasse la sua balestra.

Ovviamente quando uscirai da qui, aggiunsi per non metterlo sotto pressione.

Leon Hard sollevò il pollice e annuì dietro il tubicino dell'ossigeno.

Come ultima cosa mi chiese di prendermi cura di Eva e di portarla a riposare.

Non ti dimenticare che è anche mia moglie, lo rassicurai.

Avevamo ancora una notte pagata al Danieli e mi eccitai pensando alla faccia che avrebbe fatto il concierge quando, dopo averla vista per due giorni accompagnata da Leon Hard, mi sarei presentato io alla reception con lei. Ma il pensiero non mi bastò e tramai un last minute che attirasse nella nostra camera un paio di osèli venexiani.

Per la prima volta, vedendoli all'opera, l'umiliazione provata dal cuckold non fu per se stesso ma per il povero stallone che giaceva inerme in una stanza d'ospedale mentre due giovani in perfetta salute approfittavano della sua fidanzata. A rendere più bruciante lo schiaffo contribuì la stessa Eva, che quella notte fece risuonare i suoi orgasmi nell'hotel più prestigioso di Venezia senza alcuna pietà per la reputazione di Mister Wolf.

Trentasei ore più tardi Leon Hard fu dichiarato fuori pericolo e io potei tornare all'Infinito per l'apertura del martedì. Di solito, in un club privé, i primi giorni della settimana sono un rodaggio per il weekend, ma a cinque anni dall'inaugurazione l'Infinito ruggiva forte nella campagna veientana, non c'era sera che non riempissimo tutto quello che c'era da riempire.

Certo, se il comitato direttivo si fosse riunito con la calma e la serenità di un tempo avremmo dovuto riconoscere che il successo commerciale del club aveva relegato in secondo piano il nostro progetto culturale.

I corsi pomeridiani per bull che Mister Wolf avrebbe dovuto tenere erano stati chiusi per mancanza di iscritti (cialtroni, si ritenevano tutti gran maestri), e anche i miei seminari sul candaulesimo, di fatto, si erano risolti nel solito scambio di foto e aneddoti piccanti tra cornuti recidivi. Per non parlare della biblioteca, dove nessuno metteva mai piede...

Soltanto Eva era riuscita a convincere un gruppo di sweet a fare yoga la mattina presto nel giardino della villa. Al termine di un sabato notte passato a folleggiare in guêpière e tacchi a spillo risultava suggestivo vedere quelle troie togliersi le scarpe, inginocchiarsi sull'erba e salutare il sole a mani giunte.

In sostanza, però, l'ambizione di trasformare l'Infinito in una civitas humana, secondo un modello che Leon Hard intendeva ricalcare dalla comunità concreta di Olivetti, poteva dirsi fallito.

Peccato, perché l'Infinito era un posto meraviglioso, dove il lato filantropico dell'erotismo avrebbe potuto armonizzarsi mirabilmente con gli stucchi, gli altorilievi di gusto neoclassico e i giardini rinascimentali della villa.

Dove avevate trovato un posto così?

... Ma come, dove l'abbiamo trovato?... Non l'ha ancora capito?...

La villa settecentesca dove fondammo l'Infinito fu lasciata a Leonardo dal suo fraterno amico Giacomo, che a sua volta l'aveva ereditata dalla nonna materna.

Davvero?! Dal racconto di Mister Wolf mi ero fatto l'idea che Giacomo se la fosse sognata...

Ne dubitammo anche noi fino all'ultimo: le disposizioni testamentarie erano chiare, molto meno se la villa esistesse realmente e se Giacomo ne fosse l'unico erede.

Quando ce la ritrovammo davanti, dopo meticolose ricerche al catasto e una miriade di marche da bollo, non credevamo ai nostri occhi. Leon Hard, che fino alla fine aveva temuto uno scherzo da freak, si coprì il volto con le mani e si commosse.

La villa era imponente, trionfale, solenne – completamente diversa, cioè, da com'era Giacomo.

I lavori di ristrutturazione, che in un primo momento valutammo di poco conto, si mangiarono l'intero ricavato della vendita della mia casa di Grosseto. Tutto, là dentro, veniva ingigantito, moltiplicato (appunto) all'infinito.

Intuendo il travaglio del mio distacco dalla piscina, Eva pretese che nel progetto del club rientrasse la realizzazione di una vasca con idromassaggio. Dolce, tenera Eva – lo faceva per me, perché continuassi a coltivare il gusto dello skimming, ma io sapevo benissimo che sarebbe stata un'altra storia, e che non mi sarei mai accostato a una pozza d'acqua dove ogni sera squamavano due o tre dozzine di soci gold.

In ogni caso mettemmo su una reggia. Piano terra e primo piano furono adibiti a club privé, mentre al secondo, in un attico di circa trecento metri quadri, io ed Eva stabilimmo la nostra residenza. Nonostante ciò, nell'edificio restarono diversi spazi inutilizzati che Leon Hard avrebbe potuto comodamente abitare. Ma Mister Wolf non dormiva mai nel posto dove scopava, era scontato che tra lui e il sesso dovessero rimanere lo spazio e il tempo di un ritorno a casa.

Così, nelle camere vuote, ci mettemmo la famiglia di Amal.

Amal era il custode dell'Infinito. Lavorava con noi dal primissimo giorno e, pur avendo visto tutto quello che c'era da vedere, si comportava come se non vedesse mai niente. Educato, discreto, sapeva stare al proprio posto, che all'inizio fu circoscritto all'area parcheggio e poi diventò ogni angolo della villa dove potesse rompersi qualcosa. Per qualunque problema, c'era Amal.

Ovviamente sto parlando di problemi estranei alla sfera sessuale, verso la quale Amal dimostrava un'indifferenza assoluta. Ogni notte, a pochi metri dal suo apparato riproduttivo, infuriava la partouze, ma Amal, berretto in testa e camicia madras abbottonata fino al collo, restava impassibile a presidiare il posteggio, sempre pronto ad aprire sportelli e a piegarsi in rispettosi inchini.

A lungo sospettammo fosse gay. Poi, un giorno, scoprimmo che in India aveva una moglie e lo spingemmo a farcela conoscere. In realtà non la conosceva nemmeno lui, sapeva soltanto che si chiamava Pankaja e che il matrimonio era stato combinato in sua assenza dalle famiglie degli sposi.

In quel periodo avevamo urgente bisogno di una donna di servizio e ci offrimmo volentieri di pagare il biglietto aereo alla moglie di Amal, perché lo raggiungesse all'Infinito. Spazio ce n'era, e lavoro anche: Pankaja passò senza battere ciglio dalle pianure del Punjab ai pavimenti del privé, che ogni mattina lavava con la stessa operosità del marito e soprattutto con la sua stessa inalterabile tranquillità.

Si stabilirono nel seminterrato, accanto ai locali di una caldaia che Amal trattava come un Rolex. La sera in cui rientrai da Padova, non avevo ancora varcato il cancello della villa e lo vidi uscire al trotto dalla portineria per venirmi incontro sul piazzale. La manovra era inusuale, di solito eravamo noi che correvamo da lui pregandolo di risolvere qualche magagna.

Attraverso il finestrino, Amal domandò subito notizie del professore. Ci chiamava entrambi così, distinguendoci per intonazione. Quella riferita a Leon Hard aveva una sfumatura calante, ma sotto sotto sospettavo che Amal gli attribuisse più valore. A differenza del mio socio io mastico poco l'inglese (una lingua barbara, diciamolo) e tale pecca – ne sono sicuro – comportava che Amal mi ritenesse un professore di serie B.

Lo rassicurai, sbilanciandomi in ottimistiche previsioni sul ritorno di Leon Hard.

Che poi, gli ricordai, sulla cattedra ci si è seduto giusto il tempo di fare l'appello...

Ma Amal non era interessato ai trascorsi scolastici del professor Leonardo. Mi aprì lo sportello e chiese se poteva parlarmi.

Ancora, Amal?

Scesi dalla Jaguar massaggiandomi le vertebre lombari. Guidare non mi era mai pesato, ma da qualche tempo, se rimanevo troppo a lungo seduto al volante, la schiena cominciava a lamentarsi.

Come tutti gli indiani, Amal si esprimeva a bassa voce e sorrideva con modestia. Nell'informarmi che Pankaja aspettava un bambino sembrò quasi che si stesse vergognando e per un istante mi venne il dubbio che anche lui facesse parte della grande famiglia cuckold.

Non sei contento, Amal?

Amal è contento, sì.

Cercò di capire se fosse contento anche il professore. Stavolta non era chiarissimo di quale professore parlasse.

Ti riferisci a me o al professor Leonardo?

In realtà Amal temeva la reazione di entrambi, e anche quella di Eva.

Non siete arrabbiati?, domandò.

All'improvviso afferrai la ragione del suo imbarazzo: Amal aveva paura che non volessimo un bambino tra i piedi e che decidessimo quindi di sbarazzarci di lui e della sua famiglia.

Ma che dici, Amal? Noi amiamo i bambini!

Fu allora, mentre manifestavo un entusiasmo sconosciuto anche a me stesso, che si affacciò per la prima volta l'idea di un'adozione. Ovviamente non ne feci parola con Amal. E tantomeno con i miei due soci.

Che fretta c'era, in effetti? Avevo nove mesi per organizzare il mio piano.

Per cominciare mi feci confidare da Amal il nome che intendevano assegnare al nascituro, e aprii un conto corrente intestato a Tarun Kumar. Non ero molto contento della loro scelta – tarùn, terùn –, pensai che un bambino di pelle scura soggetto a quell'assonanza avrebbe avuto dei fastidi, soprattutto nel Nord Italia. Ci sarebbe stato tempo e modo di ribattezzarlo, per il momento andava bene così.

Certo, gli stessi soldi li avrei potuti passare brevi manu ai suoi genitori. Ma il mio obiettivo era quello di seminare tracce il più possibile tangibili e durature. In sede legale, un conto corrente destinato all'avvenire di Tarun avrebbe testimoniato il nostro inconfutabile impegno nei confronti del bambino.

Amal, che tipo di istruzione avevi in mente?, gli chiesi un giorno da sotto l'albero che stava potando.

La scuola!, specificai visto che non capiva.

Amal si muoveva tra le frasche con la stessa agilità che dimostrava al suolo. Mi avvisò che sarebbe venuto giù un ramo e poi disse che era presto per pensarci.

Noi preferiremmo degli studi classici, risposi senza dare peso alla sua osservazione.

Il ricorso alla prima persona plurale non fu casuale: per

il momento l'adozione di Tarun era un progetto che coltivavo in beata solitudine, ma ci tenevo a preparare il terreno al ruolo che avrebbero avuto mia moglie e Leon Hard.

Amal si spostò su un altro ramo e ricominciò a segare.

Vorrei farti presente che ci sono delle ottime riduzioni dei poemi omerici, adatte anche ai piccoli. Sai, Amal, la vita, i legami, i sentimenti – è già tutto contenuto in quelle pagine, e sarebbe il caso che Tarun le leggesse il prima possibile.

Ramo!, esclamò in ritardo Amal.

Riuscii a scansarmi in tempo.

Quanto alla religione, cosa avevi in mente?

Era un tasto delicato. Sapevo che Amal e Pankaja erano induisti, ma di cosa fosse l'induismo nutrivo un'idea vaga e confusa.

Parlandone con loro, quell'indeterminatezza peggiorava e nel contempo trovava una ragione: l'induismo ERA vago e confuso, quindi non mi trovavo molto lontano dal vero.

D'altra parte il sincretismo contenuto nell'hindu mi corrispondeva. Anche nel mio cristianesimo c'è sempre stato posto per le divinità greche, il paradiso per me si chiama Olimpo e il culto ereditato da mio padre per san Pio convive tranquillamente con quello di Atena e Poseidone. Inoltre, approvavo la rigida suddivisione in quattro caste prevista dalla società induista.

Tu a quale appartieni?, avevo chiesto ad Amal.

Vaisya, professore.

Lo pregai di non rimbambirmi con termini astrusi e di andare al sodo: come si piazzavano questi vaisya, qual era il loro prestigio?

I vaisya lavorano i campi e fanno commercio, rispose Amal. Sopra di noi ci sono i brahma e gli ksatriya, sotto i sudra.

Terzi su quattro, sintetizzai.

Non sarebbero state ascendenze gloriose, quelle di Tarun, ma mi consolai pensando che l'umile estrazione dei suoi genitori avrebbe agevolato le cose.

In ogni caso, dissi riavvicinandomi all'albero, l'induismo in Italia non va bene: siete qui e dovete adeguarvi alle nostre usanze, ai nostri valori.

Amal potò un ultimo ramo e scese dalla pianta senza fare commenti.

Pankaja stanotte è stata male, disse.

A mani giunte chiese il permesso di andare e mi lasciò da solo a contemplare quell'albero spoglio, ramo secco tra i rami secchi.

Nei giorni successivi Pankaja rischiò di perdere il bambino. Io ero terrorizzato, non tanto da questa eventualità quanto dal rischio che la gestosi contratta dalla madre malformasse il feto. Nell'attesa dell'amniocentesi passai delle ore tremende, di giorno mi prodigavo per tenere a bada l'ipertensione di Pankaja, la notte mi aggiravo nella sfarzosa penombra dell'Infinito inanellando caffè e salutando gli amici, ma di fatto senza mai staccare il pensiero dal piccolo Tarun che, a pochi passi dai nostri giochi, stava forse contraendo nella pancia di Pankaja una grave insufficienza polmonare.

Fortunatamente la diagnosi prenatale escluse ogni tipo di complicazione e io tornai a respirare. Eravamo all'incirca nella ventesima settimana e la natura intorno all'Infinito cominciava a dare segni di risveglio primaverile.

Anche Leon Hard aveva ripreso a scopare, seppure col lombo incerto del maschio ferito. In effetti non era più su Eva che focalizzava la sua prestazione, né sulle sweet che (curiose dei suoi feedback o del brivido di cavalcare un bull infartuato) ogni tanto le davano il cambio, ma sull'organo cardiaco che già una volta l'aveva tradito, e che quindi, in qualunque momento, avrebbe potuto tradirlo di nuovo.

Fortunatamente Leon Hard seguiva alla lettera la mia calibratissima terapia basata sul perfetto equilibrio di antiaggreganti, betabloccanti e inibitori della fosfodiesterasi. All'azione dei farmaci si aggiunse il beneficio delle nostre deambulazioni, che si spingevano fino ai laghi di Bracciano e Martignano, o al monte Caminetto.

L'attività fisica che Leon Hard aveva svolto fino ad allora era stata in prevalenza anaerobica, da ragazzo si distingueva nel tennis da tavolo e successivamente, su panca piana, era arrivato a sollevare centoquaranta chili.

Ma adesso era il momento di camminare a passo regolare, senza strappi.

Durante una di quelle scampagnate gli confidai il mio progetto.

Leon Hard mi lasciò parlare, ascoltandomi attentamente, e alla fine mi chiese se ero impazzito.

Questa mania di un figlio ti sta dando alla testa, mi accusò.

Ci trovavamo nella campagna di Formello, a breve distanza dal campo d'allenamento della Lazio. In quel periodo la società aveva rischiato di fallire ed era stata salvata da un pittoresco imprenditore che si faceva ridere dietro per la pignoleria e le citazioni latine, ma nella cui gestione oculata, ancorché impopolare, avevo finito con l'identificarmi.

Tra qualche anno mi ringrazierete, dissi a Leon Hard.

Lasciammo passare una macchina di tifosi biancoazzurri che disturbava la quiete campestre con ripetuti colpi di clacson e alla quale, da bravo sostenitore viola, feci di nascosto il gesto delle corna.

Chi più chi meno, cercò di farmi ragionare Leon Hard, siamo tutti e tre avanti con gli anni: seppure Amal e Pankaja fossero disposti a rinunciare al bambino, un tribunale non assegnerebbe mai il neonato a una donna che ha superato i quaranta.

La First Lady è in forma strepitosa, lo interruppi, e ne dimostra trenta! E poi io non sto pensando necessariamente a un'azione giuridica: la cosa importante è che la First Lady si completi come donna, che esca dalla sua sterile routine...

Certo, mi spinsi ancora un po' più in là, se Eva potesse risultare la vera madre del bambino sarebbe un colpaccio. Considera che ho degli amici sia in ostetricia che al comune, registrarlo all'anagrafe come Spina non è del tutto un'utopia.

Leon Hard fu tentato da un commento impulsivo, ma si trattenne. Nel campo adiacente via Cornelia, un'antica strada romana già menzionata da Tito Livio, pascolava un gregge di pecore e, mentre il bull rifletteva, mi tornarono in mente i primi versi delle *Bucoliche*.

... Tu, Tityre, lentus in umbra formosam resonare doces Amaryllida silvas...

Hai considerato che quel bambino avrà la pelle scura?, mi domandò Leon Hard. Come puoi pensare di dargli il tuo cognome?

Scoppiai a ridere in un modo che fece girare diverse pecore.

Amico mio, non ti dimenticare che sono un cuckold! Io ci sguazzerei, in un fango del genere!

Primario di oncologia cornificato da extracomunitario, titolai a carattere cubitali in cima a un'immaginaria prima pagina.

Sottotitolo: La moglie partorisce figlio illegittimo, il marito coperto di vergogna.

Leon Hard lasciò andare le braccia sui fianchi e si piantò sul ciglio della strada.

E io?

Tu cosa?

Io sono il suo fidanzato!, s'impennò di capo in collo. Un bull foderato di feedback, non un cornuto di merda a cui scopare impunemente la donna!

Era il genere di invettiva che mi aveva sempre emozionato ricevere. Ma nella voce del bull si percepiva una vibrazione sinistra, come se la fune sulla quale eravamo sospesi stesse definitivamente per spezzarsi, facendoci precipitare dalle vette del gioco nel baratro della vita reale.

Ah sì?, mi lasciai scappare. E allora, se sei il suo fidanzato, perché non l'hai messa incinta? Perché non l'hai unta del tuo seme, fidanzato di 'sto cazzo?

... Diobbòno, da quanto tempo non alzavo la voce? Con Leon Hard, poi...

Ci passammo entrambi la mano sulla faccia.

Scusa.

Scusami tu.

Il pastore richiamò il suo gregge.

Mister Wolf indicò il cielo che si rannuvolava e propose il dietrofront.

Chissà se la First Lady avrà finito, ci domandammo tornando verso casa.

I vantaggi dell'attività motoria sul cuore di Leon Hard, infatti, non erano l'unico motivo che ci spingeva a passare tante ore sulla strada. La batteria era diventata per Eva molto più di un hobby, ormai la suonava due o tre volte al giorno e noi quasi rimpiangevamo l'incongruo martellare della principiante rispetto alle capacità rullanti con cui ora accompagnava fino allo sfinimento pezzi come *Born in the U.S.A.* e *Jump* dei Van Halen.

Rifugiarci nella pinetina della villa non bastava più, toccava fuggire lontano, talvolta fino a Prima Porta. Ma anche al cimitero ci restava attaccata alle orecchie quella musica vandalica, che tanto c'innervosiva.

(l'intervistato s'interrompe e chiede una pausa fisiologica.

Sa, la mia prostata è ridotta a uno schifo, si giustifica riprendendo a parlare di sé come di un povero vecchio.

Quando ritorna dal bagno, con l'aria di voler chiacchierare del più e del meno, domanda all'intervistatore se Eva gli è piaciuta.

Nell'attesa di una risposta che non viene, si controlla le unghie.

Ma certo che le è piaciuta, liquida la faccenda dopo un po')

Tarun venne alla luce i primi di giugno, perfettamente sano e nemmeno troppo scuro. Nell'ultimo mese i rapporti con Amal si erano complicati, ma non per questo disertai il travaglio, la sala parto, il test di Apgar.

Quando tutto fu sistemato, tentai un estremo accomodamento.

Amal, sono disposto a raddoppiare l'offerta. Pensaci. Siete giovani e in meno di un anno potreste averne un altro.

Provato dalla mia insistenza non meno che dalla sua prima paternità, Amal stentava a mantenere il suo abituale contegno. La paura di essere mandato via non gli era passata, anzi – a essa si era aggiunta la paura di restare.

Il professore non si deve dispiacere, mi disse congiungendo per l'ennesima volta le mani. Ma... non è proprio possibile, il figlio è nostro.

Annuii in tutta la mia impotenza e mi voltai a guardare Tarun dietro al vetro della nursery. Era un bel bambino. Capivo l'attaccamento dei genitori nei suoi confronti, ma mi sentivo deluso dalla loro interpretazione dell'induismo, che – a quanto mi risultava – avrebbe dovuto essere una religione aperta al dono, alla condivisione, comunque distante da un'idea così ostinata di possesso.

La mia rassegnazione, in realtà, era poca cosa, si esauriva nel giro di un giorno e l'indomani tornavo a domandarmi cosa potessi fare per prendermi Tarun. Per carità, avevo già cinquantotto anni e mi avviavo a diventare il povero vecchio che ora sono, ma mi faceva rabbia che l'impero britannico avesse saccheggiato per quattro secoli l'India e io non riuscissi a farmi concedere da una coppia di vaisya nemmeno un bambino.

Decisi di parlarne con Eva, in fondo stavo macchinando tutto questo per lei. Ma non riuscii a dirle altro che banalità sull'efficienza della Mater Dei (avevo predisposto che il parto di Pankaja avvenisse nella migliore clinica di Roma) e sul mistero che ogni nuova vita porta con sé.

La laconicità delle sue risposte tacitò rapidamente anche me: Presidente e First Lady si erano sempre capiti al volo, senza tanti discorsi, quando una cosa non veniva afferrata al primo colpo poi diventava difficile trovare le parole.

Tutta concentrata sullo yoga, la batteria, la gestione quotidiana del club privé più grande d'Europa, Eva non associò nessuna emozione alla venuta al mondo del piccolo indiano. Per farle scendere due piani e andare a dargli il benvenuto dovetti quasi costringerla. Un mazzo di fiori, un sonaglino, un sorriso – entrò nell'appartamento di Amal e Pankaja con questa essenziale dotazione e dopo appena un quarto d'ora, con una scusa, tolse il disturbo lasciando tutto là.

Rimaneva un sola carta e la giocai con lucida determinazione, consapevole che era la carta di un baro ma non di meno un atto di giustizia.

Del poker, del resto, mi piaceva il bluff, a esso mi sarei ispirato per il rilancio che avevo in mente. Sangue freddo, espressione impenetrabile – il vero giocatore sa che l'inganno non si consuma nella propria ansia di ingannare ma nella disponibilità dell'altro a essere ingannato.

Feci quindi la mia mossa e incrociai le braccia.

Finché una mattina, di ritorno dal giro con i cani, non mi sembrò che la lallazione con cui da qualche mese Tarun rompeva i maestosi silenzi dell'Infinito, anziché dal seminterrato accanto alla caldaia, provenisse dall'ultimo piano della villa. Non era soltanto una sensazione: facendo ingresso nel nostro salotto trovai il bambino che gattonava sul tappeto, all'interno di un box immaginario delimitato dalle braccia dei due indiani e di mia moglie Eva.

Quest'ultima si sentì colta in fragrante.

Hanno fatto tutto loro, si giustificò indicando Amal e Pankaja.

Una visita sgradita?, le chiesi.

Eva scosse la testa e spiò di nuovo in salotto, dove la famigliola aspettava in silenzio che tornassimo con il tè.

Non direi, ammise. Solo inattesa...

Io invece quella visita l'aspettavo da diverse settimane. Porgendo la nostra vasta offerta di bustine, incrociai gli sguardi dei due ragazzi e vi riconobbi quello che speravo: paura, soggezione, speranza.

Al momento dei saluti Amal lasciò andare avanti moglie e bambino e si fermò a parlare con me sul pianerottolo. Il nostro attico e il loro seminterrato erano collegati da una monumentale scalinata in marmo, che ovviamente attraversava i locali del privé. In fondo alla rampa s'intravedevano la sala della voliera e l'accesso alla zona bondage.

Il custode voleva sapere com'erano andati gli ultimi esami.

La situazione è stazionaria, Amal.

Faticava a pronunciare la parola chemioterapia, ma si fece capire.

Vedremo, mi tenni sul vago. Forse serve, forse no.

E l'operazione?

Vedremo anche per quella.

Amal si morse il labbro e chinò il capo.

Aspettai che lo rialzasse e poi gli dissi: Posso dire che oggi mi ha fatto molto piacere la vostra visita? Che state facendo, mi pare, la scelta giusta?

Frasi del genere costituivano il limite massimo fino al quale intendevo spingermi. Sì, all'inizio ero stato troppo irruente, Amal aveva avuto ragione a mettersi sulla difensiva. Tutto quello che ora mi premeva comunicare era che noi gli volevamo bene, e che la nostra famiglia costituiva l'unica alternativa a sua disposizione qualora Pankaja non ce l'avesse fatta.

Tarun si trova bene con la signora Eva, disse Amal.

È ancora presto per dirlo. Bisognerà che si conoscano meglio, che prendano confidenza l'uno con l'altra.

Amal compì l'ultimo sforzo per mostrarsi razionale, padrone di sé.

Certo, disse. Domani le porteremo di nuovo il bambino.

Ma un attimo dopo scoppiò a piangere.

La prego, professore, salvi mia moglie!, implorò.

Gli assicurai che avrei fatto tutto il possibile.

Se la salva, prometto che vi daremo il bambino!

Quella dichiarazione di resa giungeva in largo anticipo rispetto alla mia tabella di marcia, non avrei fatto l'errore di crederci né di precipitare gli eventi.

Su, su, dissi battendogli una mano sulla spalla, non pensare ora a queste cose.

Amal scese i gradini tamponandosi le lacrime con uno dei suoi fazzoletti immacolati, dallo stiro perfetto. Lo vidi scomparire tra divanetti rossi e tende maculate, inghiottito dagli specchi incorniciati nei led.

La settimana seguente feci montare un cancelletto in cima alle scale. Era da tempo che ci pensavo. Va bene che l'Infinito faceva parte di noi, ma l'idea che un socio qualunque, preso dalla curiosità, potesse valicare l'estremo confine del club, percorrere l'ultima rampa ed entrarci tranquillamente dentro casa, aveva smesso di sembrarmi originale. Inoltre, volevo permettere a Tarun di uscire liberamente sul pianerottolo senza correre il rischio di ruzzolare di sotto.

Le visite di Pankaja erano diventate pressoché quotidiane. Ogni mattina la ragazza prendeva il bambino e saliva a casa nostra, dove Eva l'attendeva con qualche nuovo trastullo. Ovviamente la First Lady era all'oscuro del tumore che avevo diagnosticato a Pankaja, e scambiava per tenerezza l'angoscia profonda con la quale l'indiana la guardava giocare con suo figlio.

Era indubbio che Tarun si stesse affezionando a Eva, Pankaja lo capiva e – nel voltarsi un'ultima volta, prima di scendere a rifare i letti del privé – lasciava campo libero all'unica figura che, in quello strano paese senza fame, avrebbe potuto prendersi cura del figlio dopo la sua scomparsa.

Eva invece non capiva niente, da un giorno all'altro si era ritrovata un bambino in grembo e reagiva con l'istinto di una donna che, a quarant'anni, non ne ha mai avuto uno. Se pure, ogni tanto, si chiedeva ragione di quella improvvisa presenza tra le sue braccia, le mancava il tempo di trovare una risposta, perché Tarun stava diventando un piccolo demonio che, tra pappette e pannolini, non le dava tregua.

A cosa mirava precisamente il suo piano?

Buona domanda. La precisione è importante.

Che dico, importante? La precisione è tutto!...

Prenda per esempio una pistola: a cosa serve sparare se non si ha una buona mira?

Oppure i miei archivi fotografici: ho sempre avuto passione per l'ordine, i dettagli, la messa a fuoco. Quanto più i soggetti che inquadro s'aggrovigliano e si disgregano nella promiscuità del sesso, tanto più io mi sforzo di ripassarne i contorni, di dare loro un senso (un senso no, sarebbe troppo), una logica (è troppo anche una logica) – diciamo, ecco, una coerenza estetica.

Si trattava dunque di precisare il posto di ciascuno.

Tarun tra le braccia di Eva – e fin qui c'eravamo.

Il bull negli immediati pressi (Leon Hard aveva preso gusto alla cura del bambino e spesso si sedeva accanto a Eva per aiutarla a dargli da mangiare).

Io come al solito sul bordo, ombra lunga e silenziosa proiettata verso la zona aurea della fotografia.

Ma dove piazzare Amal e Pankaja? Anche se a volte li avrei voluti fuori dai piedi, non potevo dimenticare che si erano messi nelle mie mani...

Ogni giorno spostavo di un nonnulla le loro sagome: oggi

qua, domani là, in quelle variazioni infinitesimali non riuscivo a trovargli una collocazione stabile, che mi soddisfacesse.

Del resto, quando si parla di tumori, tra sconforto e speranza è spesso questione di centimetri. Amal e Pankaja pendevano dalle mie labbra, bastava incresparle in alto o in basso e la ragazza risultava virtualmente morta o gloriosamente risorta.

In un verso o nell'altro, stavo attento a non esagerare. Dichiararla fuori pericolo avrebbe potuto risvegliare la superbia con cui, fin dal suo concepimento, i due indiani si erano sentiti padroni del destino di Tarun. Darla per spacciata (a meno di farla morire veramente, eventualità che al momento preferivo scartare) sarebbe stato un impegno che non avrei saputo come assolvere.

Insomma, il mio reale obiettivo consisteva nel tirarla per le lunghe, trasformando a poco a poco quello stato di incertezza in uno stato di famiglia: Eva si affezionava a Tarun, Pankaja si affezionava a Eva, e noi maschi – mettendo via l'orgoglio – ci affezionavamo alla situazione.

In un certo senso si poteva dire che Tarun crescesse con due madri e tre padri. Ma il senso che più m'interessava era quello totalmente incerto di una famiglia allargata – talmente allargata che tutti potessero starci comodi.

Passarono così un paio di primavere (il cancro è così, cresce, regredisce, cresce di nuovo) e nel giugno del 2008, a distanza di pochi giorni, ci ritrovammo a celebrare i sessant'anni del sottoscritto e i due di Tamal.

A differenza dei miei, i festeggiamenti di quest'ultimo furono preparati con grande cura. Nel cielo sopra l'Infinito liberammo decine di lanterne e fuochi d'artificio. Poi, dopo aver servito la torta e soffiato sulle sue candeline, Leon Hard e io ci dileguammo alla chetichella con il proposito di ricomparire di lì a poco camuffati da Peter Pan e Capitan Uncino.

Leon Hard aveva insistito molto per realizzare quello spettacolino. Da tempo si era fissato con la favola del ragazzo che non voleva crescere, sosteneva che l'Infinito fosse una variante dell'Isola che non c'è e noi un branco di bambini perduti.

A me sembra una buffonata, dissi la prima volta che mi mostrò i costumi.

Non pareva accorgersi che, imbolsito com'era, in quello di Peter Pan avrebbe fatto ridere (intrattenere Tarun non è mai stato il mio unico scopo, volevo che il bambino si divertisse ma non di meno che crescesse istruito).

Perché invece non rappresentiamo qualcosa di più elevato, ad esempio un passo dell'*Iliade*?

Leon Hard ribatté che all'Infinito c'erano già abbastanza troie.

Per la parte di Wendy gli sarebbe piaciuto coinvolgere Eva, ma la First Lady aveva opposto un categorico rifiuto. Si era quindi rivolto a Pankaja.

Dapprima la ragazza si mostrò perplessa (le sfuggiva chi fosse Peter Pan, nonché il senso di quella pantomima che Leon Hard si ostinava a chiamare teatro), ma quando scoprì che non doveva fare altro che lasciarsi incatenare, sembrò sollevata e offrì i suoi polsi senza fiatare.

Nel vederci così conciati, io con la parrucca e un gancio di ferro al posto della mano, Leon Hard strizzato in una calzamaglia da ramarro, anche Tarun restò senza fiato. Scorgere la propria madre naturale legata al tronco di un albero aggravò il suo turbamento. Diventò serissimo e scoppiò a piangere.

Nel tentativo di recuperare la situazione, il bull e io raddoppiammo gli sforzi e cominciammo a duellare con una foga inadatta alla nostra età, al nostro stato sociale e, nel caso di Leon Hard, anche a quello di salute. Ricordo che, mentre agitavo la spada e intimavo al mio avversario di combattere da uomo a uomo (figuriamoci!), chiesi a me stesso se non ci fossimo spinti troppo in là. Dopo tutto eravamo un oncologo in pensione, un insegnante d'inglese cardiopatico e un'istruttrice di aerobica avviata al climaterio, se preferisce tre soci che gestivano un privé, in ogni caso niente a che vedere con dei pagliacci travestiti da elfi o da pirati.

Smettiamo?, bisbigliai nell'orecchio di Leon Hard parandogli un affondo.

Era sorprendentemente agevole rispondere ai suoi colpi,

mi ricordai che Mister Wolf nasceva samurai e provai rabbia, pietà e tenerezza per la sua involuzione.

Prima di concludere la scena, Peter Pan pretese almeno di liberare Wendy. Saltellammo quindi fino al melo e ci scambiammo le ultime stoccate davanti alla ragazza.

Vengo a liberarti!, le gridava Peter.

Ti getterò in pasto ai coccodrilli!, ribattevo io.

Avvolta in robusti giri di corda, Pankaja non emetteva un fiato. Nei due ettari di parco si sentiva solo il pianto di Tarun.

Basta, ti prego, feci segno a Leon Hard.

Mi lasciai infilzare e m'accasciai sul prato, togliendomi di mezzo. Peter Pan corse verso Wendy per liberarla.

Faccia presto, gli disse lei. Non mi sento bene.

Leon Hard credette che Pankaja fosse finalmente entrata nella parte.

Si parò davanti alla ragazza, spalancò le braccia ed esclamò: A-ah, niente paura! Ci sono qua io!

Un attimo dopo Wendy gli vomitò addosso.

Quando la sciogliemmo dalle corde era pallida come un cencio, praticamente collassata. Mi feci portare di corsa lo sfigmomanometro e constatai che la pressione era scesa a livelli di guardia. Non so bene cosa restasse del mio volto sotto il trucco da Capitan Uncino, ma Amal lo consultava come la Bhagavadgita, alla ricerca della verità assoluta.

Facciamo smettere di piangere quel bambino, per piacere!

Eva lo prese in braccio e lo portò via. Amal, Leon Hard e io facemmo altrettanto con la ragazza.

Il rigurgito di cibo e di materiale acido, buona parte del quale era schizzato sulla giubba di Peter Pan, mi suscitava brutti pensieri. Adagiammo Pankaja sul letto nel quale aveva probabilmente concepito Tarun e attendemmo che si riprendesse.

Pankaja, le chiesi, ti capita spesso di avere la nausea?

Senza aprire gli occhi, l'indiana fece sì con la testa.

E di corpo come vai?

Con parole sue mi suggerì che si alternavano diarrea e stipsi.

Provai a sollecitarle l'epigastrio.

Ti fa male se premo qui?

La sua smorfia fu abbastanza eloquente.

Niente da dire, purtroppo sembravano i sintomi di un tumore gastrico...

Per la prima volta le somministrai qualcosa per farla sentire meglio. Intendiamoci, non che negli ultimi due anni l'avessi avvelenata, ma non avrei nemmeno potuto attribuire a Pankaja un adenocarcinoma senza indurle ad arte qualche disturbo. Era bastato propinarle dei farmaci scaduti, inocularle l'helicobacter pylori e irritarle il colon con massicce dosi di caffeina – quanto serviva, insomma, per rendere verosimile la diagnosi.

Del resto quei due ragazzi credevano a tutto, la loro ingenuità mi ricordava certi bull alle prime armi a cui mi piaceva raccontare che la First Lady non era quel pezzo di donna che sembrava, ma una vampira, un ex incursore della Folgore operato di vaginoplastica, una sex doll dotata di intelligenza artificiale.

Adoravo vedere come mutavano le loro espressioni, tra chi (credendoci) batteva in ritirata e chi (non credendoci) mi mandava a cagare, gli unici che premiavo erano coloro che la vampira volevano scoparsela lo stesso, a qualunque costo.

Amal e Pankaja erano così, per due anni si erano bevuti le mie fandonie senza mai arretrare, e per questo, nella loro camera da letto, vestito ancora da Capitan Uncino, mi veniva da piangere al pensiero che il tumore che mi ero inventato si fosse hegelianamente inverato.

Ma cosa era successo? Pankaja aveva davvero il cancro?

Per fortuna no, si trattò soltanto di un'ulcera peptica.

Nel liberarmi di un peso enorme, il fausto responso mi convinse che era arrivato il momento di sciogliere la prognosi e di spingere Pankaja sulla via di una definitiva guarigione.

Volevo insomma credere che al terrore di abbandonare Tarun in un mondo di lupi si fosse sostituito un debito di riconoscenza verso una vicaria così amorevole, come obiettivamente appariva Eva con quel bambino sulle ginocchia.

Intendiamoci, la maternità surrogata della First Lady non sostituiva il suo profilo di sweet, ma lo integrava. Per evitare che si addolcisse troppo, in quel periodo la sottoposi a delle gang bang piuttosto dure, nelle quali la First Lady volle rassicurarmi sul suo antico smalto.

La domenica continuavano le gite con Leon Hard. Era soprattutto lui, adesso, che insisteva a farle, con tanto di pacemaker ci teneva a confermarsi bull dominante e mi spediva ripetuti messaggi da Sorrento, dalle terme di Saturnia o da Roccaraso per informarmi che lui e la First Lady stavano scorticandosi a sangue.

Erano enfatiche anche le mie risposte. Il gioco di ruolo che avevamo praticato con tanta naturalezza fino ad allora stava assumendo una sfumatura plateale, come se stessimo giocando a giocare, come se fossimo diventati attori che recitavano delle parti di attori. Tutto ciò svelava le nostre insicurezze, le fragilità, i bisogni e, curiosamente, ci rendeva più autentici.

L'irruzione dell'estate, quell'anno, fu improvvisa e violenta. Si faceva fatica a respirare perfino all'ombra dei nostri palmizi. Ci rendemmo conto che Tarun non aveva mai visto il mare (non aveva mai visto niente al di fuori dell'Infinito) e decidemmo che era il caso di mandarlo a ossigenarsi.

Ma trascinarsi dietro un'ulcera peptica non è uno scherzo e, nonostante la chiusura estiva del club, la villa non poteva certo restare priva di custodia. Amal e Pankaja, pertanto, erano fuori gioco. Furono loro stessi a suggerire una soluzione.

Può portarlo al mare lei, Lady...

Era così che si rivolgevano a mia moglie, qualche volta gli facevo presente che il nome completo sarebbe stato First Lady, ma nessuno dei due, per una forma di rispetto verso i nostri codici, si spingeva a usarlo per esteso.

Io?..., esitò Eva.

Era implicito che uno dei due professori dovesse accompagnarla, ma rimettevano a noi una scelta che li lasciava totalmente indifferenti. Ci candidammo entrambi, bull e cuckold.

Dite che... si potrebbe?, disse ancora Eva.

Of course, Lady, Tarun è felice con lei.

Cercammo di ricordare da quanto tempo non facevamo una vera vacanza. Leon Hard disse che lui non ne aveva mai fatta una.

Forse siamo sempre in vacanza, rifletté.

A ogni modo prenotammo due camere matrimoniali all'Ambasciatori di Rimini. Non era chiaro come avremmo dovuto disporci, le regole del gioco prevedevano la sweet e il bull insieme e il cuckold nella stanza accanto, ma Mister Wolf dichiarò che ultimamente soffriva d'insonnia e si alzava spesso per pisciare, sottitendendo che non gli sarebbe dispiaciuto dormire per conto suo. In ogni caso ci avanzava un bambino e ci mettemmo in marcia con il presentimento che il cornuto e lo stallone avrebbero dovuto pernottare per due settimane nello stesso letto.

Venendo dalla pace dell'Infinito, il primo impatto con la riviera romagnola fu respingente. Rimini di fatto è un rettilineo di quindici chilometri, lungo il quale è difficile perfino capire se il mare sta a destra o a sinistra. Tutto è cementificato tranne la spiaggia, dove invece prevale il silicone.

A vederle dalla finestra dell'albergo, le diciassette file di ombrelloni non facevano una cattiva impressione: c'era ordine, geometria. Ma bastava attraversare la litoranea perché quell'impressione si perdesse immediatamente, la confusione regnava sovrana e noi che non avevamo mai messo un guinzaglio ai nostri cani dovevamo stringere con forza la mano di Tarun per evitare il rischio di smarrirlo nella folla.

Il piccolo indiano era eccitatissimo da tutto quel movimento, non smetteva un attimo di strillare e di strattonarci verso le giostre, i gelati, le bancarelle. C'eravamo portati palette e secchielli, ma arrivati alla battigia ci rendemmo conto che i giochi con la sabbia erano caduti in disuso e che i bambini, a Rimini, si divertivano sul retro degli stabilimenti con gonfiabili e videogames.

Chi ce lo accompagna?, chiedemmo gli uni all'altra prendendo possesso dei rispettivi lettini.

Eva si era già spalmata la crema sulle gambe, Leon Hard era pronto a ungerle la schiena.

Fate con comodo, li tranquillizzai, se no i cuckold a cosa servono?

Presi per mano Tarun e lo portai a fare un giro, con il quale ebbi la conferma che Rimini è sì un luogo infernale, ma pieno di corpi celestiali.

Il gioco non ci aveva mai abituati a una selezione spietata. Ovvio che tutti mirino al meglio, ma nessun bull rinuncerebbe a scoparsi una sweet per un po' di cellulite e nessuna sweet, al dunque, rifiuterebbe un bull per qualche chilo di troppo. Pur essendo altamente competitivo, il gioco è insomma uno sport aperto a chiunque, c'è la Champions League ma anche il campetto polveroso di terza categoria.

A Rimini, invece, c'è solo la Champions League.

Maschi scolpiti nel noce nazionale, di colore scuro con venature tendenti all'oro, femmine intagliate nel beurre noisette caramellato e allineate su piedistalli a spillo di altezza non inferiore ai dodici centimetri. Un fatturato incalcolabile per palestre, estetiste, beauty farm e centri di depilazione.

Tutto il resto, a Rimini, è carne di scarto, fornitura all'ingrosso per discount.

Ai margini dello stabilimento, tra le docce e il ristorante, il bagno 26 offriva una zona divertimenti per grandi e piccini.

Piazzai Tarun in cima a uno scivolo e studiai più attentamente la situazione.

Diobbòno, quale potenza sprigionava la mandria di tori raccolta nell'area gym, si sfidavano in una gara di flessioni che non poteva non farmi pensare allo stantuffo di un coito arrogante. Ci pensavo io e ci pensavano le puledre che li osservavano da dietro la rete, avvolte in pareo così trasparenti che, oltre a una visione complessiva dei culi, ti lasciavano indovinare le palpitazioni dei loro vogliosi sfinteri.

Cominciai a figurarmi Mister Wolf e la First Lady alle prese con quella nuova generazione di performers, c'era da farsi un sacco di domande su quale sarebbe stato il loro reale livello di competitività.

O, se vogliamo, c'era solo da subire la crudeltà del tempo che passava...

Nonno, mi risvegliò un ragazzino, è suo il cioccolatino?

Tarun era caduto di faccia nella sabbia, procurandosi una lieve escoriazione sul labbro.

È possibile che non ti si possa perdere di vista un momento?!

Un paio di mamme, appostate sulla panchina accanto allo scivolo, mi guardarono severe.

... È possibile, è possibile...

Rimisi in piedi il bambino e gli feci presente che non c'era nessun motivo di frignare in quel modo.

Su, su, non è successo niente.

Le madri non erano dello stesso parere. O forse si sentirono offese dalla mia leggerezza, così in contrasto con il loro sovrappeso.

Possono capitare disgrazie per molto meno, mi avvertirono.

Come avrà capito, fuori dalla camera da letto non è facile umiliarmi. Ma in quella circostanza bastarono due fiche secche per sbattermi dietro la lavagna. Pur continuando a pensare ad altro, non staccai più gli occhi da Tarun.

La giornata al mare lo stancò ma nello stesso tempo lo eccitò moltissimo. La sera, in albergo, piantò un capriccio dietro l'altro e si addormentò, crollando di botto, non prima delle undici e mezza. Il bull lo imitò da lì a poco: si ritirò nell'altra stanza e ci lasciò da soli con il bambino nel letto.

Dopo poche ore di esposizione Eva aveva già acquisito una tintarella dorata, oltre che di profonda sensibilità quella donna era ricca di melatonina e sapeva scegliere per entrambe la giusta protezione, né troppo forte né troppo debole.

Adesso era il momento della crema idratante ed Eva venne a spalmarsela sul letto. La calma che finalmente era scesa grazie al sonno di Tarun, anziché – appunto – calma, ci infondeva una leggera euforia.

Hai visto che fauna?, le chiesi ripiegando il giornale.

Eva capì subito di cosa stessi parlando.

Ho visto sì.

E cosa ne pensi?

Contenevamo la voce. Per non svegliare il bambino che dormiva accanto a noi, ma anche per infondere al discorso un tono cospirativo.

Che mi farei tre quarti della spiaggia, confessò Eva.

Non erano più i tempi in cui la First si sforzava di compiacere il mio cuckoldismo. Li avevo apprezzati, quei tempi, ma avevo anche sofferto la difficoltà di decifrare dove finisse il suo bisogno di sesso e dove cominciasse quello di assecondare il marito.

Aprire un club privé aveva comportato la complicazione di una terza opzione ma anche una maggiore chiarezza. Il tempo da dedicare ai nostri vizi, infatti, si era notevolmente assottigliato. Soprattutto a fine serata mia moglie doveva preoccuparsi di soddisfare tutti i singoli rimasti a becco asciutto e il gioco era diventato – spiace dirlo – un lavoro. Riflettevo allora sulle contraddizioni del termine puttana, su quanto la miopia di una visione maschilista confondesse l'esercizio della libertà e la schiavitù dell'esercizio, e mi chiedevo se quella miopia, tante volte, non riguardasse altri aspetti, piccoli e grandi, della nostra vita, e se non fosse il caso di tenere gli occhi un po' più aperti.

Di contro, quando la First Lady tornava a manifestare interesse verso il sesso al di fuori dell'Infinito, potevo essere ragionevolmente sicuro che quell'interesse fosse autentico.

Non lo dici per farmi contento, vero?

Eva mi ricordò che io non ero mai contento.

E allora, glissai, cosa pensi di fare?

Per tutta risposta lei mi mostrò gli abiti che aveva messo in valigia. In particolare uno con spacco inguinale, da indossare senza mutandine, e un altro in stile mermaid.

Favolosi, commentai, ma dove pensi di esibirli?

Be', disse lei appendendo i vestiti alle stampelle, Rimini è piena di discoteche. Di sicuro ci sarà anche un club privé...

La guardai meravigliato.

Vuoi andare... in un club?

Perché no?, rispose Eva tornando a letto.

Per la notte usava una crema viso che si chiamava Visionnaire.

Almeno qui non dovrò stare alla cassa o passare l'aspirapolvere a fine serata.

Quella dell'aspirapolvere, ovviamente, era una metafora. Ma la facies che l'accompagnò, seppure celata dietro Visionnaire, non aveva niente di allusivo – era un'espressione materiale, provata dalla routine.

Mi sistemai un terzo cuscino dietro la schiena.

E con chi preferiresti andarci?, le domandai. Con me o con Mister Wolf?

Eva si strinse nelle spalle.

Cosa vuoi che ti dica? Anche a Rimini tu non potresti essere niente di diverso dalla solita, inutile, mosca sul muro...

Nella dinamica con il cuckold, alla First Lady mancava il punch delle sweet più spietate, ma la ricercatezza delle sue stilettate esprimeva una classe impareggiabile.

E Mister Wolf?, la incalzai.

Eva non rispose. O almeno, si prese un paio di minuti.

In questo momento mi fa un'enorme tenerezza.

Non dirglielo, le suggerii. Ricordati che resta sempre un bull.

Tarun inspirò profondamente e si girò sull'altro fianco, ma per fortuna non si svegliò.

Sai, mi stupì Eva, credo che Leonardo si sia innamorato di me...

La voce di Eva, di solito, è un guanto in raso di seta, ma in certe rare occasioni, quando si sente al sicuro, mette da parte il guanto e ti offre il brivido della sua nuda nudità.

... Non mi dire...

Incredibile, vero?... Ci conosciamo da dieci anni, abbiamo scopato centinaia di volte, e tutto a un tratto si mette a regalarmi delle rose, a scrivermi lettere romantiche, a immaginare la nostra vecchiaia – se mai ne avremo una...

Le ricordai che Leon Hard aveva subìto un infarto di recente.

A volte, le dissi, gli attacchi di cuore fanno questo effetto.

Sì, certo, concordò, ma... Insomma, Giorgio, ti rendi conto? Leonardo si è messo a scoparmi... CON AMORE.

Diobbòno. Al cospetto di un argomento così maiuscolo, mi rifugiai sotto la coperta – sempre troppo corta – del buon senso.

Be', è normale che un fidanzato esprima dei sentimenti nei confronti della...

Oh, piantala con questa ridicola storia del fidanzamento, m'azzittì la First Lady. Per una volta voglio parlare seriamente.

Le feci credere di essermi offeso, ma lei non mi diede nessuna soddisfazione. Raccolse le ginocchia al petto e, con un movimento lento, vagamente masturbatorio, si spalmò sulle tibie quel po' di Visionnaire rimasto sulle dita.

Non riusciva a capacitarsi che il sesso con Mister Wolf fosse diventato un atto sentimentale (così lo definì) e ripeté incredula il concetto per altre due o tre volte.

In altre parole, la interruppi, non ti scopa...

Male, riconobbe Eva.

Si rese conto di essere stata perentoria e si sforzò di argomentare.

Hai presente, no?... La tenerezza, l'emozione, l'ansia di non riuscire...

Approvai l'elenco in un silenzio austero, finché, all'improvviso, Eva non ebbe un'illuminazione.

Si voltò verso di me e mi chiese: Giorgio, tu pensi che l'amore sia quello che resta dopo il sesso?

Mi grattai la guancia. Era una buona ipotesi. Tentai di riadattarla a mio vantaggio.

È possibile, dissi. Questo spiegherebbe perché io ti amo così tanto.

Eva alzò gli occhi al cielo.

Quando mai io e te abbiamo fatto sesso?

A mano a mano che la nostra conversazione andava avanti, la prevedibilità che arredava quella camera d'albergo si rivelava sempre meno adatta a rappresentarci.

Finché a un certo punto non proposi: Eva, facciamolo adesso.

La First Lady non era sicura di aver capito bene.

Non ci sto capendo molto nemmeno io, riconobbi.

In effetti poteva sembrare una proposta assurda (o almeno tardiva, considerato che eravamo sposati da venticinque anni), ma di punto in bianco mi trovavo in balia di un fatto inaspettato e senza precedenti, un fatto – diciamo – non da me.

L'erezione di un cuckold è imbarazzante soprattutto per lui medesimo. Tuttavia non feci niente per nasconderla. Anzi, spostai il lenzuolo e la mostrai a Eva.

Oddio, si spaventò, ma che ti sta succedendo?

Mi ricordai di quando, da bambino, ricevetti in regalo da mio padre il Piccolo Chimico. Diventò rapidamente il mio gioco preferito. Di fronte all'infallibilità di quelle reazioni, mi veniva spontaneo pensare alla vita allo stesso modo: c'è sempre una causa, c'è sempre un effetto...

Ma adesso, nell'anonimo sfarzo dell'Ambasciatori, c'era solo l'effetto.

Non ne ho idea, mi arresi.

La First Lady si appoggiò una mano sul seno sinistro e si strizzò delicatamente un capezzolo.

Vuoi che vada a svegliare Mister Wolf?, mi domandò scurendo la voce.

Era un proposta saggia, mirata a salvaguardare l'ordine delle cose.

Io mi sarei seduto in disparte, occultando l'anomalia del mio stato sotto il pigiama, e a poco a poco sarei tornato allo standard che mi compete. Di contro, nello stesso arco di tempo, Leon Hard si sarebbe disteso sul letto e sarebbe forse riuscito, grazie a una fluffer di lusso come Eva, a farselo venire duro, o semiduro. Se avevamo un po' di fortuna, forse avremmo anche potuto intercettarlo in una fase di tumescenza peniena notturna.

Almeno in apparenza, insomma, tutto sarebbe rientrato nella norma.

E invece dissi: Lascialo dormire, quel poverocristo...

Mi alzai e provai il nuovo assetto molleggiando sulle ginocchia. Per sperimentare che effetto faceva, portai quell'ingombro alla finestra e diedi un'occhiata al carosello di macchine lungo il viale. Poi mi diressi verso Eva.

Bellina, lei – non sapeva come prendermi, se a schiaffi sui

testicoli (come se fossi sempre il solito cuckold), in bocca, o addirittura nella fica.

Apri le gambe, confermai.

La First Lady ubbidì.

La sua espressione allibita incoraggiava la mia eccitazione.

Tutto, incoraggiava la mia eccitazione. O forse, meno enfaticamente, niente avrebbe potuto scoraggiarla. Di fatto mi sentivo un aereo lanciato sulla pista.

Talmente lanciato che, a un passo dal primo coito coniugale, per il solo fatto di avere orientato il mio pene sulla vulva della First, mi resi conto che stavo atterrando senza essere nemmeno decollato.

Diobbòno, Eva, vengo...

Lei si lasciò scappare un urlo strozzato.

... No, aspetta, ti prego...

Mi afferrò per i fianchi e mi trascinò dentro di sé.

Due, tre colpi, forse quattro – quanto bastava per dire che avevo posseduto mia moglie...

Ricaddi a corpo morto su quel corpo così vivo, ansimando nell'incavo del suo omero respirai profumo francese e mi unsi di crema Visionnaire.

Le mani di Eva accarezzarono per un minuto buono la mia schiena di vecchio lattonzolo.

Poi mi baciò ripetutamente il collo e mi sussurrò all'orecchio: Meno male, non l'abbiamo svegliato...

Chi ci pensava più a Tarun?

I miei pensieri erano corsi subito alla camera accanto, dove il bull riposava sugli allori ormai secchi dei suoi feedback. Presumibilmente stava dormendo a bocca aperta, alla ricerca di quell'ossigeno che il suo cuore non riusciva più a pompare.

Tornai a chiamarlo poverocristo.

E aggiunsi, mezzo invasato: La prossima volta quel cornuto del tuo fidanzato lo voglio qui ad assistere!

La First Lady si sfilò e sgranò gli occhi. Ma il primo a essere sorpreso ero io: che razza di frase avevo pronunciato?...

Rimettemmo in mezzo il bambino. Poi ci abbandonammo entrambi sulla schiena e restammo per diversi minuti a fissare il soffitto con le dita intrecciate dietro la nuca.

A quanto pareva, il demone del bull mi aveva attraversato da parte a parte e se n'era andato lasciandomi senza parole. Mi ricordai allora di quelle di mio padre, quando diceva che la vagina di Eva era avvolgente come le spire di un pitone, solo più calda.

Ora che l'avevo verificato di persona mi sembrò una cosa carina dargli ragione, ma Eva non apprezzò che rompessi in quel modo il silenzio post-coitale.

Ti decidi a penetrare tua moglie dopo trent'anni, disse, e la prima cosa che ti viene in mente è di paragonarla a un serpente?

Stavo solo pensando a mio padre, mi giustificai.

Lei variò di poco la protesta.

Ti decidi a penetrare tua moglie dopo trent'anni e la prima cosa che ti viene in mente è tuo padre?

Mi venne il sospetto che stesse larvatamente invocando dei complimenti più tradizionali: in fondo, a giochi fatti, i bull dicevano sempre due o tre banalità che le sweet accoglievano con languidi sorrisi.

Sei una femmina... uhm... stupenda.

Ma Eva mi toccò la spalla, come a dire che non importava, e sbatté due o tre volte le palpebre.

Mi darai un buon feedback?, le domandai.

Troppo tardi. Si era già addormentata.

Allora mi alzai e tornai alla finestra. C'era più traffico di prima, rallentato dalle file di macchine che si formavano per abbordare i trans. Mi accorsi di essere ancora eccitato.

Cosa aveva provocato quel cambiamento?

Cercai la risposta per tutta la notte.

Le spiegazioni non mancavano, anzi, ce n'erano fin troppe, a cominciare dalle pillole di Cialis che avevo cominciato ad assumere per testare su me stesso gli effetti collaterali che affliggevano Leon Hard (si lamentava del bruciore di stomaco e spesso lo scambiava per un annuncio di angina pectoris).

E come dimenticare l'effluvio di ormoni che risaliva dalla spiaggia, dove i corpi giovani e perfetti che si erano sfiorati alla luce del sole, ora, nottetempo, si penetravano alla cieca, forse prendendo ad alcova i nostri stessi lettini?

Alla fine, però, la decadenza del bull restava sempre l'ipotesi più plausibile.

La mattina seguente ci aspettava ferragosto. E mica un ferragosto come gli altri: a Rimini, con un bimbetto indiano, il seme del cuck nella vagina della sweet e il bull infartuato/innamorato nella stanza accanto...

In quei giorni si stavano svolgendo le Olimpiadi di Pechino e, lamentando un feroce mal di testa, Leon Hard ci fece sapere che invece di scendere in spiaggia avrebbe preferito restare in albergo per assistere alle gare di atletica. Ci attardammo per qualche minuto nella sua camera, noi tre in pianelle e costume e il bull in pigiama al centro del letto. Ma Tarun era troppo vivace per una matinée davanti alla TV. Quando il telecronista annunciò le batterie dei cento metri, Mister Wolf ci fece capire che avrebbe apprezzato se l'avessimo portato via il prima possibile.

Bolt, Asafa Powell, Tyson Gay – trovavo comprensibile che il bull volesse rimanere da solo a confrontarsi con la loro potenza animalesca. Era un momento suo, intimo, delicato, che andava rispettato.

Ci raccomandammo che prendesse le medicine, lo baciammo sulle guance non rasate e inforcammo gli occhiali da sole. Ne avevamo comprati un paio anche a Tarun, nella speranza di frapporre uno schermo tra la sua irrequietezza e il mondo esterno. Tarun non era il solo a sentirsi agitato, da sessuale la mia eccitazione si era trasformata in un'ansia generalizzata che mi dava la sensazione di essere in ritardo o di aver dimenticato qualcosa di importante.

Fu Eva a suggerirmi di che si trattasse.

Li hai presi i preservativi?, mi bisbigliò attraversando la strada.

Si annunciava un ferragosto torrido. Un caldo così, alle nove e mezza di mattina, era innaturale: si capiva che non avrebbe retto, o che non avremmo retto noi.

L'area gym era già affollata di tori e, al di là del recinto, una seconda mandria di manzi pasturava sotto la pensilina del bar in attesa della giumenta giusta.

Ti pare, risposi indicando quei muscoli delineati, che nei boxer di certi mandrilli non si nasconda un condom?

Si muovevano a scatti, eccitati. Tutti noi che stavamo a Rimini, in quel momento, ci muovevamo eccitati – avessimo dato retta soltanto a quell'eccitazione ci saremmo lanciati in mezzo alla strada con il rosso.

E invece aspettammo sul marciapiede respirando con il naso e stringendo la mano di Tarun.

Al passaggio della First Lady le frizioni staccarono lente. Dalle retrovie partirono un paio di colpi di clacson. La sua cavigliera irradiava luccicanze ipnotiche.

Varcato l'ingresso del bagno, Eva spostò Tarun sull'altro lato e mi spiegò a bassa voce che non era per i mandrilli che dovevo portare i preservativi, ma per me. Forse la sua voce era davvero troppo bassa, e non capii cosa volesse dire. A quel punto la First Lady si decise a rivelarmi dritto per dritto che le sarebbe molto piaciuto vedermi scopare con un'altra donna.

Ma sei impazzita?

Eva mi prese sottobraccio.

... Dài, Giorgio, mi eccita...

Non sono in grado, mi giustificai. Ho dato tutto ieri sera.

Eva mi strinse forte a sé e mi guidò verso la spiaggia, nemmeno fossi stato cieco.

Ti aiuto io, mi rassicurò.

Giunti alla terza fila, sospendemmo la confabulazione e prendemmo posto sotto il nostro ombrellone. L'assenza di León Hard tornò utile ad allineare i soldatini di Tarun sul suo lettino. Si trattava di un'accozzaglia di fanteria tedesca, dragoni napoleonici e templari, comprati alla rinfusa al mercatino. Sempre alla rinfusa, Tarun e io ci demmo battaglia, sparandoci addosso da una sponda all'altra della sdraio.

Ovviamente non riuscivo a smettere di pensare a quello che mi aveva detto Eva.

A un certo punto mi stufai e dissi a Tarun di dividere

i buoni di qua e i cattivi di là. Ritenevo che l'operazione fosse abbastanza improba da tenerlo occupato per diverso tempo.

Quindi mi girai verso Eva e l'avvisai di mettersi l'anima in pace.

Tu all'anima ci credi?, mi domandò a bruciapelo.

Certo che ci credo.

E alla pace?

Dovetti ammettere di no.

Lo vedi?, disse Eva. Tanto vale combattere.

Diedi una controllata a Tarun. Soldati della Seconda guerra mondiale lottavano corpo a corpo con guerrieri opliti. Il bambino sembrava rapito dal gioco della guerra. In ogni caso avevamo finalmente trovato qualcosa che lo faceva stare tranquillo.

Sono un vecchio in disarmo, ricordai a Eva.

Senza scomporsi, restando distesa sul lettino, lei allungò una mano sul mio costume e mi tastò l'uccello davanti a tutta la spiaggia. Avesse fatto la stessa mossa con un qualsiasi altro uomo mi sarei eccitato come un mulo. La cosa strana fu che mi eccitai anche così.

Ti ritireranno il passaporto svizzero, commentò lei.

Nel gergo dell'Infinito, gli svizzeri erano quelli che restavano neutrali di fronte a qualunque sollecitazione (gli impotenti, in altre parole).

Eva si sfilò gli occhiali e inserì il radar.

Come la preferisci? Bionda o mora? Milf o teeny?

Non starai parlando sul serio.

La serietà è il primo requisito, mi citò Eva.

Si raccomandò di sorvegliare Tarun, annodò il pareo intorno ai fianchi e si mosse verso il bar. Le pianelle, ovviamente, non avevano cittadinanza al di fuori della camera d'albergo, per scendere in spiaggia Eva aveva scelto degli zoccoli rossi Kiara Shoes in tinta col bikini. Così ferrata era difficile perderla di vista, la sua criniera a riflessi dinamici svettava dentro lo zoo safari del bagno 26.

La vidi ordinare qualcosa alla cassa – qualcosa di sbarazzino, perché la barista sorrise e le strizzò l'occhio. Nel prendere in mano lo scontrino, Eva urtò il gomito di una giovane donna al suo fianco. Sorrise anche lei.

A quel punto un oggetto di plastica mi colpì sulla nuca. Era un pilota della RAF.

Hai tirato fuori l'aviazione, birbante?!

Tarun aveva scoperto che i soldatini si potevano anche lanciare e per diversi minuti mi bombardò a tappeto. Accanto al nostro ombrellone stazionava una coppia di pensionati tedeschi che si complimentò per la mia pazienza. In realtà ero ansiosissimo, non vedevo l'ora che la First Lady tornasse per dirle di desistere.

La vidi ricomparire dopo mezz'ora, così su di giri da farmi sospettare che avesse bevuto qualcosa di alcolico. Con lei c'era una bambolona in trikini che continuava a girarle intorno saltellando sul bagnasciuga.

La First Lady fece cenno di avvicinarmi. Le obbedii con cautela. Insieme formavano una coppia che incuteva qualche timore.

Non hai idea di quant'è piccolo il mondo!, esordì Eva.

Non si poteva dire altrettanto del seno della bambolona. Doveva esserselo rifatto da pochissimo, le protesi avevano ancora bisogno di assestarsi.

Ti ricordi di Geppy?, mi domandò.

Dovrei?

Secondo mia moglie sì, c'era stato un tempo in cui la nominava di continuo.

Ci siamo fatte insieme tutto l'ISEF, m'illuminò.

Accidenti, commentai, proprio tutto?...

Le due amiche scoppiarono a ridere e si scambiarono il cinque.

Che incredibile combinazione ritrovarsi al bagno 26 di Rimini!

Dunque lei sarebbe il famoso marito Giorgio, disse Geppy.

Famoso in che senso?

Le due donne si fecero un'altra risata alle mie spalle.

Oltre alla mastoplastica, Geppy esibiva uno spiccato accento meridionale che non le impedì di rinnegare Benevento e dichiararsi romana al cento per cento.

E a Roma di cosa si occupa?, le chiesi.

Sono sales advisor in una boutique di via Frattina, si pavoneggiò.

Complimenti!

La commessa (di questo si trattava) li incassò con sussiego: sì, era giusto farglieli, il suo impiego comportava un notevole stress che ogni estate Geppy scaricava andando a divertirsi quindici giorni a Rimini.

Anche noi siamo qui per divertirci!, commentò Eva come se fosse una ulteriore fantastica coincidenza.

Geppy ci chiese se conoscevamo il Verdeluna.

No.

Il Paradiso?

Nemmeno.

Il Melody Mecca?

Solo di nome.

Oh Maronn', si lasciò scappare. Così indietro state?!

Ci giustificammo dicendo che avevamo messo piede a Rimini il giorno prima e Geppy si offrì di introdurci quella sera stessa ai piaceri della riviera romagnola.

Ma tu sei qui da sola?, s'informò la First Lady.

Dipende dall'ora, ammiccò Geppy. Di giorno sì, di notte no...

Terza risata, durante la quale Eva le diede uno schiaffetto sul fianco (li aveva opulenti, marchiati dagli anelli metallici dello slip anni settanta) e le disse che la vedeva in gran forma.

Anch'io ti trovo molto migliorata, ricambiò Geppy.

Come avevano fatto, in meno di mezz'ora e a distanza di vent'anni, a ristabilire tutta quella confidenza? In realtà era una domanda retorica, conoscevo benissimo l'arte seduttiva che la First Lady adoperava con le sweet, il savoir-faire con cui le spingeva, in un giro di drink, a mostrarle l'anima ancora prima di aver esibito in giro mezza tetta.

Be', che ne pensi della mia amica Geppy?, mi risvegliò Eva.

Una donna incantevole. O meglio – fui più sincero – conturbante.

Geppy sbatté le ciglia e ricambiò, definendomi un individuo fascinoso.

E allora (secondo schiaffetto, questa volta sulla natica) se è fascinoso perché insisti a dargli del lei?

Non era facile, con la mia modesta cilindrata e le caviglie a mollo, stare dietro a quelle due macchine da corsa, ma feci del mio meglio per salire di giri.

Non abbia così rispetto per le persone anziane, scherzai.

Geppy, al contrario, prese il mio invito molto seriamente.

A me piacciono le persone anziane!

Eva sbatté gli occhioni: Davvero?

Mmm-mmm, all'ISEF mi ero fatta una storia con il professore di fisiologia umana.

Anche Giorgio è professore, rilanciò mia moglie, sempre a caccia di combinazioni.

Geppy batté le mani.

Ma non mi dire. E di cosa?

Clinica oncologica.

Però adesso non ti fare una storia anche con lui, la minacciò Eva.

Risero come se fosse la cosa più divertente del mondo, cingendosi i fianchi l'una con l'altra. La First Lady pizzicò il piercing che Geppy ostentava all'ombelico. Aveva solo due o tre chili di troppo, ma bastavano a farsi delle idee sulla sua predisposizione a lasciarsi andare.

Allora stasera si va a ballare?

Come minimo, rispose Geppy.

Eva volle metterla alla prova.

E come massimo?

Geppy si strinse nelle spalle per dire che lei c'era – dipendeva unicamente dalla nostra voglia di osare.

Allora è andata, concluse Eva.

Io non so se ero più eccitato o spaventato, di sicuro sentivo il bisogno di un minimo di controllo, di pianificazione.

E Tarun?, dissi. A chi lo lasciamo?

Più che al bambino pensavo a Leon Hard, volevo capire se sarebbe stato dei nostri (speravo, non speravo, non osavo sperare. L'eventualità che venisse a guardarmi fare sesso con Geppy mi scompaginava).

Avete un cane?

Un bambino, la corressi.

Dalla faccia di Eva capii che avrebbe preferito tenerglielo nascosto.

È solo il figlio dei nostri domestici, minimizzò.

A mezza bocca osservai che, se erano nostri i domestici, doveva esserlo anche il loro erede, ma nella baraonda del ferragosto Geppy non mi sentì. Si passò la gomma americana sull'altro lato e chiese se i domestici erano fissi o a mezzo servizio.

Fissi, fissi, le risposi, c'è una villa di tre piani da mandare avanti...

Geppy prese una punta d'aceto.

Una villa di tre piani? Accidenti, dovreste stare al Tourquoise, non al bagno 26!

Se fossimo andati al Tourquoise non avremmo potuto incontrarti, le feci notare.

Era una galanteria, ma Geppy la scambiò per un'allusione al divario sociale che ci separava ed entrò subito in competizione.

Io alloggio al Diplomat Palace, esibì un po' a vanvera.

Eva si congratulò per le quattro stelle e la sua amica si ringalluzzì all'istante.

Se v'interessa c'è anche il servizio baby-sitter, disse, ci lasciavo sempre Diego quand'era piccolo.

Diego?, trasalì la First Lady facendo un passo indietro. Ma... hai un figlio?

Alla stessa velocità con cui una plumbea nuvolaglia aveva appena coperto il sole, Eva si rabbuiò. Non la credeva capace, evidentemente.

E quanti anni ha?, sondò con l'aria scettica.

Diego? Ha preso la patente l'anno scorso.

Mia moglie fece un rapido calcolo e stabilì che il ragazzo (se davvero esisteva) era stato concepito negli ultimi mesi dell'ISEF. In teoria, Eva avrebbe potuto conoscere il padre.

Non solo in teoria!, confermò Geppy.

Venne fuori che a metterla incinta era stato uno dei due nuotatori con cui Geppy usciva in quel periodo. La ragazza se li era fatti entrambi a stretto giro, che era diventato larghissimo quando Geppy li aveva informati di aspettare un bambino.

Sia l'uno che l'altro se la diedero a gambe, addossandomi la colpa. Se avessi usato il sistema che usa Eva, dissero, non sarebbe successo niente...

Feci finta di non capire a quale sistema si riferisse (sulla contraccezione lasciavo fare a mia moglie) e in effetti non capivo più niente. Mi sentivo pronto a scopare Geppy seduta stante, a sessant'anni ricalcare le orme di due promesse del nuoto diventava un obiettivo possibile – di più, un'urgenza che mi rendeva insofferente a tutte quelle divagazioni.

E tu?, insistette Geppy rivolta all'amica. Figli niente?

Intervenni con due o tre frasi che miravano a chiudere l'argomento.

... Ci stiamo pensando...

... Sai, con il lavoro che fa, Eva deve essere sempre in forma...

... E poi Tarun è praticamente figlio nostro...

Dov'è questo Tarun?, volle sapere Geppy.

Ci voltammo verso la spiaggia e le indicammo il nostro ombrellone.

Ma Tarun non era sotto il nostro ombrellone. E nemmeno in quello accanto o in quello ancora dopo.

Tarun non era in nessun posto. Tarun – per farla breve – era sparito.

Tutto ciò che negli ultimi minuti era stato oscurato dalla prospettiva di possedere Geppy (le diciassette file di sdraio e il mare aperto, la mucillagine che si gonfiava sulla battigia e i soldatini) ricomparve in un lampo fastidioso e accecante.

Mano a visiera, tornai verso l'ombrellone alla ricerca dei miei occhiali da sole.

Avete visto il bambino?, interrogai i vicini.

Lo avevano visto, sì, ma chi andare da una parte e chi dall'altra.

E i miei Ray-Ban? Non si trovavano più nemmeno quelli.

Quando Eva si avvicinò notai che aveva la mandibola indurita. Guardò sotto i lettini e trovò le ciabattine di Tarun.

Non preoccuparti, sdrammatizzai. Sarà qua intorno.

Ma per Eva non era un dramma, bensì una tragedia.

Si prese il viso tra le mani e cominciò a disperarsi. Io ho sempre detestato queste manifestazioni plateali e la invitai a darsi un contegno.

Ti avevo chiesto espressamente di controllarlo!, inveì.

Ma sei stata tu a farmi segno di raggiungerti sulla battigia!

Cominciammo a discutere. La cosa buona era che, a parte Geppy, nessuno badava a noi, i pensionati tedeschi faticavano a piegare le pagine del "Der Spiegel" e il resto della spiaggia alzava la voce per farsi sentire nel rimbombo della risacca. In pochi minuti il mare si era incagnato e un vento di levante ci stava soffiando addosso un orizzonte grigio, minaccioso. Sul seggiolone del bagnino comparve una bandiera rossa.

Vado a lanciare l'allarme, decretò Eva.

La esortai a non precipitare gli eventi.

Cerchiamolo, invece di metterci in mostra in questo modo!

Ah, per te questo sarebbe mettersi in mostra?, s'infuriò lei.

Per fortuna, in quel momento, Geppy fece un passo avanti. Appoggiò una mano sulla spalla di Eva e ci invitò a non litigare.

Dividiamoci la spiaggia, propose. Lui a destra, tu a sinistra e io verso l'interno.

E se fosse entrato in acqua?, impallidì Eva.

Ritornammo di corsa sul bagnasciuga e interrogammo il mare, che ci rispose sputandoci addosso una sventagliata di spruzzi. Qua e là, tra i flutti, vedevo comparire degli oggetti scuri che potevano essere dei pezzi di legno come la testa di Tarun. Ma senza i miei occhiali da sole non ero sicuro di niente e preferii tacere.

Se si fosse tuffato, osservò Geppy, qualcuno l'avrebbe notato.

Non so Eva (la mandibola sempre più contratta, era diventata una sfinge), ma io apprezzavo il suo ottimismo, i suoi tentativi di rassicurarci. Tuttavia non dissi niente, il fragore della mareggiata rendeva ormai difficile comunicare da qua a là.

Ci separammo, seguendo il piano di Geppy. Sul mio lato

di spiaggia era stata organizzata una maratona di tiro alla fune, i concorrenti venivano aggiunti a due a due e ogni nuova coppia contribuiva a prolungare la già chilometrica fila. Nel controllare se Tarun fosse per caso finito là in mezzo, non potei fare a meno di notare quello sforzo mirato a tutto e a niente, trascinare il prossimo dalla propria parte sembrava un gesto necessario e nello stesso tempo la più grande delle cretinate.

Mi fermai a curiosare, affascinato dalla possibilità che la corda si spezzasse, o che almeno una delle due squadre cedesse. Ma non accadde niente di tutto ciò, più forte i contendenti tiravano e meno la situazione sembrava destinata a sbloccarsi. Allora proseguii fino al confine tra lo stabilimento e quello successivo, un confine del tutto virtuale dopo il quale regnava la stessa calca e la stessa crescente indecisione. La gente, quella mattina, si era riversata in massa sulla spiaggia convinta di godersi un ferragosto di sole, ma alle undici il cielo era ormai tutto grigio, il vento rinforzava da est e in molti avevano già chiuso l'ombrellone.

Tarun, Tarun, Tarun – mi sembrava di sentire. Forse Eva si era messa a gridare. Ma più probabilmente era il fischio del levante che giocava col mio orecchio.

Poi si avvertì un tuono in lontananza e cominciò a piovigginare. Decine di persone scattarono in piedi e batterono in ritirata verso l'uscita.

Ferragosto di merda, sentii dire in molte lingue, alle quali aggiunsi il maremmano.

In breve la pioggerellina si traformò in un acquazzone e la spiaggia si svuotò completamente, rendendo palese quello che avevo pensato fin dal primo momento: Tarun non c'era, non c'era e – maremma maiala – non c'era.

Tornai indietro. La fune era stata abbandonata sulla battigia. Sembrava un'enorme biscia morta. Se il mare si fosse ulteriormente ingrossato se la sarebbe presa.

All'altezza dei pattìni vidi Eva venirmi incontro dall'altra parte della spiaggia. Si era tolta gli zoccoli rossi di Kiara Shoes e arrancava nella sabbia. Era sola come me, forse più sola.

Ci ritrovammo più o meno nel punto dove c'eravamo intrattenuti con Geppy. Sembrava successo molto tempo prima. Per non parlare del nostro programma serale, che adesso appariva lontanissimo.

Niente?

Niente.

La pioggia stava diminuendo d'intensità. Sembrava chissà cosa, e invece alla fine si era trattato soltanto di un violento scroscio. Adesso il cielo sgocciolava senza troppa convinzione, come un rubinetto che non chiude bene.

Anche Eva aveva smesso di piangere, ma questo non voleva dire niente.

In certi frangenti niente vuol dire niente, siamo in balia di forze misteriose e di pensieri assurdi, come quello che, di fronte allo smarrimento di un bambino, mi spingeva a domandarmi ossessivamente come fossero andate le batterie dei cento metri e in particolare che tempo avesse fatto Usain Bolt.

Cosa facciamo adesso?

Eva – era inequivocabile – continuava a ritenermi l'unico responsabile della sparizione di Tarun, ma in quel momento di estrema solitudine non aveva altra scelta che affidarsi a me.

Io, d'altra parte, non vedevo altra scelta che affidarci alle forze dell'ordine.

Dobbiamo andare a denunciare la scomparsa, riconobbi rassegnato.

Eva sembrava più rassegnata di me. Grondava dalla testa ai piedi. Tirò su con il naso e guardò la superficie del mare. Due giorni prima era tornata tutta contenta dal parrucchiere e adesso il suo shatush era completamente da rifare.

Sempre rivolta all'Adriatico, disse che i bambini devono stare con le mamme.

Tu per Tarun sei più di una mamma, osservai.

Ma come?, m'investì Eva con una voce rabbiosa che assomigliava a quel mare – non ero una zoccola?...

Dimmi tu se è il momento di mettersi a fare polemiche.

Non faccio polemiche, s'affievolì Eva. Voglio solo dire (guardò di nuovo il mare, come se nel mare trovasse le parole) che... se coltivi un melo non puoi aspettarti di raccogliere pere.

Confessai di non aver capito, ma la First Lady insistette con le metafore botaniche e tirò in mezzo la mia passione per i bonsai.

Tu vuoi manipolare le cose... le persone... costringerle a essere quello che non sono...

Dunque non mi sbagliavo: era una polemica. Di più, un rimprovero.

Io non ho mai costretto nessuno, mi discolpai.

In realtà la costrinsi a darmi ragione.

Ok, ok, finiamola qua.

La spiaggia si stava lentamente ripopolando. Con cautela, dopo essersi ammassata sotto la pensilina del bar o dentro le cabine, la gente tornava al proprio posto e si riappropriava dei lettini fradici, degli ombrelloni sgocciolanti, dei teli da strizzare. L'umidità era dappertutto – anche nei fili dell'altoparlante, che si riaccese crepitando.

... Il piccolo (...) attende (...) in direzione...

Tarun? Ha detto Tarun?

Imboccammo la passerella e la percorremmo di corsa, risalendo controsenso la fiumana.

Tarun ci aspettava in braccio a Geppy.

Erano entrambi calmissimi e miracolosamente asciutti.

Noi molto meno. Ci avventammo grondanti sul piccolo indiano.

Si può sapere dov'eri finito?

Geppy gli aveva comprato un pacchetto di patatine e Tarun vi attingeva come da un'acquasantiera. Nel vederci arrivare in quello stato ci schifò come due cani in chiesa e s'infilò in bocca un'altra patatina.

Ci hai fatto venire un colpo, diobbòno...

Nessuna risposta. Non sembrava importargli granché.

Ma guarda che faccia di bronzo!, insistetti. Hai perso la lingua?

Nel correre avanti e indietro (lo stabilimento stava tornando rapidamente a regime) i proprietari del bagno 26 trovarono il tempo di rivolgerci un'occhiata di biasimo, chissà se per l'irruenza con cui mi rivolgevo al bambino o per quella con cui eravamo entrati in direzione senza pulirci i piedi.

Meglio parlarne dopo, mi consigliò Geppy. Sapete come sono i bambini...

... Lo sapevamo?...

Geppy pretese di darcene un sunto in pochi minuti.

Volubili, indifesi, teneri, egoisti.

Passò a spiegarci come dovevano essere le mamme.

Capisci, Eva? Una vera madre è sempre capace d'intuire i bisogni del suo bambino...

Per questo gli hai comprato quelle patatine unte e bisunte?, domandò la First Lady con un filo di voce.

Ultimamente stava impegnandosi a migliorare l'alimentazione di Tarun, che Amal e Pankaja tendevano a nutrire con troppe merendine.

Geppy non la sentì (oppure fece finta) e proseguì il suo ragionamento.

Perché un bambino scappa? Domandatevelo, c'invitò a fare Geppy.

Ma non ce ne fu bisogno, perché Tarun fornì un'immediata risposta.

Voglio mamma e papà, disse.

Eva accusò il colpo e chinò il capo. Molto meno disposto a farmi umiliare da un marmocchio di due anni, io invece contrattaccai.

Perché, con noi che ti manca?

A voce alta, perché tutti sentissero bene, elencai i privilegi di cui quel bambino godeva grazie alle nostre cure.

E non sto parlando di una cameretta zeppa di giocattoli o di un guardaroba degno del maragià, dissi prendendo la mano di Eva, ma dell'amore – sì, dell'amore – di questa donna meravigliosa.

Proprio in quel momento entrarono due carabinieri e puntarono con decisione il nostro angolo. Ci chiesero di favorire i documenti. Indicando Tarun con un colpo di mento, vollero sapere se era con noi.

Direi di sì.

Direi di sì vuol dire sì?

Sì, confermai a denti stretti.

A quanto pare qualcuno ci aveva denunciato. Oddio, non si trattava esattamente di una denuncia, ammisero i carabinieri, ma di una segnalazione mirata a verificare la relazione che intercorreva tra noi e il bambino, e più in particolare la regolarità di quel soggiorno lontano dai legittimi genitori.

Avete un'autorizzazione da parte loro?, ci domandarono.

No, non ce l'avevamo.

Un grado, anche lontano, di parentela?

Prelevarono Tarun dalle ginocchia di Geppy e se lo piazzarono accanto.

Lei – vollero ancora sapere – che professione svolge, signore?

Il Signore sta nell'alto dei cieli. Io sono primario professore alla Misericordia di Grosseto.

Ma sul suo documento c'è scritto che risiede nel Comune di Roma.

In effetti ho lasciato l'incarico sette anni fa.

E adesso di cosa si occupa?

Filantropia, risposi umilmente.

Tutto quello che volevano fare era intimidirci, e andarono avanti finché non ebbero maturato la convinzione di esserci riusciti. In realtà mi avevano solo stancato, quando uscimmo di nuovo all'aria aperta ero stufo di tutto (di sicuro ero stufo di pensare a Tarun).

Alla fine i militari ce l'avevano restituito con l'obbligo di presentarci entro quarantott'ore a un comando dei carabinieri in presenza dei genitori naturali. Sembrava tutto sistemato, ma Tarun, al momento di staccarsi dalle loro divise e venire verso di noi, cominciò improvvisamente a dare di matto, urlando, scalciando e minacciando di darsi di nuovo alla fuga.

Eva tentò in tutti i modi di calmarlo, ma si beccò perfino un graffio sulla guancia.

A me tirò invece il cartoccio delle patatine e gli ultimi soldatini che gli erano rimasti in mano.

Si direbbe che il bambino vi rifiuti, osservarono i carabinieri.

C'era poco da dire, sembrava proprio così...

Per sbloccare la situazione dovemmo ancora una volta affidarci a Geppy, che acconsentì ad accompagnarci all'Ambasciatori con quel fardello in braccio (Tarun, l'ho omesso, aveva un paio d'anni ma pesava come una damigiana da dieci litri). Con Geppy e solo con Geppy il bambino smetteva di strillare, ogni tentativo di riaffidarlo alle cure di mia moglie naufragava in una tempesta di lacrime, nella quale naufragava anche Eva.

Come Dio volle, una volta raggiunto l'albergo, Tarun cedette alla stanchezza e potemmo parcheggiarlo sul divano della hall. Scoccava ormai l'ora di pranzo, tutti erano tornati sulla spiaggia o si erano seduti in qualche ristorante, e del temporale di poco prima restavano solo alcune impronte di fango davanti all'ascensore.

Allora, buttai là giocherellando con la chiave della stanza, per stasera come rimaniamo?

Eva alzò le mani: Non contate su di me...

Seduta sul bordo del divano, Geppy si stava massaggiando gli avambracci. Notai che, proprio in quel punto, aveva due piccoli tatuaggi, uno con il simbolo di Louis Vitton e l'altro con le due effe incrociate di Fendi.

Che c'è?, si rivolse a Eva. Sei contrariata?

No, perché?

Mi sembrava.

Non è colpa mia, insistette Geppy, se il bambino non è contento di stare con te.

Eva la incenerì: Ti ho forse dato la colpa di qualcosa?

Io ero molto sorpreso. Va bene che avevamo passato un brutto momento, ma tanto nervosismo non si giustificava, specialmente dopo tutte le moine che Geppy ed Eva si erano scambiate sulla spiaggia.

Rilassiamoci, mesdames, il peggio è passato.

Poteva sembrare che stesse riflettendo sul mio invito, e invece, dopo un breve silenzio, Eva schizzò una nuova dose di veleno verso Geppy.

Di' un po', credi di essere migliore di me perché tu sei madre e io no?

La ragazza alla reception sollevò lo sguardò dallo schermo del computer. Con i Kiara Shoes di nuovo ai suoi piedi Eva era tornata altissima e utilizzò la sua imponenza per incombere su Geppy. La quale non si intimidì affatto.

Sei tu, restituì l'affondo, che hai sempre creduto di essere migliore degli altri.

Di te sicuro, ammise Eva.

Accusò l'amica di essere stata irritante e patetica, con quella lezioncina sulle mamme-che-non-sbagliano-mai.

Geppy le ghignò in faccia.

Meglio essere patetica che rubare il bambino alla donna di servizio.

Io non ho rubato proprio niente!, strinse i pugni Eva.

Geppy era tosta, non rinunciava al suo sorriso strafottente.

Voglio vedere come te la cavi ora che si sveglia, disse indicando Tarun.

Non potevo crederci. Stavano litigando. La mia speranza di portarle in camera e di penetrarle entrambe davanti a Leon Hard si spezzò con un colpo secco.

Io li amavo, i colpi secchi (per questo mi piace sparare, o lo schiocco che fa la cappella del bull quando valica lo sfintere di mia moglie), ma subirne uno come quello tra capo e collo era un'altra cosa.

Geppy si voltò verso di me: Tua moglie crede di avercela d'oro, ma all'ISEF la dava via come tutte.

Ah, ecco, mi barcamenai.

Non scomodatevi troppo a ringraziarmi per avervi salvato il culo, polemizzò Geppy alzandosi in piedi.

Prima di voltarci le spalle e uscire dall'albergo volle farci sapere che al Diplomat Palace, il giorno di ferragosto, servivano l'astice a buffet.

Anche con un astice nel culo resti sempre Giuseppina!, le inveì dietro Eva.

Le presi i polsi e la invitai a calmarsi.

In fondo, se non ci fosse stata lei...

Ma che stai dicendo?, mi interruppe Eva fuori di sé. Non hai capito che i carabinieri li ha chiamati quella stronza?

Davvero?

Eva ne era sicura. Così com'era sicura che Geppy avesse visto Tarun allontanarsi dal nostro ombrellone.

E perché non ci ha detto niente?

Perché è una stronza, ribadì Eva.

Secondo lei, era tutto da dimostrare anche che avesse un figlio.

Io quei due nuotatori me li ricordo bene, disse. E ti assicuro che scopavano entrambi con il preservativo.

Quante volte avevo obbligato mia moglie a tradirmi, quante volte l'avevo implorata di farlo o spinta a confessioni postume, in mancanza delle quali, nell'impossibilità di rassegnarmi alla sua fedeltà, non mi restava altro che annusarle di nascosto le mutandine alla ricerca di un pur vago sentore del passaggio del maschio...

Ma ora...

Dunque ci sei andata a letto, dissi.

Eva colse la mia intonazione (non è tipo a cui passi inosservata la mortificazione di un uomo), ma era troppa la stanchezza, e reagì con l'automatismo di sempre.

Certo che sì, cornuto. Altrimenti cosa sarebbero quelle ramificazioni che hai sulla testa?

Riaprire le vecchie ferite fu la scelta migliore. Sapevo come leccarle ed erano lì, alla luce del sole.

Già, perché il sole era tornato, vendicativo, come un polpo inferocito allungava i suoi tentacoli nella hall dell'Hotel Ambasciatori e io rimpiangevo i miei occhiali da sole, un paio di Ray-Ban nuovi di zecca che mai più – mai più, maremma maiala – avrei ritrovato.

In che stato si risvegliò Tarun?

Puro estratto di saccarosio, non ricordava niente della scenata che aveva fatto due ore addietro, al punto da farci sospettare che Geppy avesse drogato le patatine.

Secondo Eva, ne era capace.

E come proseguì la vostra vacanza?

Facendo le valigie e ritornando a casa.

Il giorno seguente eravamo già all'Infinito. Senza nemmeno cambiarci caricammo Amal e Pankaja sulla Jaguar e ci dirigemmo al comando di Prima Porta per attestare che eravamo un'unica grande famiglia.

Sembrava tutto concluso, anche quell'estate che ci era sembrata così intollerabile e che ora, riconsegnata all'Infinito, traspirava quasi mite attraverso gli spifferi del suo ecosistema.

E invece, dopo nemmeno una settimana, si presentarono le assistenti sociali.

Vero che il videocitofono dell'Infinito tendeva a deformare, ma quando apparvero nel monitor chiamai di corsa Leon Hard e gli chiesi se anche lui vedeva quello che vedevo io. Colpiti nel profondo, facemmo scattare la serratura del cancello e uscimmo in giardino, come sempre schiavi della bellezza ma anche irreparabilmente attratti dai capricci della natura.

Dal vivo si capiva subito cosa rendesse quelle donne tanto ripugnanti: l'una e l'altra erano devastate dal sospetto, sulle dermatiti di probabile origine psicosomatica e sull'asimmetria del loro prognatismo gravava l'ombra della diffidenza, senza la quale – forse – tutta quella disarmonia sarebbe stata sopportabile.

Ci aspettavate?, domandarono.

No.

E allora perché siete così tranquilli?

Ci tenevano a proporsi come truppa d'assalto, specializzata in raid a sorpresa. Chiesero di accompagnarle dai genitori di Tarun Bophanna e solo allora realizzammo che le due donne venivano per conto del ventesimo municipio.

Voi abitate qui?, domandarono squadrando la villa.

Erano sorprese, e anche parecchio scandalizzate, dallo spreco di tutto quello spazio.

Ci verrebbe una scuola fatta e finita, dissero, dall'asilo nido alle superiori.

Stavo per dire che proprio quello ci eravamo ripromessi

di impiantare all'Infinito – una scuola – ma Leon Hard mi fermò in tempo, avendo capito che quelle due signore erano là per giudicarci e che lo avrebbero fatto con le loro leggi.

Pankaja venne ad aprire con Tarun in braccio. Da quando le avevo assicurato che il suo cancro era stato sconfitto aveva assunto un'aria meno timida, come se si fosse convinta che avrebbe potuto vincere anche altre battaglie. Le due assistenti si presentarono a Pankaja con molto tatto (di sicuro più che con noi) e chiesero di entrare dentro casa. Noi ci accodammo, ma subito quelle ci guardarono in cagnesco e c'intimarono di aspettare fuori.

A dire il vero solo una era assistente sociale, l'altra si sarebbe rivelata una psicologa particolarmente temibile per l'inappellabilità delle sue perizie.

Nell'attesa che il colloquio finisse, ci mettemmo a passeggiare avanti e indietro in giardino, parlando del nuovo record mondiale di Usain Bolt.

Pensa un accoppiamento tra la pantera giamaicana e la First Lady, lo provocai.

Dopo quello che era successo a Rimini, miravo a capire se alla mia incursione nella sfera dei bull fosse corrisposto uno sconfinamento di Mister Wolf in quella dei cuckold. Ora che lo stallone traboccava di sentimento per la sweet, ero affascinato dall'eventualità di scoprire che fosse proprio quello, l'eccesso di amore, a spingere un uomo verso il candaulesimo.

Sono pensieri che non mi affascinano, mi smontò. Pensieri da vecchio cornuto.

Era giusto così, prima di scambiarci i ruoli dovevamo esplorare i nostri fino in fondo.

Lo sai che la First Lady, appena uscita dall'ISEF, correva i cento in dodici e cinque?

Leon Hard sapeva poco o niente delle prestazioni di Eva su pista, e gli raccontai dei pomeriggi trascorsi allo Zecchini di Grosseto con il cronometro in mano, a misurare i suoi scatti. Altri tempi, in tutti i sensi...

Giorgio, mi disse a un certo punto Leon Hard, ti ho mai detto grazie per avermi fatto conoscere una donna del genere?

Mi vennero le lacrime agli occhi. Cosa c'è di più bello di un uomo che ti ringrazia per avergli offerto la tua compagna? Se non fossero esistiti momenti così, il gioco sarebbe stato solo foia animalesca. E invece, voilà, eccoci là col cuore gonfio...

In quello stato ci ritrovarono l'assistente e la psicologa, uscendo dall'appartamento dei Bophanna.

Adesso vorremmo vedere casa vostra.

Mentre meditavo se esigere o meno un mandato di perquisizione, Leon Hard le informò che lui non risiedeva a villa Infinito, ma nel centro di Roma.

E allora che ci fa qua? Anzi, lei chi è?

Nella sua splendente carriera, Mister Wolf ha onorato di tutto. Se gli sia capitato di scopare soggetti così io non saprei, ma è un samurai e non va escluso. Di sicuro, in quell'occasione, fornì un saggio a cielo aperto sulle doti che il vero bull mette in campo con l'altro sesso, di qualunque tipo sia l'alterità.

Decisione, garbo, niente piaggeria e una screziatura di humour: di queste qualità le due donne non apprezzarono niente, e alla fine si permisero perfino di scambiarle per maleducazione.

Non ci faccia perdere tempo, dissero mettendolo da parte.

Ovviamente le feci salire in casa dall'accesso esterno. Ma una volta sul pianerottolo l'assistente sociale notò la scala di marmo e chiese cosa ci fosse di sotto.

L'appartamento dei Bophanna, sorrisi.

Sì, ma in mezzo?

Nel disimpegno s'intravedeva un divanetto e, addossata alla parete, una croce di sant'Andrea nuova di zecca che avevamo comprato per il dungeon.

La psicologa si assestò gli occhiali sul naso.

È quella cos'è?

Le spiegai che mia moglie lavorava nel fitness, e che ogni tanto si faceva mandare nuovi attrezzi per la ginnastica posturale.

Dal quadro svedese alle panche moderne, mi lanciai, non ha idea dei progressi che sono stati fatti.

La psicologa non sembrava troppo convinta.

Potremmo dare un'occhiata da vicino?

Il cancelletto era chiuso a chiave e fingere di non trovarla servì solo a farci perdere qualche minuto. Una psicologa è una psicologa, alla fine il mio ostruzionismo venne smascherato come tale.

Scendemmo tutti e quattro nel privé, l'assistente e la psicologa davanti, io e Leon Hard dietro. Si soffermarono sulla sala della voliera, e poi giù le quattro camere delle stagioni, il glory hole, gli spazi orgiastici e la dark room, fino alla discoteca erotica e la vasca idromassaggio.

Faceva effetto vedere due persone normali aggirarsi nel club, un effetto che diventava scioccante nel prendere atto che quelle due donne, per i nostri standard, normali non erano affatto. Ma ormai eravamo nel loro sguardo (un'esperienza nuova, per i canoni dell'Infinito) e in quello sguardo così si mettevano le cose – loro erano la regola e noi l'eccezione.

Per tutto il tempo della visita non fu pronunciata una parola. Anche le facce che facevano, restando il bull e io sempre un passo indietro, potemmo solo immaginarle a grandi linee.

Quando la psicologa e l'assistente sociale si voltarono scoprimmo che avevano gli occhi umidi.

Come potete far crescere un bambino qua dentro?

Non siamo mica scemi, risposi. Il bambino cresce tra casa nostra e quella del custode, e soprattutto in uno dei parchi privati più belli d'Italia.

L'assistente sociale si strofinò le palpebre.

È mostruoso, commentò come se nemmeno mi avesse sentito.

Leon Hard le invitò a sedersi e a discutere la cosa con calma, ma le nostre ospiti stavano bene attente a non toccare niente, mai e poi mai si sarebbero sedute su uno dei nostri sofà. Restammo in piedi.

Le persone che vengono qui dentro sono tutte adulte e consenzienti. Molte di loro, s'accorò Leon Hard, hanno dei bambini piccoli. Come potrebbero fare del male a Tarun?

Niente da fare, se io ero un individuo deplorevole Leon

Hard non era nemmeno considerato un interlocutore, e nulla gli venne risposto.

Con Amal e Pankaja avete parlato, cercai di farle ragionare, vi avranno detto che (nello spirito, se non come persona giuridica) noi siamo un ente morale.

Morale? Con un cesto di profilattici sul bancone del bar?

Mister Wolf perse la pazienza.

Insomma, disse, di cosa ci accusate?

La psicologa e l'assistente sociale considerarono la domanda talmente assurda da non meritare una risposta, ma intanto, con quella scusa, di fatto ci veniva impedito di difenderci. Decisi di provarci lo stesso.

Noi siamo contro la violenza, cominciai.

Siamo contro la prostituzione e contro ogni tipo di droga.

Siamo contro la disonestà, gli inganni, i raggiri.

(E con questo, va da sé, siamo contro l'ipocrisia nella coppia.)

Noi rispettiamo la diversità.

Noi rispettiamo la libertà.

Noi rispettiamo la natura, umana e non umana.

Mi fermai, chiedendomi se poteva bastare, e Mister Wolf ne approfittò per infilarci il rispetto verso la poesia, la verità, la conoscenza.

The knowledge, disse indicando la scritta che lui stesso aveva dipinto sulla porta della biblioteca.

Dopo quella sparata, le due donne scossero la testa disorientate e chiesero da che parte si usciva. Con noi, era chiaro, non volevano proprio parlare...

E con Eva?

Eva stava suonando la batteria e non si accorse di niente. Sospetto, anzi, che spesso la suonasse proprio per quel motivo. Il frastuono copriva gli altri rumori della vita, e così si spiegava come mai picchiasse tanto forte sui tamburi e perché avesse scelto, tra tutta la musica del mondo, quella gazzarra del rock&roll.

I servizi sociali non si videro più?

Scherza? Tornarono quasi tutte le settimane, alternandosi con gli ispettori della guardia di finanza. Per otto anni non avevano mai messo piede all'Infinito, adesso ci invadevano con verifiche fiscali che, oltre ai libri contabili, sembrava volessero controllare ogni piega semantica del nostro statuto.

... L'Infinito Club Privé è una libera associazione apartitica e apolitica, con durata illimitata nel tempo e senza scopo di lucro, regolata a norma del titolo I, capitolo III, articolo 36 e seguenti del codice civile...

Conferma tutto, presidente?

Confermai.

E allora, proseguì il finanziere, come mai per entrare nel vostro club si pagano circa centoventi euro a sera?

Gli spiegai che era una quota associativa per i singoli, alla quale andava aggiunto un modesto contributo per le consumazioni.

Perché solo i singoli? Mi pare una forma d'ingiustizia.

Una decina d'anni addietro, al momento di stilare il regolamento dell'Infinito, quell'argomento era stato oggetto di un approfondito dibattito tra me, Eva e Leon Hard. Tutti i club privé, infatti, avevano l'abitudine di puntare sugli uomini non accompagnati, secondo una logica che, dal punto di vista del profitto, non faceva una piega: i singoli sono più numerosi e vanno dove ci sono le coppie, quindi tanto vale aprire l'accesso a quest'ultime e raccogliere l'obolo di chi viene dietro.

Ma non tutti i singoli sono uguali, diceva giustamente Leon Hard.

Così istituimmo un sistema di crediti, in base al quale un singolo che riceve dei feedback positivi può passare prima allo status di bull, poi di silver bull e infine di gold bull, limitando moltissimo l'esborso e accrescendo il proprio prestigio all'interno del privé.

Come può leggere al punto C dell'articolo 4, spiegai al maresciallo, l'Infinito combatte ogni forma di pregiudizio e discriminazione, ma valorizza le differenze di merito, premiando tutti coloro che si comportano bene.

È questo, gli dissi, che in Italia non vogliamo capire: il punto non è essere bianchi, neri o gialli, ma rispettare le regole della comunità e darsi da fare per elevare la propria posizione.

Perché mi accaloravo tanto con un maresciallo della guardia di finanza? Per la disponibilità con cui mi ascoltava, senza dubbio (seduto alla mia scrivania, con i registri davanti, si lisciava il pizzetto e redigeva senza fretta il verbale), ma anche per la frequenza con cui mi chiamava Presidente (tale risultavo, del resto, nell'organigramma dell'associazione).

Per concludere il discorso accennai agli ammortizzatori previsti da Mister Wolf a favore dei singoli disagiati, che non erano in grado di procurarsi da soli i feedback necessari alla propria ascesa sociale. Dalle sweet di sostegno alle borse di studio, il suo welfare (come tutti i welfare) esprimeva alti ideali e scarsa applicabilità.

Ma volli comunque parlargliene, perché il maresciallo capisse di che pasta era fatto il mio socio.

... Noi siamo questi, signor maresciallo, veda lei se e come giudicarci...

Dopo un mese ci arrivò una multa di centoventimila euro per evasione fiscale.

Più una pesante ammenda per il lavoro nero di Amal e Pankaja.

A niente valse la loro testimonianza, per certi versi straziante, nella quale i due vaisya confermarono di sentirsi parte integrante del nostro nucleo familiare e parlarono di me come di un santo.

Guardi, glielo dico in due parole, come viene...

Noi siamo prigionieri del gioco, vediamo solo quello e non pensiamo mai che le nostre mosse possano avere delle conseguenze al di fuori del campo. Poi un giorno alziamo la testa e ci accorgiamo che quella realtà da cui, attraverso lo schermo del gioco, volevamo così strenuamente difenderci, proprio dal gioco è stata aggredita, modificandosi di conseguenza.

Il contagio, in altre parole, si è diffuso nel senso contrario.

A quel punto gioco e realtà si sono definitivamente confuse e noi pure, poveri cristi, ci confondiamo così com'ero confuso io nel sentire Amal e Pankaja parlare di me come di un santo.

... Il professore aiutato nostro figlio a venire al mondo...

... Il professore dato un lavoro, una casa, una famiglia...

... Il professore guarito da ogni malattia...

Sì, sì, pensavo con la testa tra le mani, a parte le omissioni del verbo ausiliare è tutto più o meno corretto, ma non per questo – non per questo, pensavo – potrei tralasciare di avervi ogni giorno mentito, ricattato, di aver provato di riffa o di raffa a sottrarre la prole e non ultimo di avervi spinto a lavorare in condizioni irregolari, senza contributi né assicurazione (su quello, in particolare, si concentrava la guardia di finanza).

... Ah, la verità, la verità, invocava Giacomo dal suo letto di dolore...

Obbligarono la famiglia Bophanna ad abbandonare l'Infinito. Per la GdF avremmo anche potuto tenerli regolarizzando la loro posizione, ma fu il Tribunale dei Minori a escludere che noi e Tarun potessimo stare sullo stesso piano – e nemmeno a uno di distanza, se quel piano era adibito a club privé.

I nostri custodi partirono in un piovigginoso giorno di febbraio alla volta di Cremona, dove risiede una comunità indiana particolarmente numerosa. Amal aveva affittato un furgone, sul quale lo aiutammo a caricare il necessario (il resto l'avremmo buttato in una discarica).

Al momento di partire, Pankaja si chiuse in bagno, ci volle tutta la capacità persuasiva del marito per convincerla a uscire e a salire sul van.

My sweet Lady, my sweet Lady, gemeva la ragazza con il bambino in braccio.

Credeva che Eva non fosse scesa a salutarli perché ce l'aveva con loro, che erano stati all'origine di quella catena di eventi.

Provai a spiegarle che non c'entravano niente, la First

Lady aveva sempre avuto problemi ad affrontare il dolore, in particolare quello delle separazioni, e Leon Hard tradusse in inglese affinché il potere consolatorio delle mie parole arrivasse pieno e rotondo.

Ero convinto che Eva sarebbe rimasta chiusa in casa fino all'ultimo, magari picchiando sui tamburi *The Musical Box* o un altro pezzo dei Genesis in grado di coprire il rumore del furgone che si allontanava. E invece, quando Amal avviò il motore, Eva spuntò dal portone con un piccolo sorriso e un enorme pacco di patatine che fece la gioia di Tarun.

Sono felice di vederti partire con questo faccino allegro, disse accarezzandogli i capelli.

Pretese che sorridessero anche Amal e Pankaja e li abbracciò stretti stretti. Aveva preparato dei panini per il viaggio e li sistemò sul cruscotto insieme a una scatola di soldatini che aveva comprato per Tarun.

What will I do without you, Lady?, le domandò Pankaja.

Eva si strinse nelle spalle.

Le cose vanno come devono andare, disse come se avesse aperto il pugno e liberato nell'aria una manciata di petali di fiori.

Ecco la saggezza di mia moglie, una saggezza che rasentava il fatalismo ma che in quel momento mi parve infinitamente più giudiziosa delle macchinazioni con cui io mi ero tanto affannato a manipolare gli eventi.

In certi momenti mia moglie può sembrare una zoccola, constatai tra me e me, e invece è una specie di guru...

Il pensiero mi commosse al punto che, quando il cancello della villa si richiuse con un meccanismo difettoso che Amal non avrebbe riparato, l'unico che aveva ancora gli occhi umidi, diobbòno, ero io.

Tieniti le lacrime per quando usciremo dall'Ufficio Tributi, scherzò Leon Hard.

La maximulta che dovevamo pagare ci preoccupava fino a un certo punto. Bene o male l'Infinito continuava ad andare e in più io godevo di circa cinquemila euro al mese di pensione. Eppure, quando andai a controllare il livello della mia liquidità, scoprii che sfiorava appena il galleggiante.

Com'è possibile?, domandai a Eva.

Avevamo la firma congiunta e lei mi ricordò che mandava regolarmente dei soldi a sua madre e a Mariuccia, la sorella minore, incapace di superare i suoi problemi con l'alcol e di tenersi un lavoro per più di due settimane. L'avevo completamente rimosso, e del resto neanch'io pensavo più alla retta che la casa di riposo di Nozzano addebitava il cinque di ogni mese per la mamma, alla quale andava aggiunto lo stipendio del badante che da qualche tempo si prendeva cura di mio padre. In totale le nostre famiglie ci costavano circa quattromila euro, ma nemmeno così si spiegava la cifra a cui eravamo ridotti.

Ci lambiccammo il cervello per tutta la notte e alla fine mi ricordai del libretto degli assegni che, poco dopo la nascita di Tarun, avevo firmato e consegnato in bianco ai suoi genitori, perché provvedessero autonomamente alle necessità più impellenti del bambino.

Andai a controllare l'estratto conto e scoprii che, tra la prima visita dei servizi sociali e la loro partenza per Cremona, Amal e Pankaja avevano prelevato dalle nostre finanze una cifra esorbitante.

Forse erano preoccupati del loro futuro, o non si sono resi conto del cambio tra euro e rupie, cercò di giustificarli Eva.

Comunque sia, ci restavano idee confuse sulla loro onestà, una manciata di spiccioli e quattro mesi di tempo per regolarizzare la nostra posizione con il fisco.

Non avevo mai pensato troppo ai soldi e faticavo a rimanere focalizzato sul problema. Era più che altro all'alba, quando Eva dormiva e io mi prendevo cura dei cani, che il pensiero di non essere più abbastanza ricco si manifestava in tutta la sua angoscia. Ma invece di concentrarmi su una possibile soluzione scivolavo in una specie di deliquio che mi spingeva ad accucciarmi in mezzo ai setter e a crogiolarmi nell'illusione di essere come loro, una creatura innocente alla quale, mattina e sera, qualcuno avrebbe portato da mangiare e spazzolato il pelo.

A pesarmi non era tanto il debito nei confronti dell'erario quanto la fiducia incondizionata di mia moglie Eva: con la sua serica eleganza sorvolava sopra l'argomento, convinta che, al solito, avrei provveduto a risolvere tutto. Glielo lasciavo credere ostentando una tranquillità che non avevo.

Con questo equivoco arrivammo a due settimane dalla scadenza della cartella esattoriale. Malgrado avessimo aumentato il costo delle tessere e tagliato alcune spese, non eravamo riusciti a mettere da parte che poche migliaia di euro.

Ne parlai con Leon Hard. Ma, più che dei nostri conti con il fisco, lui si mostrò preoccupato di rimettere a nuovo l'appartamento che Amal, Pankaja e Tarun avevano liberato al piano terra.

Non mi sembra una priorità, gli dissi.

Oh, sì che lo è, mi contraddisse Leon Hard. Tempo quindici giorni e vorrei entrarci dentro.

Smanettò sul mixer alla ricerca del giusto bilanciamento del suono. Da qualche tempo, per risparmiare, avevamo deciso di fare a meno di barista e disc jockey, e stavamo provando ad arrangiarci da soli. Ma se Eva se la cavava egregiamente dietro al bancone, Mister Wolf e io faticavamo alla consolle, ogni mixata era un brivido e la vicinanza dei woofer ci rintronava.

Non ti ho sentito, urlai.

Lui mi tirò a sé e mi gridò nell'orecchio che era arrivato il momento di trasferirsi definitivamente all'Infinito.

Non mi dire!

Annuì e sistemò sul piatto il pezzo successivo. Nella playlist che avevamo ereditato dal DJ si leggevano nomi come Jerry Ropero, Fragma e Desaparecidos vs Walter Master J.

Ma siamo sicuri che ai nostri soci piaccia questa roba?, mi domandò Leon Hard.

In effetti la pista era mezza vuota. Da qualche tempo all'Infinito si avvertiva una tendenza mordi e fuggi, giochi di sguardo e allumage sembravano caduti in disuso ed erano sempre più numerose le coppie che, varcata la soglia del club, se ne andavano direttamente in camera, trascinandosi dietro i primi singoli che capitavano a tiro.

Come Dio volle, Mister Wolf sfumò *Shingaling* e lanciò *C'est La Vie* di Martin Solveig.

Come mai ti sei deciso?, ripresi l'argomento.

Cosa?

Lo invitai ad abbassare il volume. Ma più di tanto non si poteva. Tutti i tutorial per DJ che avevamo consultato raccomandavano di non scendere sotto i 130 decibel.

Il trasferimento!, gli strillai nell'orecchio. Perché proprio adesso?

A breve distanza dal nostro mixer una socia gold di nome Piera, strike lady della prima ora, provocava i singoli in sala attorcigliandosi intorno al palo e graffiando l'aria con mosse feline. Il suo lavoro d'infermiera, costrigendola a maneggiare in continuazione aghi e cateteri, le impediva di avere le unghie a mandorla che avrebbe tanto desiderato. Un dettaglio che viveva come una pesante limitazione al suo essere sweet.

Oscillando da una gamba all'altra (il suo modo di accompagnare quella musica) Leon Hard mi disse che non aveva un altro posto dove stare.

Ho venduto la casa dei miei genitori, urlò.

La struttura monopartita di *C'est La Vie* prevedeva, qua e là, la presenza di un suspirium. Al primo di essi chiesi a Leon Hard perché si fosse privato di un bene a lui così caro.

Prima o poi andava fatto, scrollò le spalle, Roma è ormai in mano ai barbari.

Ma io conoscevo quell'uomo, la sua generosità era pari alla modestia con cui ti offriva l'anima, e compresi al volo che cosa c'era dietro: il ricavato della vendita sarebbe servito a pagare i nostri debiti.

Non dovevi farlo, protestai.

Ma poi gli gettai le braccia al collo e lo baciai davanti a tutti. Mister Wolf mi rifilò uno spintone e si divincolò.

Tu non dovevi fare questo, mi rimproverò.

In realtà gli scappava da ridere, pulendosi la guancia con il dorso della mano urtò la consolle e la puntina rigò l'intero finale di *C'est La Vie*.

Dall'appartamento di via della Lungara Leon Hard trasse circa trecentomila euro. Una cifra modesta per il valore dell'immobile, ma la fretta di realizzare lo spinse ad accettare la prima offerta degna di questo nome. Inoltre tutti ormai parlavano di crisi, i Lehman Brothers erano falliti e le conseguenze si vedevano soprattutto sul mercato delle case e sulla voglia di scopare.

Nel giro di uno o due anni le iscrizioni all'Infinito erano calate del trenta per cento.

Azzerati i conti con l'erario, Mister Wolf decise così di investire buona parte di ciò che gli restava per rimodernare il club. Dopo dieci anni il suo aspetto risultava decadente e vagamente cheap – del resto questo è il destino dello sfarzo, si consuma a vista d'occhio e dopo un po' mette tristezza.

Dobbiamo puntare su un'estetica più classica, decretò Mister Wolf.

E io approvai – anche perché i soldi, questa volta, erano suoi.

Apparentemente eravamo d'accordo nell'orientarci verso un ideale di bellezza solido e persistente, ma allo stesso tempo, senza dircelo, ciascuno di noi sospettava che una tale proiezione nel futuro sarebbe stata inutile, poiché, per un motivo o per l'altro, nessuno dei due avrebbe potuto vantare una concreta possibilità di sopravvivere a una poltrona Frau o a una pista da ballo in PVC.

Quella di toccare degli oggetti che verosimilmente sarebbero durati più di noi era una sensazione inedita che metteva qualche brivido, e che accompagnò dall'inizio alla fine la scelta dell'arredamento. A poco a poco l'estetica classica virò verso un gusto funereo, che ci spinse a prediligere il nero e i rivestimenti in rovere. Per fortuna, Eva bilanciò con delle pennellate d'allegria che trasformarono l'interno dell'Infinito in una via di mezzo tra la sala d'aspetto di un notaio e un kindergarten tirolese.

Ma a noi in quel momento piaceva così, ritenevamo di dover essere austeri e continuavamo ad avere un debole per il frivolo – e quello era il risultato.

Per la nuova inaugurazione lanciammo una spericolata campagna promozionale.

Il nostro principale obiettivo era di restituire slancio alle serate, ritrovare l'entusiasmo che dieci anni prima ci aveva spinto a sistemare su ogni comodino tre calici di champagne e un piattino di ostriche.

Consapevoli che noi per primi avevamo perso di vista questa sottile ma decisiva differenza, non volevamo che la gente tornasse semplicemente a fare sesso, bensì che si sentisse di nuovo immortale, potente, felice.

In realtà nessuno era davvero interessato a condividere i nostri obiettivi – la potenza sessuale era delegata alla chimica e l'immortalità veniva sostituita da una monotonia che depennava dall'ordine del giorno anche il tema della felicità.

Tra uno sconto e un groupon riuscimmo ad attirare all'Infinito qualche faccia nuova. Tra queste, a un certo punto, Eva credette di vederne una vecchia. Talmente vecchia che non riuscì a ricordarsi dove l'avesse vista.

Erano finiti i tempi in cui il dress code dell'Infinito prevedeva la cravatta, ma adesso non sapevamo più come arginare le scarpe da ginnastica e i blue jeans. Il singolo in questione era andato oltre, presentandosi alla reception del club con una tuta acetata piena di zip. Le teneva quasi tutte aperte, per consentire al suo pannicolo addominale di espandersi con comodità.

Mentre compilava la tessera, Eva si spremette le meningi ricavandone soltanto succo d'ansia: il tipo era losco, sembrava essere arrivato ai sessanta in modo fortunoso, schivando crisi diabetiche e forse anche un paio di proiettili. Firmò l'iscrizione con un nome che alla First Lady non disse niente e s'inoltrò nell'Infinito con un'aria da turista.

Solo a metà serata, dopo aver curiosato in lungo e in largo per il locale, andò a sedersi al bancone del bar e fissando Eva negli occhi disse: Jaguar?

Lei stava preparando un negroni sbagliato e rischiò di sbagliare a sbagliarlo. La vidi posare il vermouth e aguzzare la vista. Quello che aveva davanti, ulteriormente intozzito dagli anni, era proprio il Tozzo.

Ti ricordi di me?

Se nelle separazioni mia moglie fatica, nell'accoglienza riesce sempre a dare il meglio. L'esperienza acquisita all'Infinito, poi, l'aveva resa una fuoriclasse del genere, faceva sentire ogni ospite gradito, per non dire atteso.

Posò quindi il sifone, uscì dal retrobanco e andò a salutare il suo vecchio datore di lavoro. In tre mosse aveva già assorbito del tutto la sorpresa.

Che piacere vederti! Quanti anni sono passati?

Il Tozzo si sollevò sulla punta dei piedi e la baciò sulle guance.

Per te nemmeno uno, fece il galante.

Sì, sì, figuriamoci, si schermì Eva.

Sovrastava il Tozzo di buoni trenta centimetri. Se non si fosse piegata, lui non sarebbe mai arrivato a baciarla.

Potresti ancora spadroneggiare sui cubi, la lusingò.

Eva sorrise e a menzogna oppose menzogna.

Anche a te ti vedo bene, disse al Tozzo.

Questa era molto più grossa dell'altra, ma il Tozzo la prese sul serio.

In effetti sto facendo una dieta, disse, ma devo perdere ancora parecchi chili.

Del resto, si vantò, io sono più abituato a vincere che a perdere...

Stai ancora al Ciucheba?, gli domandò Eva.

Il Tozzo mulinò le dita. Alla mano destra aveva un paio di anelli in acciaio inox, ottimi per picchiare la gente.

Il Ciucheba? Figuriamoci. È chiuso da una vita, dentro ci sono cresciuti due metri di erbacce.

Un velo di malinconia offuscò i fari della vecchia Jaguar.

Davvero?, disse. Mi dispiace molto...

Il Tozzo pensò che fosse rammaricata per lui e l'avvisò che del Ciucheba non gli importava niente.

Sono passati trent'anni, disse. Da allora ho avuto un fracco di locali.

Si guardò intorno.

Questo lo gestisci tutto tu?

Eva gli spiegò che eravamo tre soci e fece cenno a me e a Leon Hard, che intanto l'avevamo sostituita allo shaker, di avvicinarci senza timori.

Stringere la mano al Tozzo fu come afferrare la zampa di

un rinoceronte – era incredibilmente spessa, direi corazzata. Ci chiamò ragazzi e volle sapere quanti locali avessimo gestito prima dell'Infinito.

Come questo nessuno, ammisi.

Ma per fargli capire che non aveva di fronte uno sprovveduto lo informai di essere stato a capo di una complessa struttura sociosanitaria.

Siamo il club privé più grande d'Europa e abbiamo dieci anni di esperienza, intervenne Leon Hard.

Chissà perché, il Tozzo ci faceva sentire sotto esame. Tutto quello che veniva detto lo mandava giù con un sorso di daiquiri. Alla fine ci chiese se potevamo parlare e noi capimmo che, per parlare, il Tozzo intendeva smetterla con le cazzate e ascoltare quello che lui aveva da dire.

Lo portammo nel nostro ufficio. Per arrivarci passammo davanti alle camere da letto. Dai fori delle porte uscivano dei rantoli rabbiosi, per un istante mi ricordarono i lamenti che sentivo alla Misericordia quando di notte percorrevo avanti e indietro il mio reparto con le mani dietro la schiena.

Era la prima volta che mi capitava di fare un'associazione del genere.

Ragazzi, esordì il Tozzo sedendosi a gambe larghe, quanto pensate di andare avanti in questa direzione?

La breve camminata gli aveva procurato un leggero affanno. Eva si appoggiò con mezza natica sulla scrivania, Leon Hard e io restammo in piedi con le braccia conserte.

Quale direzione?, chiese il bull.

Ecco, vedi? Nemmeno sapete dove state andando.

Il Tozzo cercò un posacenere che non avevamo, poiché nel club era vietato fumare. Si accontentò di gettare la cenere in un bicchiere di carta.

Lasciatemelo dire, con le coppie di vecchi e i ragazzini brufolosi non si va da nessuna parte.

Prendemmo le difese dei nostri soci di mezza età. Era ingeneroso, a cinquant'anni, definirli vecchi, se avevano l'aria un po' abitudinaria era solo perché molti di loro ci seguivano dalla primissima sera.

Quanto ai più giovani, disse Leon Hard, cerchiamo di fidelizzarli, di predisporli a ritornare magari in coppia con le loro future fidanzate.

Il Tozzo scosse la testa.

I singoli che ho visto stasera, li stroncò, la zita non ce l'avranno mai.

Poi falciò anche noi: E mo' che si sono tolti lo sfizio del privé, la prossima volta se ne andranno con le zoccole di strada a venti euro.

A mano a mano che approfondiva il suo pensiero, il Tozzo liberava la parlata vesuviana, come se l'italiano gli servisse per nascondersi e il dialetto a essere sincero.

Guagliù, datemi retta, per mandare avanti un posto del genere ci vuole più genio, più inventiva.

Che il Tozzo contestasse la nostra attitudine imprenditoriale ci seccava, ma fino a un certo punto. Sotto sotto ci sentivamo fieri del nostro mecenatismo e della scarsa redditività che esso comportava. Ma sul piano della creatività e dell'innovazione non accettavamo critiche.

Lo sa che tutto questo, esagerò Leon Hard, si deve a me e a un poeta di nome Giacomo?

Il Tozzo lo guardò con curiosità.

Il cosiddetto gioco e l'intero circuito amatoriale nascono da una nostra precisa intuizione, rivendicò ancora il bull, e lei ci viene a dire che dovremmo avere più inventiva?

Per ragioni sue, che da lì a poco ci furono più chiare, il Tozzo abbozzò, alzò le mani e chiese scusa.

Non sono qui per mancarvi di rispetto, disse, ma per offrirvi il mio aiuto.

Ecco come, a suo parere, stavano le cose: il sesso aveva stufato, ormai ci spendevano dei soldi soltanto gli sceicchi e gli sfigati, mentre il resto sublimava con pugnette a costo zero davanti alla mastodontica offerta della rete.

Lap dance, night, club privé – tutta roba superata.

Il vero affare, secondo il Tozzo, era diventato il gioco.

Leon Hard emise un risolino nervoso, come a dire che noi lo sapevamo da tempo.

Non QUESTO gioco, lo corresse il Tozzo.

Il gioco gioco: slot machine, video poker, roulette, blackjack...

Ci offrì di rilevare il cinquantuno per cento delle quote e di trasformare l'Infinito in un mega casinò.

Il posto ha il suo fascino, riconobbe. Se tra una slot e l'altra ci ficchiamo pure uno sportello Compro Oro, facciamo soldi con la pala.

Il Tozzo se ne andò lasciandoci con questa prospettiva. Dopo aver buttato il bicchiere con la cenere e arieggiato l'ambiente, noi restammo lungamente a riflettere, finché Eva non si decise a parlare.

Vi ricordate il giorno dell'inaugurazione?, disse scattando in piedi. Tu sognavi di essere Francis Scott Fitzgerald, io Zelda e Giorgio...

Non se lo ricordava più.

Il conte di Ceprano nel *Rigoletto*, suggerii.

Ecco, quello.

Era chiaro dove Eva volesse arrivare e Dio solo sa se non aveva ragione. Ma i tempi erano cambiati, le dissi, e non perché (come sosteneva il Tozzo) il sesso fosse davvero un gioco sorpassato, ma perché rischiavamo di esserlo noi tre.

(Questo però non glielo dissi.)

Il casinò no, vi prego, implorò la First Lady.

Mister Wolf corse ad abbracciarla e le promise, non so su quali basi, che tutto sarebbe andato per il meglio, che l'Infinito sarebbe tornato a risplendere come risplendeva la villa del grande Gatsby sulla costa di West Egg.

Nel frattempo, però, c'erano ancora quattro o cinque singoli che non avevano scopato e che continuavano ad aggirarsi per il club alla ricerca di una sweet caritatevole che gli svuotasse i testicoli.

Fatemi andare, disse la First asciugandosi i lucciconi. Me la sbrigo rapidamente.

In realtà non era detto, le dosi massicce di Viagra ritardavano le eiaculazioni e molti di quei disperati complicavano le cose mettendoci sopra una sfilza di gin tonic. Alla fine erano così malridotti che non avevamo cuore di mandarli via subito (in quello stato, alla guida, rischiavano la vita) e ce li tenevamo dentro al club, con le mezze luci e i dischi di cool jazz che Mister Wolf poteva finalmente diffondere nell'aria, a sorseggiare tazze di caffè e a inalare fiori di lavanda.

Invecchiavano così le nostre notti, e l'alba ci trovava con una ruga in più.

Peroravate una difesa del gioco. Ma tra di voi giocavate ancora?

(l'intervistato guarda in giro, riflette, fa un lungo sospiro)

L'invecchiamento, i sentimenti, l'infarto, la noia – tutto congiurava a farci smettere...

Ma noi non mollavamo. Certo, erano finiti i tempi in cui alle due di notte alzavo il telefono a Grosseto e Mister Wolf da Roma rispondeva presente. Adesso abitava un piano sotto di noi, ma per portarlo in condizioni decenti nel nostro letto dovevo predisporre tutto con largo anticipo, necessario a modificare la terapia a favore del suo testosterone e soprattutto ad avviare le procedure mentali che gli avrebbero permesso di accedere all'attico con il giusto stato d'animo.

Il lavoro psicologico era diventato fondamentale, ma non sapevo come fare per portarlo avanti. Se cercavo di preservare il mistero rischiavo di procedere a tentoni, se provavo ad accendere la luce qualunque particolare diventava imbarazzante.

Così imparai a evitare ogni riferimento esplicito alla prestanza del bull (niente più incoraggiamenti o attestati di stima, che ottenevano soltanto l'effetto di avvilirlo) e a mettergli in mano dei fili che a volte, toccandosi, lasciavano partire una scintilla.

Leonardo, ti ricordi la prima volta che hai scopato?

Nella vecchia toilette dei vaisya, ampliata e rimodernata in stile giapponese, aveva fatto installare una vasca freestanding nella quale amava rilassarsi al termine delle nostre escursioni. A me piaceva preparargli il bagno, avevo comprato un termometro per la temperatura dell'acqua e mi sbizzarrivo con gli oli essenziali, secondo un rituale che, mutatis mutandis, mi riportava alla meticolosa cura della mia piscina.

Una volta che il bull vi si era immerso, io prendevo a girargli intorno con passo lento e regolare, fermandomi ogni tanto a sottolineare i passaggi della conversazione che mi suonavano cruciali.

Certo che me lo ricordo, rispose Mister Wolf con gli occhi chiusi.

Potevo intuire la consistenza del suo membro, ogni tanto lo vedevo affiorare tra la schiuma all'eucalipto.

Con una sweet?, sondai girandogli intorno in senso antiorario.

Leon Hard mi chiese se non fossi stanco di camminare, avevamo appena marciato per dieci chilometri tra i campi insieme ai cani.

Liquidai alla svelta la divagazione e tornai a domandargli della sua prima volta.

Non era esattamente una sweet, mi spiegò, anche se in effetti scopammo davanti a un altro uomo.

Te l'aveva offerta lui?

Yes.

Saltò fuori che nemmeno l'uomo era esattamente un cuckold. A dare retta a Mister Wolf si sarebbe trattato addirittura di un prete.

Mi feci l'idea che s'inventasse tutto là per là, di sana pianta. In ogni caso rivedersi adolescente gli faceva bene, e lo lasciavo fare.

Cos'altro ricordi, Mister Wolf?

... L'odore della carta...

... La vernice brillante del ping pong...

... I suoi capelli biondi...

E poi?

Lo sciabordìo dell'acqua nella vasca si confondeva con i suoi mormorii. Un bagno caldo, ecco, sì, un bagno caldo – ecco di cosa aveva bisogno quell'uomo.

Passò a ricordare un altro episodio, accaduto quando era un giovane insegnante e ancora credeva di poter insegnare qualcosa.

Ho molestato una studentessa, mi confessò.

Ti senti in colpa?, gli chiesi.

No.

E allora cosa senti?
La schiuma si era leggermente diradata e il pene del bull, scuro, venoso, appena intostato, sbucava adesso dal pelo dell'acqua come un vecchio caimano. Tutte le superfici del bagno, a cominciare dallo specchio, erano cosparse di vapore.
Come hai detto che si chiamava, questa studentessa?
Andai ad accendere il portatile, mi collegai a Facebook e al nome di Proietti Guya apparve una finta bionda fresca di piastra, probabilmente photoshoppata.
Eccola qua, dissi volgendo lo schermo a suo favore.
Mister Wolf restò senza parole. Per lui parlava il vecchio caimano.
Com'è cresciuta, disse infilandosi gli occhiali da presbite.
Anche tu sei cresciuto, replicai ammiccando alle condizioni del suo membro.
Gli sistemai il computer accanto alla vasca, perché potesse guardare con comodo.
Il profilo di Proietti Guya conteneva diverse foto: Guya al concerto di Jovanotti, Guya in vacanza a Fregene, Guya in posa con l'abito da sposa. Quasi tutti i suoi ultimi post lanciavano invettive alla D'Addario e ai giornalisti che si stavano accanendo contro Silvio Berlusconi. In alternativa, Guya aveva pubblicato dei versi di Neruda.
... Vorrei essere una nuvola bianca in un cielo infinito per seguirti ovunque...
... Solo chi ama senza speranza conosce il vero amore...
... Voglio fare con te ciò che la primavera fa con i ciliegi...
È diventata proprio quello che avevo immaginato, commentò Mister Wolf.
Cioè?
Il bull non rispose. Chiese se potevo lasciarlo solo. Non capivo se voleva piangere o masturbarsi.
Ma poi sali a cenare con noi?, gli domandai sistemando il suo accappatoio accanto alla vasca.
Magari non solo a cenare, mi stupì.
Era dunque quella, la chiave. Me la misi in tasca, consapevole che la serratura rimaneva arrugginita, che ci sarebbe voluta ogni tanto una spallata, ma euforico per averla trovata.

Tutte le donne che aveva avuto ma soprattutto quelle che non aveva avuto, da Proietti Guya a Marina Frajese – con il sacco dei suoi ricordi sulle spalle, una volta a settimana, Leon Hard entrava nel nostro appartamento per giocare con noi a bull, sweet e cuckold. Rovesciava il sacco sulle lenzuola e sopra quella frantumaglia, come meglio poteva, scopava la donna tanto amata, che tanto più amava quanto più riusciva, nello stesso momento, a essere unica, e tutte le altre insieme.

(Quella donna, sia ricordato e messo agli atti per il mio orgoglio, era mia moglie.)

Smettere di pensare al futuro e investire sul passato dette i suoi frutti. A differenza del domani, che era incerto per definizione, nessuno avrebbe potuto modificare i giorni che avevamo alle spalle – nessuno a parte noi, s'intende, che essendone padroni ci prendevamo la libertà di mitizzarli, o di ritoccarne il ricordo.

Il nostro gioco perse l'elemento ansiogeno che lo caratterizzava. Il bull, specialmente, sembrò alleggerirsi dall'ossessione dei feedback e di un ranking che, sui siti specializzati, nonostante la cicatrice che gli attraversava il petto, lo vedeva ancora mantenere un esiguo vantaggio su rivali dai nickname bellicosi, quali Hammer, Supecrest, Spranga23.

Che mi sorpassino pure, diceva adesso Mister Wolf.

Tutto ciò di cui aveva bisogno era sentirsi il samurai che era stato.

Anche Eva l'aveva capito, ogni volta che s'avvicinava al suo fidanzato gli metteva una mano sugli occhi e gli chiedeva di tirare fuori dal sacco una delle sue tante imprese. Diventò bravissima ad assecondarne i ricordi, così come io imparai a immedesimarmi in ciascuno dei cuckold che Leon Hard aveva a suo tempo cornificato. Perfino il bull, un po' alla volta, riuscì a mettere da parte la gelosia che lo affliggeva da quando si era innamorato di mia moglie e si abbandonò al piacere di rappresentare gli innumerevoli stalloni che, prima, durante e dopo di lui, si erano divertiti insieme alla First Lady.

Queste uscite da se stesso, anzi, gli giovarono particolarmente, da un certo punto in poi fu chiaro che Mister Wolf preferiva essere lui a diventare un altro, piuttosto che chiedere a noi di trasfigurarci.

In ogni caso le regole fondamentali erano due: che almeno uno di noi rimanesse se stesso e (condizione ancora più essenziale) che non fossimo mai, tutti e tre insieme, ciò che eravamo.

Quella nuova maniera di giocare, così libera, così teatrale, ribaltava l'idea che c'eravamo fatti dell'identità, ci sollevava dalla preoccupazione di tradire noi stessi – preoccupazione che, a pensarci bene, era all'origine di tutte le nostre teorie intorno all'infedeltà.

Sfumarono i contorni dell'io e il nostro paesaggio interiore assunse le tonalità avvolgenti e chiaroscurate della pittura post-rinascimentale, fondendoci molto più armonicamente con l'ambiente circostante e donando alla bellezza di Eva un sorriso impreciso alla Monna Lisa.

Era questa la cornice dentro cui ci muovevamo quando un sabato sera – dopo i carabinieri, i servizi sociali e la guardia di finanza – facemmo conoscenza anche della polizia di stato.

Fecero irruzione intorno all'una, ora in cui, in un club privé, difficilmente si trova qualcuno vestito. La ricerca dei documenti si rivelò quindi difficoltosa, la maggior parte dei soci li aveva lasciati nelle borsette o nei soprabiti, e fu straziante vedere tanti individui sorpresi nel mezzo del coito sciamare completamente nudi verso il guardaroba alla ricerca della propria carta d'identità.

Ci fecero accendere tutte le luci, perché le nudità risaltassero il più possibile oscene, ma poi controllarono i documenti di ciascuno senza degnare d'uno sguardo i corpi inermi.

Insensibili alle implorazioni, alle minacce, ai tentativi di fuga, trascrissero a verbale le generalità di ogni socio e poi, oltre a noi, trattennero Piera l'Infermiera, Linda la Perugina e Giuditta la Strike Lady. A tutte e tre venne contestato il reato di prostituzione.

Ci dev'essere un errore, intervenni, le signore sono delle nostre care amiche e su di loro mettiamo la mano sul fuoco.

Farcene garanti non giocò a nostro favore. Due anni prima la Cassazione aveva depenalizzato il meretricio, convogliando tutti gli sforzi repressivi verso il suo sfruttamento.

In poche parole, sintetizzarono i polizotti, rischiate più voi come proprietari del locale che loro come prestatrici d'opera.

Mister Wolf alzò il braccio chiedendo la parola.

Questo è un circolo privato, spiegò. Si versa solo una quota associativa e nulla di ciò che viene consumato, dai rapporti sessuali alle noccioline, è soggetto a un costo in denaro.

L'ispettore capo prese atto delle sue parole ma nello stesso tempo ci fece notare che, solo nell'ultimo anno, alla Buoncostume erano arrivate una dozzina di denunce contro l'Infinito.

E per uno che denuncia, si lanciò nella statistica, ce ne sono dieci, trenta, o forse cento, che non lo fanno.

Ci sta dicendo che qui dentro la prostituzione è una prassi abituale? Impossibile, insorsi, ce ne saremmo accorti.

In realtà era possibilissimo. Trascorrevamo buona parte della serata rintanati dietro la consolle o il bancone del bar, e quando ne uscivamo non vedevamo l'ora di andarci a rilassare nella vasca idromassaggio. Di quello che avveniva nelle camere o nella dark room non sapevamo più niente.

Quel modo di gestire il locale a noi piaceva chiamarlo fiducia. Le forze dell'ordine lo interpretarono invece come favoreggiamento.

Voi avete il dovere di vigilare, ci ricordarono.

Era vero, lo avevamo dimenticato: state attenti, vegliate, ammonisce il Vangelo. Ma noi c'eravamo addormentati, vagando per la casa le nostre pecorelle si erano trasformate in lupi.

Notai che Leon Hard si era infilato la camicia alla rovescia. In vestaglia di ciniglia e zoccoletti maculati, Eva sbadigliava aspettando che i poliziotti completassero il verbale.

Signora, me lo farebbe un caffè macchiato?

Macchiato freddo o macchiato caldo?

Posto tra l'area massaggi e la discoteca, quel salotto aveva assistito di sicuro a conversazioni più frizzanti.

E voi non dite niente?, interpellai le troie.

Sedevano in tre su un divano a due posti. Le ginocchia

strette, le dita intrecciate, erano state per tutto il tempo con la testa china, ma quando la sollevarono non sembrarono particolarmente contrite.

Voi sapete in che acque navigo, si giustificò Piera.

Da quando il primario l'aveva scaricata il suo tenore di vita si era notevolmente abbassato, tanto più che al San Camillo avevano sospeso i pagamenti delle indennità notturne e degli straordinari.

Non posso mica mettermi a battere dentro l'ospedale.

Le altre due le diedero ragione. Linda, in particolare, manifestò nei nostri confronti un'aggressività che ci prese in contropiede.

Io vengo da Perugia, rivendicò. Ogni volta rischio la vita sull'E45 e voi non mi pagate nemmeno la benzina.

Vidi Eva molto amareggiata, a Linda aveva regalato buona parte delle pellicce un tempo appartenute a mia madre.

Di' la verità, quante volte ti ho offerto di fermarti a dormire?

La verità è meglio che non la dica, s'inasprì Linda.

Poi ci ripensò: Anzi no, diciamola.

Si rivolse ai poliziotti e spiegò che tempo addietro, di punto in bianco, la direzione del club aveva sospeso il forfait di cui Linda godeva per soddisfare i singoli. Da quel momento aveva dovuto provvedere da sola, trattando direttamente con ciascuno di loro.

Confermate la dichiarazione della signora?, ci interrogò l'ispettore. Le consegnavate del denaro in cambio di prestazioni sessuali con i clienti del club?

Noi ci guardammo senza sapere che tipo di difesa abbozzare.

Be', tentai, è sempre stato un nostro punto d'onore evitare che i soci se ne andassero insoddisfatti. E per questo avevamo allestito una squadra che...

M'interruppi, cedendo all'amarezza.

In realtà non eravamo una squadra, ma una grande famiglia...

Linda aggirò il mio sguardo. Con gli anni era diventata intima amica di Giuditta, avevano lo stesso tatuatore.

Fisserai il soffitto per tutta la sera?, la interpellò Eva.

La Strike Lady ci aveva già dato dei problemi. Sorpresa a fare marchette, si era riscattata con un pentimento che sembrava sincero e un'attiva partecipazione alla vita del club. Feste a tema, lotterie erotiche, spaghettate notturne – per anni Giuditta si era inventata una serie di iniziative che avevano trasmesso all'Infinito una verve da villaggio vacanza. Molto spesso, è vero, ci chiedeva cifre esagerate per risarcirla delle spese dei cotillons, ma alla fine c'eravamo abituati ad archiviare quelle creste come un innocuo vizietto.

Anche Giuditta, come Piera e Linda, si era separata negli ultimi anni. A pensarci bene, moltissime coppie si erano separate mentre frequentavano il club.

Eccezioni, disgrazie, le avevamo sempre considerate.

Nella nostra testa i dissapori, le liti, i dispetti, si verificavano nonostante il gioco, e non per il gioco.

Ma ora, nello scoprire che tre delle nostre migliori socie si prostituivano regolarmente all'interno dell'Infinito, non avrei più giurato che il nostro club fosse quel luogo di elezione deputato a innalzare i suoi membri al di sopra degli umani affanni.

Non con la stessa convinzione, almeno...

Forse avevamo sopravvalutato la nostra spregiudicatezza. Il teorema in base al quale prendersi gioco della morale pubblica avrebbe reso più morali, o comunque più solide, le nostre relazioni private, non pareva più così matematico.

C'eravamo talmente convinti che sotto i tappeti degli altri ci fosse della polvere, da dare per scontato il contrario: sotto la nostra sporcizia si nascondeva un ordito prezioso e geometrico, intessuto di fili d'oro.

Ma se così non fosse più stato? Se avessimo preteso troppo dalla nostra originalità? Forse, in qualche angolo della Terra, esistevano individui che facevano l'amore con la stessa persona per tutta la vita, e attraverso quella reiterazione così banale riuscivano a volersi bene davvero.

Pensai alle coppie che avevano frequentato il nostro club, all'effervescenza con cui, flûte alla mano, erano state accolte, e poi all'hangover con cui le avevamo viste risvegliarsi dalla sbornia, incapaci di abitare la libertà che avevamo costruito intorno a loro.

Sì, forse c'eravamo tutti sopravvalutati...

Mentre ero lì a pensare a queste cose, una poliziotta si avvicinò all'ispettore e gli sussurrò una frase all'orecchio. L'ufficiale si alzò e la seguì all'interno delle camere. Quando tornarono lui aveva l'aria seccata, come se adesso gli toccasse riscrivere il verbale o aggiungerne una lunga parte.

Piove sul bagnato, annunciò.

Intuendo di cosa si trattasse, sul divanetto di fronte al nostro s'era creata una certa agitazione. Era troppo tardi per spazzolarsi la punta della dita, ma Piera, Linda e Giuditta lo fecero lo stesso, nella speranza di liberarsi degli ultimi residui di polvere bianca.

In quasi tutte le camere, disse l'ispettore, ci sono tracce di cocaina.

Leon Hard e io ci scambiammo un'occhiata rassegnata.

Lo sappiamo, dissi.

Con la mano sulla bocca, Eva strabuzzò gli occhi.

Come, lo sapete?

Ecco, veniva così bruscamente alla luce il motivo per cui, dopo la partenza di Pankaja, noi uomini avevamo voluto a tutti i costi assumerci l'incarico di rassettare le stanze. Per evitare che la First Lady dovesse sopportare una nuova delusione, con l'aspiratutto facevamo sparire ogni singolo granello di coca e lavavamo federe e lenzuola a sessanta gradi.

Perché non mi avete mai detto niente?, protestò Eva.

Io la pregai di non discutere davanti alle forze dell'ordine. Ne avremmo parlato in separata sede.

Alla fine i grammi di cocaina rinvenuti furono circa cinquanta, più alcune pastiglie di ecstasy nelle tasche dei ragazzi più giovani.

Tra droga, prostituzione e alcune irregolarità con le uscite di sicurezza, ci inflissero trentamila euro di ammenda. Ovviamente, apposero anche i sigilli al locale. Questo comportava che per salire a casa nostra non si potesse più passare dall'interno ma si dovesse per forza circumnavigare l'edificio e usare la scala sul retro.

L'inverno si annunciava rigido, pioveva spesso, e non era il caso che Leon Hard prendesse freddo o si bagnasse ogni volta che desiderava unirsi alla sua fidanzata.

Così lo pregai di non opporsi ulteriormente a quello che già da tempo eravamo (una famiglia) e lo invitai a stabilirsi da noi in via definitiva, prendendo possesso delle tante stanze che avevamo a disposizione.

Non dimentichiamo, gli dissi, che villa Infinito, Giacomo, l'ha lasciata a te.

Leon Hard roteò la mano, come a dire che si trattava di un dettaglio ininfluente – noi, lui, navigavamo da tempo nelle stesse acque.

E allora, lo incastrai, perché non accetti una buona volta di salire a bordo?

Rispetto alla categoricità dei suoi precedenti rifiuti, si vedeva che la prospettiva di abitare insieme gli faceva meno paura.

Non tutti e tre nello stesso letto, però.

Non tutti e tre nello stesso letto, lo rassicurai.

E i quadri di mia madre?

Sei il padrone, gli dissi. Puoi appenderli dove ti pare.

Per qualche settimana la cosa procedette a singhiozzo. Leon Hard dormiva da noi una notte sì e una no, ma ogni volta che veniva nel nostro appartamento si portava dal seminterrato un pezzo di sé. A poco a poco, nella vecchia abitazione degli indiani, restarono soltanto la vasca freestanding e gli scaffali vuoti. Accanto ai miei libri si allinearono quelli di Fitzgerald e le vecchie edizioni di *Peter Pan*, nella palestrina della First trovarono posto i bilancieri del bull. Giorno dopo giorno, ci abituammo a sentirlo canticchiare *My Favorite Things* davanti allo specchio o a mormorare le sue preghiere prima di prendere sonno. La presenza di Leon Hard mi scaldava il cuore e serviva a mitigare il silenzio che ghiacciava sotto i nostri piedi.

I locali dell'Infinito, infatti, erano diventati un'immensa e gelida catacomba. Ogni notte, nei miei sogni, vi risalivano i fantasmi dei soci gold che, come Patroclo ad Achille, mi chiedevano di non separare le nostre ossa.

Approfittando del tempo che la chiusura del club mi metteva a disposizione, avevo ripreso il progetto di tradurre tutto Omero e passavo le sere a rileggere l'*Iliade* in lingua originale. Un paio di volte a settimana Eva e Leonardo mi lasciavano solo e si recavano al multisala di Feronia. Di ritorno, mi raggiungevano accanto al camino e mi raccontavano le storie a cui avevano assistito, mescolando così le vicende di Ettore a quelle di *American Hustle*, *Dallas Buyers Club* e degli altri film che uscirono quell'anno.

Della nostra storia non parlavamo quasi mai, come se le rispettive esistenze fossero state una gaffe che era meglio non rivangare.

Tra la cura dei cani, la musica e il tiro con l'arco, il tempo scorreva e non scorreva, all'impietoso conteggio dei giorni si opponeva la sensazione di stare alla fermata di un autobus che non sarebbe più passato.

Anche dei nostri amici sentivamo una mancanza relativa. Arla, Bruno, Pierre Hugues, e poi ancora Attilio, il professore di lettere antiche con cui spesso discutevo di come affrontare l'esametro omerico, il monsignore che arrivava in borghese ogni sabato notte e il sottosegretario che preferiva le serate in costume, tutte le Debore, Jessiche e Samante con acca e senza acca, le sweet per scelta e quelle senza scelta, i silver bull, i golden bull, i finti bull, i vecchi cornuti con la torcia in tasca e quelli giovani che procedevano al buio, senza sapere dove li avrebbe portati la loro perversione.

Considerando che alcuni di loro venivano all'Infinito anche due sere a settimana, provai a calcolare quante volte li avessi incontrati negli ultimi tredici anni – ma non ci riuscii.

Nessuno ci chiamò, nessuno ci venne a trovare.

L'unico che ogni tanto vedevamo era un socio gold di nome Gino, che possedeva una macelleria a Rignano Flaminio. La sua carne era di buona qualità e, quando andavamo a trovarlo nel negozio, c'imbattevamo sempre in una lunga fila di clienti in attesa. Ci limitavamo perciò a una strizzata d'occhio, mentre Gino affettava bistecche su bistecche.

Una volta, però, capitò che io e Eva entrassimo fuori orario. Il locale era vuoto e, dopo esserci abbracciati e baciati, ne approfittammo per scambiare due chiacchiere.

Come ve la passate, laggiù all'Infinito?

Sembrava che Gino stesse parlando dell'altra faccia della Terra.

Facemmo il possibile per ricordargli che abitavamo a dieci chilometri da lì.

Ma è vero che hanno trovato mezzo chilo di coca dentro al club?, domandò ancora.

Mammeglio!, esclamai. Mezzo chilo! E chi sono, Pablo Escobar?

Eva mi appoggiò una mano sul braccio e, stirando il collo, si rivolse con classe al macellaio.

Stiamo alla grande, Gino, non devi essere in pensiero per noi...

Risparmiava così ai suoi interlocutori il rumore della porta che sbatteva, ma di fatto otteneva lo stesso risultato – tenerli fuori.

Gino tornò professionale.

In cosa possa servirvi, amici miei?

Esaminammo la vetrina con scarsa convinzione. Continuavamo a consumare carne due volte a settimana ma già da anni, ormai, le pellicce della First Lady erano tutte sintetiche. Forse si avvicinava il momento di completare il nostro percorso di consapevolezza e di imitare Leon Hard, che si era definitivamente convertito al vegeterianesimo.

Com'è oggi il taglio di manzo?, indagò Eva.

Il macellaio affilò le lame dei coltelli.

Lo sai, disse, con il manzo mio vai sempre sul sicuro...

Non si capiva fino a che punto gli piacesse essere malizioso. Nel dubbio, Eva gli rivolse un sorriso mezzo e mezzo, che poteva essere, indifferentemente, complicità di sweet o cortesia di cliente.

Forse è meglio andare su un misto di bollito, si decise alla fine.

Alle spalle del macellaio un'insegna inneggiava ai piaceri della carne. Mentre spezzava la scaramella, Gino ci domandò se eravamo intenzionati a riaprire l'Infinito.

Dipende da voi, risposi.

Noi chi?

Come chi? Il club di cui fai parte.

Gino faceva fatica a riconoscersi nella comunità. Confessò di non essersi mai sentito membro di una vera associazione, né di aver mai condiviso con gli altri niente più di una scopata.

Ti pare poco?, mi scaldai.

Lui si strinse nelle spalle e continuò a calare la lama del coltello sopra il ceppo.

Hai torto, gli dissi. Il sesso può essere tutto o niente, ma poco mai.

Gino scosse la testa. Il suo camice era imbrattato di sangue.

Vuoi sapere cos'è il sesso per me?

Sono tutto orecchie.

Gino affettò in silenzio un altro paio di pezzi, tenendoci in sospeso.

Uno sfogo, ci deluse alla fine. Un divertimento animalesco.

Eva e io ci guardammo.

E noi, che volevamo metterci dentro tutta la nostra umanità!

Che stupidi, ci compiangemmo.

Gino pesò il biancostato e ci chiese se volevamo altro.

Sì, gli dissi, vorremmo sapere se puoi passare al club, una di queste sere. Ci piacerebbe riunire tutti i soci gold per capire come ripartire.

Gino s'incuriosì.

Ci sono degli utili?

Non in quel senso. Ri-partire, ovvero partire di nuovo.

Alla nostra età non c'è più niente di nuovo, obiettò Gino.

Sorvolai sul suo pessimismo. Eravamo tutti un po' amarognoli. Gli raccontai che stavo pensando a una cooperativa, poco gravata dal punto di vista fiscale e molto agile nella struttura.

Fondarla non ci costerebbe più di duemila euro, gli spiegai, dividendo per tutti i soci gold verrebbe una cifra irrisoria.

Gino fu sincero.

Non m'interessa, disse battendo lo scontrino. Se voglio divertirmi, adesso me ne vado al Flirt, al Fermento o all'Happy Days: entro, scopo e me ne vado...

Pagammo la nostra carne, salutammo Gino e ce ne andammo anche noi.

Nella Jaguar, e poi ancora nel giardino della villa, giocando con i cani a poca distanza dai sigilli dell'Infinito, non riuscivo a pensare che a quelle tre mosse: entro, scopo e me ne vado...

Di setter ce n'erano rimasti quattro. Portandoli a caccia sempre meno spesso, tenevo in esercizio la loro attitudine al riporto lanciando il più lontano possibile palline di gomma e pezzi di legno. Con tutto l'impegno (ce l'ho messo sempre tutto, diobbòno, in ogni cosa) i miei lanci raramente gli davano soddisfazione, quando i cani ritornavano indietro mi guardavano con occhi supplichevoli e io moltiplicavo ogni sforzo ma non quello di amarli, perché amare chi si affida alla mia mano è sempre stato facile, spontaneo, naturale, è sempre stato, direi meglio, l'unica maniera di amare che conosco.

I miei setter non amavano Kid, ma lo sopportavano con una mitezza che forse era affetto. Dei tre cani randagi che Eva aveva portato a casa anni prima, una notte che rientrò massacrata di botte, Kid era l'unico rimasto in vita. Senza che nessuno glielo avesse insegnato, rispettavano la sua vecchiaia.

Per noi non era altrettanto istintivo rispettare la nostra.

Ci venne la curiosità di andare a dare un'occhiata al Flirt o a uno degli altri locali nelle vicinanze. Gettarsi nella mischia non era, appunto, il modo migliore di rispettare la nostra senilità, ma almeno, nel limitare la scelta ai club privé del centro Italia, escludevamo a priori l'eventualità di farci più di centocinquanta, duecento chilometri e di dormire fuori casa.

Scegliemmo un sabato sera tra i tanti che si susseguivano (non avendo più niente da fare, era sabato ogni giorno – ma con la tipica malinconia del lunedì).

Ci preparammo come meglio potevamo, indossando camicie bianche e lingerie di seta, ma all'ultimo momento la First Lady spuntò dal bagno e annunciò che non sarebbe uscita.

Sento che mi sta venendo la febbre, disse soffiandosi il naso.

Da trent'anni che conoscevo la First, non aveva mai avuto nemmeno un'allergia. Ma era vero, il termometro era salito a trentotto e mezzo.

Leon Hard si avvicinò per abbracciarla.

Hai preso freddo, disse. Forse dovremmo deciderci a chiamare un tecnico.

E io chi sono?, intervenni credendo che volesse dire un medico.

Ma Leon Hard intendeva proprio un tecnico – dei termosifoni, per la precisione.

Da un paio di mesi, in effetti, si era guastato il riscaldamento, i caloriferi tacevano senza motivo apparente e ogni mattina, per lavarci, dovevamo riscaldare pentoloni d'acqua sui fornelli. Ispezionare i locali al piano terra servì soltanto a incuterci timore, tanto erano grandi i boiler e intricati i percorsi dei tubi. La caldaia era il regno di Amal, da quando se n'era andato avevamo sempre evitato di metterci piede e anche quella volta, scoraggiati dall'aria irrespirabile, ci richiudemmo la porta alle spalle augurandoci un rapido ritorno della primavera.

Mentre il bull le riscaldava le mani tra le sue, Eva starnutì un paio di volte.

Mi consultai con Leon Hard.

Che facciamo, rinunciamo?

Non se ne parla nemmeno, si ribellò Eva. Uscite in santa pace e divertitevi.

Di nuovo quel benedetto divertimento.

Mi allentai il nodo della cravatta. Dagli elementi dei termosifoni risaliva un sinistro gorgoglìo.

Restiamo tutti a casa, decisi.

La sweet si alzò dal divano, sfilò dall'armadio i nostri paltò e ce li mise in mano.

Sono una donna gravemente malata, disse. Non fatemi sprecare altro fiato.

Nel girarsi la sciarpa bianca intorno al collo Leon Hard mi strizzò l'occhio.

Tua moglie ci vuole fuori dai piedi, ghignò. Mi sa che si è fatta l'amante.

Io stetti al gioco e lo rimproverai di non starle abbastanza addosso.

Che razza di fidanzato sei?

E tu, allora? Un tempo annusavi le mutande di tua moglie, adesso non ti accorgeresti nemmeno di un uomo nascosto nel suo armadio.

Gli diedi ragione, auspicando una riscossa del nostro orgoglio.

Bravi, ci spinse fuori Eva, andate e vendicate i miei peccati di adultera.

Dio, com'era bello essere in tre...

Era così bello che anche in due, nella Jaguar, ci restò addosso un po' di allegria.

Per la nostra serata avevamo scelto il Circe, un locale che sorgeva tra Sabaudia e Terracina. Ero curioso di scoprire fino a che punto i gestori del club conoscessero la storia della dea, figlia di Helios e della ninfa Perseide, capace di trasformare gli uomini in maiali, cani, leoni, a seconda della loro natura.

È la tua principale curiosità della serata?, m'interrogò Leon Hard.

Dovetti riconoscere di sì.

E la tua?

Nessuna in particolare, fece spallucce il bull.

Chissà se percepiva o meno il baratro tra quella risposta e la voracità di conoscere che era stata alla base della sua luminosa carriera.

Escludendo l'Infinito, cercammo di fare mente locale sull'ultimo club privé che avevamo visitato. Né io né lui ce lo ricordavamo.

Stiamo parlando di vent'anni fa, disse Leon Hard. Allora si entrava solo se presentati, erano più che altro festicciole tra amici.

Annuii meditativo. Qualunque cosa tirassimo giù del nostro passato, s'incastonava ormai dentro un sistema di simboli senza i quali il nostro presente sarebbe rimasto completamente muto. Forse era questo, invecchiare.

Ma invecchiare non vuol dire necessariamente essere vecchi, motteggiò il bull preparandosi all'impatto con i suoi cinquant'anni.

Io, che ne ho quindici più di lui, replicai affermando che essere vecchi non vuol dire necessariamente invecchiare.

Basta chiacchiere, concluse Leon Hard in vista del club Circe, lasciami concentrare.

Nonostante l'inarrestabile declino, prima di scopare Mister Wolf continuava ad assumere pose da samurai, congiungeva le mani sotto il mento e s'inchinava a quello che chiamava il proprio daimyo.

Si tratta di un atto di devozione nei confronti del mio spirito guida, mi aveva spiegato a suo tempo, ma ora faceva pensare di più a una preghiera affinché gli si drizzasse.

In ogni caso era emozionante starlo a guardare nella sua eleganza, mentre dipanava il suo dialogo interiore con la fronte appoggiata alla carrozzeria della Jaguar.

Possiamo andare, disse alla fine facendo scrocchiare le nocche delle dita.

Il club Circe era un casermone, mezzo rustico e mezzo hangar, seminascosto da una fitta vegetazione. Una fila di candele alla citronella teneva lontani gli insetti e guidava i visitori verso un campanello sotto il quale c'era scritto SUONARE.

Come avremmo fatto senza queste istruzioni?, commentò Mister Wolf.

Lo invitai a non essere così pungente nei confronti dell'ovvio.

Non è ovvio, ribatté lui, è solo stupido.

Che male c'è nel dire le cose come stanno? Il campanello si suona, non c'è niente di stupido.

Leon Hard resistette alla tentazione di darmi ragione. Anche nelle sue condizioni restava un individuo intrinsecamente ribelle.

E se io non lo volessi suonare?, cavillò. Se volessi semplicemente guardarlo, o farne il bersaglio di una gara di sputi?

In questo caso sì, amico mio, saresti uno stupido.

E perché? Chi l'ha deciso?

Schioccai la lingua e gemetti.

Non posso crederci. Dobbiamo stare qui, sulla porta di un club privé, a discutere se sia più intelligente suonare un campanello o sputarci sopra?

La stupidità sta nel pensare che c'è un solo modo di vedere le cose, sentenziò Mister Wolf.

Lo adoravo, quell'uomo. Con tutto il by-pass ragionava ancora come un intellettualoide di sinistra del cazzo.

Di punto in bianco tirò fuori il surrealismo di Magritte.

Ti ricordi? Ceci n'est pas une pipe.

Che c'entra Magritte?

C'entra eccome, s'accalorò Leon Hard. Bisogna rompere gli schemi!

Lo scansai e suonai quel benedetto campanello. Faceva freddo, un vento gelido soffiava dai Monti Ausoni verso il mare.

Mentre attendevamo che qualcuno venisse ad aprirci, lo presi sottobraccio e gli chiesi a cosa c'erano serviti tutti i cocci.

Quali cocci?

I cocci degli schemi che avremmo rotto, risposi senza guardarlo.

La maîtresse che venne ad aprirci ci trovò così, due gentiluomini attempati e pensierosi. In teoria quella donna avrebbe dovuto essere l'equivalente della First Lady all'Infinito. In pratica le si vedevano la ricrescita e il segno delle mutande sotto l'abito clubwear.

Siete in due?

Leon Hard si guardò intorno.

Sembra di sì.

Singoli?

Singolissimi.

Benvenuti al club Circe, ci fece spazio la maîtresse.

Smettemmo di molleggiarci sui talloni, stringemmo la mano alla Maga (così la maîtresse si era presentata) ed entrammo in una reception senza finestre, arredata da un appendiabiti a piantana, un contatore a vista e una pesante tenda rossa, contro la quale s'infrangevano le note di *Jealousy*. Ci sentimmo molto avanti, noi Martin Solveig l'avevamo scoperto parecchi anni prima.

Per il momento vi consiglio di tenerli, disse la Maga indicando i nostri paltò.

Aveva una voce da accanita tabagista. E anche la pelle. E anche l'odore.

Cioè?, le domandai. Andiamo a letto con tutto il cappotto?

La Maga andò a spiare cosa accadeva dietro il separé e poi tornò da me e Leon Hard invitandoci ad avere pazienza.

Il club Circe ci tiene a rispettare un equilibrio tra i singoli e le coppie, argomentò. In attesa che arrivi qualche altra signora, vi preghiamo pertanto di prendere posto nella sala d'aspetto.

Ci fece entrare nel locale attiguo, dove altri tre singoli sfogliavano riviste porno e lanciavano occhiate nervose a un vecchio televisore che trasmetteva DVD. Nella stanza non c'era altro. In effetti faceva molto freddo.

Il sonoro del film era in presa diretta. I grugniti che venivano dall'interno del club Circe, invece, sembravano doppiati, tanto suonava artificiale il godimento dei maiali che li emettevano.

Dài, forza, muovetevi, li incoraggiò telepaticamente uno dei tre uomini in attesa.

Era l'unico senza cappotto, si scaldava girando intorno alla stanza e massaggiandosi il pacco per controllare se fosse pronto alla chiamata.

Al Circe funzionava così. Il bull entrava, si svuotava i testicoli e dava subito il cambio al successivo. Gino non ci avrebbe trovato niente da ridire.

Ma quante sweet ci sono, là dentro?, interrogai i colleghi.

Nessuno di loro era molto socievole, tergiversavano nella speranza che rispondesse un altro.

Due, venne fuori alla fine con fatica. Tre se si considerava la Maga.

Mi lasciai sfuggire un commento che Leon Hard non raccolse. La sua attenzione era stata catturata da un vecchio numero di "Le Ore". Del resto anche lui sapeva benissimo che ai tempi d'oro dell'Infinito eravamo stati capaci di ospitare quasi duecento sweet a sera.

Ci sedemmo e aspettammo.

La parete di fronte a noi era stata tinteggiata con la tecnica dello spatolato e i cerchi che ne erano venuti fuori mi provocarono una sorta di ipnosi.

I tre singoli furono ammessi rispettivamente dopo venti minuti, tre quarti d'ora e un'ora e mezza. A quel punto ne erano arrivati altri due, che vennero fatti accomodare prima di noi.

Com'è possibile?, protestai con la Maga che era venuta a chiamarli.

Lei mi assicurò che ci avrebbe introdotto al giro successivo, ma quando arrivò il nostro momento non mantenne la parola, preferendoci tre camorristi che erano appena sbarcati da Castel Volturno.

Il DVD, un gonzo girato a Budapest, era finito e ripartito per la terza volta. Rattrappito sul divanetto, con il bavero alzato, Leon Hard sbadigliò forse per la centesima.

Che pensi di fare?, gli chiesi tornando a sedermi accanto a lui.

Il bull mi fece posto, stirò le gambe e si guardò le scarpe. Si trovavano nella fase in cui il vissuto diventa consumato. Per risparmiarsi di estrarre la mano dalla tasca mi chiese che ora fosse.

Due meno dieci.

Ah, però.

Aveva le guance livide e il naso rosso. Tutto quel freddo non andava bene per un cardiopatico. Suggerii di andare.

Peccato, mentì Leon Hard.

Già. Mi sarebbe piaciuto un sacco vederti scopare la Maga.

Il bull si soffiò il naso.

Lo avrei fatto alla grande, credimi.

Ne sono sicuro, lo assecondai tenendogli la porta.

Oltre che freddo, fuori era anche umido. La maggior parte delle candele si erano spente. La Jaguar era coperta da un velo di brina.

Quando azionammo il riscaldamento, non ci parve vero di ritrovare un po' di tepore. Avvicinammo le mani alle bocchette e restammo per diversi minuti a mugolare di piacere, cullati dal rumore dei tergicristalli. Poi m'infilai i guanti di camoscio e puntammo il muso verso la nera notte.

La foschia della Pontina aveva una qualità particolare, quasi corporea, e il bull cercò di scalfirla per diversi chilometri con sguardi da miope.

Cosa cerchi?, gli chiesi dopo un po'.

Al solito, rispose lui, le rose anche a dicembre.

Leon Hard si esprimeva sempre più spesso con formule oscure, che io annotavo mentalmente e poi andavo a digitare su Google. Quasi sempre si trattava di frammenti poetici, inseriti nel loro contesto riacquistavano senso, tardivo per una risposta ma non per imparare qualcosa su Emily Dickinson, Eliot o John Keats, e per ripensare al mio amico con tutta la tenerezza che si meritava.

Circa mezz'ora prima, al momento di abbandonare il Circe, aveva arrotolato la vecchia copia di "Le Ore" e se l'era nascosta sotto il cappotto.

Non ci crederai, disse illuminando l'abitacolo, ma questi racconti li abbiamo scritti Giacomo e io.

Perché non dovrei crederci? So che sei capace di imprese straordinarie.

Con il giornale sulle ginocchia, Leon Hard tornò a guardare fuori dal finestrino.

Lavoravamo da queste parti... Dio solo sa dove prendessimo l'ispirazione...

Lo squallore del panorama s'intuiva anche nel buio più fitto. Ma i ricordi di Leon Hard erano come stelle, bastava alzare lo sguardo e la sterilità di quel paesaggio veniva fecondata da una polvere d'oro che avremmo potuto, forse, chiamare bellezza.

Gli chiesi di leggermi qualche racconto.

Davvero vuoi sentirli?, si emozionò il bull.

Era lusingato. E preoccupato che non mi piacessero.

Sai, eravamo giovani...

Vai tranquillo, lo incoraggiai accendendo la luce di cortesia.

Percorsi così il Grande Raccordo Anulare, tenuto sveglio dalle imprese del Camionista Sempre In Tir, personaggio seriale partorito dalla follia combinata di un poeta e di un ex insegnante d'inglese.

Diobbòno, commentai ammirato, ne avevate di fantasia.

Leon Hard cominciò a leggere un altro racconto. Tra lo svincolo per la Salaria e quella della Flaminia l'orizzonte cominciava a rischiarare. Un'alba strana, soprattutto considerando che sorgeva in pieno nord.

Guarda là, dissi al bull. Ti sembra un'aurora, quella?

Leon Hard spostò l'attenzione da "Le Ore" al cielo. Poi si sporse a controllare il quadrante sul cruscotto.

Alle tre e mezza mi sembra difficile.

In effetti, la notte ci stava addosso come un coperchio. Ma più ci avvicinavamo all'uscita cinque e più da quel coperchio fuoriusciva un vapore rossastro. Leon Hard abbassò il finestrino e tirò su col naso.

Odore di bruciato, rilevò. Potrebbe essere un incendio.

Nell'imboccare la Cassia Veientana, la sua ipotesi prese subito corpo. L'odore si fece più intenso e della cenere cominciò a volteggiare nell'aria. Una colonna di fumo saliva verso il cielo e da lì a poco avremmo intravisto anche delle lingue di fuoco.

Sembra vicino a noi, disse Leon Hard.

Io lo stavo pensando già da qualche minuto. Istintivamente avevo rallentato, come se ritardare l'arrivo a casa avrebbe permesso all'Infinito di allontanarsi e mettersi in salvo. M'infilai nella stradina, superai il ponticello. Da lì in avanti la strada diventava tortuosa, a ogni curva speravo che le fiamme si mettessero di lato e di lato restassero a bruciare.

Invece no, continuavano a starci davanti, sempre più grandi, sempre più vicine.

Oh, disse il bull.

Aveva ancora la rivista sulle ginocchia. I riflessi del rogo accendevano le pagine sbiadite dal tempo. I corpi nudi, allacciati, gli crepitavano in grembo. Niente sembrava potersi sottrarre a quell'inferno.

Quando girai per l'ultimo sterrato ci rendemmo conto che, fortunatamente, non era così: grazie all'intervento dei vigili del fuoco, l'incendio era stato circoscritto. Oltre le mura di cinta, nella campagna, sulla Roma che ancora dormiva ai piedi del colle, il fuoco era un riverbero, un'illusione. A bruciare davvero era solo l'Infinito.

Entrammo nella villa e parcheggiammo la Jaguar accanto ai camion dei pompieri e all'ambulanza. C'erano anche una macchina dei vigili urbani e una gazzella dei carabinieri.

Un paio di loro ci vennero incontro, mentre io mi sfilavo i guanti di camoscio e vivevo a bocca aperta quel momento che fissava la caduta dell'impero, il salto ormai definitivo all'età delle rovine.

L'Infinito non stava soltanto bruciando. L'ala sinistra dell'edificio, che comprendeva l'ex appartamento degli indiani e l'area del privé con la sauna e la vasca idromassaggio, era completamente sventrata. Più in alto, il nostro terrazzo si sporgeva sul niente, il dondolo pendeva da una trave di cemento e i limoni che innaffiavo ogni sera, dopo essersi arrostiti, marcivano sparsi nelle pozze degli idranti.

L'altra metà del palazzo assisteva immobile, come un corpo amputato che sa di non poter sopravvivere.

Sbattemmo all'unisono gli sportelli della Jaguar.

Mentre Leon Hard si precipitava verso casa, io urlavo a chi volesse sentirmi: Mia moglie, dov'è mia moglie?

Più le circostanze diventavano particolari, meno mi piaceva chiamarla Eva.

(Eva è Eva per chiunque, catechizzavo il bull ogni volta che si esentava dal qualificarla come la sua fidanzata. E noi non siamo chiunque.)

La First Lady uscì dall'ambulanza sulle sue gambe. Aveva diversi calcinacci tra i capelli e una coperta militare sulle spalle. Ci abbracciammo tutti e tre, mentre Kid ci girava intorno piangendo.

Un cane che piange?

Probabilmente era il fumo, acre, pungente, a farlo lacrimare. O forse un effetto collaterale della cecità. Ma le assicuro che Kid piangeva.

Piansero anche bull e sweet, illuminati dal lampeggiante azzurro dell'ambulanza.

Ne approfittai per sfilarmi dal loro abbraccio e per presentarmi ai carabinieri. Loro mi conoscevano già, l'Infinito ci aveva reso famosi nella zona.

Il dottor Spina, giusto?

Professore, corressi ostinato.

Anche se ormai domate, era difficile distogliere lo sguardo dalle fiamme.

Mi chiesero se avevamo un posto dove passare le prossime notti (no), un'assicurazione (nemmeno), qualcuno da avvisare (solo parenti anziani che è meglio risparmiare, dissi).

Mentre parlavamo si avvicinò il comandante dei vigili del fuoco. Indossava un elmo nero a strisce gialle, sotto il quale sudava copiosamente.

Si sollevò la visiera e mi domandò quando avevamo fatto l'ultima revisione della caldaia.

Che c'entra la caldaia?

Il pompiere mimò un'esplosione.

Potrebbe essere stato un intasamento degli scarichi, disse. O l'eccessiva pressione. O magari...

Doveva aver urlato ordini per tutta la serata e adesso la voce gli era diventata rauca. Accorciò la sua disanima, concludendo con un'immagine vivace.

Una caldaia che scoppia è come la sua Jaguar che esplode dentro casa col pieno di benzina.

Strano, commentai grattandomi la fronte, il custode la teneva come un gioiellino.

Provai a calcolare il tempo che era trascorso dalla partenza di Amal, ma in quel momento la mia testa assomigliava al giardino dell'Infinito, scaraventati ovunque giacevano i resti della nostra vita, senza più ordine e tempo, senza alcuna pietà.

Tra di essi, nell'erba, riconobbi il corpo dilaniato di Agamennone. Mi avvicinai a piccoli passi. Qua e là, sul prato, piccole fiammelle consumavano gli ultimi ricordi.

Dei miei gordon setter Agamennone era il più anziano. Poco più in là trovai ciò che restava di suo fratello Menelao, mentre Ettore e Andromaca erano stati sbalzati l'uno accanto all'altro sotto gli alberi.

Non avrebbero più leccato la mia mano, raccolto il mio

bastone: i minuti che mi ero preso per parlare con i carabinieri e il vigile del fuoco dovevano servirmi a questo, prendere atto della situazione...

Li accarezzai sul muso, tutti e quattro, e ne ricomposi come potevo le ossa.

Da quando il portone dell'Infinito era stato definitivamente sigillato, ogni notte i miei cani avevano preso l'abitudine di infilarsi dalla finestrella sul retro e di circolare in libertà per il club privé. Dormivano nelle quattro stagioni, una stagione per uno.

La mattina, portandoli fuori, li guardavo negli occhi cercando di capire cosa li attirasse in quelle stanze buie e vuote, dove i letti odoravano di sperma e l'aria di morte.

M'inginocchiai sull'erba, in mezzo a quei corpi ancora caldi.

Non mi piaceva dare spettacolo, oltre ai pompieri e alle forze dell'ordine intorno alla casa si era radunata una piccola folla di curiosi. Forse erano gli stessi che in tutti quegli anni si erano divertiti a farci dispetti (ah, ah, il divertimento), rovesciando sacchi di letame davanti al nostro cancello o scrivendo sui muri frasi contro i maiali (che eravamo noi).

Ma non m'importava niente nemmeno di loro, maledetti pornografi, che spiassero pure morbosi l'ecatombe di cui ero artefice e vittima, l'offerta del mio corpo impuro accanto all'innocenza dei miei cani.

... Così forse avverrà che il Dio si plachi, dissi rivolto al cielo che bruciava...

(il verso di Omero placa anche l'intervistato. Guarda l'orologio. Sembra che non ci sia altro da dire)

*Finisce così la storia? Con il primo canto dell'*Iliade*?*

(l'intervistato sorride. Gli fa piacere che l'intervistatore abbia riconosciuto la citazione)

Certo che sì! La vita è un cerchio, si chiude sempre dov'è cominciata...

E l'Infinito?

(sospira)

Per l'Infinito ci vogliono interminati spazi, profondissima quiete e sovrumani silenzi, stagioni morte e un dolce naufragare...

Tutte cose, mi creda, che questo mondo non può permettersi.

(l'intervistato si soffia il naso, ripiega il fazzoletto, si prepara ad andarsene)

A proposito, sa come si chiama adesso l'Infinito?

(...)

Pop-up. O più precisamente, per esteso, Pop-up Game City.

E che vuol dire?, abbiamo chiesto al Tozzo.

Lui s'è infilato una sigaretta tra i denti e ci ha risposto con l'aria annoiata: Cosa importa? Suona bene...

Oggi il Pop-Up è la più grande sala giochi d'Italia.

Dove noi avevamo allestito l'area del libero amore, adesso sorge un Bingo con quattrocento posti a sedere. Al posto dell'happy hour, c'è un Bet Bar con tutti i tipi di scommesse. Le camere delle quattro stagioni hanno lasciato il posto a una zona slot con circa centocinquanta macchine.

In attesa dell'approvazione della legge sul poker live (che arriverà a breve) i ventiquattro tavoli da dieci della gaming hall ospitano corsi per dealers professionisti (i corsi, al momento, sono tutti esauriti).

Il Tozzo aveva ragione, la gente ha voglia di giocare.

Quando l'andammo a cercare, pochi giorni dopo l'esplosione, lui ci aspettava tamburellando le dita. Aveva già pronta sul piatto un'offerta. Era ridicola, un po' come tutta la situazione.

Ma vi rendete conto, ci svegliò, che stiamo parlando di un rudere?

Per ricostruire la villa sarebbe servita una barca di soldi. Ma, firmato l'atto di compravendita, il Tozzo ebbe un'intuizione geniale: messo in sicurezza l'edificio, lasciò così com'era l'ala lesionata, tenendo a vista, esposti alle intemperie, gli spazi devastati del privé.

Con l'opinione pubblica e il Comune, che appoggiò l'intero piano di bonifica, la spacciò come una grande operazione moralizzatrice.

Il Club Privé, così distrutto, stava a simboleggiare il crollo dei falsi ideali di libertà, dell'edonismo, del vizio.

Di tutti i vizi, ci tenne a specificare il Tozzo nelle brossure. Perché anche il gioco, se non è praticato nelle forme legali e responsabili, in linea con una politica di protezione del consumatore, può portare a dipendenza, abusi, gravi danni mentali e materiali.

Era stato bravo, aveva preso un'arida formuletta, obbligatoria per legge, e le aveva infuso un'aura etica ed estetica.

Sì, anche estetica, perché molti artisti, interessati a coniugare la propria creatività con una dimensione sociale, imboccarono la Cassia Veientana per venire a vedere quella che ormai, a tutti gli effetti, era considerata un'installazione pop.

Ne facevano ancora parte i miei limoni, frammenti della vasca freestanding appartenuta al bull e i resti carbonizzati di una croce di Sant'Andrea, legati alla quale, coperti soltanto da un perizoma, un collare borchiato e una mascherina in pelle, corpi d'ogni genere, di uomini e donne, erano stati sculacciati nel nome della joie de vivre.

Per quanto micragnosa, l'elemosina del Tozzo bastò ad acquistare una casetta dalle parti di Leuca. Più che il Salento in sé, c'interessava lasciarci tutto alle spalle – così andammo avanti finché la terra non finì e non ci fu chiaro che era là, davanti al mare, che dovevamo arrivare.

Ora viviamo tutti e tre insieme dentro una specie di trullo, con quattro nuovi cani (Achille, Ettore, Paride, Aiace) e un immortale (Kid). Leggiamo, guardiamo la TV, controlliamo ogni mese la caldaia e un po' meno spesso, ma comunque con regolarità, il cuore di Leon Hard.

Eva l'ha vista, è in formissima.

L'altro giorno, mentre venivamo qui per essere intervistati da lei, ha tirato su il finestrino e ci ha lanciato uno di quei suoi sguardi molati dal vento.

Sentite un po', e se ne approfittassimo per andare a giocare?

Accostata la macchina in una piazzola di sosta, Leon Hard e io ci siamo girati a guardarla.

In che senso?

Lei ha mimato un pop-up che si apriva.

In fondo non l'abbiamo ancora visitato, ha risposto.

Il bull e io abbiamo tirato un sospiro di sollievo e abbiamo ripreso la marcia. La vecchia uscita cinque era sempre là ad attenderci. La salita, il ponticello, lo sterrato. Rivedere l'Infinito ha fatto a tutti e tre lo stesso effetto, ma ciascuno lo ha tenuto per sé.

Dopo aver sostato per qualche minuto in raccoglimento davanti al Mausoleo del Vizio (così è stata ribattezzata l'installazione che fu la nostra casa) ci siamo girati verso l'enorme insegna luminosa che sormonta l'ingresso del Pop-Up.

Ci faranno entrare così vestiti?

Eva indossava una delle sue tute da ginnastica e il bull era partito da Leuca coi bermuda. Sono andato in avanscoperta con il mio fresco di lana, ma è bastato varcare l'ingresso e dare un'occhiata all'interno della City Game per rendersi conto che certi problemi di dress code erano stati definitivamente superati.

Avanti tutta, ho fatto cenno ai miei soci.

Dentro c'era una discreta atmosfera. La gente sembrava felice. Chi non lo era, semplicemente, tornava a sedersi di fronte a una slot machine e ritentava la fortuna.

Ho avuto un'illuminazione.

La fortuna, ho schioccato le dita, ecco che cosa ci è mancato.

Allora ci siamo seduti al tavolo della roulette (o meglio, la sweet si è seduta mentre bull e cuckold si sono sistemati in piedi alle sue spalle) e per qualche minuto abbiamo studiato l'andamento del gioco.

Quando ha sentito di essersi impadronita del meccanismo, o semplicemente un'ispirazione, Eva si è voltata verso di noi e ci ha chiesto quanto avevamo in tasca.

Le abbiamo svuotato il portafoglio nella mano.

È tutto?

Tutto, abbiamo risposto.

Allora lei si è spostata i capelli dalla fronte, ha sorriso al croupier e ha puntato a caso le nostre ultime fiches.

Tanto è un gioco, ha detto senza guardare la pallina.

(sta arrivando un temporale e nella casa dell'intervistatore è sceso il buio.

Sono passate appena due ore da quando il Presidente se n'è an-

dato ma la giornata si direbbe già finita da un pezzo. Nello stato in cui si trova, del resto, cosa può combinare di buono un individuo stanco e confuso come l'intervistatore?

Tutto quello che riesce a fare è una sterile spola tra la finestra e la scrivania.

Sulla scrivania si sono accumulate le cassette, dalla finestra l'intervistatore vede invece accumularsi nel cielo nuvole sempre più nere.

Sporgendosi, osserva il posto che l'utilitaria del Presidente – niente più Jaguar, a quanto pare – ha liberato accanto al marciapiede. Stranamente, nessuno l'ha ancora occupato.

L'intervistatore comincia a dubitare dell'oggettività del tempo, o almeno della sua capacità di misurarlo. Forse il cuckold se n'è andato soltanto da cinque minuti, o forse è rimasto a casa sua per più di un anno.

E allora, quanto tempo ha passato con il bull? Quanto con la sweet?

Dando credito alla follia di quei pensieri, l'intervistatore corre in bagno e si guarda allo specchio. Si trova invecchiato, in effetti, ma non così tanto come aveva temuto.

Temere non è la parola giusta. L'intervistatore è terrorizzato.

Ma no, il terrore è sempre uno stato emergenziale, dura poco.

La sua angoscia, invece, minaccia di durare a lungo.

Cosa gli è saltato in mente?

Perché ha voluto registrare queste interviste?

Fatica a ricordare che cosa, all'inizio, avesse in mente.

Un'indagine psicologica, forse. O una storia di corpi, morbosa e materiale.

In ogni caso, che cosa si ritrova? Non lo sa.

... Fantasmi, anime, spiriti inquieti...

Quei tre gli hanno giocato un brutto tiro.

Del resto, non si trattava di questo? Un gioco...

E allora l'intervistatore si fa forza. Accende la luce. Si siede alla scrivania. Prende uno dei cinquecento fogli che gli serviranno a raccontare questa storia.

Poi posa la mano sul registratore e spinge PLAY)

Mondadori Libri S.p.A.

Questo volume è stato stampato
presso ELCOGRAF S.p.A.
Stabilimento - Cles (TN)

Stampato in Italia - Printed in Italy